L'ENFANT DES SEPT MERS

Du même auteur

MONEY (Denoël, 1980).
CASH (Denoël, 1981), Prix du Livre de l'été 1981.
FORTUNE (Denoël, 1982).
LE ROI VERT (Édition° 1/Stock, 1983).
POPOV (Édition° 1/Olivier Orban, 1984).
CIMBALLI, DUEL À DALLAS (Édition° 1, 1985).
HANNAH (Édition° 1/Stock, 1985).
L'IMPÉRATRICE (Édition° 1/Stock, 1986).
LA FEMME PRESSÉE (Édition° 1/Stock, 1987).
KATE (Édition° 1/Stock, 1988).
LES ROUTES DE PÉKIN (Édition° 1/Stock, 1989).
CARTEL (Édition° 1/Stock, 1990).
TANTZOR (Édition° 1/Stock, 1991).
LES RICHES (Olivier Orban, 1991).
BERLIN (Édition° 1, 1992).

Tous ces romans (à l'exception de *Kate*) existent en édition reliée plein skivertex sous emboîtage. Consultez votre libraire.

Paul-Loup Sulitzer

L'Enfant des Sept Mers

LE GRAND LIVRE DU MOIS

Pour Delphine.

« Quand un homme accomplit une chose extraordinaire, tout à fait hors de proportion avec sa nature, c'est, sept fois sur neuf, qu'il y a une femme... Quant aux deux exceptions, elles peuvent s'expliquer par une insolation. »

RUDYARD KIPLING,
His Chance in Life
(Simples Contes des collines).

Il était dans le détroit de Malacca, y naviguait sous voiles, seul à bord mais poursuivi par les pirates, allant plein sud. La Malaisie sur la gauche et, à main droite, presque imaginaire à force d'être si peu visible, Sumatra. Environ trois heures plus tôt, les longs accords de couleur sur la mer s'étaient modifiés ; le ciel de nacre pure avait reçu un fond de teint roussâtre ; les petits nuages mous qui, à l'aube, survolaient encore les terres par tribord s'en étaient allés, disparus, emportant tout espoir de pluie avant des semaines sinon des mois ; l'eau aussi avait changé, sous la coque fuselée de la longue pirogue malaise : par trois ou quatre mètres de fond, les coraux et le sable jaune avaient été remplacés par une roche ocre, souvent verdie par un tapis d'algues moussues, piquetée d'oursins monstrueux et de bénitiers d'un mètre ; et elle était, cette eau, de plus en plus brune et d'une chaleur inconcevable — quarante degrés ou davantage, dans ces endroits où elle stagnait, sous le soleil plombant.

Il était dans le détroit de Malacca, enfin. Depuis quatre jours. Ayant donc fui Saigon cent dix-sept jours plus tôt (s'il ne s'était pas trompé dans le décompte de ses journées de marche au travers du delta du Mékong, puis du Cambodge, puis du Siam et de la haute Malaisie). Il pensait arriver à Singapour dans une centaine d'heures. S'il ne chavirait pas. Si les maudits Anglais de la Compagnie des Indes ne s'emparaient pas de lui...

... Si les pirates ne réussissaient pas à le rejoindre d'ici là. Et à propos des pirates, il refit ses calculs sur la position du soleil. Il devait bien y avoir deux heures qu'il ne s'était pas retourné pour voir où en étaient ces abrutis — si je me retourne sans arrêt, ils finiront par penser que j'ai peur. Mais deux heures, ça va.

Il se retourna. Nonchalamment. Ne sois pas impulsif : si Marc-Aurèle Giustiniani, à Saigon, ne t'a pas dit un milliard de fois de te méfier de ton impulsivité, il ne te l'a pas dit une seule. Il se retourna en s'étirant et bâillant, l'air de quelqu'un qui commençait à en avoir assez d'être assis cul nu sur le bois nu d'une pirogue et qui avait un peu besoin de se détendre.

Les pirates étaient toujours dans son sillage, enfin presque. Disons à mille six cent dix-neuf mètres, ils gagnent sur moi, mètre après mètre, mais ils gagnent. (Bien entendu, la distance n'était pas de mille six cent dix-neuf mètres — ou alors c'eût été pur hasard : personne au monde ne peut déterminer d'un coup d'œil une distance, surtout en mer, avec autant de précision ; sauf peut-être Cerpelaï Gila ; j'ai pensé ce chiffre dans ma tête comme ça ; et je n'ai pas peur des pirates. Pas trop. Au pire, ils me tueront.)

Il revint face à la proue de la pirogue et contempla le détroit de Malacca. Ne se lassant pas de cette contemplation. Il ne subsistait pratiquement rien, dans sa mémoire, des deux ou trois fois où Cerpelaï Gila l'avait emmené sur la mer (dans ce coin-ci, justement) et lui avait montré, entre autres choses, comment faire avancer un bateau sous voiles. Mais il n'avait que cinq ou six ans, en ce temps-là. Et Cerpelaï Gila était du genre à prononcer un mot toutes les six heures, les jours où il était d'humeur causante.

La distance, environ un mille nautique, donc. Les pirates lui reprenaient dans les soixante brasses à l'heure. Autant dire qu'ils seraient sur lui dans une vingtaine d'heures. Sauf s'il parvenait à leur échapper à la faveur de la nuit. Mais les sept hommes lancés à ses trousses connaissaient le détroit et le moindre de ses courants infiniment mieux que lui qui y naviguait vraiment pour la première fois — sans Cerpelaï Gila pour tenir la barre.

La mer bougeait à peine, elle ondulait très légèrement, à part cela uniformément lisse. Il y avait dans le ciel, droit devant et par suite dans la direction de Singapour, une extraordinaire tache d'un blanc de brouillard, tel un halo de soleil. La chaleur était pesante. Lui brûlait la crête des épaules et jusqu'au dos des mains — les presque quatre mois écoulés depuis sa fuite de Saigon l'avaient hâlé, bien qu'à son départ sa peau eût été claire (on lui avait toujours interdit de se promener torse nu, sans parler du reste) ; et de s'être dénudé entièrement, ainsi qu'il l'avait fait depuis son embarquement à bord de la pirogue, avait achevé de le bronzer uniformément — sauf les fesses, qui pelaient encore un peu. Dans le même temps, il en avait éprouvé une exaltante sensation de liberté neuve, le sentiment de basculer dans un autre monde.

Il n'avait pas encore quinze ans. Même s'il s'en fallait de peu — son anniversaire tombait en janvier et, sauf erreur de date, on était ce jour-là le jour de Noël 1897.

— Joyeux Noël, Kaï.

Il se parla à lui-même, à voix haute néanmoins. Malgré la présence des pirates derrière lui, il ressentait un énorme bonheur. Il était sur la mer où il avait tant rêvé d'être, il était dans le détroit de Malacca, il faisait route vers Singapour.

Où, d'une façon ou d'une autre, et quelque temps que cela pût prendre, il relèverait la piste de Cerpelaï Gila.

Autrement dit, son grand-père paternel. Dont, Dieu merci, il portait le vrai nom — Kaï O'Hara.

Et plus que cette certitude-là, déjà si forte, il en portait une autre : celle que sa vie commençait enfin — en quoi il ne se trompait guère, le demi-siècle à venir en apporterait la preuve.

De son sac, il tira son livre de chevet. Le seul livre qu'il eût jamais ouvert de son propre chef. Durant les six derniers mois, il avait bien avancé sa lecture.

Onze pages et quatre lignes et demie.

C'était vraiment un bon livre.

Quelques mois plus tôt, à Saigon, il avait donné une fois de plus libre cours à son impulsivité ordinaire. Il avait quand même mis cinq semaines à préparer son embuscade. Tout le problème avait été de faire venir Chambost et Sabiani au bon endroit, au bon moment, et à une heure au moins d'intervalle, en sorte qu'il ait le temps de les prendre l'un après l'autre — après tout, ils avaient respectivement deux et trois ans de plus que lui, et ils devaient bien faire dans les cent soixante kilos à eux deux. Il était peut-être impulsif mais pas complètement fou. Mais bon, tout avait très bien marché : les deux fausses lettres d'Isabelle Margerit (Kaï ne les avait pas écrites lui-même, c'était l'une des pensionnaires de Madame Loulou qui les avait calligraphiées — de toutes les filles du bordel, c'était celle dont l'écriture ressemblait le plus au modèle original), les deux lettres arrivèrent et Chambost, puis Sabiani se pressèrent au rendez-vous — derrière la chapelle de cette saleté de collège, un endroit tranquille à ce moment de la soirée, après les vêpres. Chambost tint dix secondes, au point que Kaï fut obligé de le relever et de l'adosser au mur séparant le collège des missionnaires du couvent des jeunes filles pour le finir ; Sabiani résista davantage et tenta même de riposter ; il se releva par deux fois et s'écroula pour de bon. Les pères survinrent, emmenèrent Kaï, pour la septième fois en neuf ou dix mois, et l'enfermèrent dans le cellier. Et comme d'habitude Marc-Aurèle se présenta. Le lendemain en début d'après-midi seulement.

— Les curés n'ont pas voulu te libérer avant.

Ils sont tous les deux dans Saigon, rue Catinat, ils s'assoient à la terrasse du Continental. Marc-Aurèle Giustiniani commande une limonade pour Kaï et, pour lui-même, son cognac-soda traditionnel. On leur apporte leurs consommations et ils regardent passer les belles dames en calèche. Ils n'avaient pas échangé un traître mot depuis leur sortie de la saleté de collège.

— Pour me faire avoir des ennuis, tu m'en fais avoir, dit enfin le Corse.

— Je suis vraiment désolé, répondit Kaï.

— De ces deux garçons que tu as massacrés, il y en a un qui a le nez cassé, la pommette gauche enfoncée et quelques côtes brisées. Quant à l'autre, il a la tête devant derrière et quand il baisse les yeux, c'est son derrière qu'il voit, maintenant.

Kaï ne dit rien. Il a faim et se mangerait bien une soupe bien épicée, arrosée de citron vert.

— Tu es vraiment impulsif. Ceux-là aussi t'ont traité de Chinetoque ?

Acquiescement à peine perceptible. A quatorze ans et six mois, il a déjà atteint ce qui sera sa taille définitive. Un mètre soixante-quinze. Ce qui, mis à part Chambost qui est une montagne (mais avec plein de gras), en fait quasiment un géant parmi ses condisciples de la saleté de collège, même comparé aux élèves qui achèvent leurs humanités et sont bien plus vieux que lui. En revanche, il est encore loin de ce qui sera son poids (entre quatre-vingt-dix et quatre-vingt-quinze kilos). Mais la charpente est déjà dessinée — les épaules bougrement larges, un cou de taureau, des poignets et des avant-bras du diamètre des haussières prévues pour l'amarrage des paquebots des Messageries maritimes. Et des mains énormes, quoique les doigts en soient d'une finesse surprenante.

— Je résume, est en train de dire Marc-Aurèle de sa voix doucement chantante de Corse du Sud (il est d'Ajaccio, comme le sait Kaï, bien qu'il n'ait pas la plus petite idée d'où se trouvent et Ajaccio et la Corse). Tes parents sont morts depuis quatorze mois. Et depuis quatorze mois, je m'occupe de toi. Parce que ton père était mon associé et que, de toute façon, dans toute la Cochinchine jusqu'à l'Himalaya, il n'y aurait personne d'assez cinglé pour accepter d'être responsable de toi. En quatorze mois, tu as fait vingt-huit fois le mur du collège, tu as exterminé la moitié des élèves, je t'ai récupéré huit fois dans le bordel de Madame Loulou et six autres fois sur une barque que tu avais plus ou moins volée. Un coup, il a même fallu que j'affrète un bateau et c'est pur miracle si je t'ai retrouvé à quatre jours de mer de l'embouchure du Mékong, à cheval sur ta pirogue renversée.

Les calèches continuent à passer devant la terrasse de l'hôtel Continental, la nuit arrive à pas de loup, on boit de plus en plus de cognacs-soda, l'heure de la manille approche. C'est au moins quatre soupes que je me mangerais, en fin de compte, pense Kaï, en plus de deux douzaines de rouleaux de printemps et quelques gâteaux gluants, disons huit ou dix.

— Les curés ne veulent plus de toi. Ils affirment qu'outre tes espiègleries diverses, tu ne veux rien apprendre. D'après eux, tu ne sais même pas lire.

— Je sais, dit sobrement Kaï.

— Tu sais qu'ils le disent ou tu sais lire ?

— Je sais lire.

Le Corse déplie un exemplaire de l'hebdomadaire *Le Saigonnais* — il n'y a pas encore de quotidien, à l'époque.

— Lis.

La démonstration n'est pas précisément étincelante. Il faut à Kaï plus d'une minute par ligne pour la lecture d'un article relatant le suicide (le dernier en date, ces types se suicident les uns après les autres) d'un des directeurs de la publication. Marc-Aurèle commande un troisième cognac-soda. Il est d'assez petite taille, passablement chauve, il a un ventre rondelet et des onctuosités, on dirait l'évêque de Saigon. Mais quand il était plus jeune, dans les quatre ans après son arrivée, il a survécu à plusieurs expéditions sur les hauts plateaux et, quoique ce ne soit pas un bandit, l'idée ne viendrait à personne d'aller lui chercher noise.

— D'après les mêmes curés, tu es complètement nul en français, en arithmétique, en histoire, en sciences naturelles. Pour l'instruction religieuse, n'en parlons même pas. Il n'y a qu'en gymnastique et en géographie que tu as des notes un peu supérieures à zéro. Et encore, pour la géographie, ça dépend. C'est quoi, la capitale de l'Allemagne ?

Kaï consent à tourner la tête. Ce qu'il fait avec la lenteur d'un cargo évoluant dans une darse.

— Quelle Lemagne ?

— C'est bien ce que je disais, tu ne sais même pas que l'Allemagne existe. Ou alors tu le fais exprès. Et la capitale de la France ?

— Ajaccio, répond Kaï.

Impossible de dire s'il fait ou non preuve d'humour. Le Corse vide d'un trait ce qui reste dans son verre, il paie, tous deux montent dans des pousses. Le Corse habite loin du centre, dans la direction de Cholon, presque au bout du boulevard Gallieni. En pleine campagne. Au début, vingt-cinq ans plus tôt, il a vécu dans une paillote qui existe encore et que Kaï adore ; ensuite il s'est fait construire une maison à deux étages. Quand ils sont arrivés, Kaï ayant alors huit ans, les O'Hara ont habité le second étage. Rien n'y a changé depuis la mort du couple, emporté par une même amibiase.

— Tu m'entends, Kaï ?

— Oui.

Ils sont entrés dans la maison, le Corse est resté au rez-de-chaussée, Kaï est monté, il marche dans cette baraque qu'il a toujours détestée, une maison de Blancs où l'on étouffe. Des lits avec des moustiquaires, des fauteuils, le piano droit de sa mère, avec lequel elle est venue de Waterford en Irlande (elle s'appelait O'Shea de son nom de jeune fille) pour épouser un comptable, O'Hara, dont elle a découvert trop tard qu'il était métis, de mère chinoise. Elle ne s'en est jamais remise.

— Kaï, poursuit Marc-Aurèle deux étages plus bas, élevant la voix, les curés accepteront peut-être de te reprendre, ça va encore me coûter la peau des fesses. Mais à condition que tu fasses tes devoirs de vacances des deux dernières années et que tu t'amendes, comme ils disent. Je leur ai juré que, si tu me donnais ta parole, tu la tiendrais. Demain, M. Chu viendra pendant quatre heures te faire travailler. N'essaie pas de lui parler vietnamien ou chinois, je le flanque à la porte s'il parle autre chose que le français.

Kaï entre dans sa propre chambre. Par la fenêtre qui n'est qu'une simple ouverture rectangulaire dans le mur, sans croisée, on découvre le quartier chinois de Cholon avec ses merveilles, ses odeurs et toute sa vie grouillante qui sont presque celles de Singapour. En tout cas c'est mieux que rien. Kaï va jusqu'à l'armoire, la déplace, soulève les lames du parquet et dégage la cachette. La maquette du *Nan Shan* est là, couchée sur le flanc. Intacte et exacte, autant que faire se peut, jusqu'au dernier minuscule cordage, ses voiles de misaine et d'artimon méticuleusement ferlées par des rabans à l'échelle, faits de cheveux d'Annamite ; le nom de la reproduction de la goélette franche à trois mâts de Cerpelaï Gila y est redoublé, comme sur la vraie, écrit en caractères chinois et en caractères romains, rouge sang sur coque noire. Kaï l'a construite de mémoire, il y a consacré quatre ans, en cachette. Le seul — à part lui-même — à l'avoir jamais aperçue est son père. Qui a fait semblant de ne pas la voir, avec son ordinaire faiblesse de tempérament. Ç'aurait été Maman qui tombait dessus, elle me la brûlait dans la seconde.

En bas, Marc-Aurèle discute avec le *bep*, le cuisinier. Marc-Aurèle parle plutôt bien le vietnamien, avec des fautes, et aussi le cambodgien. Mais ni le chinois, ni l'anglais, ou alors très peu (ils ne se sont pas trop causé, lui et Maman, elle qui n'a jamais voulu apprendre un mot de français). Marc-Aurèle est vraiment gentil, Kaï l'aime bien et même un peu plus — si seulement il voulait comprendre que je veux retourner à Singapour, et retrouver mon grand-père, et aller pour toujours sur la mer, que c'est avec mon grand-père et sur la mer que je veux vivre, avec personne d'autre et nulle part ailleurs.

— Il va te faire neuf plats, en comptant pour huit personnes, tu devrais en avoir assez.

— Merci.

Ils dînent en tête à tête. La femme et les quatre enfants de Marc-Aurèle ne rentreront d'Europe que dans dix jours. Kaï éprouve des remords de n'être pas assez gentil avec Marc-Aurèle et sa famille qui, eux, sont si gentils avec lui, surtout depuis qu'il est orphelin (mais même avant). C'est sûr, ils méritent bien plus qu'il ne leur donne. C'est au point qu'il s'ouvre un peu et voilà que le Corse le dévisage, stupéfait :

— Tu as fait *quoi* ?

Kaï a lu un livre. De lui-même. Ça lui a pris comme ça, encore un coup d'impulsivité (bien que sa décision ait été mûrie un certain temps — à peu près six mois). Enfin, il a commencé à en lire un. Même qu'il en a déjà lu presque trois pages. Mais il est vrai qu'il n'a commencé qu'avant la mousson.

— Et quel livre ?

Le Livre de la jungle. D'un dénommé Kipling. Ce qui a lancé Kaï dans cette aventure extraordinaire, sinon extravagante et démesurée, c'est le fait qu'Isabelle Margerit, dont il a vu la culotte, lui a révélé que le héros de l'histoire parlait avec les animaux. Mowgli, il s'appelle.

— C'est quoi, cette histoire de culotte ?

— J'ai juste vu sa culotte, c'est tout.

— Tu ne l'as pas touchée ?

Et puis quoi encore ! Les filles de Madame Loulou, d'accord, tu les touches tant que tu veux. Isabelle Margerit, c'est autre chose.

— Tu me rassures, dit Marc-Aurèle.

Kaï dévore. Qu'est-ce que j'avais faim, les curés ne m'ont rien donné à manger depuis hier. Non, ce qui l'a conduit à fréquenter la belle Isabelle, qui a seize ans, c'est sa totale indifférence au fait qu'il soit métis. Et chinois.

Pour la culotte, ça a été de la chance. Elle était assise à califourchon sur le mur mitoyen ; une bonne sœur est arrivée, Isabelle Margerit a sauté à toute vitesse et pof, coup d'œil sur la culotte. Vraiment excitant. Marc-Aurèle considère Kaï et dit :

— Tu n'es pas chinois, tu es irlandais.

— Je ne suis rien, dit Kaï en rajoutant du glutamate dans son *thap-câm* (*thap* veut dire *dix* en vietnamien, et il y a dix sortes de choses différentes dans le thap-câm).

Juste à la fin du dîner, deux amis de Marc-Aurèle viennent faire visite et les trois hommes partent discuter affaires en buvant du cognac-soda. Quelques cognacs-soda plus tard, lorsque les visiteurs repartent, Kaï en est encore à regarder dans le lointain si proche les tremblotantes lumières de Cholon la Chinoise, avec ses marchands accroupis sur leurs tabourets de bois hauts d'une main, et sa folle orgie de senteurs, et ses échoppes sombres, fascinantes comme des cavernes.

— Ne va pas à Cholon, Kaï. N'y va plus.

— D'accord, finit par consentir Kaï.

— Je veux plus qu'un accord, je veux ta parole.

— Parole, dit Kaï.

— Je suis sûr que tu la tiendras, j'en suis plus sûr que de l'existence de Dieu, tu n'es vraiment pas un garçon ordinaire. Et ne va plus non plus sur la mer dans une barque volée.

— Parole, dit encore Kaï, la gorge nouée, parce que cette promesse-là lui coûte plus encore que la première, si la chose est possible.

Marc-Aurèle est venu s'asseoir près de lui sur l'une des marches de la véranda rose décorée de colonnes et d'un buste d'homme, un type avec une main glissée entre deux boutons de son costume et un chapeau à deux cornes. Il s'appelle Napollon, ou un truc de ce genre.

— Je sais très bien qu'un jour ou l'autre tu partiras, remarque bien, dit encore Marc-Aurèle. Je l'ai toujours su. Que tu réussiras à partir, je veux dire. Vouloir te mettre sous clé, c'est comme encager un oiseau de mer, ta mère ne l'a jamais compris, tu ne dois pas lui en vouloir. Elle a décidé que vous quitteriez tous Singapour, parce que là-bas tu étais trop près de ton grand-père. Elle croyait bien faire.

Kaï regarde droit devant lui. Marc-Aurèle demande :

— C'est quoi, déjà, son surnom, à ton grand-père ?

— Cerpelaï Gila, dit Kaï, réticent.

— C'est du malais, non ? Ça veut dire quoi ?

— La Mangouste folle, dit Kaï à grand regret, comme s'il trahissait un secret.

— La mangouste est le seul animal qui ose s'attaquer au cobra et qui le tue. Je sais que tu partiras. Essaie seulement de ne pas être trop impulsif et de bien calculer ton coup. Et de m'avertir. Que je ne me fasse pas trop de souci. Et où que tu sois, si tu as besoin de moi, appelle. Je t'aime, comme qui dirait.

Kaï hoche un peu la tête, ses mains déjà si grandes et si puissantes ne tremblent pas. Il pleure un peu, mais c'est quand même une surprise, que quand il se retrouve seul dans sa chambre, lumière éteinte, la saleté de moustiquaire relevée — a-t-on besoin d'une moustiquaire !

Car, bien entendu, tout impulsif qu'il est, il sait déjà quand et comment il va partir, et c'est pour très bientôt. Je retourne encore une fois dans la saleté de collège et je meurs, surtout maintenant que je ne peux même plus aller à Cholon. Puisqu'il ne peut plus désormais partir sur la mer, depuis la Cochinchine du moins, il va mettre en application le plan numéro 5. Le plus compliqué. Celui qui lui fera perdre le plus de temps. Qui n'est pas encore tout à fait au point, ça fait seulement vingt-huit mois qu'il y travaille, deux ans de plus pour bien le perfectionner n'auraient pas été inutiles mais bon, tant pis.

Son départ est programmé. Dix jours avant qu'on ne le reflanque dans la saleté de collège, dix jours aussi avant le retour de la famille de Marc-Aurèle. Des coïncidences pareilles sont des signes du destin. Dans dix jours, à huit heures près, il partira pour rejoindre Cerpelaï Gila et fouler de nouveau le pont du *Nan Shan*.

Il pleure à cause de l'affection qu'il a pour monsieur Marc-Aurèle qui va forcément, du coup, entrer dans son passé.

Mais il pleure également à cause du bonheur à venir.

Et il part bel et bien. Plein nord — de quelqu'un qui veut si fermement aller au sud-ouest, tu n'imagines pas qu'il puisse faire route au nord. Justement, c'est tout l'avantage du plan 5, ça va déconcerter monsieur Marc-Aurèle qui le fera rechercher partout, sauf dans cette direction-là. Il se glisse à bord d'une chaloupe des Messageries fluviales qui remonte le Mékong. Un chapeau conique couvre ses cheveux teints en noir, il est vêtu de la chemise et du pantalon flottant du *nha qué*, le paysan vietnamien de base. Pieds nus. Pour tout bagage, un sac de vieille toile qui n'attire pas l'œil. Et qui contient pourtant l'essentiel : ses vêtements pour, quand il débarquera à Singapour, n'avoir pas l'air trop misérable, des sandales, un couteau, la montre de son père, son exemplaire du *Livre de la jungle* (avec marque-page et, pour mieux retrouver la ligne où il a arrêté sa dernière lecture, tracée au crayon une petite croix — il y a une vingtaine de croix, déjà), la boussole achetée deux ans et demi plus tôt à l'ami Hong de Cholon, le bandeau rouge et noir qu'il n'arborera que le jour où il sera sur la mer, ses cartes de tous les rivages du golfe du Siam et de la Malaisie, enfin et surtout les sept sapèques d'or. Ce ne sont pas de vraies sapèques. Les vraies sapèques, c'est de la menue monnaie chinoise. Celles-là sont en or pur, et ouvragées. Sur son lit, dans sa chambre de l'hôpital Grall, deux jours avant sa mort, son père lui a révélé la cachette de ce trésor.

Pas grand-chose à dire sur ce qui suit. Tu débarques à Phnom Penh, tu y troques ton costume de Vietnamien contre un sarong cambodgien, tu dors chez le cousin du cousin de Hong, ce cousin du cousin te met sur la bonne route, tu marches au nord-ouest — pas trop au nord, disons à 10 heures, tu finis après quatre jours et demi par voir les montagnes que tu attends, tu mets alors cap à l'ouest — carrément à 9 heures — et droit vers la mer, quelle impatience. Il rencontre des tigres et des panthères, plein de serpents, des serpents en veux-tu en voilà, surtout des cobras, une sale engeance, et plus enquiquinant encore, des *gaurs*. Un gaur, c'est un buffle sauvage, on croirait qu'il porte des socquettes blanches aux quatre pattes. Quel abruti, un vrai préfet de discipline dans la cour de récréation d'un collège missionnaire ; ça fonce sur tout ce qui bouge, et pour les plus gros, d'une pointe de corne à l'autre pointe de corne (elles se font face), ça fait parfois plus de deux mètres, c'est dire la bestiole.

Il traverse le Cambodge comme une ombre, se nourrit de bananes, d'un peu de riz vert volé dans les rizières, de mangues et autres mangoustans, de poisson. Pour le poisson, il le pêche. Parfois, quand il est emprisonné dans des mares étroites que le soleil réduit d'heure en heure, plus souvent carrément sous terre — tu creuses un trou dans le sol craquelé, tu plonges la main dans ledit trou, et presque à tous les coups tu ramènes de quoi manger, englué que c'est dans la boue. Le pire, c'est de le manger cru — pas de feu, Kaï ne veut rien faire qui puisse signaler son passage et il évite, en le contournant, le moindre village.

Il sent la mer, la sent vraiment, de toutes ses narines, bien avant de la voir. Il sait qu'elle est là, un jour, devant lui. Il aura toujours cette faculté rare de renifler le grand large à une distance invraisemblable.

Et puis il reconnaît aussi la langue et ses ondoiements qui l'enchantent, alors même qu'il est encore trop loin pour saisir le sens des mots. Du malais. Forcément : cela se sait, le Cambodgien n'aime pas aller sur la mer ; si bien que des pêcheurs sur un rivage d'eau salée ne peuvent être que malais, même en plein Cambodge.

Il est en train de descendre le cours d'une rivière, en prenant garde à ne pas marcher sur les crocodiles et les cobras. Voix de femmes, riantes, sur le fond de ruissellement de cascade. Il hésite à se montrer, sans doute les femmes sont-elles nues mais, si tenté qu'il soit de risquer un œil, il choisit de faire un détour. Cent mètres plus loin et déjà plus en contrebas, l'horizon se dégage soudain, saisissant : le fabuleux émeraude de la mer, la côte rocheuse, le chapelet d'îlots ceinturant la vaste baie, le très petit village (cinq ou six toits de latanier et des filets), une infinie plage blanche dominée par la forêt et, au nord, des montagnes vert sombre et très puissantes, par endroits tombant presque mollement sur le golfe de Siam.

Il meurt de faim, voilà trois jours ou quatre qu'il n'a rien avalé — depuis son dernier serpent cru. Plusieurs entailles font saigner ses pieds et une vilaine plaie refuse de guérir au beau milieu de son mollet gauche. N'en fais pas une soupe, tu n'en mourras pas. Il s'assoit. Se force à faire défiler dans sa mémoire les années de Singapour (dont il n'a pas tant de souvenirs, en somme) et celles de Saigon. Et son père et sa mère, et monsieur Marc-Aurèle et sa famille, sa femme, ses trois filles et son fils Dominique, et la belle Isabelle Margerit dont il a vu la culotte, et les Chinois de Cholon, et les tireurs de pousse, et le petit monde du grand marché, il doit faire entrer tout ça dans son passé. Entrer dans le passé, il aime l'expression. C'est comme de refermer un tiroir. Ou un livre terminé. Sauf que jamais tu n'as terminé de livre.

Il cherche et trouve l'endroit qui convient. A quelques centaines de mètres, un creux de rocher qui, par exception, ne contient pas de cobras, dans la direction du Siam. Il y cache les plus importants de ses biens terrestres, dont évidemment les sept sapèques.

Revient en arrière, vérifie. Mais non, ça va, Saigon et tout le tremblement sont entrés dans son passé.

Il descend vers les pêcheurs.

Il reste onze jours avec eux, ils sont très gentils avec lui, d'ailleurs il parle leur langue, et mieux que bien, surtout passées les premières heures pendant lesquelles il trébuche un peu. Il apprend d'eux qu'ils viennent d'en face, de la Malaisie, on s'en serait douté, ils pêchent des requins pour en recueillir les ailerons, ils travaillent pour un Chinois de Tengganu, tous les trois mois une jonque passe, embarque la récolte, dépose du riz, du tapioca, de quoi réparer les filets. « Et elle viendra quand, cette jonque ? » Elle vient de passer, pas de chance, et puis d'ailleurs je m'en fiche, c'est à pied que j'ai décidé d'aller en Malaisie, même si ça doit me prendre quarante-trois ans.

— Je ne suis pas *ingerris*, ne m'insulte pas, répond-il à un Malais. (*Ingerris* pour *anglais.*)

Il va en mer avec les pêcheurs, s'initie avec une rapidité extrême au maniement de leurs pirogues instables, à ras de l'eau, survoilées, qu'un bébé rouleau te roule en expédiant par le fond tous les apparaux de pêche. Les blessures aux pieds guérissent à peu près, même si le sel marin creuse un peu plus les plaies, rien à foutre. Mais pas la plaie au mollet. Elle s'infecte, tourne à l'abcès purulent dans les huit centimètres de diamètre, en sorte que le sixième ou le septième jour, il se décide à l'inciser, la douleur devenant vraiment pénible et l'infection surtout lui remontant le long de la jambe, jusqu'à l'aine. Il taillade au couteau, coupe tout ce qui lui semble définitivement pourri et puis, ayant rougi au feu la lame de son couteau, cautérise, ça fait du bien quand ça s'arrête. « Tu deviens très bon marin, déjà meilleur que beaucoup d'entre nous. — Merci. » Il a tout de même, à cause de sa jambe, envisagé de leur acheter une pirogue, mais ils en ont juste le compte, tant pis, et puis il se dégonflerait ?

A l'aube du douzième jour, il reprend sa route. Il récupère son sac et bien sûr les sapèques, celles-ci toujours enfermées dans un étui plat, en cuir, lui-même enrobé de caoutchouc brut. Provisions pour le voyage : du poisson séché pour deux ou trois semaines et surtout une gâterie : dans des cylindres de bambou hermétiquement scellés pour garantir la fermentation, de la viande de porc sauvage faisandée au point de grouiller de vers. On mange les vers avec, c'est même le meilleur, Kaï adore.

Il a devant lui mille, mille cinq cents, peut-être bien deux mille kilomètres (si ça se trouve, je vais arriver avec une barbe blanche, déjà que je commence à avoir besoin de me raser, je vieillis).

Il boite bas, sa jambe lui fait un mal de chien.

Bref, pas grand-chose à dire sur cette partie du voyage.

Vers la mi-novembre, il est au Siam depuis des lunes, il a traversé le Ménam, le fleuve de Bangkok, appris pas mal de siamois, lu onze pages et dix-neuf lignes de son livre, guéri de sa blessure, fait des câlins à neuf Siamoises grandes comme des bouteilles de bière. Et rencontré Archibald Leach.

— Alors tu parlerais anglais ? lui demande le même Archibald Leach.

— Il semble bien que oui, répond Kaï, placide.

— Je n'en crois pas un mot.

— Nous sommes en train de parler anglais.

— Tu comprends ce que je dis et je te comprends parce que je sais couramment le chinois.

— Vous ne parlez pas du tout le chinois.

— C'est ce qui te trompe. Et là-dessus, Archibald Leach éructe des sons très étonnants, qui ne ressemblent à ceux d'aucune langue connue de Kaï. Ça, c'est du chinois.

— Il semble bien que non, dit Kaï. Je parle moi-même parfaitement le chinois. Puisque je suis chinois.

— Tu as les cheveux bouclés et rouges. Personne n'a jamais vu un Chinois avec des cheveux rouges et bouclés.

— Mes yeux sont bridés.

— Je connais un cocher de fiacre dans Tottenham Court Road qui a les yeux plus bridés que toi. Il est vrai qu'il est gallois.

L'argument laisse sans réplique Kaï, qui ignore tout de Tottenham Court Road. Et d'ailleurs, il est vrai que ses cheveux, qu'il a donc teints en noir au départ de Saigon pour n'être pas remarqué à bord de la chaloupe des Messageries fluviales, ont recouvré leur couleur originelle. Bon, c'est entendu, ils n'ont pas le roux flamboyant de la toison de Cerpelaï Gila. Ils tirent davantage sur l'acajou. Ce qui ne fait pas quand même très chinois, d'accord.

— Et Kim serait ton nom. Kim comment ?

— Kimball, dit Kaï. Qui se souvient d'un Jonathan Kimball que son père connaissait un peu, à Singapour.

Kaï tait son vrai nom pour le cas, somme toute possible, où ce monsieur Archibald Leach serait un espion de la Compagnie des Indes. Laquelle continuerait de donner la chasse à tous les O'Hara de l'Asie (du golfe du Bengale au détroit de Torres), pour les prendre, suite aux petits démêlés que lesdits O'Hara ont eus avec la compagnie susdite, durant les deux cent soixante-quatorze dernières années.

La rencontre a eu lieu lors de la traversée du Ménam. Il y avait là un impressionnant mouvement de navires, chargés de marchandises et, pour beaucoup, d'émigrants chinois nattés. L'éclat d'une voix anglaise a par plusieurs fois percé le tumulte. Kaï a découvert, sur la berge et très proche du fleuve, assis tout au sommet d'un amoncellement de ce qui lui paraît de prime abord être des sacs de riz, coiffé d'un casque colonial britannique à l'arrière surbaissé et cerclé d'une écharpe d'un rose vif, culotté de jodhpurs moutarde sur une tunique à col officier de même couleur décorée d'une pochette du même rose, chaussé de bottes étincelantes, portant une ombrelle fuchsia, moustache laiteuse à force d'être blonde, yeux bleu de porcelaine à l'expression fort sereine, un homme.

Et cet homme promène sur le monde qui l'entoure un regard vraiment très paisible, c'est un îlot de totale nonchalance dans une mer de portefaix et d'émigrants fébriles. De temps à autre, sur le ton de qui n'espère nullement attirer une quelconque attention, avec une régularité pourtant métronomique, il lance une phrase, toujours la même : *Y a-t-il parmi vous, gentlemen, quelqu'un qui sache l'anglais, qui ne soit pas voleur, qui connaisse l'agronomie et la route de Johore ?*

Kaï finit par s'approcher. Il dit qu'il parle l'anglais, entre autres langues. Il lui faut répéter quatre fois sa déclaration pour que le regard impérial consente enfin à s'abaisser sur lui et découvrir son existence.

— Tu crois en Dieu, mon garçon ?

— Je n'ai encore rien décidé à ce sujet.

— Tu sais où est Johore ?

Kaï sait à peu près où se trouve Johore, c'est la dernière ville sur la péninsule malaise ; s'il arrive lui-même à Johore, il pourra rejoindre Singapour.

— Tu as quel âge, mon garçon ?

— Dix-sept ans.

— Tu es né en quelle année ?

— 1880, répond Kaï, se vieillissant de deux ans.

Et, tentant de lire l'œil bleu de son interlocuteur juché quatre mètres plus haut que lui, il a le sentiment d'affronter soit l'intelligence la plus aiguë qui se puisse rencontrer, soit un crétinisme quasiment inconcevable.

— Tu connais l'agronomie ?

— Pas personnellement, seulement de vue.

— Serais-tu par hasard en train de te moquer de moi ?
— Dieu m'en garde.
— Je me disais aussi.

Archibald Leach n'était pas, sur les bords du Ménam, aussi seul qu'il en avait l'air. Deux Sino-Siamois sont arrivés, avec une carriole, une grande charrette, quatre chevaux ; ils ont disposé les sacs sur la charrette ; à Kaï, qui a essayé plusieurs fois d'engager avec eux la conversation, ils n'ont pas répondu un mot — ils me comprennent, pourtant, puisque je les comprends, ils ont des têtes et l'accent de Shangaiens, et des physionomies plutôt patibulaires, outre qu'ils sont armés chacun d'un fusil et d'un revolver. Je me demande bien ce qu'il peut y avoir dans ces saletés de sacs.

— Tu me conviens, je te prends comme guide, mon garçon. Une guinée la semaine, à prendre ou à laisser, et je suis fastueux.

Je n'aime pas trop qu'il m'appelle *mon garçon*, pense Kaï ; ce serait un vieux de quarante ans, ça irait encore, mais celui-là, s'il a trente ans, c'est le bout du monde, il aurait du mal à être mon père. Le convoi s'est mis en route, on avance depuis des jours et les premiers soupçons de Kaï ont grandi, qui, dès le début, lui faisaient discerner quelque chose de pas ordinaire, on pourrait même dire de très bizarre, chez l'Archibald. Kaï a bien été rôder du côté des sacs énigmatiques. En vain. D'abord, ils sont, ces sacs, sous étroite surveillance, et puis surtout leur contenant n'est pas seulement de jute ordinaire : sous la première enveloppe il y en a une deuxième, très épaisse — peut-être du cuir ? Ce n'est sûrement pas du riz qu'ils contiennent, ni quelque chose d'aussi banal.

— Tu sais te servir d'un fusil ?

Kaï sait. Un peu. Un peu pas mal. Marc-Aurèle les a huit ou dix fois emmenés à la chasse, son père et lui. Je n'ai jamais rien tué parce que je n'aime pas massacrer des bestioles, mais j'aurais pu. L'Archibald dévoile le contenu d'un long étui de cuir rouge, ancien, tout écorné, marqué des initiales J.R.L. Trois fusils à l'intérieur, de pures merveilles.

— Des Purdey, mon garçon. Fabriqués pour les deux plus anciens par James Purdey en personne, à l'intention de mon grand-père, sous le règne de George III. Montre-moi ce que tu sais faire. Tiens, ce tronc, là-bas.

Kaï vise, tire — et le rate — de peu. Il l'a fait exprès. En dépit de son impulsivité naturelle qui l'aurait poussé à faire étalage de son adresse. Mais mieux vaut ne pas paraître trop adroit. Ni trop rusé. Je ne suis ni rusé, ni calculateur, je suis impulsif. Un impulsif prudent, c'est tout.

D'autant que des choses se passent, qui ne sont pas pour dissiper sa défiance. Alors que Johore est forcément plein sud, pas moyen de se tromper et l'Archibald a autant besoin d'un guide que moi de la fièvre jaune, le convoi un matin part vers l'ouest. Vers la mer.

— Tu sais comment s'appelle cette mer, mon garçon ?

Il m'énerve.

— L'Atlantique, dit Kaï.

— Tu es vraiment nul en géographie.

— J'ai grand-peur que oui. Je sais où est Johore, c'est tout.

Kaï ment. S'il a toujours obstinément refusé de jeter le moindre coup d'œil sur tous les atlas que les missionnaires de la saleté de collège voulaient lui faire étudier — qu'est-ce que j'ai à faire de l'Europe ou du pays des cow-boys ? —, en revanche, il est parfaitement incollable sur toute la zone définie, au nord, par les golfes du Bengale et du Tonkin (avec une petite pointe vers Hong Kong, voire Shanghai, tout de même) et, au sud, les mers de Timor et de Corail. Il n'a jamais éprouvé le besoin d'en apprendre davantage. Mais ce qu'il sait, il le sait bien. Cette mer vers laquelle on marche, il en connaît mieux que le nom, la mer d'Andaman : il pourrait réciter de mémoire le nom des îles composant les archipels d'Andaman et Nicobar, ou celui de Mergui.

Mais ses soupçons ont encore grandi, quoiqu'il n'en laisse rien paraître. Une certitude lui vient, en plus, lorsque, à peut-être un jour de marche de la côte, l'Archibald fait de nouveau modifier le cap. Voilà que l'on repart au sud, longeant la mer. *L'Archibald a peur d'être suivi. Ou bien il sait qu'il l'est et cherche à se défiler.* La nuit suivante — alors que Kaï feint de dormir et parfait l'illusion d'un petit ronflement —, l'un des Shanghaiens repart silencieusement en arrière, reste quatre heures absent. Revient. Conciliabule avec l'Archibald. Qui, dans le quart d'heure suivant, fait lever le camp et mettre en route, alors que le jour est loin d'être levé. On marche deux heures, apparemment sans hâte. Sauf que l'on est une nouvelle fois reparti en direction de la côte.

— Qu'est-ce qu'il y a dans ton sac, mon garçon ?

Rien de particulier dans le ton. L'Archibald fume un cigare et boit du thé. On vient de faire halte. Une heure plus tôt, on a aperçu un village et, par une déchirure dans la forêt, la mer d'Andaman, à quelques kilomètres. Une piste à peine tracée semble d'ailleurs y descendre, tandis qu'une autre irait plutôt vers le sud. Et cela vient d'un coup à Kaï. Une sensation d'alerte, de danger. Il était assis sur le banc de la carriole et le voici qui lorgne sur sa gauche, en direction de ce mur de jungle, dans quoi il pourrait s'engloutir. Il est à une seconde de bondir.

— Ne bouge surtout pas, dit doucement Archibald Leach. Ça m'ennuirait beaucoup de te tuer.

Pas d'arme dans la main de l'Archibald. Mais les deux fusils des Shangaiens se sont redressés et, dès lors, les quelque trente mètres entre Kaï et la jungle paraissent un kilomètre.

— Ton sac, mon garçon.

Kaï le jette sur le sol. Le livre est retiré en premier.

— Et il sait même lire, remarque l'Archibald. Et du Kipling, en plus. Je connais Kipling. Personnellement, je veux dire. C'est un ami de mon père. A notre prochaine rencontre, je lui parlerai de toi. Je sais qu'il a en tête un roman sur un jeune métis, en Asie. Il lui cherche un nom. Pourquoi pas le tien ? Tu t'appelles comment, en réalité ?

L'Archibald continue de fouiller le sac et, bien sûr, ne trouve pas les sapèques. Un mouvement sur la gauche, sur la piste qui monte de la mer d'Andaman, un groupe d'hommes vient de s'y montrer. Des têtes, non pas de paysans, mais de marins, tu dirais plutôt des pirates.

— Déshabille-toi, mon garçon. Nous allons échanger nos vêtements, toi et moi. Je ne crois pas que quelqu'un ait vu mon visage, quand j'ai volé ces sacs. On te prendra pour moi sur la foi de ce très bel ensemble que je porte. Ta chemise et ta culotte. Allez.

L'Archibald lui-même se défait de ses vêtements et il se révèle bien moins clair de peau que Kaï ne s'y serait attendu. Plus hâlé, sur tout le corps. Plus costaud aussi. Je devrais me battre avec lui que j'aurais du mal. Sa tenue n'était qu'un déguisement. Tu parles, il doit s'appeler Archibald Leach comme moi Confucius.

— Ta culotte, mon garçon. Le temps commence à presser.

Et rien à faire, Kaï est obligé d'ôter ce qu'il porte encore. Si bien que forcément le sachet apparaît, pendu à sa taille par un cordonnet.

— Fais voir ça.

Les sept sapèques dans la main de l'Archibald, tandis que les marins-pirates sont en train de décharger du chariot une partie des sacs transportés. Et ils voient les sapèques d'or.

— A qui as-tu volé ça ?

Ça me prendra du temps, ça me prendra vingt-trois ans ou plus, pense Kaï, mais je retrouverai ce type. Et il est tellement assuré de pouvoir se venger un jour qu'il en redevient tranquille — c'est juste une question de temps. Le soi-disant Archibald Leach achève de passer d'autres vêtements. De marin, ceux-là. Il tient toujours en main l'étui contenant les sapèques et son regard tombe sur l'inscription gravée.

— K. O'Hara. Kimball O'Hara, c'est ça ? C'est le nom de l'homme à qui tu as volé ces pièces d'or ou c'est le tien ? Kim O'Kara, je crois que ça plaira assez à mon ami Kipling.

Kaï enfile les bottes. Le plus agaçant, c'est qu'elles lui vont. Comme les jodhpurs et le reste, casque compris.

— Évidemment, mon garçon. Pourquoi crois-tu que je

t'ai engagé sur le bord de la rivière de Bangkok ? Nous sommes exactement de la même taille. J'ai un coup d'œil exceptionnel. Tout est exceptionnel en moi, d'ailleurs. Bon, je vais te laisser ces pièces. Trop repérables. Je ne voudrais pas que l'on vienne m'accuser de vol, un jour.

Les derniers porteurs de sacs s'éloignent. Un Shanghaien s'approche et dit, en anglais, qu'il vaudrait mieux partir très vite, maintenant.

— Il y a quoi, dans ces sacs ? demande Kaï.

— Des graines d'hévéa, l'arbre à caoutchouc. En quantité suffisante pour créer la plus grande plantation d'Asie. Par les temps qui courent, ça vaut très cher, mon garçon.

Sur quoi, c'est sans doute un coup de crosse de fusil qui frappe Kaï à la nuque. Il n'est pas complètement assommé, garde plus ou moins conscience, fait semblant d'être sonné pour le compte ; n'empêche que quand il rouvre les yeux, il a dû se passer un peu plus de temps qu'il ne le croyait. Il est à nouveau assis sur le banc de conduite de la carriole et derrière lui le chariot est là, encore chargé de près de la moitié des sacs, l'Archibald et ses Shanghaiens ne sont plus en vue mais, en revanche, à quelques centaines de mètres entre les arbres, se profilent des gens à cheval.

File.

Il n'a pas fini de penser le mot qu'il court déjà. Sur dix mètres. Après quoi il revient sur ses pas, saisit au vol son sac et repart de plus belle. Juste le temps de se cacher. Les cavaliers arrivent. Ils sont une dizaine. Deux Blancs les mènent, les autres sont des Malais, leur poitrine nue barrée par une cartouchière. Tous armés de fusils. Ce sera les bonshommes à qui l'Archibald aura volé leurs graines de caoutchouc, et ils le poursuivent depuis mille kilomètres, ils ont vraiment l'esprit de propriété, tout ça pour des graines !

Si ce n'est qu'il a dû leur prendre autre chose que des graines, sûrement. Et qu'il s'attendait à ce qu'on lui coure après — pour aller de Bangkok à Johore, un bateau aurait mieux convenu ; s'il a choisi la voie de terre, c'était dans l'espoir de les dépister.

Accroupi, Kaï regarde les cavaliers au travers du feuillage. Deux d'entre eux viennent de mettre pied à terre et examinent le sol. Des pisteurs, avec des allures de chiens de chasse. Qui relèvent les empreintes sur le sol, et il est clair qu'il reconstituent le déchargement, le charroi vers la mer. *Oh non !* Contrairement à l'espoir de Kaï, l'un des pisteurs vient de remarquer les traces divergentes laissées par les bottes et voici que les cavaliers se scindent en deux groupes, chacun avec un Blanc à sa tête. L'un pour descendre jusqu'à la mer d'Andaman, l'autre pour venir droit sur Kaï. Qui aussitôt se dresse et repart, s'enfonçant à toute allure sous le couvert, aussi silencieux que possible, recherchant les zones les plus épaisses, celles que des chevaux ne peuvent traverser. Il se faufile prestement. En même temps, il s'en veut : la meilleure solution serait peut être bien, au contraire, de se laisser capturer et de tenter de s'expliquer — *Je ne suis pas celui que vous cherchez, je n'ai rien à voir avec vos histoires, fichez-moi la paix.* Sauf qu'il court, ou trottine, c'est plus fort que lui. Malgré cette certitude grandissante : l'Archibald a prévu que tu réagirais ainsi, que tu te mettrais à courir comme un imbécile, tu fais son jeu, tu attires sur toi la poursuite et pendant ce temps, lui vogue sur la mer, hors de portée. Le terrain s'élève, il y a là une succession de contreforts montagneux très boisés et, si ses souvenirs de ses cartes sont assez flous (il a concentré son étude sur les mers, les îles, les ancrages, les ports, les passes et les détroits, avec comme objectif essentiel de préparer sa vie sur la mer), il se rappelle néanmoins qu'en cet endroit de la presqu'île siamo-malaise (plus au sud aussi, d'ailleurs), il y a plein de montagnes, certaines des plus hautes, quinze cents ou deux mille mètres, je ne vais quand même pas grimper jusque-là pour me débarrasser de ces types. Il atteint une espèce de plateau herbu, qu'il parcourt ventre à terre. Ce n'est qu'une fois atteinte la lisière d'une nouvelle forêt qu'il se retourne. Six cavaliers derrière lui, qui débouchent à leur tour.

D'accord. Il se défait de tous les vêtements de l'Archibald (ce fils de chien ne lui a laissé aucune de ses affaires — sauf son sac —, même pas sa culotte, probablement qu'il escomptait qu'il n'oserait pas se mettre tout nu). Il casse des branchages et compose une espèce d'épouvantail. Auquel il abandonne tout, des bottes au casque. Un froissement de papier dans une poche de poitrine du dolman de toile moutarde lui donne une idée. D'autant qu'il trouve aussi un crayon. Un œil sur une feuille de papier à lettres de l'hôtel Oriental à Bangkok et l'autre sur ses poursuivants qui approchent, il met dix minutes — l'écriture n'est vraiment pas son fort — à rédiger un message : SUIS PAS ARCHIBALD CRÉTINS !

Cavaliers à cinquante mètres. Trois ou quatre balles trouent le rideau d'arbres et deux d'entre elles atteignent le mannequin. Les heures suivantes, Kaï court. Au fond de lui-même, il ne croit guère au risque d'être pris. Bien autre chose lui occupe l'esprit. Un trait de caractère est en train de se révéler à lui, qui, avec les années, les dizaines d'années suivantes, dominera son comportement : un besoin impérieux, absolu, de régler les comptes en suspens. Qu'il s'agisse de dettes qu'il aura, ou de ce qui lui sera dû. Il est convaincu d'être impulsif, vif-argent, à tout instant prêt à basculer dans des emportements extrêmes. Il se trompe, et de beaucoup, même s'il ne se persuadera jamais vraiment de son erreur. Il prendra souvent pour des foucades ce qui n'est toujours chez lui que le résultat d'une lente maturation, ô combien retorse. Fidèle à ses amis... et à ses ennemis.

Quant à ceux-ci, il vient d'en inaugurer la liste par le soi-disant Archibald Leach. Je le retrouverai. Parole d'homme.

Il court toute cette journée-là. Gardant ses poursuivants à portée de vue : c'est le seul moyen de savoir où ils sont, et ainsi d'éviter toute surprise. Quand la nuit vient, elle tombe, comme toujours sous cette latitude, avec une surprenante promptitude. Quelques secondes plus tôt, la forêt bruissait encore du pépiement de millions d'oiseaux, des bruits ordinaires de la jungle, voire du feulement d'un tigre. Il y a eu un arrêt subit. Puis, d'un coup, le concert de la vie animalière a connu un brutal crescendo. Un salut au jour qui s'en va. Après quoi, le silence total. Kaï a l'habitude. Il est déjà passé une fois à cet endroit où il se trouve à présent. Certain d'agir sous l'impulsion du moment, il applique en réalité un plan inconscient. Les cavaliers sont à quatre cents mètres au nord — leur pisteur connaît son affaire, pas de doute, j'ai essayé dix fois de le tromper, en vain. Kaï court maintenant sur les rochers affleurant la surface d'une étroite rivière, pas mal torrentueuse. Il a laissé des traces un peu partout, le pisteur en a pour deux jours à s'y retrouver. Cette fois, il descend pour de bon le courant. A la nage. Par deux fois seulement, il est contraint de s'accrocher à des branches pour éviter ces abrutis de crocodiles dont les mâchoires claquent. Une fois une dent lui balafre même la fesse. Encore une chance que je me sois trouvé sur le dos et pas sur le ventre.

Il était encore plus près de la mer d'Andaman qu'il ne le croyait. L'eau de la rivière est de plus en plus tourbeuse et lisse, le lit s'est élargi. Odeur de fumée, il y a un village dans le coin. Je suis bien à trente kilomètres plus au sud de l'endroit où l'Archibald a pris la poudre d'escampette en me laissant derrière lui comme leurre.

Il est obligé de se hisser sur un palétuvier : en plus des crocodiles, des cobras font de la natation. La mangrove s'étend sur quelques dizaines de mètres à peine. La traverser lui prend pourtant une vingtaine de minutes, contraint qu'il est de progresser dans une boue épaisse et visqueuse, dans laquelle il s'enfonce parfois jusqu'aux épaules. Quand enfin il réussit à gagner un sol ferme, normal, il est couvert de sangsues sur tout le corps. Il s'affale, épuisé — il n'a rien mangé depuis la veille —, tenant toujours son sac qui ne contient plus guère que l'étui avec les sept sapèques d'or, encore enveloppé dans sa gaine de caoutchouc. Dans ses narines, outre la senteur d'un feu, il reçoit une odeur de mer. Il n'en peut plus, vraiment plus, voilà dix ou douze heures qu'il fuit, et ce sera l'unique fois de sa si longue et folle marche où lui viendra quelque chose comme du découragement. Il n'a pas la moindre conscience de ce qu'il a accompli, une assez stupéfiante performance, surtout pour son âge.

La nuit est à peu près claire, à présent qu'il s'est extrait de l'enfer de la mangrove. Il a, depuis un moment, le sentiment d'une présence et pense que cette fois ça y est, les cavaliers l'ont rejoint. Pas question de bouger, cependant. Ni même d'ouvrir les yeux. Ses paupières sont collées par la boue. Il peut toutefois allonger une main. Et il touche une jambe.

Sur quoi, la fillette lui verse un peu d'eau sur le visage, qu'elle nettoie.

— Tu es mort ?

Question en malais.

— Crois pas, dit Kaï.

Il ouvre l'œil gauche et la découvre, accroupie juste devant lui, deux seaux de bois posés près d'elle et leurs anses encore accrochées à la palanche ayant servi à les transporter. Elle a dans les huit ou neuf ans.

— Tu es le jeune Blanc que des cavaliers et les pirates recherchent, dit-elle.

Elle le fait boire, versant un peu d'eau dans la paume de sa petite main et en faisant couler quelques gouttes entre les lèvres de Kaï, desséchées par la croûte de boue.

— Quels pirates ?

Il ne se souvient pas d'avoir jamais été poursuivi par des pirates.

— Les pirates qui veulent lui prendre les pièces d'or, dit-elle.

Il finit par se redresser et s'adosse au tronc d'un palmier borasse, qu'il reconnaît à l'odeur. Avec un peu plus d'eau, il se débarbouille et cette fois soulève sa deuxième paupière. C'est vraiment une fort jolie petite fille, avec de très grands yeux et de longs cheveux d'huile noire. Souris-lui, pense-t-il, tu as sacrément besoin d'une amie. Elle ne lui sourit pas en retour mais hoche la tête. Comme si — ce qui est le cas — elle avait deviné qu'il lui demande de l'aide et était disposée à lui en donner. Et ainsi va la vie, qui fera de cette première rencontre le début d'une longue, très longue amitié, sans parler du reste. C'est en effet à cet instant-là qu'entre dans l'histoire, et pour les soixante-dix années qui suivront, la Femme-Qui-A-Connu O'Hara.

— Est-ce que les pirates qui veulent mes pièces sont de ton village ?

— Ceux-là, non.

— Il y a des pirates dans ton village ?

— Évidemment.

— Et tu crois qu'ils voudront me tuer aussi pour me prendre mon trésor ?

— Très probablement.

Mais avant de répondre, la petite fille a bien pris le temps de réfléchir. Pour ce faire, elle a penché un peu sa tête sur le côté, avec un air de profonde gravité. Et Kaï qui aime beaucoup les petites filles (il préfère les grandes, pour l'instant, mais l'intérêt d'une petite fille, c'est qu'elle finit toujours par grandir, un jour ou l'autre, et alors tu peux lui faire tous les câlins que tu veux, question de temps).

— Prenons par exemple ton père, dit Kaï. C'est un pirate ?

— Cela va de soi. Pêcheur et pirate, précise-t-elle. Comme tout le monde.

— Ça m'ennuierait d'être tué par ton père. Surtout maintenant que nous sommes des amis, toi et moi.

Kaï est convaincu d'être extraordinairement rusé, en disant cela. Tout comme il a le sentiment d'être vraiment très vieux, par comparaison avec elle qui doit bien avoir six ou sept ans de moins que lui.

Sauf qu'elle ne tombe pas dans le piège. Elle dit qu'elle n'a pas encore décidé s'ils étaient amis, lui et elle. Elle voit bien qu'il essaie de la tromper, mais il se trompe en pensant qu'elle est trompée, on ne la trompe pas comme ça. Nom d'un éléphant, se dit Kaï, il a fallu que je tombe sur la petite fille la plus futée de ce côté-ci du Mékong !

— J'ai une idée, dit-il. Je te donne une de mes pièces d'or. A toi toute seule. Rien que pour toi. Si les pirates me prennent et me volent mes pièces, tu n'auras rien du tout. Même si c'est ton père et ton village qui me volent, au lieu que ce soit les autres. D'accord ?

Il y a du vrai dans ce qu'il dit.

On avance.

Et que doit-elle faire en échange de cette pièce ?

— Pas grand-chose. Tu ne dis à personne que tu m'as vu, tu m'apportes à manger, tu m'apportes aussi un sarong, plus des vivres pour quelques jours, tu me dis quelle est la meilleure pirogue de ton village.

C'est ça qu'il appelle pas grand-chose ?

— Pour le sarong, je peux m'en passer, concède Kaï.

Et quant à la pirogue, détail vraiment de fort peu d'importance, il n'est bien entendu pas question qu'il la vole. Ce sera juste un emprunt. Il naviguera avec la pirogue jusqu'à Singapour. Une fois à Singapour, il fera deux ou trois choses urgentes et ensuite il reviendra pour rendre la pirogue, parole d'homme.

— Je reviendrai avec des cadeaux pour toi. Qu'est-ce qui te ferait plaisir ?

Qu'est-ce qui pourrait bien faire plaisir à une petite fille ? Une robe ? Des rubans pour ses cheveux ? Une corde à sauter ? Et pourquoi pas une poupée ?

Il ne sait pas du tout comment on dit *poupée* en malais. Même en anglais, il ne retrouve plus le mot *doll* et se rabat sur *puppet.* Qu'il essaie de traduire au prix d'une longue périphrase. La petite fille le considère d'un œil sévère.

Elle dit qu'il est complètement fou, elle est bien trop jeune pour avoir un enfant. Mais elle va réfléchir à sa proposition.

Là-dessus, elle se relève, replace avec beaucoup d'adresse la palanche sur ses épaules et s'en va, les deux seaux clapotants doucement balancés à chaque extrémité de la ployante perche de bois.

Bien entendu, elle va revenir. Sans quoi elle ne serait pas devenue, soixante-dix ans plus tard, la Femme-Qui-A-Connu O'Hara. Elle revient donc et lui apporte du poisson séché et du tapioca. Elle lui dit :

— Descends de ton arbre, espèce de crétin, tu vois bien que c'est moi. Tu crois donc que je ne te vois pas ?

Il mange.

— Tu as réfléchi à ma proposition ?

Oui.

— Tu vas m'aider ?

Elle a réfléchi, mais pas au point d'être parvenue à une conclusion. Ça lui prendra un peu plus de temps. Et, à propos, les pirates sont au village. Pas son père et ses oncles et tous ceux qui habitent normalement là, mais les autres, ceux du Nord. Et les autres du Nord disent qu'il y a au moins quarante pièces d'or et que, si l'on décrétait une mobilisation générale, une sorte d'association, il serait possible de partager ce trésor.

— N'exagérons rien, dit Kaï, la bouche pleine de tapioca, j'ai seulement sept sapèques, pas quarante. Et il n'en restera plus que six quand je t'en aurai donné une pour toi toute seule.

Pendant l'absence de la fillette, Kaï est allé se laver, en remontant sur une centaine de mètres la mangrove, jusqu'à trouver une eau à peu près claire, enfin sans trop de boue. Il est un peu gêné d'être tout nu mais pas tant que cela. Après tout, c'est un bébé, pas une vraie femme, elle n'a même pas de seins.

Sauf qu'elle le regarde, et un peu trop. Et à un certain endroit. Il en rougirait presque. A son avis, elle est vraiment en avance sur son âge.

— J'ai réfléchi, dit-elle. Je ne t'apporte pas de sarong.

C'est fichu. Si elle refuse le sarong, tu penses bien que je peux faire mon deuil de la pirogue. Je peux quand même essayer d'en voler une mais ce ne sera pas pareil, je risque de prendre n'importe quoi, dans l'obscurité.

Pour la pirogue, c'est d'accord, reprend-elle. Il est stupéfait. Elle explique que c'est pourtant très clair. Le sarong, elle devrait le voler. Tandis que la pirogue, elle se contente d'indiquer quelle est la plus rapide de toutes celles du village ; elle donne une information, rien de plus.

— Et les provisions de route ?

Elles sont déjà dans la pirogue. De quoi tenir une semaine. Là encore, ce n'est pas non plus du vol : elle a placé de la nourriture et de l'eau dans un bateau, pour son oncle Raman qui partira peut-être demain à la pêche. Si quelqu'un vole pendant la nuit le bateau en question, elle n'y peut rien.

— Pour raisonner, tu raisonnes, dit Kaï.

— Je suis vraiment *cerdik* (intelligente). Je suis la plus cerdik de tout le village. Je suis sûrement plus cerdik que la moitié de mon village réunie. Si je n'avais pas été cerdik, j'aurais lâché mes seaux en te voyant, j'aurais hurlé et on t'aurait déjà pris et mangé.

— Parce qu'on mange les gens, dans ton village ?

Évidemment non. Elle disait ça pour lui faire comprendre à quel point elle avait été cerdik.

— Et elle est où, cette pirogue ?

Rien ne presse. Il va devoir attendre avant d'aller la voler et prendre la mer avec. S'il sait manœuvrer, bien entendu.

— Je sais, dit Kaï.

Elle fait une moue exprimant les doutes qu'elle entretient sur ce point. Et aussitôt après, produit une mimique, l'air de dire qu'ensuite, tout ce qui se passera une fois qu'il sera sur la mer n'est pas son problème. Dans l'obscurité (mais la lune révèle assez de son visage pour que Kaï puisse en distinguer les traits), elle se tient très droite, mains derrière elle entre le tronc d'un arbre et elle-même — elle ne s'est pas accroupie comme à sa première visite. Elle est vraiment gracieuse. Avec quelque chose dans le maintien et l'expression comme de l'autorité, et une très grande confiance en elle-même. Après tout, il est possible qu'elle soit aussi cerdik qu'elle le pense.

— Tu t'appelles comment ?

Comme il voudra.

— Tu veux dire que tu n'as pas de nom précis ?

Évidemment, qu'elle en a un. Mais elle ne l'aime pas. Comment devrait-elle s'appeler, selon lui ? (Et dans la question qui lui est posée, Kaï devine une curiosité intense, sinon une attente.)

— Elizabeth ?

Ce n'est pas un nom de fille, ça.

— Bien sûr que si. Et Victoria, tu aimes ?

Non plus. Kaï se creuse la tête, jusqu'au moment où un rapprochement bizarre se fait.

— Bagheera. Il y a une panthère noire qui s'appelle Bagheera, dans un des cinq ou six cents livres que j'ai lus.

Elle penche la tête. Une panthère noire, hein ? D'accord. Il peut l'appeler Bagheera. Il a vraiment lu tant de livres ?

— Presque. Tu as déjà vu un livre ?

Un. Une fois. Écrit en chinois, évidemment.

— Tous les livres ne sont pas écrits en chinois, dit Kaï.

Ah bon ? Mais le ton est indifférent. Kaï ne voit pas du tout ce qu'elle peut avoir en tête. Mais c'est toujours pareil avec les petites filles, et aussi les grandes d'ailleurs, tu ne sais jamais ce qu'elles pensent, elles sont bizarres, pas comme tout le monde. Il a une question à poser, il la pose : est-ce que les pirates venus du village du Nord ont parlé d'un Blanc qui avait avec lui des sacs et deux Chinois bardés de fusils ?

Oui.

— Ils ont dit où cet homme est allé ?

Sur la mer.

— Vers où, sur la mer ?

Au large.

— Tu ne sais rien de plus ?

Non.

— Et ces pirates avaient l'air de bien connaître le Blanc ?

Elle réfléchit, sans doute repassant dans sa mémoire chacun des mots entendus et les analysant — pour être cerdik, elle l'est.

A son avis, non. Le Blanc leur a juste acheté un bateau et il est parti dessus, personne ne sachant où. Le Blanc à cheval avec des Malais (qui avaient aussi plein de fusils), ce Blanc-là aussi a demandé après le Blanc avec les sacs et il a reçu la même réponse que celle qu'elle vient de faire à Kaï.

Patung ou *boneka*, dit soudain la petite fille et Kaï, bien sûr, ne comprend pas du tout ce que ce *patung-boneka* vient faire dans la conversation. En sorte qu'elle s'explique. C'est ainsi que l'on dit *poupée*, en malais.

— Tu veux dire que tu avais compris, tout à l'heure ?

Oui. Évidemment (elle dit très souvent « évidemment »). Lorsqu'il a évoqué les cadeaux qu'il pourrait lui rapporter à son retour, quand il reviendra — s'il revient, elle avait très bien compris qu'il ne parlait pas d'un vrai enfant. Elle a juste fait semblant de ne pas comprendre. Mais lui, Kaï, est tellement *bodoh* (stupide) que se moquer de lui n'est vraiment pas intéressant, on s'en lasse. Elle croyait que les Blancs étaient plus cerdik que les Malais, puisque ce sont les Blancs qui sont venus chez les Malais et pas le contraire, mais finalement, c'est la même chose. Tous plus bodoh les uns que les autres, Blancs, Chinois et Malais.

— Tous sauf toi, dit Kaï vexé.

Voilà.

Les bruits de rires et de voix provenant du village commencent à s'affaiblir, sûrement que le sommeil les gagne, là-bas.

Je m'en vais, dit la fillette. Quand ils dormiront tous, il pourra s'approcher et voler la pirogue. C'est la troisième en arrivant, même lui ne devrait pas se tromper, quoique complètement bodoh.

— Non, dit-elle.

Il est en train de défaire la protection de caoutchouc entourant l'étui de cuir des sept sapèques. Elle secoue la tête et dit qu'elle ne veut pas de la pièce d'or. Si elle l'acceptait, lui, Kaï, croirait être quitte, et ne reviendrait pas. S'il se sent en dette, c'est différent. Et en plus, quelqu'un finirait par trouver la pièce et voudrait savoir d'où elle la tient. En plus, c'est un bon chiffre, sept, mieux que six.

Elle se décolle du tronc de l'arbre et s'en va. Les épaules très droites.

— Je reviendrai, affirme Kaï.

Elle dit qu'on verra. Les hommes font toujours des promesses qu'ils ne tiennent pas le plus souvent. Les femmes aussi, d'ailleurs. Elle ne s'est même pas retournée en disant cela, et ce départ si peu chaleureux blesse un peu Kaï. Je ne sais pas, moi, on aurait pu se dire au revoir autrement.

Et elle a disparu, et le temps passe, et le silence s'établit tout à fait sur le village et il attend encore — ne sois pas impulsif —, il attend peut-être une heure. Après quoi seulement, il se met en marche, non pas droit dans la direction du village, mais longeant la mangrove, vers la mer cette fois. Le voici à l'embouchure de la petite rivière et la plage est sur sa droite. Il ne marche pas sur le sable — il n'est pas bodoh au point d'y laisser des traces — mais dans l'eau jusqu'à la taille. Un, deux et trois, la pirogue est noire. Il s'assure que c'est la bonne en vérifiant que les provisions s'y trouvent, dans le coffre sous le banc de nage. Le village se tait, rien n'y bouge, quoiqu'il soit certain que, quelque part, la fillette doit le regarder faire, tandis qu'il s'acharne à tirer pour la déséchouer la longue et lourde embarcation de huit mètres. Non loin de là mais à l'amarre, il y a un autre bateau. Dans les quinze mètres, ponté, avec une proue sculptée en dragon rouge et vert, ce sera celui des pirates du village du Nord, je le volerais bien mais il est vraiment trop gros pour moi, dommage : en arrivant là-dessus à Singapour j'aurais été digne de Cerpelaï Gila. Mais, bon, la pirogue de l'oncle Raman a l'air très bonne. Sauf qu'elle pèse son poids. Il se casse presque les reins à la remettre à l'eau. Ensuite de quoi, plutôt que de pagayer — le bruit — il la tire tout en nageant. Ce n'est que lorsqu'un petit requin le frôle qu'en un centième de seconde il se hisse à bord. Il pagaie. Peu de vent d'ouest, mais il fera avec.

L'aube le trouve à déjà des milles et sous voile. Le village est hors de vue, la mer est belle à en pleurer, elle miroite sous un ciel d'une limpidité totale, et entre les fonds coralliens et la côte changeante, c'est un admirable chatoiement de couleurs. Une image, presque une vision, vient à Kaï : c'est comme s'il se voyait de très haut, de milliers de kilomètres en l'air. Lui sur sa pirogue noire qui marche à merveille (les bordages sont maintenus par des chevilles de bois, elle est non pontée, sa poupe et sa proue sont hautes et effilées), la mer d'Andaman et le Siam, la Birmanie et l'Inde derrière lui et lui s'enfonçant vers les mers du Sud, sur des milliers de milles, à n'en plus finir, bien assez pour toute une vie. Kaï ne peut même pas imaginer qu'un jour pourrait venir où, dans ce monde qu'il s'est depuis toujours choisi, puissent le rejoindre les bureaux de poste et ces abrutis avec des képis qui demandent des papiers. Rien à craindre, la liberté est tienne, et à jamais.

Pour les provisions, la petite fille n'a pas lésiné. Il n'y a pas seulement du poisson séché, encore qu'il y en ait beaucoup. Ça, ce sont des morceaux de singe grillé, et ça du porc aux vers. Et dans ce récipient de bambou, pas de doute, c'est bien du *tupaï*, de l'alcool de riz. Sans parler d'une friandise : de petites crevettes grillées, marinées dans du citron vert et du poivre de même couleur, un régal. Kaï commence par ce dernier mets — rien qu'à le voir, il salive. Et, dans son exaltation, il s'accorde une goulée d'alcool de riz, lui qui n'en a pratiquement jamais bu. Le voilà paf, la somnolence le gagne. Quel bodoh je suis, mais je vais dormir un peu, ma dernière nuit de sommeil remonte à ma soirée avec l'Archibald, que le diable l'emporte.

Il ne s'éveille que dans l'après-midi et il était temps : sa pirogue dérivait droit sur la côte, ballottée par une mer qui s'est un peu creusée, sous un vent plus vif. Il reprend son cap au sud. Par tribord, pas tout à fait assez près pour que Kaï puisse en lire le nom, passe un de ces machins à coque de fer avec des cheminées — quelle saleté, ils me salissent ma mer. Tant qu'il y est, le regard si extraordinairement perçant de Kaï parcourt l'horizon.

Un point. A des mille et des milles. Un bateau. Qui ne peut être un cargo ni un paquebot, pas sur ces hauts-fonds. Bon, et après ?

Le point est toujours là le lendemain à l'aube et il a un

peu grossi. Mais il faudra des heures et des heures encore avant qu'un soupçon se fasse jour.

Soupçon confirmé juste à la tombée de la nuit. C'est bien le grand prao ponté des pirates du Nord, lancé à sa poursuite. Bon, et après ?

Il mange.

Maintenant, dans le détroit de Malacca, il mange son repas du soir. Il ne restait plus que du poisson. Et de l'eau. Et le tupaï qu'il n'avait plus touché depuis sa première et malheureuse expérience. Il ne se retournait plus. On en était au cinquième jour de la poursuite et cela faisait maintenant trois journées qu'il avait repéré les pirates dans son sillage. Ils s'étaient nettement rapprochés. Plus vite, en fait, que ses calculs ne le lui avaient laissé espérer ; c'était sûrement ce vent qui, en forcissant, favorisait le prao, plus lourd que sa pirogue. Sans compter qu'ils sont sept à la manœuvre, et que je suis seul et assez fatigué.

Il avait tout envisagé, durant la nuit précédente. Faire terre était hors de question, l'obscurité n'était pas suffisante pour camoufler sa manœuvre et il ne se voyait vraiment pas courir avec ces types à ses trousses, à bout de forces comme il l'était. A un moment, il avait abattu sa voile et mis cap au large, en pagayant. Du temps et beaucoup de forces perdues. Et une distance maintenant dramatiquement réduite ; s'ils sont à trois ou quatre cents brasses à présent, c'est encore une chance.

Des choses à coque de fer passaient, sans arrêt ; le détroit de Malacca ressemblait à la rue Catinat à l'heure de la manille. Un coup, même, Kaï avait reconnu l'un des paquebots des Messageries maritimes françaises se rendant à Saigon, et des passagers en costumes blancs, chapeautés de leurs casques ridicules, lui avaient adressé de joyeux signes de la main en criant des mots qu'il n'avait pu reconnaître. Bande de chiens.

Et Singapour qui n'était qu'à soixante ou soixante-dix

heures. La rage seule l'empêchait de s'effondrer, lui qui n'avait plus dormi depuis trois jours. C'était au point que, par moments, il avait comme des hallucinations — il voyait droit devant la goélette franche, le *Nan Shan* de Cerpelaï Gila, arrivant à sa rencontre, toutes voiles dehors, magique. Sauf que la mer, une seconde après, se révélait vide. J'ai encore rêvé. Kaï, ne dors pas.

Il se rapprochait lentement de la côte. Non pas dans le but de se jeter sur le rivage et d'y courir, mais avec l'espoir que les autres, qui peut-être avaient plus de tirant d'eau que lui, ne passeraient pas entre ces rochers. Eh bien, ils passèrent et, durant les heures suivantes, tandis qu'ils gagnaient brasse après brasse sur lui, il les entendait parler, tant ils étaient désormais proches, les entendait lui expliquer ce qu'ils allaient lui faire. Le peler vivant par exemple, et cette idée-là surtout réunissait leurs suffrages, lui qui les avait fait tant courir. Ils l'appelaient gamin, et voilà qu'il prenait conscience, pour la toute première fois depuis des mois, qu'il n'était en effet qu'un jeune garçon. J'aurais deux ou trois ans de plus, vingt kilos en supplément, un fusil et des cartouches, ils riraient moins, ces chiens.

Envie de pleurer. C'était tellement bête d'être pris maintenant, alors qu'il avait fait le plus gros du trajet. (Plus tard, on lui apprendrait qu'il avait parcouru plus de deux mille trois cents kilomètres à pied, quelques centaines de kilomètres dans la carriole de l'Archibald et le reste en pirogue. Ce qui n'était vraiment pas mal pour un gamin.)

Il n'abandonna à aucun moment, ce n'était pas son genre. Se faufilant entre des rochers ronds, sur une mer stagnante et qui brûlait presque la main lorsqu'on l'y trempait pour s'humecter le visage et ainsi reprendre quelque conscience, il ne rendit pas les armes qu'ils ne l'eurent tout à fait rattrapé. Puis, bon, il y en eut un pour monter à son bord, et un autre, et un troisième. Ils le prirent à la gorge.

— Les pièces d'or, où elles sont ?

— Vous faire voir.

Ils fouillèrent la pirogue de fond en comble sans rien trouver. Sauf le sac, mais il était vide. Quant à le fouiller lui-même, eh bien, ils regardèrent, enfin ils tâtèrent le seul endroit de son anatomie où il eût pu dissimuler quelque chose, quels crétins.

— Où elles sont ?

Et comme il leur crachait à la figure, ils commencèrent à lui inciser la poitrine. Il devint parfaitement clair qu'ils avaient l'intention de faire ce qu'ils avaient annoncé — le peler vivant. Ils lui entaillèrent la peau sur vingt centimètres. Et plus que la peur ou la souffrance, ce fut la fureur qui le fit hurler qu'ils pouvaient bien le découper en tranches, ça ne changerait rien. Sauf que son grand-père les retrouverait, lui. Et alors ils pourraient courir jusqu'à l'Himalaya et se jucher tout en haut de ces saletés de montagnes, tôt ou tard ils crèveraient tous, eux, leur famille et leurs descendants jusqu'à la dix-neuvième génération.

Il se fit alors un énorme silence et l'on put croire que la nature s'arrêtait de vivre, dans un temps suspendu.

— Quel nom tu as dit ?

— Cerpelaï Gila.

Et dans toute l'histoire du détroit de Malacca et probablement de toutes les mers du Sud, on ne vit jamais des pirates ficher le camp plus vite.

En sorte qu'il se retrouva tout seul. Du sang coulait de sa poitrine mais ce n'était pas si grave. D'ailleurs, il put plonger, à l'endroit où il avait immergé son sac avec l'étui aux sapèques lesté de son couteau, par six mètres de fond. Le livre était bien humide mais il le fit sécher au soleil et ça allait, on pouvait encore lire.

Ainsi arriva-t-il à Singapour — il avait volé un sarong qui séchait aux abords d'un village, au sud de la ville de Malacca, et ne débarqua donc pas tout nu.

Il n'alla pas directement chez sa grand-mère. On ne fait pas irruption chez une grand-mère chinoise (l'Irlandaise, Kaï ne l'avait jamais connue et, d'ailleurs, sans doute était-elle morte, pour autant qu'il le sût) sans avoir la courtoisie de prévenir de son débarquement.

Il retrouva les rues de son enfance et, comme de bien entendu, entra dans le magasin tout en longueur de Ching. On y vendait des milliers de choses. A commencer par de la nourriture (dont de délicieux serpents vivants), mais aussi, plus au fond, tout au fond en fait, presque dans la pénombre, par exemple des produits pour rendre leur virilité aux hommes, notamment de la poudre de corne de rhinocéros qui venait d'Afrique. Ching était là, accroupi sur son tabouret bas. Il était complètement chauve et gros, très gros, cent cinquante kilos peut-être ; ses yeux étaient réduits à deux fentes ; il ne bougeait pas, sinon pour manger ; il ne mangeait pas pour l'instant, et donc était parfaitement immobile. Il était très vieux, cinquante ans au moins. Kaï le salua, comme il avait pris l'habitude de le faire, sept ans plus tôt, à chacune de ses visites quotidiennes, puisa dans le minuscule panier qui contenait des piments rouges et en croqua deux ou trois en contemplant, suspendus au plafond, des morceaux de singe mis à sécher, en humant les enivrantes senteurs de la boutique, en se laissant envahir par les souvenirs des jours heureux. Le magasin était désert, à part Ching et lui. Si l'on ne comptait pas les deux employés qui dormaient debout, sans doute abrutis par l'opium. Il y eut bien quinze à vingt minutes de silence. Que Kaï ne se fût pas permis de rompre, c'eût été discourtois.

La mer était bonne.

Question-remarque de Ching qui, à n'en pas douter une seconde, savait déjà tout. Je te parie qu'il connaissait mon arrivée à Singapour alors que je me trouvais encore dans le détroit de Sembilan.

— Chaude, dit Kaï.

Ils parlaient cantonais ensemble. Madame Grand-Mère lui parlait toujours mandarin, si bien que Kaï savait l'un et l'autre. Il était aux alentours de 11 heures du matin, ce que l'on nommait à Singapour la brise de mer, rafraîchissante, venait se lever. La brise de terre soufflait la nuit, et elle était chaude.

— Tu as bien enterré tes parents ?

Il sait que mes parents sont morts, nota Kaï. Quand je te disais qu'il sait tout.

— J'ai fait de mon mieux.

Kaï considérait une sorte de marmite, dans laquelle il voyait quelque chose de totalement inconnu. C'était ensanglanté, cela paraissait tout frais et pourtant ce ne semblait pas être de la viande. Il savait bien que Ching pouvait vendre n'importe quoi mais là, vraiment, il ne voyait pas de quoi il pouvait s'agir.

— J'ai fait prévenir madame Tsong Tso, dit Ching juste après avoir bruyamment éructé (ce qui n'avait aucun rapport avec le nom de Madame Grand-Mère). Tu pourras te présenter dans une heure.

Kaï s'inclina pour remercier. Il louchait toujours sur la marmite, dévoré par la curiosité (moins tout de même, infiniment moins qu'il ne l'était par cette autre question qui lui brûlait les lèvres, qui au vrai l'obsédait, mais qu'il ne voulait pas poser, ayant trop peur de la réponse). Il reprit deux ou trois autres piments, qui lui avaient manqué pendant sa descente de la Malaisie — les Malais ne mangent pas beaucoup de piments, bien moins que les Chinois ou les Indiens ou même les Siamois.

Il s'était assis sur un tabouret haut. Celui-là où il se juchait autrefois, à ceci près qu'il pouvait désormais s'y asseoir sans avoir à l'escalader. Il se releva et se mit à déambuler dans la boutique.

— Du placenta, dit d'un coup Ching le Gros. Tu sais ce que c'est, du placenta ?

— Non.

— C'est ce qui enveloppe un bébé quand il est dans le ventre de sa mère. Une femme a accouché ce matin. C'est une commande spéciale, on va venir me l'acheter. Une petite fille de Bugit est malade. On lui en fera une soupe, qui lui donnera des forces.

Kaï eut un haut-le-cœur et faillit vomir. Il s'en voulut terriblement. Parce qu'un vrai Chinois n'eût pas bronché et trouvé la chose fort naturelle. Ensuite et surtout, parce qu'il comprenait bien que le Gros le testait, justement pour voir s'il était encore chinois, après toutes ces années en Cochinchine.

— Tu veux goûter ? Tu es très maigre.

— Puisque c'est une commande spéciale, dit Kaï. Une autre fois, peut-être.

— Il est encore vivant, dit le Gros, après un court silence.

Cette fois les mains de Kaï tremblèrent. Mais sans qu'il eût à avoir honte de ce mouvement d'émotion. Ce n'est pas tous les jours que tu apprends que ton grand-père n'est pas mort, alors même que, depuis des mois, tu es dans la hantise d'apprendre le contraire.

— Il est toujours vivant, mais je ne peux pas te dire où il se trouve, ajouta le Gros.

— Parce que vous ne le savez pas ?

— Ne me donne pas à penser qu'en prenant sept années, tu es devenu moins fin.

— Parce qu'elle vous a demandé de ne rien me dire.

— C'est mieux, dit le Gros.

— C'est ça ? C'est la raison ?

— Oui.

— Madame Grand-Mère.

— Madame Tsong Tso, oui.

Deux femmes entrèrent, qui venaient chercher le placenta humain pour en faire une soupe, donc. Elles payèrent et repartirent avec la marmite, qu'elles s'engagèrent à rapporter une fois vide, après l'avoir nettoyée. A leur accent, elles venaient plutôt de la région de Shanghai que de Canton. Détail de peu d'importance. Kaï se sentait surtout soulagé de n'avoir plus sous les yeux cette chose répugnante.

— Il va falloir, reprit le Gros, que tu ailles faire un peu de toilette. Tu ne peux pas te présenter à madame Tsong Tso aussi sale que tu l'es en ce moment et vêtu de la sorte. Et tu te raseras. Monte chez moi, on t'y attend.

Au temps où il habitait Singapour, Kaï était bien sûr très souvent venu chez Ching. Dont il n'était pas loin de croire qu'il était le Chinois le plus important de la ville, chef de toutes les sociétés secrètes, au courant de tout, connaissant tout le monde. Madame Grand-Mère, d'ailleurs, qui s'était toujours opposée à ce que Kaï trainât dans les rues des quartiers chinois, n'avait jamais fait aucune remarque, s'agissant des visites rendues à l'épicier. De là à penser qu'il existait une sorte de connivence, ou d'amitié, entre la vieille dame et le gros homme aux allures de bouddha, il n'y avait qu'un pas. Kaï l'avait franchi. Ching était un Chinois singapourien de la troisième génération, ses ancêtres étaient arrivés dans l'île (venant non de Canton mais d'un peu plus au nord, sur le rivage continental du détroit de Formose) au temps de Thomas Stamford Raffles, à l'époque où Singapour ne comptait que quelques centaines d'habitants. Il ne parlait pas un traître mot de malais.

— Il y a un homme, peut-être bien un Anglais, qui se fait appeler Archibald Leach, dit Kaï.

— Monte faire ta toilette.

— Je veux retrouver cet homme.

— Monte.

Kaï n'insista pas. Il était presque certain que Ching savait qui était l'Archibald, quel que fût son vrai nom. Il ressortit de la boutique, emportant avec lui un délicieux parfum de frangipane. Un peu plus loin dans la rue, il entra dans un immeuble de trois étages. Deux jeunes filles l'y attendaient en effet, du rire dans les yeux. Elles le mirent nu et le firent se placer dans un tub. Par trois fois elles le lavèrent entièrement. C'étaient des Hainanaises (et donc originaires d'une île dans le golfe du Tonkin, dans la province de Canton — la quasi-totalité des domestiques de Singapour venait de là) boulottes, trapues, solides. Elles le rasèrent, lui coupèrent les poils du nez et des oreilles, égalisèrent ses sourcils, taillèrent un peu ses cheveux sur la nuque, nettoyèrent ses dents une à une et lui passèrent sur la langue, pour en ôter toutes impuretés, un instrument prévu à ce seul usage, une sorte de lame de couteau légèrement incurvée, que d'ordinaire on employait au réveil, avant le premier repas. Elles lui essayèrent des chaussettes, des chaussures, un caleçon, un pantalon, une chemise, un veston et lui nouèrent une cravate autour du cou — elles puisaient dans une réserve contenant plusieurs tailles. Le pantalon choisi était un peu long mais une vieille femme vint refaire l'ourlet, en quelques minutes.

Un comité d'inspection apparut alors, composé de trois femmes, dont la propre épouse de Ching le Gros. Elles firent changer la cravate et ajouter une pochette de soie.

— J'ai mal aux pieds, dit Kaï qui avait perdu l'habitude de porter des chaussures. Les dernières qu'il avait enfilées avaient été les bottes de l'Archibald. Mais sa récrimination n'eut aucun écho. On lui examinait les ongles, qui étaient propres mais pas coupés suffisamment court au gré de ces dames chinoises. Les Hainanaises repartirent à l'assaut.

Dehors, on le mit dans un pousse. Lequel fit une halte devant la boutique de Ching, et le Gros en personne se déplaça pour vérifier que tout était en ordre.

— Tu commences à ressembler à quelque chose. Présente à madame Tsong Tso mes hommages respectueux.

Kaï dit qu'il n'y manquerait pas.

Quand il avait conçu Singapour, soixante-dix-huit ans plus tôt, Thomas Stamford Raffles avait découpé l'île en quartiers, à mesure de l'arrivée des immigrants et de l'origine de ceux-ci. Les Européens autour de fort Canning et des bâtiments officiels ; le quartier malais à l'est, entre la rivière Rochore et la côte ; les Chinois à l'ouest ; les Tamouls et autres Indiens du Madras n'importe où ailleurs. La maison de Madame Grand-Mère se trouvait exactement entre le quartier des joailliers cantonais et la zone européenne, en quelque sorte sur la frontière. Madame Grand-Mère l'avait conçue et fait construire, y investissant l'essentiel de sa dot, quand elle était arrivée dans l'île en 1851, au bras pour le moins vigoureux de Cerpelaï Gila (qu'au demeurant elle n'appelait jamais ainsi, elle ignorait le malais mais savait l'anglais, quoique affectant de n'en pas connaître une syllabe). Elle était de Shanghai. Pour autant que Kaï le sût, elle avait été fiancée à l'âge de quatre ans à un petit garçon qui en comptait six, en vue d'un mariage programmé pour douze ans plus tard. Or il était advenu que le futur conjoint était mort — Kaï ignorait comment — à quelques mois de la noce. A la suite de circonstances qui demeuraient un mystère, la fiancée-veuve s'était retrouvée sur un bateau commandé par un Irlandais de Singapour, alors recherché par la marine de Sa Majesté la reine Victoria (pour des raisons apparemment obscures et que, en tout cas, personne n'avait données à Kaï). Le couple, marié par un missionnaire américain, avait débarqué à Singapour six ans plus tard. Ayant perdu ses deux premiers enfants mais en produisant un troisième six semaines après le débarquement — le père de Kaï. A peu près en paix avec la marine victorienne, à la suite de négociations dont on ne savait rien.

La maison était entièrement construite en teck, de la couleur, avait-on affirmé à Kaï, des rivières d'Irlande. A l'extérieur du moins, car l'intérieur était en *meranti* d'un brun tirant sur le violet, venu du Sabah, dans l'île de Bornéo, et dans les pièces d'apparat, il avait été marqueté du *lauan* rouge de Luzon, aux Philippines. Pour Kaï, il ne pouvait exister de demeure plus belle. Il y était peu venu, sa mère la haïssant. On le fit entrer dans un salon. Il n'osa s'y asseoir et, pour garder contenance, n'osant pas davantage mettre ses mains dans ses poches, il se planta devant des aquarelles représentant — on les lui avait nommés — le mont Taï, le lac Taihu, le fleuve Bleu.

— Ne te retourne pas.

Il se figea, reconnaissant la voix qu'il n'avait plus entendue depuis plus de sept ans.

— Quel âge as-tu ?

— J'aurai quinze ans dans deux semaines.

Il s'appliquait. Son mandarin ne valait pas son cantonais.

— Tu pèses combien ?

— Soixante-quinze kilos, répondit-il un peu au hasard.

— Ça m'étonnerait bien, dit Madame Grand-Mère. Retourne-toi maintenant.

Il pivota lentement et s'inclina. Ses souvenirs de Madame Grand-Mère la faisaient un peu plus grande, ou moins minuscule qu'elle ne l'était en réalité. Mais les longs cheveux étaient toujours amassés en un gros chignon, et le regard vous glaçait toujours le sang. Je dois bien peser dans les quarante kilos de plus qu'elle, se dit Kaï.

Madame Grand-Mère avait pris place sur l'un de ces fauteuils chinois, à dossier droit et dépourvus de tout coussin, d'un inconfort extrême. Ses pieds n'atteignaient pas le sol. (Je me demande comment elle y est montée ? en sautant ? Mais dans les secondes suivantes, Kaï se reprocha cette pensée si irrespectueuse.)

— Je t'attendais plus tôt. Tu as traîné en route.

— Je vous prie de me le pardonner.

— Raconte.

Elle portait une robe de soie moirée, colorée par des motifs or et rubis. Ses petites mains étaient posées sur son abdomen, très paisibles, et il fallait vraiment faire un effort pour se souvenir que cette vieille dame avait été pendant plus de dix-huit ans le premier matelot de Cerpelaï Gila sur le premier des *Nan Shan*. Kaï passa très vite sur son départ de Saigon, sa remontée au nord. Il voulait en venir au plus vite à son affaire avec l'Archibald.

— Non. Davantage de détails. Raconte-moi tout.

En sorte qu'il reprit son récit et, cette fois, elle le laissa parler sans l'interrompre. Cent vingt-quatre jours de progression. Jusqu'à son arrivée à Singapour.

— Montre-moi ta jambe.

Il dut exposer la cicatrice qui lui restait de l'abcès qu'il s'était lui-même incisé. Il se tut, en ayant terminé. Elle ne le regardait pas, impassible. On apporta de la limonade pour lui, du thé pour elle. Mais, presque aussitôt, ils passèrent à table. Il dévora comme d'ordinaire — Madame Grand-Mère ne disait rien et ne mangeait guère, au mieux picorant et buvant plusieurs tasses de thé.

— Tu as fini ? Viens.

Il n'était jamais entré dans cette partie de la maison. Sur l'arrière. Une petite chambre à bat-flanc pour une seule personne. Spartiate, à l'exception, sur une cloison de meranti, d'une gravure représentant une ancienne goélette, le *Nan Shan* de quarante ans plus tôt, à l'ancre dans ce qui semblait être un lagon.

— Tu dormiras ici.

Il pénétra dans la pièce, mais Madame Grand-Mère demeura sur le seuil. Aucune chaleur dans le ton sur lequel elle venait de parler, et avait parlé de la minute où il l'avait revue. Et de la mélancolie, peut-être même de la tristesse vinrent à Kaï. Oh, bien sûr, elle n'a jamais été très câline, d'aussi loin que je me souvienne. Mais quand même. C'est ma grand-mère, je n'ai pas tant de famille. Je ne demandais pas grand-chose, de me montrer qu'elle m'aime un tout petit peu, c'est tout. Eh bien, non. Il contemplait la goélette d'autrefois. Tu vas voir qu'elle va m'interdire d'aller retrouver Cerpelaï Gila où qu'il se trouve, déjà qu'elle a interdit à Ching le Gros de m'en parler. Il n'était pas si surprenant en somme que le grand-père de Kaï fût absent, loin de sa propre femme et de cette maison. L'Est est l'Est et l'Ouest est l'Ouest, et jamais ils ne se rejoignent. Sûrement qu'il n'y a plus d'amour, si jamais il y en eut entre eux, je veux dire Madame Grand-Mère et mon grand-père. Elle n'aime personne.

Marc-Aurèle Giustiniani avait écrit de Saigon, pour donner l'alerte, prévenir de ce que lui, Kaï, s'était enfui, mis en route pour Singapour.

— Tu vas lui écrire, et tout de suite. Pour lui apprendre que tu es arrivé et le rassurer.

Un paquebot entrerait demain dans le port de Singapour, y faisant escale avant de poursuivre vers la Cochinchine.

— Ta lettre devra être prête ce soir.

Kaï acquiesça. Le chagrin l'envahissait, l'étreignant avec une force surprenante. Il voyait son avenir, les trois, voire les quatre ou cinq années à venir, sous les couleurs les plus noires. Quand il vivait à Saigon avec monsieur Marc-Aurèle et sa famille, au moins avait-il un recours, un espoir — filer, partir, s'enfuir. Il avait un rêve et, quand on a un rêve, un très fort et vraiment exaltant, le présent ne compte guère, c'est juste du temps qui passe, question de temps. Mais là, non. Ils ne devaient pas être tant que cela, à Singapour, à savoir où se trouvait Cerpelaï Gila. Peut-être cinq ou six. Mais c'étaient autant de portes indispensables à passer, afin de poursuivre et d'aller jusqu'au bout du voyage — jusqu'au *Nan Shan*. Sauf que Madame Grand-Mère — qui connaissait Singapour et ses gens mieux que Kaï, et en plus y avait une si grande influence — avait fermé ces portes. Toutes sûrement. Ching le Gros l'avait dit, qui n'était pourtant pas n'importe qui : elle m'a interdit de parler. Et Ching le Gros se taisait et se tairait. Les autres aussi, bien évidemment.

Des profondeurs de son abattement, une idée vraiment horrible surgit et écrasa plus encore Kaï : on allait l'expédier en Europe, dans une de leurs saletés d'écoles, pour des années. Il avait toujours su qu'une aussi effroyable menace planait au-dessus de sa tête. Et quand Madame Grand-Mère aurait énoncé le verdict, ce serait la fin de tout. Avec elle, pas question de filer. Elle lui dirait : tu restes ici, tu fais ceci, tu vas là-bas et il obéirait, forcément — il n'imaginait même qu'il pût en être autrement.

— Tu lui ressembles.

Et voilà la vraie raison, pensa Kaï. Elle trouve que je ressemble à Cerpelaï Gila. Et comme elle le déteste, elle me déteste aussi. Et fera tout pour que la ressemblance n'aille pas plus loin.

— Tu lui ressembles à n'y pas croire. Quand je te regardais de dos, tout à l'heure, je le voyais.

Et allez donc, pensa encore Kaï, accablé.

— La même taille, les mêmes épaules, les mêmes boucles sur la nuque. Sa façon de parler et sa voix. Tu pèses cinquante livres de moins que lui mais, avec les années, cela viendra. Tu es sa réplique exacte. Lui aussi, à ton âge, aurait été capable de partir au loin sans se soucier des gens qui l'aimaient. Tu vas quitter Singapour.

Voilà, je le savais. Et des images de cauchemar défilèrent. Lui, Kaï, sur un paquebot, avec une raie sur le côté (des cheveux, pas du paquebot) et des chaussures qui lui serreraient les pieds. Et une saleté de cravate. Et l'Europe glacée, triste, des gens en noir, plus de liberté, plus de soleil et de plages sous le soleil, des maisons monstrueuses d'au moins trois étages, des poulaillers, des cages.

Les mers du Sud peut-être à jamais perdues.

— Tu partiras dans trois jours. Tous les arrangements nécessaires sont pris. Le capitaine t'aura à l'œil. Il s'appelle Hoxworth.

La voix froide et tranquille de Madame Grand-Mère, inflexible, et les mots tombant comme autant de couperets. Je suis perdu, et moi qui me plaignais de Saigon.

— Retourne-toi.

Et, au plus profond de son désarroi, il nota que jamais elle ne l'appelait Kaï. Ce qui est aisé à comprendre si on réfléchissait un peu. Je porte le même prénom que Cerpelaï Gila, tu penses bien qu'elle ne va pas l'employer, un Kaï O'Hara, ça lui suffit.

— J'ai dit au capitaine Hoxworth qu'il était autorisé à te taper sur la tête si tu faisais le fou. Tu lui obéiras en toutes choses, comme s'il était moi. Je suis claire ?

Oui. Plus claire que ça, c'eût été vraiment difficile.

— Qui t'a choisi cette cravate ?

— Ching le Gros en personne.

— Enlève-la.

Un peu surpris, il s'exécuta — et, en plus, je devrai porter des cravates noires ou des machins de ce genre.

— Enlève cette veste aussi. Et ta chemise.

Elle va m'habiller tout en noir, comme un missionnaire. D'ici à ce que je sois contraint de porter un casque colonial, il n'y a pas loin (mais aussi bien, en Europe, ils naissent avec des casques coloniaux sur la tête). Il se tenait, torse nu, devant Madame Grand-Mère, avec ses épaules immenses et les muscles déjà pas mal dessinés, quoiqu'ils n'eussent pas encore, ces muscles, les allures de câbles d'acier bruni qu'ils auraient par la suite. Il se tenait immobile, broyé par la détresse et pourtant tout à fait incapable d'aller contre sa grand-mère, à l'encontre d'elle et de sa volonté.

Ce fut alors que se produisit la chose la plus stupéfiante et la plus merveilleuse, jamais il n'eût pensé pouvoir connaître une émotion pareille. Car Madame Grand-Mère vint à lui, toute petite, posa ses doigts sur sa poitrine nue.

— Prends-moi dans tes bras, dit-elle.

Et, si désespéré qu'il fût — de partir pour l'Europe sur un paquebot et la suite —, il comprit que, quand même, elle l'aimait un peu, certainement qu'elle lui faisait tout cela parce qu'elle croyait sincèrement que c'était bon pour lui, il lui pardonnait. Il mit ses avant-bras déjà si épais autour de Madame Grand-Mère.

— Mets tes mains autour de ma taille.

Il le fit (il faisait le tour de cette taille, ses pouces et ses majeurs se joignaient, comme elle était fragile et mince).

— Soulève-moi, Kaï.

Il la décolla et la hissa de quarante centimètres.

— Tu peux me tenir combien de temps ?

— Des heures, dit Kaï.

Il pourrait probablement lui faire faire le tour de tout Singapour, en la portant de la sorte.

— Comme lui, dit-elle.

Et les yeux de Madame Grand-Mère se fermèrent. Elle avait eu et avait encore malgré son âge les Trois Beautés : les yeux, le nez, la bouche. En plus de la Quatrième qui surpasse les autres : une peau claire. Elle dit, les yeux toujours clos, que le capitaine Hoxworth et le *Virginian* avaient souvent fait le voyage, tous les parages leur étaient familiers, on ne pouvait, elle n'avait pu, trouver mieux, parce que c'était impossible, qu'Eliphalet Hoxworth...

Eliphalet ? pensa Kaï. Et moi qui me plains de mon deuxième prénom !

... qu'Eliphalet Hoxworth pour conduire une exploration et retrouver Cerpelaï Gila.

— Il est vivant, j'en suis certaine. Il l'était encore voici onze mois. Et qui pourrait me le tuer ? C'est absurde. Les huit autres fois, je suis allée moi-même le retrouver. Mais je vieillis et ma hanche ne me porte plus. Ramène-le-moi, mon petit.

Et Madame Grand-Mère posa son front contre l'épaule de Kaï.

— Je dois aller rechercher Cerpelaï Gila ?
— Qui d'autre ?
— Je ne vais pas en Europe ?
— Pour quoi faire ? Sauf si tu veux y aller.
— Et il est où ?
Aux dernières nouvelles, Cerpelaï Gila était quelque chose comme sultan à Bornéo.

Le capitaine Hoxworth mesurait à peu près trois mètres cinquante. Au moins. Et il était large en proportion. S'il me tape un jour sur la tête, il va m'enfoncer dans le pont jusqu'à la cale. Kaï était béat et sur la mer. Dans la matinée de son quatrième jour à Singapour, après avoir longuement parcouru la ville du Lion où il était né, renoué des amitiés d'enfance et fondé quelques autres, il avait posé son sac à bord du *Virginian.*

— Tu sais où est la Virginie ?

Kaï s'était creusé la tête. Ce devait avoir un rapport avec un pays où il y avait des vierges, mais on en trouve partout, en principe, ça dépend de l'âge.

En Amérique ? Très bien. Il avait reçu la nouvelle avec beaucoup de flegme. Il n'avait aucune intention d'y aller durant les cent prochaines années, les mers du Sud étaient bien assez vastes pour lui. Parce que l'on faisait route vers les mers du Sud. Kaï avait pris l'eau de dix ou douze seaux sur la tête, on l'avait enduit de mélasse et recouvert de plumes pour son premier passage de la ligne, autrement dit de l'Équateur. Tradition obligeait.

Le *Virginian* était un sloop dont la destination première était Surabaya, où il devait décharger tout un lot de chemises et de culottes destiné aux ouailles de missionnaires hollandais. Faute de place dans sa petite cale, le chargement s'entassait sur le pont recouvert, protégé par des prélarts, sur plus d'un mètre de hauteur. Trois hommes d'équipage seulement, dont un Malais hautain qui refusait avec la dernière énergie de sortir d'une cambuse grande comme une boîte à chaussures.

— Mais il cuisine bien, très bien même. Au moins, il ne me met pas de piment partout.

On n'était même pas à la traversée de l'archipel de Riau que le capitaine Hoxworth avait tracé le programme. Il avait reçu les ordres les plus stricts de Madame Grand-Mère.

— Je dois t'apprendre la marine.

— Je sais naviguer.

— Tu sais faire le point ?

Non. D'accord, il y avait peut-être deux ou trois détails que Kaï ignorait encore mais...

D'accord, un peu plus que deux ou trois. Le capitaine Hoxworth en était à son sixième commandement, il avait passé la cinquantaine. Dix-huit passages du Horn, le plus rapide en trois jours, le plus lent en soixante-dix-neuf (avec des creux de vingt mètres, cette fois-là). « Tu sais où est le cap Horn ? Non. Je m'en doutais. Et tu es allé dix ans à l'école ? »

La descente au sud vers Surabaya prit d'autant plus de temps que le *Virginian* était si chargé au départ de Singapour, qu'il n'avait guère été possible de garnir la cambuse. Et puis Hoxworth était fin gourmet, exigeant des aliments de première fraîcheur. On faisait donc escale tous les deux jours, d'un village à l'autre — l'Américain ne s'était pas soucié d'apprendre le malais et, comme beaucoup, pensait qu'en hurlant de toute la force de ses poumons en anglais, il avait plus de chances d'être compris. Il était — Kaï le découvrirait plus tard — un marin de premier ordre. Depuis quarante ans sur la mer, il avait maintes fois forcé quelque chose qu'il appelait le « blocus », pendant un truc nommé guerre de Sécession, dans son pays lointain, ça ne disait rien du tout à Kaï.

La mer de Java sur toute sa longueur. A bâbord, Kalimantan (c'est le nom malais de Bornéo et cela veut dire à peu près « Rayon de lumière iridescente ») — « Nous irons là-bas quand je me serai débarrassé de ma cargaison. Sauf si j'en trouve une autre ». Le *Virginian* était un *tramp*, un vagabond, allant où le commerce lui ordonnait d'aller.

— Ta grand-mère n'a pas tant d'argent. Enfin, je crois.

Il répondait à une remarque de Kaï, qui suggérait au capitaine de conclure une association avec Madame Grand-Mère, aux fins d'acquérir un bateau plus gros qu'un simple sloop. Ce fut la porte ouverte à des questions.

S'il connaissait madame Tso depuis longtemps ? Dans les vingt-cinq ans. Ou davantage.

Hoxworth avait pour la première fois rencontré celui qu'il appelait ce fou d'O'Hara à Honolulu, dans l'île d'Oahu, archipel de Hawaii. Au printemps de 1860 ou 1861. Dans tous les cas, c'était juste avant qu'il ne repartît lui-même, passant le cap Horn pour l'avant-dernière fois, vers l'Atlantique, pour aller prêter main-forte à ses compatriotes de Virginie aux prises avec ces salauds de Nordistes yankees.

S'il les avait revus, les O'Hara, et quand ?

Elle, non. Mais un hasard avait fait que son bateau et le *Nan Shan* de Cerpelaï Gila s'étaient amarrés bord à bord dans le port de Shanghai.

— Ton grand-père naviguait désormais seul. Il ne m'a pas dit pourquoi, je ne lui ai rien demandé. J'ai longtemps pensé qu'il était veuf.

— Et Madame Grand-Mère faisait vraiment le matelot ?

— Elle te grimpait au mât plus vite que le meilleur gabier des Sept Mers.

Jusqu'à ce jour où elle était tombée. Ensuite, ce n'avait plus été pareil.

— Tombée ?

— Elle ne t'a pas raconté ?

— Très vaguement, dit Kaï qui entendait l'histoire, en gros ou en détail, pour la première fois et ne pouvait croire qu'ils fussent en train de parler de la même femme. Madame Grand-Mère se hissant de vergue en vergue en plein cyclone, la vision était sidérante.

— Elle a eu les jambes brisées et un peu les os du

bassin. Et elle était enceinte. Bien qu'elle n'en sût rien, à l'époque.

Et elle était donc venue s'installer à Singapour.

Les volcans de Java défilaient par tribord, leurs sommets, à plus de trois mille mètres, le plus souvent coiffés de brume ou de nuages. On avait fait une escale de trois jours, Kaï avait trouvé des Malais et des Chinois, ces derniers tenant tous les commerces, et pour sa seule nuit à terre, il avait pu aisément convaincre deux jolies jeunes filles de lui tenir compagnie.

— Tes grands-parents, reprenait Eliphalet Hoxworth, ne se sont pas tout de suite installés à Singapour lorsque madame Tso O'Hara a décidé de mettre sac à terre. Il y avait déjà les Anglais, à Singapour, et ton grand-père avait encore ses ennuis avec la Compagnie. Ils sont donc allés à Hong Kong.

La curiosité de Kaï brûla comme une flamme. La Compagnie des Indes ! Depuis le temps qu'il en entendait parler comme de la mortelle ennemie de tous les O'Hara d'Asie, sans pour autant connaître les causes de cette inimitié, perdurant depuis près de trois siècles.

— Kaï, tu connais quand même l'affaire de Calcutta ?

— Bien sûr que oui (nom d'un chien, quelle affaire de Calcutta ?). Mais j'adore l'écouter raconter, dit-il aussi négligemment que possible, et feignant d'être absorbé par la réparation du cabillot dont Hoxworth s'était récemment servi pour plus ou moins casser la tête à deux ou trois Javanais voulant à toute force monter à bord du sloop.

A Calcutta, ou du moins pas très loin de là, quelque part en tout cas dans les bouches du Gange, O'Hara le Fou, onzième du nom, avait pris à l'abordage un navire de la Compagnie faisant route vers Mergui au Siam, en avait débarqué tout l'équipage et avait incendié le bâtiment avec toute sa cargaison.

— Tu sais bien sûr pourquoi il a fait ça ?

La mer de Java était fort calme, le *Virginian* se traînait en la quasi totale absence de vent, il faisait une chaleur proprement écrasante, on ne serait pas à Surabaya avant quatre jours au mieux.

— J'étais petit quand mon père m'a raconté l'histoire. Je ne me souviens pas de tous les détails...

Kaï eut le sentiment très net que le capitaine Hoxworth ne croyait pas un seul mot de ce qu'il disait quand il prétendait connaître à peu près la grande geste des O'Hara au cours des deux cent soixante-quinze années précédentes. Mais une idée lui vint, qui expliquait pas mal de choses : peut-être Madame Grand-Mère avait-elle chargé, justement, ledit capitaine de lui apprendre ces choses.

— Ton grand-père exerçait des représailles. Les hommes de la Compagnie lui avaient brûlé son propre bateau cinq ans auparavant.

La Compagnie s'était livrée à cette espièglerie pour se venger de la destruction d'un autre de ses navires, onze ans plus tôt, destruction opérée par Kaï O'Hara numéro 10. Lequel avait réagi à la capture de ses deux ketchs par l'adversaire. Qui lui-même s'était fâché d'avoir perdu deux éléments de sa flotte, ces derniers ayant été coulés par Kaï O'Hara 9, aigri par la perte de son navire amiral. Kaï O'Hara 9 avait, il est vrai, mis le feu, dans le port même de Bombay, à des entrepôts de la Compagnie, qui venait justement de pendre Kaï O'Hara 8 pour les dégâts qu'il avait occasionnés — on en avait juste retrouvé une lanterne de poupe — à l'un des plus beaux vaisseaux anglais, lequel avait explosé deux heures après son appareillage de Mergui. Toutes ces menues altercations étant, bien sûr, sans commune mesure avec la vraie guerre que s'étaient livrée la Compagnie susdite et les Kaï O'Hara 7, 6, 5, 4 et 3.

Kaï O'Hara 2 avait aussi été pendu à vingt ans, avec deux de ses frères plus jeunes. Mais il faut dire qu'il avait un peu exterminé, dans une explosion mémorable, la moitié de la garnison de Madras. Celle-ci étant à ses yeux responsable de la mort de Kaï O'Hara 1, en 1607, soit deux ans après le massacre d'Amboine, une petite île dans l'archipel des Moluques — les îles aux épices. Le massacre d'Amboine avait vu les Hollandais mettre la pâtée aux Anglais, et donc à la Compagnie, et les flanquer dehors du paradis du poivre et des clous de girofle. Massacre auquel Kaï O'Hara 1 avait pris une part très active, après s'être rangé du côté des Hollandais auxquels il avait apporté le renfort de son bateau personnel.

— Il était pourtant irlandais, et donc sujet officiel d'Elizabeth Ire, la reine vierge, qui était aussi vierge que les deux filles que tu as eues hier à Tambakboyo. Mais je suppose que tu sais pourquoi un sujet de Sa Gracieuse Majesté était à ce point en bisbille avec la Compagnie des Indes orientales ?

— Je ne sais que ça, répondit Kaï, définitivement convaincu maintenant que le capitaine Hoxworth lui administrait bel et bien un cours d'histoire, conformément aux instructions de Madame Grand-Mère.

— Parce que, dit Hoxworth, parce que le père de Kaï O'Hara 1, qui ne se prénommait pas Kaï mais tout simplement Sean, s'était embarqué vers les mers du Sud, aux alentours de 1580. D'après ce que l'on sait, il était intendant d'un domaine en Irlande, peut-être du côté de Limerick, et, à propos d'une femme, il s'est un peu disputé avec un Anglais dont la chronique n'a pas retenu le nom. Disons Hoxworth, pourquoi pas. Ton ancêtre était assez impulsif. Il a tué l'Hoxworth, dont l'histoire prétend que c'était la seule chose qu'il n'avait pas volée. Sean O'Hara fut donc obligé de quitter le royaume d'Elizabeth et, un beau matin, se retrouva à bord d'un navire portugais, dans les mers du Sud. Tu me suis ?

On serait le lendemain à Surabaya. Kaï se vautrait à la proue, ses doigts de pied en éventail, narines dilatées pour mieux humer ces senteurs qui lui arrivaient de la terre. Et presque étourdi d'orgueil. Mon père ne se prénommait pas Kaï, mais moi si. Et je suis le douzième Kaï O'Hara, quelle merveille.

— Sean O'Hara arrive donc dans les mers du Sud et, on ignore comment, s'y retrouve un jour avec sous ses pieds le pont d'un bateau lui appartenant en propre. Il commerce. Il s'est marié avec, croit-on, une Balinaise. Ou deux. L'aîné de ses fils fut surnommé Kaï.

— Pourquoi ?

— Aucune idée. Et tout va bien pour les O'Hara. Sauf

qu'un jour, un bateau de la Compagnie, ou de la Marine royale anglaise, prétend interdire toute activité commerciale à ces négociants de haute mer indépendants. Et pire encore, tu sais comment s'appelle l'Anglais qui prononce cette interdiction ?

— Hoxworth.

— En tout cas, le propre fils de l'homme tué par Sean O'Hara des années plus tôt. C'est de ce jour que les relations entre la Compagnie et les O'Hara devinrent inamicales.

— Il s'appelait vraiment Hoxworth ?

— Je n'en sais rien du tout. Toujours est-il que la guerre était déclarée. D'autant plus que les générations suivantes d'O'Hara furent des interlopes.

Kaï ne connaissait pas le mot.

Interlope venait d'*inter* et, par déformation, de *to leap*, c'est-à-dire sauter. La Compagnie nommait ainsi les armateurs et capitaines des navires de commerce qui refusaient le monopole de ladite Compagnie et se voulaient indépendants.

— C'est un pirate, un interlope ?

Pas du tout. En réalité, sans la petite querelle de personnes entre eux et la Compagnie, les O'Hara auraient sûrement fini par être tolérés.

— Mais ils étaient tous très impulsifs.

On arriva à Surabaya. Il s'y trouvait plein de Hollandais. Le *Virginian* y débarqua ses culottes et ses chemises, tant attendues par les missionnaires qui ne voulaient pas que leurs convertis allassent cul nu. Kaï mit un peu plus de temps que d'ordinaire pour trouver chaussure à son pied. Il consacra deux heures à se décider et finalement retint trois filles, toutes trois jolies comme des cœurs, et qu'il sélectionna avec un soin inaccoutumé : d'avoir appris sa généalogie, de se savoir interlope et douzième d'une dynastie, lui imposait, pensait-il, des responsabilités supplémentaires. A Pasar Keputran, le grand marché, après trois *nasi goreng* successifs, il fit enfin son choix. En fait, il y en avait quatre ravissantes, mais il estima qu'avec quatre, il dépassait ses possibilités. Et puis trois lui paraissait le chiffre idéal. Ce fut à Surabaya qu'il inaugura la technique de séduction qui allait lui servir si longtemps : il croquait les postulantes, faisant leur portrait. Il avait toujours eu la main très sûre, et le coup d'œil qui lui permettait de saisir l'essentiel d'un visage.

— Tu m'as fait perdre un jour complet.

Le capitaine Hoxworth avait dû fouiller d'innombrables cahutes pour lui remettre la main dessus. Mais, bien sûr, il ne savait que l'anglais.

— Et je n'ai pas trouvé de fret.

C'est ce dernier point, surtout, qui le mettait de mauvaise humeur. Le *Virginian* appareilla. Kaï se vit confier la barre. Il posa bien quelques autres questions sur les O'Hara interlopes, mais tout se passait comme si, ayant terminé son cours, Hoxworth avait vidé sa mémoire. S'il savait pourquoi Cerpelaï Gila et Madame Grand-Mère ne vivaient plus ensemble ? Non, il ne s'occupait pas des problèmes conjugaux. Connaissait-il au moins l'endroit de Bornéo où Cerpelaï Gila faisait retraite ? Pas davantage, ou à peine. Il savait que ce devait être au Sarawak, mais d'y aller faire le jacques ne lui disait rien qui vaille. Une seule fois il avait abordé ces rivages, et avait été heureux de pouvoir les quitter avec sa tête sur ses épaules. La zone où se trouvait peut-être le capitaine O'Hara (ainsi que lui nommait Cerpelaï Gila) était le territoire des Ibans, que l'on appelait aussi les Dayaks de la mer. Et les Ibans avaient la désagréable habitude de couper toutes les têtes, avant de manger le reste du corps. Jusqu'aux ongles. Kaï était enchanté de ces maigres informations : après tout, la Cochinchine, et le Siam, et la Malaisie, et Singapour, et Sumatra, et Java étaient des pays bien trop civilisés, pleins de Blancs avec des cravates. Risquer d'être découpé en rondelles et dégusté par des cannibales, au moins, c'était intéressant.

— Est-ce que ma grand-mère vous a payé pour que vous m'emmeniez à Bornéo ?

— J'aime beaucoup le capitaine O'Hara.

Ce n'était pas une réponse.

— D'accord, disons que madame Tso m'a rendu un service ou deux.

Il ne fut pas possible d'en savoir davantage. Et le cinquième jour après le départ de Surabaya, une côte apparut. Kaï fut le premier à la distinguer, sans longue-vue, alors même qu'à la lunette Hoxworth ne voyait que la brume. Dans les heures suivantes, Kaï découvrit une terre basse, selon toutes apparences marécageuse, et faite surtout de mangroves. Sous la lourde pluie qui tombait depuis soixante heures, la forêt ininterrompue semblait grise. On ne voyait aucun signe de présence humaine, quoique quelque part dans le nord-est, mais à des centaines de kilomètres, se trouvât, selon les cartes, une espèce de gros village du nom de Banjarmasin.

— Le cap Puting, consentit à annoncer Eliphalet Hoxworth. Qui n'avait pas dessoûlé au cours des cinq jours précédents et continuait à boire.

C'était donc Bornéo. Kaï mit cap au nord, longeant la côte pour remonter vers le détroit de Karimata. Il chantonnait, parfaitement heureux de vivre.

— Malaria.

Hoxworth bredouillait. Effectivement, il ruisselait de sueur et, malgré la chaleur torride, gisait sous deux couvertures et tout un tas de vieux vêtements empilés, dont sa vareuse de capitaine. Le paludisme avait succédé à l'ivresse ininterrompue. Il y avait maintenant une vingtaine de jours que l'on avait quitté Surabaya, le sloop avait très lentement remonté le côté ouest de Bornéo, passé le détroit de Karimata, laissé par bâbord l'archipel des Tambelan et faisait route dans la mer de Chine du Sud.

Kaï remonta sur le pont.

— Fichons le camp d'ici, lui dit Abdul qui faisait ordinairement fonction de voilier, gabier, timonier et second.

Kaï s'accroupit, son regard parcourant l'horizon. Il était à peu près certain d'être au Sarawak, un peu moins sûr d'avoir fait terre à cet endroit qu'une croix rouge marquait, sur la carte personnelle d'Eliphalet Hoxworth, et pas sûr du tout que ce fût une si bonne idée d'y être venu.

— Tu as déjà débarqué dans le coin, Abdul ?

Non. Plus à l'est. Abdul, en ce temps-là, naviguait sur une jonque. Dont le mât avait cassé. Que l'on avait voulu réparer. Dont une partie de l'équipage était alors allé à terre pour y couper un tronc convenable. Qui était repartie avec quatre hommes en moins, laissés sur le rivage têtes coupées.

— Le premier Dayak de la mer qui pointe son nez, je lui fais un trou dans le crâne, dit Abdul brandissant un fusil.

— Ce sont des Ibans.

— C'est pareil.

— Ils parlent malais ?

En quelque sorte. C'étaient des Malais, à l'origine, qui étaient venus s'installer à Bornéo il y avait longtemps, très longtemps.

Je ne sais vraiment pas quoi faire, pensa Kaï. D'un côté, ça m'ennuierait assez qu'on me coupe la tête, de l'autre, s'ils parlent malais, on peut toujours négocier. Il se dressa. Depuis le départ de Singapour, il avait grossi, pris du muscle à force de monter et descendre les voiles. Il n'entrait plus dans aucune de ses deux chemises — qu'il ne portait pas, de toute façon.

— Le capitaine a déjà eu la malaria ?

— Dans les dix fois.

— Ça dure combien de temps, d'habitude ?

— Entre deux jours et trois semaines. Fichons le camp d'ici, répéta Abdul.

Le *Virginian* était à l'ancre dans une fort jolie baie. Plage de sable sur la gauche, mangrove à droite et, entre les deux, une rivière se jetant dans la mer. Sur la plage, deux cabanes de palme tressée, mais apparemment personne à l'intérieur. L'endroit, au vrai, semblait désert, et pourtant l'œil si aigu de Kaï relevait de profondes traînées dans le sable — des pirogues venues et reparties.

— Je vais descendre à terre, Abdul.

— Sans moi. Et tu ferais bien mieux d'attendre que le capitaine ne soit plus malade.

Kaï prit un coupe-coupe mais pas de fusil. Il enjamba le bastingage, puis se ravisa, et redescendit prendre le double étui contenant les sapèques que pour une raison qu'il ne discernait pas lui-même, il jugeait utile d'emporter.

— Je t'attends jusqu'au coucher du soleil, dit Abdul. Sauf si je vois des Dayaks de la mer approcher. Mais de toute façon, à la tombée de la nuit, je fiche le camp.

— Reviens demain. Reviens tous les matins.

— S'il n'y a pas de Dayaks de la mer en vue.

Kaï se laissa glisser dans l'eau, qui était presque brûlante, et nagea sur trois cents mètres jusqu'à la plage, la lame du coupe-coupe entre les dents et l'étui aux sapèques noué à son sarong.

Le sable atteint, il se retourna. Le sloop semblait maintenant bien petit et la seule silhouette visible y était celle d'Abdul, dressé et tenant son fusil d'un air farouche. Les cases étaient vides, hors un reste de filet moisi ; ce n'étaient pas de vraies maisons, à peine des abris temporaires. Un peu plus loin, on avait assemblé quelques pierres pour en faire un foyer. Dans lequel on avait souvent fait du feu.

Mais pas d'os humains, tu parles de cannibales, c'est décevant.

Kaï n'avait qu'une conscience assez vague de sa témérité et du danger encouru. Sans doute ne croyait-il pas, au fond de lui-même, qu'il pût lui arriver quelque chose de vraiment grave. Toutes les années à venir allaient démontrer, sinon renforcer, ce trait de caractère.

Il fixa la forêt qui mordait sur la plage et qui, dès le premier mètre, avait tout l'air d'être impénétrable. Certains arbres y dépassaient trente, voire quarante mètres de haut. Il entendait des singes et, plus étranges que les piaillements de ces derniers, de curieux grincements dont il ne savait pas encore qu'ils provenaient de calaos. Quittant le sloop, nageant puis abordant, Kaï n'avait nulle idée de ce qu'il allait faire une fois débarqué. L'idée lui vint alors. Absurde certes, mais sans doute pas davantage que de venir vagabonder ici, au pays des coupeurs de tête.

Il ne trouva rien d'autre, de toute façon.

En chinois, cela s'appelait le jeu du dragon. En français, la marelle. Kaï n'y avait jamais joué lui-même — un jeu de filles, et puis quoi encore ! — mais il avait passé des heures à regarder la belle Isabelle Margerit, dans l'espoir d'apercevoir à nouveau sa culotte, à Saigon. Il traça un long rectangle dans le sable. Partant d'une des extrémités, dont il décida que ce serait la base, il marqua trois cases, chacune d'un demi-mètre de large. Puis une quatrième qui faisait le double de chacune des trois précédentes. Puis une cinquième d'encore cinquante centimètres. Après, il divisa la case d'un mètre au moyen d'une croix en sorte de former quatre triangles égaux. Et, pour finir, il compléta son rectangle initial par une case en demi-lune.

Il partit fouiller le sable sous un pied d'eau pour y trouver un galet convenable — surtout qu'il devait jouer pieds nus, il n'avait pas intérêt à en prendre un de vingt kilos.

Il n'entendit pas l'approche des Dayaks de la mer. Simplement, les oiseaux et les singes se turent, et c'était bien la preuve, ce silence qui le fit un peu frissonner, que quelqu'un survenait. En tout cas, il sut qu'ils étaient là, peut-être à dix mètres de lui, cachés derrière le mur de verdure, le regardant. Le regardant jouer. A cloche-pied, il poussait gaiement son galet, en faisant de son mieux pour chanter d'une très ridicule voix de tête — il imitait la belle Isabelle et ses copines. Quant aux paroles, il improvisa. En français, à peu près sûr de n'être pas compris. Répétant en leitmotiv : *Les Dayaks de la mer sont des abrutis.*

L'idée qu'il était complètement fou lui vint deux ou trois fois (sans parler de la tête que devait faire Abdul qui le suivait des yeux dans la lunette d'approche), mais il la chassa sans difficulté : il aimait cette sensation de risque, de corde raide...

... Sauf que les minutes passaient. Dix, et vingt, et

trente. Et plus. Il sautait toujours à cloche-pied — il avait changé de pied — et poussait son galet, s'obligeant à recommencer tout au début, à compter de la première case, quand il commettait une faute — soit que son galet-palet s'immobilisât sur la limite de deux cases ou en sortît, soit qu'il trébuchât et fût obligé de poser son deuxième pied au sol, dans ce sable trop meuble à force d'avoir été piétiné. Les cris de singes et de perroquets, les crissements d'insectes avaient repris. Il crut même que ceux qui l'observaient s'en étaient allés. Sans en être certain. Il aurait plutôt parié qu'ils se trouvaient toujours là. Mais je ne vais pas sauter jusqu'à ce soir. Il modifia les paroles de son absurde chansonnette sans musique précise. Il s'exprima en malais : *Les Dayaks de la mer ont de beaux yeux et de grosses bouboungnes.*

Il ne vit rien, n'entendit rien mais, jetant un coup d'œil en direction du *Virginian*, le découvrit soudain en train de sortir de la baie et déjà à trois quarts de mille. Abdul m'avait pourtant promis de m'attendre jusqu'au crépuscule.

Alors bon, il tourna la tête. Ils étaient là, alignés. Neuf Dayaks, ou Ibans.

— Vous me comprenez ?

Il répétait sa question pour la deuxième fois et n'obtint pas davantage de réponse que dans les deux premiers cas.

— Je voudrais devenir Iban. C'est pour cela que je suis venu à vous.

Silence. Aucun n'atteignait la taille de Kaï, tous étaient nus, à l'exception de la tête, recouverte d'un bonnet de rotin tressé piqueté de chatoyantes plumes de calao. Ils étaient tous tatoués et, sur les mains de plusieurs d'entre eux, Kaï vit des reproductions de crânes humains. Il n'apprendrait que bien plus tard que cela indiquait le nombre d'ennemis tués et donc de têtes rapportées. Ils étaient armés de kriss, de lances et, pour certains, d'arcs et de flèches, tandis que d'autres portaient sur l'épaule une arme dans laquelle Kaï, qui en avait vu en Cochinchine en provenance des hauts plateaux moïs, reconnut les arbalètes. Chacun avait un bouclier de cuir et de bois.

— Moi Iban, reprit Kaï, qu'une vertigineuse sensation de quitte ou double envahissait — si je ne les convaincs pas, je suis mort. Moi vouloir devenir Iban et couper des têtes ennemis à vous. Moi petit-fils de Cerpelaï Gila. Moi gentil, tête moi pas valoir un clou...

— Continue de faire ce que tu faisais, dit l'un des Dayaks de la mer. Ça s'appelle comment, ce jeu stupide ?

Marelle en français, *hopscotch* en anglais, *jeu du dragon* en chinois. Mais Kaï ignorait le mot malais, si tant était qu'il existât. Il traduisit *jeu du dragon* en malais.

— *Naga permainan.*

— Recommence.

Ils s'accroupirent tandis qu'il se remettait à sautiller, notant avec une certaine inquiétude qu'ils prenaient le plus grand soin de la pointe de leurs lances, de leurs flèches ou des traits de leurs arbalètes. Qui très probablement étaient empoisonnés.

Trente minutes. Le sloop n'était plus en vue, je ne peux en vouloir à Abdul. Avec son fusil à un coup contre neuf Ibans...

Kaï déglutit, dans la mesure où il lui restait de la salive dans la bouche. Une interminable pirogue venait de surgir de la forêt, sur la rivière. Et ils étaient bien quarante à son bord. Pareillement armés. Les neuf premiers leur firent signe et toute la troupe se retrouva bientôt autour de Kaï dont les jambes tremblaient sous l'effet de l'épuisement.

Un quart d'heure pour le moins. Il s'écroula.

— Recommence.

Il leur dit alors le fond de sa pensée du moment, s'agissant de leur mère, de leur grand-mère et de toutes leurs aïeules des trente dernières générations.

Ils le regardèrent, se regardèrent et hochèrent la tête d'un air de commisération.

— Tu es vraiment presque aussi fou que Cerpelaï Gila, lui dirent-ils. Allez, viens.

La longue pirogue de guerre était entrée sous le couvert. Elle avait remonté un courant lisse et encore peu puissant, peu de pagayeurs suffisant à la faire avancer. Mais l'eau bientôt se fit plus rapide, à mesure que le lit s'étrécissait et s'enfouissait dans un sombre tunnel de végétation où rien ne bougeait, pas une feuille, sinon des milliards de moustiques et autres insectes avides de sang. Kaï ne bronchait pas, stoïque ; il voyait bien que sa réaction, chacune de ses réactions, en fait, était guettée.

Quelques kilomètres, toujours à remonter le courant et, en deux occasions, de petites cascades à franchir. Ce qui fut fait avec une dextérité témoignant d'une grande habitude, la longue embarcation hissée d'un seul mouvement et chaque fois replacée avec exactitude. Kaï n'avait pas demandé où l'on allait. Il supposait soit qu'on préférait le garder vivant pour que sa viande fût plus fraîche au moment de passer à table (mais il croyait assez peu à cette hypothèse-là), soit qu'on le conduisait à quelque chose ou quelqu'un. Ce quelqu'un pouvant et devant être son grand-père.

On parvint à un petit lac d'eau noire, où des serpents nageaient avec leur nonchalance ordinaire. Une rivière partait sur la gauche, une autre s'ouvrait à droite, ce fut vers celle-ci que la pirogue se dirigea.

— Silence.

Mot à peine chuchoté, et presque à lire sur les lèvres. Et, de fait, ce fut comme si Kaï était devenu sourd d'un seul coup : même le délicat contact des quarante-deux pagaies avec l'eau ne fut plus audible, et la tension devint comme palpable. Le cours d'eau se fit de plus en plus étroit, envahi qu'il était par des branches tombantes. Entre lesquelles tous se faufilèrent, sans qu'une ne frémît. Des ombres. Où que nous allions, du danger nous attend, se dit Kaï. Soudain, on s'arrêta, en un endroit qui ne se distinguait en rien des autres ; la végétation y engloutissait une berge. Mais les regards pourtant étaient braqués vers ce mur vert à quatre mètres. Où, sans aucun mouvement ni bruit, même infime, annonçant une arrivée, un homme se matérialisa. Il ne prononça pas un mot, mais il fit un mouvement de tête. On toucha le bras de Kaï, on lui fit signe de suivre.

Toute l'heure suivante ou à peu près, la troupe marcha dans la forêt et, encore une fois, ce fut une armée d'ombres. Kaï n'avait pas demandé où l'on allait parce que, depuis l'instant où les Ibans lui avaient ordonné de le suivre, aucun mot n'avait été prononcé. Son coupe-coupe lui avait été laissé, et son sac, qui contenait les sapèques et son livre (dont il avait lu à peine trois pages et six lignes et demie depuis l'appareillage de Singapour, occupé qu'il avait été à apprendre d'Eliphalet Hoxworth l'histoire de ses ancêtres).

La colonne ralentit, s'immobilisa. Il n'y eut pas d'ordre donné et pourtant des détachements se formèrent, petites escouades qui semblaient appliquer un plan préconçu. En quelques secondes, elles disparurent pour la plupart, s'engloutissant dans la forêt avec une magique instantanéité. Ne restèrent plus avec Kaï qu'une douzaine de guerriers. Qui après peut-être trois ou quatre minutes reprirent leur progression. Un sentier vaguement tracé se dégagea et l'habituelle odeur de fumée des campements atteignit les narines de Kaï. Plus loin, ce furent des bruits de voix et des coups sourds, tels qu'un bûcheron pourrait en émettre.

Nouvel arrêt et Kaï comprit que l'on attendait que les autres groupes d'assaut eussent pris leur position. Il ne doutait plus qu'il allait assister à l'attaque d'un village, et la seule question qu'il se posait encore touchait au rôle qu'il devrait, lui, jouer dans cette affaire.

S'il y eut un signal, il ne l'entendit pas, ou ne le reconnut pas comme tel, mais les Dayaks accroupis devant et autour de lui se redressèrent, se mirent à nouveau en mouvement, marchèrent, puis, d'un coup, coururent. On déboucha très brusquement dans une première clairière et, quand Kaï y arriva lui-même, trois hommes étaient déjà au sol, atteints par des lances, tandis que des femmes criaient. Mais d'autres hurlements et vociférations montaient d'un peu plus loin, de ce qui se révéla être un village, et dans lequel le reste de l'expédition était déjà entré. Le massacre était en cours, les assaillis ayant été pris par surprise. Kaï alla s'adosser à un arbre et compta onze morts. C'était la première fois qu'il assistait à une guerre et, outre qu'il ne voyait rien qu'il pût faire pour qu'elle cessât, il n'était pas très sûr d'en avoir vraiment envie. Non qu'il goûtât une telle violence, mais il se sentait peu concerné, ces gens faisaient ce qu'ils avaient toujours fait, il lui semblait évident que les assaillants d'aujourd'hui pourraient être demain des victimes, c'était dans l'ordre des choses, depuis des temps immémoriaux, comme la pluie et les typhons, tu les prends quand ils viennent et, si tu dois mourir, tu meurs. C'est peut-être parce que j'ai du sang chinois dans mes veines que je vois la vie de la sorte, se dit-il. Quoique les Blancs entre eux s'égorgent de même, et à plus grande échelle encore. Alors où est la différence ?

Il se laissa glisser sur le sol et s'assit, bras enserrant les genoux. Voici que maintenant l'on coupait des têtes, dix-sept en tout, dont celles de deux petits garçons qui n'avaient pas dix ans mais qui avaient tenté de se battre. La fade odeur du sang flottait dans l'air, si étrangement mêlée à des senteurs de bois coupé et de cuisine, de fumée, d'excréments lâchés par les décapités sous l'effet de la peur.

On tua aussi deux ou trois femmes, qui étaient trop âgées pour servir d'épouses mais auraient pu encore porter des enfants. On laissa vivre les vraiment vieilles. On pilla les deux longues maisons et l'on y mit le feu. Il apparut que le carnage n'avait à aucun moment provoqué chez les Ibans, compagnons de route de Kaï, une quelconque excitation particulière ; ils s'étaient acquittés de l'hécatombe sans frénésie, efficacement, tout comme ils eussent abattu des arbres. Ce n'était que maintenant, une fois tombée la froide tension qui avait précédé l'attaque, que de la gaieté leur venait.

— Tu veux couper une tête ?

— Je ne crois pas.

— Un vrai Iban le ferait.

De l'affolement lui vint, d'autant qu'on lui présentait un vaincu qui lui avait été réservé, en cadeau.

— Allez, coupe.

Et, l'espace d'une seconde, il se vit bel et bien brandir les trois livres d'acier de son coupe-coupe tranchant comme un rasoir, en fouetter l'air, et frapper. Déjà s'interrogeant sur la difficulté qu'il pourrait rencontrer à sectionner les os sous la nuque. Mais non. Il ne put relever son bras, impossible.

— Je ne tue pas les prisonniers des autres, dit-il, avançant la seule explication qu'il put trouver à sa faiblesse. Je ne mérite pas cette tête, qui est à vous.

On rit tout autour de lui et il s'aperçut qu'en somme ils l'avaient moqué, qu'ils s'attendaient à son refus. Le dernier survivant masculin du village attaqué n'en fut pas moins décapité.

— Au moins, porte-la, dit-on à Kaï.

Et de lui tendre le trophée dégoulinant de sang, que l'on venait de disposer dans un charmant petit panier de latanier et de rotin, décoré de deux plumes de perroquet. Kaï prit la chose et ses jambes furent aussitôt arrosées d'un liquide encore chaud. Il avait maintenant envie de vomir mais il tint bon. Dans les deux longues maisons qui achevaient de brûler, on avait trouvé un sanglier en train de cuire, du riz mélangé à des fougères et diverses feuilles, et quantité d'alcool de riz, du *tuak* auquel Kaï goûta jusqu'à se sentir la tête légère — cela ressemblait d'ailleurs plutôt à du vin de palme.

— Je dois porter encore la tête ?

Oui. Le corps expéditionnaire était reparti, avait refait en sens inverse le chemin parcouru à l'aller. On retrouva la longue pirogue de guerre, plus une autre, plus petite, qui avait servi aux éclaireurs. On revit l'étang et, ce coup-ci, ce fut par la rivière de gauche que l'on navigua. Jusqu'à la tombée de la nuit.

— Votre village est encore loin ?

— Tu le verras bien.

— Vous avez attaqué ce village pourquoi ?

— Ils nous ont volé deux femmes, l'année dernière.

Kaï avait compté : en se retirant du théâtre des opérations, les Ibans avaient emmené neuf femmes, cinq fillettes et une demi-douzaine de garçonnets. Le bilan était nettement positif.

— Vous êtes descendus exprès jusqu'au bord de la mer pour moi ?

Oui. Ils avaient fait un crochet, en quelque sorte. Deux Ibans attendaient depuis déjà deux semaines l'arrivée de Kaï, qui avait été signalée.

— Signalée par qui ?

Pas de réponse. La colonne s'installa pour la nuit et très vite, le tuak aidant, il ne resta plus grand monde debout. Le lendemain, on remonta encore le courant pendant environ huit heures d'affilée...

— Vous allez quelquefois sur la mer ?

Quelquefois.

— Avec cette pirogue-ci ?

Non. Kaï pensa qu'ils devaient avoir, dans quelque cachette sur les bords de la mer de Chine du Sud, d'autres bateaux. Il découvrait que ses hôtes étaient infiniment plus organisés qu'il ne l'avait cru.

Seconde nuit de campement et, deux heures peut-être après l'aube suivante, les pirogues parvinrent à un bassin naturel alimenté par des chutes d'une douzaine de mètres de haut et qui semblait bien trop petit pour seulement contenir la grande pirogue de guerre, sans même parler de l'y faire naviguer. Mais les Ibans engagèrent l'étrave droit dans une muraille de racines et de branches en rideau, et, du coup, on se retrouva dans un monde presque obscur, à peine éclairé d'une lumière verte d'aquarium. Les pagaies furent rentrées, qui ne servaient plus à rien ; les hommes qui jusque-là les maniaient halèrent l'embarcation en prenant appui sur ce qui paraissait des serpents lovés, qui parfois étaient des serpents lovés, mais le plus souvent n'étaient que des souches entre lesquelles un logement avait été creusé. La pirogue ainsi disparut dans cette cachette. Et Kaï vit qu'il se trouvait là une demi-douzaine d'autres bateaux, pareillement dissimulés.

— Viens.

La colonne avait mis pied à terre, ses prisonniers encadrés ; elle suivait une sente sinueuse et ascendante, le fracas des chutes contournées provenant de la gauche. Ainsi chemina-t-on durant peut-être une heure, soleil invisible tant le plafond des ramures était épais, dans une atmosphère d'une touffeur proche d'être angoissante à force de peser, l'air lui-même semblant s'y raréfier, chacun ruisselant de sueur et haletant à cause de la dure ascension où il fallait planter ses orteils dans une boue fétide, gluante et puante, pour ne pas glisser et dégringoler en arrière. Parfois, on traversait d'énormes nuages de moustiques qui s'infiltraient en masse dans les narines et les oreilles, jusqu'au fond de la gorge. Nom d'un chien, ces Ibans sont fous. Ils n'ont donc pas d'autre chemin à prendre, ne me dis pas qu'ils font et refont ce parcours chaque fois qu'ils s'en vont faire leurs courses. Et soudain tout s'éclaira, l'horizon immédiat fut dégagé, le soleil réapparut. On en fut à battre des paupières et à s'abriter les yeux de la main, comme au sortir d'un tunnel quand on débouche dans la pleine clarté, et en dépit des quarante-cinq ou cinquante degrés de la température, Kaï se sentit revivre, libéré. Il entendait des sortes d'incantations, des cris subits qui peu à peu s'organisèrent, devenant mélopée, celle-ci de plus en plus sauvage et joyeuse. Le chant du retour des batailles monta, dans le double balancement des plumes de calao sur les bonnets de rotin, et des têtes coupées dans leurs paniers multicolores. Kaï lui-même se sentit guerrier, et un tout petit peu Iban, quoiqu'il n'eût tué personne. Mais il transportait toujours son trophée — qui heureusement avait enfin cessé de dégouliner.

Autre rivière. Celle sûrement qui alimentait les chutes. Elle avait des berges herbeuses, traversait de petits champs parsemés de vieilles souches, révélant que ces endroits-là avaient été gagnés de main d'homme sur la forêt, au moyen de brûlis ; avec une minutie surprenante chez des Ibans (d'ordinaire peu enclins à ces travaux), on l'avait, cette rivière, subdivisée en multiples minuscules canaux d'irrigation ; et outre un pont de singe en lianes tressées, de véritables passerelles de rondins l'enjambaient. Le village iban se trouvait à huit cents mètres, un peu plus haut en amont — trois longues maisons établies en étages successifs, parallèles entre elles, à flanc de montagne. Une nouvelle dérivation de la rivière y faisait tourner une roue à aubes, un peu partout on voyait des signes d'un aménagement d'une surprenante ingéniosité. L'emplacement...

— Mets tes pieds où je mets les miens, dit-on à Kaï.

... L'emplacement du village avait visiblement été choisi avec beaucoup de soin. La pente sur laquelle les longues maisons avaient été construites s'achevait vers le haut par un inaccessible à-pic rocheux, formidable obstacle à une attaque par le haut. Une inextricable muraille d'épineux, probablement empoisonnés, fermait l'accès à l'est par-delà les rizières. L'œil de Kaï distinguait d'identiques défenses sur la berge opposée de la rivière.

— Attention à tes pieds !

Quant à cette zone que Kaï traversait maintenant, marchant vers le village, il est clair qu'elle était piégée, hérissée de trappes basculantes, piquetée de centaines de pointes de bambou effilées, elles aussi enduites de poison. S'engager sur ce terrain sans en connaître les cheminements secrets eût été du suicide. La colonne s'y allongeait, décrivant des ondulations biscornues — celui ou ceux qui avaient inventé ces méandres avaient vraiment l'esprit tordu. Je ne me doutais pas, pensait Kaï, que les Dayaks de la mer qui, en réalité, vivent dans la forêt, étaient à ce point spécialistes de la fortification chinoise.

— Tu peux marcher où tu veux, maintenant, c'est fini.

Apparemment, on avait fini de traverser le champ de pièges, bien que d'autres pièges fussent encore visibles. Sans doute s'agissait-il de simples leurres, tout de même capables d'entailler la chair. Le chant des guerriers victorieux se faisait toujours entendre, le reste de la tribu venait à la rencontre des héros et Kaï nota que, si on le regardait parfois avec curiosité, nul n'était étonné de sa présence. On l'attendait. Il remarqua dans le lot quatre ou cinq filles appétissantes. Si on ne me coupe que la tête, j'ai encore de beaux jours devant moi.

Mais il ne croyait plus à sa mise à mort et, dans l'émotion qui le prenait, la perspective de se trouver bientôt en face de Cerpelaï Gila était pour l'essentiel. Une grande impatience, voire de la fébrilité, le tenaillait. Il voulut suivre des guerriers qui gravissaient un escalier de terre vers la première des longues maisons.

— Non. Par ici.

Le seul Iban qui lui avait parlé depuis qu'il avait été recueilli sur la plage lui indiquait la direction qu'il devait suivre. La berge de la rivière. Cet Iban-là pouvait avoir trente ans, il arborait quantité de tatouages, et une quinzaine de têtes de mort tatouées sur le dos de ses mains ; il était mince et sec, muscles ciselés, légèrement plus petit que Kaï lui-même. Il confia son bouclier et ses armes à un adolescent.

— Suis-moi.

L'un derrière l'autre, et seuls tous les deux, ils continuaient de suivre le bord de l'eau. Et la pente peu à peu s'accentuait, il fallut même gravir un groupement de rochers qui surmontait un nouveau bassin d'eau claire. Au-delà, le sentier bien tracé et somptueusement agrémenté d'orchidées allait, montant toujours. Levant la tête, Kaï vit qu'il s'enfonçait droit dans la montagne et qu'il y avait là un trou noir, une caverne d'où la rivière surgissait.

— Mon grand-père est là ?

Il n'avait pu s'empêcher de poser enfin la question.

Pas de réponse. L'eau bouillonnait énormément sur la droite, partagée entre un flot cascadant au centre et sur les côtés quantité de ruissellements. Une sorte de vapeur constituée de très fines gouttelettes emplissait l'air, y dessinant des irisations mouvantes.

— Attends ici.

L'Iban entra dans la caverne. Une minute, et puis plusieurs autres, s'écoulèrent. Kaï constata qu'il transportait toujours la tête coupée et la suspendit à une pointe rocheuse. Et pour la première fois depuis longtemps, depuis en fait le moment où il avait avec la colonne émergé du tunnel de verdure, il se retourna. Aussitôt saisi. Il aurait juré se trouver en pleine forêt, et à des lieues de tout, mais quand il pivota, la mer de Chine du Sud lui sauta quasiment au visage. Infiniment plus proche qu'il ne l'eût pensé. Il la dominait de trois ou quatre cents mètres au plus, à guère plus d'une heure de marche, et encore, si l'on coupait tout droit par le travers du si dense moutonnement des arbres.

— Tu peux entrer.

L'Iban venait de réapparaître, son visage de pierre n'exprimant rien.

N'ayant plus en main que son coupe-coupe, et le sac au livre et aux sapèques, Kaï entra dans la caverne.

Il s'attendait à de l'obscurité, il sentit puis découvrit des torches, qui éclairaient un passage de roche luisante en bordure de quoi la rivière, à présent souterraine, filait dans un bruissement chuintant. Des chauves-souris par dizaines de milliers pendaient à la voûte, frémissantes, et cette voûte s'étendait comme à perte de vue — tout au fond, elle se perdait dans la nuit. Kaï s'avança sur trente pas, puis s'immobilisa. L'ultime torche était derrière lui et projetait son ombre. Au-delà, on n'y voyait plus guère et ce ne fut qu'après que ses prunelles se furent habituées à cette si faible lumière que Kaï distingua un plancher de bois.

— Comment t'appelles-tu ?

La voix venait de quelque part devant, du cœur de la pénombre, elle parlait anglais.

— Kaï O'Hara.

— Ton autre prénom ?

Kaï l'indiqua.

— Tu as toujours les sept sapèques ?

— Oui.

— Dans le même étui de cuir rouge ?

— L'étui est noir, dit Kaï.

— Dans mon souvenir, il est rouge. Quand as-tu quitté Saigon ?

— En septembre de l'année dernière.

— Comment es-tu allé jusqu'à Singapour ?

— J'ai pas mal marché.

L'œil de Kaï se faisait de mieux en mieux à la pénombre et, outre le plancher, il discernait un bat-flanc, une table sur laquelle se trouvaient deux ou trois calebasses. Pourquoi Cerpelaï Gila mon grand-père vit-il ici et de la sorte ?

— Vous êtes mon grand-père ?

— Je suis Kaï O'Hara. Comme toi. Décris-moi ton apparence.

Il ne me voit pas, il doit être aveugle. Kaï indiqua sa taille (qu'il traduisit en pieds et pouces, à tout hasard), son poids en livres, la couleur de ses cheveux et de ses yeux ; il dit comment étaient et sa bouche et son front et son nez, trop grand pour dissimuler le fait qu'il n'était pas de sang asiatique.

— Tu as combien de dents ?

Toutes sauf les dents de sagesse. Mais celles qui ornaient sa bouche étaient très blanches et très puissantes.

— Comme les miennes, dit la voix de Cerpelaï Gila. Ne t'approche pas de moi plus près, je t'entendrai. Et si tu m'éclairais d'une torche, je le verrais, j'y vois encore assez, ne t'y fie pas. Tu garderas tes dents jusqu'à la fin de ta vie très blanches et très puissantes. C'est ainsi que nous sommes, les Kaï O'Hara.

Et à ces mots, à la façon dont Cerpelaï Gila évoqua les « Kaï O'Hara », parmi lesquels le « nom » l'admettait, Kaï éprouva une fièvre de fierté et d'orgueil qui lui eût fait culbuter des montagnes.

— Elle t'a dit que tu me ressemblais ?

Elle ne pouvait bien sûr être que Madame Grand-Mère.

— Oui, dit Kaï.

— Ses mots exacts.

— Elle a dit mot pour mot : *tu lui ressembles à n'y pas croire. Quand je te regarde de dos, c'est lui que je vois.*

— Quel âge as-tu ? Dix-sept ?

— Quinze et bientôt deux mois.

— Tu as eu des femmes ?

— Oui.

— Beaucoup ? Ou une ou deux ?

— Moins de vingt-cinq, dit Kaï qui n'avait jamais compté, en ce domaine. Mais plus de quinze.

— Elles ont crié et gémi ?

— Assez souvent, dit Kaï après avoir médité sa réponse. Et quelquefois, précisa-t-il, ce n'était pas de la comédie. Ou alors je ne m'en suis pas aperçu.

Un silence, et dans ce silence tissé du ruissellement de l'eau, Kaï identifia la respiration lente et forte de Cerpelaï Gila — quoiqu'il fût, ce souffle, légèrement sifflant parfois, et parfois rauque. *Il sera malade, très malade, on ne se réfugie pas ainsi dans une caverne sans raison.*

— Parle-moi d'elle, dit la voix.

— Elle est mince et très belle.

— Ses cheveux ?

— En chignon. Tirés. Très longs.

— J'ai toujours aimé ses cheveux. Que t'a-t-elle dit d'autre ?

— Que j'ai de vous la taille, les épaules, les boucles sur la nuque, la façon de parler et la voix.

— Je la reconnais, je l'entends dire ces choses.

La voix se tut un long moment et Kaï tentait de voir la silhouette couchée sur le bat-flanc mais il semblait que Cerpelaï Gila se fût recouvert d'une natte et tout recroquevillé. Il reprit :

— Elle aimait que je la prenne par la taille pour la soulever.

— Elle m'a demandé de le faire.

— Et elle t'a demandé combien de temps tu pouvais la tenir ainsi ?

— Oui. Et j'ai répondu : des heures.

— Moi, je lui disais : des jours et des semaines. Et toute ma vie jusqu'à ma mort.

Une envie de pleurer montait dans la gorge de Kaï.

— Elle m'a aussi demandé de vous ramener à elle, dit-il.

Et de nouveau un long silence.

— Je veux ta parole d'homme, dit enfin Cerpelaï Gila. Es-tu ferme quand tu donnes ta parole d'homme ?

— Oui.
— Donne-la-moi.
— Je vous donne ma parole, dit Kaï sans savoir (ou n'en ayant qu'une conscience imprécise) à quoi il s'engageait.
— En toute autre circonstance, je serais revenu mourir auprès d'elle. Mais je ne veux pas qu'elle voie ce que je suis devenu. Et je ne veux surtout pas qu'elle vienne jusqu'à moi. Lorsque tu partiras, si je suis encore vivant, alors je veux que tu lui dises que je suis mort. Tu m'as donné ta parole.
— Je la tiendrai.
Et rien à faire, les larmes montaient et coulaient. Qui devaient beaucoup au chagrin que Kaï éprouvait, mais aussi à un très grand bonheur : c'était pour lui une joie très profonde que de se voir ainsi révéler l'immensité de l'amour que Cerpelaï Gila et Madame Grand-Mère avaient l'un pour l'autre, après tant d'années.
— Ta parole, Kaï ?
— Oui, monsieur.
— J'ai la lèpre. Depuis plus de trois ans. Va-t'en. Oncle Ka est derrière toi.
Et en effet, sans que Kaï eût entendu quoi que ce fût, l'Iban qui l'avait conduit jusqu'à l'entrée de la caverne lui toucha l'épaule, lui prit le bras, l'entraîna.
— Tu pourras revenir chaque jour, dit Oncle Ka.

A peu près à égale distance des trois longues maisons, une hutte avait été construite, quasi rectangulaire, les montants et les traverses là encore décorés de plumes de calao et de fleurs. C'était là que les têtes prises à l'ennemi, lors de l'expédition à laquelle Kaï avait assisté ou antérieurement, étaient suspendues, bien alignées. Kaï en compta dix douzaines environ. Il avait rapporté des abords de la caverne le trophée qui lui avait été confié, et qui fut également accroché.
Il se révéla que celui que Cerpelaï Gila avait appelé Oncle Ka était le Tua Rumah, le chef des longues maisons. Ce fut à lui qu'il appartint de consacrer le repas spécial

que l'on offrit cette nuit-là. Il prit le poulet vivant qui lui était tendu, arracha trois plumes de sa queue, lui incisa la gorge, versa du sang dans trois calebasses déjà à demi pleines d'eau, et de ce mélange arrosa le sol, pour remercier le dieu de la guerre qui venait d'être si bienveillant.

— Est-ce que je dois moi aussi t'appeler Oncle Ka ?

— Pourquoi pas ?

— Pourquoi *oncle* ?

— La femme favorite de Cerpelaï Gila avait été, justement, la plus jolie des nièces du Tua. Et cette fille qui te souris, et que tu peux prendre avec toi cette nuit, plus une ou deux autres, est aussi une de mes nièces.

— Merci, Oncle Ka. Combien d'autres filles ?

— Trois est le bon chiffre.

— C'est aussi mon avis.

Ils se sourirent, plantant leurs dents dans les morceaux de viande cuits à la braise et auxquels il ne manquait qu'un peu de sel pour qu'ils fussent tout à faits succulents. L'alcool commençait à circuler, Oncle Ka s'absenta et revint portant sur ses épaules une espèce de cape en peau de chèvre blanche, de nouveau coiffé d'un bonnet de rotin emplumé, arborant une épée qui n'avait sûrement pas été faite par des Ibans — elle était à double tranchant et fort longue, la poignée en était superbement damasquinée d'argent et d'or et, sur la garde, il y avait même des rubis. Oncle Ka se mit à danser, le rythme étant donné par des gongs frappés par des gamins. Il tournoya, très lentement d'abord, les bras allongés, les yeux clos, avec des façons d'oiseau de mer qui plane sur les grands vents des mers du Sud. Puis l'oiseau se fit tigre bondissant et les autres hommes le rejoignirent dans une sarabande.

— D'où vient l'épée, Oncle Ka ?

Oh, il y avait beaucoup-beaucoup-beaucoup de temps qu'elle était propriété de la tribu. Cela remontait aux temps très anciens où passaient sur la mer uniquement des bateaux de bois, transportant des hommes coiffés de fer en forme de calebasses.

— Et les Ibans ont attaqué un de ces bateaux qui passaient ?

— Un peu.

— Et tué les marins à son bord ?

— Un peu.

— Et coupé leur tête ?

— Plus ou moins. (Oncle Ka dodelinait du chef, bafouillait le plus souvent et, en un mot, était soûl comme un Chinois.)

— Où est le *Nan Shan* de Cerpelaï Gila ?

Oncle Ka repartit danser sans avoir répondu et ne tarda pas à s'écrouler, ivre mort. Kaï lui-même, qui avait voulu se joindre aux quelques danseurs évoluant encore, se retrouva assez vite à plat dos, sans s'être senti tomber, juste au moment où il était en train de chanter ce qui lui semblait être le *Dies irae* des missionnaires, à moins que ce ne fût *Les Filles de Camaret* qui étaient toutes vierges.

Il reprit conscience avec dans sa bouche une langue qui lui sembla de bois et, bien plus bas sur son corps, quelque chose de lui qui n'était pas moins raide. Et les trois nièces d'Oncle Kaï riaient, penchées sur lui et lui faisant mille caresses.

Jusqu'à obtenir la démonstration péremptoire de ce qu'un Kaï O'Hara était capable de faire, même avec une gueule de bois.

— Où est le *Nan Shan*, grand-père ?

— Tu sais naviguer ?

Kaï conta comment, de Surabaya jusque sur la côte nord de Bornéo, il avait seul tenu la barre du sloop d'Eliphalet Hoxworth.

— Tous les Kaï O'Hara savent diriger un navire, dit la voix grave de Cerpelaï Gila.

— Où est-il ?

Mais sa question demeura sans réponse. Kaï pivota et, par l'ouverture de la caverne bien en arrière de lui, découvrit le fabuleux paysage de la gorge où la rivière cascadait entre la double haie d'orchidées, de la forêt sombre descendant doucement pour rejoindre la mer tout au fond : c'était un panorama d'une incroyable beauté. Que Cerpelaï Gila ne voyait pas, ne voyait plus. Je suis sûr qu'il est complètement aveugle, quoi qu'il en dise, il aura menti en m'affirmant qu'il distinguait encore quelque chose pour que je ne m'approche pas davantage de lui, il aura honte de ce qu'il est devenu, lui qui était la force même, et il ne veut pas que je le voie.

Le lépreux parlait, lancé dans ce qui n'était guère qu'un soliloque ; il évoquait des jours d'autrefois, une escale à Lahaina, dans l'île de Maui à Hawaii, peut-être quarante années plus tôt, ou davantage ; mais au vrai, dans la même phrase, ses souvenirs le transportaient soudain à Canton, à Macassar des Célèbes, à Rangoon en Birmanie, ou dans telle île déserte et si belle pourtant, bien plus au sud encore, par-delà la mer de Corail ; et il passait de l'anglais au malais, ou au chinois, ou à telle langue inconnue de Kaï mais très chantante, qui pouvait être de l'hawaiien ou du polynésien. Et dans les constants sautillements de cette mémoire errante, Kaï ne voyait pas seulement les effets de la maladie en train d'anéantir son grand-père, mais, en plus de cela, un moyen d'esquiver la question que lui-même avait formulée à propos du *Nan Shan.*

Qu'il ne veut pas me donner, me léguer. Ou peut-être que le *Nan Shan* n'existe plus, sinon par mille brasses de fond, ou brûlé.

Mais cela, je ne peux ni ne veux y croire.

Kaï était trop jeune pour ne pas croire absolument qu'à tout problème existe une solution. Il était monté à cette deuxième entrevue avec Cerpelaï Gila — toujours flanqué d'oncle Ka — très déterminé à convaincre son grand-père de repartir avec lui. De la lèpre, il savait très peu de chose. A peu près rien, en fait. Peu importait. Le renoncement n'est jamais une issue, il en était persuadé (et toute son existence, ou peu s'en faudrait, il garderait cette conviction). Lèpre ou pas, ils s'en iraient ensemble, et à bord du *Nan Shan*. Peut-être jusqu'à Singapour, je n'ai pas donné à Madame Grand-Mère ma parole que je lui ramènerais son mari, mais c'est tout comme — elle me l'a demandé. Ou alors...

— Viens.

Une fois encore surgi derrière lui en silence, Oncle Ka l'entraînait, la voix provenant du bat-flanc dévidant d'autres souvenirs, de Timor cette fois. Au-dehors, la pluie s'était mise à tomber, avec une violence extrême, rageuse. Des écharpes de brume bleue s'enroulaient sur les sommets, des torrents se formaient partout, ce n'étaient que ruissellements, où que portât le regard, et en moins d'une heure la rivière doubla, son eau désormais tourbeuse et d'un ocre sombre.

— Pourquoi m'as-tu fait le quitter, Oncle Ka ?

— Il ira mieux dans quelques jours.

— Et si l'eau monte et le noie ?

— Ça n'arrivera pas, ça n'est jamais arrivé. Viens, on va chasser.

— Depuis combien de temps est-il dans la caverne ?

— Longtemps.

— Depuis combien de temps le connais-tu ?

— Plus longtemps encore. Tu poses trop de questions, tu as trop d'impatience, les choses se font quand elles doivent se faire.

Trois journées de chasse là-dessus, et Kaï comprit bien que c'était avant tout une façon de l'éloigner de Cerpelaï Gila. Pourtant, il prit du plaisir à l'expédition. Durant laquelle il apprit (non pas d'Oncle Ka mais d'un autre Iban) que si la tribu se servait d'arbalètes, c'était parce que le même Cerpelaï Gila, bien des années plus tôt, leur en avait appris l'usage et la fabrication. On lui enseigna le maniement de l'arme et, assez vite, il devint capable de toucher un singe à vingt mètres au-dessus de sa tête. l'arbalète était faite de bois et de fibres tressées. Certains, comme Oncle Ka, atteignaient leur cible à soixante mètres, à tout coup ; et le poison dont la pointe des traits était enduite avait raison des plus grosses bêtes.

— Ou d'un homme, dit Kaï.

Ou d'un homme, oui. La pluie cessait, s'interrompait quelques heures, repartait ; tantôt fine, tantôt en grosses et grasses gouttes, toujours sans vent — Kaï allait apprendre, apprenait à aimer ces mondes noyés, la forêt sous la pluie, ce sentiment d'être revenu au tout commencement du monde, il n'était pas jusqu'à la boue qu'il ne goûtât, entre les orteils de ses pieds nus ; et la leçon qu'il allait en tirer serait une totale impossibilité devant tous les déchaînements naturels.

— Tu peux aller le voir, maintenant.

On était revenu au village avec ses trois longues maisons. Une coïncidence fit que ce ne fut qu'après le retour du soleil que Kaï eut l'autorisation de remonter à la caverne, bien qu'il eût vu passer une femme, toujours la même, qui, à l'évidence, était chargée de l'approvisionnement du reclus.

— Tu as apporté une torche avec toi, petit. Je la sens.

— Mais vous ne la voyez pas.

— Je ne vois plus depuis bien des mois.

La torche dans la main de Kaï tremblait, car le spectacle était d'une horreur indicible. Surtout quand Cerpelaï Gila rejeta la natte dont il s'était jusque-là recouvert. Les jambes n'étaient plus que des moignons, le bras gauche de même. Une sorte de chancre de la largeur de deux paumes apparaissait sur le flanc droit et, du même côté du corps, il n'y avait plus que deux morceaux de doigts à la main.

— Je les ai coupés hier, dit la voix de Cerpelaï Gila. Tu voulais voir, tu vois.

Fixés par le manche dans le plancher à claire-voie, il se trouvait deux grands couteaux, dont le tranchant n'était même pas ensanglanté.

— Je ne saigne pas, petit. Quand je coupe les chairs mortes, ça ne fait pas mal, pour ainsi dire.

Mais le pire, et de loin, était la tête. Le visage, ou ce qu'il en restait. Les yeux étaient intacts, à ceci près qu'ils étaient aveuglés par une hideuse taie blanchâtre. Le nez n'existait plus, à sa place se creusait un trou, dont les bords étaient rongés. Une partie seulement des lèvres subsistait et là était peut-être le plus effrayant : cette dentition immaculée, de trente-deux dents fort régulières, carrées et carnassières, mise à nu par la disparition quasi totale des joues.

— Et tu voudrais qu'elle voie ça ?

— Non, réussit à dire Kaï. Non.

— Tu as beaucoup pensé à me ramener à elle, non ?

— Je ne savais pas.

— J'ai pensé à me tuer. Il me suffirait de poser ma poitrine sur l'une des lames et d'appuyer un peu, entre deux côtes. Je n'aimais pas trop l'idée, remarque bien. Un Kaï O'Hara ne se tue pas. Tu le crois aussi ?

— Oui.

— Oncle Ka me dit le plus grand bien de toi. Lui aussi trouve que tu me ressembles. C'est bon de le savoir. En somme, je ne vais pas mourir vraiment, le jour où je mourrai. Tu seras là, je survivrai par toi. C'est bon.

Kaï ne trouva rien à répondre — pour autant qu'il eût été capable de prononcer un seul mot.

— Remets cette torche où tu l'as prise, petit. Je crois que tu en as assez vu.

Kaï posa la torche derrière lui et, à cause des trois ou quatre centimètres d'eau sur le sol de pierre envahi par la rivière débordante, le flambeau grésilla et très vite s'éteignit.

— Le *Nan Shan* existe toujours. Puisqu'il y a de nouveau un Kaï O'Hara pour le commander. J'ai dit à Oncle Ka de t'y conduire. Il est à toi. Arrête de pleurer, s'il te plaît, je n'ai jamais trop aimé qu'on s'attendrisse.

— Excusez-moi.

— Et ne t'excuse pas non plus, ça m'agace encore plus. Ne t'excuse ni ne t'explique jamais, et ne pleure jamais sur toi-même. J'ai eu une foutument belle vie. Quand tu peux te dire que tu referais ta vie de la même manière si elle était à refaire, tu ne regrettes rien, c'est bon.

Kaï s'était accroupi, et du fin fond de son si grand désarroi, une décision se faisait lentement jour.

— Repars maintenant, petit. Monte sur le *Nan Shan* et fais hisser ses voiles. Fais en toutes choses confiance à Oncle Ka. J'ai navigué trente-quatre ans avec son grand-père et son père, et il les vaut largement. A part moi, il est l'homme vivant qui connaît le mieux le *Nan Shan.* Et quant à elle, dis-lui bien que je suis mort. Et que je l'aimais, mais cela, elle le sait, il n'est pas si utile de le lui apprendre, après tout. Qu'est-ce que j'ai pu l'aimer ! Tu vas avoir le *Nan Shan* sous tes pieds, et déjà ce sera un bonheur immense, mais je te souhaite de trouver la femme qu'il te faut. Comme moi je l'ai trouvée.

— Je ne partirai pas, dit alors Kaï. Je ne partirai pas tant que vous ne serez pas mort. Aussi longtemps que vous êtes vivant, le *Nan Shan* est à vous seul. Pas à moi.

Et incroyablement, de cette chose rongée qui n'était plus humaine, un rire monta.

— Et voilà. C'est vraiment vrai que tu me ressembles, quel bonheur. Je suppose qu'une fois que tu t'es déterminé, rien au monde ne pourrait te faire changer d'avis ?

— Non. Rien.

— Je vais essayer de mourir le plus vite possible, et sans me tuer. Mais je ne te promets rien.

— J'attendrai, dit Kaï. J'attendrai.

Et d'autres pluies vinrent, au fil des semaines et des mois qui suivirent. Il y eut quantité d'expéditions de chasse, et même une autre expédition de guerre. A laquelle Kaï prit part, sans aller jusqu'à tuer lui-même, ces massacres l'écœuraient un peu — mais pas plus que cela : encore une fois, ils lui semblaient dans l'ordre naturel des choses, comme la pluie ou les typhons, et d'ailleurs Oncle Ka comprenait ses sentiments, aucun Iban ne se fût permis de le moquer ou de suspecter son courage.

Les mois passèrent et un cérémonial s'installa. Environ quinze jours après que Cerpelaï Gila eut dit à Kaï qu'il lui donnait le *Nan Shan*, l'état du vieil homme s'aggrava. Il ne pouvait plus parler, peu à peu sa bouche rongée ne fut plus capable d'articuler autre chose que des grognements. Kaï lui rendait visite tous les quatre jours. Il ne s'approchait plus, ne touchait plus les torches, parlait lui-même et, faute de nombreux souvenirs dans sa trop courte vie (surtout qu'il ne tenait pas à évoquer sa vie saigonnaise, et qu'il avait compris que son grand-père ne souhaitait pas entendre évoquer ses parents), il annonçait ce qu'il allait faire, une fois sur la mer. En tout premier lieu, bien sûr, il ferait route vers Singapour. Pour rendre compte. Ainsi n'aurait-il pas à mentir en affirmant à Madame Grand-Mère qu'elle était veuve, puisqu'elle le serait vraiment, dès lors qu'il n'allait pas quitter Bornéo avant la véritable mort de Cerpelaï Gila.

— Je ne veux pas lui mentir. Je ne le pourrais pas. Je n'aime pas mentir et, en plus, elle devinerait mon mensonge. C'est l'autre raison qui me fait refuser de vous quitter aussi longtemps que vous serez en vie.

Et après Singapour, sûrement, il irait en Malaisie, à cet endroit de la côte occidentale où la petite fille l'avait aidé. Il fallait bien restituer la pirogue empruntée.

Ensuite ? Eh bien, la suite était un peu moins précise. Saigon peut-être. Pour rassurer tout à fait monsieur Marc-Aurèle Giustiniani, et le remercier de toute sa bienveillance.

Mais peut-être ferait-il d'abord une grande promenade, enfin, une croisière. Vers les mers du Sud. Il avait très envie de descendre jusqu'au détroit de Torrès, entre l'Australie et la Nouvelle-Guinée. Et de remonter ensuite par la mer de Corail en touchant les Salomon. Avant de remettre cap au nord. Sauf si la fantaisie lui venait d'un petit tour vers les Fidji ou les Touamotou.

S'il trouvait du fret, évidemment. Il fallait bien financer ces voyages. Il avait parlé de ces choses avec Oncle Ka, qui en vérité ignorait à peu près tout du commerce, mais savait à qui s'adresser.

Sans compter qu'il y avait Ching à Singapour. Et le capitaine Eliphalet Hoxworth, et Abdul, qui pouvaient être de bon conseil.

Les mois passaient. Kaï n'avait toujours posé aucune question à Oncle Ka, s'agissant du *Nan Shan* et de l'endroit où il se trouvait. Huit ou dix fois pourtant, ils étaient descendus jusqu'à la mer, les Ibans et lui. Ils y avaient même navigué, sur des pirogues à balancier d'une forme inattendue (mais Oncle Ka avait expliqué que c'était là encore Cerpelaï Gila qui leur avait appris à construire de telles embarcations, sur le modèle polynésien). On avait même attaqué une jonque de passage, pour ne pas perdre la main.

— Parce que vous êtes aussi des pirates ?

— On nous appelle les Dayaks de la mer.

— Mais vous n'avez pas coupé les têtes des hommes de la jonque.

De la mélancolie s'était inscrite sur le visage maigre d'Oncle Ka : eh non, ils n'avaient pas coupé de têtes et lui le regrettait. Mais c'était une règle édictée par Cerpelaï Gila : ils pouvaient couper toutes les têtes qu'ils voulaient à terre, c'est-à-dire sur le territoire naturel des Ibans. Mais pas en mer.

— Tu vas aussi nous demander de ne pas en couper, lorsque nous serons sur le *Nan Shan* ?

— J'ai grand-peur que oui.

Kaï pensait avoir deviné où était cachée la goélette. Il avait vu l'endroit depuis la mer, et sans doute parce qu'il pensait, raisonnait, calculait très exactement comme son grand-père, il s'était dit que ce serait un bon endroit, le meilleur possible, en fait. La côte du Sarawak, dans ce coin-là, était pleine de hauts-fonds, de récifs, aucun marin n'aurait eu l'idée d'y aventurer son bateau. Justement. Outre cela, malgré les deux bons milles de distance, il avait nettement distingué, tout au fond d'une anse rocheuse aux allures de calanque, un trou noir.

Elle est là, j'en jurerais.

Une véritable fièvre l'avait saisi, dès lors. Bon, il s'était engagé à ne pas prendre le commandement du *Nan Shan* avant la mort de Cerpelaï Gila. Évidemment qu'il s'y tiendrait. Mais où était le mal dans le simple fait d'aller jeter un coup d'œil ? Rien que pour voir. Il débattit avec lui-même, pendant trois bonnes journées, quant au fait de savoir si, oui ou non, en agissant ainsi il rompait son engagement.

Non. Il partit donc en pleine nuit et marcha quatre heures. Le jour n'était pas encore levé lorsqu'il atteignit l'anse. Il ne trouva aucun chemin pour descendre et, pour finir, se lança dans l'eau, d'une hauteur de quinze bons mètres. Espérant que la mer serait assez profonde pour lui éviter de se briser les reins sur de la rocaille. Elle l'était. Il nagea et ce fut à la seconde même où il nageait à l'entrée de la grotte que le soleil parut ; aussitôt l'eau se fit phosphorescente, les rochers s'éclairèrent. Et une ouverture tout en haut, une simple fissure, un rai de lumière vint éclairer la proue.

Ne monte pas à bord.

Il nagea très lentemant tout autour de la coque noire, n'osa même pas toucher l'une des nombreuses amarres, livra un combat farouche pour résister à la tentation. Il trouva un million de raisons de se hisser sur le pont (à commencer par celle-ci, qui était capitale : Cerpelaï Gila lui avait donné le bateau) et finit par ressortir au soleil. Il dut nager sur deux cents mètres et contourner un promontoire pour trouver un chemin le ramenant sur la crête.

Où Oncle Ka l'attendait, son arbalète sur l'épaule.

— Je savais que tu savais, lui dit l'Iban. Je t'ai vu regarder le bon endroit, l'autre jour, quand nous étions sur la mer. Et j'ai vu ton visage.

— Je ne l'ai pas touchée.

— Rentrons. C'est bientôt fini.

Kaï dormait quand une femme appela. Il habitait la plus élevée des longues maisons. Elles étaient édifiées sur des pilotis d'environ quatre mètres, mesuraient une centaine de mètres pour la plus courte et une fois et demie autant pour les autres, étaient bordées sur un côté d'une véranda, comportaient entre quarante et soixante pièces identiques ; des nattes y recouvraient le plancher de bambou, un bat-flanc occupait parfois les chambres-salon des plus âgés (ou des hôtes d'honneur, comme Kaï), des coffres en bois incrustés de nacre et des jarres en terre cuite constituaient le seul ameublement.

Kaï était allongé sur une natte, le bat-flanc eût été trop étroit pour les deux filles qui dormaient de part et d'autre de lui — la troisième était lovée à ses pieds. Il se dressa au premier murmure et, se levant, sortit du *bilek*, la chambre, dans le *ruaï*, le couloir. Il reconnut la femme, celle-là même qui chaque jour montait apporter de la nourriture et de l'alcool à Cerpelaï Gila.

— Je comprends, dit-il.

Il la remercia mains jointes, resserra son sarong. A mi-chemin de la montée, Oncle Ka le rejoignit.

— Mais tu entreras seul, dit l'Iban. C'est toi seul qu'il voulait près de lui.

Et la voix d'Oncle Ka était inhabituellement rauque et basse, emplie d'une tristesse qui toucha Kaï au plus profond de lui-même. Si je dois moi-même mourir un jour, et bien sûr je mourrai, j'espère qu'il se trouvera quelqu'un pour me pleurer comme le fait mon ami iban pour mon grand-père.

Kaï marcha le long de la rivière, le long d'une des haies d'orchidées où quantité de torches avaient été allumées, flammes et fumée montant très droites dans l'air immobile de la nuit. Et peu avant qu'il parvînt à l'entrée de la caverne, le battement sourd de tambours et de gongs se fit entendre, sur un rythme lent et très solennel.

Kaï entra et vint s'accroupir à deux mètres du gisant, dont il distinguait à peine la forme.

— Je suis là, grand-père.

La puanteur était extrême mais peu lui importait. Seule comptait cette respiration syncopée, qui par instants s'interrompait (et le cœur de Kaï s'arrêtait de même), disparaissait, reprenait enfin dans un épouvantable râle d'égorgement.

— Je suis là, Kaï O'Hara, votre petit-fils, vous m'entendez ?

Et du corps informe, en effet, provint ce qui pouvait être un murmure de compréhension ou d'acquiescement. Kaï alors se mit à parler. Il dit comment il avait trouvé seul la cachette du *Nan Shan*, mais parla surtout d'elle, Madame Grand-Mère, de l'amour extraordinaire qu'elle éprouvait pour Cerpelaï Gila, quoique jamais elle ne le nommât ainsi. Il parla à n'en plus finir et plus tard ne put retrouver les mots qu'il dit cette nuit-là, et le jour suivant, et les heures de la nuit d'après. Car il se trouva que, lorsque enfin la respiration de Cerpelaï Gila ne reprit plus après une ultime interruption, il s'était écoulé plus de trente heures. Kaï sortit et annonça que la fin était arrivée. Oncle Ka avait préparé les peaux de chèvre blanche, ensemble ils en enveloppèrent les chairs rongées et les os mis à nu par la lèpre et tous les restes putréfiés des morceaux de chair que Cerpelaï Gila avait lui-même détachés de son corps, grâce aux deux couteaux plantés droit, à mesure qu'ils pourrissaient, et qui avaient été conservés afin que tout pût être incinéré sur le même bûcher.

Ce dernier était dressé tout au bord de la mer de Chine du Sud, aussi exactement que possible à la verticale de la cache de la goélette franche, encore tapie dans sa prison de rochers.

Mais libre très bientôt.

— Huit hommes plus moi, neuf en tout, dit Oncle Ka répondant à la question de Kaï sur l'équipage. Si tu fais le même choix que lui, bien entendu.

— Ce qui était bon pour Cerpelaï Gila est très bon pour moi, dit Kaï.

— C'est là, dit Kaï.

Et cette fois, il en était sûr. A deux reprises déjà, il avait fait abattre sur tribord, croyant reconnaître la plage, certain alignement de rochers, un moutonnement d'arbres, des rangées de cocotiers, une mangrove d'où suintait une rivière. S'était trompé à chaque fois. Et un peu vexé de son erreur, quoiqu'il l'eût corrigée très vite. En somme, il n'avait à peu près rien vu du village de la petite fille ; c'était de nuit qu'il avait emprunté la pirogue et pris la fuite vers Singapour.

— On y va.

Oncle Ka hocha la tête et mit le cap vers la plage que lui-même distinguait à peine, si même il la voyait ; mais il avait, durant les derniers mois, obtenu bien des preuves de l'extraordinaire acuité de vision de son capitaine. Sans qu'il fût besoin de le lui ordonner, l'un des Dayaks de la mer se posta tout à l'avant, pour surveiller la profondeur de l'eau. Kaï reconnut Ka 4. Tous les hommes de l'équipage portaient le même patronyme, Ka, suivi d'un chiffre — ainsi étaient-ils numérotés de Ka 1 à Ka 8. A l'origine de cette curieuse dénomination, il y avait le fait que, à bord, trois des Dayaks de la mer portaient le même patronyme, étant frères ; bien entendu, ils avaient des surnoms, et des prénoms, qui permettaient normalement de les différencier. Mais quand le *Nan Shan* avait été extrait pour la première fois de sa gangue rocheuse, lorsqu'on avait commencé de tirer des bords dans la mer de Chine du Sud, afin d'accoutumer ou réaccoutumer tout le monde (Kaï pour commencer, et plus que quiconque) à la manœuvre de la goélette franche, Kaï, par pure plaisanterie et tout à sa formidable jouissance, s'était amusé à appeler tout le monde Ka — sauf Oncle Ka évidemment — en attribuant des numéros. A sa grande surprise, la chose avait enchanté ses Dayaks de la mer, ils en avaient ri pendant des heures et de temps à autre, même maintenant, des fous rires les reprenaient, c'en était presque agaçant. A l'évidence, ces hommes parfaitement capables d'égorger tout un village et de couper des têtes à la première occasion venue avaient un sens de l'humour que lui, Kaï, ne comprenait pas toujours — il en aurait d'autres démonstrations, plus gênantes.

Il y avait ce jour-là une fort jolie brise de nord-ouest. A son habitude, le *Nan Shan* avançait comme l'éclair. Ka 2, 3, 5, 6 et 8 se hissèrent sur les mâts d'artimon et de misaine, prêts à ferler les voiles au bon moment, sitôt que le commandement leur en parviendrait. Ka 7, quant à lui, resta dans la cambuse ; outre qu'il régnait sur celle-ci, en sa qualité de maître-coq, il était également le musicien du bord. Kaï lui avait acheté une mandoline à Singapour, qu'en quelques jours il avait appris à gratter remarquablement.

Kaï passa un sarong. Il allait toujours tout nu, en mer, et ne s'habillait qu'aux escales.

— Il y a des gens sur la plage, annonça Oncle Ka.

— Je les ai vus.

— Je voulais dire que je les vois aussi, maintenant.

Kaï se retourna. La pirogue était toujours là, dans le sillage en remorque. Les vingt-quatre poules et les deux coqs qu'elle transportait, sous un filet destiné à prévenir tout suicide des gallinacés, avaient l'air passablement moroses, probablement victimes du mal de mer. C'était la pirogue même qu'il avait volée un peu moins d'un an et demi plus tôt. Le petit chantier naval de Ching le Gros l'avait remise en état, repeinte de frais, et la voile en était neuve, décorée d'un superbe dragon rouge, jaune, noir à la longue langue superbement écarlate.

En d'autres circonstances, on eût pu arrimer la pirogue sur le pont. Mais le *Nan Shan* avait du fret, toujours grâce à Ching ; il transportait tout un lot de haches, hachettes, scies et autres outils de menuiserie en provenance directe de Sheffield en Angleterre, à destination d'une exploitation anglo-birmane.

Le regard de Kaï revint se porter sur la plage. Et d'un coup, entre trente autres silhouettes, il l'aperçut. Elle, la petite fille qu'il avait surnommée Bagheera. Il l'aurait reconnue à sa seule façon de se tenir. Un peu à l'écart des autres, pas hautaine mais presque ; adossée à un cocotier, ses mains entre l'arbre et les reins, visage impassible.

Et ses seins qui commençaient à poindre, nom d'un chien.

C'est Oncle Ka qui avait retiré le *Nan Shan* de son fourreau de pierre, au Sarawak ; c'est lui qui avait conduit très délicatement le navire entre les récifs, sans se servir des voiles qui, pour l'heure, étaient toutes dans la cale, très minutieusement protégées de nattes (et il paraît qu'elles avaient été, ces voiles, déployées à intervalles réguliers pour éviter qu'elles ne moisissent). Le *Nan Shan* avait été halé, mètre après mètre, Oncle Ka criant de sa voix tranquille les ordres, disant quelle amarre devait être tirée et quelle autre devait seulement être tenue.

Cinq heures pour amener la goélette en bonne mer.

Cerpelaï Gila était alors mort depuis sept jours, et ses cendres avait été dispersées, ainsi que le vieil homme en avait exprimé le souhait, sur des kilomètres dans la mer de Chine du Sud.

Ensuite, on appareilla vraiment. Deux semaines à s'entraîner et il n'existe aucun mot pour dire le bonheur de Kaï, aucune femme ne lui en donnera jamais un pareil (non, pas même *Elle*, et pourtant).

Dès le troisième jour de cet entraînement, il advint que l'on croisa une jonque, qui allait à Singapour. Ayant persuadé ses Dayaks de la mer que ce coup-ci ils ne devaient pas se lancer à l'abordage, Kaï décida de faire parvenir un message à Madame Grand-Mère, à qui il n'avait pas donné de nouvelles depuis environ sept mois. Mais, de toute son existence, Kaï O'Hara n'aura jamais un souci particulier des délais ni des heures et du temps qui passe, ce devait être son sang chinois — à moins que ce ne soit l'irlandais, allez savoir ; partant pour vingt-quatre heures il ne verra jamais un quelconque problème à ne réapparaître que trois ans plus tard.

La difficulté fut d'écrire le message et d'y mettre les mots qui conviennent. Rédiger une longue lettre était au-dessus de ses forces et de ses connaissances, ça lui prendrait un mois et demi pour le moins, pour peu que la lettre en question excédât les trois lignes.

Il passa par des affres auprès desquelles celles de la mort ne sont que broutilles. Pour finir — la jonque aurait bien voulu repartir mais le regard des Dayaks de la mer sur les marins chinois de Canton suffisait pour les transformer en statues —, pour finir, il se détermina. Il fera court mais clair : *Je rentre seul avec le* Nan Shan. Pour plus de sûreté — somme toute Madame Grand-Mère lisait —, il écrivit en anglais, en français et en malais, se hasarda à tracer des idéogrammes (ce n'était vraiment pas son fort), vérifia auprès du capitaine de la jonque si sa propre traduction chinoise était exacte, apprit qu'il informait l'Honorable Grand-Mère de Kaï (jusque-là, ça allait) de ce qu'il avait les oreillons et un pied bleu. Il se serait trompé quelque part dans sa transcription. D'accord, il laissa tomber, ce serait bien le diable si Madame Grand-Mère ne trouvait pas quelqu'un pour lui traduire l'une au moins des trois autres lettres.

— Tu peux, dit Kaï au capitaine de la jonque, ne pas remettre en main propre ce message à Madame ma Grand-Mère. Tu peux le jeter par-dessus bord sitôt que tu seras hors de vue...

— Sauf que tes Dayaks de la mer me couperont la tête à mon prochain passage dans le coin.

— Exactement, dit Kaï.

— Je crois que je vais remettre ce message en main propre à ta si Honorable Grand-Mère, dit le capitaine. J'en suis même tout à fait certain.

Et il était clair qu'il était un tantinet épouvanté par les neuf Dayaks de la mer. (Il n'était que le premier d'une longue, très longue série.)

Reste que Kaï, dès lors, se sentit maître de son temps. En sorte que, l'entraînement terminé, il mit cap à l'est, vers le Sabah qui est la pointe nord-orientale de Kalimantan. Nonchalante promenade dans le coin, avant de s'engager dans la mer de Sulu. Le *Nan Shan* y croisa pas mal de temps. C'était très beau, avec des millions d'îles volcaniques ou coralliennes, voire les deux ensemble. L'endroit était et allait rester plein de pirates, des Negritos et des Moros ; à qui il prit l'idée funeste d'attaquer la goélette. Les Dayaks de la mer furent ravis de l'occasion ainsi offerte de couper les têtes, qu'ils suspendirent aux vergues, tant et si bien que Kaï ordonna qu'elles soient (le mieux aurait été de les jeter à la mer mais il ne voulait pas trop contrarier son équipage) disposées dans la cale avant.

Kaï n'était pas dupe. Il savait pertinemment que cette excursion qu'il faisait dans les Sulu n'était encore une fois que façon de retarder sa rencontre avec Madame Grand-Mère.

Vint néanmoins un jour où il se résolut à regagner Singapour.

— Raconte.

Elle ne peut presque plus marcher, sa hanche est à présent bloquée, c'est à peine si elle peut se traîner d'une pièce à l'autre, dans sa merveilleuse maison de bois. Pourtant elle se tient droite, rien ne la ploiera jamais.

Elle a laissé Kaï aller jusqu'au bout de son récit, sans l'interrompre. Elle ne pleure pas.

— C'est bien, dit-elle enfin, dans le silence revenu.

Et il ne recevra d'elle aucun autre commentaire. Quoiqu'il devine (en s'étonnant lui-même d'autant de certitude) ce qu'elle éprouve. Oh, du chagrin bien sûr, et mille fois plus que du chagrin, un vide monstrueux ; mais pas de désespoir, ni de désespérance ; elle ne se laissera pas mourir ; à l'instar de Cerpelaï Gila, elle ne cédera pas, ne s'abandonnera pas ; qu'elle croie ou non que la mort la réunira à son mari, elle attendra le moment de passer et se battra jusqu'à l'ultime seconde.

— Est-ce que vous voulez revoir le *Nan Shan* ?

— Et tu me porterais.

— J'en serais très fier, dit Kaï.

— Non.

Ce n'est pas de traverser tout simplement dans tes bras Singapour qui lui fait honte, Kaï. Elle n'aurait honte de rien qu'elle aurait déterminé d'elle-même. Mais le *Nan Shan* est à toi désormais, ce n'est plus le voilier de Cerpelaï Gila. Aller le voir serait empiéter sur tes prérogatives, et ce qui est mort est mort.

— Tu vas repartir.

Elle n'interroge pas, elle sait.

— Pas tout de suite, répond Kaï. Je dois parler avec monsieur Ching.

— Trouver du fret.

Bien sûr qu'elle savait ces choses, n'avait-elle pas navigué tant d'années, et sur le même navire, parcouru tant et tant de milles, visité tant de ports, rencontré tant d'hommes ?

Elle dut lire dans les pensées de Kaï, car elle dit qu'elle allait, non pas établir, mais finir de dresser une liste de tous les contacts et de toutes les amitiés ou inimitiés qu'ils avaient eus, le Capitaine (ainsi nommait-elle Cerpelaï Gila) et elle.

— Est-ce que je peux vous embrasser ?

Oui. Mais elle ne fait aucun geste pour exprimer cette tendresse énorme, vraiment très puissante, qu'elle lui porte, il n'en doute pas une seconde. Il lui baise la main. Qu'est-ce que j'ai comme amour pour elle !

Lors de la première visite qu'il lui avait rendue, à peine

était-il resté trois jours, il s'était vite embarqué sur le sloop d'Eliphalet Hoxworth. Cette fois-là, il reste davantage. Et c'est chose bien normale, si on veut bien y penser une seconde, il n'a pas eu tant d'occasions d'aimer vraiment quelqu'un. Son père et sa mère surtout lui sont restés, quoi qu'il en eût, des étrangers, qu'il ne comprenait pas — pas plus d'ailleurs qu'ils ne le comprenaient. Je veux rester du temps avec elle, Madame Grand-Mère. Peut-être un peu parce que ma présence ne lui est pas déplaisante, beaucoup parce que d'être avec elle, de vivre avec elle, de lui embrasser la main matin et soir est très doux, et me comble.

Qui plus est (et cela arrive un soir qu'ils dînent ensemble, servis par l'un des deux domestiques du Hunan), voici que Madame Grand-Mère se met à parler d'elle-même. Il y a, et c'est plus surprenant encore, une petite lueur de gentille moquerie dans ses yeux.

— Je suppose que tu as remarqué mes grands pieds ?

Quels grands pieds ? Madame Grand-Mère a de petits petons qui te tiendraient dans la main. Mais bon, c'est assez vrai que, comparés à ceux des autres Chinoises, que l'on a bandés depuis l'enfance et qui marchent sur des choses rondes et ridicules, elle a, elle, des pieds normaux, quoique minuscules.

— Tu sais d'où je viens ?

— De Shanghai, non ?

Pas du tout. Elle est une Hakka. Les Hakkas sont des Chinois du Nord. Voici un certain temps chinois — c'est-à-dire dans les mille ans — des groupes entiers ont migré vers le sud, vers la province de Canton. Ils y ont fondé des villages. En général sur les hauteurs ou dans les îles jusque-là désertes. Les indigènes ne les aimaient guère. Le village natal de Madame Grand-Mère, par exemple, avoisinait un village indigène ; eh bien, pendant neuf cent vingt-huit ans, les deux communautés se sont tout à fait ignorées, tout comme si elles eussent été à des milliards de lis l'une de l'autre.

— Les Hakkas n'ont pas suivi la mode des pieds bandés. Par pur esprit de contradiction. On t'a sans doute raconté que j'avais été fiancée à quatre ans et que mon fiancé est mort avant le mariage ?

— Euh, oui.

— En réalité, j'ai été vendue à onze ans, dit Madame Grand-Mère. Un bordel de Canton m'a achetée. On ne m'a pas gardée, j'avais mis le feu dès mon arrivée. Je me suis habillée en garçon, je me suis fait passer pour tel, et je me suis glissée sur un bateau pour Shanghai. Où j'ai tué un homme qui m'avait violée après s'être aperçu que j'avais des seins. Ensuite, je me suis réfugiée dans la concession française, j'y ai trouvé du travail...

— Est-ce que vous parlez français ?

— Oui. Anglais aussi. Je me suis toujours adressée à toi en mandarin pour t'obliger à l'apprendre. A Shanghai, j'ai enseigné le chinois à des missionnaires, je suis devenue institutrice. J'avais quinze ans quand j'ai rencontré ton grand-père.

Elle se tait dès le moment où elle a évoqué Cerpelaï Gila. Ce n'est que plusieurs minutes plus tard qu'elle se remet à parler, mais c'est uniquement pour évoquer des souvenirs d'avant sa rencontre avec le Capitaine. Rien sur celui-ci, ni sur la vie qu'elle a menée avec lui.

Et il en sera ainsi tout le temps qu'il passera avec elle, durant ce séjour-là.

Ching le Gros connaissait la nouvelle, pour Cerpelaï Gila. Bien avant le retour de Kaï à Singapour. Et la façon dont cet homme, qui ne bouge guère, sort plus que rarement de sa boutique et pourtant sait tant de choses, restera à jamais un mystère.

Il n'est plus juché sur un tabouret bas, mais assis dans un fauteuil. Un parfum d'opium flotte dans l'air de la boutique. L'œil de Ching le Gros passe sur Kaï :

— Tu as pris du poids.

— Peut-être un peu, oui.

— Au moins vingt livres. Je parie pour vingt-huit et demie.

— Vingt-quatre, dit Kaï au hasard et pour le plaisir de le contredire un peu. En réalité, il passe la barre des quatre-vingt-cinq kilos et son poitrail commence à être fichtrement large ; à Bornéo, il a assommé un sanglier presque domestique d'un seul coup de poing sur le crâne, et un homme de bonne corpulence se serait effondré de même ; mais avec son estimation de vingt-huit livres et demie, le Gros n'est pas loin du compte, pour tout dire, il est tombé pile, ce poussah — poussah ou *pou-sa* étant un mot chinois qui désigne un bouddha assis les jambes croisées et tout plein de plis graisseux sur le ventre et ailleurs. Ce qui est justement le cas du Gros.

— C'était bien, les Sulu ?

Il sait que j'y suis allé, ce chien. Il sait tout, je te dis.

— Pas mal. Belles îles.

— On m'a raconté que tu avais repris des Dayaks de la mer comme équipage. Comme Cerpelaï Gila le faisait dans les derniers temps.

— Un ou deux peut-être.

Le *Nan Shan* n'est pas à l'amarre dans le port de Singapour. Oncle Ka n'aime pas les ports : avec tant de monde, c'est trop tentant, toutes ces têtes à couper. Le *Nan Shan* croise au large et, à un signal convenu, viendra faire terre pour récupérer son capitaine.

— On m'a raconté aussi, dit Ching, que tu avais dans ta cale avant une vingtaine de têtes coupées dans les mêmes Sulu.

— Je ne m'occupe pas des souvenirs de voyage de mon équipage.

— Cela te ferait avoir des ennuis si tu croisais un bateau de guerre anglais.

— Personne au monde ne peut arraisonner le *Nan Shan*. Il faudrait d'abord l'attraper.

Le regard de Ching le Gros pèse.

— C'est vrai que tu parles comme lui mot pour mot et de la même voix. Lui, Cerpelaï Gila. C'est comme s'il était revenu, avec soixante ans de moins.

Le compliment touche Kaï au cœur. Tout en le titillant un peu. Il sait bien qu'il ressemble à son grand-père et il ne s'en défend pas, mais lui c'est lui, et moi c'est moi.

— Parlons peu, parlons bien, reprend Ching. Tu veux

du fret et j'en ai pour toi. Tu me donnes un cinquième des bénéfices, comme toujours.

— Ah ah, dit Kaï paisible. Et il pense : « Je me doutais, ce compliment que le Gros vient de me faire n'avait pas d'autre but que de m'amadouer. »

— D'ordinaire, dit le Gros, je prends un tiers. Et ce n'est qu'à de vieux clients comme le capitaine Hoxworth et deux ou trois autres que je baisse jusqu'au quart.

— Un quinzième, dit Kaï en bâillant, comme si cette discussion d'affaires l'ennuyait au plus haut point.

— Évidemment, quand il s'agissait de Cerpelaï Gila, ma commission était différente. Je n'étais même pas né qu'il était déjà mon client. Sauf que je dois considérer que Cerpelaï Gila est mort et que c'est seulement son petit-fils qui sera mon associé, maintenant. Et un petit-fils n'offre pas les mêmes garanties. Mais enfin, l'amitié l'emporte, le cœur vainc la raison. C'est pour cela que ma générosité est si considérable. Et un sixième, c'est vraiment très peu, pour tout le mal que je vais me donner. Je perds de l'argent et risque la ruine.

— Un douzième, dernier prix.

— Mon *hui* est extrêmement vaste et très efficace. Songe qu'il est implanté, à l'est, jusqu'à New York en passant par le Texas, la Californie et Hawaii ; à l'ouest jusqu'à Capetown ; au nord jusqu'à Bombay et évidemment Pékin ; au sud, jusqu'à Hobart en Tasmanie, Dunedin ou Christchurch en Nouvelle-Zélande, en passant par l'Australie. Tu nc trouveras pas de meilleur hui à quoi t'associer.

Par hui, dans ce cas précis, Ching le Gros désigne sa famille, l'ensemble de sa parentèle, jusqu'aux neveux des neveux les plus éloignés, de par le sang ou par alliance, jusqu'à des cousins que, sûrement, il ne connaît pas, ou à peine de nom. Et sans doute adjoint-il à ces cohortes d'affidés des gens originaires de son village natal, qu'en somme ses ancêtres et lui ont fréquentés pendant quatre mille ans, si bien qu'ils se connaissent quand même un peu et savent jusqu'où se fier les uns aux autres. Kaï sait tout cela. Comme il sait que l'extraordinaire et unique diaspora chinoise a eu pour résultat, au fil des générations, de mettre en place un fabuleux réseau qui couvre le globe. Kaï n'ignore rien des prodigieuses facilités qui lui sont offertes. Il ne les sous-estime certes pas, voit bien que l'aide qui lui est proposée pourrait aisément faire sa fortune, tout comme elle eût pu faire celle de Cerpelaï Gila si son grand-père avait souhaité devenir très riche, ce qui n'était pas son obsession. De même, il ne s'abuse pas quant à la très réelle puissance de cet homme ventripotent, siégeant au fond d'une boutique. Ching le Gros pourrait sans nul doute mettre en ligne des millions de dollars, voire de livres anglaises, si un quelconque projet lui paraissait le justifier. Peut-être pas en puisant dans ses ressources propres (encore que...) mais en faisant appel au hui. Si lui, Kaï, qui bénéficie donc de la bienveillance du Gros, venait présenter telle affaire, par exemple, disons au pays des cow-boys, et qu'il réussisse à prouver que l'affaire est ou deviendra bonne, Ching le financerait, ou le ferait financer par le hui, n'importe où. Et ces imbéciles de Blancs qui, dans leur outrecuidance, s'imaginent avoir inventé les lettres de crédit, c'est-à-dire les chèques, ou encore l'imprimerie, que les Chinois connaissaient quinze siècles avant eux.

Seul point qui demeure énigmatique pour Kaï : la raison profonde qui pousse Ching le Gros à l'assister pareillement. Ce sera quelque événement du passé. Tenant à Madame Grand-Mère ou à Cerpelaï Gila. Ou, encore, remontant plus avant dans le temps à une mystérieuse alliance avec les O'Hara durant les trois derniers siècles — autant dire hier, pour un Chinois.

Et quant à cette négociation sur la commission du Gros, c'est avant tout un jeu. Une mise à l'épreuve aussi : je lui aurais dit oui quand il m'a réclamé un cinquième, il m'aurait tenu pour un crétin et peut-être se serait détourné de moi, ne m'apportant qu'une assistance de pure forme.

On négocie donc trois pleines heures, on ne parvient pas à un accord. On convient de se retrouver les jours suivants, on y passe une semaine, puis, tous ces rituels étant remplis, on arrive à un accord — un huitième.

— Je vais sûrement mourir de faim dans les six mois qui viennent, dit Ching, mais tu es un négociateur redoutable, comment te résister ?

Un huitième était le montant que tous deux avaient en tête, depuis le début, aucun des deux ne l'ignorant, d'ailleurs (Madame Grand-Mère avait prévenu Kaï).

— La noble magnanimité que vous me témoignez, répond Kaï, inonde mon cœur de reconnaissance. Le Yang-tsé kiang ne pourrait mieux faire. Sauf que je vais affronter les océans déchaînés pour des clopinettes, mais tant pis. Lorsque je serai tout à fait famélique, vous ayant payé ce pourcentage exorbitant, je me consolerai avec le respect filial que je vous porterai jusqu'à ma mort.

— Pour causer, tu causes, espèce de Grand Nez. Viens donc dîner ce soir chez moi. Ce ne sera qu'une pauvre chère, j'en ai peur. Trente-deux plats au plus. Mais avec les transactions misérables que je conclus par les temps qui courent, je dois faire des économies.

(Un Grand Nez est un Occidental. L'opinion publique d'Asie juge au demeurant que le nez n'est pas, chez eux, le seul appendice à être d'une taille extravagante.)

Kaï n'a pas encore prononcé le nom qu'il a sur les lèvres. Pas une fois en six ou sept semaines. Il se sait impulsif et se méfie de lui-même — monsieur Marc-Aurèle lui a écrit quatre lettres de Saigon et presque dans chacune de celles-ci lui avait recommandé de résister du mieux possible à son impulsivité naturelle.

Mais enfin le moment est venu.

— Archibald Leach, dit Kaï.

— Il ne s'appelle pas vraiment Archibald Leach. Son vrai nom est Larry Grant. Enfin, je crois. Je sais très peu de chose sur lui. Pour ainsi dire rien.

Et c'est quoi, ce rien ? Mais Kaï ne pose pas cette dernière question. Dont la réponse viendra à son heure. Et d'ailleurs elle vient, la veille du jour où Kaï doit rembarquer sur le *Nan Shan*.

Lawrence Sidey Grant. Né à Stoke-on-Trent dans le

comté anglais de Staffordshire, le 22 juillet 1863, troisième d'une famille de quatre enfants. Famille fort à l'aise depuis des générations grâce à ses fabriques de céramique et de porcelaine. Un mètre quatre-vingt-quatre, cheveux blonds, yeux bleus. Renvoyé d'Eton pour vol dans les vestiaires — quatre livres et trois shillings. Accusé de vol à Londres, condamné pour escroquerie, arrêté, évadé. S'embarque pour les Indes. Fomente une mutinerie à bord du navire qui le transporte à Bombay, se rend maître du bateau, le revend grâce à de faux actes de propriété. Accusé de l'enlèvement d'une jeune Anglaise de grande famille à Calcutta. Réapparaît à Rangoon, dont il s'enfuit avec la caisse de la société qui avait commis l'erreur de l'embaucher sur la foi d'une fausse identité. Revend la jeune Anglaise à un petit sultan de Malaisie. Resurgit à Bangkok sous le nom d'Archibald Leach. S'y empare d'un stock de graines d'hévéa tout en séduisant les deux filles d'un négociant écossais du nom de MacKinley. Met le feu à la maison du même MacKinley. Revend les filles de MacKinley à des seigneurs de la guerre du nord-est de la Birmanie. S'acoquine avec des pirates malais dont il est plus ou moins le stratège.

— C'était MacKinley qui le poursuivait, l'année dernière ?

— Oui. Enfin pas MacKinley lui-même, MacKinley lui-même ayant été peint en rouge des pieds à la tête, paupières comprises, n'était pas l'an dernier en mesure de mener quelque poursuite que ce fût. Mais ses contremaîtres écossais. Lesquels avaient d'ailleurs des raisons personnelles de courir après Grant-Leach : il avait séduit deux de leurs femmes, pour les abandonner après avoir emporté leurs économies.

— Et il est où, en ce moment ?

Pour quelqu'un qui ne savait à peu près rien, Ching le Gros semble assez bien informé.

— Il était à Mandalay il y a dix mois, à Colombo en septembre dernier. Il se trouvait à Phnom Penh voici deux semaines. Fais attention à sa main gauche.

La nuit suivante, Kaï allume comme convenu avec

Oncle Ka le feu visible de la mer, s'assoit, attend tandis que le bûcher brûle et à la lueur des flammes a le temps de lire quarante-sept lignes du *Livre de la jungle* (il en est à la page cinquante et un, c'est vraiment un livre passionnant, il pense l'avoir terminé vers 1900).

Et dans l'aube qui vient, le *Nan Shan* paraît, si merveilleusement penché par bâbord, plus beau que trois femmes, voire six. La pirogue « empruntée » à bord de laquelle Kaï a descendu plein sud le détroit de Malacca est là ; il l'a amenée lui-même au point de rendez-vous. On l'amarre en remorque, Kaï ôte enfin sa culotte — quel soulagement — et libère ses orteils. Sa décision est prise : d'abord s'acquitter de sa dette auprès de la petite fille, et seulement ensuite s'occuper d'Archibald, qui ne perdra rien pour attendre.

Et puis il faut charger le fret, entreposé sur les rochers.

Le *Nan Shan* avait pu s'approcher à moins de quinze brasses de la plage. Sur laquelle il ne restait plus personne — les Dayaks faisaient toujours cette impression-là —, personne sauf la petite fille, qui n'était plus si petite.

— Tu n'as donc pas peur des Dayaks de la mer ?

— Je n'ai peur de personne.

Qui plus est, elle avait reconnu ce crétin de Kaï (elle dit bien « ce crétin », quel culot). Elle n'avait bougé à aucun moment, depuis la première fois qu'il l'avait vue depuis le large. Et lors du débarquement à terre de Kaï, de Ka 2, Ka 4 et Ka 8, elle avait détourné la tête, comme si cette intrusion la laissait parfaitement de marbre.

— J'ai ramené la pirogue, comme promis.

— Il était temps. Pour un peu, j'étais grand-mère.

— Les poules sont pour le propriétaire de la pirogue, en dédommagement. Il y a aussi six coupe-coupe. Ça peut toujours servir. Et ça, c'est pour toi.

Kaï tendit le gros paquet qu'une nièce de Chang le Gros avait confectionné, dans la boutique de mode. Il lui avait demandé de choisir ce qu'il y avait de plus beau.

Mieux valait une femme pour décider de ces choses-là. La fillette considéra la chose d'un grand air de suspicion.

— Qu'est-ce qu'il y a là dedans ?

— Un cadeau.

— Quel genre de cadeau ?

— Ouvre.

Elle ne bougea pas. Et lui lorgnait tant et plus sur les petits bourgeonnements de la jeune poitrine. D'accord, c'était encore modeste, mais il faut un début à tout. Il demanda :

— Tu as quel âge ?

— Je me demande en quoi ça te regarde.

— Je dirais neuf ans.

— Crétin.

— Dix ?

— Onze et demi, concéda-t-elle.

— Je ne t'aurais jamais crue si vieille, dit Kaï.

— Crétin.

Pourtant la voix était distraite. Elle s'efforçait de tourner la tête et de porter son regard sur n'importe quoi d'autre que le gros paquet enveloppé de papier de soie et décoré de toute une famille de nœuds en bolduc du plus beau rose.

Mais Kaï la sentait irrémédiablement attirée.

— Tu t'appelles comment, déjà ?

— Bagheera.

— Je veux dire ton vrai nom, je l'aurai oublié.

— Tu n'as pas pu l'oublier : tu ne l'as jamais entendu. Ne coupe aucune tête, s'il te plaît, ordonna Kaï à Ka 4 dont les allures l'inquiétaient un peu. Tu as une tête à t'appeler Abdullah, dit-il à la petite fille.

Elle ne releva pas. Presque malgré elle, sa main avait pris le paquet, dont elle s'employa à défaire les nœuds un à un, au lieu de tout déchirer. Et elle n'eut de cesse d'avoir tout très soigneusement ouvert et déplié, jusqu'au papier de soie qui s'en tira intact. Sur quoi, elle eut une réaction qui sidéra Kaï — elle se mit à trembler.

— Ça ne te plaît pas ?

Elle secouait la tête et il comprit qu'elle ne pouvait parler.

— Si j'avais su que ça te ferait cet effet, je t'aurais apporté des sucres d'orge.

— Je ne sais pas ce que c'est.

Elle posa sur le bord d'une pirogue la robe, le chapeau, la culotte, la chemise, les chaussures et les chaussettes. La jupe était bleu marine et bordée d'un machin-truc, une espèce de frise turquoise ; le chapeau était du même bleu, à bord arrondi et relevé, il portait un large ruban turquoise et blanc qui pendait sur l'arrière d'une trentaine de centimètres (le chapeau ressemblait à celui des marins de Sa Majesté) ; la culotte était blanche et descendait plus bas que les genoux, s'achevant sur une dentelle ; la chemise était blanche aussi et sans dentelle, à col rond ; les chaussures étaient noires et fermées par une bride sur le cou-de-pied ; les socquettes étaient blanches et devaient monter jusqu'à mi-mollet. C'était l'exacte reproduction de l'uniforme des aristocratiques élèves d'un collège anglais dont Kaï avait oublié le nom. Les couturières de la nièce de Ching le Gros avaient travaillé une semaine pour reproduire le dessin paru dans une revue. Kaï se demanda un instant s'il n'aurait pas dû être moins vague à propos de son « ce qu'il y a de plus beau ».

— Ça ne te plaît pas, dit-il, je le vois bien.

Elle tarda à répondre puis le fixa :

— Tu es vraiment un crétin. Et qu'est-ce que je dois en faire ?

— Tu mets le costume.

— Pour aller chercher de l'eau.

Le ton était pour le moins sarcastique.

— Remontez à bord, on appareille, dit Kaï aux Dayaks de la mer dont la seule présence désertifiait la plage. Je m'en vais, reprit Kaï, cette fois s'adressant à la petite. J'ai du fret à livrer.

— C'est à qui, ce bateau ?

— A moi. A qui d'autre ?

— Tu es trop jeune pour en être le capitaine.

— J'en suis le capitaine et le propriétaire. Je suis Kaï O'Hara, la Mangouste folle numéro 2.

Les villageois se montraient à nouveau, maintenant que les Dayaks de la mer avaient embarqué et libéré la plage. Il y en eut un pour s'avancer et annoncer que c'était lui, le propriétaire de la pirogue que Kaï venait de restituer : il dit qu'il était très content de la retrouver, c'était la meilleure pirogue de Malaisie. Et il était content aussi des poules, et plus encore des coupe-coupe. Les commerçants chinois qui passaient de temps à autre sur leur jonque vendaient bien des coupe-coupe, mais ils les faisaient payer une fortune en poisson et ailerons de requin ; sans compter que la qualité n'était pas la même. En bref, Kaï pouvait voler la pirogue aussi souvent qu'il en aurait envie, à l'avenir.

— Je le saurai, dit Kaï.

Il entra dans l'eau pour regagner le *Nan Shan* et était immergé jusqu'à la taille, sur le point de nager jusqu'à la goélette, quand il entendit :

— Hé, bodoh !

J'aimerais tout de même qu'elle arrête de me traiter tout le temps de crétin, pensa-t-il. Néanmoins il se retourna et resta bouche bée. Elle avait bel et bien enfilé tout le saint-frusquin. Et, du coup, elle faisait fichtrement vieille. L'air d'avoir au moins quatorze ans — au moins, sinon quinze.

Et fichtrement mignonne.

A part peut-être le chapeau.

— Le truc qui pend du chapeau, dit Kaï, se met derrière et pas devant. Sinon tu vas te cogner aux arbres.

Hé ! hé ! hé ! Il fut ravi de pouvoir partir là-dessus, pour une fois qu'il avait le dernier mot avec elle !

Environ deux semaines plus tard, le *Nan Shan* jeta l'ancre à une soixantaine de kilomètres au sud-ouest de Rangoon, en Birmanie. Les Dayaks de la mer y firent un peu moins d'impression ; leur réputation de coupeurs de tête maniaques ne les avait pas précédés en ces contrées lointaines.

— Dis seulement à tes nègres tout nus de rester à bord, ordonna à Kaï un Européen colossal. Le premier qui met le pied sur l'appontement, je lui colle une balle entre les deux yeux.

— Ils seront enchantés de ne pas décharger vos saletés de caisses.

Kaï mit seul pied à terre, enfin sur l'appontement, et sur les indications qui lui furent données se rendit à un bungalow, avec les connaissements et autres paperasses (il avait ces choses-là en horreur, elles limitent la liberté), afin de s'y faire payer. Cela lui prit trois bonnes heures, et il dut effectuer plusieurs voyages entre les énormes alignements de billes de bois de toutes origines, l'endroit étant une très grosse entreprise de scierie. Un comptable chafouin à l'accent des hautes terres d'Écosse l'informa de ce qu'il ne percevrait son argent que vers la fin de l'après-midi, dans le meilleur des cas. Kaï commença d'apprendre le birman pour s'occuper. Et il venait enfin d'être payé, il s'en retournait à la goélette quand, de derrière des entassements de teck en planches, il entendit le bruit caractéristique de coups de poing sur la figure de quelqu'un. Il était en train de mordre à pleines dents dans un cuissot de chevreuil échangé contre une dent de requin. Il alla voir et découvrit, au milieu du cercle formé par des ouvriers birmans de l'entreprise, le colosse roux qui n'aimait pas les nègres. Il devint clair qu'il n'aimait pas non plus les Chinois : il était en train d'en massacrer un, et tout petit, guère plus impressionnant que Madame Grand-Mère, quoique lui fût rondouillard. Kaï considéra un moment le spectacle sans émotion particulière : ce n'était pas son affaire et peut-être le Chinois de poche avait-il commis quelque délit gravissime.

Mais, les minutes passant, et lui dégustant son cuissot, il nota que, si le combat était absolument disproportionné, le Chinois de poche n'en revenait pas moins chaque fois à la charge, se relevant toujours et encore.

— Reste donc par terre, crème d'abruti, lui lança finalement Kaï, la bouche pleine de viande.

L'autre tourna la tête dans la direction de la voix — il

n'y voyait certainement plus, avec ses œufs de pigeon sur chacun des deux yeux.

Mais il se redressa une fois de plus. C'était fou. Un nouveau coup de poing l'expédia à cinq mètres, aux pieds de Kaï. Et il entreprit de se remettre debout, s'accrochant à la jambe nue du capitaine du *Nan Shan*.

— Toi, fous le camp, métèque, dit le colosse roux.

Kaï retira de sa bouche ce qui restait du chevreuil. Il sourit et tenant l'os qu'il récurait, l'examina. Il y restait de la viande. Il le tendit au géant.

— Voudriez-vous me tenir ceci, je vous prie ?

Sur quoi il frappa, dès que l'imbécile se fut saisi du cuissot. S'agissant de taper sur quelqu'un, Kaï O'Hara avait une opinion définitive : d'abord, il ne voyait aucun intérêt à prévenir de ce qu'il allait faire, un type que tu préviens que tu vas le massacrer est averti, forcément, il s'y attend en quelque sorte ; donc il est sur ses gardes et plus difficile à assommer ; et qui sait, il pourrait même aller jusqu'à vouloir t'assommer le premier, ou te rendre tes coups. Ensuite, ne jamais s'en tenir à un seul coup, sauf à pulvériser l'adversaire d'entrée. Kaï frappa donc une deuxième fois, une troisième, et le colosse tombait quand il reçut les quatrième et cinquième coups de poing. Et lorsqu'il fut à terre, comme il n'était pas encore complètement hors de combat, Kaï lui sauta dessus à pieds joints, sur la poitrine, sur l'estomac et sur le visage.

Il ramassa son os de gigot, l'épousseta, en détacha encore un peu de viande, dont il s'emplit la bouche.

— Tu comprends ce que je dis, Boule de gomme ? demanda-t-il au petit Chinois rondouillard.

Acquiescement. Boule de gomme était dans un assez triste état.

— Tu as tué quelqu'un ?

Mouvement de la tête : non.

— Volé quelqu'un ?

Idem : non.

— Tu as touché une de leurs femmes ?

Toujours non.

— Tu travailles ici ?

Non plus.

— Tu peux marcher ?

Oui. Mais après trois pas, Boule de gomme s'effondra. Il tenta bien de ramper mais, outre que l'essai fut pitoyable, il lui aurait fallu une bonne heure pour parcourir trente mètres. Kaï le crocha à la nuque de sa main qui ne tenait pas le cuissot, le souleva à un mètre du sol, l'emporta.

— On va sur mon bateau, ça te va ?

Oui. Mais Boule de gomme essaya de dire quelque chose en un gargouillement tandis que sa main indiquait une direction. Kaï comprit vaguement et fit un détour jusqu'à une petite cantine en bois à coins de cuivre, fermée par un anneau-cadenas, qui était typique du bagage que les Célestes emportent dans toutes leurs pérégrinations. Il échangea le cuissot contre la malle et repartit vers le *Nan Shan*.

S'immobilisa : quatre ou cinq hommes de la scierie dont deux Européens lui barraient le chemin, armés de fusils.

— Regardez donc derrière vous, dit simplement Kaï.

Et sur le pont de la goélette, il y avait six Dayaks de la mer qui pointaient leurs arbalètes.

— Sans compter, dit Kaï, que les traits de leurs armes sont empoisonnés. Au revoir, gentlemen, et merci de votre accueil.

Il déposa Boule de gomme sur le pont et ôta son sarong, pendant qu'Oncle Ka mettait à la voile.

Les jours suivants, le *Nan Shan* remonta au nord. L'autre fret trouvé par Ching le Gros était plus original que le précédent. Il consistait en deux tigres du Bengale, un couple mâle et femelle, destinés au sultan de Johore qui, pour une raison ne regardant que lui, souhaitait comparer les tigres du Bengale à ceux de Malaisie. Le neveu d'un cousin du Gros (ou bien était-ce le cousin d'un neveu ?) avait un comptoir à Chittagong, quasiment en vue des bouches du Gange. Il accueillit Kaï comme s'ils eussent été amis d'enfance, lui offrit à manger, un bat-flanc et des femmes. Il considéra Boule de gomme : qu'est-ce que c'était que ça ?

— Il n'est pas complètement mort et ne peut toujours pas parler. Tu n'aurais pas un médecin, dans le coin ?

Chittagong était une ville et un port importants. Les Portugais s'y étaient installés trois siècles plus tôt, il en restait quelques-uns, dont celui qui vint à bord et examina le quasi-moribond. Il estima la situation assez simple : trois ou quatre os seulement n'avaient pas été cassés, un éléphant se serait-il assis sur lui ?

— Et encore, dit Kaï, nous avons des chèvres à bord. Il nous a bu tout notre lait.

Le médicastre posa quelques attelles mais, selon lui, c'était un peu tard. Si Boule de gomme ne mourait pas dans la semaine à venir, il survivrait sans doute (et probablement jusqu'à sa mort — affirmation qui convainquit Kaï que ce Portugais était décidément un médecin authentique).

— Tu veux débarquer à Chittagong ? s'enquit-il auprès de Boule de gomme.

Non. Boule de gomme signifia qu'il voulait aller au sud. On chargea donc les tigres, dans deux cages séparées. Le mâle pesait à peu près trois cent vingt kilos et ne supportait pas la femelle.

En plus des fauves, le *Nan Shan* embarqua du jute. Et d'autres chèvres : il fallait bien nourrir les tigres.

Cap au sud, bien que Kaï eût un moment caressé l'idée de traverser tout le golfe du Bengale pour pousser une pointe vers Ceylan. Mais ce serait pour une autre fois.

— Ma malle, dit Boule de gomme.

C'étaient les premiers mots qu'il prononçait, dans tous les cas, les premiers compréhensibles, après deux semaines de total mutisme. Le *Nan Shan* avait quitté Chittagong depuis déjà trois jours et voguait délicieusement dans la direction des îles Andaman et Nicobar. Pour la première fois depuis qu'il commandait la goélette, Kaï avait abandonné la navigation à vue pour la hauturière ; mettant en pratique les enseignements d'Eliphalet Hoxworth, il faisait désormais le point trois fois par jour.

— Parce que tu parles, maintenant ?

— Je voudrais bien ma malle, s'il vous plaît.

Boule de gomme s'exprimait en mandarin, d'une voix calme, articulant avec soin. C'était l'un de ces soirs sur la mer qui pressent le cœur, paisibles et beaux, à presque donner envie d'aimer la terre entière — presque. Il ne vint évidemment pas à Kaï le sentiment que cette soirée-là allait tant compter dans son existence, et durant pas moins de soixante années.

La malle qui avait été négligemment jetée dans la cale fut remontée, posée près de Boule de gomme. Des entrelacs de sa natte, il retira une petite clé, et quand il s'en servit pour ouvrir le cadenas (qui était aussi à combinaison chiffrée), il prit grand soin d'interposer son dos en sorte que nul ne pût voir le chiffre qu'il composait. Enfin, il releva le couvercle de la cantine. Dont on put découvrir le contenu : un vêtement de cérémonie qui semblait de soie, des bâtonnets d'encens, des socques de rechange, des boîtes apparemment de santal qui pouvaient contenir n'importe quoi (en fait, Kaï l'apprendrait par la suite, des souverains d'or et des dollars d'argent), et surtout un très intrigant entassement de petits pots de terre vernissés d'un vert céladon semblable à celui des céramiques chinoises. Peut-être soixante-quinze pots en tout, il n'était pas surprenant que la foutue malle était si lourde à porter.

Boule de gomme prit l'un de ces pots, l'ouvrit et, dans la seconde, des parfums de menthe, de cardamone et autres plantes odoriférantes atteignirent les narines de Kaï. Sur quoi le petit Chinois se défit de toutes ses attelles. Et sur toutes ses fractures, y compris les fractures ouvertes qui commençaient à peine à cicatriser, il passa de son baume. Il y consacra dix minutes. Il alla chercher le regard de Kaï.

— Maintenant, je vais vraiment guérir. Je serai guéri dans trois jours.

— Très bien, dit Kaï qui, avec le médecin portugais,

avait dénombré six fractures des mains et des bras, trois enfoncements des côtes (dans un cas, avec perforation de la plèvre), un nez cassé en deux endroits, un os malaire enfoncé, la mâchoire inférieure brisée, les deux clavicules fracassées, une hanche déboitée, sans parler des jambes en capilotade. Quant au visage rond de Boule de gomme, il avait ressemblé et ressemblait encore assez à un coucher de soleil dans la mer de Sulu, en plus chatoyant — le grand dragon du Nouvel An chinois dans les rues de Singapour eût semblé terne, par comparaison.

— Et mon nom est Ha.

— Ah, dit Kaï.

— Pas *Ah, Ha.*

— Ah, HA ! dit Kaï. j'aimais mieux quand tu ne disais rien. On n'entend plus que toi, maintenant.

— Et tu m'as sauvé la vie.

— Ce n'est pas ma faute, c'est parce que je suis impulsif. Personne n'est parfait.

— Tu m'as sauvé la vie, ou du moins tu en avais l'intention, ce qui revient au même. Je te dois une extrême reconnaissance, et ce, jusqu'à la fin de mes jours ; il ne passera pas une journée sans que je pense à te remercier, puisses-tu vivre éternellement.

— Nom d'un chien, la ferme, dit Kaï, qui détestait les bavardages, surtout quand il était en mer.

Rien à faire. Autant ordonner au Yang-tsé kiang de couler en sens inverse.

— J'ai donc résolu, dit Ha, de t'accorder un cinquantième et demi de mes bénéfices à venir.

— Cinq cinquantièmes, dit Kaï se laissant aller à répondre pour cette unique raison qu'il adorait négocier, mais à qui, à part cela, la chose était totalement indifférente.

— Un cinquantième trois quarts.

— Trois et demi.

Nom d'un chien, je suis en train de calculer les trois cinquantièmes et demi des bénéfices que fera peut-être un jour cet abruti de Boule de gomme, quand il vendra des soupes quelque part sur un marché !

— Je vais ardemment réfléchir à ta proposition, dit Ha. Sache que ma parole vaut de l'or, que je vais devenir un homme d'affaires dont toute la Chine s'enorgueillira, que je compterai les souverains d'or par millions, et que deux cinquantièmes t'enrichiront jusqu'à la septième génération de ta glorieuse descendance.

— Tu réfléchis, mais en silence. Nous avons justement un requin ou deux dans notre sillage, si tu vois ce que je veux dire.

Les requins n'impressionnèrent pas Ha. Il parlait le matin, à midi, dans l'après-midi, le soir. Certaines nuits, même, il parlait en dormant. Les Dayaks de la mer ne lui faisaient pas plus peur que les requins. Il arrivait à Kaï de se demander si la phénoménale raclée que le grand colosse avait administrée à Boule de gomme ne trouvait pas là sa raison : dans ces jacassements interminables ; il rendait fou.

Ha racontait sa vie. Il venait de Calcutta, il était allé à pied de Calcutta à Chittagong, il se rendait à Singapour, ou à Hong Kong (il y avait un frère), il aurait pu effectuer le voyage par mer, il avait de l'argent pour acquitter le prix de son voyage, mais il tenait à examiner la végétation en cours de route car il lui manquait encore certaines plantes pour son baume, il ne savait pas où les trouver, d'autant qu'il ne connaissait leur nom qu'en chinois, or il n'était pas doué pour les langues, il n'en connaissait aucune autre, en plus il s'en moquait, il était assuré de devenir millionnaire en souverains d'or sans avoir à s'exprimer autrement qu'en chinois, il...

— Je peux lui couper la tête ? demandait à intervalles réguliers l'un ou l'autre des Dayaks de la mer.

Chaque fois, Kaï examinait la proposition, très fortement tenté d'y adhérer. Mais non, hélas.

... Il (Ha) gagnerait même bien plus qu'un million de souverains d'or, il considérait comme un strict minimum dix-sept millions de ces mêmes souverains, et Kaï O'Hara recevant deux cinquantièmes un quart de ces dix-sept millions, cela faisait donc...

— Trois et demi, disait Kaï.

Et il se reprochait cette intervention, dont il rejetait le blâme sur son impulsivité qui lui avait déjà été si préjudiciable, ne fût-ce que lorsqu'il était intervenu pour assommer le colosse. (Qui m'a traité de métèque, c'est vrai, il m'est très indifférent d'être un métèque — en plus, je ne sais pas ce que c'est — mais je n'aime pas qu'on m'appelle ainsi, ce doit être une insulte.) S'il n'était pas intervenu, Boule de gomme n'en serait pas mort pour autant — ce type, tout un troupeau d'éléphants lui passerait dessus qu'il s'en tirerait vivant.

Aux escales dans les îles Andaman puis à la Grande Nicobar, Boule de gomme descendit à terre — Kaï tenta même d'appareiller en l'abandonnant sur la grève mais le créateur-inventeur-fabricant-représentant de baume marchait désormais, en clopinant mais suffisamment vite pour ne pas manquer le départ. Il descendit à terre et alla y inspecter la végétation. Sans rien y trouver qui lui convînt.

— Est-ce que nous ferons terre en Malaisie ?

— La ferme.

Le *Nan Shan* descendait bel et bien le détroit de Malacca sous un ciel plombé. A seule fin de contrarier son exaspérant passager, Kaï ne fit escale que sur la côte de Sumatra.

— C'est la Malaisie, ça ?

— Oui.

Boule de gomme ne s'en laissa pas conter. Suivit, suivirent chaque fois, à chaque arrêt, d'interminables discours sur sa propre rouerie, on ne le trompait pas ainsi, il était diabolique, et le capitaine Kaï avait sûrement pris la mesure de la prodigieuse intelligence (il parlait de son intelligence à lui, évidemment) qui donnerait naissance à une fortune plus prodigieuse encore... Oh ! nom d'un chien, il ne se taira donc jamais !

Sept semaines après en être partie, la goélette eut connaissance de l'île de Singapour. Qu'elle contourna par le nord, s'engageant dans le détroit de Johore, pour s'y décharger de ses tigres. C'était en définitive grâce à eux, au mâle surtout, que les derniers jours de la croisière avaient été presque silencieux : Boule de gomme avait semblé un matin découvrir la présence à bord du fauve, alors qu'ils étaient compagnons de voyage depuis Chittagong. Dès lors, il s'était installé, assis sur sa malle que jamais il ne quittait, et des heures durant était resté en contemplation devant la cage, comme hypnotisé. Il était invraisemblable qu'il n'eût jamais vu de tigre dans les rues de Calcutta, ni pendant sa randonnée pédestre jusqu'à Chittagong. L'explication de son attitude vint lorsque le *Nan Shan* remit à la voile pour achever sa route jusqu'au port de Singapour.

— J'ai eu une idée extraordinaire.

D'ailleurs, ses idées étaient extraordinaires par définition, à l'en croire. En bref, il allait appeler son baume le Baume du Tigre, un nom glorieux qui lui vaudrait, réflexion faite, cinq millions de souverains d'or en plus. Si bien qu'à deux cinquantièmes et demi, le capitaine Kaï...

On entra dans le port. Kaï avait passé son sarong et contraint ses Dayaks de la mer à se vêtir de même — je ne vais tout de même pas passer ma vie à aller et venir à pied, mon bateau demeurant au large et moi allumant des feux comme un imbécile pour le faire venir.

— Ka 2, jette-moi cette chose sur le quai.

Boule de gomme et sa malle voltigèrent par-dessus le bastingage, allèrent s'écraser ensemble sur des sacs de piments.

— ... Trois cinquantièmes et demi, c'est vraiment trop, n'en continua pas moins de dire le Chinois microscopique.

Il s'affala.

— Mais trois, d'accord. Allez, disons trois cinquantièmes, c'est dit. Ou mieux encore, c'est plus généreux de ma part, vous voudrez bien le noter, capitaine Kaï, un et demi pour cent. Une folle prodigalité, mais elle est dans ma nature.

— C'est quoi, ce type ? demanda à Kaï le fils de Ching le Gros qui était venu assister à l'accostage.

— Rien, dit Kaï. Mais s'il décide de s'installer à Singapour, je vous plains. Heureusement que je repars pour Saigon.

Le *Nan Shan* reprit en effet la mer une douzaine d'heures plus tard. Le temps de vider les cales du jute, de les emplir de rotin venu de Manille, de faire une visite à Madame Grand-Mère puis à Ching le Gros, le temps d'une sieste crapuleuse avec trois Chinoises, de la venue à bord puis du départ, affaire faite, de huit pensionnaires d'une maison close dans laquelle un cousin de Ching avait des intérêts (lesdites pensionnaires pour la satisfaction des Dayaks de la mer sauf Ka 7 qui avait des goûts différents), d'une collecte du courrier à destination de la Cochinchine.

Mais, au lever de l'ancre, Boule de gomme se trouvait encore et toujours sur le quai. Assis sur sa malle. N'ayant pas bougé. Expliquant qu'il tenait absolument à saluer l'appareillage du capitaine Kaï qui, expliquait-il à la cantonade — laquelle ne lui prêtait aucune attention — allait faire une fortune énorme, avec son un et demi pour cent.

Quel silence, ensuite.

— Un quoi ? dit Kaï indigné.

Un passeport, enfin un document établissant sa nationalité, et qui lui permît d'entrer en Cochinchine, Kaï non seulement ne détenait rien de tel, mais encore n'en eût voulu à aucun prix. Et puis quoi encore ? Pourquoi pas une étiquette dans le dos, voire sur le front ? Un passeport était attentatoire à sa liberté. Il annonça qu'il allait remonter à son bord et prendre le large, ces Français étaient des abrutis complets, peut-être plus encore que les Anglais, si la chose était possible.

— On se calme, dit doucement Marc-Aurèle Giustiniani de sa voix chantante. Et il s'adressa au douanier corse :

— Dominique, c'est mon fils adoptif.

— Des clous, dit le douanier corse, qui était de Bastia et ne supportait pas les Corses du Sud.

Les deux hommes se mirent à parler corse tandis que Kaï mangeait un autre bol de *pho*, une soupe tonkinoise recouverte d'un centimètre et demi de piments rouges et malgré cela un peu fade, à son goût — pas assez de badiane.

— Fiche le camp quand je te ferai signe, dit Marc-Aurèle en vietnamien. Je vais arriver à un accord avec ce Lucquois pourri. Mais tu devrais dire à tes marins de s'habiller. Qu'ils soient tout nus le défrise, ce paysan.

Kaï passa la tête hors du bâtiment de l'immigration et hurla aux Dayaks de la mer de remettre leur saleté de sarong. Il rentra et reprit de la soupe que vendait un Tonkinois de passage dans le poste.

Il sortit dans la rue sitôt que Marc-Aurèle le lui dit. Le Corse (du Sud) bientôt le rejoignit.

— Et comment vous saviez que j'allais arriver à Saigon ?

— Ton ami Ching. Mon assistant va s'occuper de ton déchargement. Et à propos de cargaison, j'en ai une pour toi. Des moulins à café Peugeot pour Canton.

— Ils boivent du café, à Canton ?

C'était le cadet des soucis de Marc-Aurèle.

— Je t'ai regardé arriver, dit-il. C'est vraiment un beau bateau.

— Il n'est pas mal.

Mais Kaï était gonflé d'orgueil. Une calèche attendait les deux hommes et les déposa en ville à la terrasse du Continental. Limonade et cognac-soda.

— Ne me raconte rien, dit Marc-Aurèle. Ta grand-mère m'a écrit, plusieurs fois. A mon avis, c'est une femme exceptionnelle. Une dame. Ai-je besoin de te dire combien je suis triste, pour ton grand-père ?

Ils changèrent de sujet. Marc-Aurèle avait reçu, d'un Chinois de Cholon qui sans doute était apparenté à Ching le Gros, des informations au sujet d'un certain Leach Archibald.

— Je ne sais pas qui il est ni en quoi il t'intéresse, Kaï. Je suis simplement chargé de te dire que voici trois jours, il se trouvait toujours à Phnom Penh. Sous le nom de Stewart.

— Je partirai demain.

— Tu remontes le Mékong avec ta goélette ? Tu risques de manquer de vent. Je peux te trouver une chaloupe qui te halera. Mais elle ne sera pas prête avant deux jours. Sans compter qu'il te faut trouver l'entrée du fleuve. Je peux avoir un pilote aussi.

Aucune espèce de question de la part de Marc-Aurèle. Ça, c'est un ami, pensa Kaï, prenant la mesure des changements intervenus dans sa vie depuis qu'il avait quitté la Cochinchine comme un gamin. Je n'ai pas seulement pris dix ou quinze kilos, j'ai le *Nan Shan*, évidemment, mais plus encore : le monde s'est ouvert pour moi, j'y travaille, je gagne ma vie, monsieur Marc-Aurèle me traite comme un adulte (sauf qu'il m'a commandé de la limonade, sans même me demander ce que je voulais boire, d'accord, j'aurais choisi de la limonade de toute façon, mais quand même, il aurait pu prendre mon avis), me traite comme un adulte, donc, encore que Madame Grand-Mère et lui échangent des lettres par-dessus ma tête, ce qui m'agace un peu. En somme, je suis assez vieux, j'ai bientôt dix-sept ans, je commence à bien savoir conduire un bateau, je peux casser la tête à n'importe qui, j'ai déjà eu trente-trois femmes et j'ai lu cinquante pages — à neuf lignes près — d'un livre...

— Bien entendu, tu dînes et couches à la maison, dit Marc-Aurèle. Maman et tes cousins sont si heureux de te revoir, ils me parlent souvent de toi.

— Je leur ai apporté des cadeaux, dit Kaï, dans le même temps que son cœur effectuait un triple bond — à l'arrière d'une calèche passant dans la rue Catinat, il avait cru apercevoir la belle Isabelle Margerit accompagnée de sa mère, celle-ci coiffée d'un truc, une capeline. Mais non, ce n'était pas elle, et cette fille est bien moins jolie, forcément. Plus belle qu'Isabelle Margerit, ça n'existe pas. Quelle émotion quand j'ai vu sa culotte, cela fait maintenant quatre, non cinq ans. Elle aura sûrement grandi.

— Le mieux serait d'aller à mon bureau maintenant, Kaï. Les connaissements pour ton fret de Hong Kong sont prêts. Normalement les moulins à café n'auraient dû partir pour Canton que le mois prochain, je t'ai donné la préférence. J'espère que tu ne vas pas passer six mois à Phnom Penh.

— Juste le temps de discuter un peu avec ce Leach-Grant-Stewart et je reviens, dit Kaï.

Ils partirent tous les deux pour les bureaux d'où Marc-Aurèle Giustiniani dirigeait son entreprise d'import-export, à laquelle le père de Kaï avait été associé pendant des années. Ils retournèrent au Continental pour y déjeuner et vint l'heure de la sieste, sacrée. Le Corse la faisait sur place ; repartir jusqu'au bout du boulevard Gallieni dans la touffeur d'un après-midi saigonnais aurait été du gaspillage d'énergie. Kaï, de sa vie, n'avait jamais dormi à pareille heure. Les missionnaires avaient tenté en vain de l'habituer à ce repos de milieu de journée. Il adorait au contraire déambuler en pleine canicule, quand le soleil brûle le sommet du crâne à la façon d'un fer rouge, lorsque tout est tranquille et figé. Il laissa donc Marc-Aurèle, en maillot de corps, caleçon long et fixe-chaussettes, allongé sur le lit Picot, et s'en fut, annonçant qu'il serait vers 6, 7 heures à la maison Giustiniani pour le dîner.

Les odeurs, les parfums, les senteurs, les fragrances. Voilà qu'il retrouvait Saigon, qu'après tout il aimait pas mal. Pas autant que Singapour, mais presque — il faudrait que je revienne plus souvent. Il retrouva les cheminements des dernières années de son enfance, puis de son adolescence, tous interdits par sa mère. Il enfila les arcades à la portugaise au crépi jaune, ocre, vieux rouge passé, l'alignement des boutiques en compartiments rectangulaires, les marchands ambulants, les vendeurs d'alcool de palme ou de riz faisant s'entrechoquer les récipients de bambou aux pointes de leurs palanches, le mélange, dans les narines, de relents d'excréments, de menthe et de nuoc-mam, le piment rouge que l'on vole en riant à la barbe inexistante du vendeur complice, les Sino-Vietnamiens venus de Cholon et à présent de plus en plus implantés dans le centre de la ville. Kaï différenciait à tout coup un Vietnamien d'un Chinois. Sans savoir au juste comment il faisait. Lui discernait des différences, quoique sachant que, dans la nuit des temps, l'un et l'autre avaient la même origine. Sur sa langue, le vietnamien revenait au fil des minutes et roulait avec une fluidité croissante. Souvent, on le reconnaissait, il avait toujours eu la langue bien pendue, ses reparties faisaient mouche, mieux qu'un trait d'arbalète. (A propos d'arbalète, il lui faudra penser à faire un tour à bord du *Nan Shan* demain, disons demain matin, pour que ses Dayaks de la mer ne lui décapitent pas les douanes françaises.)

Détour après détour, il allait son chemin. Hélé parfois par des pousses — de vrais nha qué débarquant de leur rizière natale — qui étaient abusés par son pantalon et sa chemise, et ses saletés de chaussures, et le prenaient pour un Blanc fraîchement débarqué d'Europe. Une réplique assassine les clouait sur place, faisant se tordre de rire les autres, plus anciens et qui savaient, eux, que c'était Kaï l'Eurasien, encore plus roublard qu'eux-mêmes.

Ainsi arriva-t-il devant la villa aux bougainvillées. La haie courait sur le côté interne et la crête d'un mur d'enceinte de claustras en croisillons blancs ; elle était pigeonnante, dans une profusion de bractées blanches, jaune orangé, violacées, qui faisaient concurrence au rouge vif des flamboyants de la petite rue tranquille où seuls vivaient des Français. Kaï se glissa, se hissa, s'enfouit dans les fleurs. En ressortit à plat ventre et sur le toit d'un appentis. Contrairement aux usages, un bananier avait subsisté à l'intérieur du jardin ; d'ordinaire, on les coupait, parce qu'ils dissimulaient souvent des serpents-minute. Le père d'Isabelle Margerit, qui donc s'appelait Margerit aussi, était né en Cochinchine, d'une famille venue de France vers 1830 ; Kaï avait entendu raconter qu'il avait guidé l'expédition de Doudart de Lagrée vers les temples d'Angkor et combattu les Pavillons noirs au Tonkin sous Francis Garnier ; en bref, aux yeux de Kaï, en plus d'être le père de la belle Isabelle (ce qui eût déjà suffi à en faire un être exceptionnel et digne de tous les respects), c'était un type ayant réellement de l'estomac. Conséquemment, ce n'était pas une surprise que sa fille fût à ce point merveilleuse.

La *ti-bâ*, la *ti-aï* et autres *ti-nam*, le bep aussi, toute la domesticité margeritienne, repérèrent Kaï faisant l'acrobate sur l'étroit couronnement des claustras. Tous s'esclaffèrent en silence. Ce n'était certes pas la première fois qu'ils voyaient le garçon faire là le zouave. Il était déjà venu une bonne trentaine de fois, et toujours par le même chemin. Il plaça un index sur ses lèvres. Geste inutile, il le savait, mais qui participait d'un rite. Il sauta et s'accrocha au bananier. Avec, comme chaque fois, la même incertitude passablement inquiétante — je m'écrase sur la queue d'un serpent-minute et j'aurai l'air malin. Mais non, l'endroit était vide. Il y prit ses aises et, écartant les palmes, eut la meilleure vue du monde sur la chambre de la belle Isabelle.

Qui était là, en plus. Kaï ne voyait qu'un tout petit morceau de lit avec sa moustiquaire, mais distinguait un pied nu. Les triples sauts périlleux de son cœur se multiplièrent, il en vint même à transpirer abondamment. Un pied, et nu, il n'en avait jamais espéré tant. L'idée qu'il aurait pu la surprendre alors qu'elle se promenait dans sa chambre en chemise, cette idée l'enflamma, courant en lui comme une traînée de poudre. Il faillit exploser tel un quelconque bâtiment de la Compagnie des Indes orientales miné par un O'Hara.

Il se reprit. L'instant était particulièrement solennel. Les trente-trois visites précédentes, il était demeuré muet et invisible. Qu'eût-il pu dire ? Il était trop jeune (surtout les premières fois, il avait dans les onze ans) et rien d'intéressant à dire, c'était un gamin qui ne se rasait même pas. Mais cette fois, il allait parler, le temps en était venu, il lui fallait dévoiler ses batteries (non, ce n'est pas ce qu'il voulait dire, il respectait Isabelle, n'avait-il pas honte de seulement penser des choses pareilles ?), enfin se déclarer.

Si impulsif qu'il fût, hélas, il avait préparé cette entrevue capitale. Il la méditait depuis plusieurs années. A défaut d'être complète, sa connaissance d'Isabelle Margerit était relativement approfondie. Pour l'âge, elle devait avoir quinze ans sept mois et quatorze jours. Environ. Elle était blonde, ses yeux étaient gris, sa peau blanche, crémeuse comme du lait de vache malaise (était-ce très poétique, comme comparaison ?). Elle était grande, la plus grande de sa classe, de toutes ses classes — et elle aura sans doute grandi encore un peu, en deux ans que je ne l'ai pas entraperçue. Ça grandit jusqu'à quel âge, les filles comme il faut ?

Car, bien évidemment, la belle Isabelle était comme il faut. La mettre en parallèle avec les autres filles — ces petites choses tendres et câlines qu'il prenait par paquets de trois à présent — eût été abominable et répugnant.

Bon, il fallait y aller. D'autant qu'un mouvement venait de l'alerter, dans le cœur d'étoupe du bananier. C'était bel et bien un serpent-minute qui montait, sinuant.

— Hou ! hou ! dit Kaï.

Il guettait le pied nu. Qui, nom d'un chien, bougea. Elle avait entendu.

— Je suis dans le bananier, précisa-t-il.

Le pied se retira prestement. Il n'en attendait pas moins. Une fille comme il faut se doit d'être pudique, elle ne pouvait exposer son pied nu en public.

— O'Hara ?

Elle se souvenait de lui !

— En personne.

Il gardait un œil sur la fenêtre à six mètres de lui, et l'autre sur le serpent-minute. Le serpent-minute continuait son ascension et Kaï délibéra avec lui-même, sur la question de savoir s'il allait révéler la présence de la bestiole dans le même bananier que lui. D'un côté, cela pouvait donner un aspect dramatique à sa situation, la rendre romantique à son teint, du genre : je-vais-mourir-dans-les-trois-minutes-qui-viennent-mais-qu'importe-puisque-je-mourrai-sous-tes-beaux-yeux. D'un autre côté, la stratégie lui semblait un tout petit peu déloyale et surtout elle risquait de le prendre pour un crétin.

— Mon grand-père la Mangouste folle est mort, reprit-il, je suis maintenant propriétaire-armateur-capitaine de la goélette *Nan Shan*, et je parcours les mers du Sud de long en large. J'ai un équipage de neuf Dayaks de la mer coupeurs de tête, mais qui sont très gentils quand même, surtout Ka 7 qui n'aime pas les femmes et joue de la mandoline. Je trimbale du fret en pagaille, là, je reviens de Chittagong, au Bengale. Pour les typhons, je n'en ai jamais affronté mais ce n'est pas de ma faute. Partout où je vais avec ma goélette, il n'y en a pas.

Un instant, il eut des doutes quant au pouvoir de séduction de sa harangue. Ce n'était pas du tout ce qu'il avait prévu de dire. Pas avec ces mots-là, en tout cas. Mais l'affolement le tenait. Qu'est-ce que c'est dur de parler à une fille comme il faut, je ne sais plus où j'en suis !

Et cet abruti de serpent qui n'était plus qu'à soixante-dix centimètres et montait toujours !

— Des Dayaks de la mer ?

Quelle voix ensorcelante elle a !

— Des vrais, dit Kaï. Il y a Oncle Ka, qui n'est pas mon oncle, et puis Ka 1, 2, 3, 4, 5, 6, 7 et 8. Je les ai numérotés pour rire, et ce sont eux qui rigolent car ils aiment être numérotés, en sorte que je continue de les numéroter parce que si je ne les numérotais plus, ça pourrait les mettre de mauvaise humeur et un Dayak de la mer de mauvaise humeur, ce n'est pas plaisant.

Oh ! mon Dieu, je dis n'importe quoi, je suis perdu, ce sera l'émotion.

Silence. Elle sera partie prévenir sa mère et elles vont appeler les gendarmes.

Il mit le talon de sa chaussure gauche sur la tête du serpent-minute, à la dernière seconde, et appuya aussi violemment qu'il le put. Mais rien à faire, le machin — l'étoupe ou quelque nom que ça porte — qu'il y avait dans le cœur du bananier faisait ressort, impossible d'écraser la tête de la bestiole. Qui gigotait, se tortillait avec une force incroyable. S'il le libère, je suis mort. C'était une position relativement délicate.

— Et tu voudrais affronter un typhon ?

— Je voudrais bien, répondit Kaï. Je ne demande que ça, en fait. Tant que je n'aurai pas affronté un bon gros typhon, je ne serai pas un vrai marin des mers du Sud. Aussi, j'en cherche un. Un typhon, je veux dire. J'en voudrais un très gros, énorme. Mais le problème, c'est que ce n'est pas facile à trouver.

— Et quand tu auras affronté ton typhon ?

— On se marie, dit Kaï en toute simplicité.

Je l'ai dit ! J'ai réussi à le dire !

Nouveau silence. Avec tout juste, comme bruit, les gigotements du serpent-minute qui n'était pas écrasé du tout et cherchait à se dégager... Ce serait un python, j'aurais déjà volé jusqu'à la cathédrale de Saigon.

— Nous marier ?

— Je t'enlève et on se marie et on part sur le *Nan Shan*. Non seulement j'y ai une cabine personnelle avec un vrai lit pour deux, mais en plus j'ai prévu de te laisser tout un morceau de la cale avant — il suffira d'y ranger un peu mieux les têtes que mes Dayaks de la mer ont coupées dans la mer de Sulu. Je dois pouvoir dégager trois mètres cubes.

(Pour quelque obscure raison, Kaï était persuadé qu'une fille comme il faut, surtout aussi aristocratique que la belle Isabelle, emportait en voyage une quantité prodigieuse de choses. Mais bon, trois mètres cubes, cela devait suffire.)

— Je suis encore un peu jeune pour me marier, dit-elle.

Curieusement, qu'elle eût pu refuser net d'être enlevée et épousée n'était jamais venu à l'idée de Kaï. Ce ne fut qu'à ce moment-là, alors que précisément elle donnait son aval à la proposition (elle ne disait pas oui mais ne disait pas non non plus et donc c'était oui. Déjà que quand une fille — même pas comme il faut — dit non, c'est le plus souvent un oui qu'elle exprime. Alors quand elle ne dit pas non, c'est oui mille fois plus. A la limite, on pourrait dire qu'un oui sans oui, c'est plus fort qu'un vrai oui, n'est-ce pas ?), ce ne fut donc qu'en cet instant qu'il prit conscience de ce que la belle Isabelle aurait pu mal accueillir son offre d'enlèvement, et de la suite. Mais le danger était passé, pourquoi s'en faire ?

— Je n'aurais jamais imaginé que tu étais amoureux de moi, dit-elle.

— Oh la la ! dit simplement Kaï.

— Voici ce que nous allons faire, dit-elle avec un esprit de décision qui ne surprit pas Kaï, bien qu'il fût inattendu. Tu vas m'écrire pendant les deux ans qui viennent.

— Aïe, dit Kaï.

— Tu ne sais pas écrire ?

— Bien sûr que si. Ça me prend un certain temps, c'est tout.

— Ce n'est pas le temps qui te manquera. Ne m'écris pas à mon nom, évidemment. Maman ouvrirait les lettres. Mets le nom de Tranh, sur l'enveloppe.

— C'est qui, Tranh ?

Le bep, le cuisinier. Il recevait assez régulièrement des lettres, de France notamment où il avait un neveu et deux frères qui rêvaient d'ouvrir un restaurant, mais pour l'heure étaient encore domestiques chez des Français qui les avaient emmenés après avoir quitté la Cochinchine.

— Et dans deux ans, je t'enlève et on se marie ?

Kaï avait prestement déplacé son pied droit et l'avait expédié en renfort du gauche, pour maintenir le serpent-minute qui avait failli se dégager. A part qu'il allait sans doute se casser la figure, dans cette position, il se jugeait capable de résister encore quelques secondes.

— Dans deux ans tu m'enlèves et on se marie, dit-elle. Ne reste pas trop longtemps dans ce bananier, tu pourrais y trouver un serpent-minute. Tous les trois mois, les lettres. Au maximum. File maintenant, maman va se réveiller de sa sieste.

Il raconta aux enfants de Marc-Aurèle ses aventures chez les Ibans, s'engagea formellement à les faire monter à bord du *Nan Shan* un jour, pas demain ni les jours suivants, mais à sa prochaine escale à Saigon, pour leur montrer les têtes coupées de la cale avant. Il mangea comme six et, quoique engloutissant des portions monstrueuses, parla-parla-parla. Il était sur un nuage, ses pieds n'avaient pas touché le sol tout au long de son retour de la villa aux bougainvillées, et il n'allait pas dormir de toute la nuit.

Elle avait dit qu'elle voulait bien être enlevée et épousée. Et de nouveau, il avait pris conscience de l'épouvantable catastrophe que c'eût été, si elle avait dit non.

Il vit bien que Marc-Aurèle le regardait avec curiosité, très intrigué par cette prolixité extraordinaire et s'en voulut, un peu, de ne pouvoir — c'était plus fort que lui, ces choses-là, on les garde pour soi — tout raconter au Corse.

(Il s'était bel et bien cassé la figure, pour finir, du haut du bananier. Le seul petit ennui avait été que la saleté de serpent-minute, durant le dixième de seconde où les chaussures de cuir s'étaient soulevées, avait eu le temps de planter ses crocs mortellement venimeux dans le rebord de la semelle et Kaï avait dû courir à cloche-pied, jusqu'au moment où le bep avait réussi à couper la bestiole en deux, d'un coup de couteau de cuisine.)

Kaï ne dormit donc pas de la nuit et le lendemain dut combattre son envie ardente de retourner à la villa aux bougainvillées. Mais tout était dit, ce n'aurait pas été raisonnable. Et au cas où elle aurait changé d'avis...

Il commença dès lors à composer sa future lettre, celle qu'il n'expédierait que dans trois mois. Il lui fallait bien tout ce temps pour ne pas écrire n'importe quoi. Et d'abord, comment la commencer ? *Ma chère Isabelle ? Isabelle chérie ? Ma chérie* tout simplement ? Il ne pouvait manquer son début, c'était essentiel. Déjà qu'elle lui avait demandé s'il savait écrire...

— Tu m'écoutes ?

Question de Marc-Aurèle.

— Très attentivement, dit Kaï.

Le Corse lui parlait du Cambodge. Ce n'était pas parce que Kaï l'avait traversé qu'il pouvait prétendre connaître le pays.

— Personne ne t'y a vu. Sauf ce commerçant chinois qui t'a aidé à Phnom Penh. Ne t'y trompe pas : les Cambodgiens ne sont pas des Vietnamiens. Tu as vu des Indiens à Singapour ou à Chittagong. Les Cambodgiens, c'est un peu du pareil au même. Ils ne sont pas d'ascendance chinoise, eux. Ils sont plus costauds, plus grands, leurs femmes ont les hanches larges et la poitrine souvent gonflée.

Kaï dressa l'oreille, dès lors qu'on lui parlait de femmes. C'était tout à fait vrai que du côté fesses et seins, Vietnamiennes et Chinoises étaient assez souvent plates comme des rizières.

— Tiens, voici que d'un coup je t'intéresse, remarqua Marc-Aurèle. Le Mékong à Phnom Penh est large, près de deux kilomètres. Surtout quand il reçoit les eaux du Tonlé Sap. Le Tonlé Sap est un lac et aussi un fleuve. Tantôt il coule au sud-est, et tantôt au nord-ouest, cela dépend des pluies. Le lac se vide dans le Mékong, est rempli par les pluies, et son courant alors s'inverse, tu as compris ?

Il pleuvait sur Saigon, la mousson était là, et une assez jolie queue de typhon. Je devrais être en mer au lieu de faire l'imbécile ici, pensait Kaï. Je remonterais la queue du typhon et finirais bien par arriver à la tête de l'animal, pour lui tâter les crocs. Ai-je vraiment besoin d'aller m'aventurer sur une vulgaire rivière avec le *Nan Shan* ? Mais il s'était juré de retrouver l'Archibald, on ne revient pas sur de tels engagements.

— Et voici ton pilote, dit le Corse. Il est justement cambodgien et s'appelle Seng. Il m'a accompagné deux fois dans mes balades et connaît le Mékong comme s'il l'avait creusé. Bon voyage.

Six Dayaks de la mer dans les vergues, voiles carguées, car totalement inutiles sous cette pluie verticale que ne troublait pas le moindre souffle de vent, le septième

Dayak de la mer allongé sur la dunette et sous un prélart, jouant de la mandoline, exécutant avec une exactitude saisissante un air français entendu à Saigon, le huitième Dayak endormi quelque part, écœuré par l'inaction générale, et Oncle Ka feignant de diriger la goélette qui n'avait pas grand besoin de son pilotage, et Kaï très morose, accroupi, laissant la pluie ruisseler sur lui, et le pilote Song Seng.

Kaï, installé dans la chaloupe, prétendument pour surveiller le câble de remorque, se sentait d'humeur de plus en plus sinistre au fil des heures et des jours. A ses yeux, la silhouette décharnée (puisque sans ses voiles) du *Nan Shan* avançant avec une vitesse de tortue en plein milieu des terres offrait le spectacle le plus débilitant qui se pût concevoir. Dire que, quelque part dans le Sud, il y avait un typhon, et des plus sauvages. Il enrageait.

Déshonneur suprême, la goélette avait été doublée par des coques de fer vomissant une fumée irrespirable — saloperies, on devrait les interdire — quoique Kaï en principe fût contre toutes les interdictions, en quelque domaine que ce fût.

— Je sonde encore, dit Seng.

Il trouva plus de douze mètres. On était en plein dans les hautes eaux, et le Cambodge, qui n'était pas le pays sec et craquelé traversé par Kaï deux ans plus tôt, semblait inondé de toutes parts, et plat. A peine voyait-on çà et là des diguettes sur lesquelles des familles allaient à la queue leu leu, le père en tête, puis les fils par ancienneté, puis les filles de même, et la mère enfin. Un buffle domestique s'extrayait quelquefois de la boue, dans un gros bruit de succion, mais c'était pour s'immerger à nouveau, paupières closes sous l'effet du plaisir éprouvé.

— Je sonde toujours.

Onze mètres. C'était infiniment plus que nécessaire, pour la goélette sans fret. Deux mètres lui auraient probablement suffi.

— Les Quatre-Bras, annonça le pilote.

Ainsi était nommé le carrefour du Mékong supérieur

venu du Tibet, du Mékong inférieur que le *Nan Shan* remontait, du Tonlé Sap et du Bassac.

— En khmer, les Quatre-Faces. Répète.

Kaï répéta. Le cambodgien lui semblait aisé à apprendre. Au moins ce voyage servirait-il à quelque chose. Aux dernières nouvelles qu'avait apportées un émissaire d'un membre du hui de Ching le Gros, l'Archibald était toujours à Phnom Penh...

— Treize mètres, ça remonte, dit Seng. Mais ce sera le maximum. Il vaut mieux appuyer un peu sur la droite, ça s'ensablait un peu, par là, il y a deux semaines.

Kaï voyait se dévoiler Phnom Penh sur sa gauche, au travers de la pluie, et n'en pensait pas grand-chose. Il n'aimait pas les fleuves, en fin de compte, et ne croyait plus guère à ce projet qu'il avait formé, de remonter le Yang-tsé kiang ou tout autre cours d'eau chinois. La mer lui suffisait, amplement.

— Le palais du roi Norodom.

La chaloupe-remorqueur tira le *Nan Shan* jusqu'à une espèce de digue en terre renforcée par des troncs de palmiers. L'amarrage prit du temps, les bittes les plus fermes servaient déjà aux deux cargos qui avaient dépassé la goélette durant la remontée du Mékong et trouvaient ainsi un appui complémentaire à leurs ancrages.

Un Chinois attendait Kaï sur le remblai, abrité sous un parapluie noir. Il appela Kaï capitaine et lui apprit que Leach-Grant-Stewart avait quitté Phnom Penh dans la nuit. Il secoua la tête, embarrassé d'avoir à annoncer une mauvaise nouvelle et dissimulant sa gêne sous le sourire habituel : oh non, il (l'Archibald) n'avait pas pris place à bord de ce navire qui avait appareillé à l'aube pour redescendre le Mékong ; on ne l'aurait pas laissé s'enfuir aussi aisément. S'enfuir, oui : il se trouvait à Phnom Penh un nombre certain de personnes qui auraient beaucoup aimé mettre la main (par préférence prolongée d'un coupe-coupe ou à la rigueur d'un simple gros bâton, pourvu qu'il fût garni de clous) sur l'individu. En bref, Phnom Penh avait quelques reproches à lui faire.

— En fait, à peu près tout le monde, conclut le chinois. A commencer par Sa Majesté le Roi et ses mandarins.

Mais également le résident général français qui assurait le protectorat de la France sur le royaume. Et aussi les bijoutiers et joailliers dont les boutiques avoisinaient le palais. En gros et en détail, le fugitif avait escroqué la ville entière. Laquelle ignorait où il avait bien pu passer.

— Mais vous, vous le savez, dit Kaï.

Oui. La consigne que le correspondant à Phnom Penh de Ching le Gros avait reçue précisait bien qu'il fallait garder l'homme à l'œil.

— Je suis à peu près le seul à n'avoir pas fait affaire avec lui. Puisque j'étais prévenu.

— Où est-il ?

Et Kaï de penser : il me semble que je vais passer ma vie à poser cette question-là.

L'Archibald, aux dernières nouvelles, avait filé sur une chaloupe remontant le Tonlé Sap. Droit vers le lac du même nom.

— Quelqu'un d'autre le sait ?

Non.

L'Archibald avait douze heures d'avance.

— Il est chargé ? Il a sur lui quelque chose qui puisse le retarder ?

Pas vraiment. Il avait enlevé deux des filles d'un frère du roi et ne transportait guère que tous les bijoux qu'il avait raflés — dans les huit ou dix kilos d'or et de pierres précieuses, mais rien de plus.

Les deux Corses propriétaires de la chaloupe-remorqueur dirent qu'ils ne jugeaient pas du tout raisonnable d'aller plus avant avec la goélette. Les pluies allaient cesser, les eaux baisseraient, la terre cambodgienne, qui en avait vu d'autres, absorberait tout ce liquide, et le *Nan Shan* finirait, selon eux, planté en pleine rizière, pour l'éternité. A la rigueur, ils pouvaient garantir la remontée du Mékong jusqu'aux chutes de Kratié mais pas davantage, et ce n'était pas la bonne direction.

— Oncle Ka ?

— Je suis de leur avis.

Kaï avait des doutes. Point du tout sur la pertinence qu'il y avait à laisser le *Nan Shan* où il était, avec la garantie de pouvoir le ramener en pleine mer. Mais sur cette poursuite. Pour la première fois, qui ne serait pas la dernière, il était en désaccord avec lui-même. Partagé entre son peu d'enthousiasme pour une cavalcade terrestre qui pouvait bien lui prendre des semaines, et son obstination à respecter la parole qu'il s'était donnée.

— Tu m'attends quinze jours, Oncle Ka.

— Et si tu n'es pas revenu ?

— La mer de Chine. Au large du cap Saint-Jacques.

Kaï choisit Ka 1, 3 et 7 pour l'accompagner. Ils étaient de formidables pisteurs à Bornéo, aucune raison qu'ils ne fussent pas aussi efficaces ailleurs.

— Tu ne coupes aucune tête, Oncle Ka, s'il te plaît.

Grâce à la double intervention du Chinois de Phnom Penh et de Seng le pilote, l'expédition se vit renforcée de deux hommes. Des Cambodgiens, en fait des hommes de la forêt ; l'un d'eux massif, impressionnant par sa stature, ses longs cheveux d'huile noire. Il s'appelait Ouk et, au premier abord, Kaï hésita à l'engager — il le dépassait d'une tête et son regard d'une tranquillité de glace n'avait rien pour inspirer confiance : en outre, il ne disait pas un mot et ne semblait guère comprendre le khmer, se tenant systématiquement à l'écart. Les mariniers corses eux-mêmes conseillèrent de ne pas le prendre. Finalement, ce furent ces réticences qui persuadèrent Kaï de dire oui : on l'aurait stupéfié en lui annonçant que débutait une amitié de plusieurs décennies.

La nuit était tombée lorsque la poursuite commença. Avec, au bout du compte, près de quinze heures de retard.

Un gros village du nom de Kompong Chhnang avait été laissé sur la gauche, le Tonlé Sap cessa d'être un fleuve et devint un lac curieusement planté d'arbres immergés — pour certains les branches basses étaient sous l'eau. On expliqua à Kaï que cela était dû à la montée des eaux.

— Et les cobras ?

Il y avait plein de cobras dans les arbres, et plus encore à la surface du lac, au point qu'on aurait presque pu marcher dessus à pied sec.

— Les cobras font comme tout le monde. Ils attendent que les eaux redescendent.

La pluie avait cessé, la visibilité en était augmentée, même si le ciel demeurait bas et gris.

— Nous ne savons même pas si votre Anglais est passé par ici, disaient les Corses. Nous ne sommes plus au Cambodge mais au Siam, il va nous falloir arrêter là. C'est qu'ils sont plutôt accapareurs, les Siamois.

Sans trop de raison, Kaï avait ordonné que l'on suivît la côte nord du grand lac. Pour autant que l'on pût appeler côte ces marécages à l'infini grouillants de bêtes. Les eaux pourtant baissaient, un peu, de la plus imperceptible façon ; cela se voyait néanmoins à la petite frange sombre d'humidité qui encerclait le tronc des arbres à demi engloutis, juste au-dessus du niveau de l'eau.

— Décidément, on fait demi-tour, capitaine.

— Encore une heure.

Mais les mariniers secouaient la tête. Les provinces pourtant très khmères de Battambang et Siem Reap se trouvaient bel et bien en territoire siamois. Kaï comprenait les Corses refusant de s'y aventurer plus profondément : c'était un coup à se voir confisquer — voler — leur chaloupe. Si bien qu'en définitive, ce fut un regard du grand Ouk qui changea l'affaire. Kaï suivit la direction que le géant lui indiquait et vit en effet quelque chose. A des kilomètres, il fallait une vue d'une extraordinaire acuité pour reconnaître, dans ce fatras visqueux de troncs et d'arbustes, une minuscule forme oblongue.

— Vous poussez jusque là-bas et, ensuite, vous pourrez faire demi-tour.

Les mariniers ne voyaient rien. Pourtant ils cédèrent, se laissant d'autant plus aisément convaincre que Ka 3 leur posa son kriss sur la gorge, d'un air de gourmandise.

Une autre chaloupe, et abandonnée.

Et des traces dans la gadoue repérées par les Ibans.

— Vous voilà à présent avec deux chaloupes, dit Kaï aux mariniers. Bon retour.

Ils lui demandèrent s'il allait vraiment marcher dans ce monde aquatique recélant un cobra au mètre carré, s'il allait vraiment s'y enfoncer les pieds nus, en sarong, porteur en tout et pour tout de son sac sempiternel (le livre dedans) et d'un coupe-coupe.

— Bon vent.

Kaï avait déjà sauté par-dessus le bastingage, imité ou précédé par les trois Ibans, et par l'autre pisteur cambodgien. Si bien qu'Ouk demeura seul à bord.

— Tu joues à quoi, Ouk ?

Pas de réponse. Le montagnard ne bronchait pas. Après quelques instants, pourtant, il dit quelques mots, dans une langue inconnue. Son compatriote hocha la tête :

— Le problème, c'est qu'il ne sait pas nager.

— Il n'en a pas besoin, je suis sur la terre ferme, dit Kaï, en vérité enfoncé dans la boue jusqu'à la taille.

Et pour administrer la preuve de ce que le terrain était des plus fiables, Kaï avança de deux mètres — et disparut dans un trou d'eau. Les Ibans étaient morts de rire et, de leurs kriss, chassaient les cobras qui cherchaient eux aussi quelque chose à quoi se raccrocher. Mais une piste existait bien, passés les dix premiers mètres, ou les premières brasses. La chaloupe s'engagea un peu plus avant, et Ouk consentit à en débarquer. Je n'aurais jamais dû l'emmener, ragea Kaï, je n'aurais jamais dû venir jusqu'au lac Tonlé Sap, je n'aurais jamais dû conduire le *Nan Shan* sur le Mékong, je serais un milliard de fois mieux dans les mers du Sud, à courir après un bon gros typhon.

Des traces d'une quinzaine d'hommes. Dont deux portaient des bottes, et de ces deux-là, l'un avait de grands pieds — l'Archibald à dix contre un. La piste allait plein nord et, aussi bien selon le pisteur khmer que selon les Ibans, avait été tracée au moins un jour plus tôt ; et elle était entrée, cette piste, dans la forêt. Immédiatement, Ouk prit la tête, incontestablement plus à son aise maintenant. Il pressa le pas, puis se mit à trottiner, et tira la petite colonne pendant quatre heures d'affilée, sans un temps de répit. Le couvert devenait de plus en plus épais, au-dessus des arbres gigantesques, le ciel pourtant en train de bleuir était désormais le plus souvent invisible, on avançait sous une voûte de feuillage à étages multiples, dans une atmosphère d'aquarium. Et il venait du plaisir à Kaï, pour la première fois depuis que le *Nan Shan* avait embouqué l'estuaire du Mékong à partir de la mer de Chine du Sud. Aucune forêt ne vaudrait jamais la mer, à ses yeux, mais il n'empêchait qu'aller ainsi dans un monde vert, surtout si dense et si secret, avait son charme.

Si l'on était toujours sur la piste des hommes qui les précédaient et avaient eux aussi débarqué d'une chaloupe sur le lac Tonlé Sap ? Oui, sans aucun doute. Ils avaient fait halte ici, regardez, avaient essayé d'allumer du feu sans y parvenir, faute de bois sec. Et c'était vrai que tout était humide, voire carrément détrempé. Une forte senteur d'humus montait de toutes parts.

— Nous regagnons sur eux, disaient les Ibans.

Et Ouk d'acquiescer, quoiqu'il fût probable qu'il ne comprenait pas les mots.

Dans le courant de l'après-midi, il fallut s'enfoncer au plus épais de la végétation : des soldats siamois passaient. Et passèrent sans rien voir, Kaï intimant d'un geste à ses Ibans l'ordre absolu de ne tuer personne, quelque envie qu'ils en eussent. A la tombée de la nuit, Ouk leur trouva une étrange clairière, pour la pause qui venait après neuf heures de progression ininterrompue. Il y avait là des pierres, très grosses et rectangulaires, à l'évidence taillées et assemblées de main d'homme mais rongées, culbutées par des racines, écroulées au point que l'architecture originale ne se distinguait plus.

— La ville de Siem Reap est là, sur notre droite.

La phrase en elle-même n'avait rien de bouleversant, et pas davantage l'information qu'elle donnait. Mais c'était Ouk qui venait de parler, s'adressant à Kaï, et en anglais. Le montagnard géant n'avait même pas tourné la tête ; mangeant son poisson séché et son riz gluant étalés sur une feuille, il regardait droit devant lui, à croire qu'il n'avait parlé que pour lui-même.

— Parce que tu sais l'anglais ?
— La preuve.
— Et le français.
Acquiescement.
Depuis une heure ou deux, on avait longé puis traversé une piste, sans doute celle menant de Siem Reap à Sisophon et Krung-thep, c'est-à-dire Bangkok. Sans l'emprunter, le risque existant que des Siamois y fussent apostés. Le couvert se faisait extrêmement dense, la vraie jungle, mais c'était par là que les traces laissées par l'Archibald et sa troupe se dirigeaient. Il fallut faire halte, la nuit étant venue, et très sombre sous cette végétation étouffante formant comme une chape.
— Ils sont loin devant nous ?
Une demi-journée à peine selon les Ibans, six ou sept heures d'après les deux Cambodgiens — au moins les cinq pisteurs étaient-ils d'accord entre eux. L'endroit choisi pour la pause se trouvait au bord de ce qui semblait un étang, mais les bords en étaient visiblement trop réguliers pour n'avoir pas été dessinés de main d'homme. La piste se perdait dans cette eau : mieux valait attendre la lumière du jour pour la retrouver sur l'autre rive, puisque rien n'indiquait un contournement.
— Ils ont avec eux quelqu'un qui connaît le terrain.
Toujours Ouk, et cette fois en français. Dans l'ombre, Kaï tenta de scruter le visage du géant, qui l'intriguait et même l'inquiétait un peu. Si ça se trouve, ce type est en train de me piéger, pour je ne sais quelle raison. Mais Kaï n'y croyait guère, ne pouvait y croire — par pur instinct.
— Tu as une idée d'où ils vont ?
Non.
— Tu es déjà venu par ici ?
Acquiescement encore. Ouk, à l'instar de son compatriote et des Ibans, s'était déjà allongé pour la nuit, sur une simple natte posée à même le sol détrempé.
— Cet homme que je poursuis, Ouk, tu crois qu'il sait que je suis derrière lui ?
Pas de réponse, et le souffle d'un homme endormi. A

son tour, Kaï se laissa aller au sommeil. Au vrai, peu préoccupé de l'Archibald, et bien plus de la lettre qu'il devait écrire à Isabelle Margerit — trois mois ne seraient pas de trop pour la préparer.

— Le Bayon, dit Ouk, deux minutes avant que ne se dévoilât, par-delà un ultime rideau de pariétaires, un très extraordinaire ensemble de pierres. La pluie venait de cesser, au terme d'une ondée brutale mais brève, le ciel, ou ce que l'on en voyait entre les déchirures du plafond de verdure, se marbrait de taches d'un bleu cru, la chaleur se fit plus supportable, dès lors qu'elle était sèche — quoiqu'une touffeur oppressante subsistât. Vers 3, voire 2 heures du matin, pendant la nuit précédente, Kaï s'était éveillé. Juste avant d'éprouver le contact de la main de l'un des Ibans pareillement en alerte. Un coup d'œil sur sa droite lui avait confirmé ce qu'il avait confusément senti dans son sommeil : Ouk s'était levé, et silencieusement éloigné. « Suis-le », avait ordonné Kaï à l'Iban. Les deux hommes n'avaient réapparu qu'à l'aube, mais ensemble. Le récit de l'un avait corroboré le rapport de l'autre : ils avaient repéré un campement, sur l'autre bord du *baraï* ; ne s'en étaient pas approchés, y avaient vu deux Occidentaux et neuf autres hommes ; des deux Blancs, l'un était de haute taille et blond, et le deuxième plus petit mais massif, et plus âgé ; beaucoup d'armes...

— C'est quoi, un baraï ?

Un réservoir, un étang, de l'eau. Ouk et l'Iban lancés par Kaï sur les traces de ce dernier l'avaient contourné, mais il était possible de le traverser à pied sec, grâce à une digue-chaussée que les siècles n'avaient pas trop effacée, à condition de passer par l'est. Quant au groupe d'hommes observé, il avait donné le sentiment d'être sans inquiétude ; des dormeurs paisibles, sans sentinelle.

— Tu aurais dû m'avertir quand tu es parti, Ouk.

— Ce n'était qu'une reconnaissance.

Le grand Khmer avait soutenu son regard, une lueur amusée dans les prunelles. Kaï avait mis sa petite colonne en marche avant même la première lumière du jour. Et, sous une pluie fine, moins d'une heure plus tard, au travers d'une brume bleuâtre, une chose monstrueuse avait surgi, fantomatique, sur la droite. C'était au cœur d'une zone de forêt claire, non arborée hors quelques palmiers borasses, où deux ou trois énormes buffles gris témoignaient seuls de ce que l'endroit vivait. Angkor Vat. Kaï fut stupéfié par les dimensions. La seule enceinte s'allongeait déjà sur un kilomètre et demi, d'un côté uniquement. Une chaussée de peut-être quatre cents mètres de long, de dix mètres de large, en pierre quasi noire, luisante sous la pluie, s'enfonçait jusqu'au cœur d'un édifice qui, à lui seul, semblait une ville et dont les tours en quinconce escaladaient le ciel et se perdaient dans les nuages bas. Je sais maintenant pourquoi je suis venu jusqu'ici, pensa Kaï, qui jamais devant un site ou quelque monument que ce fût n'avait éprouvé émotion si forte. Un coup de cœur le prenait, qui allait le tenir des décennies d'affilée, pour ces temples en pleine forêt, solitaires et perdus.

La piste pourtant allait au nord, laissant donc Angkor Vat à main gauche, dans la direction d'un *phnom*, d'une colline, qu'un autre temple couronnait — « Bakeng », dit Ouk —, au-delà de quoi se dressait une nouvelle enceinte, moins longue peut-être mais plus haute que la précédente — sept mètres de briques de latérite. Ouk se hissa sur l'ouvrage et fit signe à Kaï de le rejoindre au sommet. Un véritable boulevard de soixante pas de large y courait, en bien des endroits fissuré par des racines, partout recouvert d'une herbe neuve que la mousson avait fait naître en deux semaines. L'altitude n'était pas suffisante pour dominer la mer des arbres et pourtant Kaï aperçut d'autres tours, des visages de pierre en fait, multiples.

— Ils sont là, dit Ouk à voix basse.

Et de pointer son index de vingt centimètres vers un point déterminé. Kaï y jeta un coup d'œil indifférent. Sa poursuite de l'Archibald lui paraissait de bien peu d'importance. Il était mille fois plus attiré par cette cité engloutie par la végétation.

— Ils sont au Bayon, dit encore le Khmer. Peut-être sont-ils venus voler des pierres.

Voler des pierres ?

— Des sculptures. Nous pouvons les prendre par la droite, c'est l'affaire d'une heure. A mon avis, ils vont continuer vers le nord-est. C'est le meilleur endroit, pour voler.

Dans ce dernier mot, Kaï crut discerner de l'amertume. Pourquoi pas ? Ouk pouvait légitimement nourrir un fort sentiment de propriété à l'égard de ces temples. Les Ibans et l'autre Cambodgien les rallièrent. On suivit le couronnement de l'enceinte puis l'on redescendit à l'intérieur d'Angkor Thom, à l'endroit même où, mille ans plus tôt, était l'ancienne capitale de l'Empire khmer. Kaï rêvait, à cent lieues désormais de sa querelle avec l'Archibald. Le spectacle qui lui apparut au sortir d'une sente entre les arbres le fascina. Il vit un considérable bâtiment en croix, sommé de seize tours quadrangulaires qui, sur chacune de leurs faces, étaient décorées de visages de deux mètres de haut, aux étranges, énigmatiques sourires.

— *Attention.*

Le mot avait été à peine chuchoté par Ouk, et les Ibans aussi avaient dû déceler quelque danger car ils s'égaillaient.

Les premiers coups de feu partirent. Kaï vit s'abattre le compagnon cambodgien d'Ouk et l'un de ses Ibans tournoyer, bouche ouverte pour un cri qui resta inaudible. Lui-même fut culbuté, jeté à terre, traîné dans un couloir entre des murailles. Et seulement après avoir reconnu Ouk qui lui faisait un rempart de son corps, il ressentit la double douleur. A la tête et à la jambe — là même où, sur les bords du golfe du Siam, il avait charcuté son mollet pour en évacuer l'infection.

— Kim O'Hara ? Tu es vivant ?

La voix de l'Archibald, en anglais, assez amusée, provenant d'une soixantaine de mètres sur la gauche. Kaï palpa délicatement son front. La balle y avait tracé une entaille sans gravité.

— Je t'ai tué, O'Hara ?

D'autres coups de feu retentissaient, et trois ou quatre balles arrivèrent encore, faisant sauter des éclats de grès violacé, à un mètre environ au-dessus de Kaï et d'Ouk, qui étaient aplatis. Au son, Kaï estima que ce n'était aucun des deux Purdey de l'Archibald ; le tir provenait de fusils différents tenus par des tireurs placés sur la droite.

— Si je t'ai manqué, O'Hara, sache que je l'ai fait exprès. J'aurais pu te mettre une balle dans chacun de tes deux yeux, à cette distance, adroit comme je le suis.

Kaï retroussa un pan de son sarong et examina sa plaie au mollet. La balle y avait presque complètement traversé le muscle mais l'os n'avait pas été touché. Je m'en tire bien, enfin presque, il me reste juste à échapper à cette mitraille, à massacrer ces types qui nous fusillent et qui ne sont jamais que dix ou douze, à regagner à pied la civilisation, à retrouver ma goélette et à foutre le camp pour les mers du Sud.

— Ta blessure n'est pas grave, dit Ouk dans un murmure. Tu peux marcher.

— Si tu le dis.

Le Khmer se trouvait encore presque entièrement couché sur lui, dans sa détermination à le protéger ; son corps devait sûrement dépasser les cent kilos, rien que de l'os et du muscle, mais il ne tressaillait même pas quand une balle arrivait et frappait le mur juste un peu plus haut que sa tête.

— O'Hara ? Tu m'entends ou tu es déjà mort ?

— Si tu me lâchais un peu ? dit Kaï au Khmer.

Le géant se souleva et glissa sur le flanc. Les balles continuaient d'arriver, régulièrement ; mais pas une ne provenait du Purdey de l'Archibald. On cherche très délibérément à nous bloquer là où nous sommes, pensa Kaï ; toute la question est de savoir ce que l'Archibald a en tête, me concernant ; peut-être pas me tuer vraiment ;

mais je dois l'horripiler un brin avec ma poursuite. Même moi, elle m'exaspère, c'est dire.

— Quatre tireurs, dit-il en chuchotant.

— Cinq, dit Ouk sur le même ton bas.

— Plus ceux qui attendent que nous pointions le nez.

Kaï examinait l'endroit. Il avait au-dessus de lui, à trois mètres, l'un des visages de pierre du Bayon, des marches au sud, un couloir au nord, des recoins un peu partout.

— On pourrait grimper, Ouk ?

— Crois pas. L'Anglais est tout en haut et nous verrait.

Et le Khmer ne croyait guère non plus à ce corridor étroit entre les murailles. Pas plus qu'à l'escalier qui permettait de revenir au niveau du sol.

— J'ai tout compris, dit Kaï. On reste là une semaine.

Mais Ouk venait de se mettre en mouvement. Il rampait sur les genoux et les coudes. Kaï suivit, ayant dans les narines de très puissants effluves d'humus, de mousses, de souterrain. Trois mètres plus loin, il fallut carrément progresser à plat ventre, en s'abritant du mieux possible derrière des blocs éboulés, après lesquels...

— O'Hara ? Kim O'Hara ? Je veux juste te mettre une balle ou deux dans le genou, rien de plus. Il n'y a pas de quoi se fâcher.

... Après lesquels, soudain, Ouk parut s'enfoncer sous terre et disparaître. Kaï parvint à son tour au bord d'un trou rectangulaire. S'il y a une chose dont j'ai horreur, c'est bien d'aller sous terre et d'y être enfermé.

— Suis-moi, vas-y, disait le Khmer. Ne tombe pas au fond, c'est tout.

Il y avait là un puits, très noir et très profond d'apparence. Carré de section et large au plus de quarante-cinq centimètres. Et d'où montaient des effluences à vomir.

— Dépêche-toi, dit très bas la voix d'Ouk.

Kaï dut se retourner complètement, en sorte engager ses jambes les premières. C'était vrai qu'il était claustrophobe et il éprouvait bel et bien un début de panique. Mais les grandes mains du Khmer le saisirent aux chevilles et tirèrent. D'un coup il s'enfonça, le cœur entre les dents, se sentit tomber puis rattrapé d'extrême justesse, tiré sur le côté, se retrouva assis jambes pendantes dans le vide, constata qu'il était dans une espèce de galerie et que l'ouverture du puits culminait désormais à trois mètres de haut.

— On est où ?

— Sous le Bayon. C'est plein de souterrains. Je les connais.

La seule lumière provenait d'en haut et un changement s'y produisit tout à coup — quelqu'un se tenait au bord de l'ouverture :

— Tu es là-dedans, O'Hara ?

Kaï eut à peine le temps de replier les jambes. Deux coups de feu claquèrent, caractéristiques du Purdey essayé au Siam. Les balles allèrent trouer la surface d'une eau puante, dix ou douze mètres plus bas. La voix moqueuse de l'Archibald, encore :

— Tu ne peux être que dans ce trou. Que nous allons boucher, évidemment. J'espère que tu ne vas pas crever, remarque. Mais je me consolerai de ta mort.

— Je ne m'appelle pas Kim mais Kaï, dit Kaï sans trop savoir pourquoi il tenait à rectifier cette erreur.

— Je le sais depuis que je t'ai aperçu à Singapour, il y a quelques mois. Ta goélette est une splendeur. Tiens, je vais essayer de la voler.

Et Oncle Ka te coupera la tête plus quelques autres petites choses, pensa Kaï. Sa vieille rage, qui remontait à deux ans, était en train de flamber, plus ardente que jamais. Ce doit être mon destin que de trouver ce fils de chien sur ma route — quoique dans le cas présent ce soit plutôt moi qui ai tout fait pour me mettre sur la sienne.

Il y eut, trois mètres plus haut, des raclements de pierres que l'on traînait sur des dalles également de pierre. La lumière éclairant le puits s'affaiblit des deux tiers, puis disparut complètement.

Obscurité totale.

Fils de chien.

— Ouk ?

Pas de réponse.

— Tu es là, Ouk ?

Kaï pivota et tenta de distinguer la haute silhouette du Khmer. Sauf que la nuit était totale — il ne voyait pas ses doigts dressés à hauteur de son nez. J'avais donc raison d'entretenir des soupçons quant à ce bonhomme. Il aurait feint de me sauver la vie pour mieux m'enfermer dans ces saletés de catacombes. Kaï se dressa et se heurta le crâne à la voûte. Il tâtonna. Au jugé, la galerie où il était mesurait un mètre cinquante de haut et guère plus d'un mètre de large. Les relents souterrains y étaient quasi palpables.

— Ouk ?

Même pas le silence, en retour. Mais des bruissements, comme des reptations — *Oh non, pas des cobras ! Tout, sauf des cobras !*

Il lutta contre sa panique. Qui était née bien plus de son enfermement que de sa peur, réelle mais pas à ce point affolante, des reptiles. Tu te lèves et tu marches. O'Hara, tu cherches une sortie. Puisque Ouk est parti après t'avoir piégé ici, c'est qu'il existe une issue quelque part. S'il t'a vraiment piégé, ce que tu n'arrives pas tout à fait à croire. Il avança pas après pas. Rien d'autre qu'un boyau, et de la pierre partout. Il compta ses pas : dix-neuf. Un mur devant lui, lui barrant le passage. Les doigts de sa main gauche trouvèrent une fissure tout en hauteur, mais trop étroite pour qu'il pût s'y glisser. Un enfant aurait peut-être pu passer mais certainement pas un adulte, surtout de l'envergure d'Ouk.

Il essaya à droite et trouva bel et bien une ouverture. Au ras du sol.

— Ouk ?

Il allongea son bras, sentit un nouveau dallage. En pente descendante. Une sorte de canalisation, d'un diamètre qui semblait juste suffisant pour permettre le passage d'un corps humain, à condition de se coucher, de s'allonger. Et de se laisser aller, bras collés faute de pouvoir les écarter. De se laisser aller et soit de filer comme un obus dans le fût d'un canon, soit de se retrouver bloqué, enchâssé pour l'éternité. Un vent de panique secoua Kaï. Il avait espéré qu'à force d'être dans l'obscurité, ses yeux finiraient par s'y accoutumer un peu, et lui auraient permis de distinguer, au moins, les masses. Le noir était toujours aussi noir.

D'accord. Il s'engagea dans le conduit, bras et mains en avant, s'obligea à compter lentement jusqu'à vingt, à seule fin de combattre la véritable épouvante qu'il éprouvait. Et qui grandit encore lorsqu'il eut introduit la totalité de son corps. Ses épaules touchaient les parois et il lui était impossible de relever la tête de plus de trois ou quatre centimètres. Pis encore, il comprit qu'il lui était désormais impossible de revenir en arrière. Il craqua complètement et hurla. Pendant un certain temps, il perdit tout contrôle de lui-même, terrifié comme il ne l'avait jamais été et ne le serait jamais plus.

Il reprit conscience et découvrit qu'il glissait, sous le double effet d'un ruissellement d'eau et de sa propre transpiration. Ce fut une descente infernale. Mais qui s'acheva quand ses doigts rencontrèrent un rebord. Une minute plus tard, il se redressait dans ce qui, toujours à tâtons, lui sembla être une galerie identique à celle d'en haut. Il estima être descendu de sept ou huit mètres, donc qu'il était maintenant à une dizaine de mètres de la surface. Ce nouveau boyau se révéla perpendiculaire au conduit pentu. A gauche ou à droite ? Il opta pour la gauche.

— Ouk ?

Trente et un pas. Un vide sous la pointe de son pied nu précautionneusement avancée. Un escalier. Six marches, au bas desquelles l'endroit s'élargit, de tous côtés. Même bras écartés et dressés au-dessus de sa tête, Kaï ne toucha plus rien. Il devait être dans quelque pièce souterraine.

Ronde : il en fit le tour et trouva pas moins de quatre entrées de galeries.

... Plus un puits au centre. Sa hantise d'être emmuré avait reculé mais il se vit errant pendant des heures, sinon des jours, dans cette ville souterraine, s'y perdant à jamais, et finissant par y mourir de faim.

Il était revenu à l'escalier. Il décida d'explorer les

quatre galeries une à une. Le fit. Toutes se terminaient en cul de sac, bien que la troisième consistât en une enfilade de petites salles dont certaines contenaient encore des meubles, en pierre ou en un bois complètement pourri.

Tu vas sortir de là, pas de problème.

Il remonta les six marches, compta à nouveau trente et un pas, regagna l'orifice rectangulaire du conduit, le dépassa. Vingt-trois pas et de nouveau des marches, puis une salle. D'où partaient cette fois trois galeries. Il les essaya toutes. La première desservait onze pièces mais ne comportait aucune issue. La deuxième débouchait...

De la lumière. Pendant quelques secondes, Kaï crut à une hallucination. Mais Ouk secouait la tête :

— Pourquoi tu ne m'as pas attendu ?

— Je visitais, dit Kaï.

Le Khmer lui tendit une pastèque, ficha la torche qu'il portait dans un anneau prévu à cet effet, s'assit sur le sol, produisit des feuilles de bananier qui contenaient du riz gluant et un peu de poisson. Ils se mirent à manger ensemble et, la bouche pleine, Ouk raconta qu'il était allé en Europe, six ans plus tôt, ayant alors treize ans. En France et en Angleterre, notamment. Il avait même séjourné quelque temps à Propriano en Corse, dans la famille Giustiniani.

— Marc-Aurèle ?

Kaï était ahuri.

— C'est lui qui m'a payé le voyage.

Kaï digéra l'information. En somme, il avait eu raison de croire son instinct, qui lui jurait que l'Ouk était dans son camp. Sauf qu'il eût préféré le savoir plus tôt. Le Khmer demanda :

— Ça ne t'a pas, comment dire ?, gêné, d'être sous terre ?

— Moi ? Je me suis amusé comme un fou.

Il dévorait la pastèque, y enfonçant son visage, et ainsi apaisait sa soif.

— Ils ont tué Chau et un de tes Ibans. Mais ils ont

déjà cinq morts, de leur côté. Tes types avec leurs arbalètes sont sacrément adroits.

— On peut sortir d'ici ?

— Ça fait bientôt deux heures que je te cherche pour te montrer la sortie. Tu m'aurais attendu tranquillement, nous serions déjà dehors. Mais rien ne presse. Ton copain anglais est coincé. On y va ?

Pour remonter à la surface, il fallait descendre, contre toute logique. Ce que Kaï avait pris pour un puits permettait d'accéder à un niveau inférieur. On y trouvait d'autres galeries. Sous réserve de choisir la bonne...

— Il y a trois niveaux sous le Bayon, disait Ouk de sa grosse voix tranquille. Il y en a même un quatrième mais l'accès en est muré et je n'ai pas réussi à passer, l'année dernière. Je reviendrai.

... Sous réserve donc de choisir la bonne galerie entre une trentaine, il suffisait de marcher une demi-heure, d'escalader un deuxième puits et l'on débouchait dans un conduit en pente ascendante, qui lui-même vous faisait surgir à proximité du plus extraordinaire temple vu jusque-là par Kaï.

— Le Preah Khan, dit Ouk.

— J'aurais mis une semaine pour trouver ce passage.

— Moi, j'en ai mis quatre. Tu as eu la peur de ta vie, hein ?

— Oui. Où est l'Archibald ?

— Attends.

Ils revinrent vers le sud, franchirent l'enceinte nord d'Angkor Thom et, se retournant une dernière fois, Kaï jeta un regard sur ce Preah Khan qu'il n'avait fait qu'entrevoir et qui, plus encore peut-être que le Bayon et Angkor Vat, le fascinait, avec ses gigantesques racines de fromagers qui chevauchaient les pierres à la façon de pieuvres monstrueuses et livides.

Coup de feu. Le Purdey, à environ trois cents mètres.

— Tu m'as dit que l'Anglais était coincé.

— Tes Ibans ne le rateront pas s'il montre son nez. Mais on ne peut pas l'approcher. Il sait se servir d'un fusil. A ta droite, c'est ce que l'on appelle la Terrasse des Éléphants. Derrière, le Phimeanakas. Ne t'écarte pas ou tu seras dans sa ligne de mire.

Dans la seconde suivante, une balle troua le sol détrempé, à quelques centimètres du pied de Kaï. Qui s'empressa d'appuyer sur sa gauche, où était déjà Ouk, afin d'interposer entre le tireur et lui l'abri des ruines en briques de latérite que le Khmer présenta comme des *kleangs*, des magasins. Mais dans le court laps de temps où il s'était trouvé dans l'axe de la piste menant droit au Bayon, Kaï avait eu le temps d'apercevoir trois gros chariots auxquels des buffles domestiques étaient attelés.

— A qui, ces voitures ?

— Ton copain. Il est bien venu voler des sculptures. Ne marche pas sur les cadavres.

Ils progressaient à l'intérieur d'un bâtiment tout en longueur, parallèle à la Terrasse des Éléphants, et sur le sol d'une très longue salle en croix gisaient les corps de quatre hommes. Kaï se pencha. Tous avaient été atteints par des traits d'arbalète ; dans trois cas sur quatre à la gorge, et au visage pour le dernier.

— Où sont les Ibans ?

— Quand je les ai quittés voici quatre ou cinq heures, le premier se baladait du côté du Baphuon — c'est à l'ouest — et le deuxième bloquait l'est. Ils ont dû bouger, depuis. Ils ont coupé la tête d'un bonhomme. C'est une manie qu'ils ont ou ils font ça pour rire ?

— Pour rire.

Ils ressortirent des ruines, les dernières en grès, et s'infiltrèrent sous le couvert. Le Bayon se dressa une deuxième fois au regard de Kaï et ainsi dessiné au travers des feuillages, il semblait plus colossal encore. Le soleil plein sud auréolait la pierre violacée, accentuant l'effet de masse, et de mystère quasi sinistre, de l'édifice culminant à quarante-cinq mètres. Un coup de feu en partit mais, cette fois, la balle frappa une racine de fromager, à une quinzaine de mètres sur la droite de Kaï.

— Tu as parlé aux Ibans, Ouk ?

— Dans quelle langue ? J'ai essayé de leur expliquer

que tu allais revenir. Je ne sais pas s'ils m'ont compris. J'étais déjà très content qu'ils ne me tuent pas.

Kaï fixait cet endroit où la balle du Purdey venait d'arriver. L'Archibald n'avait sûrement pas visé sans raison cet endroit. Il s'y trouvait sans doute quelqu'un. Un Iban ? Il demanda :

— Il y a déjà cinq morts, dans l'équipe de l'Archibald. Où sont les autres ?

— L'autre Blanc a filé avec quatre types. Je le connais. Il s'appelle Magnier. Un Français.

Un aventurier de peu d'envergure, d'après Ouk. Qui serait facile à retrouver.

Kaï siffla doucement, comme il avait appris à le faire à Bornéo. Ka 7 se matérialisa soudain, à une vingtaine de pas, avec une instantanéité magique et tenant son arbalète armée. Il s'abritait derrière une racine d'un mètre et demi de haut, qui courait presque à fleur de sol, sur une trentaine de mètres. Kaï le rejoignit.

— Qui a été tué, chez nous ?

— Ka 3.

Mais il suffisait d'attendre la nuit et alors il serait possible d'escalader le temple. Pour aller couper la tête de l'homme au fusil. Ce serait très facile, de nuit.

Il devait être à peu près 2 heures de l'après-midi. Nous y sommes, pensa Kaï, le moment est venu de décider de ce que tu veux faire — tuer ou non l'Archibald.

— Qu'est-ce que tu en penses, Ouk ?

— Je n'ai pas compris ce que vous disiez.

— Mon copain Iban ici présent a très envie de couper la tête de l'Anglais.

— L'idée est intéressante, dit Ouk. Surtout qu'il a aussi tué mon ami Chau, avec son foutu fusil.

Kaï fouillait le Bayon du regard, cherchant à repérer l'Archibald, qui pour l'instant restait invisible. Il tourna la tête et dévisagea le Khmer. Une évidence lui apparut : Ouk s'exprimait assez remarquablement en français et en anglais, nul doute qu'il était d'une intelligence fort au-dessus de la moyenne, et son compagnonnage valait largement celui de n'importe quel Chinois ou d'un Occidental ; mais la sauvagerie était présente — il veut massacrer l'Archibald avec au moins autant de force que mes Ibans.

D'accord. Kaï pivota et s'adossa au tronc du fromager. Il hurla :

— Tu m'entends, l'Archibald ?

La réponse tarda un peu à venir.

— Kim O'Hara ?

— Tu sais très bien que je m'appelle Kaï. Je vais venir te rejoindre.

Kaï sentit sur lui le lourd regard d'Ouk. A une soixantaine de mètres et caché quelque part près du sanctuaire central du Bayon, Leach-Grant riait :

— Tu veux ta balle dans quel genou ? Le gauche ou le droit ?

— Tu tiendras jusqu'à la nuit, pas plus. Les hommes avec moi sont des Ibans de Bornéo, ils seront enchantés d'ajouter ta tête à leur collection.

— Sauf si je vous tue, mon garçon. Vous êtes quatre. Je peux m'en tirer, contre trois hommes, après ta mort.

Kaï contourna la racine de fromager jusqu'à pouvoir l'enjamber.

— J'ai été vraiment heureux de te connaître, lui dit Ouk resté à l'abri. Ç'aura été une amitié très profonde, mais très courte aussi.

Entre le Bayon et lui-même, il ne restait plus que quelques pas, au travers de pariétaires. Kaï les fit et sortit à la pleine lumière du soleil. Le ciel était presque uniformément bleu, à présent. Il serait toujours trop impulsif, c'était le grand problème de sa vie. Il avança encore, s'obligeant à ne pas boiter — la balle dans son mollet, qu'il aurait dû extraire, il n'y pensait plus.

— Je t'ai dans ma ligne de mire, mon garçon.

Le regard de Kaï passa sur les pierres, escalada les escaliers, scruta les centaines de recoins où cent tireurs auraient pu s'embusquer. Il situait l'Archibald assez haut, et légèrement sur sa droite.

— Je vais te massacrer, l'Archibald. A coups de poing.

Une balle frappa le sol à trois centimètres de son pied

d'appui. J'ai gagné, pensa-t-il, il ne me tuera pas, j'avais raison.

— Je me trompe ou tu es blessé à la jambe ?

— Une simple éraflure, dit Kaï.

Il arriva au pied de l'un des escaliers, ou ce qui avait été un escalier des siècles plus tôt. C'était à peine si le dessin des marches y était encore visible ; le grès avait été rongé, poli, la pluie des derniers jours avait rendu tout cela terriblement glissant. Il fallut à Kaï une dizaine de minutes pour se hisser à une vingtaine de mètres au-dessus du sol.

— Je ne te vois plus.

— Il fallait me tuer pendant que tu le pouvais.

— Sauf que je n'ai plus de munitions.

— Je m'en doutais, figure-toi. Tu as fait de la boxe, en Angleterre ?

— Je pulvérisais n'importe qui, mon garçon.

Les hauteurs du Bayon étaient emplies de faux étages, de portiques ne menant nulle part. La couche de brume enveloppant le sommet effleurait les soixante-quatre visages géants à l'énigmatique sourire. Kaï se hissait toujours, il atteignit une galerie surmontant une cour en équerre. Un peu partout, des fenêtres grillagées de balustres. Il sursaute : son entrée dans une salle fit partir un vol de chauves-souris de près d'un mètre d'envergure. Qu'il regarda s'éloigner et tournoyer dans le ciel gris et bleu, de leur mouvement comme mécanique. J'adore cet endroit, j'y reviendrai, et j'espère que personne n'y touchera jamais.

— Où es-tu, l'Archibald ?

— Derrière toi.

Kaï ne se retourna pas tout de suite. Il serra un peu plus dans son poing gauche la douille de cuivre qu'il venait de ramasser. Pivota et fit face à l'Anglais.

— Tu remarqueras, dit l'Archibald, tu remarqueras que je dispose d'un couteau, et de belle taille.

— Ils sont trois, en bas, dit Kaï. Si je ne les persuade pas de te laisser partir, il te faudra rentrer en Europe sans ta tête. Tu as volé qui, à Phnom Penh ?

— Un peu tout le monde. Je n'ai jamais été raciste.

— Et tu es venu ici pour y prendre des sculptures.

— Certaines vaudront très cher, à Londres ou Paris. Ou à New York.

— Tu vas finir par te mettre toute l'Asie à dos.

Nom d'un chien, pourquoi est-ce que je trouve cette ordure presque sympathique, malgré tout ?

— Tu as vraiment rencontré Rudyard Kipling ?

— Parole d'homme.

L'Archibald s'était avancé, lame pointée et la pointe de cette lame se trouvait maintenant à une vingtaine de centimètres de la gorge de Kaï.

— Vas-y, dit Kaï.

L'Archibald éclata de rire, fit sauter le coutelas dans sa paume. Le jeta.

— Je ne crois pas beaucoup à ta parole, pour être franc, dit Kaï.

Il esquiva en partie seulement le coup qui partit à une vitesse sidérante. Il fut touché sur le côté de la mâchoire. Avec assez de force toutefois pour se retrouver sur les fesses. Il secoua la tête :

— Tu pensais vraiment pouvoir me voler ma goélette ?

— Je le pense toujours.

Kaï se releva, pour bloquer deux crochets du droit enchaînés avec cette même rapidité si étonnante, mais pas l'uppercut du gauche qui le toucha à la pointe du menton. Il retourna faire une pause sur les dalles.

— Tu en as assez, mon garçon ?

— Quand tu ne m'appelleras plus mon garçon, je considérerais le combat comme terminé. Nous n'en sommes pas encore là.

L'échange suivant dura près d'une minute. Pendant laquelle Kaï fut touché par quatre fois, sans pouvoir donner lui-même un seul véritable coup. Il estima que son nez ne devait pas être cassé, sans en être complètement convaincu.

... Il toucha le coup suivant. Du droit. Un crochet un peu trop large et surtout arrivant en fin de course. Étant pas mal secoué quant à lui, sans pour autant retourner à terre. Aucun doute : l'Archibald savait boxer, et fort bien. Le plus inquiétant était sa vitesse d'exécution. En plus de son allonge supérieure.

— J'étais en train de penser à ta goélette, dit l'Archibald, un peu haletant tout de même. Réflexion faite, c'est dit : je vais te la voler. Il ne doit pas y avoir deux bateaux pareils dans toutes les mers du Sud.

Kaï put esquiver un direct à la face, mais encaissa un crochet qui rata de très peu son foie. Pour la première fois pourtant, son gauche partit et arriva.

— Je ne te dis pas que je vais te la voler dans les huit jours qui viennent, expliqua l'Archibald qui à son tour était assis sur le sol. Mais dans les mois qui viennent, sûrement. Tu as d'autres de ces Ibans, à bord ?

— Plein, dit Kaï.

Il progressait et put bloquer quatre des cinq coups suivants. La bouche de l'Archibald se mit à saigner plus encore que la sienne.

— Arrête de tomber tout le temps, dit-il. Nous n'en finirons jamais.

— Ces Ibans ne sont pas un problème.

L'Archibald était à quatre pattes. Le crochet gauche de Kaï n'était pas encore tout à fait au point mais le droit avait fait de l'assez bon travail.

— En supposant, dit l'Archibald après avoir craché une dent, en supposant que je te massacre, comme c'est probable, est-ce que tes copains en bas me laisseront quand même partir ?

— Si je le leur demande gentiment, dit Kaï.

Il contra assez aisément une attaque qui avait été précédée d'une feinte et cette fois-là fut la bonne : son poing gauche atteignit la cage thoracique à l'emplacement du cœur, et il sentit nettement les côtes qui cassaient. Il suivit aussitôt, d'un double gauche-droite au visage.

— Debout, l'Archibald.

— J'ai mon compte, mon garçon.

Mon garçon.

Kaï se méfia, mais pas suffisamment. Le coup de pied

le toucha au bas-ventre et il dut reculer sous une grêle de coups.

D'accord.

Dans les secondes qui suivirent, Kaï frappa trois fois du droit puis plaça son gauchc. De tout son poids. Avec l'effet habituel : il n'eut plus personne en face de lui. Il s'avança, crocha de sa main droite le col de chemise de l'Archibald, remit son adversaire debout et frappa à six reprises. *Ne le tue surtout pas, il s'agit simplement de lui faire payer les espiègleries dont tu as été la victime au Siam ; et, plus encore, la mort de Ka 3 et du Cambodgien.*

— Debout.

Sur quoi s'écoula cette longue minute — ou plus encore — durant laquelle il ne cessa de hisser le corps pantelant, de l'adosser au mur, et de frapper. Variant très systématiquement ses coups et leur cible — arcades sourcilières l'une après l'autre, nez, pommettes, mâchoires supérieure et inférieure, et les côtes, qu'il s'employa à fracasser. Jusqu'au moment où une voix put percer le brouillard meurtrier qui l'enveloppait — *arrête Kaï, ARRÊTE, tu le tues !*

Voix uniquement intérieure. Il s'écarta et tomba à genoux, bouche ouverte pour retrouver son souffle et recouvrer un semblant de calme. Il examina ses poings et découvrit que toute la peau en était partie aux jointures. Mais le sentiment qui le dominait était la peur. Peur de cette fureur mortelle qui l'avait pris, dont il ne se serait jamais cru capable.

Il se pencha sur le corps étendu.

— Tu es toujours vivant ?

Le visage de l'Anglais était effrayant.

— Je suis désolé, dit Kaï. Je me suis laissé emporter. Ne meurs pas, s'il te plaît.

Il décida qu'il fallait de l'eau. Il se remit debout et marcha jusqu'à être en vue d'Ouk.

— Vous pouvez monter.

— Lui couper la tête maintenant serait un service à lui rendre, dit Ouk.

— Il va survivre ?

— Mais oui.

L'Archibald respirait, mais c'était tout juste. Il avait été descendu jusqu'au niveau du sol, Ouk avait fait appel à des villageois voisins, le corps de l'Anglais placé sur un chariot venait de prendre la direction de Siem Reap. Kaï avait remis la main sur son sac et son coupe-coupe, abandonnés sur un escalier du Bayon lors des premiers coups de feu ; la balle avait été extraite de son mollet ; il pouvait à peu près marcher.

Les Ibans rapportèrent les deux Purdey, et des sacs, plus une malle-cabine, dans laquelle il y avait environ neuf kilos d'or et de pierres semi-précieuses, un peu plus de soixante-cinq francs-or français, sept mille dollars et neuf mille six cent trente livres anglaises. Plus quelque monnaie siamoise et une douzaine de passeports qui tous célébraient la physionomie (ce qui avait été le visage) de Leach-Grant ou quelque autre nom qui fût le vrai.

— Tu vas garder cet argent ?

Question d'Ouk.

Non. Non évidemment. Au vrai, Kaï n'avait pas la moindre idée de ce qu'il devait en faire. Le conserver lui paraissait absolument hors de question — il s'étonna lui-même, pour la première et la dernière fois d'ailleurs, de la totale indifférence qu'il éprouvait pour ces richesses.

— Tu en veux, Ouk ?

— Chau avait deux femmes et huit ou neuf enfants. Mille francs est plus qu'assez.

Pour lui-même, Ouk ne voulait rien. Il aurait volontiers tué l'Anglais pour lui faire payer son meurtre, mais un dédommagement n'avait pas de sens. Et donner de l'argent aux Ibans sembla à Kaï plus grotesque encore. Il verrait.

— Tu as des projets, Ouk ?

— Tu veux quoi ?

— Visiter. Le temps qu'il faudra.

Le geste du bras de Kaï inclut le Bayon et tout Angkor Thom, et Angkor Vat, et la forêt à l'entour.

— Il y a des centaines de temples.

— J'ai le temps. Une semaine. Si tu veux bien me les montrer.

A s'attarder de la sorte, Kaï courait le risque de ne pas retrouver le *Nan Shan* devant Phnom Penh. Et quand bien même ? Oncle Ka se retrouverait sûrement à l'autre rendez-vous, en mer de Chine du Sud.

— Une semaine ne suffira pas, dit Ouk. Mais tu pourras en voir pas mal.

Ils passèrent bel et bien les six jours suivants à escalader des pyramides, à parcourir des kilomètres de corridors, à arpenter des terrasses, à grimper et à redescendre. La dernière nuit, au prix d'un départ avant l'aube, Ouk conduisit Kaï à un temple dont il affirma qu'à part quelques chasseurs locaux, il était seul à connaître l'existence. Ils remontèrent le Stung Thom, la Grande Rivière de Siem Reap sur une vingtaine de kilomètres, se frayant un chemin dans une vraie brousse, en l'absence de toute piste. En khmer, cela se nommait la Citadelle des Femmes — Banteay Sreï. Trois sanctuaires fabuleusement ciselés occupaient le centre d'un ensemble de deux cents mètres de long. D'innombrables niches abritaient des statues intactes. Kaï s'émerveilla notamment devant un groupe représentant Çiva, des apsaras (danseuses) alignées en fresques infinies des bas-reliefs d'une admirable précision.

Ouk parla de lui-même. Sur ce ton détaché des hommes peu expansifs. Il était né dans un petit village de montagne, dans le massif des Cardamomes qui, en gros, sépare la grande plaine centrale cambodgienne des rivages du golfe du Siam. Par hasard : le Cambodge, une vingtaine d'années plus tôt, était encore déchiré par un affrontement entre le roi légitime, ou se tenait pour tel, et d'autres prétendants. Le père d'Ouk, partisan d'un prince Sisowath et équivalent d'un officier, avait dû se réfugier dans la forêt. Les péripéties des combats avaient conduit la famille d'abord à Battambang, puis à Bangkok et enfin à Saigon. Le ralliement au roi Norodom avait entraîné la restitution de terres dans la province de Kompong Thom.

— Tu es riche, Ouk ?

— J'ai de quoi vivre.

Et, à propos, Ouk n'était qu'un surnom, il se nommait en réalité Hou Samoeurn.

— Tu es marié ?

— J'ai le temps.

Ouk était venu pour la première fois à Angkor à l'âge de six ans. Il y était revenu une quinzaine de fois, depuis. Cas à peu près unique parmi les Khmers, il s'était pris de passion pour les temples oubliés. Quatre ans plus tôt, il avait servi de guide à un ami de Marc-Aurèle Giustiniani. Limitant la visite à Angkor Vat et Angkor Thom.

— Pas Banteay Srei.

Ni Roluos, ni bien d'autres. Il tenait à en conserver le secret. Sans grand espoir. Un temps viendrait où les pilleurs de sculptures dévasteraient les temples, complétant l'œuvre de destruction de la forêt.

Kaï allait, entre tant de souvenirs, conserver celui de la dernière nuit de Banteay Srei. Surgis comme des ombres, des hommes, des paysans des environs sans doute et répondant à une convocation, avaient allumé d'innombrables torches. Des musiciens invisibles se mirent à jouer, dans le silence de la nuit tissé du grésillement des phalènes grillant dans les flammes jaune orangé.

— Merci, Ouk. Je n'oublierai jamais.

— Je voulais juste partager mon plaisir avec quelqu'un.

Le lendemain, ils revinrent à Angkor, où les deux Ibans avaient attendu. Toute pluie avait cessé, pour des mois maintenant. La terre séchait très vite, déjà se craquelant et se sentant en train de changer, l'odeur de vase se dissipant sous un soleil d'une blancheur d'acide. A l'entrée de la grande chaussée d'Angkor Vat, ils trouvèrent un campement de trois Français moustachus et barbus, en redingote et faux-col à l'imbécile, qui révélèrent qu'ils arrivaient de Saigon et se vouaient à l'archéologie ; ils posèrent plusieurs questions ; auxquelles Kaï comme Ouk feignirent de rien comprendre, prétendant qu'ils ne parlaient que le khmer — ou le siamois à la rigueur.

— Dans dix ou quinze ans, tu verras qu'ils seront cent cinquante, dit Kaï sitôt qu'ils se furent éloignés. Tu feras quoi ? Tu abattras tous les pilleurs ? Viens plutôt avec moi dans les mers du Sud.

Pas question. Sauf s'il était possible d'aller en Australie à pied. Ouk avait trop peur de l'eau.

— Tu es bien allé en Europe.

Justement. Une fois avait suffi. Un homme avait, de Siem Reap, apporté des nouvelles fraîches de l'Archibald. Qui était vivant et emprisonné par l'armée siamoise, pour des espiègleries remontant à l'année précédente. Kaï se retrouva à rire :

— Il s'en sortira. Comme d'habitude.

— Et il te poursuivra, remarqua Ouk.

— Pas là où je vais.

Kaï avait déterminé son emploi du temps pour les vingt-trois mois à venir : ré-embarquer sur le *Nan Shan*, faire deux escales — à Singapour et au Sarawak, mettre le cap sur le Grand Sud avec un petit crochet par Mindanao aux Philippines. Puis les Moluques, la mer d'Arafoura, le détroit de Torres, l'archipel des Salomon, celui de la Société, voire les Touamotou.

— Pourquoi vingt-trois mois et pas vingt-quatre ?

Parce que dans vingt-trois mois et neuf jours il avait un rendez-vous très ferme avec Isabelle Margerit. A qui, dans l'invervalle, il aurait écrit huit lettres. Isabelle Margerit lui avait demandé de ne lui écrire que tous les trois mois. Si bien qu'il lui restait soixante-neuf jours pour terminer la rédaction de la première.

— J'ai déjà le début. Je vais commencer par *Ma chérie.* Qu'est-ce que tu en penses ?

— Ça me paraît un peu tiède, dit Ouk imperturbable.

— *Mon amour ?*

— C'est mieux, estima Ouk. Quoique.

— *Mon amour adoré*, hein ?

— Ça, c'est vraiment bien.

— Ce n'est pas un peu osé ? C'est une jeune fille comme il faut, pas une fille ordinaire.

Ils étaient tous les deux assis sur le bord de la rivière de Siem Reap, pas très loin de l'endroit où, plus tard, les archéologues français s'établiraient. Les deux Ibans attendaient, sans l'ombre d'une impatience, le moment du départ — en fait, ils dormaient profondément. Et à une cinquantaine de mètres de là, attendait également une pirogue, prévue par Ouk avec ses deux mariniers, pour descendre au fil de l'eau jusqu'au Tonlé Sap et, de là, à Phnom Penh via Kompong Chhnang. Et cela vint d'un coup à Kaï, qui n'y avait guère pensé durant les vingt derniers jours : une violente et douce envie de mers du Sud, de mer, de roulis, de vent.

De typhon.

— Tu as écrit la suite ? demanda Ouk. Je ne veux pas être indiscret, remarque.

— Tu n'es pas indiscret. C'est moi qui t'en ai parlé. C'est que ce n'est pas facile à écrire, une lettre. Surtout celle-là. Oui, j'ai écrit la suite. Enfin, de tête. Ça dit : *Je vais très bien point.*

— *Point ?*

— *Je vais très bien*, un point.

— Et après ?

— Je ne sais pas quoi mettre.

— Tu pourrais lui dire que tu espères qu'elle va bien aussi.

— Je pourrais, répondit Kaï (qu'en réalité l'idée séduisait beaucoup, mais il était un peu vexé de ne l'avoir pas eue lui-même, en trois semaines de réflexion).

— Et ensuite, poursuivit Ouk, tu pourrais, par exemple, lui dire que tu comptes les jours qui te séparent du moment où tu la retrouveras, que tu aimes ses yeux et sa bouche et ses mains et...

— Ça devient cochon, dit Kaï. Je ne peux pas écrire ça.

Une petite irritation lui venait du fait qu'il se sentait vraiment un crétin, un bodoh complet. Le truc sur les jours que je compte est vraiment bon, pourquoi ne l'ai-je pas trouvé ? Tenant en main les deux Purdey de l'Archibald, il se leva et, par-dessus les arbres, sur sa gauche, le soleil fit de même, quoique ce ne fût qu'une coïncidence.

— J'y vais, dit-il.

— Je te souhaite le plus gros typhon qu'on ait jamais vu dans les mers du Sud, dit Ouk.

— Merci.

Ils ne se serrèrent pas la main, pas plus qu'ils ne se donnèrent l'accolade. Mais il est certain que l'un et l'autre éprouvaient le sentiment d'une amitié très forte, et qui sûrement les ferait se revoir. Kaï était complètement assuré que, comme lui, Ouk pensait que les choses de la vie réellement importantes n'avaient pas besoin d'être dites, qu'au contraire les mots gâchaient tout. Kaï flanqua un coup de pied amical aux Ibans et, dans la seconde, ceux-ci furent debout, avec leurs arbalètes qui avaient tué cinq hommes sur le pourtour du Bayon. Ils embarquèrent à trois sur la pirogue, qui prit le courant. Et lorsque Kaï se décida à tourner la tête, Ouk était déjà en marche, à plus de cent mètres, les tours d'Angkor Vat en arrière-fond.

La mer au large du cap Saint-Jacques était déserte. Kaï alluma les trois feux convenus et attendit. Il ne douta pas une seconde que le *Nan Shan* allait apparaître, et neuf heures plus tard eut confirmation de sa certitude. La goélette se montra, glorieuse, d'une beauté à briser le cœur. Et pour comble de bonheur, sur la onzième des cent feuilles de papier que lui avait données monsieur Marc-Aurèle, Kaï avait écrit, vraiment écrit, deux lignes de sa lettre à Isabelle Margerit. Tout cela, plus le vent du large, et l'espoir d'un typhon énorme, et les mers du Sud qui n'attendaient que lui, était bien assez pour le faire chanter.

Le 17 avril 1900, Le *Nan Shan* entra dans le détroit de Torres, qui donc sépare la pointe la plus septentrionale de l'Australie de la Nouvelle-Guinée. Allure de grand largue, vent de la hanche tribord, mer violette et quelque peu roulante — ce qu'il fallait. Le temps était enfin venu, pour Kaï O'Hara, d'une totale maîtrise de son bateau. Pieds nus sur le pont de teck, il ressentait le plus infime vibrato, humait le moindre changement de vent et, en somme, éprouvait ces sensations qu'il avait prêtées à ce pianiste jouant sous la grande véranda de l'hôtel Raffles de Singapour, six mois plus tôt.

Ils étaient onze sur le *Nan Shan*. Lors de l'escale de quatre semaines au Sarawak, feu Ka 3 mort au Bayon avait été remplacé homme pour homme et avant cela, à Singapour encore, un maître-coq malais avait pris possession de la cambuse. Passé le premier mois, l'homme choisi par Ching le Gros avait fini par se convaincre que les Dayaks de la mer ne lui couperaient pas la tête et, l'esprit désormais libre pour exercer son art, s'était révélé excellent cuisinier, quoique abusant du nasi goreng — une fois par jour ça va encore, mais deux voire trois fois c'est trop, je suis certain que tu as d'autres recettes.

— Récifs, dit Oncle Ka.

— On réduit.

La goélette franche à trois mâts avançait jusque-là sous toutes ses voiles rouges — clinfoc, foc et trinquette, petite flèche et misaine, grand-flèche et grand-voile, et enfin brigantine.

— Pourquoi des voiles rouges ? avait demandé le shipchandler singapourien (beau-frère d'un cousin de Ching le Gros).

— Parce qu'elles ne sont pas vertes.

— J'aurais cru qu'il y avait une raison plus compliquée, avait conclu le Chinois. Mais, en vérité, Kaï aimait le contraste entre ce rouge sang des voiles et le noir de la coque fuselée. Il avait même fait broder sur le clinfoc de préférence à la grand-voile une reproduction stylisée de ses sept sapèques d'or.

On réduisit la voilure à l'approche des récifs du Guerrier. La Grande Barrière de Corail, dont Kaï se promettait monts et merveilles, se trouvait à une trentaine de milles droit devant. Le *Nan Shan* en était à son cinquante-troisième jour de mer sans interruption, sauf à compter deux très courtes escales pour des légumes, des fruits frais et de l'eau ; l'une à la pointe orientale des Célèbes, l'autre dans une île perdue au fin fond de la mer de Banda. Auparavant, Kaï avait pris son temps puisque rien ne le pressait. S'il ne s'était guère attardé dans sa traversée du Sarawak à Mindanao, il avait en revanche longuement flâné sitôt en vue des Philippines. Contrairement à son projet initial, il était remonté plus au nord que prévu, s'engageant dans le presque inextricable archipel philippin en doublant Mindoro par le sud, longeant Cebu laissé par bâbord, faisant de nouveau cap au nord par le détroit de Bohol, ayant connaissance de Leyte. Contourner Mindanao par l'est ou l'ouest ? Il avait hésité, pendant ces semaines où son équipage et lui-même avaient trouvé refuge et surtout un accueil douillet auprès de demoiselles des environs de Surigao. Une sérénité proche de la béatitude leur était venue après deux batailles rangées contre des malfaisants locaux qui avaient vraiment trop mauvais caractère, et les Ibans, ravis, avaient ajouté neuf têtes à leur collection personnelle. Une vie enchanteresse.

Plein ouest en fin de compte, et croisière à tirer des

bords nonchalants dans la mer de Sulu, avec l'espoir d'y retomber encore sur les pirates qui leur avaient cherché noise la fois précédente. Mais on ne pouvait même plus compter sur des pirates pourtant réputés pour mettre un peu d'animation ! Si bien que la seule rencontre digne d'être notée avait été celle d'un cargo à vapeur et voiles reliant Zamboanga à Sandakan de Bornéo, avec Hong Kong pour destination finale. Au capitaine écossais du navire, Kaï avait confié la troisième de ses lettres à Isabelle Margerit. D'un quart plus longue que les deux précédentes, la missive comportait quatre lignes ; sur lesquelles Kaï avait sué sang et eau : *Mon amour adoré. Je vais toujours très bien. J'espère que tu vas toujours très bien toi aussi. Je compte toujours les jours. Il en reste 481. Je n'ai toujours pas rencontré de typhon. Je cherche toujours. Je mange toujours du nasi goreng. Il fait toujours beau.*

Une sacrément belle lettre, à son avis. Seulement, après avoir quitté l'Écossais et sa saleté de bateau en fer, il s'était fait à lui-même la remarque que le mot *toujours* revenait peut-être un peu souvent. Dans la prochaine, je mettrai *tout le temps*, pour changer, se promit-il.

L'Australie par tribord, et plus exactement le cap York avec ses îles. Le *Nan Shan* achevait son passage du détroit de Torres. Les cartes dont disposait Kaï étaient sommaires, il les avait trouvées à bord et elles remontaient pour le moins à cinquante ans. Mais il n'avait pas vu l'intérêt de les échanger pour de plus récentes, lors de son escale à Singapour. Après tout, elles avaient suffi à Cerpelaï Gila. Et puis des documents plus récents auraient marqué des changements, une emprise toujours plus grande de ce qu'ils appelaient la civilisation, et justement il n'en voulait pas, lui, de leur civilisation. Kaï était définitivement résolu à parcourir les mers du Sud comme l'avaient fait avant lui onze Kaï O'Hara successifs, au diable les changements. Et la profondeur de sa détermination, qu'il venait de se révéler à lui-même, l'étonna. En somme, il venait de l'exprimer presque par hasard et d'un coup découvrit que c'était bien ainsi qu'il voulait vivre, il ne s'en était pas rendu compte mais c'était tout à fait ça.

— Le passage est par ici, dit Oncle Ka, qui était déjà venu dans ces parages avec Cerpelaï Gila. Il indiquait le sud-est. Kaï choisit néanmoins le nord, en direction du golfe de Papouasie. Pour autant qu'il le savait, la Grande Barrière commençait en fait à ras des côtes de la Nouvelle-Guinée, et descendait plein sud sur presque deux mille kilomètres, en gros jusqu'au tropique du Capricorne. Un jour, il la suivrait sur toute sa longueur. Pas cette fois. D'ailleurs, Ching lui avait trouvé du fret à Port-Moresby.

— Cerpelaï Gila a déjà débarqué chez les Papous, Oncle Ka ?

Trois ou quatre fois. Dont une seule à Moresby, où l'escale avait d'ailleurs été banale. Au contraire des trois autres. Là, on avait dû se battre, Cerpelaï Gila avait été blessé et deux hommes de l'équipage du *Nan Shan* étaient morts. En gros et en détail, Oncle Ka ne pensait pas trop de bien des Papous, il les trouvait très vilains, et sauvages — venant d'un Iban coupeur de têtes, la remarque valait son poids de noix de coco. Mais l'idée même de ne pas faire terre sous ce ridicule prétexte qu'on risquait d'y livrer bataille, cette idée révulsait Kaï. Il pouvait faire tout ce que les O'Hara avant lui avaient fait. Au soir du 20 avril, il fit jeter l'ancre à l'embouchure d'une rivière que les Australiens appelaient la Fly. Contrairement aux appréhensions, au demeurant relatives, d'Oncle Ka, il ne se passa rien de spécial : des Papous vinrent à bord, feignant de ne pas remarquer les arbalètes braquées sur eux à tout hasard. Ils étaient en effet fort impressionnants, avec des narines larges comme des oreilles, barbus et coiffés d'une masse de cheveux, d'une stature telle que Kaï se sentit petit. L'un d'entre eux parlait le pidgin english, que Kaï comprenait fort bien. Ils acceptèrent de troquer des légumes — pour l'essentiel des patates douces —, des fruits et quelques volailles contre quatre coupe-coupe (les soutes du *Nan Shan* en étaient pleines) et voulurent même acheter, en les payant de pépites d'or, davantage de ces outils. Kaï refusa, sur l'insistance d'Oncle Ka dont cette fois il suivit le conseil.

Port-Moresby n'était désormais plus très loin, à deux ou trois jours de mer. Mais le fret annoncé par Ching le Gros, et dont Kaï ignorait la nature, ne serait pas prêt à être embarqué avant, au mieux, les premiers jours de mai. On mit donc cap au sud. Par son seul nom, la mer de Corail attirait Kaï et le changement de temps lui laissait espérer une tempête. Il alla donc à la rencontre de celle-ci. En pure perte : au plus eut-on droit à un gros grain, très décevant, après lequel cet abruti de temps se remit au beau. Je suis maudit, il suffit que je pointe la proue de ma goélette pour que toutes les mers se transforment en lacs. Dans cinquante ans, j'en serai encore à courir après un bon gros typhon.

Le 2 mai à l'aube, le *Nan Shan* se présenta à Port-Moresby qui, dès le premier coup d'œil, se révéla ne pas tant valoir le voyage ; il aurait fallu beaucoup d'imagination pour trouver du charme à l'endroit ; la mer n'était même pas claire mais comme limoneuse. On s'amarra à une espèce d'appontement, Kaï ayant passé un sarong et enjoint aux Dayaks de s'habiller de même. Moins d'une dizaine de minutes plus tard, ce qui avait l'air d'être un fonctionnaire australien aborda Kaï qui venait de débarquer et partait à la recherche du correspondant chinois de Ching le Gros.

— Vous vous appelez O'Hara ?

Kaï le toisa. Le bonhomme était roux (ce qui aurait déjà suffi à mettre Kaï de mauvaise humeur), il avait d'épaisses moustaches aux pointes ascendantes, des yeux globuleux, une raie sur le côté de la chevelure qui ressemblait à un sillon et, subséquemment, un cran aux allures de tsunami ; il arborait un ceinturon qui supportait un gros revolver dans un étui de cuir.

— Ça m'étonnerait bien que ça vous regarde, répondit Kaï.

— Vous vous appelez O'Hara, Kaï O'Hara. Vous n'avez même pas pris la précaution de changer le nom de votre goélette, et ce n'est sûrement pas d'en avoir teint les voiles en rouge qui m'empêche de la reconnaître. Neuf ans sont peut-être passés, mais je ne l'ai pas oubliée. Et en neuf ans, l'amende s'est augmentée, le juge vous en indiquera le montant. Mais il vous faudra aussi (et à cet instant le visage du fonctionnaire s'éclaira de ce qui parut à Kaï être une joie sadique) vous expliquer sur le trafic d'armes auquel vous vous livrez. Vous êtes en état d'arrestation, suivez-moi.

Sur quoi, d'une baraque, sortirent deux espèces de soldats coiffés de chapeaux à large bande et dont un côté était relevé et fixé à la coiffe. L'ennui étant qu'ils portaient aussi des fusils.

— Trafic d'armes ? dit Kaï.

C'était le lendemain de son débarquement à Moresby. Il avait passé la nuit en compagnie de onze Papous dont cinq seulement pesaient moins que lui. La prison où on l'avait mis consistait en un long baraquement de bois sans autre ouverture qu'une porte (fermée) et deux très petites fenêtres munies de barreaux de fer. La chaleur à l'intérieur avait été suffocante pendant la nuit, elle avait encore augmenté avec le lever du soleil. Quant aux odeurs, établies en nappes immobiles dans cet espace confiné, on aurait presque pu s'allonger dessus.

— L'amende, commença à dire le juge, était...

— Quel trafic d'armes ? dit Kaï.

— L'amende était au départ de vingt livres sterling. Elle s'élève aujourd'hui, par le jeu des pénalités successives, à cent trente-sept livres et trois shillings.

— Quel trafic d'armes ?

Une demi-heure plus tôt, le même policier moustachu flanqué des deux mêmes soldats l'avait fait sortir de la geôle (où l'ambiance était devenue carrément amicale, voire très allègre, une fois que Kaï avait cassé la figure au plus massif des Papous prisonniers ; un armistice avait été conclu d'autant plus aisément que deux des détenus se souvenaient fort bien de la Mangouste folle, à qui Kaï ressemblait tant, et qui lui aussi tapait si fort, un vrai plaisir de se battre avec lui ; pour finir, Kaï leur avait à tous fait chanter à tue-tête la *Marseillaise*, parce que c'était un chant révolutionnaire et français de surcroît, de nature à enquiquiner au maximum les sujets de Sa Majesté Victoria).

— Je n'ai pas cent trente-sept livres sterling, dit Kaï au juge. Et quand bien même je les aurais, je ne paierais pas une amende qui ne me concerne pas.

— Je note le refus.

— C'est ça, notez. C'est quoi, cette histoire de trafic d'armes ?

— Deuxième chef d'accusation, dit le juge. La mutinerie que vous avez fomentée cette nuit dans la prison.

Toute cette histoire, pensait Kaï, commence sérieusement à m'agacer. La veille, déjà, il avait été à deux doigts de flanquer à la mer le fonctionnaire (de police, apparemment, il avait cru à une espèce de douanier), de rembarquer dans la seconde et de remettre à la voile. Il était parvenu à dominer son impulsivité naturelle — parce qu'il n'est pas si aisé de partir en trombe avec une goélette à l'amarre, et aussi parce que les deux autres abrutis avaient des fusils. S'il avait bien compris, ce qui n'était pas si certain, l'amende dont il était question avait été infligée à son grand-père neuf ans plus tôt. Justement pour avoir jeté dans l'eau bourbeuse du port de Moresby le même individu à moustaches. Et la Mangouste folle avait eu cette réaction impulsive parce que l'homme — il se nommait Fogarty — l'avait agacé par son interrogatoire, en 1877, alors qu'il était en fonctions à Cairns, un trou perdu sur la côte orientale nord de l'Australie. Et Fogarty s'était montré désagréable à Cairns en raison de ce que Kaï O'Hara numéro 11 avait dit à son propre père, en 1868, à Sydney. Mais, en réalité, l'affaire remontait bien plus loin dans le passé. Tout se passait comme si ce Fogarty de Port-Moresby, et son père de Sydney, étaient les descendants d'une longue lignée de fonctionnaires coloniaux qui tous avaient eu maille à partir avec la non moins longue dynastie des Kaï O'Hara.

— Une mutinerie ?

— Un début de mutinerie. Les autres détenus, heureusement, ne vous ont pas suivi.

— N'importe quoi ! dit Kaï.

— Troisième chef d'accusation : le défaut absolu de tout document établissant votre propriété de ce brick.

— C'est une goélette franche.

— D'habitude, les gens me disent Votre Honneur.

— Bah, laissez-les dire.

Au demeurant, Kaï le trouvait plutôt sympathique, ce juge. C'était un petit homme replet, aux joues roses, d'environ soixante ans. Sur ses mains, son visage, son cou, il portait de multiples traces de piqûres d'insecte. A première vue, il n'avait pas une tête de maudit Anglais. Ou alors c'était un maudit Anglais déguisé. Mais Kaï n'y croyait guère — je parierais pour un Gallois. Ou un Irlandais (mais ce serait trop beau).

— Vous avez peut-être volé ce bateau.

— Ah ? dit Kaï avec douceur. (Je suis sûr que c'est pour le moins un Gallois — un Gallois, c'est mieux qu'un Écossais, qui lui-même est mieux qu'un maudit Anglais. Et on te l'aura exilé dans cet endroit perdu, où il s'ennuie comme un rat mort, tout en étant bouffé par les moustiques gros comme des balbuzards de Bornéo.)

— Quatrième chef d'inculpation, reprit le petit juge, diverses atteintes à la pudeur et à la moralité. Vous êtes quasiment tout nu, et votre équipage montre ses parties intimes à toute la population.

— Je leur ai dit de mettre des sarongs, mais ce sont des Ibans. Les Ibans vont tout nus, d'ordinaire.

— Et ce sont des coupeurs de tête, me dit-on.

— Puis-je vous poser une question, Votre Honneur ?

— Pas maintenant. C'est moi, le juge. Cinquième chef d'accusation : résistance avec violence à un représentant de la force publique.

— Fogarty.

— Le constable Fogarty.

— Je lui ai juste fait prout-prout, dit Kaï.

— Prout-prout, hein ?

— Prout-prout. Kaï fit trépider sa lèvre inférieure avec l'index et le majeur de sa main droite. Prout-prout.

— Sixième chef d'accusation : vous n'avez aucun document de quelque sorte que ce soit. Vous pourriez aussi bien être un bagnard échappé de Tasmanie.

— Fogarty me connaît très bien. Il sait très bien qui je suis. Même les Papous le savent.

Le petit juge transpirait à très grosses gouttes sous sa perruque. La salle du tribunal n'avait pas dix mètres carrés. La troisième personne présente, qui était quelque chose comme un greffier, dormait et ronflait.

— Septième chef d'accusation : l'accès à bord de votre bateau a été refusé aux autorités compétentes, pourtant dûment habilitées à toute inspection leur paraissant nécessaire.

— Fogarty.

— Le constable Fogarty est le chef de la police et le représentant des douanes. De l'immigration aussi. Huitième chef d'accusation : l'équipage de votre bateau a feint de ne pas comprendre les questions qui lui étaient faites sur l'éventuelle présence à bord d'un germe épidémique.

(Oncle Ka comprenait fort bien l'anglais. Quand il lui chantait de le comprendre.)

— Neuvième chef d'accusation : votre équipage a menacé de mort les autorités compétentes susdites...

— Fogarty.

— ... Quand ces mêmes autorités ont voulu s'approcher de votre bateau. Les menaces de mort ont été accompagnées de paroles à caractère vraisemblablement insultant.

— En malais du Sarawak.

— Dixième chef d'accusation : votre bateau n'arborait pas les pavillons prescrits par le code maritime. En fait, votre bateau n'arborait aucun pavillon d'aucune sorte. Les autorités compétentes estiment que votre bateau est un navire pirate. Et nous en arrivons...

— Il était temps, dit Kaï.

— Nous en arrivons au onzième chef d'accusation qui, à lui seul, justifie amplement une condamnation à mort par pendaison jusqu'à ce que mort s'ensuive. Vous êtes accusé d'avoir fourni des armes à des tribus papoues rebelles.

— Quatre coupe-coupe échangés contre des patates douces.

— Quelle est la nature de votre cargaison ?

— Mille trois cent vingt-six coupe-coupe.

— Destinés ?

— A qui me les achètera. En principe à un certain Davis, de la compagnie forestière Davis et Williams, ici même à Port-Moresby.

Le petit juge ôta sa perruque, se gratta longuement le sommet du crâne. Sa chevelure blanche se révéla aussitôt étonnamment fournie, mais fort hirsute, on eût dit qu'il s'était coiffé avec un pétard du Nouvel An chinois.

— Il est de mon devoir de vous prévenir, dit-il enfin, que vous encourez vingt à trente ans de bagne en Tasmanie, plus la saisie de votre brick...

— Goélette franche à trois mâts.

— Plus une amende de mille livres sterling. Dans sa mansuétude, toutefois, le tribunal pourrait ordonner que les deux amendes, l'ancienne de cent trente-sept livres et deux shillings, et la nouvelle, soient confondues.

— Je vous en serais reconnaissant jusqu'à la fin de mes jours, dit Kaï.

— Vous souhaitiez poser une question à la cour.

— Est-ce que vous êtes anglais ?

— Douzième chef d'accusation, dit le juge. Insulte à la cour pour supposition incongrue.

— Gallois ?

— Sauf si Galway est au pays de Galles. Est-ce que mon greffier dort vraiment ou fait-il semblant ?

— Il dort vraiment, à mon avis.

— Je suis arrivé, dit le juge, dans ce foutu putain de pays de cons voici maintenant soixante-sept jours. Pour me faire payer le voyage de Galway à Melbourne, j'ai fait valoir mon diplôme en droit de l'université de Dublin et l'on m'a accepté comme juge. Et je me retrouve ici. Est-ce que le *Nan Shan*, par chance, irait du côté de Tahiti, en repartant d'ici ?

— C'est dans l'ordre des choses possibles.

— Ça me coûterait combien, comme passager ? (Le petit juge dressa une main grassouillette.) Non, attendez. Entre tous les inconvénients, et certains sont considérables, de mon séjour dans cette contrée, il n'en est aucun qui vaille la moitié du quart du dixième des emmerdements que me vaut chaque jour Angus Fogarty. Je hais positivement ce type. Si je le suivais, j'aurais déjà expédié dix-neuf mille Papous en prison, plus huit ou neuf cents que j'aurais condamnés à mort. Et hier soir, quelqu'un m'a un peu parlé des Kaï O'Hara.

— Et vous vous appelez O'Hara.

— O'Malley. J'ai toujours rêvé d'aller finir mes jours à Tahiti. Kaï O'Hara, la cour vous condamne, pour toutes vos exactions répugnantes, à une amende globale de six shillings. Quel serait le prix d'un billet sur le *Nan Shan* ?

— Six shillings.

Le juge retroussa sa robe, fouilla sa poche, claqua une piécette de six shillings sur la table, puis assena un coup de marteau sur la même table, avec tant de force que l'instrument se fracassa.

— Vous appareillez quand ?

Sitôt déchargés les coupe-coupe et chargé le fret à destination de Rabaul en Nouvelle-Bretagne, dans l'archipel des Bismarck.

— Deux jours au plus.

— Je vais ordonner un supplément d'enquête au chef de la police, s'agissant de cette affaire de quatre coupe-coupe. Ça s'est passé où ?

— Dans l'estuaire de la Fly.

— Le temps que Fogarty y aille et en revienne, il se passera bien trois semaines. Vous dînez ce soir avec moi. Racontez-moi la véridique histoire des Kaï O'Hara. Ma défunte femme était une O'Hara, Dieu la bénisse.

Le fret trouvé par Ching le Gros et à destination de la Nouvelle-Bretagne consistait pour l'essentiel en dynamite, plus des pelles et pioches. Kaï ignorait l'usage qui allait être fait de ces choses dans des îles aussi peu développées que les Bismarck. Il pensa à des mines, mais n'en fut pas plus intéressé pour autant. Le juge O'Malley, en revanche, fut passionné. Il se révéla grand expert en explosions, ou du moins l'affirma. Il avait bel et bien embarqué et, lorsque Kaï l'avait prévenu que le *Nan Shan* n'irait peut-être pas jusqu'aux îles françaises de l'archipel de la Société, il avait haussé les épaules. Sans importance. Tahiti était un rêve, le plus souvent, mieux vaut que vos rêves ne soient pas réalisés.

— Débarque-moi où tu voudras. Ça ne pourra pas être pire que la Nouvelle-Guinée.

Fergus O'Malley. On ne pouvait pas être plus irlandais. Il était donc né à Galway, sa famille y tenait une taverne depuis Jacques II Stuart.

— Tu connais son nom, au moins ?

— Pas du tout.

— Qu'est-ce que tu sais sur l'Irlande ?

— Que c'est en Europe.

— Mais tu es irlandais.

— Je suis de Singapour et des mers du Sud.

— Tu voudrais me faire croire que, depuis 1580, pas un seul Kaï O'Hara n'est revenu en Irlande ?

— Il me semble bien.

— Ça ne te dit rien ? Avec ta goélette, tu pourrais probablement contourner le cap Horn, remonter l'Atlantique et aller jeter un œil sur l'Irlande.

— Je le pourrais sûrement, mais ça m'étonnerait bien si je le faisais un jour.

Fergus O'Malley avait laissé à son frère aîné la direction de la taverne familiale, il était parti pour Dublin avec cent livres en poche, y avait obtenu son diplôme, y avait enseigné, y avait eu pour amis des hommes comme Isaac Butt et Charles Parnell...

— Tu ne connais bien sûr pas leurs noms ?

— Eh non !

... Auxquels il s'était lié pour avoir lui-même, dans sa

prime jeunesse, plus ou moins rejoint le mouvement *fenian* ayant pour objectif l'indépendance de l'Irlande.

— Je n'ai jamais tué personne, remarque bien, l'occasion ne s'est pas présentée, j'ai toujours aimé donner des conseils aux autres.

Ainsi s'était-il instruit en matière d'explosifs, à seule fin de disséminer ses connaissances parmi ceux qui feraient sauter au ciel les Anglais. Il avait pris contact avec le Suédois Alfred Nobel, l'avait même rencontré à Paris en 1873.

— Je sais tout sur la nitroglycérine et le kieselguhr.

— Très bien.

— Je vois bien que je te passionne. Le kieselguhr est disons de la terre. De la terre à infusoires. Tu t'en fous, hein ?

Kaï était nu et à la barre. Le *Nan Shan* glissait presque sans bruit sous un soleil de plomb et venait de doubler, quelques heures plus tôt, la pointe très orientale de la Nouvelle-Guinée. La vue si perçante de Kaï distinguait déjà, par bâbord avant, des silhouettes d'îles qui ne pouvaient être que les d'Entrecasteaux.

— Tu mélanges le kieselguhr et la nitro, tu obtiens de la dynamite. Ce sont les petites choses en tubes de carton que tu transportes dans ces caisses, dans tes cales. Mais il y a mieux et c'est encore Nobel qui l'a trouvé. Tu dissous dix grammes de nitrocellulose dans cent grammes de nitroglycérine et tu ajoutes du collodion.

— Enfantin, dit Kaï.

— Tu as alors une sorte de gomme, très malléable, plastique comme de la pâte à modeler. Un détonateur et boum, ça explose. J'aurais pu faire sauter tout Port-Moresby. J'y ai pensé, à vrai dire. Tu es arrivé à temps. Il n'y a pas quelque chose que tu voudrais faire exploser ?

Kaï dit qu'il ne voyait vraiment pas, pour l'instant. Le *Nan Shan* venait d'entrer dans la mer des Salomon. Il s'était produit une sorte de renverse, la veille en fin de matinée, du vent s'était levé, la goélette avançait avec une merveilleuse prestesse, toutes voiles gonflées et fort agréables à l'œil. Et pourtant, des regrets venaient à Kaï.

Il aurait pu mettre plus de toile encore, quoiqu'il ne vît pas trop comment. « Mais je vais trouver. »

— Je déplore, disait Fergus O'Malley, ton indifférence à mes explications. Un jour vient toujours où l'on a besoin de faire exploser quelque chose. Un homme te tarabuste, une institution te complique l'existence, un bâtiment te gâche la vue. Et boum, tu règles tout.

— J'y penserai.

La Nouvelle-Bretagne en vue. Kaï choisit le passage à l'est. La grande île qui suivait se nommait la Nouvelle-Irlande, c'était bien une raison suffisante pour y caboter un peu. Depuis environ une heure, des explosions retentissaient, assez sourdes et chacune provoquant de gros bouillonnements dans la mer redevenue violette ou émeraude : Kaï avait finalement accepté que fût ouverte l'une des caisses de dynamite et les Dayaks s'amusaient à faire exploser quelques bâtons, en allumant les mèches et jouant à se lancer les uns aux autres, sur le pont, l'explosif sur le point de faire boum, pour ne l'expédier par-dessus bord qu'à l'ultime seconde. Kaï mit fin au jeu, craignant un peu pour son bateau mais surtout écœuré par le massacre inutile de tous ces poissons ventre à l'air.

— Permets-moi de sourire, jeune O'Hara. Tu trouves très normal que des matelots coupent des têtes par-ci par-là, mais tu refuses le massacre de quelques poissons.

— C'est que je n'ai jamais été emmerdé par des poissons.

— Mais peut-être par des cobras.

— Un cobra est un cobra. Si je ne lui marche pas dessus, il me laisse tranquille.

Port-Moresby n'avait pas été grand-chose, Rabaul était moins encore. On eût certainement stupéfié Kaï O'Hara en l'informant qu'un jour, bien plus tard, il reviendrait dans ces parages pour, justement, comme disait O'Malley, y faire sauter des choses. A Rabaul, il trouva un Australien qui dit que la dynamite n'était pas pour lui, mais pour un autre, ailleurs.

— L'endroit s'appelle Bougainville. Dans les Salomon.

— Le prix n'est plus le même.

L'Australien accepta de payer la différence et s'acquitta d'avance du transport par le *Nan Shan*, jusqu'à Bougainville, de deux petits wagonnets et de tout un lot de rails. Il expliqua qu'il s'était associé avec trois Allemands (Bougainville et sa voisine Buka appartenaient à l'Allemagne) pour mettre en exploitation ce qu'on pensait être une mine d'or.

— Et s'il n'y a pas d'or, nous nous rabattrons sur le coprah. Ça vous intéresserait de rester dans le coin avec votre bateau ? Il y a de l'argent à gagner.

Non. La dernière chose au monde qui passionnât Kaï était de faire fortune. Sa seule ambition dans l'existence était de naviguer sur le *Nan Shan* jusqu'à la fin des temps, du moins de son temps à lui, aussi longtemps qu'il y aurait des îles et des mers du Sud pour aller de l'une à l'autre.

— Je commence à bien te connaître, jeune O'Hara.

Pour appareiller à une heure raisonnable, Kaï avait dû hisser l'ancien professeur de Dublin sur ses épaules. Jusqu'à une heure avancée de la nuit, O'Malley et l'Australien étaient parvenus à vider quatre bouteilles de whisky. Kaï avait bu, lui aussi, atteignant le bord de l'ivresse sans toutefois y tomber tout à fait. D'une part, parce qu'il était capable d'absorber pas mal d'alcool sans en être complètement abruti, mais probablement, surtout, parce que à un certain degré d'ébriété, presque malgré lui, il arrêtait, se refusant à perdre sa lucidité.

— La liberté, dit O'Malley. C'est ton obsession.

— Très bien, dit Kaï.

— Ne me dis pas très bien sur ce ton, alors que tu te fous totalement de ce que je t'explique.

La Nouvelle-Irlande par tribord. Également indiquée sur certaines cartes comme le Nouveau-Mecklembourg (de la même façon que la Nouvelle-Bretagne portait aussi le nom de Nouvelle-Poméranie). Nom d'un chien, pourquoi a-t-on changé les noms de tous ces endroits, prétendument découverts alors qu'ils existaient depuis toujours ? Certains jours, Kaï en était à haïr ces navigateurs européens qui avaient rebaptisé des terres à leurs yeux nouvelles ; il rêvait d'une carte sur laquelle toutes les îles eussent porté le nom donné par les premiers habitants.

— Tu n'as même pas de passeport. Il te faudra bien en avoir un, un jour.

— Ça m'étonnerait.

— Tu n'auras pas le choix. Le monde va se rétrécir. Regarde l'Europe : tu y as des pays où il faut une permission pour entrer, ou sortir.

— Je n'irai pas en Europe.

Il y avait peu de chose intéressant Kaï moins que la philosophie. Il n'écoutait O'Malley que d'une oreille et pensait à sa prochaine lettre pour Isabelle Margerit. Et à un autre fait, presque aussi capital : le *Nan Shan* était entré dans l'océan Pacifique. C'était la première fois que Kaï y naviguait — quoique, à ses yeux, ce ne fût pas encore le plein large, selon lui, il fallait pour le trouver atteindre et dépasser l'archipel des Gilbert (mais ce ne serait pas pour ce voyage, il ne lui restait pas suffisamment de temps, s'il voulait — et il le voulait — être à Saigon au jour dit, afin d'y enlever la belle Isabelle).

— On n'est pas plus ou moins libre, disait l'intarissable O'Malley. Pas plus qu'une femme n'est plus ou moins enceinte.

— C'est ça.

Buka et Bougainville se révélèrent des îles montagneuses, en fait volcaniques, et fort touffues. Peu peuplées. Néanmoins, à l'endroit appelé Kieta, un abruti prétendit voir les documents du *Nan Shan*. L'abruti était allemand, ce qui ne changeait pas grand-chose à l'affaire, la nationalité des abrutis étant de très peu d'importance.

— Qu'est-ce que je te disais, jeune O'Hara ! Fais-le donc sauter.

Mais un gros poupin arriva, qui était (encore un qui était de quelque part) du Mecklembourg et savait l'anglais. Il dit se nommer Burger et arrangea l'affaire. Le matériel de mineur ne lui était pas destiné et il y avait un petit problème : les deux associés de l'Australien de Rabaul avaient disparu depuis maintenant un bon mois, on pouvait penser qu'ils avaient été tués et mangés.

— Et qu'est-ce que je fais de cette dynamite ?

— Je vous prends les outils mais pas les explosifs. Vous pouvez toujours les rapporter à Rabaul.

— Et puis quoi encore ?

Vingt caisses de dynamite — dont une entamée : la cargaison était encombrante. Kaï faillit suivre la suggestion d'Oncle Ka qui était d'avis de tout faire sauter en même temps, sur quelque îlot désert (il n'en manquait pas, dans le coin). O'Malley, lui, en tenait pour conserver à bord jusqu'au dernier bâton :

— Tu ne peux jamais dire si tu n'en auras pas besoin un jour. Moi, je suis sûr que ça t'arrivera. Impulsif comme tu l'es. Ou crois l'être.

Ce qui voulait dire ? C'était quoi, cette remarque à propos d'une impulsivité prétendue ?

— Je suis impulsif, c'est vrai.

— Fais-moi rire. Tu as quel âge ? Dix-neuf ans ? Tu es le garçon le plus calculateur — machiavélique serait plus juste, d'ailleurs — que je rencontrerai jamais.

Pour quelque raison assez obscure, Kaï se sentit agacé. Cet Irlandais, qu'au demeurant il commençait à aimer pas mal, et puis c'était une compagnie à bord, cet Irlandais était bodoh. Moi, je sais bien que je suis impulsif, je me connais, tout de même.

Reste qu'il décida de conserver la dynamite dans ses soutes. Elle n'y tenait pas tant de place, après tout. Outre cela, il se donna comme prétexte qu'il trouverait bien à la vendre, un de ces jours. Ching le Gros lui avait bien expliqué qu'en aucune circonstance et sous aucun prétexte il ne devait perdre une cargaison, question de principe.

Le fait est qu'il allait s'en servir, donnant ainsi raison à Fergus O'Malley.

Bien des années plus tard.

Sa quatrième lettre à Isabelle Margerit fut confiée à un autre capitaine de navire, aux Nouvelles-Hébrides. Ce devait être en juin ou juillet — Kaï avait un peu perdu le compte des jours. Sachant toutefois qu'il lui en restait plus de quatre cents avant son rendez-vous de Saigon. Le

Nan Shan s'était fait une petite déchirure sans gravité sur un récif de corail et, après avoir essayé de réparer à Honiara, dans l'île de Guadalcanal, Kaï était descendu jusqu'en Nouvelle-Calédonie où il avait pu trouver un chantier naval pas trop primitif.

Route ensuite plein est, vers les Fidji — qu'il trouva assez vilaines et pleines de missionnaires encore moins appétissants que ceux de Saigon. A se demander comment les indigènes avaient pu en mettre quelques-uns dans des marmites.

— Tu m'emmènes vraiment à Tahiti, jeune O'Hara ?

— Ouais.

Kaï avait pris sa décision. Il ne se sentait pas d'obligation particulière à l'égard de l'Irlandais et, au vrai, avait hésité entre aller plein sud vers la Nouvelle-Zélande — qu'est-ce qu'il y avait comme Nouvelle Quelque-Chose ! — pour remonter ensuite sur l'Australie. En fin de compte, il avait opté pour les îles de la Société, sur la foi des récits faits par Oncle Ka évoquant la beauté extraordinaire des Tahitiennes. Au terme de tant de jours de mer, et au vu des Mélanésiennes qui n'étaient pas tellement aguichantes, l'option s'imposait.

— Ma présence à bord commence à te fatiguer ?

— Il y a toujours des requins.

Simple boutade, Kaï passait parfois des nuits entières à bavarder avec l'ancien professeur. Pour la première fois de son existence, il avait quelqu'un à qui parler — ou, plus justement, quelqu'un à écouter parler. Kaï n'avait jamais été bavard et préférait écouter. Marc-Aurèle Giustiniani avait finalement été le seul avec qui il lui était arrivé d'échanger plus que quelques répliques et, là encore, c'était le Corse qui avait le plus souvent tenu le crachoir, bien qu'il fût au demeurant assez peu loquace. A la différence de Fergus O'Malley, à qui il arrivait de ne pas marquer le moindre silence pendant des trois ou quatre heures d'affilée.

Les Fidji fin juillet ; début août et jusqu'à la mi-septembre, l'archipel des Tonga et son groupement de cent cinquante îles. Oncle Ka se souvenait de contacts très amicaux avec le roi Tupou, lors de son précédent passage avec Cerpelaï Gila, mais le brave homme était mort sept ou huit ans plus tôt. Son successeur, un certain George, Tupou II pour les non-intimes, avait pourtant conservé le souvenir du *Nan Shan*. Il fit au nouveau capitaine un accueil chaleureux et le défia au bras de fer. Kaï perdit deux manches à une — il choisit diplomatiquement de ne pas l'emporter mais, de toute façon, aurait eu du mal.

— Impulsif, hein ? Mon œil ! fut le commentaire d'O'Malley. Est-ce qu'il y a une seule île où ton grand-père n'ait pas posé le pied ?

— L'Angleterre. Entre autres.

Les météorologistes du roi des Tonga, qui pratiquaient leur art avec trois poignées de sable et des noix de coco, avaient prédit un typhon. Kaï accéléra donc son appareillage, c'est-à-dire qu'il fit redescendre la vingtaine de femmes se trouvant à bord et mit aussitôt à la voile. Ce fut pour tout potage une assez ridicule tempête et des creux ne dépassant même pas les cinq mètres — déprimant.

— On ne devrait plus être très loin de Tahiti, non ?

La date, par la suite, allait se révéler être celle du 17 septembre. Dans la soirée de ce jour-là, Kaï fut comme toujours le premier à distinguer les deux ou trois îlots coralliens de Manuaue, avant-poste occidental de l'archipel de la Société.

Le *Nan Shan* était encore là six mois plus tard. Évidemment pas à Manuaue. Mais à Bora-Bora, Raiatea, Moorea et Tahiti. Et l'on avait poussé des pointes dans le superbe émiettement des Tuamotou-Gambier. Jusqu'à Pitcairn, en fait — O'Malley avait raconté à Kaï l'histoire de la mutinerie du *Bounty*, et comment les mutins conduits par Christian Fletcher étaient allés se cacher sur cette terre désolée. Expédition au demeurant inutile : Pitcairn ne comportait aucun point réel d'accostage, et Kaï n'avait pas voulu risquer son bateau contre des falaises battues par la mer.

Kaï avait établi sa base principale à Bora-Bora. Le plan d'eau était parfaitement sûr, l'endroit d'une beauté à couper le souffle, et il pouvait y changer ses trois femmes toutes les semaines, dans la bonne humeur générale. Les premiers temps, il avait couché à bord, après qu'en une nuit la plupart des superstructures de la goélette eurent été subtilisées ; bien sûr, il avait finalement tout récupéré, sauf une latte d'écoutille, six cosses de draille en bois et surtout l'éolienne prévue pour actionner la pointe et qui, comme sur toutes les goélettes de ce type, précédait le mât de misaine. Mais quand il avait parsemé le pont de clous de tapissier (il en avait emporté dix sacs, à cette seule fin), les vols, qui étaient officiellement des emprunts, avaient cessé et il avait pu s'installer à terre, sur des nattes de pandanus, bien plus confortables dès lors qu'il s'agit de s'ébattre avec trois dames.

— Tu pars vraiment demain ?

O'Malley, une fleur d'hibiscus dans sa tignasse, était bronzé presque comme un Papou.

— A l'aube, dit Kaï qui se demanda bien pourquoi ce genre de départ, pour des voyages de maintes semaines quand ce n'était pas pour des mois, devait nécessairement avoir lieu à l'aube. Peut-être pour la même raison faisant que les moribonds, souvent, attendent les premières lueurs du jour (ainsi les parents de Kaï à Saigon) pour s'abandonner.

— Vous voulez partir avec moi, c'est ça ?

L'Irlandais se gratta le ventre — se goinfrer de poisson cru ne l'avait pas fait maigrir, au contraire. Il tourna la tête et contempla les merveilleuses découpures sur les hauteurs de Bora-Bora. Les deux premiers mois de leur séjour dans les îles de la Société, il avait vécu à Papeete, qui était presque une ville puisqu'il s'y trouvait trois commerçants chinois (de Canton, et l'un des trois était du hui de Ching le Gros) ; il avait refusé les excursions conduites par Kaï dans les Touamotou et avait ouvert un cours d'anglais ; il y avait reçu deux élèves, dont un qui était sourd, et leur avait sournoisement enseigné le gaélique. Curieusement, dans ces îles où il était plus difficile de ne pas avoir de femme que d'en trouver une, il s'était abstenu de l'œuvre de chair, au point que les Tahitiens efféminés l'avaient cru de leur bord. Point du tout, il était apparu que ce fort en gueule était, en ce seul domaine, timide ; Kaï l'avait fait violer par des amies — une révélation. O'Malley s'était constitué un harem, sans comprendre tout d'abord le grotesque de la chose, à Tahiti où ces choses se partagent ; il avait enfin adopté le système par roulement de Kaï et, du coup, était venu sous un *paré* de Bora-Bora.

— Je ne sais pas, dit-il.

— Vous ne trouverez jamais mieux que ces îles, dit Kaï.

— C'est toi qui vas me manquer. Et tes livres.

— Je peux vous en faire envoyer.

— Et tu reviendrais ?

— Juré.

Kaï ne mentait pas. Sitôt qu'il aurait enlevé la belle Isabelle, il repartirait pour un autre petit tour dans les mers du Sud, en sorte d'amariner son épouse (qu'elle pût détester la mer était une idée qu'il n'avait pas encore eue ; il avait oublié de lui poser la question, la seule fois où il lui avait parlé, parlé vraiment, lui-même se trouvant juché sur un bananier, un pied, voire les deux, pressés sur un serpent-minute).

— Je ne sais pas, répéta O'Malley.

— Vous avez jusqu'à demain à l'aube pour vous décider. A votre place, je resterais.

Kaï se voyait assez mal débarquer son ami à Singapour. Moins encore au Sarawak. Mais surtout il se refusait absolument à un voyage de noces où ils seraient, Isabelle Margerit et lui, constamment sous le feu d'artillerie des monologues d'O'Malley.

— Disons au lever du soleil.

— C'est ça même, approuva Kaï.

O'Malley repartit et Kaï alla nager dans le lagon, ayant d'ores et déjà son idée en tête. Qu'il n'aimait guère. Mais dans sa décision de partir sans emmener le vieil Irlandais, il y avait plus et autre chose que du simple égoïsme. S'il l'embarquait une fois encore, il l'aurait avec lui jusqu'à la fin de ses jours. Le farouche esprit d'indépendance de Kaï se révoltait à cette seule perspective. Un Kaï O'Hara vit seul. A l'extrême rigueur avec sa propre femme (et il ne doutait pas — pas encore — qu'Isabelle Margerit ne fût l'épouse idéale, sur ce plan comme d'ailleurs sur tous les autres). Cerpelaï Gila avait bien vécu des années avec Madame Grand-Mère.

Deux de ses femmes de la semaine vinrent le rejoindre dans l'eau d'une affolante limpidité. « Tu vas passer ta vie à laisser derrière toi des gens que tu aimes, autant t'y faire, c'est le désagrément du vagabondage. » Ses femmes de la semaine lui rappelèrent que l'on donnait le soir même une grande fête pour le départ du *Nan Shan*. Il répondit qu'il ne la manquerait sous aucun prétexte.

— Je vais nager un peu.

Il se hissa à bord de la goélette et tous étaient là, même Selim le maître-coq que, pour plus de sûreté, Oncle Ka séquestrait depuis deux jours, dans le cas où il n'aurait pas été prêt ou disposé à quitter ces rivages enchanteurs.

— Le vieil homme ne vient pas avec nous ? demanda Oncle Ka.

— Non.

Il soufflait une fort jolie brise et, dans la seconde, les voiles se gonflèrent, sitôt libérées. A Papeete, Kaï avait posté ou fait poster ses cinquième et sixième lettres. Il lui restait cent soixante-treize jours avant l'enlèvement.

Septième lettre postée à Manille. Le *Nan Shan* avait tracé une route quasi rectiligne, depuis Tahiti, avec escales aux Samoa, dans l'archipel des Carolines, et à l'extrême pointe sud de la grande île de Luzon aux Philippines, dans le détroit de San Bernardino. Sans autres incidents que deux attaques par des pirates trop optimistes (sept têtes coupées), une tentative d'abordage plus sérieuse par des Philippins indépendantistes en lutte contre les Espagnols et à qui la nouvelle de l'annexion par les États-Unis n'était pas encore parvenue (elle datait d'à peine deux ans), l'arraisonnement par un bâtiment de guerre américain qui, heureusement, ne trouva pas les caisses de dynamite enfouies sous un énorme chargement de tabac — de plus, sitôt que l'on fut dans le port de Manille, l'oncle d'un cousin par alliance d'un des demi-frères de Ching le Gros intervint avec efficacité.

De Manille à Hong Kong. Il restait cent trois jours avant le rendez-vous de Saigon. A Victoria Harbour, Kaï trouva pour l'attendre le propre neveu de Ching (l'un des vingt ou trente neveux, certes, mais sans doute le plus important). L'homme se prénommait Chow, parlait un anglais parfait et, à vingt-quatre ans, était déjà directeur adjoint d'une banque chinoise shanghaienne. Il invita Kaï à dîner et se fit dessiner le nouveau type de voile dont le capitaine du *Nan Shan* avait eu l'idée. Dès le lendemain matin, il vint à bord avec des échantillons de tissus entre lesquels choisir. Lorsque Kaï opta pour la soie, il ne broncha pas et affirma que le problème d'argent ne comptait pas ; les consignes qu'il avait reçues de son oncle vénéré à Singapour étaient de satisfaire en toute chose les désirs de Kaï, peu importait le prix qui, en tout état de cause, serait acquitté par le même oncle vénéré. Oui, il comprenait bien qu'une telle voile devait être très résistante ; il allait mettre au travail plusieurs ateliers de Canton et ferait procéder à des essais, l'essentiel étant que la nouvelle voile pût résister à de forts vents mais, dans le même temps, pût être rapidement amenée et roulée en boule ; l'un de ses frères, justement, en plus d'un cargo en fer, possédait une flottille de jonques dites d'Amoy : elles serviraient aux essais — qui seraient secrets, bien entendu.

Quant à l'aménagement de la cabine, Chow avait fait de son mieux et recruté les meilleures ébénistes qu'il fût possible de trouver jusqu'à la Grande Muraille. Il suggéra du bois de santal venu d'Hawaii, allié à de l'ébène. Les ouvriers pouvaient se mettre au travail dans l'heure et, travaillant vingt-quatre heures par jour grâce à deux équipes se relayant, en auraient terminé sous six jours. Était-ce suffisant ?

Ça l'était. Kaï pouvait se permettre de s'attarder une semaine. Il visita la nouvelle colonie de la Couronne britannique qu'était Hong Kong, alla aussi à Macao sur une jonque. A Macao, on parlait portugais, en plus évidemment du chinois. Des Portugais ici, des Français là, des Allemands ailleurs, des Américains aux Philippines, des Hollandais en Indonésie et des maudits Anglais partout, quel dépeçage ! Après tout, les Chinois, qui devaient être aussi nombreux que tous les Européens réunis, n'avaient pas planté leur drapeau ni expédié leurs soldats, eux. Kaï éprouvait de la morosité. Lui revenaient en mémoire les sombres prédictions de Fergus O'Malley décrivant un monde futur pour le moins apocalyptique, dans lequel on ne pourrait plus faire un pas sans brandir des passeports estampillés par des visas. Bien sûr, le vieil

Irlandais devait extravaguer, mais quand même, tout cela était inquiétant.

Et de morosité en mélancolie, il en arriva à remettre en question ce qui, jusqu'à cet instant, avait été un postulat : et si la belle Isabelle Margerit n'aimait pas la mer ? Si elle insistait pour avoir une maison plantée dans la terre (des sueurs froides en vinrent à Kaï) ? Si elle refusait tout vagabondage et ne voulait pas vivre dans la simple cabine d'un bateau toujours errant ?

En somme, elle n'avait jamais exprimé sa position sur ce point.

En dépit des câlins chaleureux de trois jeunes et jolies Chinoises (jolies mais un peu plates ; il fallait bien en convenir, il avait la nostalgie des Tahitiennes), Kaï fut envahi par des idées fort noires. Il s'accordait une (assez) petite expérience des femmes, pour en avoir honoré dans les cent soixante. Ce qui n'était pas dérisoire pour lui qui n'avait que dix-neuf ans et un peu plus de deux mois. Il aurait été surpris qu'en Europe les jeunes gens en connaissent beaucoup plus, avant de se marier avec des jeunes filles comme il faut. Mais justement, son expérience des jeunes filles comme il faut était nulle. Ce n'étaient évidemment pas des femmes comme celles qu'il avait connues. Forcément, elles étaient différentes. Pas tant parce qu'elles étaient blondes — comme Isabelle Margerit : dans les bordels de Saigon où il avait fait ses premières armes, Kaï avait souvent choisi des demoiselles blondes, ou brunes, ou châtaines, dans tous les cas des Blanches, tout droit venues d'Europe. Le problème n'était donc pas d'être ou non asiatique. Les jeunes filles comme il faut appartenaient à une autre espèce, c'était avéré, point final.

Nom d'un chien, j'avais pensé à tout sauf à ça !

Il se remit à la voile, à trente-neuf jours de son rendez-vous. La cabine rénovée était admirable, selon lui. Il n'y coucha évidemment pas. L'endroit devait rester vierge. Une odeur de santal s'en échappait et persista jusque dans la baie d'Along, puis tout au long de la descente vers la Cochinchine. Devant laquelle le *Nan Shan* passa sans y faire escale. On fut à Singapour dans l'après-midi du 11 mai 1901.

— Tu as grossi, dit Madame Grand-Mère.

Kaï protesta qu'il n'avait aucun ventre, ce qui était parfaitement exact.

— J'ai pris un peu de muscle, c'est tout. Si je pèse quatre-vingt-dix kilos, c'est le bout du monde.

— Je ne sais pas ce que c'est, des kilos.

Quant à elle, elle n'avait pas changé, durant les quelque dix-neuf mois de sa petite croisière dans les mers du Sud.

— Raconte.

Il parla tout au long du dîner et puis, après celui-ci, fit le récit presque exhaustif de ses pérégrinations — ne cachant rien des escarmouches contre les divers pirates rencontrés, mais omettant d'évoquer les femmes. Et, dans les yeux si vifs de Madame Grand-Mère, il lut bien qu'elle n'était pas dupe. Mais évidemment on n'abordait pas de tels sujets avec une dame comme il faut — ce qu'incontestablement était Madame Grand-Mère, opinion que Kaï eût défendue jusqu'à la mort. Il en était à évoquer Fergus O'Malley et le regret, sinon le remords, qu'il ressentait encore d'avoir plus ou moins abandonné le vieil homme au bord du si beau lagon de Bora-Bora...

— Tu n'oublies rien ?

Il procéda à des investigations poussées dans sa mémoire. Avait-il oublié quelque détail important ?

— Je ne crois pas.

— Déshabille-toi, dit-elle soudain.

Il aurait mal entendu. Il la regarda, ahuri. Pour ce dîner, il avait enfilé son plus beau costume, il n'en avait qu'un.

— Tu as très bien compris, Kaï O'Hara. Ote ta culotte.

En dépit de sa stupeur, il sentit bien, dans la façon dont elle le nommait Kaï O'Hara, qu'une sorte d'assimilation se faisait ou s'était désormais faite en elle qui, sans les confondre vraiment, discernait bien des ressemblances entre l'homme qu'elle avait tant aimé et son gamin de petit-fils. Il en éprouva de l'orgueil, mais aussi, plus insidieux, le soupçon que peut-être elle déraillait un tantinet.

— Je ne peux pas me mettre tout nu devant vous.

— Ha ! ha ! dit-elle, exactement sur le ton qu'il employait lui-même — et il sut de qui il tenait ce tic.

— Ta culotte. Je veux voir ce qu'il y a dessous. Tu as eu combien de femmes ?

— Quelques-unes.

— Ha ! ha ! Cinquante ?

— Environ, dit Kaï.

— Et où ?

Une franche envie de rire lui vint. C'est une hallucination, pensa-t-il, il n'est absolument pas possible que ce soit Madame Grand-Mère qui soit là à insister pour contempler ma zigounette, je vais me réveiller sur le *Nan Shan.*

— Je t'ai demandé où, Kaï O'Hara.

Bon, d'accord. Il n'avait pas eu de femmes en Australie. Pour cette raison qu'il n'y avait pas débarqué. Partout ailleurs, si.

— Ta culotte.

— Vous plaisantez, bien entendu.

— Non. Et je ne suis pas sénile.

Lentement, il se mit debout et défit son pantalon. S'arrêta.

— J'insiste, dit Madame Grand-Mère.

Ching le Gros l'avait fourni en caleçons spéciaux, qui étaient imprimés de cocotiers et de baleines. Kaï en portait un, qui d'ailleurs le grattait, après tant d'années de sarong.

— Le caleçon aussi. Il est très joli, soit dit en passant. Baisse-le.

Il baissa le caleçon et le maintint baissé pendant approximativement deux centièmes de seconde.

— Arrête de faire l'imbécile, tu veux ?

Désormais convaincu qu'il nageait en plein fantasme, Kaï laissa tomber le caleçon sur ses chevilles. Madame

Grand-Mère se saisit d'une baguette de bambou (apparemment prévue à cet effet particulier, sûr que Ching en vend dans ses boutiques) et souleva la chose — qui grâce à Dieu dormait d'un sommeil profond.

— Est-ce que ça te brûle quand tu fais pipi ?

— Bien sûr que non ! dit Kaï indigné.

— Rhabille-toi. Je l'ai toujours inspecté de la sorte, quand il rentrait de ses vagabondages. Il doit y avoir un dieu spécial pour les Kaï O'Hara. Je suis fatiguée, à présent, laisse-moi. Tu peux aller ouvrir ton courrier. Il est sur le grand coffre de mon bureau.

Du courrier ?

Kaï ne se souvenait pas d'avoir jamais reçu une seule lettre.

Madame Grand-Mère s'était levée et partait vers ses appartements, très droite comme toujours, et si menue, si frêle. Kaï passa dans le bureau où il n'avait pénétré qu'une unique fois et en effet trouva, sur un coffre sculpté et ciré, tout un paquet de lettres à son nom. Identiques, à l'exception d'une seule. Ce fut celle-là qu'il prit en premier et son cœur fit une triple culbute : pas de cachet postal, certes, mais l'adresse y était rédigée par une main certainement féminine, et en français : *A Monsieur Kaï O'Hara, aux bons soins de Madame veuve Kaï O'Hara.*

La lettre provenait d'Isabelle Margerit, il en fut convaincu dans la seconde. Et dans le même temps, une autre conviction définitive l'envahit : Isabelle Margerit lui écrivait pour décommander, annuler même, l'enlèvement ; sûrement qu'elle lui apprenait que non, décidément, toute l'affaire n'avait été qu'une plaisanterie, à laquelle elle s'était prêtée par jeu ; mais bon, ça suffisait, une jeune fille comme il faut ne pouvait pas, bien évidemment, comment ne l'aurait-il pas compris...

N'ouvre pas cette saleté de lettre, ne l'ouvre pas !

S'il l'ouvrait, il la lirait. S'il la lisait, il n'aurait plus de raison d'aller à Saigon. Au lieu qu'en faisant semblant de n'avoir rien reçu, au moins il pourrait plaider sa cause. Il n'allait pas renoncer, c'était contre sa nature. Il lui faudrait peut-être quatre ou cinq ans pour faire changer d'avis Isabelle Margerit mais il y parviendrait.

Ne pas ouvrir la lettre était le plus honnête — il préféra ne pas chercher à comprendre comment il arrivait à cette étrange conclusion.

Et pour penser à autre chose, il reprit en main les autres enveloppes. Il y en avait sept. A lui adressées, nommément, mais en anglais et avec l'adresse de Madame Grand-Mère. Les dates des cachets indiquaient qu'elles avaient été postées de trois mois en trois mois. A peu de chose près, elles coïncidaient avec ses propres missives à la belle Isabelle. Qu'est-ce que c'était que cette histoire ?

Il les classa dans l'ordre chronologique puis entreprit de les décacheter. Elles étaient d'une certaine banque Wang, Wang et Wang. La première prétendait que lui, Kaï O'Hara, y avait un compte, créditeur de sept dollars et quatorze cents. La deuxième faisait apparaître un crédit de dix-neuf dollars quarante-trois. La troisième : soixante-dix dollars vingt-six. La quatrième : cent cinquante quatre dollars et neuf cents. La cinquième : quatre cents dollars et onze cents.

... Six cent soixante-six dollars pour la sixième.

Mille dollars exactement (plus quelques cents) pour la dernière.

Sortant de la banque Wang, Wang et Wang, où on lui avait fort courtoisement confirmé qu'il pouvait procéder à tout retrait qui lui paraîtrait souhaitable, il partit à pied sur la route de Bedok, parfois dépassé par des victorias attelées de gros chevaux australiens qui faisaient figure de monstres à côté des poneys locaux. Il lui fallut plus de deux heures pour parvenir à l'endroit qui lui avait été indiqué non par Wang ou Wang, mais par le troisième Wang, qui était le plus jeune associé de la banque. Il vit un grand mur de brique, et sur toute la longueur de ce mur s'allongeaient en caractères chinois d'un mètre de haut des espèces de slogans à la gloire du produit fabriqué derrière. Kaï franchit la porte et se trouva face à environ trois cents coolies nattés qui ne lui accordèrent pas un regard. Il y avait dans l'air, à suffoquer, une très puissante odeur de cardamome et autres plantes, et des cuves partout, de diverses dimensions. Des choses bouillaient sur des brasiers où le *Nan Shan* eût pu disparaître en trois minutes, sauf l'ancre.

— Je voudrais voir Ha, dit Kaï à un bonhomme qu'il pensa être un contremaître.

— Ha ?

— Ha.

— Il y a ici soixante Ha, dit le contremaître. Environ.

— Le mien est tout petit, rondouillard, il parle tout le temps et vient de Calcutta.

— Vous voulez dire monsieur Ha.

— Ha. C'est bien ce que j'ai dit.

— Je vous fais mille excuses, j'avais compris Ha.

— Continue, camarade, dit Kaï. Continue et je t'enfonce dans le sol à coups de poing.

Des espèces de fardiers tirés par des coolies agglutinés entraient et sortaient. Ceux qui sortaient emportaient des caisses de pots, ceux allant en sens inverse rapportaient des pots identiques, mais vides. Le contremaître pencha la tête et examina Kaï de près :

— Seriez-vous par quelque chance extraordinaire le très honorable O'Hara ?

Je vais me le faire, pensa Kaï. Déjà que je suis légèrement exaspéré.

— Je suis Kaï O'Hara, et je veux voir Ha. Il travaille ici ?

— C'est le propriétaire fondateur de notre maison. Et il n'est pas ici.

Il s'avéra que Ha se trouvait présentement dans son atelier personnel. Un peu plus loin, dans la direction de Serangoon. Mais il n'était absolument pas question que le plus que très honorable O'Hara fît à pied le chemin, monsieur Ha en serait épouvantablement contristé et lui, le contremaître, déshonoré, en plus d'être flanqué à la porte. En un clin d'œil, une charrette s'avança, tirée par quatre coolies de course qui partirent comme s'ils étaient poursuivis.

Kaï débarqua. Les coolies tiraient la langue mais lui prodiguaient mille courbettes, en lui indiquant une maison qui offrait cette particularité d'être comme ensevelie sous des montagnes de terre glaise, ou d'argile. Plusieurs fours se trouvaient là et augmentaient encore la chaleur ambiante, qui n'était pourtant pas négligeable.

— Ha ?

La petite silhouette ronde lui tournait le dos et ne se bougea pas tout de suite. Mais, au terme d'un lent pivotement, Kaï reconnut Boule de gomme. Qui, en trois pas, se jeta contre lui et fit de son mieux pour le prendre dans ses bras, malgré les presque trente centimètres qui lui manquaient pour ce faire. Kaï se dégagea et l'éloigna. Il voulut parler mais dut attendre : un torrent de paroles dégringolait. Sens global : Ha l'aimait.

— Je ne veux pas de cet argent, dit enfin Kaï sitôt qu'il y eut un bref répit.

Le torrent se remit à couler. Boule de gomme énumérait ses possessions terrestres. Déjà nombreuses. L'usine que Kaï avait vue était la première en date, mais Ha en avait créé deux autres. Et il comptait, y était même obligé, tant les affaires étaient bonnes, en ouvrir une ou deux autres. A Canton et Hong Kong, par exemple.

— Je ne veux pas de cet argent, tu as entendu ?

Autant s'adresser à l'éléphant de terre cuite, très hideux au demeurant, qui, n'ayant sans doute pas été gardé au four assez longtemps, était en train de s'affaisser sur lui-même — sa trompe commençant à se mêler à sa patte avant gauche. Kaï regarda autour de lui et découvrit un incroyable entassement de statuettes, toutes d'une laideur à glacer le sang. Beaucoup étaient peinturlurées, des couleurs les plus criardes.

— La ferme, Ha, dit-il pour la cinquième fois.

Mais cette fois, il avait hurlé. Le silence s'abattit. Kaï avait réellement été sur le point de frapper et s'étonnait d'être aussi en fureur. N'en voyait pas la cause dans ce petit bonhomme, dont il était évident qu'il dissimulait énormément d'intelligence sous les apparence d'un bavard torrentiel. C'était à Isabelle Margerit qu'il pensait, tout le reste était sans importance. Il avait traversé la moitié de l'île de Singapour pour se changer les idées, sans y réussir.

Ha allait de nouveau ouvrir la bouche. Kaï dressa un index et le silence se prolongea.

— Tu réponds par oui ou par non, Ha.

— Pas Ah. *Ha.*

— Oui ou non. Compris ?

— Oui.

— Cet argent à mon compte représente les trois cinquantièmes de tes bénéfices ?

— Oui.

... Et de fait, l'air un peu stupide s'effaça comme par miracle sur le visage du fabricant de baume universel. Son regard devint des plus acéré.

— Tu vas continuer longtemps à me le verser ?

— Ma parole est d'or.

— Je veux que tu arrêtes.

— Non.

— Je ne toucherai jamais à ces dollars. Ni à des livres, d'ailleurs. A rien. Je n'en veux pas.

Ha ne broncha pas. Il continuait de fixer Kaï et il devint clair qu'il était tout, sauf un clown. Pour quelque raison (qui tenait peut-être à une superstition), il ne modifierait sans doute jamais sa position. Kaï essaya une autre solution :

— Admettons que je t'aie sauvé la vie, il y a deux ou trois ans. Ta vie vaut seulement trois cinquantièmes de tes bénéfices ? Pas plus ?

— Plus.

— Dans ce cas, donne-moi cinquante pour cent de tout.

— Non.

— Je ne veux pas la moitié de ton argent. Je n'en veux pas du tout. Tu ne peux pas comprendre ça ?

Le regard bridé s'écarta enfin. Ha se détourna et se remit à pétrir de la terre, ébauchant ce qui était, peut-être, une girafe. Ou une cornemuse ? Sans le moindre entraînement, Kaï eût sûrement pu mieux faire que ces représentations plus incongrues les unes que les autres.

Et il y en avait bien soixante, à l'entour. Sans compter qu'au train où allaient les choses, Boule de gomme allait emplir Singapour, et les territoires avoisinants, de ces saletés.

— C'est quoi, ces trucs ? demanda Kaï.

— Sculptures.

Kaï fut sur le point de ricaner. Mais s'en abstint. Ha tirait la langue en travaillant et sur sa face lunaire s'était posée une expression de concentration extrême. Nous avons tous notre folie, pensa Kaï, moi c'est les mers du Sud, alors pourquoi pas la sculpture, même aussi nulle que celle-ci ? Il retrouvait, à l'égard de Ha, cette sympathie amusée, et finalement amicale, que le personnage lui avait inspirée dès le début, en Birmanie. Et peut-être ce désarroi qu'il ressentait entrait-il pour une part dans sa bienveillance.

— Tu pourras reprendre ton argent quand tu le voudras.

Pas de réponse.

— Tu sculptes quoi, en ce moment ?

— Le *Nan Shan*.

— Tu y es presque.

Un hochement de tête à peine esquissé. Kaï essaya de calculer combien faisaient les cinquante cinquantièmes des bénéfices de Ha, en partant des sommes qui avaient été versées à son nom. Trop fatigant. Il abandonna.

— Tu habites ici ?

— Non.

— En ville ?

— Oui.

— Tu feras quoi, de tous ces trucs, je veux dire de toutes ces sculptures ?

Un jardin, répondit Ha. Le plus beau jardin de toute l'Asie. Un jardin dont il ferait don à Singapour, ville à laquelle il devait de la reconnaissance puisqu'elle l'avait accueilli et lui avait permis de commencer — commencer seulement, étant donné qu'il était encore fort loin des millions de souverains d'or qu'il devait gagner forcément — de commencer sa fortune, quoique devenir riche ne fût pas le but ultime de sa vie. Devenir riche ne peut pas et ne doit pas être le but d'une vie, n'est-ce pas ? C'est perdre cette vie que de commettre une telle erreur. Non, son ambition était le plus beau jardin d'Asie et du monde, et tant mieux s'il gagnait tout cet argent, son jardin en serait plus merveilleux encore.

C'était un discours plutôt long pour quelqu'un tenu de ne répondre que par oui ou par non, mais Kaï l'écouta néanmoins sans l'interrompre.

— D'accord, dit-il. A un de ces jours.

Il tourna les talons et se mit à marcher vers les coolies qui l'avaient attendu pour le ramener en ville.

— Capitaine Kaï O'Hara ?

Kaï se retourna. Mais pas Ha, qui avait ses petites mains dans la glaise.

— J'ai beaucoup d'amitié pour vous, capitaine Kaï O'Hara. L'argent n'est pas destiné à vous récompenser de m'avoir sauvé la vie. Ma vie vaut bien plus, du moins pour moi, que trois cinquantièmes de n'importe quelle fortune. Parce que vous m'avez sauvé la vie, je vous donne mon amitié jusqu'à ma mort.

— Merci, Boule de gomme, dit Kaï avec une grande douceur.

Il fit ce soir-là ce qui n'était vraiment pas dans ses habitudes : sortir dans Singapour avec son beau costume blanc, en cravate et chaussures. Il se hasarda même jusqu'au fameux *long bar* de l'hôtel Raffles et, en une heure, but quatre whiskies-soda, sans en être ivre pour autant, quoiqu'il cherchât furieusement le regard d'un homme de haute taille et solide, qui l'avait légèrement heurté, dans l'espoir qu'une bagarre s'ensuivrait et qu'il pourrait ainsi donner libre cours à son exécrable humeur en tapant sur quelqu'un. Rien à faire, l'autre s'esquiva, comme on s'éloigne d'un chien galeux. Des femmes en revanche lui sourirent, qui n'étaient pas si vilaines ; l'une d'elles, qui pouvait avoir vingt-quatre ans et portait des bijoux remarquables, engagea carrément la conversation. Disant qu'elle était russe et comtesse, et habitait l'hôtel, la chambre en face, de l'autre côté du jardinet, à la droite de celle occupée par un certain Joseph Conrad ; elle montrait généreusement de très beaux seins, crémeux, et sans nul doute le conviait à venir la rejoindre pour la nuit. Elle était blonde, elle aussi (comme Isabelle Margerit, donc), avait des yeux bleus, une identique façon de faire la moue avec ses lèvres roses et, plus encore (mais ce sera le whisky qui me fait voir des choses), cette tiédeur languide de tout le corps qui le hantait depuis près de dix ans.

Kaï demanda à l'un des onze serveurs officiant derrière le long bar — le demanda en malais — si la donzelle à sa gauche avait de l'argent ou si elle était une prostituée (d'ordinaire il n'hésitait jamais sur ce point, mais là il avait des doutes).

Le serveur répondit au *sahib* que c'était une affaire de sahibs, sahib, que tout ce que faisaient les sahibs était bien, sahib, et qu'il ne se fût jamais permis d'émettre une opinion quelconque sur les sahibs. Écœuré par tant de servilité, Kaï informa le serviteur qu'il était un homme valant au moins autant que tous les abrutis présents, et que, quant à lui, il n'était pas un sahib. Il s'en alla, ayant un temps projeté de suspendre par les pieds la comtesse, qui aussi bien était une vraie comtesse, au *panka* battant l'air de la salle.

Dehors, les tireurs de rickshaw faillirent ne pas le reconnaître, affublé comme il l'était, et l'un d'eux poussa l'imbécillité jusqu'à lui faire des offres de service, mais les autres, ayant identifié le petit-fils de Cerpelaï Gila, accablèrent le crétin de sarcasmes. Il se trouvait encore pas mal de monde sur le *ground*, où le Singapour des Blancs et des élégances se donnait chaque soir rendez-vous. Deux ou trois hommes hélèrent Kaï, dont Bill Hodgkins que Kaï aimait bien, quoi qu'il fût anglais du Gloucestershire. Hodgkins lui reprocha de ne pas se montrer plus souvent et l'invita à boire un verre, voire à venir dîner le lendemain ; il ne se lassait pas, dit-il, d'aller contempler le *Nan Shan* qui était la plus belle goélette qui se pût voir et évoqua une course de vitesse à livrer contre un bateau américain qui croisait pour l'instant le long des côtes de l'Inde ; il était prêt à miser une fortune contre les Yankees, et donc sur Kaï et ses Dayaks.

Kaï remercia, dit qu'il y penserait et s'en alla, le souvenir de la rencontre s'effaçant très vite. Il marcha jusqu'à l'interminable wharf qui constituait l'essentiel des quais de Singapour. Le *Nan Shan* était là, bien sûr, non pas amarré mais à l'ancre, à une centaine de brasses. Kaï plongea tout habillé et nagea, se hissa à bord. Les Dayaks ne mettaient quasiment jamais le pied à terre lors des escales singapouriennes. Les villes leur faisaient peur et surtout risquaient de leur donner de la mauvaise humeur. Ils étaient tels des chiens de garde féroces qu'on ne peut se permettre de laisser vaguer, et qui d'ailleurs ne supportent pas les étrangers.

Oncle Ka fumait sa longue pipe d'opium, assis sur sa natte. Comme toujours il était nu, son corps maigre couturé par une vingtaine de blessures anciennes. Il lui manquait un doigt à la main gauche — l'annulaire — et son petit doigt ne comportait plus qu'une seule phalange. Kaï s'en voulut d'avoir pensé à des chiens, s'agissant de ses Ibans. Il les aimait. N'eût voulu d'aucun autre équipage.

— Je suis triste ce soir, Oncle Ka.

Il avait parlé français, dont son second ignorait tout. Il poursuivit dans la même langue, disant qu'il se sentait, ce soir et pas un autre, et pour la première fois de sa vie, perdu. Il n'était ni Blanc ni Chinois mais quelque chose d'intermédiaire, qui n'avait nulle part sa vraie place. Il le lisait dans les yeux des gens, qu'ils fussent asiatiques ou occidentaux. Ainsi, au long bar du Raffles, où la femme russe s'était trompée sur lui, parce qu'elle ne savait rien du pays où le hasard l'avait conduite. Mais le serveur, lui, avait bien vu que Kaï était un métis. Et tous les clients. Les femmes qui l'avaient aguiché avaient été émoustillées par son exotisme. Or elles ne voudraient sûrement pas de lui comme mari ou comme gendre. Pareil pour Isabelle Margerit, dont le refus était ainsi expliqué. Finalement, ce serait une assez bonne idée d'aller à Saigon et d'y faire sauter la ville, avec la dynamite qui se trouvait dans la cale.

— Ne pleure jamais sur toi-même, dit Oncle Ka, dont le regard sous l'effet de l'opium était vague et dans l'impossibilité d'accommoder vraiment. Et il avait prononcé la phrase en anglais. Tout comme si Cerpelaï avait parlé par sa bouche.

... Ou alors, étant encore sous le coup de l'ivresse, Kaï avait rêvé les mots. Il fixa l'Iban impassible et ne put conclure.

— Nous appareillerons peut-être cette nuit, Oncle Ka.

— Le *Nan Shan* est prêt.

— Il l'est toujours, dit Kaï. Grâce à toi.

Oncle Ka ôta la pipe de sa bouche et la contempla.

— Je connais ton amitié, dit-il, et tu connais la mienne. Ce n'est pas la peine d'en parler.

Les chaussures de Kaï émettaient des gargouillements et le beau costume ressemblait à une serpillière. Kaï se mit nu, mais, contrairement à ce qui se passait d'habitude, ne s'en sentit pas libéré pour autant. Son abattement persistait. Il eut de nouveau envie de boire, mais il n'y avait aucun alcool sur le *Nan Shan*. Il descendit jusqu'à la cabine et y alluma la lampe à huile, qui éclaira le si beau décor de santal et d'ébène. S'il n'avait pas résisté, il aurait tout arraché, ou détruit.

Et si tu arrêtais de pleurer sur toi-même ?

Il remonta sur le pont, prit sa natte personnelle et alla s'allonger tout à la proue. La goélette bougeait à peine, couinait un peu, une drisse battait, les haubans vibraient délicatement, le *Nan Shan* tout entier vivait, et semblait lui parler. Salut, *Nan Shan*, oui, moi aussi je t'aime et c'est promis : je vais te trouver un sacrément gros typhon avec des creux de quarante-cinq mètres, tu as ma parole, je vois bien que les mers du Sud me l'ont refusé jusqu'ici parce qu'elles n'en avaient pas en réserve qui fût suffisamment gros pour nous, mais ça viendra.

— Kaï ?

Il comprit qu'il s'était endormi au fait qu'il dut ouvrir

les yeux et mit deux secondes au moins à reconnaître la voix qui l'appelait.

— Qu'est-ce que vous faites ici ?

Que Ching le Gros fût non seulement sorti de sa boutique principale, de sa maison, de sa rue, de son quartier, était déjà en soi un événement considérable. Mais en plus, il avait fait de la navigation. Sauf à être venu à la nage, ce qui était loufoque.

— Tu as disparu toute la journée, dit Ching. Même pas une visite aux amis. Et à propos d'amis, explique à tes Ibans qu'ils ne doivent pas me décapiter. Je me demande comment je suis arrivé vivant jusqu'à toi.

Kaï alla se plonger la tête dans un baquet qu'Oncle Ka sans un mot venait justement de faire emplir à cette intention. Il resta deux bonnes minutes en apnée et quand il revint à l'air libre, il se sentit presque intelligent. Il découvrit qu'il avait faim et constata qu'il n'avait rien avalé depuis le matin.

— Vous avez dîné ?

— Je suis toujours disposé à manger.

Oncle Ka avait déjà convoqué Selim et passé les ordres.

— Je suis venu pour deux raisons, dit Ching le Gros. Sans compter mon extrême irritation : tu pars pour près de deux ans, en faisant le tour de mon hui dont tu te sers abondamment, et en rentrant, rien. Même pas bonjour.

— Je suis désolé.

— Et en plus, je te crois. Je dois vieillir.

— Je ne saurais jamais vous exprimer toute la reconnaissance que je vous ai, ma vie entière n'y suffira pas.

— N'en fais quand même pas trop.

Selim apportait les six premiers plats. D'évidence, Oncle Ka avait prévu que Kaï aurait faim à son réveil, le repas devait avoir été préparé depuis des heures. Qu'estce qui m'a pris, hier soir (ou au début de la soirée, il ne doit pas être si tard), de pleurnicher ainsi ?

— J'ai des nouvelles de ton ami Leach-Grant.

Kaï mangeait, dévorait. Au diable l'Archibald.

— Il ne s'appelle ni Leach, ni Grant. Plus probablement Moriarty.

— Pourquoi pas ?

— Et il te cherche. Il était à Singapour il y a encore deux semaines. Je ne l'ai pas vu moi-même, mais il paraît qu'il ne porte presque plus de traces des gifles que tu lui as données à Angkor. Dis donc, ton cuisinier est vraiment bon.

Neuf autres plats arrivaient et Selim en promit encore cinq autres avant les desserts.

— Tu mènes vraiment une existence misérable sur cette barque.

— Je survis, dit Kaï.

— Un cuisinier comme le tien, le Raffles le paierait une fortune.

— Sauf que sans tête il vaudrait moins cher. Il a déjà tenté de s'évader, mais chaque fois les Ibans l'ont repris.

— Je ne pourrais pas te dire où est exactement Moriarty en ce moment même.

— Je préfère l'appeler l'Archibald. Au cas où il changerait encore de nom.

— Mais il est à Saigon. Hier soir, il a bu trois cognacs-soda avec monsieur Marc-Aurèle, à la terrasse du Continental. Ensuite, il a dîné avec deux Français qui s'appellent Salces et Ansidéi. D'anciens marsouins, me dit-on. Je ne sais pas ce que c'est.

— Des soldats de l'infanterie de marine française, je crois. Je suis surpris que vous ignoriez quelque chose. La stupeur me culbute.

— Pas d'insolence, s'il te plaît. Ce crabe est extraordinaire. Les poissons, le poulet, le canard, le porc et le bœuf aussi, remarque. Les deux Français sont dangereux. Ton Archibald a passé la nuit avec une femme. Dont j'ai le nom, si ça t'intéresse.

— Pas du tout.

Mais une idée commençait à se faire jour dans le cerveau bien moins embrumé maintenant de Kaï. Et sinon de la peur, du moins une sourde inquiétude.

— Les deux Français ont été suivis, eux aussi. Je peux avoir d'autres pinces de crabe ? J'espère que ton cuisinier voudra bien m'en donner la recette, à ton prochain passage.

— Ils visent la maison de monsieur Marc-Aurèle, à Saigon ?

— Oui.

— Seulement la maison ou toute la famille ?

— A l'heure où je te parle, mon propre frère qui est à Saigon, le troisième après moi par ordre de naissance, est en train d'avertir ton ami. Mais nous pensons qu'ils attendront ton arrivée là-bas pour tenter quelque chose. Je n'ai jamais dégusté un canard laqué comme celui-là. Il y a mis quelque chose en plus du *huong-liu*, non ?

— C'est un secret. Est-ce que l'Archibald sait qu'il est sous surveillance ?

— Je pense comme toi.

— Il sait que nous savons, et c'est sa façon à lui de me faire venir à Saigon.

— Voilà. Dans tous les restaurants de Singapour et même dans ma propre maison, je n'arrive jamais à obtenir ma portion d'estomac de requin suffisamment croquante. Mais là, c'est une merveille. Il t'attend, Kaï. J'ose espérer que tu me laisseras le temps de quitter ton bord avant de faire partir ton bateau.

Oncle Ka, sur un simple regard, avait activé tous ses compatriotes et le *Nan Shan* s'était mis à frémir, comme piaffant.

— Ça, dit Ching le Gros qui s'empiffrait, c'était la première raison de ma venue. J'y ai vu une certaine urgence. Pour la deuxième...

Le Gros plongea une main sous sa tunique et en sortit *la* lettre. Il la tendit à Kaï et, comme ce dernier tardait à la prendre, il la posa sur le pont.

— Madame Tsong Tso, ton admirable grand-mère, affirme qu'à certains égards, tu es le plus grand imbécile des mers du Sud. Je ne la contredis pas. Je ne la contredis jamais, de toute façon, j'ai pour elle un infini respect.

Les voiles montaient, commencèrent à frissonner, à battre, s'établirent. Sans l'ancre qui le retenait encore, le *Nan Shan* se fût rué vers le large.

— Ouvre cette lettre, Kaï. Je sais ce qu'elle contient et madame Tsong Tso le sait aussi. Je te rendrai les plats au prochain coup.

Ching descendait l'échelle, monta dans le petit canot qui l'avait amené et que deux jeunes Chinois manœuvraient : il emportait pas moins de huit plats non terminés et sa bouche était toujours pleine.

— Est-ce que Madame Grand-Mère a ouvert cette lettre ?

— Tu es vraiment encore jeune (Ching dut élever la voix en raison de la distance qui s'accroissait). Pour poser des questions dont tu connais les réponses.

Le pont vibrait et Kaï avait l'impression que la goélette s'arc-boutait pour mieux se lancer dans sa course folle. Dans la lumière rouge de la lanterne de bâbord, Kaï ouvrit et lut la lettre. Il en resta bouche bée. Il relut le très court texte et regarda au dos du feuillet unique mais non, rien d'autre.

Nom d'un chien.

Il changea de bord et essaya la lanterne verte. Les mots étaient toujours les mêmes. Il songea sérieusement à grimper au grand mât pour y essayer du feu blanc (et au moins, là-haut, pourrait-il hurler comme un loup).

... Forcément que c'était d'elle. Seule, elle pouvait connaître ce détail, qu'il n'avait jamais mentionné à personne.

Sans serpent-minute cette fois et tâche d'être à l'heure, guignol chéri.

— C'est quoi, un guignol ?

— Une espèce de marionnette. Pourquoi ?

— Pour rien, dit Kaï.

Il y avait là Marc-Aurèle Gustiniani, trois Sino-Vietnamiens, une voiture à cheval avec un cheval, cinq chevaux de selle, une cabane de pêcheur, un promontoire, la silhouette à peine distincte du *Nan Shan* tous feux éteints à environ deux cents brasses, la mer de Chine du Sud, une lune dans un ciel nuageux, très peu de ressac, une forte odeur de poisson pourri, Saigon à Dieu seul savait combien de kilomètres, un peu de vent, et un Chinois. On reconnaissait les chevaux de selle à ce qu'ils étaient sellés et le Chinois à sa ressemblance avec Ching le Gros, sauf qu'il était mince.

— Nous avons tout le temps, reprit le Corse. Tu as trois heures d'avance sur le meilleur horaire possible. Elle peut voler, ta goélette ou quoi ? Et maintenant, parle-moi de ce dingue.

— L'Archibald ?

— Non, Moriarty.

— C'est le même. Je lui ai un peu cassé la figure à Angkor. Parce qu'il avait essayé de me faire un peu tuer au Siam. Il n'y a pas grand-chose d'autre à dire. Je ne crois pas qu'il irait jusqu'à tuer de sang-froid.

— Amusant. Ma maison était truffée de dynamite. Je respirais trop fort et tout sautait.

— Il savait que vous saviez. Il aura fait ça pour rire.

— Je suis un Corse paisible, dit Marc-Aurèle. Mais quand quelqu'un me dynamite ma famille, je me crispe.

— Rien n'a sauté, non ? Et vous avez mis votre famille en sécurité.

— Je crois que nous pouvons y aller, dit le frère de Ching le Gros. Nous irons lentement, ce ne sera pas plus mal. Je n'ai pas une grosse habitude des chevaux.

— Et moi donc, dit Kaï.

— Ne parlez pas chinois entre vous, s'il te plaît, dit Marc-Aurèle.

— D'accord pour débarquer de nuit, à cause de l'autre fou, dit Kaï. Mais pourquoi ne pas attendre ici qu'il fasse jour ? J'aimerais autant aller à pied.

— Parce que l'enlèvement doit avoir lieu de nuit.

— Et qui a dit ça ?

— Ta promise. Elle a été très stricte sur ce point. Sur les autres aussi, d'ailleurs. Allez, on y va.

Kaï vit un peu mieux la carriole. Qui était une petite caisse roulante, sorte de locatis bringuebalant, qu'à Saigon on appelait *malabar*, mais très fraîchement repeinte (cela se sentait) et surtout décorée de pompons et de quantité de fanfreluches en organdi de soie rose.

— Ça aussi, c'est une idée à elle ?

— Toutes mes condoléances, dit Marc-Aurèle goguenard. A cheval, capitaine Kidd.

L'un des Sino-Vietnamiens saisit les rênes de la voiture, les deux autres se hissèrent en selle et prirent les devants en qualité d'éclaireurs. Kaï, le Corse et le Chinois formèrent le gros de la troupe. Les pluies de l'année n'étant pas encore tombées, on put progresser assez aisément au travers des rizières. Aisément quant au parcours suivi : Kaï n'appréciait guère sa position, sur un petit cheval qu'il lui semblait écraser sous son poids. Le Chinois vint à sa hauteur et lui sourit.

— Mon frère vous aime beaucoup.

— C'est réciproque.

— J'ai un peu connu votre grand-père. Il m'a embarqué, une fois, quand j'avais douze ans et m'a laissé tenir la roue du gouvernail, si c'est ainsi que l'on dit. Un homme très remarquable.

Ils avaient quitté le bord de mer depuis deux heures et les faubourgs de Saigon n'étaient toujours pas en vue. La lune du début de soirée était maintenant cachée par les nuages, et la nuit d'autant plus sombre. Mais les deux éclaireurs connaissaient leur route.

— Une idée de ce que fait ce Moriarty ?

— Il a échappé à mes employés depuis avant-hier. Il peut être n'importe où.

— Et préparer n'importe quoi. Qui est au courant, pour mon rendez-vous de ce soir ?

— Votre ami corse, vous, la jeune fille et moi.

Kaï réfléchissait. Qui savait, dans tout Saigon, qu'il était depuis toujours amoureux d'Isabelle Margerit ? Il était quant à lui certain de n'en avoir dit mot à quiconque. Mais, bien sûr, il se pouvait que la jeune fille se fût confiée à quelque amie, les jeunes filles parlent, entre elles.

Et si l'Archibald était aussi machiavélique que Kaï le croyait, il avait très bien pu remonter jusqu'à cette confidente et...

— Nous arrivons.

Une fois de plus, Kaï creusa ses reins, qui se faisaient douloureux. Et il reconnut enfin l'endroit où l'on se trouvait. L'arrivée de la route de Nha Be. Il y était passé une fois, mais de jour, quand il avait essayé de s'embarquer pour Singapour et avait finalement été récupéré en mer par monsieur Marc-Aurèle, après que les passagers du paquebot des Messageries maritimes eurent signalé la présence d'un gosse sur une coque retournée.

— Nous sommes en avance, dit le Chinois.

— Le rendez-vous est à quelle heure ?

— Minuit, évidemment, dit Marc-Aurèle. Minuit, c'est plus romantique que 11 h 33.

Les deux éclaireurs s'éloignèrent, leur mission terminée. Le frère de Ching conduisit les autres jusqu'à un entrepôt dans lequel on attendit — la montre du Corse indiquait 11 h 10. Tout semblait avoir été prévu, y compris une collation à base de soupe qu'un marchand ambulant convoqué tout exprès avec ses marmites leur concocta ; et sur la demande de Kaï, il prépara aussi des rouleaux de printemps cochinchinois, Kaï retrouvant avec délices le goût sur sa langue de la menthe, du nuoc mam et du piment mêlés. Ses parents n'avaient jamais voulu toucher à la nourriture locale — et ils étaient morts d'une amibiase.

— Vous l'avez vue et vous lui avez parlé ?

Question à monsieur Marc-Aurèle et bien entendu concernant Isabelle Margerit. Le Corse acquiesça. Deux fois. Les deux fois sur son initiative à elle, qui lui avait fait porter un message par son cuisinier, un certain Tranh.

— Elle est même venue à mes bureaux, sous prétexte d'un paquet qu'elle attendait par le bateau.

Un peu trop de questions se pressaient sur les lèvres de Kaï. Une seule, il l'aurait posée, mais s'il y en avait tant, c'est qu'aucune ne le méritait. Les yeux du Corse riaient, il m'aura deviné.

— Beau brin de fille, je dois le dire, dit Marc-Aurèle.

— J'aurais peut-être dû mettre un costume.

— Justement non. « Qu'il vienne comme il est d'habitude », je te répète ses propres mots.

Kaï s'examina. Il avait tout de même consenti un très gros effort et arborait cette nuit-là un pantalon de toile blanche, un tricot rayé, une casquette de capitaine et des sandales de caoutchouc.

— Tu es beau comme un soleil, ne t'inquiète pas. Et elle m'a prévenu : sous sa robe, elle aura un pantalon.

Kaï déglutit. Voir Isabelle Margerit moulée dans un pantalon le faisait trembler par avance. C'est une jeune fille comme il faut mais entreprenante, il fallait en convenir. Et quand monsieur Marc-Aurèle fait des remarques sur sa détermination, il parle comme un Corse.

C'est tout de même assez ridicule, comme situation, pensa Kaï. Me voilà sur le point d'enlever une jeune fille comme il faut, et tout le monde est au courant des détails de l'opération sauf moi.

Je n'aurais pas dû manger ces trucs, je vais sentir le piment et l'ail.

Qu'est-ce que je suis nerveux.

Et tu lui diras quoi, en la voyant, hein ?

... Non, attends, il y a pire : *tu lui feras quoi ?*

Il ne l'avait seulement jamais embrassée.

Ni touchée, d'ailleurs.

Il compta : en cinq ans, ils avaient dû se parler cinq fois, Isabelle Margerit et lui. Les deux premières fois, il lui avait dit bonjour et elle avait répondu bonjour.

La troisième fois à la messe, le jour où les missionnaires et les bonnes sœurs avaient pour une fois réuni leurs élèves, suite à l'effondrement du toit d'une chapelle au couvent.

La quatrième fois, quand il avait vu sa culotte blanche, et si elle avait parlé, lui n'avait pu articuler un seul mot, tant il était ému.

Et la dernière fois sur le bananier.

Bon, d'accord, il y avait les lettres qu'il lui avait, dans le passé, adressées. Adressées mais pas écrites, c'était Chartier qui les avait rédigées, sans évidemment connaître la destinataire, il écrivait sacrément bien, Chartier, et c'était justement à cause de ces lettres-là, toutes très longues, d'au moins dix ou douze lignes — avec même de la poésie dedans —, qu'il avait eu ensuite tant de mal à écrire lui-même les dernières, sachant que la comparaison serait épouvantable. Et elle avait répondu à ces premières lettres. Se servant de la cachette — sous une certaine pierre dans le mur de séparation entre les deux établissements, le collège des missionnaires et le couvent des bonnes sœurs — ainsi qu'il avait pris soin de le préciser, la fois où il lui avait glissé son premier message secret pendant la messe, caché dans un missel. Elle avait répondu gentiment, le tutoyant tout de suite, alors que lui la voussoyait encore ; elle avait demandé des détails sur Cerpelaï Gila, sur le *Nan Shan*, sur les mers du Sud — certaines fois, elle emplissait jusqu'à deux pleines pages, utilisant des mots qu'il avait dû chercher dans son dictionnaire. Kaï se souvenait mot pour mot de ce qu'il avait dicté à Chartier, la première fois : *Je suis Kaï O'Hara, je suis le petit-fils de Cerpelaï Gila la Mangouste folle, un jour je reviendrai à Singapour pour embarquer sur le* Nan Shan, *dont je serai un jour le capitaine, et je vous aime.*

— Je ne voudrais pas te déranger, Kaï, mais c'est l'heure.

Le Corse lui faisait signe, pour la seconde ou troisième fois, le sortant de ses souvenirs. Kaï jeta les tiges de canne à sucre qu'il mâchonnait, dans l'espoir de faire disparaître de sa bouche tout relent d'ail, de piments rouges et de nuoc mam.

— Nerveux, Kaï ?

— Qui, moi ? Pas du tout.

— Tu montes dans le malabar. Khieu sait où c'est, il te conduira. Il vous conduira. Wu et moi, nous vous couvrirons, pour le cas où.

— Le cas de quoi ?

— Moriarty. Tu n'es vraiment pas dans ton assiette, on dirait.

Le Corse riait, et jusqu'à Wu le frère de Ching le Gros qui avait du mal à dissimuler un sourire. Et c'est vrai que je me sens pas mal hébété, pensait Kaï. Il monta donc dans le malabar, le locatis, enfin la caisse roulante aux vagues allures de corbillard, en dépit des fanfreluches.

— Khieu te dira tout ce que tu dois faire. En route.

Et maintenant le malabar était arrêté dans une petite rue qui n'avait pas bénéficié des éclairages de la municipalité saigonnaise. Pourtant, Kaï reconnut l'endroit pour y être souvent passé (quand il n'osait plus se montrer sur le boulevard, pour l'avoir parcouru déjà plusieurs fois de suite) : sur les arrières de la villa de monsieur Margerit et de sa famille, devant la porte servant aux domestiques.

— Minuit moins une, annonça Khieu consultant une montre-oignon. Vous devez entrer à minuit juste, vous fracassez la porte, elle vous attend au pied de l'escalier, vous la soulevez et vous l'emportez.

— Mais pourquoi je dois fracasser la porte, nom d'un chien ?

Khieu répondit qu'il n'en savait rien. Il se contentait de répercuter les consignes.

— Et les domestiques, je les assomme ?

Il n'y avait pas de domestiques. Il y en avait d'habitude, mais la jeune demoiselle s'était arrangée pour qu'ils fussent dehors ce soir. Et les parents de la demoiselle étaient au théâtre, ou en train de souper quelque part.

— Minuit, dit Khieu.

Kaï n'hésita plus. Son hébétude n'était pas complètement dissipée, il s'en fallait, il se sentait au vrai d'une idiotie extrême. Mais bon, il descendit, passa la première porte (celle de la cour de derrière), qu'il n'eut pas à enfoncer puisqu'elle était ouverte, et arriva à la maison proprement dite. La porte, là, était bel et bien fermée, il en actionna la poignée sans résultat. Ce n'était pas un battant très robuste, tout juste une de ces choses légères, à jalousies.

— Isabelle ?

— Enfonce la porte.

Détériorer la demeure de monsieur Margerit déplaisait fort à Kaï.

— Qu'est-ce que tu attends ? s'enquit une voix, de l'intérieur.

Il donna un tout petit coup d'épaules et, vlan, le battant tomba avec des façons de grand arbre abattu, de tout son long. On y voyait à peine au-dedans, mais assez pour qu'il pût distinguer la fine silhouette debout au pied de l'escalier.

— Si tu te dépêchais un peu, Kaï O'Hara ? Mes parents ne vont plus tarder. Moi qui te croyais intrépide.

Fine, la silhouette, mais haute — forcément elle a grandi, depuis quatre ans et des poussières que tu ne l'as pas vue. Il passa son bras droit sous les genoux (enfin, à l'emplacement des genoux car elle portait une robe longue et très fournie en épaisseurs, voire en jupons) et passa sa main gauche autour du dos. Sauf que les doigts de sa main palpèrent, par pure inadvertance, un mamelon ferme mais souple, et il faillit tout lâcher.

— Arrête tes âneries, dit-elle. Tu dois me soulever pour m'enlever, mais tu dois aussi emporter ma malle.

Baissant les yeux, il vit dans la pénombre une malle énorme, heureusement cerclée de larges lanières de cuir ; et elle semblait peser le poids d'un buffle mort.

— Il vaut mieux que je fasse deux voyages.

— Et pourquoi pas six ? Découpe-moi en morceaux, tant que tu y es.

D'accord. Il prit la jeune fille à la taille, de son bras gauche, et la souleva ainsi — elle retint, posé sur sa tête, un casque colonial agrémenté d'une espèce de voilette-moustiquaire de gaze ou de tulle, enfin d'un machin quelconque comme en portaient les dames refusant d'exposer leur teint au soleil et aux moustiques. De sa main droite, il crocha l'une des lanières et souleva la malle (un buffle mort ? deux buffles, oui !), au prix d'un effort qui manqua de lui déchirer les reins et lui allonger le bras de vingt centimètres. Il refranchit le seuil et, titubant, gagna la rue. Khieu sauta de son siège de cocher et vint l'aider. Ensemble, ils entreprirent de hisser la malle sur le toit du malabar. Ils venaient d'y réussir quand le cri leur parvint :

— Kaï O'Hara ? Tu m'entends, Kaï O'Hara ?

Voix de l'Archibald, et une voix marquée par une très perceptible délectation.

Kaï reprit Isabelle à deux mains et la déposa — l'expédia plutôt — sur la banquette de la voiture.

— KAÏ O'HARA ! CE QUE TU FAIS EST IGNOBLE !

La voix de l'Archibald tonitruait au point d'éveiller une bonne moitié de Saigon. Les mouvements suivants de Kaï durent beaucoup au petit égarement qu'il éprouvait (d'avoir enlevé Isabelle Margerit, de n'avoir pas été particulièrement subtil ce faisant, d'avoir fracassé la porte de monsieur Margerit, d'avoir palpé le sein de la même Isabelle Margerit et enserré sa taille si fine, éprouvant au passage le contour d'une croupe ronde). Il sut confusément qu'en s'écartant du malabar et en partant en courant en direction du boulevard, et donc de la façade de la villa, il faisait très exactement ce que l'Archibald — qui continuait à vociférer — souhaitait le voir faire. Mais ce fut plus fort que lui. Cette impulsivité encore.

Et aussi le soupçon que le Corse devait se trouver quelque part, en danger peut-être. L'Archibald nous a tendu un piège, mais lequel ?

Il devait plus tard découvrir qu'il n'avait pas été si impulsif que cela. Ayant vu juste quant au piège.

Il déboucha sur le boulevard qui, lui, était un peu éclairé par des réverbères.

— ET VOILÀ KAÏ O'HARA !

L'Archibald était sur sa gauche, à une centaine de mètres de la villa Margerit.

— KAÏ O'HARA, CAPITAINE DE LA GOÉLETTE *NAN-SHAN* BASÉE À SINGAPOUR !

Le regard de Kaï perça la semi-pénombre et scruta le visage de son adversaire. Le nez y était bosselé, une petite dépression apparaissait sous l'œil gauche, là où l'os malaire avait été enfoncé, et de fines cicatrices blanchâtres étaient visibles, sur les arcades sourcilières et au côté droit de la joue, il avait vraiment tapé un peu fort, au Bayon.

Des grincements se firent entendre derrière Kaï et il devina que Khieu avait mis en route le malabar. A juste titre, mieux valait ne pas s'attarder. *Laisse tomber ce fils de chien et file, tu as suffisamment à t'occuper.*

Mais il ne comprenait toujours pas où l'Archibald voulait en venir. Signaler aux Saigonnais que c'était lui, Kaï O'Hara, qui enlevait la fille de monsieur Margerit ? Tu parles d'une révélation, demain toute la Cochinchine sera au courant, même sans l'Archibald hurlant. Kaï esquissa un pivotement quand, du coin de l'œil, il capta un mouvement. Il reconnut monsieur Marc-Aurèle. Qui accourait, courait, poussant son petit bedon colonial. Et qui surtout brandissait un revolver.

— Espèce de fumier, disait paisiblement le Corse s'adressant à l'Archibald. Je vais t'apprendre à me dynamiter ma famille.

Et quoique courant autant qu'il le pouvait, il s'exprimait avec beaucoup de calme, bien que sa voix tremblât un peu. C'était le genre d'homme à être dans la fureur la plus ardente sans pour autant élever la voix. Mais Kaï sut ce qui allait se passer. Il démarra. Le Corse entre l'Archibald et lui.

— Ne faites pas ça !

Le cri de Kaï se confondit avec le premier coup de feu. Lequel fut immédiatement suivi d'un deuxième, toujours tiré par la même arme. Puis d'une troisième détonation, celle-ci provenant d'un autre revolver. Le Corse tomba à plat ventre, se redressa, tenta de faire feu une troisième fois, s'affala, ne bougea plus.

— Il a tiré le premier, O'Hara.

L'Archibald à quarante mètres, le Corse étendu à cinq. Kaï ralentit sa course et la stoppa.

— Il a tiré le premier, tu l'as vu, dit encore l'Archibald.

Qui commença à reculer, son arme tenue à bout de bras et pointée vers le sol. Il se détourna et partit en courant. Kaï se pencha sur le Corse et le retourna doucement. La blessure était au ventre.

— Je me serai un peu énervé, dit Marc-Aurèle avec beaucoup de calme. Et moi qui t'ai toujours reproché ton impul...

Le reste se perdit dans le grand fracas de l'explosion.

Dont Kaï sentit le souffle et, par réflexe, il s'aplatit sur le blessé pour le protéger. Mais seulement quelques débris les touchèrent. Kaï releva son regard. La villa Margerit venait de sauter, il n'en restait plus grand-chose. C'était donc ça !

— Je m'occupe de lui, dit Wu, le frère de Ching le Gros. Quant à vous, filez, c'est le mieux que vous puissiez faire. Entre l'enlèvement et l'explosion, que l'on vous mettra sur le dos, vous êtes bon pour la prison de Poulo Condor pendant cinquante ans. Et puis il faut s'occuper de cette jeune fille. Filez.

— Il a raison, fiche le camp, dit Marc-Aurèle. Pour une fois dans ta vie, fais ce que je te dis.

— Les chevaux sont là, dans cette rue. Reprenez la route de Nha Be. Allez !

Des gens en chemise sortaient prudemment des autres maisons sur le boulevard. Sauf à être complètement sourds, ils avaient dû entendre les hurlements de l'Archibald clamant son nom.

— Tu fous le camp, oui ou non ?

Kaï se décida. Avant tout pour Isabelle Margerit que le malabar emportait, et qu'il lui fallait au moins rejoindre. Il trouva les chevaux, se hissa sur l'un d'eux, ne réussit pas du tout à le mettre au galop ni même au trot, cet abruti de cheval refusait obstinément n'importe quelle autre allure que fort nonchalante. Retraversant le boulevard pour aller au sud, il eut une dernière vision d'un bon gros tas de décombres fumants. Monsieur Margerit ne sera probablement pas enchanté de moi, il va m'exterminer à vue, le beau-père.

En outre, il se perdit plus ou moins dans cette nuit si noire, et dut éveiller des nha qué pour leur demander sa route. Tant et si bien que, lorsqu'il sentit enfin l'odeur de la mer de Chine du Sud, il tomba précisément sur le malabar qui roulait en sens inverse du sien.

— Où est-elle ?

Sur le bateau.

— Vous n'avez donc pas entendu une explosion, tous les deux ?

Vaguement, et dans le lointain. Mais Khieu n'avait aucun ordre à ce propos, et la jeune demoiselle n'ayant pas eu l'air si inquiète, il avait poursuivi sa route.

Kaï lui laissa le foutu cheval et termina à pied. Le canot du *Nan Shan* l'attendait avec deux Ibans.

Et Oncle Ka fumant sa pipe sur le pont.

— Où est-elle ?

— Dans la cabine. On part ?

Non. Enfin, oui (je ne sais plus ce que je dis).

— On fiche le camp, Oncle Ka.

Il descendit et frappa à la porte de la cabine.

— Un moment, dit-elle.

Il piétina mais, dans le même temps, recommença à connaître les affres de cette timidité si étrange qui le paralysait à la seule pensée d'Isabelle Margerit. La porte s'ouvrit enfin.

Sur une grande bringue brune, qui ressemblait à la belle Isabelle blonde, comme un pruneau à une fleur de cerisier.

— Qui diable êtes-vous ? réussit à demander Kaï.

Une fille Margerit, mais l'autre, dit-elle. Isabelle avait pris du côté de Maman qui était blonde, tandis qu'elle tenait à coup sûr de Papa, qui était du genre charbonneux.

Elle acheva de fixer, se servant des épingles qu'elle gardait entre ses lèvres, la masse compacte de son chignon aile de corbeau.

— N'empêche que c'est moi qui t'ai écrit ces lettres, dit-elle. Toutes. Isabelle avait jeté la tienne. Celle du missel. A propos, elle est en France, et mariée avec un capitaine de zouaves. Et c'est encore moi qui étais dans la chambre quand tu faisais le guignol sur ton bananier, avec le pied sur un serpent-minute.

Soit dit en passant, précisa-t-elle, elle se prénommait Catherine.

Et elle était bien trop déshonorée, à présent, pour qu'il pût être question de la ramener à Saigon.

— J'adore ton bateau. Mais j'ai faim.

Elle portait un pantalon d'homme trop grand pour elle, une chemise pareillement d'homme, elle était à peine moins grande que Kaï, elle avait peur, n'était même sûrement pas loin d'être terrifiée, mais faisait tout pour cacher cette peur par une désinvolture presque arrogante, Kaï ne vit pas combien elle tremblait.

Et quant à lui il cherchait quoi dire, sans en être encore à se demander que faire. La seule question qui lui vint à l'esprit fut stupide, et tout à fait hors de propos :

— C'est quoi, des zouaves ?

— J'ai réfléchi, dit Kaï.
— Ne te vante pas.
— Je ne peux pas te ramener à Saigon.
— Nous sommes parfaitement d'accord.
— Je vais te transporter à Singapour.
— Non.

La veille, où elle avait si faim, elle avait largement fait honneur à chacun des vingt-trois plats différents que Selim avait préparés, pour ce qu'il avait pensé être au moins un repas de fiançailles, sinon de noce. Ce n'était manifestement pas une jeune fille à se nourrir de l'air du temps et d'une demi-madeleine.

— Je vais te transporter à Singapour et te donner...
— Me *donner* ?
— ... Te confier à madame Hodgkins.
— Ça me surprendrait fort.

Après le dîner, ou le souper, elle avait voulu déambuler sur le pont, expliquant tout à Oncle Ka et aux Ibans qui avaient été peu convaincus, ne comprenant pas un traître mot. Kaï avait fini par se réfugier dans le nid-de-pie. Elle était partie dormir, avait reparu sur le pont aux premières lueurs du jour, flanqué un coup de pied à Kaï profondément endormi sur sa natte à l'avant, avait réclamé à manger et mangé comme si le repas de la nuit n'avait été qu'amuse-gueule, puis demandé si, à défaut de bain, elle pouvait au moins prendre une douche et, Oncle Ka ayant accepté de la comprendre et lui ayant aligné plusieurs baquets pleins d'eau douce, avait annoncé qu'elle allait se mettre nue, là sur le pont, et qu'elle aimerait que tous les hommes présents voulussent bien regarder ailleurs. Sur quoi (mais Kaï n'en était pas certain, il n'avait pas lorgné vers le bas, s'étant de nouveau réfugié à la pointe du grand mât et ordonné de ne surtout pas quitter des yeux la ligne d'horizon), elle avait dû se dévêtir entièrement, s'était fort joyeusement ébrouée, tous les Ibans figés comme des statues de sel brun, fixant qui le pont, qui le ciel, qui tribord avant dès lors qu'elle se trouvait à peu près par bâbord arrière.

— Tu ne me confieras à personne. C'était quoi, à propos, ce grand bruit que j'ai entendu hier soir ?

Il faillit mentir, la situation étant suffisamment compliquée déjà, à ses yeux. Mais non :

— La maison de tes parents qui explosait.

— Tu as fait sauter la maison de mes parents ?

Et de hurler de rire. Il s'expliqua. Essaya. Ce n'était pas si simple. Il s'attendait à des sarcasmes. Elle demanda :

— Est-ce que ton ami corse va mourir ?

Il espérait bien que non.

— Il ne mourra pas, dit-elle.

Lui toujours dans le nid-de-pie, elle en bas du grand mât et toujours vêtue de son pantalon et de sa chemise trop grands pour elle, et pieds nus.

— Si tu descendais de là ?

— J'observe.

— D'accord, je monte.

Il dégringola rapidement, manquant se casser la figure, et dit à Oncle Ka :

— Le premier d'entre vous qui ricane, je le flanque à la mer.

Il gardait un souvenir très frais, et d'une précision troublante. Du nid-de-pie, au moment d'en descendre, il avait été quasiment hypnotisé par ce qu'il avait vu : l'entrebâillement de la chemise et la gorge entre les seins, dont il avait presque vu l'aréole et les pointes, nom d'un chien. C'était même pour cela qu'il avait failli s'écraser sur le pont.

— Et pourquoi ça te surprendrait d'être confiée à madame Hodgkins ? Tu ne la connais pas.

— Ni à elle ni à personne d'autre.

— Réponds à ma question.

D'où venait à Kaï cette accablante certitude qu'il ne s'en tirerait pas, quelque argument qu'il pût développer ? Elle le fixa, détourna assez brusquement son regard. Il eut d'abord le sentiment d'avoir enfin remporté une première victoire. Puis des doutes lui vinrent. Sinon des remords. Elle lui avait soudain paru désemparée. Ou embarrassée. Mais peut-être jouait-elle la comédie. Ou pas. Il ne savait plus.

La voilà qui grimpait au grand mât, à présent. Et avec une agilité sidérante. Elle avait de grands pieds et de grandes mains. En un clin d'œil, la situation précédente fut inversée, elle dans le ciel, lui sur le pont, nez en l'air.

— Descends de là.

— J'observe moi aussi.

— Tu vas te casser la tête.

— Ça t'arrangerait mais les risques sont nuls.

Il se vit entrant dans le port de Singapour avec cet énergumène juché en tête de son grand mât.

— Et je connais les bateaux, dit-elle. Pas parce que j'ai fait six ou sept fois le voyage entre Marseille et Saigon. J'ai fait de la voile avec des garçons, je sais barrer et hisser les voiles, je n'ai seulement jamais pris une bôme sur le crâne. Qu'est-ce que tu crois ? Je me suis entraînée.

— A quoi ?

— A naviguer sur le *Nan Shan*. Tes Dayaks de la mer parlent une langue connue ?

— Pas de toi.

— Hé ! hé ! hé ! fit-elle. Surprise, capitaine : je sais cent cinquante-trois mots de malais. J'ai pris des cours. Et je parle aussi l'anglais et le vietnamien. Plus un peu de chinois. Je suis rouillée, en chinois. Je le parlais très bien quand j'étais petite, avec mon *a-ma*, mais c'est vrai que j'ai un peu perdu.

— Oncle Ka ne sait pas le chinois.

— Merci de me le présenter. Bonjour, Oncle Ka, ça va ?

— Très bien, dit Oncle Ka, en malais lui aussi.

— La ferme, dit Kaï à son second.

— Salut à tous, bande d'Ibans, cria-t-elle de tout en haut. Moi je vais très bien, et vous ?

Et les Ibans en chœur répondirent qu'ils allaient bien, eux aussi. Mon autorité s'effiloche, pensa Kaï.

— Ce n'est pas tout, dit-elle. Je peux t'énumérer des mots techniques. Je les sais en français, bien sûr, mais j'ai apporté un dictionnaire anglais de termes de marine. Simple question de temps. Il me faudra quoi ? Disons six semaines. Quel beau bateau, quand même. Bon allons-y : nous sommes donc sur une goélette franche à trois mâts. Misaine, grand mât, artimon, mais passons, c'est trop facile. Tiens, par exemple : ce que j'ai sous le nez est un chouquet de mât de perroquet, voici des jottereaux, des roustures d'assemblage, des pataras de chouquet de hune, des gambes de revers, des galhaubans de cacatois ou sont-ce des galhaubans de perroquet, j'hésite, et là...

Et qu'est-ce que je peux faire ? pensait Kaï sombrement, aller prendre l'un des Purdey que j'ai raflés à l'Archibald en dommages de guerre et l'abattre ?

Elle consentit à descendre plus de deux heures plus tard. Tout le soleil qu'elle avait pris à jouer les gabières lui avait enluminé le nez et le front, quoiqu'elle dût brunir aisément, son teint naturel le voulait ainsi. Elle passa tout près de lui, qui tenait la roue de gouvernail.

— J'ai réfléchi moi aussi, Kaï O'Hara. Tu ne me débarqueras pas plus à Singapour qu'ailleurs. A la rigueur, tu peux aller me vendre en Afrique. A condition de m'assommer d'abord, et tu auras en plus ma mort sur la conscience.

Le ton n'était plus le même — une espèce de colère très triste, de la précipitation dans la façon de bousculer les mots, à croire que le souffle lui manquait. Et elle fuyait le regard de Kaï. D'un coup, elle se dirigea vers l'écoutille et s'y engouffra, disparut.

Le claquement de la porte de la cabine un peu trop violemment refermée.

Et cinq heures de silence total.

— La *mem-tuan* ne déjeune pas ?

Question de Selim qui avait mis les petits plats dans les grands.

— Va donc te faire pendre, lui dit Kaï.

Le *Nan Shan* faisait route vers Singapour sur une mer d'huile et sous peu de toile. Oncle Ka en avait décidé ainsi, et Kaï ne lui ayant fait aucune remarque, on avançait à fort petite allure, paresseusement, sans autres bruits que le subit claquement d'une voile trop molle, les ordinaires grincements de tout le bois du bateau, l'irritant tapotement d'une statuette de pierre que les Ibans avaient suspendue à la pomme du mât de misaine (d'habitude, Kaï n'entendait pas, n'entendait plus ce tintement, auquel il s'était accoutumé ; mais ce jour-là, oui, et il en était agacé). C'était l'un de ces après-midi des mers équatoriales écrasés de chaleur où tout semblait figé à jamais. Non pas la bonace totale, une brise passait, en quelque sorte sur la pointe des pieds, et intermittente. Il était évident à Kaï que même la nature s'en mêlait, qui le retardait et faisait tomber cette quiétude sur eux tous, soulignant que l'on eût pu aller plus vite, sous réserve de mettre un peu de toile sur les mâts — ce qu'il ne se décidait pas à ordonner. Et pas seulement la nature, d'ailleurs. Les événements aussi : il arriva que, vers les 3 heures, de la fumée apparut sur la mer. Rien de moins que le paquebot des Messageries maritimes qui serait à Saigon le lendemain. Dans cette apparition, Kaï vit une insulte personnelle. Parce qu'en somme, il eût suffi au *Nan Shan* de se dérouter à peine, d'aller croiser la route du grand navire de fer ; on aurait alors adressé des signaux ; l'autre se fût sûrement mis en panne ; et, au besoin ficelée dans un prélart, la grande bringue se serait retrouvée empaquetée à destination de sa famille, franco de port. Pourquoi ne faisait-il rien de tout cela ?

La journée s'acheva, la nuit vint. Selim resurgit de sa cambuse, bien trop prudent pour émettre le moindre son, mais insistant pour signaler sa présence, et son éventuelle disponibilité, dans le cas où. Les Ibans mangèrent, Oncle Ka également. Pas Kaï, qui pourtant avait l'estomac dans les talons, ayant fait jeter aux poissons tous les plats du repas de midi.

Pas question de descendre la chercher, pas question de faire seulement semblant de m'intéresser à elle, pas question d'autre chose que d'ignorer totalement sa présence, j'aurais dû immédiatement revenir à Saigon, à la minute même où je l'ai découverte ; ne serait-ce que pour avoir des nouvelles de la santé de monsieur Marc-Aurèle ; mais maintenant c'est trop tard.

— Tu n'as pas faim ?

— Non.

Il pouvait être minuit, Oncle Ka était très doucement venu le relayer à la barre, Kaï avait, nonchalamment pensait-il, exécuté un tour de pont et s'était plusieurs fois enjoint de ne pas descendre. Bon, il était devant la porte de la cabine et le *non* lui était parvenu à travers cette porte.

— A mon avis, dit-il, tu étais de connivence avec l'Archibald. Il a fait sauter la maison de ta famille pour m'empêcher de te reconduire à Saigon.

Il venait d'improviser, les mots étaient montés à ses lèvres et en étaient sortis à la façon dont on retire de sa poche, étonné, quelque objet qu'un autre y aura glissé à votre insu. Mais il en fut illico enchanté. Voilà qui effaçait presque entièrement son humiliation d'être venu à elle. Une bonne attaque !

Sur quoi la porte de la cabine s'ouvrit, se referma et, dans l'intervalle, Kaï reçut une claque qui lui fit voir des étoiles. Le tout en trois secondes. Pour être rapide, elle l'est.

— Est-ce que ça veut dire que tu nies les faits ?

Un silence. Du poste d'équipage où les Ibans dormaient (ceux du moins qui ne préféraient pas le pont, mais curieusement, ce soir-là, il ne s'en était trouvé aucun pour passer la nuit à la belle étoile), une espèce de chanson aigre arrivait, qui disait le bonheur des longues maisons que l'on retrouve au retour des expéditions de guerre. Un petit crépitement de bambous tapotés donnait la cadence, des onomatopées criardes venaient parfois en contrepoint, la mélopée n'était pas sans charme, les deux premières heures passées et sous l'effet de l'accoutumance.

— Je peux me tromper, remarque.

Rien.

— Et tant que tu es à mon bord, je suis responsable de toi.

Rien.

— De toute façon, tu n'auras pas le temps de mourir de faim d'ici à Singapour.

Toujours rien.

Il souleva le loquet de la porte — qui bien sûr ne fermait pas à clé, à quoi eût servi de se barricader sur le *Nan Shan* ? — et constata que la cabine était parfaitement obscure. Les sortes de hublots carrés aux allures de sabords que Cerpelaï Gila avait jadis installés ne donnaient aucune lumière. Et, surtout, il régnait là une touffeur asphyxiante.

— Aussi bien, dit Kaï, tu ne t'appelles sans doute même pas Margerit. J'ai peut-être été crétin dans toute cette affaire, mais je ne suis pas idiot. Enfin, pas complètement.

Il n'exprima pas davantage son idée : peut-être était-elle une fille sortie d'il ne savait où (allez, pense le mot : d'un bordel) et qui avait trouvé ce moyen retors pour refaire sa vie.

— Va-t'en, dit-elle. Je débarquerai à Singapour, je t'en donne ma parole.

La voix était bizarre. A tâtons, Kaï trouva la lampe à huile et l'alluma. Les deux hublots étaient non seulement fermés mais on les avait aveuglés avec les rideaux. Tout était en ordre. A part cette chaleur proprement suffocante qui sûrement passait les cinquante degrés Celsius. Kaï souleva la lampe et traversa la cabine — qui était spacieuse, Cerpelaï Gila y vivant avec Madame Grand-Mère n'avait pas lésiné sur les dimensions. Il arriva au bord du lit (pas une simple couchette, un vrai lit, de deux mètres sur deux, orné de multiples coussins, certains triangulaires à la mode siamoise, les autres tout en longueur tels des traversins durs, qu'en Cochinchine on appelait des *femmes hollandaises*).

La jeune fille était allongée et tournait le dos à Kaï. Elle était recroquevillée. Le seul vêtement qu'elle portait, la chemise d'homme, était totalement détrempé, plaqué au dos. Les longs cheveux noirs défaits bouclaient ou se collaient en mèches luisantes, eux aussi ruisselants de transpiration.

— Ne me touche pas. Va-t'en. Puisque je te dis que je suis d'accord pour débarquer.

Il alla ouvrir les hublots et un peu de l'air presque frais de la nuit put enfin entrer dans ce confinement où dominait encore le parfum de santal, si fort qu'il en était écœurant. Il voulut rapporter de l'eau mais la jarre fixée à la cloison se révéla vide. Et sèche. Tu vas voir qu'elle n'aura rien bu depuis ce matin, avec cette chaleur.

— Viens sur le pont, tu as besoin de respirer.

— Fiche-moi le camp.

— Je t'ai déjà soulevée, je peux le refaire. Je le refais si tu ne te lèves pas.

Elle bougea enfin, ramena ses jambes nues sous elle, en sorte d'en dissimuler l'essentiel sous les pans de la chemise.

— Tourne-toi.

Il obéit et l'entendit qui passait son pantalon.

— Il y a des sarongs dans le coffre, là. Tu y serais mieux.

— Va crever.

Mais le ton n'y était pas. Elle a vraiment perdu de sa pétulance — si elle ne me joue pas la comédie.

— Tu me suis sur le pont ?

— Oui. Passe devant.

De la méfiance vint d'un coup à Kaï. Il hissa la lampe à hauteur de ce visage qui se détournait un peu trop. Et il vit qu'elle avait pleuré, ses yeux étaient gonflés et rouges. Il vit bien plus que cela : la jeune fille portait deux ecchymoses, l'une à la pommette, l'autre au menton ; et surtout elle avait l'œil gauche au beurre noir.

— Et c'est quoi, ça ?

— Je me suis cognée. Ne t'occupe pas. On sort d'ici, oui ou non ?

Il sortit dans la coursive mais s'aperçut qu'elle ne le suivait pas. Elle fouillait sa saleté de malle et en sortit ce qui pouvait être un livre et une pochette. Refermant sa malle, elle sortit à son tour, passa devant Kaï, partit vers le pont.

— Apporte ta lampe.

Il remonta aussi, avec un petit temps de retard, et la trouva en train d'étaler des photographies.

— Regarde. Regarde bien.

Et de pointer son index sur les photos successives.

— Ça, c'est quand j'avais six ans, à Chartres. Le premier voyage que j'ai fait en France. A côté, c'est Isabelle. Ma mère est derrière nous, avec son chapeau ridicule. C'est Papa qui a pris la photo. Celle-ci, c'est le jour de ma première communion, à Saigon. Celle-là et ces trois autres, c'est Isabelle et moi, encore. Tu reconnais Chambost ? Tu as été en classe avec lui. Et avec la plupart des garçons sur cette photo. Mais attends, j'ai mieux...

Elle devenait presque fébrile et présenta deux autres clichés :

— Le mariage d'Isabelle à Blois. Je n'ai pas voulu être demoiselle d'honneur, j'ai de grands pieds. Mais je suis là. Le gros bonhomme à ma droite est Émile Zola, mon idiote de sœur a trouvé au moins le moyen d'épouser l'un des rares officiers français à être dreyfusard. Tu sais ce que c'est, être dreyfusard ?

Kaï ignorait même qui était l'Émile en question. Il était hypnotisé par la représentation de la belle Isabelle et luttait férocement contre une réaction horrible : au vrai, il la trouvait grosse, boudinée — mais serait mort plutôt que de le reconnaître. Son regard passa sur une grande jeune fille brune aux lourds cheveux sombres coiffés en macarons lui couvrant les oreilles, qui n'était pas mal, enfin, disons jolie, et qui ressemblait comme une sœur jumelle (arrête, c'est elle et tu le sais) à la jeune fille ici présente, près de lui, haletante, enragée, arborant un œil au beurre noir, cheveux défaits, pieds nus (c'est vrai qu'ils sont grands), dont les lèvres semblaient parcheminées à force d'être sèches.

Il alla lui chercher à boire. Elle but, mais entre deux rasades lui tendit le livre couvert de maroquin.

— Mon journal, dit-elle. Tout y est. Tu peux le lire.

— Sûrement pas.

— De connivence avec un type pour faire exploser la maison de Papa, hein ?

Elle lui reprit le journal intime, le feuilleta, trouva la page qu'elle cherchait.

— Lis.

Il s'écarta.

— Tu ne m'avais seulement jamais vu, avant ces jours-ci.

— Pas plus de cinquante fois, en effet. Lis ou je t'assomme.

Elle brandissait le paquet d'une main, prête à frapper à la volée (ce qui n'était pas si inquiétant), et de l'autre avait pris et soulevé la lampe à huile, pour qu'il pût voir quelque chose. D'accord. Il se pencha sans rien toucher et ses lèvres bougèrent, comme toujours quand il lisait.

— A haute voix !

— *16 juillet*, lut Kaï à voix haute. *Le Guignol en vue. Ses épaules se sont encore élargies. Il a plus que jamais sa façon dansante de marcher. Sa...*

— Ça suffit.

Elle referma le journal. Kaï dit :

— Je ne t'ai pas écrit ces lettres, quand j'étais à Saigon. Je veux dire : je ne les ai pas écrites quand j'écrivais à Isabelle. Elles n'étaient pas de moi.

— Belle nouvelle. C'était Chartier qui écrivait pour toi. Je l'ai toujours su. Et j'aurais vu la différence, lorsque tu t'es mis à écrire toi-même. Sept fautes d'orthographe par ligne. Au moins.

— Quand tu voudras, Selim, dit Kaï sans tourner la tête — il avait senti la présence.

Le cuisinier ne tarda guère. Il n'avait que six plats préparés, pouvait en apporter davantage si un peu de temps lui était consenti.

— Ce qu'il y aura, dit la jeune fille. Je ne suis pas difficile.

Ils soupèrent au clair de lune, à même le pont. Comment une Isabelle Margerit pouvait-elle avoir une sœur pareille, brune et le teint bistre, et grande, et maigre (enfin, ça dépendait où), et visiblement capable de s'enfourner des dix, quinze plats à la file, ne bronchant pas du tout sur le piment, capable aussi de se mettre nue sur un bateau où il y avait onze hommes, capable encore de se pocher l'œil toute seule.

— Je sais pourquoi, dit Kaï.

— Pourquoi quoi ?

— Pourquoi tu t'es fait ces marques à la figure.

Pas seulement à la figure. Il devrait voir le reste de son corps. Et elle fit mine d'ôter sa chemise.

— Non !

Elle reprit du *chop souy* au porc.

— Rassure-toi, je n'avais pas l'intention de me remettre nue. Alors, ma raison, selon toi ?

— En débarquant à Singapour, tu aurais prétendu que je t'avais battue, et forcée.

— Sur le moment, ça m'a paru une bonne idée.

— Mais plus maintenant.

— Je vais débarquer et j'irai dans un hôtel.

— Et après ?

— Le premier bateau pour la France.

— Je ne te crois pas.

Il la quitta des yeux, amorça le mouvement de se lever, ne vit rien venir ou alors trop tard : le baquet le toucha à la pommette gauche et l'expédia à quatre pattes. Il se redressa dans la seconde, mais elle lâchait le baquet et se remettait à manger.

— Je ne t'ai pas frappé parce que tu as dit que tu ne

me croyais pas. Mais parce que, comme ça, je ne serai pas seule à être marquée, et par ta faute. C'est clair ?

— Pas du tout.

Kaï saignait un petit peu.

— Et je quitterai ton bateau à Singapour. Même si tu me suppliais à genoux d'y rester. On t'a déjà dit que ton cuisinier était réellement bon ?

— Oui.

Ching le Gros attendait sur le wharf, à Singapour, affaissé dans un rickshaw.

— Il va bien, dit-il. Il va s'en tirer. Je parle de monsieur Marc-Aurèle.

— J'avais compris. Merci d'être venu.

Mais le regard du Chinois était sur la jeune fille, en train de tirer sa malle sur le pont, qu'elle rayait. Elle venait d'intimer aux Ibans l'ordre de ne surtout pas l'aider et Dieu seul savait comment elle avait réussi à hisser cet énorme truc depuis la cabine. Elle portait une robe blanche avec une ceinture verte, un chapeau et des bottines à talons. Et un sac, une sorte d'aumônière.

— Bon, ça suffit, dit Kaï. Tu n'es pas obligée de porter toi-même ta malle.

— Du vent.

Et elle avait des gants de dentelle. Quant à son chapeau, c'était une sorte de machin rond et plat, avec un ruban autour de la coiffe, de la même couleur que sa ceinture. Hormis qu'elle transpirait, elle était fort élégante.

Bon, disons jolie aussi.

Peut-être un peu plus que jolie, non ?

Ouais.

Kaï souleva la malle, de nouveau surpris par le poids considérable du bagage, et, pendant quelques secondes, dut quasiment se battre avec la jeune fille pour savoir qui ferait le bagagiste. Kaï gagna. Pourquoi est-ce que j'ai de tels remords en regardant son œil au beurre noir, nom d'un chien. Je n'y suis pour rien, après tout !

Sur le wharf pullulaient, outre trois ou quatre marins d'un bâtiment de guerre britannique, des camelots, des jongleurs, des changeurs d'argent et les habituels employés d'hôtel en toque grenat ou noire, ou bien, comme pour le Raffles, en casquette et livrée. Les Ibans mirent en place l'échelle de coupée.

— Un moment, leur dit Kaï.

Il se tourna vers la jeune fille :

— Tu vas où ?

— A l'hôtel.

— Tu as de l'argent ?

— Ça te regarde en quoi ? Oui, j'en ai. J'ai économisé ces derniers temps. J'ai de quoi me payer l'hôtel, et un billet sur le bateau pour Marseille. Et le train en arrivant. En France.

Elle avait détaché les deux derniers mots, *en France*, et le grand embarras qu'éprouvait Kaï, presque son sentiment de culpabilité, cette impression très confuse qu'il eût dû faire quelque chose, tout cela s'effaça : elle joue la comédie, elle essaie de m'embabouiner, de m'emberlificoter, de me rendre responsable, de me pousser à l'empêcher de descendre du *Nan Shan* ; pendant des mois, des années (à ce qu'elle prétend) elle dit qu'elle a rêvé que je l'enlève, mais aussi bien elle aura écrit ce journal intime en quarante heures à seule fin de m'en faire accroire.

Il descendit lui-même la malle sur le wharf, choisit un homme pour la porter.

— Je te préviens, dit-il à l'homme. Essaie seulement de voler cette mem-tuan et je t'arrache les bras.

— Je le connais, dit Ching le Gros. Ne te fais pas de souci, en plus, je l'aurai à l'œil. Et puisqu'il semble que tu portes de l'intérêt à cette demoiselle, je ferai en sorte que personne ne lui cause du désagrément, tout le temps qu'elle sera à Singapour.

— Je comprends un peu ce que vous dites, je vous préviens, dit la jeune fille.

— Je ne lui porte pas d'intérêt, dit Kaï à Ching le Gros. Je veux juste être poli, c'est tout.

Kaï était absolument certain que le Chinois savait qui était la jeune fille, comment et pourquoi elle s'était retrouvée sur le *Nan Shan*, il aurait parié qu'il savait même combien de robes elle avait dans sa malle.

— Excuse-moi d'avoir dit que tu lui portais de l'intérêt, dit Ching le Gros.

— Ce n'est pas que je ne lui porte pas d'intérêt, mais je ne lui porte pas l'intérêt que vous croyez. Je lui porte un intérêt entièrement ordinaire.

— C'est tout à fait clair, dit Ching le Gros. Il a dû y avoir des passages nuageux dans ma cervelle, pendant un moment, mais le ciel est désormais limpide.

— Et ne vous payez pas ma tête, en plus. Ne touche pas à cette malle (il s'adressait maintenant au coolie qu'il avait lui-même choisi et qui se préparait à hisser le bagage sur sa carriole à bras). N'y touche pas aussi longtemps que je te dirai de le faire.

— Je me trompe ou tu viens d'ordonner à ce porteur de ne pas ramasser ma malle ?

Question de la jeune fille qui, comme par magie, venait de faire apparaître une ombrelle bleue et l'avait déployée au-dessus de son chapeau.

— On dirait bien qu'elle comprend le chinois et le malais, dit Ching le Gros. C'est décidément une perle rare.

— Mêlez-vous donc de ce qui vous regarde, je vous prie, lui dit Kaï.

Il voulut mettre les mains dans ses poches et constata qu'avec un sarong, ce n'était pas si facile. Il s'en voulut à mort mais ne put relever la tête et regarder la jeune fille dans les yeux :

— Je serais plus tranquille, lui dit-il, si au lieu d'aller dans un hôtel borgne, tu descendais chez les Hodgkins. Tu y seras en sécurité.

— *Plus tranquille ?* Elle sembla sur le point de s'étrangler de rage.

On commençait à s'attrouper, à l'entour, et ne se trouvaient pas là, seulement, les deux ou trois cents va-nu-pieds ordinairement présents à l'arrivée de chaque bateau : il y avait aussi des prostituées, venues à quai pour le bateau de guerre, plusieurs d'entres elles blanches (des Valaques notamment), ainsi que des *compradores* vaguement portugais, des secrétaires chinois, et même sept ou huit Européens qui avaient l'air de trouver très à leur goût la jeune fille avec sa robe, ses mitaines de dentelle et son ombrelle (plus, conviens-en, une cambrure de reins qui donnait beaucoup à penser).

— Et de quel droit voudrais-tu te sentir plus tranquille, Kaï O'Hara ? Hein, de quel droit ?

Et dire, pensa Kaï, que je me sentais quand même un peu mal à l'aise lorsque j'avais devant moi huit ou douze pirates qui voulaient juste me découper en lamelles. Je préférerais mille pirates à cette situation.

— Et *ça* (la jeune fille indiquait le Raffles), et ça, c'est un hôtel borgne ?

— Le Raffles est toujours plein, dit Kaï. Tu n'y trouveras pas de place.

— Le Raffles est surpeuplé, dit Ching le Gros venant à la rescousse.

— Il l'est toujours, dit Kaï. Il faut y retenir sa chambre des mois à l'avance.

— Et en plus, dit Ching le Gros (quel ami fidèle !), on n'y accepte pas les femmes seules. Surtout jeunes. La demoiselle aurait quatre-vingt-six ans, alors là oui, peut-être. C'est un hôtel anglais.

— Sans compter, dit Kaï, que tu irais y dépenser des fortunes. Et il ne te resterait plus de quoi acheter un billet de bateau.

La jeune fille flanqua soudain son ombrelle dans la main du coolie, qui n'en eut pas vraiment l'air plus intelligent, et chercha à soulever sa malle. Mais si elle put la hisser à vingt centimètres au-dessus du sol, elle n'alla pas plus loin.

Des Européens s'avancèrent pour l'aider.

— Allez-y donc, leur dit Kaï. Je cherche justement quelqu'un à massacrer.

Un flottement certain se produisit, d'autant que les Ibans venaient de s'aligner, avec leurs arbalètes, derrière Kaï. Seuls peut-être les lanciers du Bengale se fussent dès lors aventurés à approcher la malle.

— Fils de chien, dit la jeune fille. Et le Chinois pareil, tous des fils de chien.

Mais quelque chose arriva, qui prit le visage et la massive silhouette de Bill Hodgkins, installé à l'arrière d'une victoria, pas moins, où était également assise sa femme. Le regard de Kaï alla chercher celui de Ching le Gros et Kaï comprit que cette irruption du couple Hodgkins n'était pas entièrement due au hasard, le Gros s'en était mêlé.

Kaï fit les présentations. Sarah Hodgkins portait chapeau à voilette, et ombrelle, et bottines, et robe ainsi qu'il seyait à une dame comme il faut sous ces latitudes ; c'était une Anglaise, elle était néanmoins jolie, quoiqu'un peu grande et maigre. Si la jeune fille veut lui chercher des poux dans la tête, elle n'est pas sortie de l'auberge, madame Sarah Hodgkins a du répondant.

Mais il se trouva que la passagère du *Nan Shan* fit patte de velours. Son anglais n'était pas mal du tout. Au plus demanda-t-elle s'il était vrai qu'au Raffles, et dans tous les hôtels convenables, on acceptait difficilement les femmes seules. Et quand on lui répondit oui, elle rendit les armes.

— Je serais heureuse, et honorée, d'abuser de votre hospitalité. Le temps qu'un bateau pour la France puisse m'embarquer.

— Le bateau du 11 peut-être, dit Kaï aussitôt.

Il y avait un paquebot trois jours plus tard, en réalité. Je veux bien être pendu si je sais pourquoi je veux la faire partir dans neuf jours de Singapour, je dois être fou.

— Sur le bateau du 11, dit Bill Hodgkins, nous arriverons peut-être, en effet, à trouver à Mademoiselle (il disait *Mademoiselle* en français) une cabine acceptable.

Sarah Hodgkins se tut, qui pourtant allait parler sans nul doute pour dire qu'ils se trompaient sur les dates d'appareillage. Kaï lui adressa son plus beau sourire, et se promit de lui envoyer des fleurs.

Kaï hissa la malle dans la victoria et tendit la main à la jeune fille pour l'aider à monter. Main qui fut refusée. La jeune fille s'installa, remit son chapeau en place.

Regarda devant elle :

— Tu avais des projets, pour Isabelle et toi. Après Singapour.

Dis-lui que non. Mais il avait toujours beaucoup de mal à mentir. Enfin, cela dépendait à qui.

— D'abord à Bornéo, dit-il. Il y a trop de temps que mes Ibans ne sont pas un peu restés chez eux. Ensuite, peut-être un petit tour à Tahiti. Les mers du Sud, en tout cas.

La jeune fille acquiesça, ne dit plus rien. Sarah Hodgkins demanda à Kaï s'il voulait bien venir dîner, le soir ou le lendemain. Il hésita, ne sachant comment refuser.

— Je me suis occupé, dit alors Ching volant à son secours, de ces ennuis que tu as avec l'un de tes mâts.

— Le mât d'artimon, dit Kaï. L'emplanture faiblit un peu.

C'était vrai. Sauf que ladite emplanture pouvait encore tenir quinze ou vingt ans.

On se souhaita toutes sortes de bonnes choses, la victoria partit, au pas lourd de ses chevaux australiens. La foule se dispersa : on venait d'annoncer le prochain accostage du paquebot de la Peninsula & Oriental, et cette partie-là du wharf se vida pour une autre. Kaï se sentit extraordinairement vide, lui aussi.

— Des nouvelles, dit Ching le Gros. Le père de la jeune fille est de mauvaise humeur. Ce n'est pas un homme commode. Mets le pied à Saigon et tu files en prison pour enlèvement. Entre autres choses.

— Et pour l'explosion ?

— Il t'en rend plus ou moins responsable.

— Il y a eu des victimes ?

Non. C'était un premier réconfort. Le deuxième était que les domestiques des Margerit avaient tous affirmé que Mademoiselle les avait presque forcés à prendre une soirée de détente.

— Mais la fille est mineure. Tu l'as séduite et enlevée. Qu'elle ait été d'accord ne change pas grand-chose.

— On a retrouvé l'Archibald ?

Non plus. Il avait disparu. On ignorait même s'il se trouvait toujours à Saigon.

— Il est peut-être ici, remarqua Ching. Tu as plutôt traîné, pour revenir de Cochinchine.

— Votre frère l'a vu quand il a tiré sur monsieur Marc-Aurèle ?

Pas davantage.

— Ton ami corse serait mort, on t'aurait sûrement accusé de l'avoir abattu. Parce qu'il t'empêchait de faire exploser la maison et d'enlever la jeune fille.

— Mais il va s'en tirer.

— Je te l'ai dit.

— Pourquoi faire tout cela pour moi, Ching ?

— Tu ne m'es pas trop antipathique.

— Il n'y a pas une autre raison ?

— Dis-la-moi, si tu la trouves.

— Vous aurez du fret pour moi ?

— Si tu vas du côté des Moluques, avec départ dans une cinquantaine de jours. Autrement, j'ai des jades pour Hawaii. Tu irais à San Francisco ?

— Non.

Ce n'était pas dans les mers du Sud, San Francisco.

— Tant pis, dit le Gros, placide.

— Votre frère n'a pas vu du tout l'Archibald ?

— Même pas son ombre. Quand Wou est arrivé, après les coups de feu, il t'a trouvé penché sur monsieur Marc-Aurèle qui tenait encore son arme dans sa main. Et il y avait un autre revolver à quelques mètres de là. Wou n'a rien vu d'autre.

— C'est ce qu'il a dit aux policiers de Saigon ?

— Évidemment non. Il a confirmé ta version et celle de ton ami corse.

— Il me faudra le remercier.

— Il n'en attend pas tant. C'est mon frère. Tu veux de mes gâteaux ?

C'étaient de ces pâtisseries chinoises, gluantes de sucre. Kaï les aimait. Mais pas ce jour-là, pas aujourd'hui, il n'était pas trop dans son assiette.

— J'aurai toujours du fret pour toi, Kaï. En route.

Le tireur de rickshaw s'arc-bouta et réussit à ébranler sa machine écrasée par les cent vingt ou cent trente kilos de Ching.

— Comment l'Archibald pourrait-il être à Singapour sans que vous le sachiez ?

— S'il avait débarqué d'un bateau ici, je le saurais. Mais il a pu descendre à terre n'importe où, sur une jonque ou une simple barque. Il a pu aussi venir par Johore. Je sais à quoi tu penses.

A la maison de Madame Grand-Mère. Kaï n'aimerait pas du tout qu'elle saute comme avait explosé la villa des Margerit à Saigon. Surtout avec Madame Grand-Mère à l'intérieur.

Je ne crois pas qu'il irait jusque-là. Je ne crois même pas qu'il voulait vraiment tirer sur monsieur Marc-Aurèle.

Dans tous les cas, Kaï avait déjà recommandé aux Ibans de se méfier. Une transformation du *Nan Shan* en chaleur et lumière serait presque aussi épouvantable que l'explosion de Madame Grand-Mère et de sa maison ensemble.

Le rickshaw roulait.

— Ne tue personne en te battant cette nuit, dit Ching en agitant la main en signe d'au revoir.

Kaï ne tua personne mais se battit beaucoup.

— Des bagarres que tu as provoquées, lui dit le lendemain matin monsieur Gaines, qui était quelque chose comme surintendant de la police.

— Peut-être une, oui. Une toute petite.

— Tu en as livré cinq. Contre sept hommes en tout.

— Ils étaient gros.

Monsieur Gaines le concéda. C'étaient tous des montagnes. Monsieur Gaines alla jusqu'à penser que là était la raison nécessaire et suffisante qui avait poussé Kaï à leur chercher querelle. Au moins ne tapait-il jamais sur plus petit que lui.

— Les deux marins suédois sont à l'hôpital et ne pourront pas remonter de deux semaines sur leur cargo, qui repart demain. Pour l'Américain, tu lui as juste fracassé la mâchoire mais lui non plus ne porte pas plainte. Les trois Philippins, si.

Kaï ne se souvenait d'aucun Philippin. Il ne s'en prenait jamais aux Philippins, d'habitude — ils étaient trop petits et trop légers.

— Ceux-là faisaient sept cents livres à eux trois, expliqua monsieur Gaines. Ton amende pour les avoir écrabouillés a été fixée à cinq pounds. Plus douze pour avoir pulvérisé le mobilier des trois salles de madame Choum. Tu peux sortir.

— Je n'ai pas dix-sept pounds.

— Ton amende a été réglée. Dehors.

Kaï revint à bord du *Nan Shan* pour faire toilette. Les Ibans jouaient au poker, une espèce de poker dont des marins américains leur avaient appris les règles avant de découvrir que, pour un Dayak de la mer, perdre était contre nature, au point que quiconque prétendait rafler la mise en présentant un carré d'as contre une paire de neuf jouait carrément sa tête. Outre cela, les Ibans, pour une raison ne regardant qu'eux, avaient décidé que la simple possession du valet de trèfle battait toutes les combinaisons possibles ; mais le valet de trèfle pouvait être remplacé par le dix de carreau, ou le roi de cœur, selon les jours ; voire le sept de pique ; et la révélation de la carte maîtresse était gardée secrète jusqu'à la dernière seconde. Sauf ordre exprès de Kaï, les Ibans ne descendaient jamais à terre aux escales (hors du Sarawak), et ils avaient quelque difficulté à trouver des adversaires aux cartes.

Kaï passa un pantalon et une chemise, poussa la mortification jusqu'à enfermer ses pieds dans des chaussures, se lava trois fois les dents, traqua jusqu'au fanatisme le plus minuscule poil de sa barbe, se fit un peu couper les cheveux par Oncle Ka, vérifia ses ongles pour s'assurer qu'ils étaient absolument propres, et ses oreilles de même...

... Remonta à bord après en être une première fois descendu, à seule fin de se coiffer autant que faire se pouvait, et alla se présenter à Madame Grand-Mère.

— Je vous rendrai les dix-sept livres.

— J'y compte bien. Je ne te prendrai pas plus de neuf pour cent d'intérêt. Par mois.

— Je m'en tire bien.

— Ne fais pas le malin, en plus.

Madame Grand-Mère peignait. Sur soie. Avec des pinceaux à un seul poil. Elle peignait une montagne. Ou des nuages sur la mer. Ou un dragon. La tête sur le billot, Kaï n'aurait pu dire quel était le thème. Il avait des doutes quant aux talents de Madame Grand-Mère dans ce domaine précis de la peinture.

— Je n'ai pas touché cette jeune fille, dit-il.

— Je ne crois pas t'avoir posé une question.

— Et si elle prétend que je l'ai frappée, elle mentira.

Pas de réponse. Madame Grand-Mère tirait la langue, au plus fort de son application. Il suspecta qu'elle faisait un peu le clown. On ne pouvait jamais savoir, avec Madame Grand-Mère.

— Je voulais, dit-il encore, enlever une autre jeune fille, à Saigon. Pas celle-là. Sa sœur.

Pas de commentaire.

— Sauf qu'elle est mariée. Avec un zouave.

Le pinceau à un poil demeura en suspens pendant une seconde (ce devait être le zouave qui déconcertait Madame Grand-Mère).

— Dans tous les cas, dit Kaï, elle va prendre un paquebot pour la France.

— Dans dix jours.

La remarque, faite sur un ton fort neutre, éclaira Kaï : Madame Grand-Mère savait tout, comme d'habitude.

— Et je ne ferai rien pour l'empêcher de partir, évidemment.

Les derniers mots de Kaï s'engloutirent une fois de plus dans le silence. Il regardait Madame Grand-Mère et pensait à la jeune fille qu'elle avait été, cinquante ou soixante ans plus tôt, au temps où la Mangouste folle l'avait trouvée, en était devenu amoureux, l'avait enlevée, embarquée sur sa goélette pour ne plus la quitter jamais — sauf sur la fin, des décennies plus tard, et encore seulement parce qu'il n'avait pas voulu se montrer à elle, étant lui-même détruit et hideusement transformé par sa maladie, en sorte qu'il avait préféré mourir seul. Voilà qui était de l'amour. Kaï considérait la ligne si fine des épaules de Madame Grand-Mère, et la nuque délicate, gonflée du lourd chignon. Probablement qu'elle ne pesait qu'une quarantaine de kilos ; lui, Kaï, en faisait dans les quatre-vingt-quatorze, autant que Cerpelaï Gila sans doute quand il était dans la force de l'âge et pas encore rongé. La vie est si étrange, qui fait se rencontrer et s'aimer des gens si peu appareillés.

Mais voilà que Madame Grand-Mère soudain s'était mise à parler, tout en peignant, de temps à autre s'écartant de sa soie tendue, gardant alors l'un de ses pinceaux en l'air, semblant parler pour elle-même, d'une voix comme lointaine, et douce. Tout se passant comme si elle avait deviné (ce qui en vérité était sûrement le cas) ce que Kaï avait en tête à cet instant.

— Il ne m'a pas vraiment enlevée, disait-elle. Je suis allée à lui. Ce sont toujours les femmes qui choisissent, ou alors elles se résignent, mais ce n'est pas bon.

Elle poursuivit son monologue. Ne donnant finalement que peu de détails sur les circonstances dans lesquelles son destin et celui de Cerpelaï Gila s'étaient croisés, avant de s'unir. Et Kaï, pour la première et peut-être la dernière fois de sa vie, éprouvait à son égard une espèce d'irritation. A l'idée que Madame Grand-Mère, en somme, lui conseillait (s'il comprenait bien) d'accepter la grande bringue qui, à Saigon, s'était indûment faufilée à bord du *Nan Shan*. Il partagea le déjeuner de son aïeule chinoise. Dans l'après-midi, il ressortit. Dans l'intention première, et assez vague, de marcher droit devant lui. Se retrouva sur les hauteurs très relatives — cent soixante-seize mètres — du *bukit* Timah. Il se trouvait là un jeune Malais, surveillant trois vaches. Kaï s'assit près de lui, ayant à sa droite et en contrebas la voie de chemin de fer allant à Johore et qui suivait le tracé de la route Woodlands.

— Je suis dans un foutu embarras, dit-il au jeune vacher.

A environ quatre kilomètres face à Kaï, le détroit de Pandan était très clairement visible, avec son chapelet d'îlots. Et à main gauche, les constructions de Singapour-ville ; par-dessus les frondaisons du parc Kimlin, l'œil si aigu de Kaï identifia le bureau de la poste centrale, la résidence du gouverneur, le bâtiment en U du Raffles. Mon Singapour a beaucoup changé, se dit-il, tu vas voir qu'ils vont m'en faire une vraie ville, ces chiens.

— Je suis abattu, dit Kaï à voix haute, en chinois. D'habitude, je suis d'un naturel plutôt optimiste, mais là, non. On pourrait appeler ça de la neurasthénie.

Le jeune Malais lui jeta un coup d'œil, mais sans plus.

— C'est à cause de la grande bringue, poursuivit Kaï. D'un côté, j'aurais assez envie de lui faire des câlins. Je l'aurais à mon bord, je ne m'en lasserais pas pendant trente ou quarante ans. Ou plus, si ça se trouve. Tu me suis ?

— Je ne comprends pas ce que vous dites, dit en malais le vacher.

— Tu la verrais grimper à un mât, tu dirais un Dayak de la mer. Tout à fait entre nous, je ne suis pas complètement certain qu'Isabelle Margerit pourrait en faire autant. C'est dur à admettre, mais des deux sœurs, il y en a une pour aller sur un bateau, et l'autre pas. Donc, ça fait dans les cinq ou six ans que je me trompe.

— Je ne comprends pas un seul mot de votre langue, dit le Malais.

— J'ai été un crétin pendant des années. Ce qui m'arrive est bien fait. Parce que...

— Pas un seul mot de votre foutue saloperie de langue, dit le jeune Malais qui s'enhardissait.

— Parce qu'en acceptant la grande bringue, à présent, j'aurais l'air encore plus crétin. Tu parles d'un départ dans la vie ! Je ne pourrais plus jamais la faire taire, pendant les cinquante années à venir. C'est elle qui m'aurait choisi et pas le contraire. Madame Grand-Mère a beau dire. Mon grand-père, dont je ne dis pas le nom en malais parce que tu saurais que je parle ta langue, mon grand-père s'en retournerait dans sa tombe.

— Et en plus de ne pas te comprendre, et comme tu ne me comprends pas non plus, reprit le Malais, je t'annonce que je t'emmerde.

— En sorte que je ne sais pas du tout quoi faire.

Kaï adressa son plus beau sourire au vacher et se leva. Il tapota le sommet du crâne de son compagnon et résista à son envie de lui dire quelques mots en malais. Mais non.

— Merci de ta compréhension et surveille bien tes vaches.

Il redescendit vers la ville, par Toah Payoh et la route de Serangoon. Ainsi tomba-t-il, mais peut-être l'avait-il voulu plus ou moins consciemment, sur la parade quotidienne des maudits Anglais de Singapour, à l'heure de la fin du jour. Il ne s'approcha pas et, à l'abri d'un bosquet de flamboyants, la vit, la grande bringue, qui était ravissante et, pis que tout, entourée par cinq ou six fils de chiens faisant la roue devant elle que flanquait Sarah Hodgkins. Elle portait même un chapeau, une espèce de capeline, des mitaines de dentelle, une ombrelle. Et lorsqu'elle joua un coup de croquet, elle déchaîna l'enthousiasme de ses admirateurs.

Il se détourna et partit. Gagna le wharf, monta dans le canot, embarqua sur le *Nan Shan*, jeta à la mer ses chaussures de cuir que, de toute façon, il avait ôtées depuis des heures pour marcher pieds nus, passa un sarong, prit une douche.

— On appareille, Oncle Ka.

Quant à la destination, il ne savait pas encore. Il verrait. Ou plutôt non :

— On rentre au Sarawak.

Les mots étaient à peine sortis de sa bouche qu'il en mesura le poids. Têtu comme je suis, je ne reviendrai pas en arrière.

Le *Nan Shan* toucha une fort jolie brise dès le port de Keppel. Plus encore tandis qu'il longeait les îles de Brani et Sentosa.

— Beaucoup de vent, dit Oncle Ka.

— Merci de m'en informer, je n'avais pas remarqué.

Kaï descendit jeter un coup d'œil sur le lest. Le *Nan Shan* était léger, sans cargaison, ses soutes vides. Vides sauf le lest — un tiers de son port en lourd, soit dans les quatre cents tonnes — qu'Oncle Ka avait fait embarquer. Dans la cale, Kaï vérifia la solidité du bardis, une cloison tout en longueur servant à empêcher le lest de riper d'un bord sur l'autre. Des bidons de pétrole et des sacs de riz. Les premiers étaient comme il convenait enfermés dans des coffrages de bois et très soigneusement arrimés, maintenus de surcroît par des planches. Il valait mieux : le roulis s'accentuait. Juste ce qu'il me fallait, pensa Kaï : pas un typhon (je n'aurais pas cette chance), mais une bonne vieille tempête. A tout le moins un coup de vent. Des tempêtes en cette saison, ça ne tenait pas debout.

Il vérifia planche après planche, amarre après amarre, puis alla renifler les sacs de riz. Il existait des cas de combustion spontanée, avec le riz et les céréales en général. Sans compter qu'au cas d'une voie d'eau, ces saletés de graines pouvaient se mettre à gonfler et faire éclater le pont, pas moins.

Tu sais très bien pourquoi tu t'attardes dans ta cale, Kaï O'Hara. Parce que tu as trop envie de faire demi-tour. De rentrer à Singapour. Un lest embarqué sous la surveillance d'Oncle Ka est toujours là, et comme il faut.

Il remonta, mais sans gagner le pont. Il allait pénétrer dans sa cabine quand un coup de roulis le projeta à six mètres le long de la coursive, son front porta contre le battant d'une porte, il se retrouva assis sur le plancher, du sang plein la figure, et envahi de ce qui ressemblait beaucoup à de la jubilation : un coup de tabac, hein ? Ça ne pouvait pas mieux tomber, il était justement d'humeur à se colleter avec quelque chose de gros. D'accord. Il entra quand même dans sa cabine et y prit de quoi se confectionner un foulard, qu'il noua autour de son crâne, pour empêcher la saleté de sang de l'aveugler.

— Tu joues à quoi, Oncle Ka ?

Il était de retour sur le pont et le chef des Dayaks de la mer s'accrochait du mieux possible à la roue du gouvernail. Des vagues de dix mètres accouraient, du sud-ouest, d'où en toute logique elles n'auraient pas dû venir. Sauf qu'elles étaient là. Kaï les considéra avec satisfaction. Une sagesse élémentaire aurait commandé de fuir la lame, et soit de revenir à Singapour, soit d'aller courir chercher des eaux plus calmes du côté de Sumatra, voire dans la mer de Java.

Et puis quoi encore ?

— Je prends la barre, Oncle Ka.

Les dix heures suivantes, le *Nan Shan* monta et descendit, se cabra, plongea, eut son pont balayé par des masses d'eau. Progressa à peine. Il y eut, vers midi du lendemain, une espèce d'accalmie, d'une douzaine d'heures, mais bizarre. Sous un ciel plombé que perçaient parfois d'étranges irradiations couleur de sang. Des feux de Saint-Elme coururent sur les vergues. Kaï alla s'allonger, s'endormit sitôt sa nuque posée, s'éveilla quand un des Ibans toqua à sa porte. Il constata que le roulis avait repris, et de plus belle. La position qu'il avait relevée avant de partir se coucher les avait situés à une centaine de milles dans le sud-sud-est de l'île de Bunguran, qui marquait à peu près le milieu du trajet entre Singapour et ce point de la côte du Sarawak vers lequel le *Nan Shan* faisait route.

— J'ai louvoyé tant que j'ai pu, mais je n'ai rien gagné, dit Oncle Ka entre deux paquets de mer.

— Tu aurais dû me faire réveiller plus tôt.

— Ta tête ?

— Ma tête va très bien.

Kaï toucha l'endroit de son crâne où il avait été blessé : le sang s'était remis à couler. Je me serais cogné une autre fois, au même endroit, quand j'ai traversé ma cabine dans le sens de la longueur.

— Tu as déjà vu une tempête pareille dans ce coin, Oncle Ka ?

Non.

— C'est un typhon, hein ?

Un typhon têtu, dit Oncle Ka. Un typhon pas comme les autres. Un typhon qui ne tourbillonnait pas. D'un typhon comme celui-là, certains auraient pu dire qu'il avait une idée derrière la tête.

— Et quelle idée ?

Oncle Ka tira sur sa pipe dont le tuyau était fait avec l'os d'une aile d'albatros, qui était éteinte évidemment, et qu'il tenait cul en l'air pour éviter qu'elle ne s'emplît d'eau. L'idée, par exemple, dit Oncle Ka (en criant parce que le vent et la mer faisaient un boucan du diable tout autour d'eux), l'idée que le typhon voulait à toutes forces empêcher le *Nan Shan* d'aller au Sarawak.

— Mais c'est juste une idée en l'air, précisa le chef des Dayaks de la mer.

— Et nous forcer à retourner à Singapour, c'est ça ?

— Je disais ça pour causer, dit Oncle Ka.

Qui durant quelques secondes disparut presque complètement sous une énorme vague balayant le pont de la goélette franche. S'il n'avait pas été, comme Kaï lui-même, aussi solidement agrippé à la roue du gouvernail, il serait sûrement parti par-dessus bord. Sur le visage de Kaï, sur sa langue, se mêlaient l'eau douce de la pluie, l'eau salée de la mer, le sang coulant de sa tempe. La tempête geignait et piaulait, il arrivait que le navire fût parfois comme hors de l'eau (sans cesser de frémir de tous ses bois), après quoi il retombait et carambolait de nouveau, sa poupe et sa proue au même instant submergées par une ruée d'écume neigeuse, et n'émergeaient plus alors que ses superstructures.

— Descends, Oncle Ka.

— Je suis très bien où je suis.

Au vrai, ils n'étaient pas trop de deux pour maintenir obstinément le cap, cherchant à s'élever pour courir sans cesse à la lame et à la côte de Bornéo, dont Kaï doutait beaucoup qu'elle se fût rapprochée depuis son dernier point.

Les trois jours suivants furent de la même farine. Les mêmes répits trompeurs, pendant lesquels les rafales aplatissaient à peu près les vagues ; mais le vent, lui, ne mollissait pas, toujours debout avec une opiniâtreté que

Kaï estima sardonique. Et chaque mille gagné lors de ces accalmies était perdu lors des reprises qui suivaient.

— Je sais ce que tu penses, Oncle Ka.

— C'est bien possible.

— Nous pourrions en effet contourner cette saleté de tempête.

— Nous le pourrions peut-être.

— Si le vent ne tourne pas avec nous.

— On ne sait jamais, avec le vent.

— Je suis sûr qu'il nous viendrait de l'est, en pleine gueule, si nous allions à l'est.

La cinquième nuit fut quasi dantesque. Le *Nan Shan* se coucha en quatre occasions sur le flanc, ses voiles de cape furent arrachées par deux fois, le cagnard, de teck pourtant, qui servait aux Ibans quand ils s'acagnardaient sur le pont par beau temps, ce cagnard s'envola, sans doute à la poursuite des deux tendelets disparus, quant à eux, depuis longtemps.

— Et si je décidais de passer par l'ouest, par exemple pour descendre jusqu'à la mer de Java, tu verrais que cet abruti de vent s'arrangerait encore pour nous souffler en plein museau. On parie ?

— Non, dit Oncle Ka. L'Iban en chef était d'un flegme inaltérable. Il pesait bien trente kilos de moins que Kaï mais les cent heures et plus qu'il avait passées à la barre ou sur le pont depuis le départ de Singapour ne le marquaient pas. Et Kaï ne pouvait imaginer d'être humain en qui il eût pu avoir plus de confiance. Sans même parler de l'amitié.

— D'accord, route au nord-nord-est, dit Kaï dans la soirée du sixième jour de tempête.

Il s'écoula alors deux ou trois heures pendant lesquelles le *Nan Shan* marcha plutôt bien. On put doubler Bunguran par le nord, sous un gros vent de tribord amures. Sauf que cela ne dura pas, le foutu vent tourna bel et bien, il fallut à nouveau prendre la cape, voilure réduite autant qu'il se pouvait. Durant la soirée, la nuit, la matinée qui suivirent, Kaï ne cessa de lofer, faisant pointer au vent la goélette, puis abattant quand l'arrière se trouvait par trop exposé aux lames.

— Le gouvernail, dit Oncle Ka.

Sous-entendant qu'on allait finir par le briser, à force de cape ardente. Kaï tint encore jusqu'à la nuit, sentant sous ses pieds nus son bateau qui souffrait le martyre. D'accord.

— Tu prends la suite. Tu sais ce que tu dois faire.

Il laissa la barre à Oncle Ka et descendit tout droit à sa cabine. Il avait dormi au plus sept ou huit heures en une semaine mais au-delà de la fatigue, voire de l'épuisement, c'étaient tout à la fois, qui le tenaient, une fureur certaine et, plus bizarrement, comme du soulagement.

D'accord. Il mangea le foutu nasi goreng préparé par Selim, puis s'allongea. Ses yeux le brûlaient, sous le double effet de la mer reçue et du manque de sommeil. Pourtant, il ne s'endormit pas tout de suite. Au vrai, il se passa trois heures environ. En haut, Oncle Ka avait changé de cap. Le roulis s'affaiblit, cessa presque, la tempête diminuait.

Évidemment.

Le pilote du port de Singapour s'appelait Hanks et se souvenait de la Mangouste folle.

— Une fois même, il m'a emmené faire un tour. C'est la plus belle goélette des mers du Sud.

— Pas seulement des mers du Sud.

— Ils sont vraiment obligés de venir avec nous ?

Hanks indiquait les Dayaks de la mer. La réponse à sa question était oui : les Dayaks de la mer étaient indispensables. Peut-être même utiles, si cela se trouvait. Dans tous les cas, pas complètement inutiles. Et puis de les avoir avec soi (six seulement étaient de la partie, trois autres étaient restés avec Oncle Ka à bord du *Nan Shan*), était un réconfort, une façon de rendre moins humiliante sa démarche, de lui donner de la couleur.

Ils montèrent tous à bord du paquebot. Le paquebot était le *George-Truwell*, de la Peninsula & Oriental. C'était une ridicule machine en fer avec quatre mâts et une cheminée, de cent soixante-dix mètres de long, de treize mille tonneaux environ, emportant à plein — ce qui était presque le cas — dans les deux cents passagers de première classe et dans les quinze cents de deuxième et troisième classe.

Plus un officier avec barbe qui dit qu'il n'accepterait sous aucun prétexte que les Dayaks de la mer tout nus montassent à bord. Il n'eut pas véritablement le temps de terminer sa phrase : les Dayaks de la mer se dispersèrent, s'infiltrèrent, se hissèrent. Il y en eut bientôt un peu partout.

— Je ne vous conseille pas de les bousculer, dit Kaï à l'officier à la barbe rousse. Ils sont trois à avoir des arbalètes et trois autres avec des sarbacanes. Dans tous les cas, les traits et les fléchettes sont empoisonnés, c'est mortel. Ça vous effleure seulement et, crac, vous êtes mort.

Non, non pas du tout, ce n'était pas une menace, quelle idée ! Les Dayaks de la mer n'étaient jamais montés sur un bateau en fer et éprouvaient seulement une curiosité bien normale.

— Ils s'en iront avec moi.

Et quant à lui, il souhaitait juste dire un mot à une passagère. Mademoiselle Catherine Margerit.

— Nous appareillons dans quelques minutes, dit le rouquin.

— Mademoiselle Catherine Margerit, répéta Kaï. Vous allez la chercher et ça ne me prendra pas plus de trois minutes.

Des passagers et passagères s'étaient approchés. Prudemment — les Ibans figés en divers endroits créaient comme une gêne générale. Un autre officier survint, d'un grade supérieur au premier, et qui se révéla être le second. Il demanda quel était ce foutoir.

— Ne me tuez personne, dit Kaï aux Dayaks.

— Je ne comprends pas ce que vous dites, dit le second.

— Je parlais à mes hommes.

— Ordonnez-leur de descendre.

— Je ne crois pas que ce soit une bonne idée, dit Kaï. Ils m'ont juré qu'ils ne repartiront pas sans avoir vu mademoiselle Catherine Margerit. Ils lui sont très attachés.

— Allez chercher cette dame et qu'on en finisse, dit le second à l'officier barbu et roux.

Un long moment se passa, et rien d'autre, dans une grande immobilité générale. Le barbu roux revint et annonça que mademoiselle Catherine Margerit refusait absolument de parler à qui que ce fût...

— Ou alors...

— Ou alors quoi ? demanda Kaï qui transpirait à grosses gouttes. Des doutes lui venaient sur le bien-fondé de sa propre présence à bord de la coque en fer, bien sûr, c'était à cause de cette foutue tempête mais quand même ; et il éprouvait en outre quelques appréhensions quant à ce que la grande bringue pouvait avoir inventé. Il craignait le pire.

— Ou alors vous lui parlez par le haut-parleur, dit l'officier avec la barbe rousse et les cheveux de même couleur sous sa casquette.

— Un haut-parleur ?

— Lorsque vous parlerez dedans, dit l'officier avec une écœurante délectation, tout le bateau entendra jusqu'au moindre de vos soupirs.

— Et nous sommes tout au plus mille quatre cent cinquante-quatre personnes à bord, précisa le second.

— Tu m'entends ?

Des borborygmes sortirent d'un appareil en fer, enfin en métal, que Kaï ne chercha même pas à reconnaître, puisqu'il avait en horreur toutes ces choses. Le machin se trouvait dans la timonerie. A côté d'un homme qui pouvait fort bien être — et de fait était — le capitaine du *George-Truwell*, un nommé Jeffries.

— La dame dit qu'elle entend, traduisit le capitaine. Et elle demande qui vous êtes.

— Comment ça, qui je suis ? Je suis Kaï.

Borborygmes.

— Kaï qui ?

— JE SUIS KAÏ O'HARA ! hurla positivement Kaï avec une puissance qui fit qu'on dut l'entendre jusqu'au détroit de Johore. Et elle, qui est-elle ?

Après tout, rien ne prouvait que ce fût bien la grande bringue qui émettait ces sons grotesques.

— La dame dit simplement : le serpent-minute dans le bananier.

Bon, d'accord, c'était bien elle.

— La dame demande ce que vous lui voulez.

Un soupçon vint à Kaï. Il fit quelques pas et alla jeter un coup d'œil sur le wharf. Le soupçon se révéla fondé : le wharf était noir de monde. Se trouvaient là tous ceux venus assister à l'appareillage, plus quelques centaines de traîne-savate de vingt ou trente races différentes. Tout ce monde entendant et suivant, à coup sûr, l'échange par haut-parleur. Je vis un cauchemar, pensa Kaï.

— Je voudrais qu'elle débarque et monte sur ma goélette.

— La dame demande : pour quoi faire ?

Descends de cette coque en fer, Kaï, rameute tes Dayaks de la mer, remonte avec eux à bord du *Nan Shan*, reprends la mer pour les vingt ans à venir sans jamais reposer le pied à Singapour. Il te faudra bien tout ce temps pour effacer les traces de ce que tu es en train de vivre. Tu es le douzième des Kaï O'Hara des mers du Sud ; les onze autres avant toi n'ont jamais fait rire, tu déshonores ta dynastie. Non, mais regarde : sur le wharf, les Hodgkins sont là, et Ching le Gros, et tous les autres. Il ne manque plus que Madame Grand-Mère mais ses espions courront lui relater la chose au plus vite.

— Pour qu'on se marie, dit Kaï dans un chuchotement passablement couinant.

— La dame dit qu'elle n'a pas entendu.

— JE VEUX L'ÉPOUSER !

— Avec une attraction pareille à chaque voyage, dit le capitaine Jeffries à son second, nous refuserions des passagers. Nos armateurs seraient ravis.

Kaï ferma les yeux, bloqua sa respiration. Je vais tuer quelqu'un, se dit-il.

— La dame, dit le capitaine Jeffries traduisant de nouveaux borborygmes, la dame demande si c'est là une demande en mariage.

— Ouais, dit Kaï.

— La dame dit que ce n'est pas vraiment romantique, comme demande en mariage. Et elle voudrait savoir pourquoi vous voulez l'épouser.

— J'aime les grands pieds, chez les femmes, dit Kaï.

— Elle, je veux dire la dame, voudrait savoir si c'est la seule raison.

Le regard très meurtrier de Kaï passa sur tous les hommes présents dans la timonerie. Aucun ne rigolait franchement. Dommage. Il n'aurait pas cassé la tête du capitaine, qui était trop rabougri, mais des trois ou quatre autres...

— Disons que j'ai de la sympathie pour elle, articula-t-il avec effort.

Le capitaine Jeffries dit que la dame ricanait.

— Peut-être de l'affection aussi.

La dame ricanait toujours.

D'accord.

— Je suis amoureux d'elle, dit Kaï sur le ton qu'il eût employé pour annoncer le naufrage du *Nan Shan.*

La dame n'avait pas entendu.

Une voix absolument tonitruante, répercutée par le haut-parleur, informa tout Singapour et une partie de la mer de Chine du Sud des sentiments que portait Kaï O'Hara à la grande bringue.

— Excusez-moi, dit le capitaine Jeffries, mais la dame souhaite davantage de précision. Elle apprécierait que vous disiez clairement de qui vous êtes amoureux.

Cette fois, on dut entendre jusqu'aux Indes. Et les deux ou trois mille auditeurs, quoiqu'ils parussent plus nombreux de minute en minute, ne purent plus entretenir le moindre doute sur l'identité de celle dont Kaï O'Hara était amoureux.

La dame se déclara satisfaite. Sur ce point-là du moins. Car elle voulait également une déclaration à propos de quelqu'un prénommé Isabelle.

— Je me suis trompé sur Isabelle, dit Kaï. J'ai longtemps cru que j'étais amoureux d'elle mais je me trompais. Ce n'était pas la jeune fille qui convenait à ma goélette. Ni à moi.

— La dame demande si vous êtes plus amoureux d'elle, Catherine, que vous ne l'avez été d'Isabelle.

— Affirmatif, dit Kaï.

Curieusement, sa colère du début et sa gêne s'étaient dissipées. Sans aller jusqu'à prendre du plaisir à la situation, il en éprouvait une sorte d'orgueil bizarre.

Je ne vais pas épouser n'importe qui, se surprit-il à penser.

— Catherine ?

Il ne pouvait tout de même pas continuer à l'appeler la grande bringue.

Pas de borborygmes. Le foutu haut-parleur, ou quelque nom que cela portât, demeura silencieux.

— Au nom de ma compagnie, dit le capitaine Jeffries, je vous invite, la dame et vous, à un voyage jusqu'en Angleterre.

— Je ne crois pas du tout que ce soit une bonne idée, dit Kaï.

— Et je vous marierai en mer.

Kaï avait déjà des projets sur ce point précis. Un jeune officier lui faisait signe, il le suivit. Ils descendirent tous deux jusqu'au pont des deuxièmes classes et, sur leur passage, les passagers de première classe poussèrent des vivats. J'espère que cette saleté de coque en fer coulera en cours de route. La grande bringue était là, occupée à discuter avec un autre officier, elle signa un papier, reçut de l'argent en échange.

— Je peux savoir ce que tu fabriques ? s'enquit Kaï.

— Je me fais rembourser mon billet, je n'aime pas dilapider, tu aurais quand même pu te mettre un costume et une cravate.

— Et des chaussures cirées tant que j'y étais, et puis quoi encore ?

Kaï siffla et les six Dayaks de la mer montés sur le

paquebot rappliquèrent, nus comme des vers sauf un sarong, ils dégringolèrent l'échelle de coupée.

— Un moment, dit-elle.

Le départ des Ibans avait détendu l'atmosphère à bord. Environ quatre cents personnes entouraient le couple et applaudissaient. Kaï reçut d'innombrables tapes sur l'épaule et sept vieilles dames l'embrassèrent.

— On quitte cette saleté de coque en fer, dit Kaï. Et *segera*, c'est-à-dire vite (en malais).

Elle dressa un index.

— D'abord on met les choses au point, dit-elle. En un, on se marie devant un prêtre catholique. Tu es catholique ?

— Pourquoi pas ? dit Kaï. Au point où j'en suis. Et j'ai prévu un curé, de toute façon.

— En deux, reprit-elle, quelques détails qu'il vaut mieux régler tout de suite. On navigue sur le *Nan Shan* jusqu'à ce que j'aie un enfant.

— D'accord.

— Ne dis pas bêtement « d'accord », je ne plaisante pas. Quand j'aurai un enfant et quand il aura cinq ans, on s'installera dans une vraie maison.

— Non.

— Alors pas de mariage.

Dis-lui oui, qu'est-ce que ça peut faire ? Aussi bien, vous n'aurez pas d'enfant, elle et toi, avant un bon moment, et puis une fois qu'elle aura navigué dans les mers du Sud, elle ne pensera plus à cette ânerie — une maison, je vous demande un peu !

— Pourquoi cinq ans ?

— Il lui faudra aller à l'école.

Tu vois bien qu'elle dit n'importe quoi. Elle aura été grisée par ce qui vient de se passer, avec tous ces gens qui nous entourent, nous écoutent et nous ont écoutés, et n'arrêtent pas de crier hourra, bande de chiens.

— D'accord, dit Kaï, paisible.

Trop paisible : elle le scruta.

— Tu me donnes ta parole, Kaï O'Hara ? Devant témoins ?

— Je n'ai pas besoin de témoins, dit-il, réellement indigné. Quand je donne ma parole, qu'il y ait des témoins ou non, c'est pareil.

— Excuse-moi. (Elle lui sourit.) Tu peux m'embrasser.

Devant trois mille abrutis ? Et puis quoi encore ?

Ching le Gros avait trouvé un missionnaire catholique. Au mariage, Sarah Hodgkins fut le témoin de la grande bringue et son mari celui de Kaï. Personne d'autre n'assista à la cérémonie.

— Ta famille à Saigon ?

— Ils me croient en route pour Marseille depuis déjà dix jours.

Elle n'avait pas voulu voir son père débarquer à Singapour, dans l'intention de la ramener de force en Cochinchine. Elle avait gagné du temps.

— Et maintenant ?

— Maintenant quoi ?

L'idée de passer le demi-siècle suivant, pour le moins, à fuir un beau-père enragé (ce qui, de surcroît, lui interdirait tout accostage à Saigon), cette idée ne plaisait guère à Kaï. Et elle allait contre son goût naturel des situations claires, la deuxième raison l'emportant sur la première.

— J'ai écrit une deuxième lettre à Papa, dit-elle.

Lettre dans laquelle, ce coup-ci, elle disait tout. Comment elle n'avait pas été enlevée, mais au contraire avait tout fait pour être enlevée. Comment elle était devenue madame O'Hara. Comment elle naviguait désormais sur le *Nan Shan*.

— Sarah postera ma lettre demain matin. Papa l'aura dans quelques jours au plus.

— Et tu l'as écrite quand, cette lettre ?

Grand sourire :

— Il y a une bonne semaine. Je n'étais pas absolument certaine que tu reviendrais pour m'épouser, mais c'était du quinze contre un.

Il la regarda, bouche bée. N'en était pas pour autant au bout de ses surprises. La chose arriva quand le missionnaire qui venait de les marier leur adressa ses vœux de bonheur :

— Je ne vous aurais pas mariés si les bans n'avaient pas été publiés, dit l'homme de Dieu.

— Les bans ?

Kaï n'avait pas la moindre idée de ce que ce pouvait bien être. On le lui expliqua. On lui dit qu'il fallait qu'ils fussent, ces bans, rendus publics dix jours avant la cérémonie de mariage. Kaï demanda :

— Et ils l'ont été ?

Évidemment. Sans quoi le sacrement n'aurait pas été administré. Qui avait pris ce soin ? Oh, une très charmante vieille dame chinoise :

— Votre grand-mère, mon garçon. Une femme tout à fait remarquable. Et généreuse.

— Tu nous laisses, Kaï, dit Madame Grand-Mère.

Elle ne le regardait même pas. Disant cela, c'était la grande bringue (mesurant vingt-cinq bons centimètres de plus qu'elle) qu'elle fixait.

— Vous auriez pu venir à notre mariage, dit Kaï. Et cette histoire de bans, je l'ai un peu en travers de la gorge. Entre elle (désignant la grande bringue) qui avait déjà fait la lettre à son père pour annoncer que j'allais l'épouser, et Ching le Gros qui avait déjà trouvé le curé, et vous qui avez fait le reste, en somme j'étais le seul à ne pas être au courant.

— Va faire un tour.

— Si je suis revenu à Singapour, c'est uniquement à cause de la tempête.

— Dehors.

Il finit par sortir. On était le 11 mars 1902 et il était marié. Nom d'un chien. Il s'étonna de ne pas tituber, quoiqu'il n'eût rien bu du tout. La certitude lui venait, de plus en plus forte, que cinquante ans plus tôt environ, la Mangouste folle n'avait pas du tout enlevé Madame Grand-Mère. C'était sûrement le contraire qui s'était produit — d'ailleurs celle-ci l'avait quasiment reconnu.

Ching le Gros lui fit signe, de l'intérieur très sombre de son antre, et lui tendit un verre de cognac-soda.

— Ching, on est bien le 11 mars ?

— Oui.

— 1902 ?

— Oui.

— Et je suis marié ?

— Oui.

Kaï but un troisième cognac-soda.

— Ching, c'est normal d'être hébété comme je le suis, lorsqu'on se retrouve marié ?

Le Gros dit qu'il ne savait pas. Lui était chinois, ce qui changeait tout.

Quatrième et cinquième cognacs-soda. Et de longs intervalles de silence entre eux, à contempler le spectacle de la rue, du va-et-vient dans la boutique ; à humer les senteurs, les odeurs, les parfums, les fragrances — plus quelques relents et remugles moins enivrants mais effectivement fort chinois. Ching le Gros avait encore grossi, semblait-il, un bouddha à côté de lui aurait semblé étique ; on ne voyait presque plus ses yeux, et il ruisselait, parce qu'il faisait en effet très chaud et très moite, et aussi en raison des cognacs-soda que lui aussi avait bus.

— Ching, il y a eu un typhon, toute la semaine dernière. Je voulais aller au Sarawak et le vent m'a repoussé. Pas moyen. Un mur. Et le foutu vent tournait avec moi.

— Pas de typhon, dit le Gros.

— Comment ça, pas de typhon ?

— Un peu de vent, mais pas de typhon. Il n'y en a pas eu.

Sixième, septième et huitième cognacs-soda. Et toujours ces longs intervalles. La nuit venait.

— Mais elle est vraiment jolie, dit le Gros.

— Qui ça ?

— Ta femme.

— Tu me dirais qu'elle est jolie si j'étais chinois ?

— Non.

— Un Chinois ne dirait pas à un autre Chinois que sa femme est jolie.

— C'est vrai.

— Je ne suis pas chinois, hein ?

— Un peu. Mais pas complètement.

Neuvième cognac-soda. Kaï se mit à pleurer à chaudes larmes. C'était vraiment trop dur. D'être marié, et qu'il n'y ait pas eu de typhon, qu'il l'ait quasiment inventé. Il va falloir que je pose la question à Oncle Ka, mais tu vas voir que lui aussi me dira que non, pas de typhon, et en plus je ne suis pas chinois et je suis soûl à n'y pas croire, comme l'albatros d'Oncle Ka.

— Ching, il faut combien de temps pour avoir des enfants quand on est marié ?

— On n'a pas besoin d'être marié.

— Combien de temps ?

— Neuf mois.

— Ça veut dire que dans neuf mois elle aura un enfant ?

Suivit une explication du Gros qui n'était pas très claire. Quelque entraînement qu'il eût en matière de cognacs-soda, le Gros, en plus de transpirer énormément, venait de se mettre à parler un chinois bafouilleux.

— Ching, tu es soûl, je crois.

— Toi aussi.

Le fou rire les prit, surtout après que le Gros fut tombé de son tabouret. Les clients et employés qui allaient et venaient dans la boutique les enjambaient : l'un et l'autre, Kaï et le Chinois, pesant un quart de tonne mis ensemble, ou peu s'en fallait, personne n'aurait envisagé de les relever, sans compter qu'ils étaient bien capables de distribuer des coups de poing. Les dixième et onzième cognacs-soda disparurent comme par enchantement, à croire que quelqu'un d'autre les avait bus.

— Tu es assis dans ma mélasse, dit le Gros à Kaï.

Et ils rirent de plus belle. Ni l'un ni l'autre n'avaient le souvenir d'une biture pareille. La mélasse qu'ils s'expédiaient mutuellement à la figure atteignait des passants, mais le Gros venait justement d'ordonner une tournée générale de cognacs-soda, en sorte que personne ne se fâcha, au contraire. Tant et si bien qu'au douzième cognac-soda, ils devaient être dans les quarante à boire ensemble.

— Il faut bien fêter ton mariage, disait le Gros.

— Tu es un vrai ami, répondait Kaï qui ne vint pas à bout du douzième verre, faute de pouvoir le tenir en main. Et l'une des dernières images distinctes que sa mémoire enregistra fut celle de toute la rue en train de lamper du cognac-soda en lançant des *kam-pé* en l'honneur du nouveau marié.

En revanche, il ne vit pas, ne sentit même pas les mains des quatre hommes envoyés par Madame Grand-Mère pour le transporter sur le *Nan Shan*.

Goût d'eau salée sur les lèvres et dans la bouche, petite brûlure de sel sur les yeux, odeur d'air marin, nouvelle immersion, émersion, immersion et émersion encore, je fais le yoyo, je joue à quoi ? Il reprit véritablement conscience. La coque noire du *Nan Shan* qui montait et descendait. Sa lucidité s'accrut. Ce n'est pas ma goélette qui monte et descend, c'est moi. Il constata qu'il était accroché par les chevilles à un filin et qu'on le trempait dans l'eau — j'ai tout compris : Oncle Ka ou des pirates pêchent le requin et je fais l'appât.

— Ça...

Il n'eut pas le temps de terminer sa phrase et se retrouva de nouveau enfoncé dans la mer jusqu'à la taille. Mais on le remonta une fois de plus.

— ÇA SUFFIT !

Il se retrouva sur le pont, trempé comme une soupe. Et la grande bringue lui montra trois doigts de sa main.

— Combien de doigts, O'Hara ?

— Six.

Les Ibans se roulaient sur le pont, morts de rire. Kaï libéra ses chevilles mais resta debout cul nu. Coup d'œil par tribord. Singapour avait disparu. On était en pleine mer. Il avait un peu beaucoup mal au crâne.

— Tu me reconnais, O'Hara ?

Mon autorité à bord de ce bateau en prend un coup, pensa Kaï.

— De l'eau, Ka 3.

Il but plus d'un litre d'un trait, emplit deux ou trois autres calebasses qu'il se vida sur la tête.

— J'ai faim, Selim.

Et de penser dans le même temps : c'est vrai qu'elle a de grands pieds. Les pieds de la grande bringue étaient tout ce qu'il avait dans son champ de vision. Mais elle s'accroupit. Elle n'était pas nue, contrairement à ce qu'il avait confusément appréhendé, portait un sarong noué juste au-dessus des seins. Un paréo, en fait, un de ceux qu'il avait rapportés de Tahiti.

— Je peux manger avec toi ?

Il chercha une réplique vraiment incisive, ne trouva rien du tout, se tut. Elle s'assit face à lui, en tailleur. Lui se tenant à la chinoise, plante du pied à plat, fesses bien plus basses que les genoux — il pouvait rester ainsi des heures durant. Il n'arrivait pas, pas encore, à relever la tête et à la regarder. Mais sentait son parfum. Pas vraiment du parfum. L'odeur de son corps sous le soleil, dans la chaleur de four. Agréable.

Plus qu'agréable.

Attention.

— Ka 2, apporte-moi un sarong.

Il s'attendait à un commentaire sarcastique. Elle ne dit rien. Il l'entendait respirer, presque haleter. Aussi bien, elle se moque de moi. Elle aura vu que... enfin que je réagis à sa présence.

C'est ma femme.

Selim arriva, heureusement, en même temps que le sarong.

— Trente-quatre plats, dit Selim. Repas de gala.

— Merci, Selim, dit-elle, et sa voix était fort douce.

Des crevettes à profusion, et du crabe accommodé de neuf façons différentes, et des viandes, et du gibier, du poulet forcément, dix sortes de poissons.

Tout le repas dans le plus grand silence. Tout le pont du *Nan Shan* s'était vidé, hors Oncle Ka, à ce point immobile qu'on aurait pu le croire sculpté dans le même bois que la roue du gouvernail. Le merveilleux sifflement du vent léger dans les voiles, le chuintement de l'eau fendue par la proue, les centaines de minuscules craquèlements de la goélette vivante. Et le soleil brûlant les épaules et la nuque.

Ils buvaient de la bière chinoise.

Elle bougea la première. N'ayant pas prononcé le moindre mot, à lui destiné, depuis le moment où elle lui avait demandé : « Je peux manger avec toi ? » Lui s'attarda. Parce que tu ne sais pas quoi faire, au juste, reconnais-le. Il se força à avaler deux ou trois gâteaux à la noix de coco et au riz gluant, quoique son appétit fût depuis bien longtemps apaisé. Trois minutes, au plus. Il se leva enfin, en homme que rien ne presse, caressa un mât, une drisse, quelques mètres de la lisse.

— Il n'y avait pas de typhon, Oncle Ka ?

— Un petit.

— Tu t'étais mis d'accord avec Ching, c'est ça ?

L'Iban sourit et ne répondit pas. Son regard parcourait les vergues où il n'y avait pas grand-chose à voir. Au soleil, il était dans les 4 heures. La côte de Singapour n'était plus en vue. Des fous de Bassan dans le ciel. Pas d'albatros. Mais on était tout juste sous l'équateur, et chacun sait que les albatros des mers du Sud ne franchissent jamais la Ligne. Ou ils en meurent.

La porte de la cabine principale était certes fermée, mais pas à clé. Il en souleva le loquet de bois. Elle était allongée à plat ventre sur la couchette, son paréo dénoué mais resté posé sur son dos. Il s'assit sur le lit, vint sur le côté. Elle tenait ses bras au-dessus de sa tête, visage tourné dans l'autre sens, chignon encore en place. Il ôta une épingle à cheveux, puis une autre, et la longue chevelure se défit tout entière. Son index se promena doucement sur la crête des épaules, marquées d'un petit coup de soleil — si hâlée qu'elle pût avoir été à son départ de Saigon, après son séjour à Singapour, l'exposition au grand soleil durant le déjeuner sur le pont avait entraîné un échauffement. Il se pencha pour voir son visage. Sa joue était appuyée sur une main, et la posture déformait légèrement la bouche, gonflait la lèvre. Ses yeux étaient ouverts, un peu écarquillés, et il sut, en toute certitude, qu'aucun autre ne l'avait touchée avant lui, qui avait pourtant connu tant de femmes. Il éprouva une tendresse qui le bouleversa. Elle a un tout petit peu peur, se dit-il. Mais moi aussi. Nous avons un peu peur tous les deux, sois très doux avec elle, Kaï O'Hara. Il embrassa l'endroit surchauffé par le soleil, par de petits baisers délicats. Elle se souleva de quelques centimètres quand il commença à faire glisser le paréo, quand il la dénuda, d'abord jusqu'au creux des reins, puis plus bas. Baisers dans ce sillon, et au long de celui-ci, qu'elle avait à double renflement, depuis les omoplates jusqu'à l'évasement des hanches.

— Je le pensais, dit-il. Quand j'ai dit que je m'étais trompé sur Isabelle, et que c'était toi que j'aurais dû choisir dès le début. Je le pensais.

— Je sais.

Leurs mains se nouèrent et elle se retourna, avec une lenteur délibérée. Baisers sur chaque pointe de sein, entre les seins, sur la gorge tendue, le menton, une lèvre après l'autre. Ses lèvres à elle qui s'entrouvraient, et la rencontre des langues. Et elle s'arqua juste assez pour achever d'ôter le paréo, et être tout à fait nue.

— Tu es très doux.

— Je fais de mon mieux.

— Mais je veux ta force aussi.

Il acquiesça. Baisers. Circonvolutions de sa langue sur les aréoles des seins, affleurements des pointes durcies. Odeur marine disant que d'ores et déjà elle était prête. Et elle s'arqua de nouveau et pour cause : il descendait, lèvres et langue en alternance.

— Je brûle, dit-elle dans un chuchotement.

Elle prit très gentiment la tête de Kaï entre ses paumes, la releva, l'écarta d'elle, le repoussa, yeux dans les yeux. Ce fut elle qui défit le sarong et le mit nu.

— Je peux ?

Il hésita, à cause de cette idée assez bête qu'il avait des

jeunes filles comme il faut. Mais elle le caressa de ses doigts, se pencha et le toucha de sa bouche. Tant et si bien qu'après un moment tout de même un peu long, il dut lutter contre elle qui s'attardait trop. Elle était forte et résista, souriante. Mais il put l'allonger et la plaquer à plat dos sur la couchette.

Et bon, cela vint. L'émerveillement.

Puis il y eut l'arrivée au Sarawak, la remontée de la rivière du même nom, jusqu'à Kuching, la remontée encore du Rajang. C'était encore le temps où les villages lacustres étaient à peu près les seules manifestations de la présence humaine, l'horrible zinc n'avait pas encore remplacé les palmes sur les toitures ; pirogues et sampans glissaient encore sans moteur sur les eaux jaunes des cours d'eau, seuls moyens de communication dans Bornéo presque inexploré.

Il y eut ces semaines qu'ils passèrent dans la maison que la Mangouste folle avait autrefois fait construire et n'avait jamais habitée, l'achèvement des travaux ayant coïncidé avec la découverte qu'il était atteint de la lèpre. Même Madame Grand-Mère ignorait la construction. C'était un bâtiment en forme d'U, ouvert sur la mer de Chine du Sud qui se trouvait soixante mètres en contrebas, à un seul niveau, en bois uniquement et des plus beaux. L'eau douce y était fournie par une minuscule cascade. L'endroit était isolé, l'agglomération la plus proche, hors quelques campements de pêcheurs, était le gros village de Bintulu, à une soixantaine de kilomètres. Kaï aurait difficilement pu imaginer un lieu plus agréable ; il y avait à moins d'une heure et demie de marche, au prix certes d'une escalade, une cachette sûre pour le *Nan Shan*. Et la grande bringue, enfin Catherine, voulait tant une maison. Mais il ne posa pas la question, en connaissant par avance la réponse. Non. Ce n'était pas ce genre de maison qu'elle voulait (un jour, quand le premier de leurs enfants, s'ils en avaient jamais, rien ne pressait, quand ce premier enfant serait né et atteindrait ses cinq ans). Elle n'avait jamais rien dit de plus — de plus que ce qu'elle avait dit avant de débarquer du *George-Truwell* — sur la demeure qu'elle souhaitait habiter un jour. Mais il ne fallait pas être grand clerc pour s'en faire une idée : quelque chose dans le genre de l'endroit où les Hodgkins vivaient. Avec des fleurs (jusque-là rien d'impossible), mais avec aussi, dans le voisinage relativement immédiat, des amis, un médecin, une école, sinon des boutiques.

L'horreur, quoi.

Mais elle finira par oublier, il en était certain.

Il y eut encore cette deuxième remontée du Rajang. Cette fois jusqu'à Kapit, à cent soixante kilomètres à l'intérieur des terres. En raison de son trop fort tirant d'eau et malgré les pluies de la mousson qui avaient gonflé le fleuve, le *Nan Shan* ne pouvait aller plus loin.

— Tu veux continuer ?

— J'aimerais bien.

Kaï découvrit qu'elle était, non moins que lui, attirée par les terres inconnues et les horizons lointains. Ils poursuivirent donc à bord de deux pirogues, escortées d'une trentaine d'Ibans. De Kapit à Merit, puis Belaga.

— Encore ?

— Oui.

Ils allèrent au sud, abandonnant le Rajang pour l'un de ses affluents. Il y eut encore cette marche et cette escalade des deux mille mètres du mont Batu. Aucun Européen n'avait jamais posé le pied en ces contrées. Ils trouvèrent des grottes gigantesques, contenant des restes funéraires remontant, pour autant qu'ils puissent le savoir, à des dizaines, voire des centaines de milliers d'années — et Kaï, bien plus tard, se souviendrait de ces cavernes où une armée entière pouvait trouver refuge. Tout cela sous des pluies lourdes et grasses : on était en pleine mousson et, de toute manière, Bornéo était fort humide l'essentiel du temps.

Le *Nan Shan* et son confort. Ils redescendirent vers la mer de Chine du Sud. Deux semaines de séjour chez les Ibans, pendant lesquelles elle voulut monter jusqu'à la grotte où était morte la Mangouste folle.

— Ne me fais jamais ça, Kaï !

— Quoi ?

— T'en aller mourir seul. Sous aucun prétexte.

— Parole d'homme.

Oncle Ka se choisit un nouvel équipage. De douze hommes cette fois, répartis en bordées de six matelots. On était au début de novembre.

— Les mers du Sud ?

— Oui. Le moment est venu.

Ils appareillèrent le 27 novembre de cette année 1902. Pour éviter la mer des Sulu sillonnée de pirates, Kaï choisit de contourner Kalimantan (Bornéo) par l'ouest.

Elle voulait voir Bali, de toute façon.

Ils y passèrent Noël et le jour de l'an. A terre, avec un petit groupe de planteurs anglais et hollandais.

En janvier, en vue du golfe Joseph Bonaparte et de Darwin, dans la mer de Timor, elle annonça qu'elle pensait bien être enceinte.

Début février dans la mer des Salomon. Kaï regardait le ventre de Catherine et ne voyait rien. Le passage du détroit de Torres et la traversée de la mer de Corail n'avaient été marqués par rien qui fût notable.

— Tu veux aller faire un tour en Australie ?

— Je peux m'en passer.

Elle avait dit que ce qu'elle souhaitait, pour les mois et les semaines à venir, était, justement, de continuer à naviguer, rien de plus. Voir des îles perdues et ignorées, ne figurant même pas sur les cartes. S'il en existait encore qui ne fussent pas répertoriées. Il en existait, quelques milliers, sinon davantage, c'était ce qu'il y avait de si passionnant dans les mers du Sud que ce sentiment qu'ils pouvaient avoir, elle et lui à bord du *Nan Shan*, d'être les premiers à contempler des terres inconnues — inconnues pour qui n'était pas indigène.

— Kaï, un jour viendra où chacun de ces recoins sera inventorié, habité par des hommes en uniforme, qui te réclameront un passeport et un visa.

Il avait éclaté de rire. Et puis quoi encore ! Elle disait vraiment n'importe quoi. Il allait se passer des siècles et des siècles, à tout le moins, avant qu'une pareille catastrophe ne se produise. Bien assez de temps pour que quinze autres générations de Kaï O'Hara puissent venir ici vagabonder en toute liberté. Si elle était d'accord pour prénommer Kaï le prochain fils qu'ils auraient.

— Tu es sûre d'attendre un bébé ?

— Oui.

Peu de vent ces jours-là dans la mer des Salomon. On n'était pas encalminé mais presque. Le *Nan Shan* avançait avec une nonchalance de félin, tirant ses multiples lignes de traîne, qui d'ailleurs ne donnaient pas grand-chose. Deux jours plus tôt, Kaï avait distingué dans le lointain la voilure d'un grand voilier de commerce. Mais, même à la longue-vue, n'avait pu en lire le nom. Sans doute le bateau venait-il de Sydney, ou d'Hobart-Town en Tasmanie. Allant des mers australes en Chine ou au Japon, à Hong Kong et Shanghai, ou à Yokohama, Kobé, Nagasaki ou Hakodate, les navires de ce genre préféraient en général éviter les détroits de la Sonde ou de Karimata. Ils choisissaient le plus souvent entre quatre routes. Celle de l'ouest les faisait longer le méridien de 153 degrés longitude ouest, le sud de la Louisiade en franchissant le détroit de Bougainville, pour couper l'équateur à hauteur du 150e, laissant dans l'est les archipels des Mariannes et des Carolines. La route de l'est, beaucoup utilisée par les bâtiments français se rendant en Nouvelle-Calédonie, passait de même entre Australie et Nouvelle-Zélande par la mer de Tasman. Les grands clippers de la course du thé descendaient plus au sud encore, contournant les deux îles de la Nouvelle-Zélande.

Le *Nan Shan* se trouvait sur la quatrième route, celle du milieu, gardait la Nouvelle-Calédonie à l'est, les Nouvelles-Hébrides à l'ouest, et allait chercher le 160e en se glissant entre les îles Santa Cruz et les Salomon.

— Une raison particulière de prendre cette route ?

— Pas vraiment.

Ce n'était pas tout à fait vrai. On était en mer depuis près de quatre-vingt-dix jours, Catherine n'avait pas voulu aborder l'Australie et, hormis l'escale de Bali où ils avaient mangé du pudding de Noël, les contacts avec des Occidentaux avaient été nuls. Sur cette route du milieu, Kaï espérait croiser un navire français. Il savait que Catherine avait écrit des lettres, sans doute à son père ou à sa famille. Ainsi pourrait-elle les poster.

Il avait mis les Dayaks en alerte rouge, de jour et surtout de nuit. Dans les parages où l'on était, une bonne cinquantaine de bateaux avaient été attaqués. En de nombreux cas, les équipages avaient été massacrés et mangés. Sur l'île Rossel au sud de la Louisiade, archipel dans le sud-est de la Nouvelle-Guinée, le trois-mâts *Saint-Paul*, allant de Hong Kong à Sydney, s'était perdu, avec un bilan de trois marins et surtout de trois cent quinze coolies chinois qui avaient fini dans une marmite.

— Tu plaisantes.

— Pas du tout.

— Trois cent quinze ?

— A peu près.

— Et dans toutes ces îles autour de nous, il y a des cannibales ?

— A part l'Australie. Mais tu n'as pas voulu y aller. Regarde donc ça.

Une île se profilait à l'horizon, très plate et totalement nue.

— Et alors, c'est une île comme les autres. Sauf que je ne la vois pas. Ou à peine. Je n'ai pas tes yeux.

Kaï fit signe à Oncle Ka qui appuya sur tribord. La vue de Kaï, dès qu'elle en avait noté l'extraordinaire acuité, amusait énormément Catherine. Elle jouait à lui faire lire un livre à plusieurs mètres de distance — ce qu'il parvenait à faire. Et il distinguait dans le ciel de l'hémisphère Sud des étoiles dont il était bien le seul, à bord, à apercevoir la lumière. Une trentaine de minutes après le changement de bord, Catherine elle-même et les Dayaks virent l'île à leur tour.

— Sauf que ce n'est pas une île. Elle flotte.

— N'importe quoi, dit Catherine.

— Elle est en pierre ponce. Mais on ne s'en approche pas trop. Ça râpe, la pierre ponce.

Il fallut mettre le canot à la mer pour aller voir de plus près. La sonde donnait cent quatre-vingts mètres de fond, au bord même de l'étrange île flottante. Un des Dayaks détacha quelques morceaux de la côte et les jeta à la mer. Ils flottèrent.

— C'est vraiment de la pierre ponce. On pourrait plonger pour aller regarder dessous.

La proposition ne fut pas retenue : il y avait des requins dans le coin. On se contenta de déposer trois ou quatre débris de la grosseur d'un poing dans le canot : Catherine voulait s'en servir pour se frotter le dos en prenant sa douche. L'île de pierre ponce mesurait dans les six cents mètres de long, sur soixante-dix de large au maximum. Quand le *Nan Shan* reprit sa route, elle poursuivit sa dérive.

Aux alentours du 23 février, on approcha et franchit le large détroit appelé le bassin de Santa Cruz, laissant les Salomon par bâbord arrière. Alizés de sud-ouest assez vifs, allure de grand largue, le *Nan Shan* entra dans le Pacifique, sans plus rien devant lui que le groupement des îles Gilbert et Ellice, à environ six cents milles.

— On y va, Kaï ?

— Rien ne nous en empêche.

— Et tu voudrais passer ta vie ainsi ?

— Tant qu'il y aura des îles.

Depuis leur mariage, près d'un an plus tôt, c'était la première remarque de la grande bringue touchant à l'avenir, à leur avenir. Il arrivait à Kaï d'oublier pendant des semaines la promesse qu'il avait faite, au moment de débarquer du paquebot dans le port de Singapour. Catherine l'y aidait. Dieu sait qu'elle était parfaite. Endurante et gaie. Elle s'était adaptée à la vie sur le *Nan Shan* sans effort apparent. Il en était venu à se convaincre que c'était pour l'éternité. Et d'ailleurs, ce jour-là où pour la première fois elle parut s'interroger sur l'existence qu'il comptait lui faire mener, elle n'insista pas. Le nuage passa très vite. Elle s'accoutume, tu le vois bien. Et puis le temps que l'enfant naisse (je voudrais bien un garçon, elle n'a pas dit oui lorsque j'ai demandé qu'il soit prénommé Kaï, mais elle n'a pas non plus dit non), le temps qu'il naisse plus encore cinq ans — ou six ou sept, on ne va pas discuter sur quelques mois —, beaucoup de temps aura passé, on ne parlera plus de cette histoire de maison à terre.

— Et après les Ellice ?

— Neuf atolls coralliens découverts en 1568 par l'Espagnol Mendana.

— Le matin ou l'après-midi ?

— Ne ris pas, je sais tout, dit Kaï. Les mers du Sud sont mon village. Tu veux les noms des neuf atolls ? Il y a Vaitupu qui est le plus gros et fait plus de cinq kilomètres carrés, et aussi Nanumanga, Nukulaelae, Niulakita...

— La ferme, O'Hara.

— Funafuti...

Il continua à dévider les noms et les informations mais d'une voix étouffée. Elle s'était couchée sur lui et l'avait enfermé contre elle. Il était à peu près 2 heures du matin. Ils avaient un peu dormi au début de la nuit mais elle avait bougé dans son sommeil, avait remué ses hanches... Ils venaient, haletants et ruisselants de transpiration, de s'accorder une trêve. Qu'est-ce que je suis heureux, si elle l'est seulement moitié autant que moi, elle nage dans le bonheur.

— Je nage dans le bonheur, dit-elle.

Le cri et l'embardée de la goélette butèrent sur le dernier mot. Kaï bondit et grimpa en courant sur le pont. La collision se produisit alors qu'il était encore dans l'échelle. Elle ne fut pas très violente, mais bien sensible. A la barre se tenait le troisième timonier du bord par ordre hiérarchique. C'était Ka 3, qui avait déjà été du voyage à Tahiti et avait en outre l'expérience de quatre années à bord de la goélette du temps de la Mangouste folle.

Un voilier par tribord. Et une nuit très noire, temps bouché.

— J'ai tout fait pour l'éviter, dit Ka 3. Il nous a touchés par l'arrière. Pas de feux.

— Dix degrés gauche.

Oncle Ka surgit à côté de Kaï, ils contemplèrent l'apparition, telle qu'il était possible de la distinguer dans la faible lueur du fanal vert de tribord. Un trois-mâts carré, aux voiles battantes et pour la plupart en lambeaux.

— Des lampes, ordonna Kaï.

Catherine arriva à son tour sur le pont.

— On dirait un bateau fantôme.

— C'en est un.

L'œil de Kaï tenta de percer la nuit pour lire le nom sur la coque, mais ne put guère discerner qu'un A, d'ailleurs renversé. Des Dayaks accouraient, portant des fanaux et des gaffes, mais pour les uns et les autres, la distance commençait à trop se creuser. D'un coup, le fantôme disparut.

— Il y avait quelqu'un à bord ?

— Je n'ai vu personne. Oncle Ka, il vaudrait mieux garder ce truc à l'œil. Il pourrait revenir.

Le truc revint. Une première fois environ deux heures plus tard, cette fois se montrant par bâbord, incompréhensiblement. Lancé comme une torpille et, sans les gaffes qui le dévièrent et le ralentirent quelque peu, il aurait éperonné le *Nan Shan* à hauteur de l'estain, et donc par l'arrière. Là encore la collision fut de peu d'importance, même si le coup résonna dans toute la goélette. Sur le pont de laquelle ils étaient maintenant seize : personne ne dormait plus. Et dans tous les yeux, Kaï lut ce qui était presque de la peur. Ces apparitions fantomatiques, en mer, avaient quelque chose d'angoissant. Une quarantaine de minutes s'écoulèrent, puis un Iban cria : le trois-mâts carré pointait sa proue dans le halo blanchâtre du feu de couronnement, à la poupe, à une trentaine de brasses. Les deux voiliers filaient à la même allure.

— On ne le quitte pas des yeux.

Kaï se le reprochait, c'était contre toute logique, mais il était prêt à admettre que le fantôme était capable, en dépit de sa voilure en pièces et sans personne à la barre, de remonter le *Nan Shan* pourtant tenu comme le meilleur marcheur des mers du Sud, hormis quelques grands clippers, et encore. La brutale arrivée de l'aube fut un soulagement.

— On vient au lof, Oncle Ka.

L'étrave de la goélette alla au vent. Le fantôme exécuta exactement la même manœuvre.

— Laisse porter.

Le *Nan Shan* vint au vent de travers puis en près serré, par bâbord amures. Le fantôme poursuivit cette fois sa route sans manœuvrer davantage. Bientôt les deux bâtiments s'éloignèrent l'un de l'autre, la distance entre eux s'accrut jusqu'à quatre ou cinq encablures — un demi-mille. Le regard de Kaï passa lentement sur le pont du navire inconnu. Aucun mouvement, aucune silhouette humaine. Mais il semblait bien qu'il y eût, près de l'emplanture du grand mât et plus à l'avant contre la lisse, tout à la proue, deux petites masses sombres qui pouvaient bien être des corps.

— On y va.

Le regard d'Oncle Ka n'était pas trop d'accord — très clairement et malgré son flegme ordinaire, l'Iban en chef ne goûtait pas l'accostage. Le *Nan Shan* jusque-là avait navigué avec ses voiles ferlées au premier ris. Kaï fit envoyer un peu plus de toile. La goélette tira une large bordée puis abattit, elle gagna rapidement et, en vingt minutes, les deux bateaux se retrouvèrent bord à bord.

— A aborder.

Les Dayaks bougèrent à peine, très réticents. Ce fantôme leur faisait peur.

Pas ou plus de nom sur la coque. Ne restait plus que la lettre A, pointe en bas, aperçue par Kaï durant la nuit.

— Tu vas monter sur ce bateau, Kaï ?

— Oui.

— Je viens.

— Reste où tu es.

— Des clous, capitaine.

— Alors seulement quand je t'aurai fait signe.

La gaffe allongée par Kaï crocha une cadène. Non sans avoir heurté un galhauban que ce simple contact rompit à la seconde.

— Catherine, s'il te plaît, attends avant de me suivre. Je ne plaisante pas.

Les Ibans avaient aligné les pare-battages de corde tressée, des défenses pour empêcher que les deux coques ne raguent par trop l'une contre l'autre. Les deux voiliers allaient maintenant de conserve, à moins d'un mètre d'écart. Kaï sauta, se faisant aussi léger que possible, et pendant quelques secondes, même lui qui ne croyait pas à l'inexplicable fut saisi d'une extraordinaire sensation d'étrangeté, confinant au malaise. Les virures du bordé sous ses pieds étaient de spruce, de l'épicéa de Californie ; leur disposition prouvait une construction américaine.

— Je peux te rejoindre ?

— Attends.

Une touffe de cheveux blonds dépassait de l'amas de vêtements au pied du grand mât. Kaï posa un pied sur le pont, puis un autre. Le bois s'affaissa légèrement.

— C'est pourri.

Il n'en poursuivit pas moins. La touffe de cheveux blonds était celle d'un cadavre. D'un squelette que les vents salés avaient desséché complètement.

— Il a fallu que tu viennes quand même.

La grande bringue se pencha à son côté :

— Il est mort depuis un certain temps, à mon avis.

— C'est un bateau américain.

— C'était.

— Attention où tu mets les pieds. Nous pourrions bien passer au travers du pont.

Un autre cadavre à la proue. Réduit à des ossements, là encore. Mais la posture était curieuse : un bras du mort et les os de sa main droite étaient posés sur la manille du cabestan. Comme si l'homme avait été atteint par la mort au moment même où il effectuait une manœuvre, en l'occurrence à remonter ou descendre le câblot de mouillage.

— Il sera mort de faim, maigre comme il l'est, dit Catherine, apparemment peu touchée par l'atmosphère du vaisseau fantôme. Son ton était au vrai plutôt guilleret.

— La foudre, peut-être.

Ils revinrent vers l'arrière. Troisième, quatrième et cinquième squelettes sur le côté tribord du rouf. Pour l'un d'eux, à en juger par la vareuse, il s'était agi d'un officier. Ce qui avait été la main droite tenait un gobelet d'étain.

— Il prenait son *five o'clock tea* et, vlan, il est mort d'un coup. Ça existe, un poison violent qui peut te foudroyer tout un équipage en une seconde ?

Trois autres restes humains à l'intérieur du rouf. Kaï nota que la drosse, le cordage servant à transmettre l'action de la roue du gouvernail à la barre, était molle. Il tira doucement. Un mètre au plus. Le gouvernail ne gouvernait plus rien. Les deux tentatives d'éperonnement de la nuit précédente n'avaient donc pas eu d'autre cause que le hasard. Kaï descendit à l'intérieur du navire. La cabine du capitaine se situait à peu près au même endroit que la sienne à bord du *Nan Shan*. Une petite table à cartes se trouvait dans l'angle gauche, face à la couchette étroite. Kaï se pencha avec une curiosité réelle.

Nom d'un chien.

L'épaule de Catherine contre la sienne.

— C'est quoi, cette côte sur la carte ?

Le cap Horn. La pointe la plus méridionale des Amériques.

— Ça, c'est la Terre de feu. Ça, le détroit de Lemaire, les îles des États, les îles Wollaston.

Cela semblait fou, mais le dernier relèvement pris par le capitaine du bateau fantôme indiquait une position à une douzaine de milles dans le sud-est de la baie Aguirre. Bien avant le Horn lui-même.

— C'est loin d'où nous sommes ?

— Dans les dix mille milles, ou davantage.

— Tu voudrais me faire croire que ce bateau a fait tout ce chemin tout seul, sans quelqu'un de vivant à bord ?

— Il a navigué bien plus longtemps que ça.

Kaï se souvenait de récits que lui avait faits la Mangouste folle. Histoires de navires qui avaient, seuls, sans personne à bord, même pas des cadavres, et parfois avec une voie d'eau en apparence fatale, traversé l'Atlantique, ou parcouru des milliers de kilomètres. Dans le seul Pacifique-Sud où se trouvait le *Nan Shan*, on signalait plus de deux cents épaves par an.

— Le livre de bord.

Le cahier à couverture cartonnée vert et noir, tranche de forte toile, se trouvait au milieu d'autres ouvrages, dont une Bible, en anglais. Kaï l'ouvrit, le feuilleta.

— Ce n'est pas vrai ! s'exclama Catherine.

La dernière date était celle du 7 décembre 1853.

— *Cinquante ans ?*

— La preuve.

— Quelqu'un se paie notre tête.

Kaï lut les derniers tracés à la plume, d'une écriture ferme : *Passerons le Horn après-demain matin, si Dieu le veut.* Suivaient les coordonnées, qui confirmaient le dernier relèvement porté sur la carte. Une explication, qui valait ce qu'elle valait, vint à l'esprit de Kaï. Suite à une catastrophe — épidémie ou empoisonnement général — le trois-mâts carré avait pu dériver vers le sud, y être pris par les glaces, être libéré de celles-ci après des années, avant de partir sous voiles pour une errance qui n'était peut-être pas achevée.

Il reprit le livre de bord, en lut la première page. Le bateau était le *Hatteras...*

— Une blague qu'on nous fait, dit la grande bringue. Hatteras, c'est le nom d'un personnage de Jules Verne.

... Le *Hatteras*, de New Bedford, Massachusetts, États-Unis. Capitaine David Arundale. Dix-neuf hommes d'équipage. Chargement de semences et de matériel agricole à destination de Melbourne en Australie.

— Plus vingt-sept passagers.

— Il manque du monde.

Ils n'avaient jusque-là retrouvé que huit cadavres, en effet. Une bordée, pensa Kaï. Qui se trouvait sur le pont au moment de l'incident, quel qu'eût pu être ce dernier. Il ressortit de la cabine du capitaine, suivi de Catherine. Quatre autres cabines dans la coursive. Kaï en ouvrit les portes.

— Ne regarde pas ça.

— Il en faut plus pour me faire dresser les cheveux sur la tête, dit-elle.

La première cabine recelait trois squelettes. Celui d'un homme mais surtout ceux d'une femme qui avait contre elle ce qui restait d'un enfant dont l'âge ne dépassait pas deux ans, à en juger par la taille.

— Des Suédois.

Catherine avait fouillé les bagages et montrait des documents.

La cabine suivante était vide. L'œil de Kaï y enregistra un détail qui, dans l'instant, ne retint pas son attention : Catherine l'appelait. Le squelette d'un homme saisi par la mort, comme la famille dans la première cabine, alors qu'il dormait. Et de luxueux bagages en cuir, qu'ouvrit la jeune femme.

— Des souverains d'or. Il y a en bien dix ou quinze kilos.

— Tu veux les emporter ?

— Eh, eh, pourquoi pas ? Non, je plaisante. Évidemment non.

Un autre couple dans la cabine suivante, pareillement allongé sur des couchettes superposées. Tous ces gens devaient dormir à la seconde de leur mort si subite.

— Et les autres passagers ?

— Ceux-là voyageaient en première classe. Pour les autres...

Ils les trouvèrent dans l'entrepont. Vingt et un corps. Plus deux autres, des matelots dans le poste d'équipage.

— Il en manque toujours.

Kaï refaisait justement ses comptes et était du même avis : des corps trouvés sur le pont, un seul était celui d'un officier. Probablement le second. Il manquait le capitaine et dix hommes.

— Je vais vers l'arrière et toi vers l'avant, suggéra Catherine.

— Pas question. On reste ensemble.

Une inquiétude diffuse et incompréhensible montait peu à peu chez Kaï. Il accrocha le poignet de la jeune femme pour être certain de la garder avec lui et l'entraîna vers l'avant. Rien. Voilerie intacte.

Les cales aussi. La cargaison n'avait pas bougé. Sauf qu'elle était extraordinaire : une espèce de végétation s'y était formée, née des sacs empilés. Des semences avaient germé. Avec pour résultat ces pousses blanchâtres, livides, malsaines, hautes au plus d'une dizaine de centimètres mais comme mobiles, dans le courant d'air que l'ouverture du panneau de cale avait provoqué et dans la lumière jaune de la lampe à huile que tenait Kaï.

— On remonte, dit-elle. Je finirais par vomir.

Ils repassèrent par la coursive. La carré était à droite. Vide, et en ordre. De la vaisselle en porcelaine bleue soigneusement rangée, à l'abri du roulis, dans des caissons de bois de dimensions appropriées. Une vingtaine de livres, de même bloqués sur une étagère.

— Je veux bien laisser les pièces d'or mais je prendrais volontiers quelques livres, dit Catherine. Je n'ai plus rien à lire depuis des lunes.

Il y eut, sur le pont, un léger bruit de pas, sur quoi deux Dayaks apparurent. Oncle Ka les avait envoyés pour s'assurer que tout allait bien. Kaï réfléchissait. Il restait à visiter le coqueron arrière, mais il doutait que les onze hommes manquants, ou leurs squelettes, pussent s'y trouver.

— Non, dit-il, en réponse à la question que venait de lui poser Catherine. Nous ne pouvons pas le prendre en remorque. Il est plus lourd que le *Nan Shan* et tellement pourri qu'il finira par s'émietter. Ou bien il coulera d'un coup.

Son esprit était ailleurs, en vérité. Ce qui le tenait n'était finalement pas tant de l'inquiétude que le sentiment qu'il avait laissé passer quelque chose. Cela s'ajoutant à l'irritant mystère du *Hatteras*.

— On jette un dernier coup d'œil et on s'en va.

Le compartiment arrière ne montra aucun reste humain. Pour aller l'inspecter, Kaï avait laissé Catherine, dont les bras étaient pleins de livres, en compagnie des deux Ibans. Le visage de ceux-ci montrait assez qu'ils n'appréciaient guère leur séjour à bord du bateau fantôme.

— Remontez et repassez sur le *Nan Shan*.

Quant à lui, il repartit à la cabine du capitaine. Il voulait emporter le livre de bord. Et pour le cas où le *Hatteras* parviendrait encore à flotter quelque temps et serait abordé par d'autres navires, il écrivit, tirant la langue et avec ses difficultés ordinaires, à rédiger quelque texte que ce fût, un message qu'il fixa à la cloison ; dans lequel il expliquait, indiquant le jour et l'année, la visite qu'il avait faite du bâtiment. Dont il donna le nom et le port d'attache. Il allait regagner à son tour le pont. Ce fut alors que lui revint en mémoire ce détail qu'il avait noté machinalement.

Cabine numéro 2. Il y entra et sur le moment n'y découvrit rien de spécial.

Une odeur. Une odeur de poisson pourri.

Légère mais nette. En admettant que cinquante ans plus tôt quelqu'un eût introduit du poisson dans cette cabine de première classe somme toute presque luxueuse, l'odeur aurait-elle pu subsister après un demi-siècle ?

Il ouvrit un placard, qui ne contenait rien. Puis pensa à regarder sous la couchette. Un poisson se trouvait là bel et bien, en grande partie dévoré mais putride pour le reste. Des rats ?

Qui a déjà vu des rats pêcher à la ligne ?

Bien sûr, un poisson volant avait pu s'abattre sur le pont, y avoir siesté jusqu'au moment où un ou deux rats justement de passage...

Il y a ou il y a eu récemment quelqu'un à bord.

La conclusion s'imposa. Tout comme l'idée de la cale. Il y redescendit. Et de nouveau cet écœurement, presque ce malaise, au spectacle de cette végétation anormale, dans cette atmosphère confinée et comme visqueuse. A son premier passage en compagnie de Catherine, Kaï n'était pas allé très loin, se contentant d'escalader sur quelques mètres l'amoncellement des sacs et l'entassement des caisses de la cargaison. Il dut se forcer pour s'engager davantage. La lampe à huile dans la main gauche, il se hissa tout en haut d'une véritable muraille. A cet instant-là seulement, il pensa qu'il fallait que le *Hatteras* fût extrêmement chargé pour que ce mur de grain monte aussi haut. Un intervalle entre deux empilements. Un tunnel. *N'entre pas là-dedans, fais plutôt venir tes Dayaks et ils dégageront un accès...*

Mais il serait complètement ridicule si la cache manifestement aménagée dans le fond se révélait vide. Il posa sa lampe qui le gênait et entreprit d'écarter un sac qui obstruait le passage. Le hurlement retentit alors, une lame le toucha au bras et, dans la semi-pénombre, ils furent trois au moins à se ruer sur lui. Il frappa à la volée, se débattit, en proie à ce qui ressemblait fort à de l'affolement. Du sac qu'il venait de soulever et qu'un couteau avait éventré, des graines coulèrent, ajoutant par leur poussière à l'obscurité. Une lame ou deux le touchèrent encore. Les doigts de sa main gauche s'étaient refermés sur une gorge, ils broyèrent du cartilage, il lança son autre poing et ses pieds, rampa sur le dos pour ressortir du tunnel. L'éboulement commença alors, un énorme ruissellement de graines tantôt d'une extrême sécheresse et tantôt compactes, assemblées en une masse gélatineuse, au goût infect — il en avait plein la bouche et les narines. Il n'en fut plus dès lors à réfléchir, poussé qu'il était par son seul instinct, en pleine panique, n'obéissant qu'à ce réflexe animal qui le faisait battre en retraite. Une mer de graines échappées des sacs pourris se déversait sur lui, l'enfouissant. Et comme si cela n'avait pas suffi, il y eut ce corps qui s'abattit sur le sien, le couteau qui se planta à un centimètre de sa gorge, ce poignet qu'il put enfin bloquer, et surtout cette odeur de brûlé. La lampe à huile renversée avait enflammé la cargaison, de la fumée se mêla à la poussière, un rougeoiement apparut sur la gauche de Kaï. Chaleur. Ficher le camp, et vite ! Sauf qu'il devait encore lutter contre ce forcené cherchant toujours à l'égorger. Et la muraille de sacs s'affaissa tout entière, un poids monstrueux les écrasa, son adversaire et lui. Je vais crever étouffé ou brûlé vif, pensa-t-il.

Catherine !

Il avait pu se retourner, se mettre à plat ventre. Il s'arc-bouta, sa si puissante musculature tendue au maximum pour tenter de résister à ce poids de plusieurs centaines de kilos. Mais il céda, millimètre après millimètre. Déjà, l'air lui manquait et le feu mordait l'un de ses pieds nus. Un ultime soubresaut follement rageur lui fit croire pendant quelques secondes qu'il allait réussir à s'en tirer. Un nouvel éboulement lui enfonça le visage dans une sorte de cire molle et très puante, et il perdit conscience.

— Le livre de bord, dit-il.

— Tu l'avais laissé dans la coursive. Oncle Ka l'a ramassé. Une question, O'Hara : tu savais qu'il y avait quelqu'un à bord quand tu m'as renvoyée avec les Ibans ?

Il s'assit. Il était sur le pont du *Nan Shan* et, à moins d'une encablure de lui, le *Hatteras* brûlait joyeusement, sous un ciel plombé. Il n'y avait pas un souffle de vent sur la mer et les flammes et la fumée du bateau fantôme montaient quasiment rectilignes. Malgré les cent cinquante mètres au moins de distance, on sentait la chaleur du brasier. Quarante-neuf ans et quatre mois d'errance s'achevaient. Kaï se sentit plein de tristesse. Il détestait voir disparaître un bateau. Enfin, un voilier — les coques en fer n'étaient pas vraiment des bateaux, mais des trucs, comme ces voitures automobiles dont il avait vu des photos dans une revue à Singapour. Des machins, des machines.

— Et les trois fous dans la cale ?

Deux avaient brûlé, Oncle Ka et ses hommes n'avaient pu les retirer à temps. Pour le troisième, il était vivant.

— Un peu plus brûlé que toi.

Kaï se mit debout et compta ses entailles, six en tout mais rien de bien grave ; la plaie la plus profonde était à son avant-bras gauche, où la blessure était en séton, les muscles transpercés de part en part. Bon, je n'en mourrai pas. Plus la belle brûlure au pied, quoique la plante ne fût pas touchée. Il pouvait marcher. La grande bringue protestait qu'il devait rester tranquille, il l'embrassa, lui passa le bras droit autour de la taille, ils allèrent voir le survivant du bateau fantôme.

Un Polynésien, de belle taille et costaud, vingt ans et quelque.

— Tahitien ?

L'autre le regarda sans paraître comprendre.

— Tu viens d'où ?

Question en français, répétée en anglais, pas de réponse. Kaï passa au tahitien et une lueur s'alluma dans les yeux de l'homme.

— Tu comprends ce que je dis ?

Oui. Enfin, un peu.

— Tu viens d'où ? Quelle île ?

(S'il me répond qu'il est monté à bord à New Bedford il y a cinquante ans, je le flanque à la mer.)

— Bikini, dit l'homme.

Le nom ne disait rien du tout à Kaï.

— Les cartes, Ka 4.

L'Iban apporta les documents, Kaï les déploya et les mit sous le nez de son interlocuteur, qui ne leur accorda qu'un regard indifférent.

— Il n'a jamais vu de cartes, O'Hara, comment veux-tu qu'il te montre où il habite ?

— Cherche un truc appelé Bikini.

— Bikini, répéta le Polynésien ravi. Sa jambe droite était fichtrement brûlée et deux orteils de son pied gauche avaient carrément disparu, calcinés — le reste ne valait guère mieux. Mais il souriait.

— Bikini, Bikini, Bikini.

— Ça va, j'ai compris, dit Kaï.

— Aussi bien, dit la grande bringue, ce sera son nom à lui. Auquel cas, je serai encore à scruter ces cartes dans dix ans.

— Tu t'appelles comment ?

— Judal. Et toi ?

— Kaï. Pourquoi as-tu essayé de me tuer, sur l'autre bateau ?

— Pour que tu ne me tues pas.

— Aucun Bikini dans les Gilbert et Ellice, annonça Catherine.

— Essaie un autre archipel. (Puis en tahitien :) Vous faisiez quoi, sur ce bateau, tes deux copains et toi ?

Il fallut vingt bonnes minutes — le parler de Judal n'était pas exactement celui des Tahitiens, et pas beaucoup plus celui des Tongans que Kaï baragouinait aussi —

pour avoir le fin mot de l'histoire. Judal et ses amis étaient partis pêcher, de Bikini justement. La tempête les avait éloignés, et durement bousculés. Ils en étaient à écoper dans ce qui restait de leur pirogue, n'ayant plus rien bu ni mangé depuis six ou huit jours, quand le grand bateau leur était passé à peu près sur le ventre. Lui, Judal, avait réussi à s'accrocher, grâce à une ligne pour pêcher le requin dont le gros hameçon s'était fixé par miracle sur le bateau. Il s'était retrouvé seul à bord, vraiment seul et les sept autres dans la pirogue...

— Sept ?

Enfin, Judal voulait dire trois.

— Tu as dit que vous étiez trois dans la pirogue. Trois moins toi, reste deux.

— Vous parlez de quoi, au juste ? demanda Catherine.

— Nous discutons arithmétique, dit Kaï. La suite, Judal.

La suite était que le grand voilier s'était éloigné de l'épave de la pirogue et Judal avait cru qu'il était condamné à errer seul jusqu'à la fin des temps avec les fantômes. Sur quoi il était advenu, le lendemain, que le bateau était revenu...

— J'ai trouvé Bikini, annonça Catherine. C'est dans l'archipel des Marshall. Ça n'a pas l'air bien gros.

Elle présenta la carte à Judal, la pointe de son index sur l'îlot :

— Bikini.

— Bikini, dit Judal enchanté.

— Il est vraiment sympathique, dit-elle. Et beau garçon, en plus.

— La suite, Judal.

Le grand voilier avait donc fait un grand tour et voilà-t-il pas qu'au matin suivant Judal avait retrouvé ses... hésitation — il ne savait plus combien de copains il avait. Ou plus exactement, il ne se souvient plus de combien il m'a dit qu'ils étaient avec lui, pensa Kaï. Enfin, bref, Judal avait pu lancer un cordage aux autres dans la pirogue et les avait hissés à bord.

— C'était quand ?

Dans les quatre mois plus tôt environ. Judal et ses six camarades avaient passé quatre mois sur le *Hatteras*.

— Non, mais tu as vu ce sourire qu'il a ? dit Catherine. Il est brûlé de partout, il doit souffrir comme un damné et il sourit. Il est charmant.

— Tes deux copains et toi avez mangé les quatre autres de la pirogue, c'est ça ? demanda Kaï à Judal.

— Un peu, dit Judal.

— Tu pourrais traduire, que je puisse suivre, dit Catherine.

— En ce moment, nous parlons boustifaille, dit Kaï.

— C'est qu'il doit avoir faim, le pauvre garçon. Selim, on mange !

— Et ils avaient bon goût, tes copains ?

Judal expliqua qu'il les avait mangés sans enthousiasme. Il préférait le thon, la bonite et l'arrow-root râpé et frit dans l'huile de coco, mais il n'y avait rien de comestible sur le grand voilier. Toutes les provisions y étaient pourries. Ils avaient bien essayé de pêcher, mais sans grand succès, faute de lignes, elles étaient restées dans la pirogue.

— Tu avais déjà mangé des gens, Judal ?

— Qu'est-ce que tu lui demandes ? s'enquit de nouveau Catherine.

— S'il aime les œufs au bacon.

Une fois ou deux, dit Judal. Mais plus très souvent, depuis que les missionnaires étaient arrivés dans ses îles. Les missionnaires appelaient ça du cannibalisme et...

— Il aime les œufs au bacon ?

— Il adore, dit Kaï. Il n'en a jamais mangé mais l'idée lui plaît beauocup.

... Et avaient interdit aux habitants de Bikini et des autres îles de manger qui que ce fût. En sorte qu'on ne mangeait plus cette sorte de viande qu'en cachette. Et pour le bon motif. Par exemple, la fois où son grand-père avait cassé la tête d'un pêcheur de baleines qui venait d'un endroit nommé Nantucket — ledit pêcheur avait violé et tué deux femmes. Ce coup-là, Judal et toute sa famille avaient mangé de bon cœur. Par vengeance.

— J'ai bien compris, il parle de Nantucket ?

— Il dit qu'il a un copain américain de Nantucket, avec qui il a dîné.

— Hein, O'Hara ! Toi qui me racontais que les indigènes de ce coin du Pacifique étaient tous des cannibales !

— Tout le monde peut se tromper, dit Kaï.

Selim leur apporta le petit déjeuner. Sans œufs au bacon parce qu'il ne se trouvait pas d'œufs à bord et, de toute façon, Selim considérait que de simples œufs au bacon ne pouvaient pas figurer à l'un de ses menus, ce n'était pas gastronomique. Selim était très pointilleux sur ces choses. Au plus acceptait-il, pour les repas des petits matins, de confectionner des crêpes, dans le plus simple des cas tartinées de mélasse, mais une telle frugalité lui faisait honte, il y décelait avec consternation les prémices d'une déchéance, s'agissant de son art culinaire.

— Demande-lui s'il est marié, Kaï.

— Tu as déjà mangé de la femme, Judal ?

Une fois ou deux. Les femmes avaient à peu près le même goût que les hommes, sauf peut-être les seins, qui étaient délicieux.

— Il est marié, dit Kaï. Il dit qu'il aime beaucoup les femmes.

Le *Nan Shan* avait croisé tout autour de l'épave en flammes, il ne s'était éloigné que lorsque presque plus rien n'était resté du vaisseau fantôme. Le mystère allait subsister, quant à ce qui s'était réellement passé à bord du *Hatteras*, sur les raisons de l'absence à bord du capitaine et de dix de ses hommes, et sur les cinquante années qui s'étaient écoulées entre le dernier relèvement effectué par le capitaine du navire en vue du Horn et sa réapparition à des milliers et des milliers de kilomètres de là. Ce serait un mystère de plus, comme la mer en recelait tant et tant, qui jamais ne seraient élucidés.

Le *Nan Shan* avait traversé le grain que le ciel plombé annonçait, il avait fait route sur les Ellice et les Gilbert, avait multiplié les escales dans les îles des deux archipels. Et Kaï qui ignorait jusqu'à l'existence de la Suède et de la Pologne et avait à peine entendu parler de Napoléon Bonaparte, Kaï avait fait à Catherine des récits très détaillés sur les origines du peuplement de ces minuscules morceaux de terre perdus dans l'immensité de ses mers du Sud. Les récits mêmes à lui faits par la Mangouste folle, de qui chaque mot s'était gravé dans sa mémoire, et dont quelques livres laborieusement parcourus avaient complété les vides. Il avait évoqué les migrations successives dont Gilbertins et Elliciens étaient la conséquence ; des Pygmées noirs comme du charbon aux navigateurs malais, en passant par de mystérieux marins de Chine du Nord et de plus énigmatiques encore géants blancs, auxquels la Mangouste folle, avec plus ou moins de raison, identifiait son propre ancêtre, le tout premier Kaï O'Hara barbu de roux qui aurait enseigné aux indigènes l'usage de la pirogue à balancier.

Le *Nan Shan* n'avait pas visité dans le détail les vingt-quatre îles et atolls des deux archipels, d'autant que tout cela était éparpillé sur des millions de kilomètres carrés. Mais la Mangouste folle et d'autres Kaï O'Hara, plus avant dans le temps, y étaient venus à maintes et maintes reprises, à une époque où les féroces *Blackbirders* — les Chasseurs de merles — n'avaient pas commencé leurs razzias.

— Et c'est quoi, les Chasseurs de merles ?

— De joyeux marins qui raflaient tous les indigènes qu'ils pouvaient trouver, en leur tapant dessus, profitant de ce qu'ils n'étaient pas agressifs, pour fournir en main-d'œuvre les mines et les carrières de phosphates.

Eh oui, il existait encore des Blackbirders. Plus autant qu'avant car, à peine trois ans plus tôt, un capitaine de Chasseurs de merles fort réputé pour son extrême sauvagerie avait été lui-même massacré par ses recrues et, dans l'ensemble des mers du Sud, on avait estimé que cela avait été plutôt une bonne idée.

La grande bringue avait préféré les Gilbert aux Ellice : elles étaient un peu plus luxuriantes, pas beaucoup plus, l'ensemble étant assez aride —, et en mai la goélette avait mis cap au sud, en direction des Marshall. Il fallait bien y déposer Judal.

On l'y avait déposé. Il s'était avéré qu'il avait bel et bien des enfants, dont un fils nommé comme lui, âgé alors de sept ou huit ans, et qui allait entrer dans l'Histoire, plus de quarante ans plus tard : c'est lui que le gouvernement américain, en 1946, persuaderait de quitter son île natale de Bikini en compagnie de ses cent soixante-quatre compatriotes, pour cette raison qu'il allait y faire un peu trop chaud quand la bombe atomique exploserait.

Bikini et les Marshall dans leur ensemble étaient de petites choses sablonneuses, sans bois ni pierre et avec très peu d'eau ; c'était un miracle que d'y pouvoir survivre, et dans la bonne humeur.

Il s'y trouvait des missionnaires : les Américains de la Boston Mission, quoique l'archipel fût sous le protectorat des Allemands, qui y avaient apporté la civilisation sous la forme de création d'impôts. L'un des hommes de Dieu remercia Kaï d'avoir rapatrié Judal :

— De tous nos paroissiens, qui sont pourtant d'une merveilleuse affabilité, c'est le plus doux. Nous n'avons eu aucun mal à le convaincre de renoncer à l'anthropophagie et à ses idoles païennes. Kaï répondit que, pour les idoles, il ne pouvait se prononcer, mais regardant le cannibalisme, il était formel : ce n'était pas du tout le genre de Judal.

— Je peux savoir pourquoi tu fais la gueule, O'Hara ?

Kaï ne faisait pas la gueule. Pas à la grande bringue dans tous les cas, qui commençait d'ailleurs à être un peu grosse. Non, il traversait l'un de ces moments de sombre fureur, comme chaque fois qu'il pensait à tout le mal fait par les Blancs dans ces mers du Sud, entre les Chasseurs de merles et les baleiniers qui s'étaient conduits comme des porcs meurtriers ; sans même parler de tous ces abrutis qui croyaient avoir découvert ces îles, comme si elles n'avaient pas été habitées avant eux, et avaient poussé l'indécence jusqu'à leur donner leur nom.

— Tu peux parcourir les mers du Sud pendant trois

cents ans, tu n'y trouveras jamais une terre baptisée O'Hara.

Et pourtant, les cartes dont se servait le plus souvent Kaï pour faire naviguer le *Nan Shan* étaient celles-là mêmes établies par tous les Kaï O'Hara qui l'avaient précédé dans ces contrées. Toutes avec leurs vrais noms — et pas Marshall, Gilbert, Ellice, Nouvelle-Guinée, Nouvelle-Zélande et tant d'autres.

— Des noms que toi-même tu utilises, pourtant.

Parce qu'il ne pouvait pas faire autrement. D'après elle, quand on lui confiait un fret pour aller d'un endroit à un autre, comment pouvaient-ils se comprendre, son affréteur et lui, s'ils ne donnaient pas les mêmes noms aux mêmes endroits ?

— Et bien sûr, les O'Hara n'ont jamais participé à cette curée sur les mers du Sud ?

Ni leurs cousins aux Amériques ? Ou en Afrique ?

Kaï la regarda avec une stupéfaction sincère (et un zeste, tout petit, d'agacement) ; évidemment non, bien sûr que non, mille fois non, les O'Hara, enfin les Kaï O'Hara (des autres O'Hara de sa famille, à commencer par son propre père, il ne se sentait pas responsable) avaient tout fait pour s'intégrer, apprendre les langues, ne rien changer, se comporter en simples visiteurs. Pas un seul cas de Kaï O'Hara propriétaire du plus petit arpent de terre. Pas de Kaï O'Hara dirigeant une entreprise, ayant des employés. Pas un seul.

— Et les Ibans de ton équipage ?

— Je ne les paie pas, et tu le sais. Ils viennent avec moi s'ils le veulent et aussi longtemps que ça leur chante. Par amitié. Demande à Oncle Ka.

— Et ça va durer éternellement...

Oui. Tant qu'il y aurait des Kaï O'Hara. La lignée des Kaï O'Hara pouvait parfois sauter une génération — il en était la preuve vivante — mais bon, tôt ou tard, après lui, viendrait un treizième Kaï, un quatorzième, un quinzième et la suite, jusqu'à la fin des temps. Sûr et certain.

— Tu boudes, O'Hara.

Non.

— Je vois bien que tu boudes.

Et de venir dans ses bras à lui, de lui caresser le visage en l'embrassant à tout petits coups. « Oh, mon Dieu, je t'aime chaque jour davantage, Kaï mon amour. Et même si j'ai un peu de mal, je te crois pour l'amour de toi. Les mers du Sud sont bien assez grandes, tu as raison : il se passera des siècles avant qu'on y mette des frontières et rien ni personne jamais ne dira au *Nan Shan* où il doit aller. »

Et elle faisait l'amour avec cette impudeur qu'elle avait apprise Dieu seul savait où. Il préférait ne pas le savoir, dans des livres peut-être, ou bien elle aurait tout réinventé, intelligente comme elle l'était. Il s'émerveillerait jusqu'à sa mort qu'elle l'ait choisi. Cette impudeur parfois qui le gênait encore un tout petit peu, certain absolument qu'elle était, avait été avant leur mariage, une jeune fille comme il faut, mille fois mieux que l'Isabelle.

Et elle lui faisait l'amour, puis lui faisait toucher son gros ventre — il était grand temps qu'on arrivât à la fin de ce voyage ou elle allait accoucher avec Oncle Ka — il savait tout faire — comme sage-femme.

Et elle lui disait en souriant, les yeux pleins de malice :

— Si ça se trouve, ce sera un nouveau Kaï que j'ai là-dedans.

Alors, comment bouder encore après ça ?

Des îles Marshall, le *Nan Shan* avait piqué droit sur l'archipel de la Société, les îles du Vent, enfin bref, Tahiti, par toutes les accourcies possibles. On pouvait faire toute confiance au *Nan Shan* pour voler sur les vagues, vent contraire ou pas, lorsqu'il fallait aller vite.

D'ailleurs, au cas d'une bonace imbécile et donc d'absence totale de vent, sûr que tous les Ibans se seraient jetés à la baille, un cordage entre les dents, pour tirer le bateau. C'est qu'ils l'aimaient, la grande bringue. N'oublie jamais ça, Kaï, tu n'es pas le seul à croire qu'elle est et le ciel et la terre.

Et toutes les mers du Sud à elle seule, c'est dire.

En sorte qu'ils arrivèrent à Tahiti trois bonnes semaines avant terme. Elle, enceinte jusqu'aux yeux, mais hilare :

— C'est tout juste s'il ne nous a pas tous obligés à ramer pour arriver plus vite, dit-elle au médecin français.

— Faire naître des bébés serait un plaisir, s'il n'y avait pas les maris, petite.

Le médecin avait flanqué Kaï dehors. *Petite ?* Le mot l'indignait. D'abord elle est plus grande que lui, et d'un. Et puis, il va la regarder toute nue ?

— Quelque chose te préoccupe ? demanda O'Malley.

Le vieil Irlandais était là. Il était accouru sitôt que les voiles rouges et la coque noire de la goélette avaient été signalées. Kaï l'avait retrouvé avec un grand bonheur.

— Je vous avais dit que j'allais revenir.

— Tu me l'avais dit. Et c'est quoi, ça ?

— Ma femme.

— Venir avec sa femme à Tahiti, c'est partir dans le pôle Nord avec un seau plein de glace. Bonjour, madame O'Hara. Beau morceau, Kaï. Et quel ventre, ils sont au moins six, là-dedans.

— Rien ne me préoccupe, répondit Kaï. Je suis serein.

— Allons boire un coup.

Mais Kaï ne voulut pas s'éloigner. Il se mit à faire les cent pas dans le jardinet de la maison où le médecin accoucheur avait son cabinet. Il pensait au docteur avec son nez entre les cuisses de Catherine et ses poils se hérissaient.

— J'ai déjà neuf enfants, quant à moi, dit O'Malley. En seize ou dix-sept mois, ce n'est pas si mal. Je parle bien sûr des enfants que j'ai eus ici. Peut-être qu'il y en a un ou deux de moi, dans le tas. Les deux blonds, par exemple. Ma mère avait des cheveux d'or. Dis donc, tu vas finir par nous creuser une tranchée dans ce jardin, à aller et venir ainsi. Il va vous falloir une maison, enfin quelque chose pour y dormir.

— Non, dit Kaï très fermement.

— Si, dit la grande bringue qui venait de sortir de

chez le médecin et avait entendu la dernière phrase d'O'Malley.

Ils allèrent boire un coup, bière pour tout le monde. O'Malley parlait sans fin, intarissable, saluait les uns et les autres, il connaissait tout Papeete, son français s'était bien amélioré, son tahitien de même, quoique dans les deux cas il conservât un accent épouvantable. Les deux hommes burent six bières, et Catherine une, qu'elle ne finit même pas. Kaï était d'humeur très sombre. Une maison. *Une maison !* Tu vas voir qu'elle va vouloir accoucher à terre ! Un Kaï O'Hara voir le jour sur la terre ferme et sous un toit, alors que le *Nan Shan* se trouvait à cinquante brasses, c'était à vomir. Kaï n'osait pourtant pas revenir sur le sujet. Quand tu as quelque chose à dire, maille à partir avec qui tu aimes, tu ne le fais pas en public, tu attends le tête à tête. Et ce fils de chien d'Irlandais qui n'arrêtait pas d'évoquer toutes les maisons qu'il connaissait et qui pourraient abriter la parturiente — il disait bien *parturiente*, c'est quoi une parturiente, bordel ?

— Ton jules nous fait la gueule, Catherine-Sophie, disait O'Malley.

— C'est d'être sur le plancher des vaches, ça le tourneboule, répondait-elle.

Catherine-Sophie ? pensait Kaï. Je ne savais même pas qu'elle s'appelait Sophie aussi.

— Le mieux serait que je le soûle, à mon avis, disait encore l'Irlandais. Ça lui redonnerait de l'entrain.

— Mais je vous en prie, mon cher Fergus, faites donc.

Mon cher Fergus !

Le cher Fergus commanda deux bouteilles de gnôle, ou du ratafia — non, pas de verres, ça retarde. Ils burent. L'O'Malley parlant plus que jamais, très droit, ses yeux bleu-vert à peine embrumés, narines quelque peu palpitantes, de fort jolies rougeurs sur les pommettes, ayant recommandé deux bouteilles de plus puisque chacun avait fini la sienne, jusqu'à cet instant d'éternité où soudain il vacilla, ferma enfin sa grande gueule et, crac, s'abattit comme un arbre, sa nuque frappa le sol bien que Kaï eût tenté de glisser son pied dessous, pour amortir le choc.

Sur quoi ils ressortirent dans le soleil, l'Irlandais pendant tel du linge à sécher sur l'épaule de Kaï et, grâce à Dieu, silencieux enfin.

— Pourquoi pas à bord ? dit Kaï à Catherine.

C'était pas mal elliptique, comme question, mais elle comprit.

— J'accoucherai à terre, cette fois-ci.

— Mon fils doit naître sur le *Nan Shan*, qui lui appartiendra un jour.

— Il est vraiment idiot, dit O'Malley dont les bras allongés et les jambes pendaient parallèles vers le sol, dont le nez était collé au dos nu de Kaï en sarong, et dont les fesses pointaient vers le ciel.

— Zéro tonne cent d'os et de muscles, dit la grande bringue. Et des milliards de tonnes de tendresse, de gentillesse et d'amour. Meilleur marin, ce n'est pas possible, un homme comme celui-là, tu lui mets la main dessus et tu ne lâches jamais plus, il n'y a pas mieux dans toutes les mers du Sud, d'un pôle à l'autre. Mais par moments, c'est vrai, il se produit comme un dérapage, il devient tout crétin.

— Personne n'est parfait, dit O'Malley.

Je ne vois pas pourquoi je porterais un ivrogne qui en plus m'insulte, pensa Kaï. D'un preste mouvement de l'épaule, il se débarrassa du corps qui parlait trop. L'Irlandais se répandit sur le sol, à croire qu'il n'avait plus d'os du tout. Kaï tenta trois fois de le remettre debout, mais rien à faire. D'accord : d'une seule main, il remit O'Malley dans la position précédente.

— Personne n'est parfait à part toi, Catherine-Sophie, reprit O'Malley.

Réflexion faite, Kaï flanqua le bonhomme par terre, le saisit par le collet et tira tout en se remettant en marche.

— Tu exagères, O'Hara.

— Quand on ne sait pas boire, on boit de l'eau.

Il se sentait abattu, il connaissait trop la grande bringue pour ne pas savoir que, quand elle avait dit quelque chose, elle s'y tenait. Elle allait mettre au monde son fils dans une maison à terre. L'accablement l'écrasait.

Mais un mot lui revint :

— Pourquoi : « cette fois-ci » ?

— Parce que le prochain enfant, je le ferai dans notre cabine du *Nan Shan*. Juré.

— Mais pas celui-là.

— Non. Et on n'en parle plus, O'Hara.

D'accord. Très bien. D'accord. Parfait. Kaï traînait toujours O'Malley, qui à présent chantait quelque chose sur une fille de Galway. Derrière le trio marchait une foule de Tahitiennes et Tahitiens qui s'esclaffaient. Tahiti était un vrai ravissement sous cette lumière, la grande bringue affirmait que c'était un ravissement, presque aussi grand que Moorea, devant quoi le *Nan Shan* était passé à la vitesse de la foudre — « je t'avais bien dit que nous avions tout le temps ». Derrière le trio allaient aussi des troupes de chiens, de cochons et de poules, même une vache probablement française.

La grande bringue ne voulut tout de même pas d'une vraie maison de Blanc, encore heureux, mais choisit une case traditionnelle à parois de bambous et toit de pandanus. Au moins Kaï 13 verrait-il la mer en ouvrant les yeux sur le monde. On se console comme on peut.

— On n'en parle vraiment plus ?

— Non.

— Bon. Mais je grince des dents.

— Grince tant que tu veux, c'est pareil. Je t'aime.

Par moments, moi aussi, répondait Kaï, que son amour étouffait presque, et qui eût conduit le *Nan Shan* sur la lune si la grande bringue avait voulu accoucher là-haut.

— Va donc pêcher, ça t'occupera.

Et si...

— Non, O'Hara. Ce n'est pas pour tout de suite. Va voir ailleurs si j'y suis, tu finirais par me rendre nerveuse.

Kaï alla pêcher, nagea, enfila d'innombrables thons, bonites et labres sur son harpon — il valait presque les Tahitiens, en ce domaine. Du moins le pensait-il. Pas O'Malley, ce dernier d'autant plus sarcastique qu'il ne se baignait jamais. Il avait peur de l'eau. Comme Ouk le Khmer mais avec plus de raisons. A propos, je me demande où est Ouk, j'aimerais le revoir, j'irais montrer les temples à la grande bringue et à mon fils, un de ces jours. C'était un matin comme un autre, beau et chaud, et très tranquille. Les Dayaks de la mer, au loin, avaient mis à l'eau le goret qu'ils avaient fabriqué : c'était une espèce de radeau rectangulaire, long tout au plus d'un mètre, et garni sur toutes ses faces de robustes racloirs de tôle ; on s'en servait comme d'une étrille pour les chevaux ; au bout de filins, on le tirait, collé qu'il était à la coque, sous la surface, par la pression de l'eau. Faute de pouvoir abattre le *Nan Shan* en carène, c'était le meilleur carénage possible, quoique Kaï, lui, préférât (mais ce n'était pas possible à Tahiti) faire séjourner quelque temps sa goélette dans les eaux bien sulfureuses d'une île volcanique, après quoi les bernacles ou anatifes, les algues et les divers coquillages disparaissaient comme par miracle. Il l'avait fait plusieurs fois lors de ce seul voyage, et en maintes circonstances dans le passé — les cartes annotées par la Mangouste folle et les autres Kaï O'Hara du passé indiquaient toujours les endroits où il était ainsi possible de procéder au toilettage du navire.

Un matin comme tous les autres, sauf que c'était le dix-neuvième de leur séjour à Tahiti, et donc vers la mi-juillet de l'an 1903, l'appel retentit et Kaï nagea mieux qu'un poisson-torpille, puis courut.

Le médecin, les matrones tahitiennes riaient de voir un homme à ce point affolé par une naissance. Il écarta tout le monde, résistant à son envie de les culbuter comme des quilles.

— Comment va-t-elle ?

— On ne peut mieux, répondit le médecin.

— Et mon fils ?

— Vous feriez mieux d'aller voir vous-même.

Il entra dans la case et embrassa la grande bringue, puis regarda ce qu'elle tenait sur ses seins nus.

— Nom d'un chien, c'est quoi, ça ?

— Deux filles, dit-elle. Des jumelles.

Il voyait maintenant pourquoi elle n'avait pas voulu accoucher sur le *Nan Shan*. Sauf bien sûr s'il souhaitait faire de ses filles des timonières ou des dames gabières.

Et deux ans passent. Il faudrait raconter par le menu la nonchalante errance par le travers des îles de la Société, des Touamotou, des Marquises, puis, les mois s'égrenant, des pérégrinations forcément plus longues, elle veut aller à l'île de Pâques et bien sûr ils y vont (mais sans encore, cette fois-là, pousser jusqu'au Horn qui, au regard de Kaï, n'est plus dans les mers du Sud — au plus en marque-t-il la frontière), la descente plein sud vers et tout autour de la Nouvelle-Zélande (on est au cœur de l'été austral, sans quoi Kaï jamais ne serait allé si bas, lui qui de toute son existence n'a pas connu de température inférieure à vingt-trois degrés Celsius. Puis les voici à Hobart en Tasmanie, le diable du même nom, le tout dernier de sa race n'y est déjà plus, exterminé. Les voilà encore à Adélaïde et donc en Australie. Veut-elle en faire le tour ? Non, dit-elle, si bien que l'on remonte par le détroit de Bass et c'est Sydney, qui lui plaît beaucoup : c'est une ville sans en être une, avec ses innombrables échancrures et rias qui donnent, en ce temps, l'impression qu'on pourrait presque faire ses courses en bateau. Ensuite vient la Grande Barrière et, bon, Kaï qui avait projeté d'aller y jeter un œil à son dernier passage dans la mer de Corail, Kaï ce coup-ci y plonge (la grande bringue aussi, qui nage comme un poisson), ils y plongent équipés de ces espèces de lunettes bizarres par lesquelles on voit le fond de l'eau et ces coraux multicolores, d'une beauté à vous serrer le cœur, leurs crêtes formant plateau à un mètre cinquante sous la surface (et pourtant on est fichtrement loin de la côte, et entre la côte et la Barrière, il y a de vrais fonds de trois cents brasses). Ils nagent, contemplant ces merveilles, à dix coudées, pas plus, de grands requins blancs plutôt terrifiants, mais qui n'osent s'aventurer, eux, sur ces hauts fonds et se contentent de passer et repasser, tels des promeneurs sur un mail contemplés de la terrasse d'un café. Et passée une fois de plus la mer de Corail, cap à l'ouest — le détroit de Torres, les mers d'Arafura et de Timor ; elle veut voir l'océan Indien, les îles Christmas et les Cocos, mais ça ne lui chante pas de cingler vers l'ouest plus avant. Kaï aurait bien poussé jusqu'à Maurice et aux Seychelles, voire Madagascar et pourquoi pas l'Afrique — quoique ce ne soit plus vraiment les mers du Sud, du moins selon l'idée qu'il s'en fait, mais d'accord, on remonte, des cinq et six mille mètres d'abysses sous la quille, en direction de Ceylan. Pour une pérégrination, c'en est une, pas étonnant que le temps passe et soit passé.

Deux ans et davantage. Colombo, la côte de Malabar. Du fret. Il faut bien faire entrer un peu d'argent dans les caisses vides. Madras et du fret encore. Calcutta. Rangoon, deux semaines plus tard. Remontée auparavant de l'Irawady, le puissant fleuve très récemment gonflé par les pluies de la mousson, et le *Nan Shan* va jusqu'à Mandalay, dont le nom faisait rêver la grande bringue. Tu ne peux pas résister à ses rêves — ni d'ailleurs à la moindre de ses appétences. Dieu sait pourtant qu'à part la foutue maison, dont il est vrai qu'elle ne dit plus mot depuis des lunes, elle a si peu de demandes — c'est une merveille que cette femme qui est tienne.

Deux années et presque trois quand on embouque enfin Malacca, que Kaï n'est pas loin de tenir pour son détroit personnel. Après tout, on est sur le territoire, enfin dans les eaux, de la Mangouste folle.

— Tu te souviens de l'histoire que je t'ai racontée, celle de la petite fille ? Mais si, la Malaise, haute comme une banane et maigre, celle qui m'a aidée quand j'avais sur mes talons les ennemis de l'Archibald (je me demande bien où il est passé, celui-là, il va me retomber sur le poil l'un de ces quatre, le fils de chien). Oui, celle-là. Bagheera — ce n'était pas son nom, mais elle l'avait accepté. Bon, eh bien, c'est elle, enfin, je crois...

— Haute comme une banane et maigre, hein ? ricane Catherine en français.

Une semaine plus tôt, dans la mer d'Andaman, après que la goélette s'est offert quelques escales dans les îles du même nom, puis, plus au sud, dans celles des Nicobar, des pirates ont attaqué le *Nan Shan*. Cinquième assaut de ce type depuis l'escale à Bali, trois ans et quelque plus tôt. Un Dayak de la mer a été tué, deux autres blessés, Kaï lui-même a été atteint. Mais les assaillants, pardon, une hécatombe. Dans les neuf ou dix morts, plus trois grands praos brûlés.

— Je ne m'habituerai jamais à ce sang, a dit Catherine, ni à ta violence, Kaï. Tu n'avais pas besoin de massacrer ces hommes.

— Ce sont eux qui ont commencé.

— Quand même.

— Et en les exterminant, je nettoie, pour les bateaux qui viendront après le *Nan Shan* et n'auront pas des Dayaks comme garnison.

— Quand même.

Elle contemple Bagheera la Malaise. Laquelle a beaucoup changé. On a beau être chez des Malais musulmans, où les femmes se taisent, en public du moins, il est clair que Bagheera parle à qui et quand elle le veut, et qu'elle est écoutée. Si cela existait, ce serait une sultane. Qui se conduirait comme telle. La voilà qui toise madame O'Hara née Margerit, on pourrait presque croire qu'elles vont s'écharper, mues par un mystérieux instinct qui leur fait deviner qu'elles auraient pu être concurrentes. Les deux plus jolies femmes des mers du Sud face à face. Sauf qu'elles se mettent à parler malais et, miracle, elles s'accordent, sous l'œil ahuri de Kaï. Conciliabules. Elles deviennent amies. Tout le temps de l'escale — dans les cinq jours — elles se promènent ensemble. Je suis sûr qu'elles parlent de moi, qu'est-ce qu'on parie ? Ce sont les deux seules qui m'ont jamais traité de crétin, de bodoh, sans que j'en sois fâché, au contraire, c'est un signe, non ?

— Une très remarquable jeune femme, dit Catherine.

— Je n'ai jamais dormi avec elle, si c'est là ton idée.

— Je n'ai jamais dit que tu l'avais fait. Mais tu le ferais, si je n'étais pas là.

— Je ne regrette pas que tu y sois, nom d'un chien !

— J'ai dit que tu le regrettais ? Je ne m'en souviens pas.

— Tu te moques de moi.

— Tu as mis le temps à le comprendre, O'Hara.

Et de s'esclaffer, les jumelles se joignant à son rire et en rajoutant, puisqu'elles vont jusqu'à se rouler sur le pont en poussant des cris de joie qui font sourire les Dayaks de la mer. N'empêche que Kaï aurait bien voulu savoir ce qu'elles ont pu se dire, la grande bringue et la Malaise, durant leurs conciliabules. Parce que, enfin, elles ne se connaissaient pas, jamais je n'ai parlé de l'une à l'autre (et pour cause, je n'ai pas tant à dire sur la Malaise, à part qu'elle m'a rendu service) et pourtant voici qu'elles se rencontrent, et qu'en trois secondes, elles sont collègues. Elles deviennent comme des amies d'enfance. A croire — mais c'est stupide, non ? — qu'elles sont du même type. Le type dont Kaï O'Hara tombe amoureux, qu'il prend pour femme première — et unique, soit dit en passant. Et elles se seraient identifiées comme telles sans s'en tenir rigueur. C'est bizarre.

La descente du détroit de Malacca. De plus en plus envahi par les coques de fer, le détroit. Kaï chasse de sa tête de très sombres pensées : il en était à imaginer un jour où toutes ses mers du Sud seraient pareillement emplies et sillonnées par ces saloperies de machines. Avec dans chaque port, partout, jusque sur les îlots les plus minuscules, des types en uniforme réclamant des documents, des tampons, tous ces trucs officiels qui limitent la liberté — alors que la liberté est justement sans limite (sauf qu'elle s'arrête là où on empiète sur celle des autres, mais ça, c'est normal). On n'est pas plus ou moins libre, de même qu'on n'est pas plus ou moins enceinte.

Mais bon, ce n'est pas pour demain, ni pour le jour suivant, si cela se produit un jour. Dieu soit loué, c'est foutument grand, les mers du Sud.

Singapour. Et Ching le Gros qui a pris sept ou huit kilos de plus, et les Hodgkins et d'autres. Et Madame Grand-Mère. Des jours à terre, en logeant chez elle. Qui, oui, était au courant, pour la naissance à Tahiti des jumelles. Elle a reçu la lettre, enfin le très court message de deux lignes et demie que Kaï lui a adressé, et qui n'a jamais mis que dix-sept semaines à lui parvenir.

Kaï avait des appréhensions. Il est du genre à affronter cinquante-cinq pirates en même temps, si assoiffés de sang qu'ils puissent être, mais se présenter à Madame Grand-Mère lui est toujours un peu angoissant — il l'aime, pourtant. Mais revenir à elle avec non pas un fils, mais des filles, déjà c'est presque humiliant — ce sera mon sang chinois. Et puis il fallait voir comment la grande bringue allait s'accommoder de la situation.

— Ne dis pas n'importe quoi, O'Hara, j'ai toujours su que ta grand-mère était chinoise, et je m'en moque éperdument qu'elle soit, comme on dit, d'une autre race. Ce qu'il y a de plus sensé en toi, c'est sûrement d'elle que tu le tiens. Fermez le ban, plus rien à dire. Le chinois de Catherine n'est pas des meilleurs, elle le baragouine. D'autant qu'elle l'a peu pratiqué au cours des trente-sept derniers mois. Qu'importe : grand-mère, petite-fille et arrière-petites-filles parlent français ensemble. Parlent trop. Tout ce verbiage féminin soûle Kaï. Nous aurions un garçon, un fils, lui et moi passerions presque tout le temps de l'escale à lui apprendre le *Nan Shan* et, dans les intervalles, je l'emmènerais boire un coup — peut-être pas encore de la bière mais de la limonade, entre hommes.

Bien heureux qu'il faille reprendre la mer, ne serait-ce que pour permettre aux Ibans du bord de retrouver leur village. Sans le moindre enthousiasme, Kaï a proposé à Catherine de la laisser à Singapour avec les filles — la seule perspective d'être séparé d'elle pendant au plus trois ou quatre semaines le mine. Pas question, a-t-elle dit.

Bornéo, donc. Pendant cinq semaines. Neuf hommes du précédent équipage restent à bord, d'accord pour repartir. Kaï en prend sept autres ; de la sorte, il disposera de deux bordées de huit ; si bien qu'avec Selim (qui entre-temps s'est trouvé une femme qu'il emmènera) et Oncle Ka qui a simplement secoué la tête lorsque Kaï lui a proposé de mettre sac à terre, avec tout le monde plus la grande bringue, les jumelles et Kaï lui-même, on sera vingt-trois à bord. Jamais le *Nan Shan* n'aura été aussi peuplé, mais avec ses trente-quatre mètres de long, il peut se le permettre.

A Singapour, Ching le Gros avait émis quelques reproches, il estimait que Kaï ne mettait pas suffisamment à profit toutes les facilités qui lui étaient offertes.

— Tu as besoin d'argent, Kaï.

— Pas tant que ça.

— Tu as une femme et deux enfants, et des filles, en plus. Ça coûte.

— Je leur fais mener une existence misérable, c'est ça ?

— Presque. Toi, tu as peu de besoins. Mais elles ?

Il y avait du vrai là-dedans, Kaï en convenait. Par l'un de ces grands revirements de cœur qui parfois lui survenaient, il s'accusait, il avait été fichtrement égoïste. Il constata soudain qu'en somme, si Madame Grand-Mère n'avait pas été là pour prendre les choses en main, Catherine n'aurait rien eu à se mettre pour sortir un peu dans le monde, avec les Hodgkins et quelques autres, durant cette escale de Singapour — il y avait belle lurette que les vêtements qu'elle avait emportés, avant le mariage, s'étaient transformés en nippes, tout ayant, l'air marin aidant, plus ou moins pourri dans la cale. Sans parler des jumelles, qui vivaient toutes nues l'essentiel du temps, d'accord, mais qu'il faudrait bien habiller un peu dans quelque temps. Toujours chez Madame Grand-Mère, Kaï avait trouvé un très gros tas de lettres de la banque, toujours la même. Il ne les avait pas ouvertes, sauf la dernière qui se trouvait sur le haut de la pile et qui sollicitait un entretien. Fils de chiens, ils m'emmerdent. Il était allé à la foutue banque. Monsieur Wang était absent, ainsi que monsieur Wang qui se trouvait en voyage, mais monsieur Wang troisième du nom l'avait reçu.

— Vous avez bien lu, avait dit Wang trois, votre compte est créditeur de vingt-trois mille cent huit dollars américains et trente-quatre cents.

— Ça m'est royalement égal.

— Votre indifférence à l'argent m'émerveille et me donne la mesure de votre extrême magnanimité, sans même parler de votre hauteur de vue, mais je vous serais extraordinairement reconnaissant de vouloir bien me faire connaître vos intentions quant à ces capitaux.

— Je ne veux pas de cet argent. Dites à Ha...

— Qui cela, je vous prie ?

— Ha.

— Ah, Ha !

— Dites à monsieur Ha, donc, de reprendre ses sous. Je n'en veux pas.

— Mais personne ne peut disposer de ces sommes sinon vous, monsieur O'Hara. Même pas moi.

Kaï avait cherché à mettre la main sur Boule de gomme. Il était retourné à cette espèce d'entrepôt où il avait une première fois revu le bonhomme. Pas de Ha. Des statuettes sur des hectomètres carrés, toutes plus hideuses les unes que les autres, mais de Ha, point. Et il est où ? En voyage. A Hong Kong, peut-être. Où, à Hong Kong ?

Il pleut sur Bornéo, à n'en plus finir. La grande bringue donne le branle :

— On cingle, O'Hara ?

— On cingle.

Nouvel appareillage et, comme par miracle, à peine l'étrave fine du *Nan Shan* commence-t-elle de s'ouvrir une route dans les eaux jusque-là violacées de la mer de Chine du Sud que le temps se remet au beau. On cingle nord-nord-est. Ching le Gros a dressé une liste de tous les frets possibles, qui sont multiples. Pour l'un de ceux-ci, il faudra à la goélette remonter au long de la côte chinoise et pousser jusqu'à Shanghai.

— C'est dans les mers du Sud, Shanghai ?

— C'est en Chine.

Et la Chine est dans les mers du Sud. Forcément. Y compris la Chine du Nord. La Mandchourie itou. C'est comme ça. La géographie de Kaï a ainsi ses fantaisies.

Une mer turquoise. Le soleil revenu. Une chaleur sèche et saine ; regarde les petites, qui sont dorées comme un bon pain. A l'égard de ses filles, Kaï a souvent de fortes poussées de tendresse. Il est très doux dans tous ses gestes, même s'il ne les touche guère. S'il a de l'amour pour elles ? Oui et non. Oui, au sens où, à coup sûr, il se ferait tuer pour les sauver...

... Non, si tu compares à ce que tu éprouves pour la grande bringue. Pas comparable. La grande bringue, oh, mon Dieu, c'est tout, c'est irremplaçable, ça t'emplit tant le cœur qu'il en déborde. Qu'il lui arrive quoi que ce soit et je meurs. Peut-être bien après tout que, si tu as de l'affection pour les jumelles, c'est parce qu'elles sont ses filles, à elle, chair de sa chair. Dommage qu'elles ne lui ressemblent pas trop, va savoir d'où elles tiennent cette bouche petite et ces yeux bleus, mais il paraît qu'elles ont mon front et mon nez.

— On fait escale à Hong Kong ?

— Sauf si tu veux qu'on jette à la mer les marchandises de nos cales.

— J'ai très envie de voir Hong Kong.

Et Macao, et la rivière des Perles de Canton. Et voilà la grande bringue partie dans une rêverie parlée, monologuée, sur la Chine. A Singapour, elle a pris une vingtaine de leçons pour retrouver un peu de chinois et en acquérir davantage ; elle attend de Kaï qu'il s'adresse à elle en mandarin — sauf qu'elle ne comprend pas toujours ce qu'il dit. En chinois, si on n'a pas les bonnes intonations — il l'a bien vu lui-même, qui sait pourtant bien la langue, avec son monsieur Ha, qui ne se dit pas Ha, ni Ha, et pas davantage Ha (pas plus que Ha d'ailleurs), mais Ha, tout bêtement, c'est curieux qu'il n'arrive pas à se mettre la syllabe sur la langue. Quand on ne les a pas, donc, bernique.

Kaï tient la barre. Les jumelles jouent nues entre ses jambes nues, elles s'accrochent, c'est un peu gênant, heureusement que ce sont des bébés. Du coin de l'œil, il lorgne la grande bringue. Curieux qu'elle ne remarque rien. Mais c'est ainsi : elle sait à peu près tout faire sur le bateau : grimper dans les mâts, tenir le gouvernail et un cap qu'on lui a fixé, plonger et nager sous la quille pour voir où en sont les foutues bernacles. Tout, mais pas se repérer en mer. De nuit, elle confond les étoiles — elle ne voit pas celles que lui voit. Et de jour, on lui dit qu'on marche au nord-nord-est alors qu'en fait on cingle plein nord, eh bien, elle ne remarque rien.

Je me demande si elle pense à Saigon.

A sa famille, à son père. A tout ce qui a été sa vie avant que, prétendument, je l'enlève. Jamais un mot sur le sujet. On croirait qu'ils sont tous morts, là-bas, et que le delta du Mékong est désormais sous la mer.

Je ne lui ai pas demandé si elle voulait faire escale à Saigon. Mais le moment est venu. Je n'ai pas le droit de la tenir plus longtemps éloignée de sa famille. Quitte à me faire incarcérer par mon beau-père, à moins qu'il ne me revolvérise.

Les jumelles s'appellent Moorea et Maereva. La grande bringue les a aussi baptisées Christine et Julie —, comme prénoms, c'est ridicule, non ?

Monsieur Margerit se tenait devant Kaï et le dépassait d'une dizaine de centimètres. C'était un homme dans la cinquantaine, pas trop vieux quand même. Pas vieux du tout, si l'on observait sa façon de tenir droites les épaules, l'absence de tout empâtement, l'espèce de cambrure nerveuse des reins dénotant le cavalier, la lenteur très contrôlée de tout mouvement. Monsieur Margerit était solide, à tous égards, ils ne devaient pas être nombreux à essayer de lui mentir. Et à croiser son regard, Kaï...

— De qui est l'idée de revenir enfin en Cochinchine ?

— Pas de moi, dit aussitôt la grande bringue.

— Tu te tais, Catherine. C'est à lui que je pose la question. Celle-ci et les suivantes.

... A croiser le regard de monsieur Margerit, Kaï voyait maintenant de qui les jumelles tenaient leurs prunelles bleues. De cet homme, qui était leur grand-père, en somme.

— D'accord, dit Kaï. L'idée est de moi.

Échange de regards entre les deux hommes. Le problème, pensa Kaï, le problème est qu'en supposant qu'il m'horripile, je ne pourrais même pas lui taper dessus ; d'abord parce qu'il y a presque trente ans de différence d'âge entre nous ; et puis surtout parce que c'est le père de Catherine, et qu'ils se ressemblent tant et tant, elle et lui ; en bref, c'est impensable.

— Vous montez à cheval ?

— Plus ou moins, dit Kaï.

Exactement soixante heures plus tôt, Kaï, la grande bringue et leurs jumelles étaient entrés dans Saigon ; avec des allures d'émigrés. Elle n'avait pas voulu mettre de robe, avait de même refusé d'habiller les fillettes ; celles-ci étaient en tout et pour tout vêtues d'un paréo qui les laissait poitrine et jambes nues, et sans chaussures ; elle-même portait un paréo plus grand, négligemment noué au-dessus des seins ; et tout ce petit monde bronzé comme des moricaudes. On s'était beaucoup retourné sur elles dans la rue Catinat ; et Marc-Aurèle Giustiniani avait manifesté de la gêne. Nom de Dieu, Kaï, tu aurais pu leur donner une mise convenable ! Et Kaï s'était un peu énervé : qu'est-ce que croyait donc le Corse ? Qu'il n'avait pas insisté pour que sa femme et ses filles fussent très convenables ? Il en avait discuté des heures durant avec la grande bringue, l'avait quasiment suppliée, mais rien à faire, des clous : très clairement, Catherine, en se présentant de la sorte, tenait à défier son père. Kaï, quant à lui, s'était mis sur son trente et un, rasé, cheveux coupés, ongles impeccables, costume blanc et même les saletés de chaussures et la cravate. On s'était présenté en délégation à la villa (pas celle de quarante mois plus tôt, dont il ne restait plus grand-chose à cause de la dynamite, mais à une autre, encore plus grande et plus luxueuse, avec les dix ou douze domestiques) et la question s'était posée de ce qu'il convenait de faire en l'absence du maître de maison : s'installer dans la villa, ou aller attendre ailleurs, ou encore prendre la route de la plantation d'hévéas où se trouvait monsieur Margerit. Catherine penchait visiblement pour la première solution — prendre ses quartiers dans cette maison comme elle pensait d'évidence en avoir le droit ; mais l'air accablé de Kaï avait fini par la convaincre : l'hospitalité des Giustiniani avait été acceptée, et c'était là que le message était arrivé : *Venez.*

Kaï se hissa en selle. Pas trop adroitement. Monsieur Margerit déjà sur sa bête, lui, avec des allures de centaure. Plus les bottes, le casque colonial, la longue cravache.

Une heure de chevauchée, heureusement pas trop rapide — le trot à lui seul mettait Kaï au supplice, il commençait à avoir un peu mal à son fondement.

Les arbres à droite, à gauche, devant et derrière, à perte de vue, extraordinairement alignés. On en voyait un, mais derrière ils étaient dix mille, et cela de quelque côté que l'on se tournât. Un sol d'une propreté extrême. Les godets fixés aux troncs, les saignées des saigneurs en molles spirales. Un silence de catacombe et comme de la tristesse dans ces alignements si mécaniques et si parfaits. Kaï en étouffait presque, à cause de l'absence d'horizon. Personne en vue, nulle part, le jour était trop avancé pour que les travailleurs fussent encore à leur poste. Et je vois bien, pensait Kaï, pourquoi monsieur Margerit m'a entraîné ici, lui et moi en tête à tête, il veut me montrer l'étendue de ses possessions, et ce qui me sépare de lui.

Ne sois pas désagréable avec lui, de la courtoisie et rien d'autre. Et ne va surtout pas lui taper sur la tête, même s'il t'insulte.

— Vous vous appelez O'Hara.

Les premiers mots depuis bien plus d'une heure.

— Oui, monsieur.

— Tryphon O'Hara.

— Kaï Tryphon O'Hara, oui, monsieur.

— Quelqu'un vous a jamais appelé Tryphon ?

— Non, monsieur.
— Et si quelqu'un l'avait fait ?
— Je lui aurais cassé la tête, monsieur.
— Je vous appellerai Tryphon.
— Oui, monsieur.
— Vous allez me casser la tête, ou essayer ?
— Non, monsieur.
— Parce que je suis son père ?
— Oui, monsieur.

Kaï vit venir le geste mais ne fit rien. La cravache lui cingla la poitrine, déchira la chemise dans l'entrebâillement de son veston et entama la chair, dessous. Le coup avait été donné avec beaucoup de précision. Kaï releva la tête et contempla le ciel — enfin ce qu'il pouvait voir du ciel au travers du feuillage très étique, fort laid, des arbres à caoutchouc.

— On ne réagit pas, Tryphon ?
— Non, monsieur.
— Combien y a-t-il d'hévéas, autour de nous ?
— Six cent vingt-trois mille quatre cent vingt-deux, dit Kaï.
— Vous aurez mal compté. Au dernier recensement, le chiffre était un peu au-dessus d'un million deux. A cent mille près. Mon grand-père a planté les premiers, mon père a pris la suite et j'ai quintuplé la superficie. Pendant les mois qui ont suivi le départ de Catherine, j'ai pensé à vous tuer, ou à vous faire tuer. Ma femme est morte en me laissant deux filles et pas de fils. De mes deux filles, Isabelle s'est vite révélée sans espoir. Vous étiez amoureux d'elle ?
— Je le croyais.
— Mon autre fille Catherine ne me ressemble pas seulement au physique. Je comptais sur elle, bien que ce soit une fille. On ne crée pas ce que j'ai créé sans se soucier de qui prendra votre suite.

Kaï abaissa enfin la tête, abandonna sa contemplation du ciel. La morsure de la cravache le brûlait un peu, mais, se dit-il, je me demande ce que j'aurais fait, moi, au type qui m'aurait pris ma fille — que celle-ci soit ou non consentante ; à la limite, qu'elle soit consentante m'aurait encore plus exaspéré.

— J'ai un million deux cent et quelque mille arbres sur mes terres, une villa à Saigon, une maison au cap Saint-Jacques, une autre à Dalat. Vous savez où est Dalat ?

— Oui, monsieur.

— J'ai de gros intérêts dans la banque la plus importante de Cochinchine, une propriété en Sologne... Vous savez où est la Sologne ?

— Non, monsieur.

— Et un hôtel particulier à Paris.

— J'ai entendu parler de Paris, dit Kaï, prévenant une éventuelle question sur ce point.

— Vous savez lire et écrire ?

— Plus ou moins.

— Vous parlez combien de langues ?

Kaï n'avait jamais compté. Peut-être huit. Ou dix. Ou douze en comptant les dialectes.

— Quelques-unes, monsieur.

— Je me suis informé à votre sujet. Le premier O'Hara à avoir infesté les mers du Sud est arrivé voici environ trois cents ans. Vous êtes le Kaï O'Hara douzième du nom. Tous les Kaï O'Hara ont été tenus pour de sombres crapules et pour des coureurs de mer sans aucun autre talent. Aucun n'a fait fortune et plusieurs ont été pendus.

— Oui, monsieur.

— Vous êtes déterminé à ne pas vous irriter, quoi que je dise ou fasse, n'est-ce pas ?

— Oui, monsieur.

— Vous pourriez soulever le cheval qui vous porte ?

— Je ne crois pas, monsieur. Ça pèse combien, un cheval, d'ailleurs ?

— Moi je crois que vous le pourriez, dit monsieur Margerit. Tryphon, on m'a raconté la scène sur le paquebot dans le port de Singapour. Tôt ou tard, Catherine vous contraindra à mettre sac à terre.

— Non, monsieur.

— Acceptez mes excuses pour le coup de cravache, je vous prie.

— Je les accepte, monsieur. N'en parlons plus.

— Vous avez retrouvé ce Moriarty qui a fait sauter ma villa à la dynamite ?

— Non, monsieur.

— Là encore je me suis informé. On m'a dit qu'il était reparti pour l'Europe, mais qu'il en était revenu. Il y a quatre mois, il était à Hong Kong. Vous finirez par retomber sur lui. Pensez un peu à moi en le massacrant.

— Oui, monsieur. Vous avez ma parole.

— Vous avez compris mes intentions en provoquant cet entretien ?

— Oui, monsieur.

— Allez-y.

— Vous voudriez que je débarque et vienne m'occuper de votre plantation.

— Et la réponse est non.

— Définitivement, monsieur.

— A huit ans, Catherine était capable de faire la différence entre le travail d'un saigneur et celui d'un autre. Elle aime cette terre autant que je l'aime. Avez-vous jamais abordé le sujet avec elle ?

— Jamais.

— Elle ne vous a jamais parlé de la plantation ?

— Non.

— Ni de moi.

— Non.

Un très fort sentiment de chagrin envahit Kaï. Pour cet homme, dont il se découvrait infiniment plus proche que jamais il n'aurait pensé l'être. Surtout après si peu de temps. Mais le temps fait peu à l'affaire, tu croises le regard d'un homme, tu le vois marcher, se mouvoir et tu sais. Voici qu'apparaissent en toi des milliers de petits signaux qui te disent : tu peux te fier à celui-là, croire à sa parole, ami ou ennemi mortel (parce qu'il aura ses raisons de te haïr), il te sera fidèle, dans l'inimitié ou la bienveillance.

— Elle est comme moi, dit monsieur Margerit d'une

voix un peu sourde. Quand quelque chose lui fait mal, elle préfère n'en pas parler.

— Je sais, dit Kaï.

— On m'a dit aussi que votre goélette était la plus belle qui se puisse voir.

— A mes yeux, oui, monsieur.

— Je sais ce qu'elle pense. Je l'ai eue à mon côté pendant dix-huit années. Je n'éprouve pas pour Isabelle les mêmes sentiments. C'est ainsi. Isabelle s'est mariée avec un militaire. Otez-lui son uniforme et il a l'air d'un vendeur de tissus à La Belle Jardinière. Il me ruinerait ma plantation si je la lui confiais. En plus, il a peur des serpents. Il deviendra général — on trouve peu de serpents dans les bureaux des généraux.

Une odeur pénétrait les narines de Kaï, qui n'était pas celle d'une forêt. Ceci n'était pas une forêt : au mieux une gigantesque résille, artificielle — Kaï chercha un mot qui pût définir son impression et ne trouva que *pharmaceutique*. Il aurait parié qu'il n'y avait pas un seul animal sur des kilomètres carrés. C'était mort, avec tous ces arbres blessés et dont chaque matin on venait rouvrir les plaies.

— Vous étouffez ici, n'est-ce pas, O'Hara ?

Il m'appelle O'Hara.

— Oui, monsieur. Un peu.

— Elle le comprendra, si ce n'est pas déjà fait. Elle est très intelligente.

— Bien plus que moi, dit Kaï.

— Ne dites jamais du mal de vous-même, il se trouvera bien assez de gens pour le faire. Je crois qu'elle n'essaiera pas de vous conduire ici. Mais votre fils, oui.

— Si nous en avons un.

— Si vous en avez un. Isabelle a déjà trois enfants, elle les pond comme une poule, un quatrième est en route. De ceux que je connais un peu, je n'en vois pas un qui puisse convenir. J'ai vu deux de mes neveux. Ils ne valent à peu près rien. Vous vous battrez pour votre fils, Catherine et vous. Rentrons, maintenant.

Kaï put convaincre son cheval de faire demi-tour.

— Vous pourriez vous repérer entre tous ces arbres ?

— Oui, monsieur.

— Où est la maison où Catherine et ses filles nous attendent ?

— Derrière nous, monsieur. Dans le sud-sud-est.

Monsieur Margerit hocha la tête, sourit, fit de nouveau tourner son cheval.

— Et vous avez raison, en plus. Je suis allé à Singapour voici plus de deux ans. Pour affaires. Plus ou moins. Je voulais surtout rencontrer madame votre grand-mère. Elle vous a dit que je lui avais rendu visite ?

— Non, monsieur.

Ce qui était parfaitement exact. Voilà bien Madame Grand-Mère, elle m'a laissé venir jusqu'ici la gorge serrée et, depuis deux ans et demi, elle savait que monsieur Margerit et moi, finalement, ne nous abominerions pas trop.

— J'ai longuement parlé avec elle, nous avons même dîné ensemble, à ma propre surprise, reprit monsieur Margerit. Vous a-t-elle de quelque manière incité à venir me voir ?

— Non, monsieur.

— Elle m'a pourtant annoncé que vous viendriez. Elle vous connaît probablement mieux que vous ne vous connaissez vous-même.

— Probablement, dit Kaï.

Les deux cavaliers cheminèrent un long moment en silence. Une senteur de feu de bois signala, quelque part sur la droite, la présence de ce qui devait être le village des saigneurs, premier signe de vie dans la forêt pétrifiée.

— Une pensée me taraude, depuis que j'ai rencontré votre grand-mère. Je suis né dans ce pays, où je représente la troisième génération des Margerit. Je n'imaginerais pas vivre ailleurs, je suis ici chez moi. Mais je n'y ai aucun ami qui ne soit venu d'Europe. Je sais un peu de vietnamien, assez pour donner des ordres, et rien du chinois ou du khmer. Quel échec !

Kaï ne dit rien. Il ne voyait rien à dire. Sa préoccupation la plus immédiate était de descendre enfin du foutu cheval. Selon lui, et toujours il en serait ainsi, traiter de sujets comme celui que monsieur Margerit venait d'aborder ne servait strictement à rien. Ne pleure jamais sur toi-même, tu es ce que tu es.

Il se fit une autre pause. On chevauchait à présent sur une piste marquée très nettement par du charroi. La lumière devint plus vive, d'une blancheur d'acide... Dans trois jours au plus, nous serons de nouveau à bord du *Nan Shan*, qui vaut toutes les maisons du monde.

— Où irez-vous, en repartant de Saigon ?

— A Hong Kong et Canton, puis à Shanghai. J'ai pas mal de fret à transporter.

— Je vais sans doute vous étonner, mais je vous souhaite de pouvoir vivre de la sorte pendant encore un siècle.

— Merci, dit Kaï.

Monsieur Margerit va encore me parler d'elle...

— Mais supposons qu'un jour, poussée par je ne sais trop quelle circonstance extrême, elle vous mette dans l'obligation absolue de choisir : elle ou votre goélette.

Kaï attendait cette question, quelque question de ce genre. N'empêche que le chagrin qui le prit à cet instant lui broya presque le cœur.

— Je brûlerais le *Nan Shan*, dit-il.

Le 16 juillet 1906, le *Nan Shan* ressortant ce jour-là du détroit de Formose et marchant au nord-nord-est, les jumelles eurent trois ans. C'était le troisième voyage effectué par la goélette entre la rivière des Perles de Canton et Shanghai. Un quatrième était prévu et le beau-frère du gendre d'un frère cadet de Ching le Gros avait annoncé d'autres chargements, l'un pour Hawaii, et un sixième pour une destination qu'il n'avait pas voulu préciser, disant que, cette fois-là, la marchandise à transporter serait quelque peu délicate et que peut-être il conviendrait d'en avancer le chargement, quitte à retarder les autres. Le beau-frère du gendre du frère s'appelait Liu Pin Wong mais, ayant séjourné quatre mois en Californie, préférait qu'on l'appelât Sebastian — il ne portait que des costumes occidentaux, parlait anglais avec des crépitements de mitrailleuse pour faire américain, et avait même coupé sa natte.

La grande bringue aimait infiniment la Chine, s'était prise pour elle de passion. Son chinois était maintenent presque aussi bon que celui de Kaï.

— Presque.

— D'après Sebastian, à part l'accent, il y a des moments où je m'en tire mieux que toi. J'ai plus de vocabulaire.

— Il dit cela parce que tu es une femme. Tu saurais

seulement compter jusqu'à trois en mandarin qu'il croirait à un miracle.

— Les femmes sont forcément idiotes, c'est ça ?

— Hé ! hé !

Et puis elle ne savait que le mandarin. En cantonais et shanghaien, sans parler du hakka, elle comprenait un mot sur quatre. Au contraire de Kaï, fort à son aise dans tous ces avatars de la langue céleste.

Mer absolument calme, brise faible. Oncle Ka à la barre. La mer de Chine du Sud cédait la place à la mer de Chine de l'Est, plus au nord, ce serait la mer Jaune. L'un des Ibans cria — une sorte de glapissement qui ne marquait aucune urgence particulière mais annonçait de l'imprévu. Kaï était allongé sur le pont à plat ventre, le menton sur ses mains, les deux jumelles gambadant sur son dos. Il avait face à lui la grande bringue, dans une position identique à la sienne. Ils jouaient tous les deux au jeu de go, en étaient à leur trente-quatrième partie consécutive. Kaï en avait perdu trente-trois d'affilée et ne pensait pas gagner celle-là non plus ; au reste, il n'y tenait pas : la grande bringue adorait lui mettre la pâtée à tous les jeux possibles ; dans les débuts, il avait fait exprès de perdre ; plus à présent : il se battait comme un diable, sans le moindre succès, elle était trop forte pour lui — cette constatation l'emplissant d'orgueil, au demeurant.

Il posa une main sur le pont et souleva sans forcer les deux fillettes. Il alla jeter un coup d'œil.

Ah bon.

— Et alors, c'est une île, dit Catherine qui l'avait imité. Ce ne sont pas les îles qui manquent.

— Sauf qu'elle n'était pas là il y a deux mois.

— Une île mobile ? Je ricane.

La chose avait dans les cent cinquante mètres de long, son altitude maximale atteignait les trois mètres cinquante. Elle était plantée de trois ou quatre arbres, une barrière en bois en faisait presque le tour, une cabane ou deux et un jardin potager occupaient l'essentiel de la superficie, sur laquelle étaient posés une chèvre, un paysan chinois qui bêchait son jardin et une dame chinoise coiffée d'un grand chapeau conique, assise sur une pierre marquant le seuil de la plus grande des cabanes.

— Comment ça, elle n'était pas là à notre dernier passage ? Elle aura poussé depuis ?

Poussé, non. Mais flotté, oui. A Kaï, la Mangouste folle avait raconté qu'il avait croisé une fois tout un village voguant ainsi au fil de l'eau, à soixante milles au large de l'embouchure du Yang-tsé kiang. Kaï n'en avait rien cru, quelque respect qu'il ait nourri pour son grand-père. Il arrivait pourtant que des morceaux de bord de fleuve, sous l'effet d'un grossissement des eaux, se détachassent de la sorte, et fussent emportés par le courant vers la pleine mer.

— On aborde, Oncle Ka.

— Sortez votre grappin de mon potager, dit le paysan chinois, avec une placidité qui n'excluait pas la fermeté.

— Tu es en mer, grand-père, lui dit Kaï. Il y a longtemps que tu flottes, avec ton jardin, ta chèvre, tes arbres, tes légumes et ta femme ?

— Je fais ce que je veux, répondit le paysan chinois.

Il pouvait avoir soixante-dix ans.

— Ta barrière est cassée. Il ne te manquerait pas un morceau de jardin ?

— Et alors ?

— Et il est où, ce morceau ?

Un peu était resté à sa place ancienne, un autre bout s'était récemment détaché et s'en était allé de son côté.

— Il y en avait combien, en tout ?

Un li et demi, soit huit à neuf cents mètres. Le paysan chinois expliqua d'une voix rogue qu'il était plutôt satisfait du dernier remembrement en date (quand l'autre morceau de l'île était parti voguer de son côté sur la mer). L'autre morceau de l'île était la propriété de son beau-frère et cela faisait quarante-cinq ans qu'il supportait le voisinage de cet emmerdeur. C'était bon d'en être enfin débarrassé.

— Je ne dis pas ça pour te contrarier, dit Kaï, mais, parti comme tu l'es, tu vas te retrouver en Amérique. Si tu ne coules pas avant, ce qui ne serait pas pour me surprendre.

— Sors de mon jardin.

— La sonde, ordonna Kaï.

On mesura cent deux brasses. La côte continentale chinoise se trouvait à environ trente-cinq milles.

— On ne peut pas les prendre en remorque et les ramener chez eux ? demanda Catherine.

— Non, on ne peut pas.

Kaï estima à cinq mètres l'épaisseur de l'île flottante. Au plus. Déjà le grappin planté dans le bord du potager commençait à ouvrir une assez jolie anfractuosité, et menaçait d'amputer un peu plus les propriétés agricoles du couple à la dérive.

— On attache un cordage à un arbre et on tire.

— Catherine, ce truc pèse des tonnes et des tonnes. Le *Nan Shan* se cabrerait sans avancer d'un pouce. Et puis ce type est chez lui, après tout.

— Non, dit le paysan répondant à Kaï qui leur suggérait de monter à bord du *Nan Shan*, sa femme et lui. Non, non et non.

— Je crois comprendre qu'il ne veut pas.

— Tu descends, tu l'assommes et tu l'embarques, tu les embarques, sa femme et lui.

Kaï réfléchissait, tandis que le paysan continuait de bêcher avec une très paisible régularité. D'après les courants connus dans ces parages, il existait une chance pour que le potager flottant allât finir par s'échouer sur la côte nord-est de Taiwan, autrement dit Formose. Mais ce ne fut pas la seule raison, ni même la plus importante, de la décision de Kaï.

— Je ne vais rien faire, dit-il. Rien. Détache-moi ce grappin, Ka 6.

Catherine le fixait, interdite, rouge d'indignation.

— Tu ne vas *rien* faire ?

— Demande-lui s'il veut monter à bord. Vas-y. Il te comprendra, malgré ton accent français.

De fait, durant les vingt minutes suivantes, elle argumenta, non sans talent.

Avec le même succès que si elle se fût adressée à un arbre. L'homme continuait de bêcher, ne s'interrompant qu'une seule fois pour boire une gorgée d'eau — juste comme la grande bringue lui représentait tous les dangers qu'ils couraient sur la mer, sa femme et lui, sans eau, justement. A aucun moment il ne releva la tête en direction de la grande Long Nez perchée plusieurs mètres au-dessus de lui. Quand elle lui demanda s'il la comprenait, pourtant, il acquiesça :

— Je te comprends très bien, tu parles bien ma langue.

Mais, d'évidence, ce fut façon d'exprimer qu'entendant tous les arguments qu'elle développait, il se refusait néanmoins à les retenir.

— Kaï, aide-moi.

— Tu as fait cent fois mieux que je ne pourrais faire.

— Si on les abandonne, ils vont mourir.

— Ils le savent.

Kaï ne dit pas autre chose. Encore une fois, parler ne sert à rien, tu comprends ou pas, et ce que tu ne comprends pas, quand c'est à ce point important, mieux vaut ne pas te le faire expliquer, ou l'expliquer. Du vent. Le vieux couple n'avait sûrement jamais rien possédé que ce lopin de terre. La fantaisie de la nature les avait détachés de là où il s'était toujours trouvé. C'est la vie. Et ils étaient vieux. A leur place, je me battrais à mort pour rester.

Toutes choses qui en vérité allaient sans dire.

Le *Nan Shan* tirait sur son ancre et menaçait à tout moment de couper en deux morceaux, ou en cinquante, l'absurde petit îlot. Un signe de Kaï et l'on s'écarta, non sans avoir déposé une barrique d'eau et trois sacs de riz sur cette étrange terre ferme. La goélette prit son vent, reprit sa route. Vint un moment où personne à bord ne distingua plus rien. Hormis Kaï. Lui voyait encore la silhouette du vieux.

Qui bêchait toujours son potager à la dérive.

Ces choses-là vont vraiment sans dire. Sur la mer, n'importe quoi peut survenir et survient. Surtout dans les mers du Sud.

Sebastian à Shanghai. Sebastian sur le Bund, sous les

platanes italiens du Bund, le long de la rivière pleine de sampans aux voiles brunes et comme lattées entre des cargos rouges et noirs très encrassés.

Sebastian dans un déconcertant costume avec pantalon à sous-pied, faux-col à l'imbécile et chapeau de paille...

— Je t'en ai parlé, dit-il à Kaï. Il s'agit de ce fret particulier et délicat. Très secret.

Et de regarder à droite, à gauche et vers le ciel, dans l'hypothèse où un espion se serait dissimulé dans un platane.

— Secret, dit Kaï.

— Secret. Une question de vie ou de mort.

— Je ne prendrai jamais de fret illégal et tu le sais.

— Qui parle d'illégalité ?

— Fais-moi embarquer quoi que ce soit qui ne soit pas strictement en règle avec toutes les polices du monde et je te fais descendre le nez à hauteur de ton nombril.

— Je suis le beau-frère du gendre du frère de monsieur Ching, je suis donc de sa famille. Si je venais à manquer à mes engagements, la terre ne serait plus assez grande pour moi. Et surtout, je suis profondément honnête.

— Ah, ah, dit Kaï, placide. C'est quoi, ce fret ?

— Tu ne l'embarqueras pas à Shanghai. Ni de jour.

— C'est quoi ?

— Des gens.

— Recherchés par la police ?

— Jamais de la vie !

Sebastian Liu Pin Wong était indigné, ou feignit de l'être. Kaï hésitait à son sujet (ce qui ne lui arrivait pas si souvent ; d'ordinaire, il se faisait très vite une opinion sur les hommes — et les femmes, quoique pour les femmes ce fût une autre paire de manches — et n'en démordait pratiquement jamais plus). Mais Sebastian Liu, le beau-frère — etc., n'était pas si facile à saisir. Ne fût-ce que par sa frénésie à vouloir être américain, alors qu'il était chinois, ce qui est quand même plus honorable. En vérité, Kaï ne doutait guère de l'honnêteté du bonhomme. Son instinct la lui confirmait et, outre cela, il ne pouvait imaginer que le hui de Ching le Gros pût jamais se tromper sur la personnalité de l'un de ses membres.

— Je résume, dit Kaï. Je dois embarquer très secrètement dans un endroit secret des gens secrets qui, pour des raisons secrètes, veulent monter secrètement sur mon bateau afin d'aller vers une destination secrète.

— En gros, c'est ça, dit Sebastian.

— Est-ce que mon équipage et moi, nous devrons garder les yeux bandés pendant tout le voyage ?

Quand même pas.

— Ils sont combien, tes gens ?

Une vingtaine. Hommes, femmes et enfants.

— Et riches, bien sûr.

— Oui, dit Sebastian.

— La destination ?

Sebastian secoua la tête. Même lui l'ignorait.

— Je ne crois pas que je vais prendre ce fret, dit Kaï.

— C'est très, très bien payé.

— Tant pis.

— Et tu sauveras des gens qui sans cela mourront. En plus...

Sebastian retira de la poche intérieure droite de son costume américain un morceau de papier plié en quatre et le tendit. Kaï le prit et le déplia, sa curiosité éveillée. Le message était de Ching le Gros, l'intitulé consistait, comme convenu autrefois entre le négociant chinois de Singapour et la Mangouste folle (mais c'était la première fois que la procédure était employée avec Kaï) en un idéogramme placé en bas à droite du feuillet, idéogramme qui justement signifiait Mangouste folle, et était souligné par l'espèce de flèche qui, en chinois, est le signe du chiffre un (« Kaï, avec ton grand-père, je numérotais toujours mes messages. Avec toi, je recommencerai à un »). Quant à la teneur du texte proprement dit, elle se résumait à peu de chose : *Fais-le si tu le peux.*

— Je veux davantage de détails, Wang.

— Appelle-moi Sebastian.

— Des détails. Tout ce que tu sais.

— Tu prends l'affaire ?

— Oui.

— Elle a priorité sur toutes les autres. Je ferai attendre les autres affréteurs.

— Les risques ?

Les risques pouvaient être assez grands, convint Sebastian. Non, ce n'était pas la personnalité des éventuels passagers du *Nan Shan* qui allait susciter un danger, mais ce que ces passagers emportaient avec eux, ou essaieraient d'emporter avec eux.

— Et c'est quoi, ces biens ?

— De la céramique, chuchota Sebastian.

Kaï pensa aussitôt à de la vaisselle. Nom d'un chien. Il avait envisagé il ne savait trop quoi, des bijoux, un énorme tas d'or, et il se retrouvait avec des assiettes et des pots à eau ! Non, bien sûr, qu'il eût la moindre intention de mettre la main sur un trésor, mais enfin l'aventure aurait eu du sel, avec cent kilos de diamants ou mille lingots.

— Et c'est ce que tu appelles une affaire de vie ou de mort ?

— Bien des hommes sont déjà morts dans cette affaire. Tu connais quelqu'un appelé Khou ?

— Non.

Le mot chinois signifiait à la fois « culotte » et « malheur », selon sa place dans la phrase.

— Khou est un très grand bandit, expliqua Sebastian. Il pourchasse tes futurs passagers depuis des mois. Et il a avec lui une bande d'au moins cent hommes. En plus, il n'est pas seul sur le coup.

Mais Culotte était le plus dangereux de tous. La seule chance de Kaï, et subséquemment des gens qu'il prendrait à son bord, était de réussir à embarquer passagers et cargaison et prendre le large sans se faire voir.

— Une fois en mer, tu seras presque tranquille.

— Presque ?

— Il y a des poursuivants qui ont des bateaux.

— Et tout ça pour de la vaisselle ?

— Tu connais la céramique ? Tu t'y connais ?

— Pas du tout.

— Celle-ci vaut dans les cinq ou dix millions de taëls.

Le taël (le mot était d'origine malaise) était le nom donné au *liang* chinois, qui en principe valait trente-six grammes d'argent.

— Ou plus, dit Sebastian parlant de la céramique. Probablement beaucoup plus.

Nom d'un chien.

— J'aurai mal entendu, dit la grande bringue. Figure-toi que j'ai cru comprendre que tu voulais nous débarquer, les filles et moi.

— Juste quelques jours. Une semaine au plus.

— Non.

— Alors je ne prends pas ce fret.

— Quel fret ?

— C'est secret.

Mais évidemment il lui dit ce qu'il en était : la seule idée d'avoir des secrets pour elle était absurde. Il savait qu'elle allait accepter. Certainement pas pour elle, mais à cause des jumelles. Quant à l'hébergement du trio des O'Hara femelles, il ne posait aucun problème. Lors de leur premier séjour à Shanghai, grâce à un ami de Saigon, Kaï et Catherine avaient fait la connaissance d'une famille française, les Stahlter, dont bien des années plus tard, Kaï allait retrouver l'un des représentants, à Phnom Penh au Cambodge. Les Stahlter habitaient une grande villa dans la concession française — celle-ci établie une bonne cinquantaine d'années plus tôt, après les accords de Nankin et de Whampoa qui avaient marqué la victoire totale de la gigantesque entreprise de racket conduite par les gouvernements britannique — et accessoirement américain et français — contre un Empire chinois sénile. Kaï haïssait le principe même des concessions, mais ne voyait pas qu'il pût y changer grand-chose.

— Une semaine, O'Hara, juré ?

Kaï pensait qu'il lui faudrait un peu plus de temps que cela. S'il parvenait — comme il n'en doutait pas — à embarquer ses passagers et ce qu'il persistait à dénommer leur vaisselle, revenir à Shanghai pour y prendre sa famille serait dangereux. Sauf s'il avait pu débarquer son fret avant. Mais où ? Tout lui laissait entrevoir qu'avec ces fugitifs à bord, il lui faudrait se rendre à Hong Kong, au Japon peut-être.

Il prit donc ses dispositions. Dans huit jours, un paquebot américain allait appareiller de Shanghai, à destination de San Francisco...

— Si je ne suis pas revenu entre-temps, montez dessus, les filles et toi. Sebastian va s'occuper de vos billets et te les apportera.

— Et tu irais nous attendre à San Francisco ? Je voudrais bien voir ça.

Évidemment non. Il se posterait avec le *Nan Shan* sur la route du paquebot et le transbordement se ferait.

Il prit d'autres précautions, avec sa minutie ordinaire en pareil cas. Le *Nan Shan* était ancré sur le Huang-pou — Shanghai était sur la rive gauche de cet affluent du Yang-tsé kiang. Rendez-vous fut pris avec un bassin de carénage pour le lendemain. Le travail de nettoyage de la coque avait déjà été fait à Victoria-Hong Kong, en réalité, mais dans le million d'êtres humains peuplant alors Shanghai, des espions pouvaient très bien observer le navire — la suite allait démontrer que tel était bien le cas — et il fallait justifier sa présence. Kaï lui-même dîna normalement chez les Stahlter, se liant d'amitié avec l'un des fils, âgé à l'époque d'une vingtaine d'années et qui se préparait à une carrière d'avocat. La grande bringue et lui gagnèrent leur chambre du premier étage vers 11 heures. A 2 heures du matin, Kaï se glissa au-dehors, dans l'obscurité, se faufila dans un dédale de ruelles aux odeurs très chinoises. Une quarantaine de minutes plus tard, il se présenta aux abords de ce que l'on nommait à Shanghai un *godown*, un entrepôt, à une centaine de mètres du fleuve, dans le sud de la concession française, aux environs de la crique formée par la large boucle que dessine le Huang-pou à cet endroit.

Il attendit :

— Votre nom ?
— Kaï O'Hara.

— Vous portez une arme ?

— Non.

A nouveau le déclic d'un pistolet dont on manœuvrait le chien. Il avait entendu l'un des deux hommes l'approchant par-derrière. Pas l'autre qui venait de surgir sur sa droite. Il dut prendre sur lui pour ne pas se retourner.

— Nous allons vous fouiller.

— D'accord.

On lui parlait en chinois, avec un assez net accent de Pékin. Il fut palpé — il portait un pantalon de toile kaki, des sandales de corde, une chemise.

— Nous sommes armés, capitaine.

— Je sais.

— Vous pouvez avancer.

Il pénétra dans l'entrepôt et, à la faible lumière d'une lampe à pétrole posée sur des caisses, vit quatre autres hommes, tous de moins de trente ans, le plus jeune ayant peut-être dix-sept ou dix-huit ans. Autant que Kaï pût le voir dans cette semi-pénombre, les regards étaient en alerte, et durs. Si ces types embarquent sur le *Nan Shan*, mes Dayaks seront pris à rebrousse-poil et ça finira en carnage.

— Il a été fouillé ?

Question, justement, du plus jeune de la troupe, qui portait sur le visage un air d'autorité.

— Je n'aime pas les armes, dit Kaï.

— Qui est la Mangouste folle ?

— C'était mon grand-père.

— Le nom de votre correspondant à Canton ?

— Ling Tso.

— La nature de la cargaison qu'il vous a confiée il y a six ans ?

— Des soieries.

Le garçon hocha la tête :

— Vous êtes bien le capitaine O'Hara. Je vous prie d'excuser mes questions. Soyez assez aimable pour me suivre, je vous prie.

On sortit en groupe par l'arrière de l'entrepôt, où se trouvaient quatre autres hommes, postés en guetteurs. Un vrai détachement se mit en marche dans la nuit shanghaienne, le garçon et Kaï occupant le centre d'un dispositif de neuf éclaireurs et flanc-gardes.

— Je m'appelle Son, dit le jeune homme qui commandait à tout cela.

— Kaï.

— Nous avons fait trois tentatives d'embarquement avant celle-ci, et toutes les trois ont été des échecs. Sanglants.

— Je peux poser des questions ?

— Toutes les questions que vous voudrez.

— Ces hommes qui nous entourent vont monter à bord de mon bateau ?

— Deux d'entre eux seulement. Si nous les laissions derrière nous, nous les condamnerions à mort. Ils se sont trop battus pour nous défendre, et sont trop connus de nos ennemis.

— Question suivante, dit Kaï. Pourquoi n'avoir pas fait appel à la police ?

— Nous l'avons fait. Ma mère en est morte, ainsi que plusieurs autres membres de ma famille.

— Ces gens que je dois embarquer sont votre famille ?

— A la seule exception des deux hommes dont je parlais. Nous avons neuf enfants parmi nous. Plusieurs très jeunes. Vous parliez de la police. Le nom de Tzu-Hsi vous est-il familier ?

Une bonne femme, vraiment pas commode, qui régnait sur la Chine, depuis Pékin. Et depuis plus de trente ans. Elle serait la grand-tante de Pou-yi, le dernier empereur.

— Oui, dit Kaï.

— Mon père a été l'un de ses ministres. Il est tombé en disgrâce et a été chassé. Il a adressé une lettre à l'impératrice et tous ses biens ont été confisqués.

— Sauf les céramiques.

— Sauf une collection de céramiques que ma famille a mis cinq cents ans à constituer. Et quelques autres petites choses.

Le père de Son avait eu l'intelligence de quitter la capitale avec tous les siens et avait trouvé un refuge dans le domaine ancestral de Xian, province du Shaanxi, à douze cents kilomètres de Pékin. Il avait cru pouvoir y vivre en paix. Sauf que la nouvelle de sa disgrâce avait atteint cette province lointaine et tout s'était passé comme si un permis de tuer avait été accordé à tous les gredins sur mille kilomètres à la ronde. Il avait fallu quitter Xian — la Rome chinoise — et la province. Une énorme traque avait alors commencé.

— Vous comprenez maintenant pourquoi la police ne peut nous aider ?

— Au mieux, elle fermera les yeux sur l'extermination des vôtres. Si elle n'y prend pas part.

— Exactement.

Le groupe des fugitifs avait tenté de se replier plus au sud-est encore, dans le Sichuan et ses montagnes. Sans y trouver de répit.

— Nous avons aussi essayé de descendre jusqu'à Canton.

— Une longue marche, dit Kaï.

— Très longue.

— Il y a combien de temps que ce Khou est derrière vous ?

— Depuis Canton.

Cela faisait une vingtaine de minutes que le détachement progressait au milieu d'entrepôts. Il déboucha sur une espèce de rue. L'endroit n'était d'aucune façon familier à Kaï. Il lui semblait toutefois sentir l'odeur du fleuve que son sens de l'orientation, si aigu, lui faisait situer sur sa gauche. Nous serons toujours dans la concession française, pensa-t-il, mais tout au bout de celle-ci, peut-être pas très loin de l'établissement des Jésuites.

— Khou vous traque depuis deux mille kilomètres ?

— Plus que cela, avec les détours. En trois ou quatre occasions, nous avons cru l'avoir dépisté mais il nous a toujours retrouvés. Comme si quelqu'un parmi nous le renseignait.

— C'est possible ?

— Tout est possible. Mais tous nos gardes du corps sont des hommes du Shaanxi, au service de notre famille depuis plus de mille ans. Khou n'est pas le seul à avoir essayé de nous capturer et de s'emparer de la collection, mais il s'est montré de loin le plus persévérant et le plus rusé.

— Il est vraiment dangereux ?

— A Canton, il a pris quatre membres de ma famille en otages. Jurant de nous les rendre si nous lui remettions la collection. Pour preuve de sa détermination, il nous a renvoyé l'un de ceux qu'il avait pris. Une jeune fille de seize ans. Il l'avait pelée vivante. C'était ma sœur. Nous n'avons pas cédé.

Trois hommes se matérialisèrent soudain, sortant de recoins obscurs. Ils firent signe que la voie était libre.

— Combien de gardes du corps en tout ?

— Il nous en reste vingt-trois.

— Sur combien ?

Une soixantaine. Et onze membres de la famille avaient péri en cours de route.

— Khou est à Shanghai ?

— Nous espérons que non. Mais Shanghai contient des dizaines de Khou, qui disposent de milliers d'hommes de main. Je comprendrais fort bien que vous refusiez de nous embarquer, capitaine O'Hara.

— Amusant, dit Kaï. Et appelle-moi Kaï, s'il te plaît.

On longea un mur d'enceinte, que surveillaient deux autres sentinelles, Kaï franchit une porte étroite dans ce mur et se trouva devant une chapelle. Nous sommes bel et bien chez les Jésuites, décidément je suis traqué par les missionnaires.

Un homme au beau visage lisse, portant tunique noire et argent, et natte blanche. Plus de cinquante ans. Kaï s'inclina, l'homme lui plaisait, qui s'appelait Sun Wu et était tout à la fois le père de Son, le chef de l'étonnante caravane qui avait parcouru peut-être cinq ou six mille kilomètres à travers la Chine, gardant farouchement un trésor assemblé en cinq siècles, qui avait vu mourir une douzaine de membres de sa famille et près de quarante gardes du corps sans penser une seconde à livrer ce trésor, ou plus simplement encore à le vendre, ce qui lui eût épargné toutes ces vicissitudes, Kaï n'en doutait pas. Transformer les céramiques en bon argent, confier cet argent à une banque, au besoin étrangère et non chinoise, le faire transférer n'importe où dans le monde, tout cela eût été probablement possible. Si l'Excellence ne s'y était pas résolue, c'était qu'à ses yeux sa vaisselle valait bien plus que de l'argent.

— Êtes-vous averti des risques que vous courez en nous prenant en charge, capitaine O'Hara ?

Kaï répondit qu'on lui en avait touché deux mots, en effet. Et qu'il suggérait un départ cette nuit même.

— Nous y sommes prêts, dit Sun Wu.

Sourire :

— Voici quelque temps que nous nous sommes accoutumés à des départs précipités. Puis-je vous faire compliment de votre chinois ? Il est parfait.

Le reste du clan se trouvait regroupé dans ce qui se révéla être un réfectoire — Kaï pensa à son collège de Saigon. Dix-neuf personnes. Dont neuf enfants, en effet, six femmes (deux fort mignonnes, voire tout à fait ravissantes), quatre homme.

— Vingt et un passagers en tout ?

— Plus les deux hommes qui nous accompagneront. Vingt-trois.

— Et la... (Kaï faillit dire : la vaisselle, mais se reprit juste à temps)... et la céramique ?

— Elle est ici.

Dix-neuf caisses en bois, cerclées de fortes lanières de toile rouge sang. Une couleur de circonstance, estima Kaï, en somme, ces babioles avaient déjà causé la mort d'une bonne centaine de personnes.

— Elles sont lourdes ?

Il en saisit une et put à peine la décoller du sol. Le poids de deux ânes morts. Et dire que ces gens ont trimbalé ces trucs pendant des mois, avec cinquante mille bandits aux trousses !

— Quatre hommes par caisse, précisa le jeune Son.

— Nous sommes loin du fleuve ?

Tous les Chinois le regardaient et lui contemplait les

caisses. Dont chacune — elles étaient toutes identiques — mesurait deux bons mètres de long, sur un mètre de large et de haut. D'accord. Il passa ses deux mains autour de la plus proche et cette fois y mit toute sa force. Il la hissa à hauteur de sa taille.

— Ne la laissez pas retomber, je vous en supplie, dit très calmement l'Excellence.

— Je ne laisse jamais rien tomber, rétorqua Kaï. Rien ni personne.

Sur quoi, fort content de lui-même, il ajouta :

— Mon bateau sera en route dans une dizaine de minutes. Il lui faudra bien sûr remonter le courant, mais le vent de cette nuit suffira. Et puis, pour redescendre le même courant, ce sera plus facile.

Enchanté de lui-même, en vérité.

Et tout à fait certain que les quatre Ibans qui l'avaient escorté secrètement depuis son départ de chez les Stahlter avaient en effet fait le nécessaire pour courir indiquer à Oncle Ka l'endroit du rendez-vous. Il leur avait fait en tout cas le signe convenu : se gratter l'épaule gauche, à la seconde où il avait franchi l'enceinte des missionnaires.

Un peu après 4 heures, Kaï repéra la proue du *Nan Shan* en train de remonter le Huang-pou kiang.

— Le voici.

— Je ne vois rien, dit Son.

— Mais il est là quand même.

Deux Ibans sur la gauche, justement dans la direction d'où la goélette arrivait, un troisième à droite, plaqué contre le tronc d'un arbre au point de se confondre avec lui mais qui, quelques minutes plus tôt, avait fait un pas en avant lorsque Kaï était apparu.

Les Ibans à deux cents mètres, les gardes du clan cent mètres plus près. Les seconds n'avaient pas repéré les premiers. Mais voir un Iban qui ne veut pas être vu n'est pas à la portée du premier venu. Une sorte de fièvre tenait Kaï. L'aventure l'excitait, aucun doute. Pourquoi alors suis-je si nerveux ? Il alla jusqu'à se découvrir une angoisse sourde.

Le *Nan Shan* à quatre cent cinquante mètres.

— Tu peux commencer à faire avancer tes caisses, Son.

J'aurais dû prendre un de mes Purdey. Pour la première fois de son existence, il éprouvait le besoin de tenir une arme.

— Une raison d'être inquiet ?

Question de Son.

— Pas vraiment, dit Kaï.

— Tes hommes nous auraient suivis tout du long ? Les miens n'ont rien remarqué. Ils sont encore là ?

— Oui.

— Armés ?

— A leur façon, dit Kaï.

Les deux premières caisses passèrent, transportées chacune par quatre gardes du corps. Kaï se mit en marche en direction de l'eau, dont il se trouvait à deux cents mètres. Il dépassa les huit porteurs et prit une trentaine de pas d'avance. Siffla. Une réponse pareillement sifflée lui arriva de sa droite, disant que tout allait bien. Kaï voyait mieux le Huang-pou, à présent. Des jonques et des barques étaient à l'amarre sur les deux rives, mais le chenal central était vide. Des lumières à bord, de faibles lumignons, quelques silhouettes humaines.

Le *Nan Shan*, à trois cents mètres, ne progressait qu'imperceptiblement. Il naviguait tous feux éteints, mais Kaï entendit le bruit des perches que les Ibans postés à la proue plongeaient à intervalles réguliers, pour sonder le fond et s'assurer que le tirant d'eau était suffisant. Kaï s'avança encore, vit l'embarcadère de bois dont on lui avait appris l'existence. Deux barques à fond plat s'y trouvaient, vides comme prévu.

Si une attaque se produit, elle ne viendra pas de là. Trop dégagé.

Un sampan à vingt mètres de lui sur sa gauche.

— Ka 5 ?

— Je suis Ka 14, dit l'Iban.

— Couvre-moi.

Kaï alla au sampan et monta à bord par la passerelle le

reliant à la rive. A peine eut-il franchi la lisse qu'une forme se dressa. Un peu trop vite. Kaï frappa. L'homme s'effondra. Une femme cria.

— Mille excuses, dit Kaï.

Il releva celui qu'il avait assommé et, faute de pouvoir le remettre debout, l'assit, l'adossant au mât.

— C'est ton mari ?

La femme acquiesça.

— Je me serai un peu trompé, dit Kaï. Accepte mes excuses. Il y a quelqu'un d'autre à bord ?

Des enfants. Kaï alla jeter un coup d'œil. Quatre gosses sur une natte. Le sampan était lège, sa petite cale et son pont vides. Kaï sortit un taël et le tendit à la femme. Le premier coup de feu partit à cette seconde, suivi d'une vraie fusillade. Mais celle-ci assez lointaine, arrivant de la direction de l'établissement jésuite. Très vite, une mitrailleuse puis une autre se mirent de la partie. Kaï posa la pièce de monnaie sur le pont et bondit sur la rive. Les deux premières caisses venaient d'être déposées sur l'embarcadère et deux autres arrivaient. Des porteurs couraient, repartant. Son était là, debout, un pistolet dans chaque main, mais à part cela fort calme.

— Tout va bien, dit-il.

— Eh bien, tant mieux, dit Kaï.

Une balle vint frapper le sol à quelques centimètres de son pied droit, il pivota tout en s'accroupissant et vit trois ou quatre hommes en train de courir vers lui, lui tirant dessus. Sauf qu'ils n'allèrent pas loin : ils s'abattirent et ne bougèrent plus. Son n'avait même pas eu le temps d'ouvrir lui-même le feu. Il y eut d'autres détonations à une trentaine de mètres sur la gauche, mais là aussi le silence se fit rapidement.

— Je ne comprends rien à ce qui se passe, dit Son.

Kaï se redressa et alla se pencher sur les cadavres les plus proches. Des Chinois. Deux d'entre eux touchés au visage par les fléchettes empoisonnées des Ibans — la mort était fulgurante, en pareil cas.

Six autres morts un peu plus loin. Ka 8 achevait de trancher la gorge du dernier.

— Tes hommes sont vraiment efficaces, dit Son.

Kaï compta cinq Ibans, en fin de compte, sur ce seul flanc gauche — et lui qui se trouvait rusé d'en avoir repéré deux !

Le *Nan Shan* approchait de l'embarcadère.

— On embarque les caisses, Son ?

Ça tiraillait toujours, dans la direction des jésuites.

— Nous ne pouvons pas aller plus vite, dit le jeune Son, dont le ton était toujours aussi calme. Il est vrai que depuis des mois que sa famille et lui étaient pourchassés, il avait eu le temps de s'aguerrir.

Le *Nan Shan* à vingt mètres. Oncle Ka apparut, pipe au bec. Il sourit à Kaï, sous la lune.

— Je ne peux pas venir plus près, Kaï.

— Des problèmes ?

— Des barques nous suivent. Rien d'important. Ils sont une trentaine.

Kaï se mit au chargement des caisses sur les barques, aidé de Son et de deux gardes. Le tac-tac des deux mitrailleuses se faisait encore entendre.

— Et c'est à qui, ces mitrailleuses ?

— A nous, dit Son.

On se battait aussi sur le flanc droit, à présent. L'un des assaillants réussit à atteindre l'embarcadère, mais ce fut pour y mourir — il parvint trop tard à arracher la fléchette de sarbacane plantée dans sa main.

— Onze caisses, annonça Kaï, en saisissant au vol les cordages que lui lançait, du pont de la goélette, l'un des Dayaks de la mer.

— Ta famille devrait venir, Son.

— Elle arrive.

Tout un groupe sortit en effet de la pénombre sous les arbres. Les enfants dans les bras des premiers membres de la troupe. L'Excellence n'était nulle part en vue.

— Mon père, dit Son, a pour principe de toujours partir le dernier. Il ne sait pas se servir d'une arme, mais c'est ainsi.

La première des deux barques s'éloignait déjà, halée par des Dayaks de la mer ; on avait pu y entasser treize caisses ; une de plus et l'embarcation aurait coulé à pic, il nous faudra faire deux voyages, au moins...

— Attention !

Alerté par le cri, Kaï frappa à la volée, avec la rame qui lui avait servi à pousser la barque. Le bois cassa mais l'homme surgi de nulle part partit sur plusieurs mètres en arrière et ne bougea plus. Son tirait, coup par coup, impavide, alternant main droite et main gauche. L'embarquement des passagers était en cours et il y eut alors une mêlée assez confuse : toute une vague d'assaillants avait pu franchir le double barrage des Ibans et des gardes. Au moins ne portaient-ils pas de revolvers ou de pistolets, mais seulement des armes blanches. La seconde rame dont Kaï s'était muni tint nettement mieux que la première. Il frappa à la volée, de nouveau, toucha plusieurs fois, vit quelqu'un se jeter sur lui, coutelas en main, vit aussi ce même homme s'écrouler, tué net par une balle venue du *Nan Shan* (il sut plus tard qu'Oncle Ka s'était servi de l'un des Purdey). Suivit un sombre corps à corps.

Qui cessa. Du moins connut une accalmie. Incroyablement, les dernières caisses arrivaient, Kaï se dégagea des deux morts couchés sur lui, découvrit que la seconde barque emplie de gens venait d'accoster le *Nan Shan*, et dans le même temps qu'il tenait dans sa main une sorte de sabre d'abordage dont il aurait été bien incapable de dire d'où il venait.

— Ça va, Son ?

— Oui. Voilà mes frères et mon père.

Un ultime détachement se repliait vers le fleuve. De sept ou huit hommes, parmi lesquels était l'Excellence.

— Ils sont très nombreux, dit quelqu'un, avec un geste pour indiquer le couvert des arbres, en direction de l'établissement jésuite.

— On embarque, dit Kaï.

Même les Ibans se repliaient aussi, il n'était pas question que tout ce monde pût trouver place sur la seule barque disponible, où les six dernières caisses se trouvaient.

— Je n'embarquerai qu'en dernier, assura l'Excellence.

— Très respectueusement, dit Kaï. Et il prit Natte blanche par la taille et le déposa sur les caisses, poussa de toutes ses forces. L'embarcation prit aussitôt le courant, très vite retenue par le cordage partant de la goélette.

— Tu sais nager, Son ?

— Non.

— Accroche-toi.

Ils se jettèrent à l'eau ensemble. On galopait derrière eux. Kaï se sentit happé par une jambe mais la prise se relâcha — un coup de feu tiré par Oncle Ka, comme il l'apprit ensuite. Des Ibans nageaient à côté de lui, arbalètes et sarbacanes, ou machettes, entre les dents, l'air de trouver toute l'affaire des plus amusantes — ce qui sans doute était le cas, ils adoraient se battre.

Coups de feu contre la coque mais épars, et d'ailleurs la riposte fut vive, d'abord par les arbalètes, qui furent ensuite assistées par les fusils et armes de poing des Chinois montés à bord, Kaï saisit le filin qui lui était tendu, le fixa sous les bras de Son, qui fut hissé. Kaï grimpa à son tour.

— Si on faisait demi-tour, Oncle Ka ?

— C'est en route.

Une chaloupe à moteur était en train de manœuvrer, remorquant le *Nan Shan* pour le faire venir sur bâbord.

— A qui, la chaloupe ?

— Sebastian.

— Bonne idée.

— Il y a un barrage de barques, plus bas.

Ça s'anime, pensa Kaï. Coup d'œil vers le bas du Huang-pou. Qui en effet était barré par une ligne obscure de jonques ou de sampans, ou de n'importe quoi qui flottait. Le regard de Kaï troua la nuit.

— Des chaînes.

— Nous pourrons passer ?

Nouvelle question de Son.

— Je ne vois vraiment pas pourquoi ils nous arrêteraient.

— Elle est ici, dit Oncle Ka, on ne pouvait plus

flegmatique, montrant un sac de toile huilé posé à même le teck du pont, sous la roue du gouvernail.

Le *Nan Shan* achevait son pivotement, se retrouva dans le sens du courant. Son travail terminé, la chaloupe largua son amarre et partit en toussotant vers le haut du fleuve.

— Nous sommes loin de la mer ?

Cette fois la question venait de l'Excellence.

— Je serais bien content de rejoindre le Yang-tsé, dit Kaï. Avant de penser à la mer.

Mais, en réalité, il savait que le Huang-pou, bien avant d'atteindre son point de confluence avec le fleuve géant, s'élargissait jusqu'à environ cinq kilomètres. Une fois là, la goélette serait difficilement arrêtable.

— Le Yang-tsé est à une vingtaine de kilomètres. Moins de quarante lis.

Tout en parlant, Kaï défaisait le sac. Il en sortit des bâtons de dynamite.

— L'état de l'équipage, Oncle Ka. Au cas où il nous manquerait quelqu'un. Son, tu devrais faire de même de ton côté. Nous ne ferons plus demi-tour pour des retardataires, maintenant.

Il prit la pipe d'Oncle Ka et en tira deux ou trois bouffées, grimaçant de dégoût et l'estomac presque soulevé, pour s'assurer qu'elle était bien allumée. Des Dayaks de la mer se postèrent de part et d'autre de lui, pointant leurs arbalètes.

— On s'amuse, les gars ?

Ils acquiescèrent, hilares. Trois d'entre eux avaient des blessures légères.

— Vous étiez combien, à terre, à me suivre ?

— Neuf.

— J'avais dit trois.

Ils avaient été trois fois trois, en somme. Le barrage de bateaux enchaînés les uns aux autres se rapprocha rapidement, à présent que le *Nan Shan* descendait au fil du courant. Sans doute sur un signal, des lampes s'allumèrent un peu partout. Et, du coup, le nombre des hommes embarqués et attendant la goélette fut révélé.

— Environ deux cents. Tout Shanghai est dehors, cette nuit.

Deux chaloupes se trouvaient en retrait et Kaï put lire ce qui était inscrit sur leurs proues. Des vedettes de la police fluviale. Apparemment, leurs occupants se préparaient à assister à la bataille, sans la moindre intention de s'en mêler.

— Il ne nous manque personne, dit Son derrière lui. Un miracle.

— Des blessés ?

— Oui. Un de mes frères a le ventre ouvert.

— Je ne suis pas sûr que nous pourrons stopper pour aller chercher un médecin.

— Un de mes oncles est médecin. Tu vas faire sauter le barrage à la dynamite ?

— Sauf si tu as une meilleure idée.

— Tu es un homme très extraordinaire, Kaï.

— Mais oui, dit Kaï en riant. Et encore, tu n'as pas vu ma femme. Elle est bien plus extraordinaire que moi.

Cinquante mètres. Il alluma la première mèche et la regarda brûler, en priant le ciel que l'explosif explose. Sans en être tout à fait certain. Il avait bien fait des essais en allumant trois ou quatre bâtons, mais c'était des années plus tôt.

— Son, tu allumes les mèches et tu me les passes à mesure.

— Je ne fume pas.

— Moi non plus.

En sorte que Kaï garda la pipe à la bouche, tirant dessus pour la conserver allumée, l'estomac de plus en plus soulevé et quasiment les larmes aux yeux sous l'effet du tabac horriblement âcre. Comment Oncle Ka pouvait-il apprécier une saleté pareille ?

Quarante mètres. La distance était un peu grande, mais la mèche était courte. Kaï balança le bras et lança la cartouche de dynamite. Qui ne pesait pas assez pour aller très loin. Elle tomba dans l'eau et absolument rien n'arriva.

— Manqué, dit Son.

— Si tu penses mieux faire, prends ma place.

— Je ne sais rien de la dynamite.

— Et moi, à ton avis ?

La deuxième cartouche atteignit bien le barrage des bateaux mais fit long feu, c'est-à-dire elle ne fit rien d'autre qu'atterrir sur un pont pour y rouler stupidement. Les deux cents abrutis vociféraient de plus belle, hurlaient d'effroyables menaces.

Les troisième et quatrième de même. Du moins, pendant quelques secondes, Kaï en eut-il l'impression fort désagréable. Et puis, boum, d'un coup la dynamite explosa.

— Un bruit bien satisfaisant, dit Son.

Mais, comme Kaï, il s'était accroupi. A cause des débris de toutes sortes qui striaient l'air et retombaient au hasard. Il n'en continua pas moins d'allumer systématiquement les mèches. A force d'aspirer le tuyau de cette saloperie de pipe, pensait Kaï, je vais finir par devenir un fumeur invétéré et la grande bringue me jettera hors de notre cabine conjugale, déjà qu'elle supporte à peine Oncle Ka !

Quatre autres cartouches partirent. Trois firent boum. Le barrage était à gauche et à droite, maintenant ; le *Nan Shan* était en train de le franchir, le franchissait, en dépit d'inquiétants raclements contre la coque, et le sentiment très net que la goélette escaladait des épaves. Et soudain il n'y eut plus rien sur le Huang-pou, droit devant. Les Dayaks de la mer couraient vers l'arrière, s'acharnant à planter les traits empoisonnés de leurs arbalètes dans ce grouillement de corps à la surface ; les lampions allumés quelques minutes plus tôt continuaient à surnager, au ras de l'eau pour beaucoup, et donnaient une lumière jaune orangé vaguement oblique. Kaï s'était penché par-dessus la lisse et regardait.

— Kaï ?

On lui touchait le bras. Il se retourna et découvrit Son, une cartouche dans chaque main. Mèches allumées.

— Qu'est-ce que j'en fais, Kaï ?

— Tu les manges.

Mais un coup d'œil sur ce qui restait de mèche le persuada que ce n'était pas vraiment le moment de plaisanter. Il prit les deux bâtons et les expédia dans la masse grouillante des nageurs, pensant qu'elles n'exploseraient pas.

Elles explosèrent.

— Arrête d'allumer ces trucs, Son, s'il te plaît.

— Tu ne m'avais pas dit d'arrêter.

— D'accord. Mais maintenant je te le dis, tu arrêtes.

Kaï ramassa le sac de toile huilée, où il devait rester dix ou douze cartouches, et repartit vers l'arrière.

— C'est vraiment dégueulasse, dit-il à Oncle Ka en lui restituant sa pipe.

— Tu manges bien du chocolat, toi.

— Les passagers ?

— En bas.

Les caisses avaient également débarrassé le pont.

— Des manquants dans l'équipage ?

Non. Trois blessés. Qui s'en remettraient.

— Et le bateau ?

Oncle Ka avait procédé à une inspection rapide, sans rien remarquer d'inquiétant. Quelques trous de balles parci par-là, des éraflures, rien de plus. En somme, le *Nan Shan* s'était tiré quasi indemne de la guerre du Huangpou. Kaï descendit.

Le *Nan Shan* comportait quatre cabines, en plus de celle occupée par la grande bringue et Kaï. Les femmes et les enfants s'étaient entassés dans ces quatre cabines. Avec une grandeur d'âme qui n'était pas si courante en Chine, les hommes du groupe avaient choisi les bat-flancs au bout de la coursive, près du poste d'équipage.

L'Excellence n'était pas parmi eux. Kaï le trouva dans la cale centrale. Sun Wu, l'ancien ministre et si haut dignitaire, était à genoux et, s'éclairant d'une des lampes à huile du bord, entreprenait d'ouvrir une caisse.

— Mieux vaudrait attendre, remarqua Kaï.

L'Excellence affecta de ne pas entendre.

— Je vous fais mes plus sincères excuses pour vous avoir bousculé, à l'embarquement, dit Kaï. Le temps pressait. Et je crois que vous devriez attendre un peu avant d'ouvrir ces caisses pour vérifier qu'il n'y a rien de cassé dedans.

— Nous avons survécu jusqu'ici sans vous, capitaine.

— J'en suis certain. Mais aussi longtemps que mon bateau ne sera pas en pleine mer, je ne garantis pas votre sécurité.

L'Excellence n'en continua pas moins de défaire les nœuds des grosses lanières.

— Si ça vous chante, dit Kaï.

Il repartit voir Selim. Qui, comme convenu, avait complété les provisions de sa cambuse, la veille.

— Je leur sers à manger ?

— Ils attendront.

Ce qui se passait en Kaï était peut-être le contrecoup des péripéties des dernières heures. Mais il se sentait nerveux, ce qui ne lui ressemblait pas. Et il ne voyait guère pourquoi : les choses n'allaient pas si mal.

Restait juste à récupérer Catherine et les filles. Il aurait aussi bien pu les garder à bord, finalement.

Retour sur le pont. On apercevait à présent les lumières du Bund, la promenade le long du fleuve, sur la rive gauche de celui-ci. Sur l'eau, aucune trace d'une agitation particulière. Normal : même si la police shanghaienne était résolue à assister sans réagir à des assauts contre l'Excellence, sa famille et surtout ses trésors, Kaï n'imaginait pas qu'elle pût laisser se dérouler sans intervenir un combat naval juste en face des concessions.

D'autant que deux bâtiments de guerre, l'un du Royaume-Uni, l'autre américain, étaient à quai un peu plus loin.

Immatriculé à Singapour, le *Nan Shan* battait pavillon britannique. Par force.

— Je vais descendre à terre, Oncle Ka. Les chercher. Trente ou quarante minutes au plus.

Acquiescement.

Les Dayaks de la mer lavaient le pont, chantonnant une de leurs mélopées bizarres, sans paroles distinctes.

— J'ai une raison d'être nerveux, Oncle Ka ?

— Tu n'en as pas mais tu l'es.

— Je le suis. Ça m'agace.

Le chef des Dayaks de la mer bourrait sa pipe et, bientôt, la ralluma. Kaï nota qu'il avait gardé les deux Purdey à côté de lui et comprit que sa nervosité était partagée — Oncle Ka pouvait demeurer des jours entiers sans ouvrir la bouche, sauf pour manger, mais il ne faisait jamais rien d'inutile, et qu'il n'eût pas rangé les deux fusils signifiait quelque chose.

Une fois de plus, Kaï alla vers la proue. Si quatre Dayaks de la mer faisaient effectivement leur petit ménage et effaçaient les traces de sang, une douzaine d'autres étaient apostés, qui dans les vergues, qui accoudé au bastingage, en alerte. Il était dans les 5 heures du matin et les premières lueurs du jour se montraient par tribord. Une puissante odeur d'excréments et de vase montait du fleuve.

Kaï scrutait le Bund qui, sauf quelques pousses, pour la plupart somnolant dans leur siège de passager, était désert. Un sampan venu de la rive droite débarquait cinq ou six personnes, dont quatre femmes, sans doute des domestiques arrivant de leurs cahutes et allant prendre leur service dans les maisons françaises ou anglaises. Kaï sentit sous ses pieds le *Nan Shan* qui faisait mouvement vers l'appontement presque en face du consulat général de France. Je vais quand même prendre un Purdey et emmener quatre Ibans avec moi, se dit-il.

Il entamait son demi-tour quand son œil capta un détail qui, dans l'instant, ne retint pas toute son attention. C'était un tout petit canot, comme ceux que les marins des jonques utilisent pour se rendre à terre. Un seul homme à bord, et qui ramait à contre-courant, droit vers l'étrave de la goélette.

Sauf que deux bambous se dressaient parallèles, sans doute fixés au banc de nage. Et tendu entre ces bambous, un calicot blanc, une pièce de coton, sur quoi un mot était écrit.

Pas en chinois, et les mouvements de l'esquif, d'abord, empêchèrent toute lecture.

Le mot enfin se révéla, clair et net, tracé en grosses capitales noires : CATHERINE.

C'était un petit Chinois de même pas cent livres, et complètement terrorisé, que les Ibans avaient hissé à bord. Kaï, enragé, lui aurait bien arraché bras et jambes. L'homme balbutia qu'il ne savait rien, surtout pas lire, qu'il ignorait ce qu'il y avait écrit sur le calicot, qu'un homme lui avait remis deux taëls pour faire ce qu'il avait fait.

— Un homme comment ?

Un Long Nez. Très grand. Cheveux jaunes et moustaches de même couleur.

— Et il t'a dit ?

— Le jardin Yu Yuan, maintenant.

— Je dois aller là-bas ?

« Le jardin Yu Yuan » et « maintenant », le Long Nez aux cheveux jaunes n'avait rien dit d'autre. Kaï savait ce qu'était le jardin Yu Yuan — une très vieille maison de thé, la plus ancienne de Shanghai, construite dans les trois cent cinquante ans plus tôt pour le moins ; la grande bringue l'y avait traîné trois fois ; le jardin en était extraordinaire. Il se trouvait dans la concession française ; en partant du fleuve, à pied, c'était l'affaire de dix minutes.

Kaï étouffait, brûlant d'une fureur meurtrière. Mais il se contraignit, non pas au calme, ce qui eût été trop lui demander, mais au moins à un contrôle de ses impulsions.

— J'y vais, Oncle Ka.

Qui lui tendit un Purdey.

— Non, pas d'armes. Je suis sûr qu'il est quelque part sur la rive et nous regarde à la longue-vue. Oncle Ka ? Ne le tue pas.

Kaï montrait le messager minuscule affalé sur le pont, et qui pleurait. Le regard du chef des Dayaks de la mer était terne et Kaï connaissait ce signe — celui de l'amok, de la folie qui pousse au massacre sans que rien puisse l'arrêter.

— Ne le tue pas, tu entends ? Jette-le à l'eau. *Oncle Ka !*

Le voile s'effaça un peu des yeux noirs. *N'oublie jamais que tes Ibans, y compris Oncle Ka, peuvent être d'une férocité à te glacer le sang, quelque amitié que tu leur portes.*

Il y avait, dans la très vieille maison de thé, un étrange pont traversant en zigzag, par toute une série d'angles droits inversés, un étang couvert de nénuphars. Le sol était de dalles octogonales grèges, couleur de soie brute.

— Reste où tu es, Kaï O'Hara.

Toute la longueur du pont entre la voix et lui.

— Tu es déjà mort, l'Archibald.

Rire.

— J'ai vu que tu avais fait un crochet par chez les Stahlter, avant de venir ici. Pour t'assurer que j'ai bien ta femme et tes filles. Je les ai. Shanghai est une ville merveilleuse. Il n'y a pas d'endroit au monde où l'on peut trouver autant d'hommes de main pour trois pennies.

— Tu les a touchées ?

— Je n'en ai pas eu le temps. Je me trouvais sur les bords de ce fleuve dont j'ai oublié le nom, en haut. L'odeur de la poudre m'a attiré. Non, elles sont intactes.

— Le trésor de mes passagers contre elles, c'est ça ?

— Tu es désespérant, Kaï. Tu as pourtant du sang chinois. Un vrai Chinois mettrait bien plus de temps à en venir à l'essentiel.

— Qui les retient ?

— Elles sont peut-être avec moi.

— Non. Qui les a ?

— Elles sont en sûreté. Personne ne les touchera. Tu me savais à Shanghai ?

— Non.

Fais-le parler, Kaï !

— On m'a appris ton passage à Hong Kong.

— Je n'y suis resté que quelques semaines. Trop d'Anglais, et trop méfiants.

— Tu es vraiment rentré en Europe ?

— Oui. Et à propos, j'ai des nouvelles qui vont t'amuser. Tu as fini le livre que tu lisais, à notre première rencontre ?

— Presque, dit Kaï.

Il lui restait dans les vingt pages.

— Tu dois le connaître par cœur. Figure-toi que j'ai revu l'auteur, Rudyard Kipling. Mon frère a une propriété dans le Sussex, pas très loin de chez lui. Il habite un endroit appelé Burwash. Je suppose que tu ignores tout du Sussex ?

— Tout.

— J'ai revu Kipling et je lui ai parlé de toi. Il a écrit un nouveau livre. L'histoire d'un jeune garçon qui fait de l'espionnage en Inde. Il l'a appelé Kim O'Hara. Tu te rends compte ? A deux lettres près, tu étais le héros d'un roman d'un prix Nobel de littérature.

— Qui a ma femme et mes filles ? Khou ?

— Ne bouge donc pas, Kaï. J'ai déjà bien assez envie de te tuer, après ce que tu m'as fait au Cambodge. Chaque fois que je me regarde dans une glace, je rêve de ta mort.

— C'est Khou ?

— C'est lui.

Kaï avait fini par situer l'Archibald. Près de la porte ronde, dans le fond à gauche. Se ruer eût été de la folie. Même si l'Archibald tenait pour l'instant à le garder en vie — sans moi, un échange de Catherine et des filles contre la vaisselle de l'Excellence n'aurait plus de sens.

— On peut parler affaires, maintenant, O'Hara.

— Sun Wu n'est pas un homme facile. Il me refusera sa collection.

— Tes Ibans sauront le convaincre. A ce propos, merci d'être venu seul à notre rendez-vous. Tu as évidemment pensé que je surveillais le *Nan Shan* depuis la rive ?

— Oui.

— Je t'en ai vu descendre seul. Et j'ai laissé des hommes pour contrôler ton équipage d'Ibans. J'espère qu'il ne leur viendra pas à l'idée, par exemple, de se glisser à l'eau discrètement. Avant-hier et hier, j'ai compté un par un tous tes hommes. Seize plus le second et le cuisinier. Les hommes que j'ai laissés sur le Bund savent très bien compter jusqu'à dix-huit. Tu sais ce qui se passerait si tes Ibans essayaient de te rejoindre ?

Kaï se tut.

— Khou couperait une main à chacune de tes filles et un courrier spécial viendrait me les apporter ici. Tes Ibans vont bouger ?

— Non.

— Il vaudrait mieux. Pour tes filles. Khou adore découper les gens vivants, c'est une manie chez lui.

— L'idée de me prendre ma femme et mes filles pour m'obliger à les échanger contre les biens de mes passagers est de lui ou de toi ?

— De moi. Khou est une brute.

— Et toi un Européen civilisé.

— Eh oui. Je ne suis pas un métèque, moi. Kaï, je suis très déçu. Tu devrais proférer d'effroyables menaces à mon encontre.

— Si tu y tiens.

— J'adorerais.

— Je te poursuivrai jusqu'en Angleterre, après. Où que tu ailles. Le temps qu'il faudra.

— On me donnait des coups de bâton sur le derrière, dans ma famille, puis dans les divers collèges qui ont eu le douteux privilège de me recevoir. J'aimais beaucoup.

— Tu es un malade mental. Tu n'as même pas besoin de cet argent que tu voles. Combien Khou t'a-t-il promis ?

— Un quart. Moi, je viens juste d'entrer dans l'affaire et lui la suit depuis des mois. Depuis Canton, tu te rends compte ? Tu le savais ?

— Oui.

— Le vieux Sun Wu est pour le moins aussi têtu. Il aurait abandonné quelques-unes de ses céramiques, il s'en tirait. Et si tu me prenais ?

— Les Ibans s'occuperaient de toi. Ils ne demandent que ça. Ils aiment extrêmement Catherine, Moorea et Maereva.

— Ta femme les appelle Christine et Julie.

— Ils les aiment beaucoup.

— Ils n'ont même pas tué ce pauvre diable de messager que je t'ai envoyé.

— Parce que je les ai empêchés. Et ça n'a pas été facile.

— Tu crois qu'ils me mangeront, s'ils me prennent ?

— Oui, dit Kaï — qui n'en savait rien mais, avec les Ibans, ce n'était pas absolument impossible. Après tout, ils n'avaient jamais mangé d'Anglais. — Ils n'ont encore jamais mangé d'Anglais, dit-il à voix haute.

— Et tu les laisseras faire.

— Probablement.

— Merveilleux, dit l'Archibald. J'en rêve d'avance. Il va me falloir dans les deux heures pour aller où sont ta femme et tes filles. Plus, disons, un certain temps pour convaincre Khou que mon idée d'échange était décidément superbe. Plus le temps d'amener ma part du marché au point de rendez-vous.

— Ta part du marché, ce sont ma femme et mes filles ?

— Sauf si tu veux que je les garde. C'est qu'elle est diablement jolie, ta femme. Ta part du marché à toi, ce sont les céramiques.

Gagne du temps, Kaï, gagne du temps, nom d'un chien !

— Ne la touche jamais, l'Archibald. Jamais.

Sur quoi, Kaï feignit de se laisser emporter par une fureur qu'au reste il éprouvait, ô combien, mais dont il força les manifestations extérieures. Il s'emporta et, sans hurler mais d'une voix que la rage faisait trembler, expliqua dans le détail ce qu'il souhaitait faire, et ferait, après.

Deux, trois minutes.

Il finit par se taire, à bout de souffle.

— A la bonne heure, Kaï. Voilà une belle sortie ! Je ne te connaissais pas un vocabulaire aussi riche, en matière d'insultes. Tu vas rire : un moment, j'ai cru que tu allais essayer de te jeter sur moi.

— Tu es armé.

— Plutôt deux fois qu'une. Ce qui d'ailleurs me fait

penser que tu m'as volé mes Purdey. Tu as vu les hommes de Khou, en arrivant ?

— Oui.

— Ils encerclent cet endroit. Ils sont une cinquantaine.

— C'étaient eux, sur la rivière ?

— Oui. Khou est un bandit de la vieille école. On attaque et on massacre. Je l'avais averti qu'il ne pourrait pas monter sur le *Nan Shan*. J'ignorais que tu avais de la dynamite.

Gagne du temps.

— Justement, dit Kaï. Je pensais n'avoir affaire qu'à un bandit ordinaire. Qui, lui, n'aurait sûrement jamais pensé à me prendre ma femme et mes filles. Je ne te savais pas à Shanghai.

— Tu t'attendais bien à me revoir.

— Un jour, oui. Khou ne te paiera jamais ta part.

Rire.

— Ce n'est pas très important. Disons que je fais beaucoup de ces choses pour le plaisir.

— Et il te tuera.

Gagne du temps.

— Tandis qu'avec moi, tu aurais une chance de survivre, l'Archibald. Je suis même ta seule chance, à Shanghai.

— Amusant. L'argument n'est pas si mauvais. Tu réussirais presque à me convaincre. Je me souviens de notre première rencontre, sur la rivière de Bangkok. Tu avais quoi, quinze ans ? Et déjà un remarquable mélange de naïveté et d'infiniment de ruse. Le mélange chez toi d'Irlandais et de Chinois est décidément intéressant. Mais nous perdons du temps, Kaï O'Hara. Tu n'aurais pas, par hasard, une petite idée derrière la tête ?

On bougea derrière Kaï. Bruit très léger de pieds nus. Kaï se retourna sans hâte. Trois hommes.

Et puis trois autres encore.

Tous armés. Deux d'entre eux fort massifs. Tatouage noir sur la poitrine, ou sur le bandeau leur ceignant le front — un idéogramme que Kaï ne put lire.

Il demanda en chinois mandarin s'ils étaient bien des

hommes de Khou. Ils le regardèrent sans sembler comprendre, ou ne voulant pas le faire. Il répéta sa question, mais en dialecte cantonais.

— Oui.

— Vous allez me tuer ?

Pas tout de suite.

— J'aimerais assez comprendre ce que tu leur racontes, dit l'Archibald. Mon chinois est un peu léger. Je me demande comment tu fais pour parler toutes ces langues. On m'a dit que tu en savais trente.

— Nettement moins que ça, dit Kaï.

Les hommes de Khou dirent qu'ils obéissaient uniquement au seigneur Khou.

— Et vous êtes ici pour me surveiller, mais aussi pour garder le Long Nez à l'œil.

Voilà. Le seigneur Khou n'avait confiance en personne.

Il y eut alors, dans le lointain, le bruit sourd et très grave d'un gong. Trois fois de suite. Kaï ferma les yeux et durant quelques secondes retint totalement son souffle. Puis le gong fut de nouveau frappé.

Quatre coups d'affilée. Et un encore. Et ces vibrations étaient toujours dans l'air quand s'en mêlèrent les cloches de l'église catholique plus proche. Kaï s'accroupit.

Oh, mon Dieu !

Il avait envie de pleurer. Mais il releva la tête.

— Tu as perdu, l'Archibald.

Pas de réponse sur le moment.

— Tu parlais du sang chinois que j'ai dans mes veines, reprit Kaï dont les paupières étaient toujours closes. Tu m'as même traité de métèque. D'accord. Tu es revenu d'Europe et tu es entré en Chine comme s'il s'agissait d'un pays ordinaire, sans rien en connaître. Canton et Shanghai, pour toi, c'est du pareil au même. Des villes d'un même pays. Ton ami Khou a commis d'ailleurs la même erreur. Il a cru qu'il pouvait venir chasser ici. Il y a d'autres Khou à Shanghai, et bien plus puissants que le tien, disposant de beaucoup plus d'hommes, estimant qu'ils sont chez eux et que personne ne peut empiéter sur leur territoire. Et à qui j'ai pu parler, justement parce que j'ai du sang chinois et que je suis le petit-fils de Madame Grand-Mère, que tu ne connaîtras jamais, et l'ami d'un Ching le Gros que tu ne connaîtras pas davantage. Et à ces hommes de Shanghai, j'ai demandé de l'aide. Je l'ai obtenue.

— Les coups de gong étaient un signal.

— Oui.

Kaï rouvrit enfin les yeux. Le sourd piétinement qui avait accompagné ses derniers mots s'expliqua, pour autant que Kaï eût besoin d'explication. La vieille maison de thé était envahie par une quantité à la mesure chinoise, c'est-à-dire considérable, d'hommes impassibles. Une silencieuse marée humaine battait les murs, envahissait les jardins de Yu Yuan, emplissait les salles.

— Kaï !

Pas un appel mais un cri, un hurlement. Qui disait la peur.

Kaï regarda les six affidés de Khou. Ils déposaient leurs armes sur le carrelage, très prudemment ; leurs visages figés disaient leur résignation devant l'inévitable. Le mur des nouveaux venus, derrière eux, était sur le point de les engloutir. Les engloutit et leur massacre ne fut accompagné d'aucun son. Une boucherie muette, et d'autant plus horrible.

— Kaï O'Hara !

La voix de l'Archibald encore et trois ou quatre coups de feu partirent aussitôt après.

— Kaï, je t'en prie !

— Je ne pourrais rien faire pour toi, quand bien même je le voudrais, dit Kaï. Tu as touché à elles.

Le pont sur l'étang aux nénuphars était à présent envahi par une foule de ces mêmes hommes aux visages glacés, cour des miracles à la façon shanghaienne. Kaï aurait pu revenir sur ses pas, repartir par où il était arrivé. Quelque chose le poussa à traverser le pont, sans doute voulut-il confusément répondre à l'appel si désespéré de l'Archibald. Au début, on opposa à sa tentative de passage une dure résistance. On ne le frappa pas, au plus se contenta-t-on de faire obstruction. A peine put-il gagner deux ou trois mètres, bien que disant et répétant, en chinois, qu'il était Kaï O'Hara, un ami, celui-là même qu'ils étaient venus aider, et ayant la conscience la plus aiguë de ce que le premier coup qui lui serait porté serait à la seconde suivi de dizaines d'autres ; il savait trop comment une foule asiatique pouvait très brutalement réagir, sans le moindre avertissement. Mais un coup de sifflet retentit et, avec une soudaineté saisissante, la vieille maison de thé se vida.

Il se retrouva seul, très vite. Et dans un silence écrasant.

Il découvrit l'Archibald. Ce qu'il en restait. Ni poignardé, ni entaillé par des coups de couteau, mais dépecé, haché, réduit à une bouillie sanglante. Dont seules des touffes de cheveux blonds garantissaient l'identité. Pauvre fou.

Deux hommes dehors, dans une rue à peu près déserte.

— Elles sont vivantes ? Ma femme et mes filles sont vivantes ?

Aucune réaction. Les deux hommes l'emmenèrent. Ne répondant à aucune de ses questions, si bien qu'il finit par ne plus rien dire, atteint par la peur, et une peur grandissante.

Ils arrivèrent devant une vaste auberge, où une large porte cochère ouvrait sur une cour intérieure.

— Ici ? Elles sont ici ?

Toujours pas de réponse. Les deux hommes s'éloignèrent. Kaï passa le seuil. Trois étages en U. Tous à balcon, balustrade de bois, tous donnant sur la cour dallée de pierre luisante et noire. Des cadavres, par dizaines, où que portât le regard, des corps mutilés, jusqu'à des membres épars : on avait massacré ici avec une sauvagerie inouïe, sans épargner quiconque — des servantes avaient été égorgées. Kaï traversa la cour et entra dans ce qui était la salle où l'on mangeait. Autres cadavres, et des ruisseaux de sang, de vrais ruisseaux coulant encore.

Entre tous ces morts, un en particulier. On lui avait coupé la tête et chacun de ses quatre membres, il avait été mis nu, lacéré, il avait dû mettre bien du temps à mourir ; on avait reconstitué son corps, à ceci près que les bras se trouvaient à la place des jambes et vice versa ; il avait été ainsi fixé à la grosse poutre centrale en bois, cloué par des couteaux de cuisine ; et un écriteau que Kaï déchiffra laborieusement disait : VOICI LE SEIGNEUR KHOU — QUI A CRU QUE SHANGAI ÉTAIT CANTON.

Kaï repartit, visita une à une les pièces du rez-de-chaussée — les cuisiniers n'avaient pas été épargnés non plus. Les fourneaux à charbon de bois étaient toujours allumés, des plats cuisaient encore — et parmi les quartiers de porc sanguinolents pendus à des crochets, trois hommes et une femme pendus de même, la pointe des tresses enfoncée dans leur gorge.

Amoncellement de cadavres dans l'escalier, sur le balcon du premier étage. Où toutes les portes des chambres étaient ouvertes.

Sauf une. Qui était plus large, en bois sculpté, sans doute destinée aux hôtes d'importance. Kaï dut enjamber et presque escalader d'autres morts. Le loquet de la porte lui résista. Il enfonça le battant.

— Tu en as mis du temps, dit la grande bringue.

Elle était rencognée dans l'angle de la pièce le plus éloigné de la porte, les jumelles derrière elle. Elle brandissait une quenouille de bois noir détachée du lit. Kaï la prit dans ses bras, incapable qu'il était de prononcer un seul mot.

— Des hommes sont entrés, dit-elle. Par cette fenêtre. Ils m'ont dit de ne pas bouger, d'attendre. A vrai dire, ils avaient des têtes d'épouvante. Ils sont sortis par la porte et la bataille a commencé.

Kaï serrait les fillettes contre lui, une dans chaque bras. Il reprenait ses esprits. Pas question de faire traverser à des enfants l'auberge transformée en charnier. Et puis, sait-on jamais, peut-être que la police de Shanghai allait finir par sortir de sa somnolence et venir y jeter un coup d'œil, maintenant que tout danger était passé. Il se dirigea vers la fenêtre. Deux mètres et demi en dessous, le toit d'une espèce d'appentis.

— J'ai failli filer par là mais, il n'y a pas une minute, des hommes montaient la garde.

Kaï enjamba la fenêtre, se suspendit par les mains à l'encadrement, se laissa tomber sur le toit.

— Envoie-les-moi. Vite.

Il saisit au vol chacune de ses filles, les déposa près de lui, attrapa la grande bringue par la taille et ne put s'empêcher de la serrer encore.

— Est-ce bien le moment d'un câlin, O'Hara ?

Du toit de l'appentis à terre. Puis traversée d'un poulailler et d'une porcherie, sortie dans une ruelle où des gens immobiles les regardèrent passer sans broncher. Une inscription en français fut comme le signal d'une libération. La grande bringue se mit à parler, parler, d'une voix trop précipitée, fébrile ; les choses, disait-elle, avaient d'abord pris mauvaise tournure dans l'heure qui avait suivi l'enlèvement ; non, on ne les avait pas vraiment touchées, ni les fillettes ni elle ; tripotées oui ; enfin, elle ; un peu, rien de grave...

— J'espère quand même que ces types paieront ce qu'ils ont fait.

— Ils ont payé, dit Kaï. Calme-toi, maintenant. C'est fini.

Les ravisseurs avaient surgi dans la maison des Stahlter moins de dix minutes après le départ de Kaï.

— Je ne l'ai pas vu, mais il y en avait un qui parlait anglais. Et bien. Comme un Anglais. Tu le connais ?

— Ce n'était qu'un Chinois qui parlait mieux l'anglais que les autres, dit Kaï.

Ne lui parle pas de l'Archibald, ça ne servirait à rien.

— Tu es bien calme. Je t'aurais cru du genre à te venger.

— C'est une affaire terminée.

— Il y a eu des morts ?

— Trois ou quatre.

— Et ça te suffit ?

— Oui, dit Kaï. Je t'en supplie, Catherine, n'en parlons plus. S'il te plaît. C'est fini.

Et elle craqua alors, alors qu'ils venaient d'entrer chez les Stahlter, qu'il fallut apaiser eux aussi. Elle craqua d'un seul coup, sans rien qui pût laisser prévoir cet effondrement. Des pleurs, presque une crise de nerfs.

— J'ai eu si peur, mon Dieu, j'ai eu si peur. Pas tant pour moi que pour Christine et Julie. Et pour toi. Je savais bien que tu allais mettre Shanghai à feu et à sang.

— C'est un peu ce que j'ai fait, dit Kaï. On n'en parle plus.

Sebastian à l'appontement sur le Bund.

— Merci, lui dit Kaï.

— L'un des chefs des bandits de Shanghai avait une dette à acquitter. Nous lui avons rendu un grand service dans le temps. Et puis il connaissait votre grand-père.

— Tu m'as déjà expliqué tout ça. Merci. Je n'aime pas vraiment la façon dont tu t'habilles, mais si tu as jamais besoin de moi, je serai là. N'importe où, n'importe quand.

— Mieux vaut que vous partiez, maintenant. Il n'y a pas que des Cantonais qui aimeraient prendre ce trésor.

Kaï, d'ordinaire si peu expansif, se laissa aller jusqu'à tapoter l'épaule de son interlocuteur. Il monta à bord du *Nan Shan*, dont les amarres furent aussitôt larguées.

— Qu'est-ce qu'elle a, ma façon de m'habiller ? criait Sebastian.

Kaï lui sourit.

— Je prends la barre, Oncle Ka.

On fit route vers le Yang-tsé kiang.

Le Yang-tsé, puis la mer Jaune.

— Nous souhaiterions être débarqués à San Francisco, dit Son.

— Je regrette, non.

— C'est trop loin pour ton bateau ?

— Rien n'est trop loin pour mon bateau.

Simplement, San Francisco n'était pas dans les mers du Sud, point final.

— Je vais vous laisser à Honolulu, île d'Oahu, archipel d'Hawaii. Et de là, un paquebot vous transportera à San Francisco.

— Mon père ne sera pas satisfait.

Kaï répondit, à peu de chose près, que ça ne lui faisait ni chaud ni froid.

— Honolulu, Oncle Ka.

Après quoi, il partit se coucher. Il n'avait pas dormi depuis soixante bonnes heures, mais avait beaucoup aimé naviguer sur le Yang-tsé kiang. Un de ces jours, il y reviendrait, cette fois sans vaisselle à bord et sans bandits pour le poursuivre. Et il pensait à la mort de l'Archibald avec une bizarre tristesse. Je ne t'aurais pas tué, crétin, si je t'avais pris moi-même. Pourquoi n'es-tu pas resté dans ton Angleterre, à lire et relire Rudyard Kipling ?

Kaï grogna. On lui chatouillait l'oreille droite — il était couché sur la gauche.

— Grrr, dit-il.

— Tu n'es pas rasé ni lavé, tu sens le rat mort.

Elle le tira bel et bien par les pieds, le faisant d'abord tomber de la large couchette, puis traverser la cabine jusqu'à la petite salle de douche qu'elle avait aménagée — elle avait prétendu qu'elle avait vingt ans de trop pour prendre sa douche sur le pont, au su et vu de tout le monde, le monde en question fût-il composé de Dayaks de la mer qui regardaient ailleurs, comme s'ils eussent tous été atteints de torticolis. Elle le savonna, le lava. Partout. Vraiment partout.

— Hé, hé, dit-elle, on se réveille, hein, O'Hara ?

C'était bon, nom d'un chien. Va donc trouver une femme pareille dans les mers du Sud et, d'ailleurs, sur toutes les mers possibles, y compris celle de la Tranquillité qui, aux dernières nouvelles, se situait sur la Lune.

Retour de la cabine de douche à la couchette. Mais lui la portant, cette fois. La bête à deux dos durant les vingt minutes suivantes.

— On nous attend, Kaï.

— M'en fous.

Et enfin elle fut pantelante, et lui aussi. Nouveau voyage vers la douche. Il voulut encore. Elle lui prit le visage entre ses paumes.

— Ça attendra, mon amour. Nous avons tant d'années devant nous, tant d'années. Qu'est-ce que je peux t'aimer, tu sais. Christine et Julie me disaient sans arrêt qu'elles n'avaient pas peur du tout, que tu viendrais, nous sauverais, tuerais tous les méchants sans en laisser un seul en vie, c'est qu'elles sont sanguinaires. *Non, O'Hara !* Et d'ailleurs il n'y a presque plus d'eau, regarde.

Il dit qu'en l'état qui était présentement le sien, il ne pourrait rentrer dans sa culotte.

— Tu n'as pas de culotte.

— J'ai un sarong, c'est pire.

— D'accord, dit-elle, alors un tout petit.

Ce qu'elle appelait « un tout petit ». Un mot de code, par quoi ils désignaient cette façon de s'aimer où il ne faisait rien, et elle tout.

Re-douche, la troisième. Et c'était vrai qu'il ne restait plus beaucoup d'eau, la petite citerne dans le plafond s'était vidée, après tous ces épanchements.

— Qui nous attend et pourquoi ?

— Je voulais que tu voies quelque chose d'extraordinaire.

— Où ?

— Dans la cale.

— La vaisselle ? Bof !

Mais là, il resta pantois. Toutes les caisses avaient été ouvertes, la vaisselle-les pots-les machins-les choses, tout avait été sorti, extrait d'une gangue de paille et de boue, débarrassé de la toile de soie qui protégeait des œuvres d'art. Ce sont des œuvres d'art. Ce sont des œuvres d'art, pas de doute, même moi qui traitais ces trucs de vaisselle, je comprends que ça vaille des mille et des cents, certes pas au point de massacrer tant de gens (rien ne vaut une tuerie, mais tu ne referas pas le monde), mais quelle richesse et quelle beauté !

Kaï s'assit. Sur une gueuse de plomb qui complétait le lest du *Nan Shan*, avec d'autres — disposées où il fallait, il y en avait dans les trois cales. Il contempla l'Excellence dont le visage ordinairement froid était comme illuminé de l'intérieur. L'Excellence frappait très doucement, de ses ongles interminables de lettré, la porcelaine, la faisait chanter, écoutait ce son avec un évident ravissement, puis il soulevait le vase — quand c'était un vase —, le caressait, l'apposait contre sa joue, en faisait jouer la lumière à la lueur de plusieurs lampes à huile, le tournait et le retournait. Et il murmurait, ne s'adressant à nul autre que lui-même :

— Regarde cela, disait-il, regarde. Voici une goutte de couverte sur cette base, et ici une opacité, là une transparence. On pourrait croire que cela est dû à la maladresse du potier, pas du tout. Cela provient du travail du feu magique et de lui seul...

Nom d'un chien, se dit Kaï. Seule la grande bringue pourrait m'exalter de la sorte.

Mais il était impressionné. Son œil, courant de l'un des objets à l'autre, suivait surtout Catherine, qui allait et venait, d'évidence passionnée, le jeune Sun Wu Son lui servant de guide et lui expliquant chaque chose. Ici, ce que Son nommait un vase tripode du temps des Shang, orné d'un motif imitant une corde tressée...

— Et ça remonte à quand, la dynastie Shang ?

Elle se situe entre celle des Xia et celle des Zhou de l'Ouest — Kaï aurait pu donner la réponse, Madame Grand-Mère lui avait fait apprendre par cœur toutes les dynasties de la Chine, depuis la période de Yang-shao, il y a sept mille ans, jusqu'aux actuels Qing, alors...

— Plus de quatre mille ans, disait Son.

Là un *kuan* et un *hou*, une jarre et un vase, d'un superbe noir lustré...

— Époque des Zhou, un peu moins de trois mille ans.

Et des statuettes couleur vieux rose, des chevaux, tout cela de terre cuite aussi ; beaucoup de ces objets étant contemporains de Qin Shi Huangdi (celui-là, Kaï le connaissait fort bien, il avait été le premier vrai empereur historique, dans les deux cent cinquante ans avant le Christ des chrétiens, même qu'il avait fondé la dynastie des Qin, ou des Tsin, qui a donné son nom à la Chine).

— Kaï, tu as vu ça ? Ce n'est pas extraordinaire ?

Des statuettes encore, par dizaines. De femmes vêtues ou non du *mou-li* (un peu la gandourah des Arabes qui fréquentent la Malaisie), de *dou*, robes de cour (dynastie

Tang). Des domestiques en tuniques longues ou en bottes si hautes qu'elles étaient fixées à la ceinture. Statues encore de guerriers, à cheval ou non, moustachus et terribles. Statues toujours, de chevaux sans cavaliers...

— Notez, disait Son, les glaçures à base de plomb. Et ces incroyables couleurs.

— Je note, dit Kaï. Je note à tout va.

— Ne fais pas l'imbécile, lui dit Catherine en français. Tu te rends compte qu'il y en a pour des millions de dollars ?

Et quand bien même. Tiens, à propos, il se mit à penser à cet abruti de Boule de gomme, qui devait être à entasser sournoisement des sous sur ce compte qu'il lui avait ouvert, il allait bien falloir décider ce qu'il devait en faire — le donner à des missionnaires, sûrement pas ; mais peut-être à un hôpital ? On verra.

Et des vases, et des jarres — des vases surtout. De plus en plus admirables, Kaï devait en convenir, et Catherine s'extasiait. De l'époque des Zhou de l'Ouest et de l'Est, des Qin, des Han, des Xin, des Trois Royaumes (Wei, Chou et Wu, Madame Grand-Mère ne lui avait rien épargné, il connaissait même les dates), des Jin de l'Ouest, des Seize Royaumes, des Sui, des Tang, des Cinq Dynasties du Nord et des Dix Royaumes du Sud, des Song et des Yuans, des Ming évidemment, des Qing, ouf, c'est fini.

— Je vous en supplie, disait l'Excellence à la grande bringue.

Elle secouait la tête : non, non. Mais de quoi parlent-ils ? pensa Kaï. Tout à ses réminiscences, et à l'effort de mémoire qu'il venait de faire pour se remémorer les trois, les dix, les seize, les Qin antérieurs, postérieurs et occidentaux, il n'avait pas suivi la conversation.

— Catherine ? Il y a quelque chose ?

— Son Excellence veut me faire un cadeau.

Ils parlaient français.

— Et alors ? dit Kaï. Tant qu'il ne te demande rien en échange.

— Mon père, dit Son, serait extraordinairement heureux que madame O'Hara lui fasse le très grand honneur d'accepter l'un de ces objets. Qu'elle voudrait bien choisir elle-même.

— Débrouillez-vous avec elle, braves gens, dit Kaï.

Il faillit se lever et remonter sur le pont pour aller voir si les mâts étaient toujours à la même place, mais il resta. L'importance du cadeau que l'on voulait faire à sa femme le laissait d'une indifférence quasi miraculeuse. La joie enfantine, extasiée, de Catherine, en revanche, l'emplit de bonheur. Pour un peu, il en eût éprouvé de la jalousie ; quoi que je fasse et devienne, jamais je ne pourrai lui donner quelque chose de cette valeur, bien heureux qu'elle se contente de moi.

Elle choisit un cheval. Très petit, minuscule, dix, douze centimètres au plus. Il était rouge sang, or et noir. D'accord, c'était une merveille.

— C'est une merveille, dit-elle, et elle avait les yeux pleins de larmes. Je peux vraiment le prendre et le garder ?

— Rien au monde ne pourrait me faire plus de plaisir, dit courtoisement l'Excellence.

Parbleu, pensait Kaï, touché par l'émotion de la grande bringue et luttant par le sarcasme contre ce mouvement du cœur, parbleu, à cause de leur vaisselle, elle a été enlevée avec ses filles et a failli subir Dieu sait quoi.

— Il est de l'époque Tang, vers l'an 705 de votre ère, dit Son. C'est un très beau choix. Je partage la joie de mon père.

— Je le garderai toujours.

Le soir de ce jour-là, elle installa le petit cheval dans un logement fabriqué tout exprès par un Dayak de la mer (comme Kaï, elle disait Dayak de la mer quand les Ibans étaient sur le *Nan Shan*, et Iban quand les Dayaks de la mer étaient à terre), bien calé, et son socle maintenu par de fines lanières de cuir.

— Le *Nan Shan* pourrait être la tête en bas que mon petit cheval ne bougerait pas.

Et elle ralluma trois fois la lampe pour le contempler.

— Tu veux rester longtemps à Hawaii ?

Un policier de l'immigration américaine avait fait des difficultés pour les laisser débarquer. L'Excellence, sa famille, ses gens et ses biens avaient pu gagner la terre sans encombre, il y avait beaucoup de Chinois sur Oahu et dans les autres îles, et d'ailleurs les nouveaux arrivants détenaient des visas pour San Francisco, établis à Pékin. Kaï et Catherine n'avaient pas plus de visa que de passeport — ou, plus justement, la grande bringue en possédait un, mais français, et à son nom de jeune fille. Pour Kaï, rien. Pas le moindre document.

— Vous aurez bien un brevet de capitaine.

— Non.

— Un titre de propriété du bateau ?

— Non.

— Le bateau est à vous ?

— Ah, amenez-moi quiconque prétend le contraire.

— Où est votre passeport ?

— N'en ai jamais eu.

— Vous êtes citoyen de quel pays ?

— *Nan Shan.*

— Et c'est un pays, ça ?

— Très indépendant.

La grande bringue s'en était mêlée et, après avoir déjà pas mal amadoué le policier par son sourire, avait escaladé la voie hiérarchique par sa face occidentale (grâce à des amis de son père) et arraché un permis de séjour de soixante-douze heures pour son mari. Ils avaient visité Honolulu. Kaï avait dit que ça ne valait pas d'en faire un fromage, que des plages comme Waikiki, il en connaissait cent mille qui étaient bien plus belles et que, dans l'ensemble, il n'aimait pas cette contrée dont les vrais Hawaiiens auraient disparu dans cent ans, abâtardis, abêtis, abrutis par l'alcool, sans négliger ce fait que des champs d'ananas, c'était d'une tristesse extrême. L'Excellence s'était montrée généreuse, avait réglé rubis sur son grand ongle le double du prix convenu, plus une gratification à l'équipage (raflée par Oncle Ka au nom de tous les Ibans, c'était lui le trésorier général). « Si vous venez un jour à San Francisco... », avait dit Son tout triste de la séparation. « J'en serais fort surprise », avait répondu Catherine.

Elle dit :

— On pourrait aller jeter un coup d'œil sur les autres îles. Il y en a d'autres, non ?

— Puisque c'est un archipel.

Dans les débuts de leur voyage, elle se penchait parfois sur les cartes. Plus maintenant. Ça ne l'intéressait pas. Elle parcourait les mers du Sud probablement sans une idée très précise d'où elle était, où elle pouvait aller, c'était toujours Kaï qui proposait des itinéraires, il s'en inquiétait un tout petit peu, à vrai dire, puis pensait qu'il se faisait des idées, ou qu'elle était un peu lasse.

Le *Nan Shan* quitta Oahu et alla prendre connaissance de Kauai et Nihau, au nord-ouest, puis il redescendit en laissant Oahu par tribord, pour une navigation paresseuse autour des quatre îles centrales de l'archipel, Molokaï, Maui, Lanaï, Kahoolawe, et finit par l'île d'Hawaii elle-même.

— Tu diras ce que tu veux, mais c'est joli.

Ouais, pas mal.

Beaucoup de ses rivages étaient pas mal accores, les bons mouillages n'y étaient pas légion — un bon gros coup de vent tint d'ailleurs la goélette plusieurs jours au large. Ils finirent tout de même par trouver une plage qui leur convînt. L'endroit était désert, les pentes de l'énorme montagne de quatre mille mètres et plus étaient recouvertes — mais pour combien de temps encore — d'arbres au pied desquels du santal poussait et embaumait l'air. C'était ici, bien des années plus tôt, que la Mangouste folle était venue prendre du bois pour aménager le *Nan Shan*. Même des Ibans débarquèrent, qui n'étaient pas descendus à Honolulu, et ils partirent chasser.

Quatre jours pleins à jouer les Robinson Crusoë à quatre, à manger du poisson grillé, les Ibans invisibles. La grande bringue, d'une humeur extraordinairement enjouée, feignant de ne pas voir que Kaï n'aimait pas cette plage, de sable trop sombre et volcanique, ni cette mer qui n'avait pas à ses yeux la couleur d'une honnête mer du Sud.

— On repart quand tu veux, dit-elle. Et pour où tu veux.

— On peut aller tout droit à Tahiti, ou revenir à Singapour. Ou bien les Galapagos.

— C'est quoi, les Galapagos ?

— Des îles. Treize grandes et quarante-deux îlots. Archipel découvert en 1535. Le premier à s'y installer, tout seul, a été un Irlandais du nom de Patrick Watkins.

— Tu dis n'importe quoi ou tu sais vraiment toutes ces choses ?

— Tu veux les noms des treize îles ? On les appelait autrefois les Iles Enchantées.

— Il y a des gens dessus ?

Aux dernières nouvelles, oui. Il s'y trouvait surtout des tortues étonnantes, de onze espèces différentes, géantes ; et des iguanes marins et terrestres.

Les Galapagos, selon Kaï, marquaient la frontière est de ses mers du Sud. Dans lesquelles, curieusement, il ne classait pas les eaux battant la côte de l'Amérique latine. Aller là-bas, dans son idée, revenait à aller patrouiller à la frontière de son territoire, il n'avait pas encore décidé où était la limite vers l'ouest, mais rien ne pressait.

— D'accord pour les Galamachinos, dit-elle.

Elle remit sur son visage, pour protéger ses yeux du soleil, la feuille de bananier qui était son seul vêtement, pour le reste elle était toute nue, et à plat dos. Moorea et Maareva couraient après des crabes et avaient exprimé l'intention d'en faire une fricassée. Kaï posa ses lèvres sur la pointe de chaque sein de la grande bringue et, à tout hasard, entama une descente vers le nombril.

— Suffit, O'Hara, fit-elle. Pas maintenant. L'autre jour, Christine m'a demandé pourquoi j'avais crié. Elle croyait que tu m'avais battue. Tu devrais avoir honte.

Le monde selon Kaï était très vaste et très minuscule. Puisqu'elle était d'accord, il descendrait donc plein sud, après les Galapagos jetterait un œil sur les îles San Felix et San Ambrosio qui, pour autant qu'il le sût, n'étaient pas habitées, ensuite il pousserait jusqu'à Juan Fernandez...

— J'ai faim, dit-elle. Va donc nous prendre du poisson, ça t'occupera.

D'accord. Il avait posé ses lignes un peu plus loin, face au *Nan Shan* dont, de la petite crique où ils s'étaient installés, ils n'apercevaient guère que la mâture. Après Juan Fernandez, il tournerait à droite, vers l'île de Pâques et...

— Et à propos, dit-elle derrière lui, je crois bien que je suis un peu enceinte.

Leur troisième enfant naquit à Sydney. Dans Glenmore Road, quartier de Paddington. Une maison de style victorien, à un étage, flanquée côté droit d'un bow-window, une fenêtre multiple en saillie ; un jardinet la précédait, croulant sous les massifs d'hortensias ; elle était entièrement peinte en blanc, sauf la porte, vernie en bleu canard.

Leur troisième enfant était donc né dans une maison, une vraie maison à terre, et non pas sur le *Nan Shan*, comme Kaï l'eût souhaité. La grande bringue ne s'était pas sentie trop bien, dans la mer de Corail, à un mois de son terme — de ce qu'elle pensait être son terme. Affolé, Kaï avait piqué vers la côte australienne, fait terre à Cairns, qui n'était rien, quelques maisons et rien d'autre, sans un seul médecin. D'accord, va pour Brisbane, mais à l'embouchure de la rivière de Brisbane, Catherine avait dit qu'elle allait un peu mieux, à défaut de Tahiti qui était trop loin, on pouvait peut-être atteindre la Nouvelle-Calédonie, qui était également française — elle préférait accoucher sous pavillon français. Si ça lui fait plaisir. Pas eu le temps de gagner Nouméa. Alors, Sydney.

D'autres Hodgkins habitaient Sydney, justement dans Glenmore Road. Le frère de Hodgkins de Singapour, ingénieur de son état. Bien, pour un Anglais.

— Arrête de dire du mal des Anglais, O'Hara. D'autant que beaucoup de tes meilleurs amis sont anglais.

— Ce ne sont pas de vrais Anglais. La preuve : ils ne vivent pas en Angleterre.

Le Ian Hodgkins de Sydney était en Australie depuis quinze ans, après avoir séjourné quelque temps à Singapour ; et en Australie, il était devenu australien. C'était un homme de haute taille et mince, presque décharné, de peut-être quarante ans, qui construisait des ponts mais ne s'intéressait vraiment qu'aux livres, au point de s'être acheté une boutique pour les entasser et (à regret) en vendre parfois.

— Kaï, combien de livres avez-vous lus ?

— Un.

— Comment ça, un ?

— Un, un seul.

— Je ne vous crois pas, vous savez des choses étonnantes, vous savez quand et comment Sydney a été fondée, le nom du moindre atoll de l'archipel des Carolines, il n'est rien que vous ignoriez de tous les voyages, expéditions et découvertes durant les quatre siècles précédents dans toutes les mers du Sud, ne me dites pas que vous saviez tout ça de naissance.

Réponse : ce n'était pas pareil ; ces livres-là n'étaient pas des livres, mais de l'information, des choses qu'un Kaï O'Hara doit nécessairement apprendre pour être un vrai Kaï O'Hara ; le seul vrai livre qu'il avait lu était *Le Livre de la jungle* de Rudyard Kipling, et il l'avait lu en entier, il venait de le finir, il avait achevé la lecture des dix-sept dernières lignes en attendant que la grande bringue accouche, priant pour que ce fût un garçon et pas encore une fille.

Francis Kaï O'Hara était né le 15 août de l'an 1909. Bien sûr, c'était un garçon.

— Qu'est-ce que tu racontes ?

— Tu restes à Sydney avec les enfants, je fais ces voyages et je reviens chaque fois.

Sa dernière maternité avait fatigué Catherine, cela se voyait. Même Eliza Hodgkins, la sœur de Ian, s'en était ouverte à Kaï. Qui, quant à lui, s'était vu proposer du fret à destination de Moresby (pas très bien payé) et surtout pour les Salomon, transport bien mieux rétribué parce que la plupart des capitaines n'aimaient guère aller rôder dans ces parages. Pour les Salomon, les affréteurs étaient des Allemands désireux de ravitailler leurs compatriotes qui s'étaient établis dans les îles, dont Guadalcanal, vers la fin des années quatre-vingt.

— Pas question, dit la grande bringue. D'ailleurs, je vais très bien. Et Francis aussi.

— Sauf que Kaï junior a cinq semaines.

Ce ne serait pas raisonnable de prendre à bord un enfant aussi jeune — qui, à la vérité, ne semblait pas des plus solides ; il avait de petites difficultés à respirer et par moments, justement, sa respiration semblait s'arrêter, durant de très angoissantes secondes. Et puis Kaï père ne voulait surtout pas prendre le risque, en plus de l'avoir à son bord, de l'emmener justement aux Salomon.

— J'y vais seul ou pas du tout, Catherine.

Elle finit par céder. Elle voyait bien que, depuis près de quarante jours, il rongeait son frein, ainsi bloqué à terre — et dans une ville en plus. Les Dayaks aussi posaient un problème, car il n'était pas question de les débarquer ; Oncle Ka lui-même s'y opposait. Sans compter que la somme très coquette gagnée à transporter l'Excellence et ses céramiques touchait à sa fin : les finances familiales, avec ces médecins à payer, commençaient d'être au plus bas.

Le *Nan Shan* mit à la voile dans les tout premiers jours d'octobre 1909. Pour la première fois depuis sept ans et davantage, Kaï se trouvait seul avec ses Dayaks de la mer et Selim, dont la femme et les deux enfants restèrent également à terre. Les femmes, lui avait dit un soir Ian Hodgkins qui lisait un peu trop de livres, épousent un homme pour les transformations qu'elles veulent lui apporter, au lieu qu'un homme choisit une femme dans l'espoir, et l'illusion, qu'elle restera ce qu'elle était lors du mariage. Qu'est-ce qu'il entendait par là ? Ça ne voulait rien dire, ces grandes déclarations, c'étaient des phrases pour mettre dans un livre, rien de plus ; ce n'était pas la vie ; la grande bringue ne voulait pas le transformer, elle avait toujours su qu'il était fait pour aller sur la mer, et y rester. Et d'ailleurs elle réembarquera, nous repartirons ensemble... Et puis quoi encore ?

Il n'empêchait que cela lui faisait tout drôle qu'elle ne soit plus là. Le sentiment d'un vide. Partagé par les Dayaks de la mer.

Réapparurent les traits essentiels, estompés par la seule présence de Catherine, de cet équipage à la violence toujours latente, commandé par un capitaine au naturel éruptif.

Inutile de chercher ailleurs les causes des combats de Guadalcanal, de la bataille de la mer de Corail.

— Les serpents, dit Oberdorff. Ce sont les serpents qui me font le plus peur. Quand je me perds et que je ne peux pas rentrer chez moi avant la nuit, je monte dans un arbre. Je ne supporte pas les serpents. Rien que de voir vos pieds nus, je transpire, j'en ai des frissons. Les serpents pourraient vous mordre.

— Et ils se casseraient les dents, dit Kaï.

Une fois de plus, il abaissa son regard en direction des pieds de l'Allemand. Ses pieds étaient non seulement bottés, et du cuir le plus épais, tige montante jusque sous le genou, mais les chaussures étaient elles-mêmes protégées par du fin grillage métallique, à mailles très serrées, grimpant à mi-mollet. Et Oberdorff portait trois pantalons de forte toile, l'un sur l'autre.

— Encore un peu de schnaps ?

— Je veux bien.

Ils avaient chacun leur bouteille. Et pour cause : parmi les caisses que Kaï avait fait transporter des cales du *Nan Shan* jusqu'à cette plantation perdue sur les hauteurs d'Honiara, dix au moins contenaient de l'eau-de-vie allemande. Ce ravitaillement ne semblait pas indispensable : trois caisses subsistaient encore du précédent voyage effectué par un autre bateau. Kaï se demanda comment un seul homme pouvait boire autant.

— Et vous vous perdez souvent ?

Presque chaque fois qu'il s'éloignait un peu de sa maison, expliqua l'homme venu de Bavière, qui était gros et chauve, yeux globuleux derrière des lorgnons retenus par un lacet noir.

Deux Ibans avaient accompagné Kaï. Pas pour porter les caisses — ils étaient des marins et non des portefaix : Kaï avait pour cela recruté une dizaine d'hommes quand il avait constaté que l'Oberdorff, à qui il devait livrer son chargement, n'était pas là à l'attendre. Il avait fallu trois bonnes heures de marche, au travers d'une forêt fort dense, pour parvenir à la plantation. Celle-ci très mal entretenue, ou pas du tout — les cacaoyers étaient à peu près tous laissés à l'abandon ; la chose était assez surprenante, selon l'expérience de Kaï, dans une entreprise allemande. Ce n'était pourtant pas la main-d'œuvre qui manquait : une centaine d'ouvriers traînassaient dans les parages, et Kaï n'avait guère aimé leurs regards — les Ibans non plus.

— Vous n'allez pas surveiller vos cultures ?

Les yeux bleus globuleux le fixèrent avec surprise, comme devant une question des plus inconvenantes.

— Moho s'en occupe.

— Et qui est Moho ?

— Le contremaître.

— Et vous êtes content de lui ?

— Il m'est indispensable, dit Oberdorff.

— Depuis combien de temps dirigez-vous cette plantation ?

— Trois ans.

— Elle est à vous ?

Oui. Oberdorff l'avait achetée à l'un de ses compatriotes, celui-là même qui l'avait créée, une quinzaine d'années plus tôt. Oberdorff avait une bonne expérience de l'agriculture ; il avait exploité des terres en Bavière. Enfin, pas vraiment exploité : il était trop pris par son travail de commis aux écritures au ministère de Bavière, dans une ville inconnue de Kaï mais qui se nommait München. C'était son beau-frère qui s'occupait de faire pousser les pommes de terre, le blé et l'orge. Mais lui, Oberdorff, Hermann de son prénom, se rendait chaque dimanche à la ferme. Avec Mutter évidemment : « Je vivais avec Mutter à München, je ne serais allé nulle part sans elle, elle s'occupait de moi. » Et tout allait ainsi dans le meilleur des mondes possibles jusqu'à ce jour où Mutter était morte, laissant Hermann Oberdorff tout seul. Le beau-frère avait alors dit à Hermann que moins il viendrait à la ferme, mieux cela vaudrait. Et il avait racheté la ferme à Hermann. Tout le monde avait dit alors à Hermann qu'il devait partir, quitter München, quitter la Bavière, d'ailleurs on lui avait trouvé un endroit tout à fait merveilleux pour vivre. Le beau-frère et les autres avaient pris l'argent de Hermann (celui provenant de la vente de la ferme et celui laissé par Mutter à sa mort) et lui avaient acheté la plantation. Et Hermann s'était retrouvé dans un train pour Hambourg, et de Hambourg sur un bateau, et d'un bateau sur un autre, et un autre bateau encore, et de ce dernier bateau dans cet endroit-ci, dont Hermann ne savait pas exactement le nom, ni même où il se trouvait au juste, sûrement très loin de München et de la Bavière en tout cas...

— Tu es sur l'île de Guadalcanal, Hermann, dans l'archipel des Salomon, tu nages vers le sud-ouest et tu arrives en Australie.

— Je ne sais pas nager.

— C'est un peu trop loin, de toute façon. Moho était là à ton arrivée ?

Non. L'ancien propriétaire (qui était du Mecklembourg) se trouvait, lui, sur les lieux. Il avait expliqué à Hermann que l'exploitation des cacaoyers était la chose la plus facile du monde, que lui, Hermann, ne tarderait pas à faire une fortune considérable, de quoi acheter toute la Bavière une fois de retour et qu'il l'enviait de pouvoir s'installer et vivre ici. Sur quoi le Mecklembourgeois avait filé comme la foudre et Hermann s'était retrouvé tout seul, ne sachant alors rien d'autre que l'allemand de

Bavière. Il avait bien essayé de visiter sa plantation, mais il s'était perdu et il lui avait fallu quatre jours pour retrouver la maison. Heureusement qu'il s'y trouvait des haricots en boîte, dans cette maison.

— Et Moho est arrivé, dit Kaï.

Moho était effectivement arrivé. Il avait informé Hermann (qui avait eu beaucoup de mal à le comprendre) qu'ayant été contremaître de la plantation sous l'ancienne direction, il avait le cœur assez généreux pour reprendre son poste, ayant le sentiment que le nouveau propriétaire avait quelques problèmes. Moho avait dit qu'il s'occuperait de tout, que Hermann, désormais, n'aurait plus de soucis à se faire.

Hermann Oberdorff reprit du schnaps.

— Sans Moho, je serais peut-être mort. Sûrement même. Il m'a sauvé la vie.

— Moho parle allemand ?

Non. Hermann et Moho se comprenaient grâce à un pidgin english que Hermann avait fini par apprendre, en quinze ou dix-huit mois.

— Tu es arrivé quand ici, Hermann ?

— En 1903.

— Alors tu n'es pas ici depuis trois ans mais six. Tu ne vas donc jamais à Honiara ?

Évidemment non. Jamais. Il avait fait un ou deux essais, mais s'était perdu chaque fois. Et puis Moho lui avait bien expliqué que c'était très dangereux d'aller en ville, que les Anglais tuaient tous les Allemands.

— Tu es anglais ?

— Non, dit Kaï. Qui a écrit la lettre pour commander toutes ces caisses de schnaps ?

Hermann. Mais sous la dictée de Moho. Et c'était encore Moho — il était très malin et très fidèle — qui avait réussi à faire partir les lettres. Malgré la police anglaise.

Kaï se leva. La maison était de bois. Une véranda, plus quatre pièces. Tout l'ensemble juché sur des pilotis, à un mètre du sol.

— Je peux visiter, Hermann ?

— Bien sûr.

Kaï passa d'une pièce à l'autre. A l'exception d'une seule qui contenait un lit à moustiquaire, elles étaient toutes vides. Pas un seul meuble ni aucun objet personnel. Le lit laissa Kaï perplexe : les pieds en étaient surélevés, en sorte que la couche se trouvait à hauteur de la tête d'un homme, et ils étaient, ces pieds, plongés dans des jarres, elles-mêmes emplies de ce qui, à l'odeur, se révéla être du pétrole. Et partout on avait installé de ce grillage à mailles fines, en entonnoir renversé, ainsi que l'on fait pour les aussières des bateaux, afin d'empêcher les rats d'y grimper.

— C'est pour te protéger des serpents, cette installation ?

Oui. Le bon Moho prenait grand soin de Hermann, c'était un homme merveilleux.

Les vêtements de rechange de Hermann, une bassine et son broc à eau, quatre ou cinq livres, deux pipes et des sachets en toile huilée qui devaient contenir du tabac, tout cela se trouvait pareillement hissé à des hauteurs impressionnantes, suspendu à des cordelettes elles-mêmes équipées des défenses antiserpents. Bon, d'accord, pensa Kaï, c'est vrai qu'il y a pas mal de serpents sur Guadalcanal comme d'ailleurs dans toutes les îles, mais à ce point...

Il ressortit de la maison par l'arrière et trouva l'origine du bruissement qu'il entendait depuis son entrée dans la maison. Cent ou deux cents serpents tenaient conférence sur le sol, grouillant à n'y pas croire, toutes espèces mélangées, beaucoup d'entre elles mortelles. Un spasme de dégoût, sinon de peur, secoua Kaï. « Je vois. »

— Ta plantation te rapporte de l'argent, Hermann ?

Un peu. De quoi payer les commandes qu'il passait grâce à Moho. Mais pas plus. C'était la faute des Anglais, qui volaient toutes les expéditions de cacao et s'opposaient à ce qu'elles fussent exportées.

— Qui tient les comptes ?

— Moi, dit Hermann. Moho lui fournissait les chiffres des récoltes et les prix que l'on pouvait obtenir des ventes effectuées grâce à l'astuce de Moho, qui parvenait à contourner le blocus anglais. Et Hermann calculait les bénéfices. Qui étaient juste suffisants pour couvrir les frais.

— Hermann, depuis que tu es arrivé ici, tu as vu d'autres Européens que moi ?

Oui. L'ancien propriétaire pendant trois jours.

— C'était il y a six ans, Hermann. Et depuis ?

Non, personne.

— Je crois que tu bois un peu trop de schnaps, Hermann.

— Non, non. Hermann buvait assez peu de schnaps. Quelquefois, il restait des semaines sans en boire. Quand il n'y en avait plus.

— Tu m'étonnes, dit Kaï. Je viens de te livrer six cent cinquante bouteilles. Et, à Sydney, on m'a dit qu'un autre bateau t'en avait apporté déjà six cents il y a six mois. Douze cent cinquante bouteilles en un an, ça fait une jolie consommation.

Oh, mais Hermann était très loin de boire toutes ces bouteilles ! C'était à peine s'il en vidait trois ou quatre par an.

— Alors, où passent les autres ?

Elles servaient à amadouer les Anglais qui bloquaient la plantation. C'était une idée de Moho. Moho était extraordinairement malin ; ces soldats anglais qui faisaient le blocus de la plantation étaient vraiment terribles, mais Moho avait fini par découvrir qu'ils aimaient le schnaps, alors il les faisait boire et, ainsi, il pouvait écouler un peu de cacao.

— Je crois en effet que ton Moho est extraordinairement malin, dit Kaï. Je pensais repartir tout de suite mais je crois que je vais rester un peu, pour te tenir compagnie. Et j'aurai peut-être la chance de rencontrer ton ami Moho. Des hommes d'une qualité aussi rare, on n'en voit pas tous les jours.

— Je vais monter sur mon lit, dit Hermann. Là, au moins, je suis sûr que les serpents ne peuvent pas m'atteindre. Mais tu devrais mettre des chaussures. Ça me fait froid dans le dos de te voir avec tes pieds nus.

Hermann prit une échelle de bois, vérifia qu'aucun serpent ne s'y était déguisé en barreau, l'escalada et s'assit sur son lit. Le sommet de son crâne se trouva à quarante centimètres du plafond. Il écarta l'échelle, de façon que les serpents ne pussent s'en servir pour monter jusqu'à lui. Hermann pouvait avoir trente-cinq ans, c'était un colosse, plus lourd que Kaï de vingt ou trente kilos ; mais il n'avait sans doute jamais frappé qui que ce fût, ni même eu l'idée d'employer sa force.

— Si tu as faim, dit-il à Kaï, il y a des haricots.

— Rien d'autre ?

Non. Il avait commandé sept barils de choucroute mais Moho avait dit que les bénéfices de la plantation ne permettaient pas une dépense aussi somptuaire.

— Tu manges autre chose que des haricots en boîte américains ?

Oui et non. Hermann se nourrissait de haricots à la tomate, mais aussi de bananes et de noix de coco. Et parfois Moho lui apportait un poulet, Hermann mangeait peu mais ne maigrissait pas pour autant, c'était dans sa nature.

— Des femmes, Hermann ?

Oui. Tous les ans, pour Noël, Moho amenait une femme. Pas très jolie ni très jeune, mais enfin une femme.

— Tu voudrais rentrer dans ton pays ?

Pas de réponse. Kaï se trouvait déjà sur le seuil de la chambre. Il se retourna. Hermann pleurait, en silence.

— Oh oui, oh oui, je voudrais tant et tant retourner en Bavière.

Kaï retourna sur la véranda. Les deux Ibans n'avaient pas bougé, rigoureusement impassibles, mais leurs arbalètes portaient chacun un trait, maintenu d'un index nonchalant, les sarbacanes étaient suspendues au fin cordonnet en bandoulière, les machettes étaient affûtées comme toujours.

En face d'eux, en une ligne compacte et immobile, ils étaient une centaine, tous avec ce regard que Kaï n'aimait pas, un peu trop vide et comme voilé, hostile. Il va falloir que nous ressortions d'ici, Kaï O'Hara.

— Moho est là ?

La question de Kaï resta sans réponse, mais il ne l'avait posée que par acquit de conscience. Le bon, le généreux, l'indispensable Moho ne pouvait pas être là, sinon je n'aurais sûrement pas pu arriver jusqu'à Hermann ; il est vrai que le *Nan Shan* s'est présenté à Honiara avec quatre ou cinq jours d'avance sur la date prévue ; ce qui explique que j'ai pu rompre cette séquestration.

Kaï but une autre gorgée à la bouteille de schnaps qu'il tenait toujours dans sa main, et qui était sa seule arme. Il s'assit sur le seul siège disponible : un vieux fauteuil à bascule à ce point pourri et rafistolé que Moho n'avait pas dû pouvoir le vendre avec les autres meubles. Il se balança, attendant, sentant sur lui tous les regards de la centaine d'hommes. L'après-midi passa, le jour commença à baisser, des escadrons de chauves-souris survolèrent l'endroit, allant vers les grottes des montagnes de Guadalcanal. La nuit enfin venue, des torches s'allumèrent, non pas au hasard mais dans l'intention délibérée de conserver visibles Kaï et les deux Ibans.

— Hermann ?

Le Bavarois s'était endormi, avait ronflé, cuvant son schnaps. Kaï venait de l'entendre descendre de son lit en altitude. Mais il l'entendit de même grimper à nouveau jusqu'à son refuge, après avoir satisfait un besoin naturel, qui ne l'avait pas vraiment réveillé.

Il pouvait être 8 heures quand l'un des Ibans siffla doucement, modulant le signal : *attention.* Et, de fait, un mouvement se produisit, les rangées d'hommes s'écartèrent.

— Salut, Moho, dit Kaï.

C'était un grand diable aux allures de Papou, de Mélanésien en tous les cas. Chevelure crépue très épaisse, composant une toison ronde de peut-être cinquante centimètres de diamètre, et complétée par une grosse barbe noire, de laquelle surgissaient des narines gigantesques, fort épatées.

Moho portait un fusil et, suspendue à son cou, une montre en or. L'œil de Kaï put lire les initiales gravées sur le boîtier : H. O. — pour Hermann Oberdorff.

— Elle marche ?

— Il m'en a fait cadeau, dit Moho.

— Tu lui es tellement utile.

Les ronflements de Hermann en fond sonore.

— Il ne pourrait pas vivre sans toi. Surtout avec ce blocus et tous ces Anglais qui veulent le tuer. C'est un miracle qu'il soit encore vivant. Heureusement que tu étais là. Et le fusil ? Il vient d'où ?

— Il est à moi.

— Tu étais vraiment contremaître du temps de l'ancien propriétaire ?

— Oui.

— Mais il t'a flanqué dehors.

Le regard de Moho était légèrement injecté de sang. J'aimerais autant, pensa Kaï, avoir avec moi une cinquantaine d'Ibans.

— L'ancien propriétaire t'a flanqué dehors. Peut-être parce que tu lui avais volé le fusil. Et d'autres choses. Peut-être aussi parce que tu avais déjà essayé, avec lui, de diriger la plantation pour ton compte. Tu n'es pas de Guadalcanal, hein ?

— Je suis de Moronéo.

Un gros village sur la côte nord-est de la Nouvelle-Guinée. Kaï fouilla sa mémoire et y retrouva le souvenir d'un rivage vaguement reconnu, mais pas un seul mot de la langue qui se parlait dans cette région — au vrai, on parlait en Nouvelle-Guinée des centaines de dialectes différents, neuf cents selon Ian Hodgkins, et il était peu probable qu'il les sache tous un jour.

— Tu es allé à Moresby, Moho ?

— Oui.

— En Australie ?

— Non.

— D'habitude, quand un bateau vient livrer les

commandes de monsieur Oberdorff, c'est toi qui vas les chercher ?

— Oui.

— Mais pas cette fois.

— On attendait ton bateau pour la fin du mois seulement.

Kaï continuait à se balancer dans le fauteuil et avait, très délibérément, laissé Moho debout sur les marches de la véranda. J'aurais peut-être mieux fait de suivre ma première idée : filer d'ici avant le retour de ce type, quitte à revenir avec mon armée personnelle — plus la totalité des forces de police britanniques de Guadalcanal, soit environ un homme.

— Je résume, Moho. Tu voles ton patron depuis six ans, tu le gardes prisonnier, tu fais ramasser tous les serpents des environs et tu les lui mets sous son lit. Tu ne l'as pas tué toi-même parce que tu as quand même un peu peur que les Anglais viennent te pendre, mais tu espères qu'il finira par devenir complètement fou, ou à la rigueur mordu par un serpent. Ces hommes qui sont là dehors t'obéissent ?

Le regard de Moho s'emplit d'une joie féroce.

— Oui.

— Ils me tueront si je m'en vais ? Ils essaieront de me tuer ?

Bonne question, Kaï O'Hara. D'ailleurs, regarde la tête qu'il fait : il ne sait pas quoi répondre. Il ne sait pas s'il va te faire tuer ou non.

« A mon signal : dans la maison », dit Kaï aux Ibans dans leur langue. Puis il sourit à Moho :

— Alors ?

— Tu peux partir, dit Moho. Il ne t'arrivera rien.

Tu parles !

— Ces deux hommes qui m'accompagnent, dit Kaï — en pidgin english en usage dans toutes les Salomon et dans la plupart des îles avoisinantes, suffisamment haut pour en être entendu de tous —, sont des Ibans de Bornéo. Ils coupent des têtes et mangent leurs ennemis. Or mes ennemis sont leurs ennemis. Ils aiment se battre et ils tirent des fléchettes empoisonnées. Regardez l'arbre qui est là sur ma droite. Celui-là, avec la branche cassée.

Kaï pointa l'index. L'arbre en question se trouvait à une bonne trentaine de mètres de la véranda et son tronc n'avait guère plus de quinze centimètres d'épaisseur. Kaï poursuivit :

— Un des Ibans va tirer une fléchette avec sa sarbacane, et la fléchette se plantera à la hauteur du visage d'un homme. Je lui ordonnerais de viser le visage de l'un d'entre vous, il tirerait de même. Je vais être obligé de lui demander de ne pas tirer sur l'un de vous. Les Ibans préfèrent tirer sur les gens que sur les arbres.

Il expliqua à Ka 3 ce qu'il attendait de lui. L'Iban acquiesça.

— Surveillez l'Iban, dit encore Kaï revenant au pidgin english.

Maintenant, Ka 3 !

La main de l'Iban quitta l'arbalète, partit en un éclair vers le petit étui contenant les fléchettes, enfourna cette fléchette dans la sarbacane, qui fut portée à la bouche. Entre le moment où le tout premier geste fut amorcé et celui où la fléchette fila — et se planta dans le tronc à l'endroit indiqué — il ne dut s'écouler, au plus, que trois ou quatre secondes.

Kaï revint à Moho :

— Tu pourrais faire aussi vite et aussi bien avec ton fusil ? Essaie, pour voir.

Aussitôt après, il cria : *Allez !* et la fin d'un balancement de son fauteuil coïncida avec une ruée de tout son corps. Il put agripper le fusil, l'arracher, frapper Moho de la crosse en plein visage, se jeter dans la maison où les Ibans étaient déjà entrés. Il en claqua la porte — par pur réflexe, puisque les deux fenêtres n'étaient que deux ouvertures que rien ne fermait. Il courut vers l'arrière.

— Attention aux serpents.

Il sauta le premier (j'ai horreur de faire ce genre de chose), et ses talons s'enfoncèrent dans le sol meuble quelques centimètres seulement au-delà de la masse grouillante des serpents enfermés dans leur petit enclos de bambou. Il fonça vers l'appentis, qui avait dû dans le temps abriter un cheval, y constata avec satisfaction que ce qu'il avait cru y voir était bien une fourche.

— Couvrez-moi.

Il revint aux serpents et plongea la fourche, la redressa, projetant quelques reptiles. D'autres suivirent. Les premiers hommes lancés à sa poursuite s'écartèrent en hurlant. Il n'était visiblement pas le seul à avoir peur de ces sales bêtes. Il vida presque l'enclos, lâcha la fourche, ramassa le fusil, commença à courir vraiment, laissant les Ibans derrière lui pour couvrir sa retraite. Il fallut grimper, la maison était adossée à une forte pente très boisée. Kaï trottina sur un bon kilomètre. Je courais quand même plus vite en Malaisie, voici treize ou quatorze ans, je vieillis et surtout je mange trop, pensa-t-il.

Il fit une pause, hors d'haleine. Les Ibans le rejoignirent, pas du tout essoufflés mais hilares, l'aventure les enchantait.

— On repart.

Il emprunta un coupe-coupe à l'un de ses compagnons et ouvrit un passage dans une végétation extraordinairement dense. L'un des Ibans le suivant à quinze mètres, l'autre couvrant leur fuite. L'horizon se dégagea soudain, Kaï venait de déboucher sur une sorte de plateau à peine pentu, et pas trop encombré d'arbres. Sans doute avait-on déboisé ici, dans le temps : de nombreuses souches subsistaient. Kaï vit la mer, à environ trois mille mètres et bien sûr en contrebas ; l'île de Tulagi en face, à peine distincte même pour lui ; l'îlot de Savo à main gauche, commandant un détroit qu'une coque en fer était en train de franchir, pas moyen d'en lire le nom, cette saleté est vraiment trop loin.

— Où est Ka 3 ?

Le premier des Ibans venait de le rejoindre et secoua la tête : il ne savait pas. Jusqu'à maintenant, pensa Kaï, l'histoire n'a pas été sanglante, j'aimerais autant que ça ne change pas. Kaï ne croyait pas que Moho allait maintenir la poursuite, en somme il suffirait d'un petit détour de quelques kilomètres, pour ensuite descendre droit vers la côte et regagner Honiara — Oncle Ka ne s'inquiétera pas et pensera que je suis resté à boire un coup et dîner avec mon client, voire à dormir chez lui.

La nuit était fort claire, même si des nuages arrivaient de l'est, autrement dit du Pacifique, et menaçaient d'obscurcir le ciel.

Kaï siffla à l'intention de Ka 3. Mais rien ne bougea dans le très dense mur de végétation. Ka 15, sur la gauche et un peu en avant de Kaï, hocha la tête, simple mimique qui signifiait qu'il ne croyait guère à la survie de son camarade.

— On y retourne, dit Kaï.

Pas Ka 3 — son véritable nom était Rass —, pas lui, il est avec moi depuis que j'ai mis pour la première fois le pied sur le *Nan Shan*. Kaï examina rapidement le fusil qu'il portait ; si peu expert qu'il fût en armes à feu, il reconnut un fusil Henry, du type appelé Winchester ; huit cartouches de 44 ; plus douze autres dans un logement de la crosse évidée.

Sifflement à peine perceptible : Ka 15 lui indiquait une direction, à une vingtaine de mètres des traces qu'ils avaient laissées en sortant du couvert. *Silence*, mima l'Iban — qui avait dix-huit ans au plus. Les deux hommes se coulèrent l'un derrière l'autre dans un monde presque aquatique à force d'être détrempé ; Kaï avait quelque mal à insinuer ses épaules et son torse dans le fin conduit ouvert par son éclaireur au travers des branches et des feuilles, mais il suivait de confiance : quoique à peine sorti de l'adolescence, l'Iban lui était infiniment supérieur sur de tels terrains. Ils progressèrent de peut-être trente mètres. Kaï ruisselait de transpiration. Il entendit des bruits de voix, des murmures, sur sa gauche ; puis des pas, et le fouetté des coupe-coupe taillant la végétation — Moho continue de nous chasser, ce fils de chien est tenace, c'est étonnant, et je me demande bien où Ka 15 m'emmène. Impression d'étouffement, avec ces cent pieds de vie végétale au-dessus d'eux. Et soudain, entre la poitrine nue de Kaï et l'humus du sol, quelque chose qui roula, bougea, *un serpent* ! Il faillit se redresser, et presque hurler. Sauf que le reptile était décapité — Ka 15 s'en était chargé. Vingt mètres encore... Où allons-nous, nom d'un chien ? Rampant sur les genoux et les coudes, le fusil et sa machette posés sur ses avant-bras, Kaï buta tout à coup contre un corps.

— Je suis blessé, dit Ka 3 à son oreille, dans un chuchotement qui ne devait pas être perceptible à deux mètres.

Kaï avança une main et tâta. Odeur de sang, et des plaies multiples.

— Tu me laisses ici, je vais mourir, murmura encore Rass.

Et puis quoi encore ? Suivit plus d'une heure, dans une obscurité quasi totale, pendant laquelle il fallut traîner le corps de l'Iban blessé et qui se taisait, stoïque ou inconscient.

Un peu de lumière enfin, Ka 15 avait réussi à les conduire hors du plus épais de la jungle.

— Rass ? Rass, tu es mort ?

— Pas mort, dit Ka 15.

Les doigts de Kaï sur la gorge du blessé confirmèrent le diagnostic. Rass vivait encore. Kaï le hissa sur ses épaules. De la fureur lui venait, degré par degré ; comme toujours chez lui lente à apparaître, et plus lente encore à s'apaiser — la grande bringue seule aurait pu le calmer. Je vais massacrer ce Moho. Il était à ce point pris par sa rage qu'il ne bougea même pas quand des hommes surgirent, silhouettes à peine distinctes dans la pénombre. Ka 15 tira plusieurs fois de sa sarbacane, Kaï abattit le dernier assaillant d'un coup de machette qui dut décapiter le bonhomme. Après quoi, il fallut courir de nouveau, se réfugier une fois de plus dans cette saleté de jungle, esquiver ou repousser deux autres attaques. L'aube trouva les trois hommes à une trentaine de kilomètres au sud d'Honiara. Ce ne fut pas avant 10 heures du matin que Kaï arriva dans la petite capitale de l'île. Il se trouvait là un Écossais qui assumait à peu près toutes les fonctions officielles, et qui ne mourait pas précisément d'envie de conduire sur les pentes inconnues du mont Popomanasiu

— culminant à plus de deux mille trois cents mètres — une expédition pour traquer un contremaître probablement papou.

— Il a tué son employeur ? Non. Vous me dites qu'il a blessé l'un de vos marins ? Qu'en savez-vous ? Vous reconnaissez vous-même qu'il faisait nuit noire.

D'accord. Rass vivait toujours ; il avait été atteint en huit endroits par des coupe-coupe, son abdomen était fendu, il lui manquait trois doigts de la main gauche, sa cuisse et son avant-bras côté droit avaient été transpercés. Oncle Ka jugea, comme l'infirmier-médecin d'Honiara, qu'il survivrait.

A 3 heures de l'après-midi, Kaï repartit pour la plantation Oberdorff à la tête de quatorze Ibans.

— Est-ce que nous pourrons couper des têtes ?

— Oui.

Il leur aurait répondu non que ça n'aurait rien changé, d'ailleurs.

Trois détachements de cinq hommes. Séparés entre eux d'une centaine de pas, autant que le terrain le permettait. Impressionnant. A force de les voir comme des marins, Kaï avait presque oublié avec quelle extraordinaire adresse les Ibans, qui n'étaient plus pour un moment des Dayaks de la mer, pouvaient se déplacer dans une forêt en apparence inextricable « sans faire plus de bruit qu'une feuille qui tombe ». Oncle Ka pour une fois avait argumenté ; arguant d'une prétendue fatigue de son capitaine, il avait insisté pour commander le raid — c'était un Iban, lui aussi, toutes ces années passées comme second à bord du *Nan Shan* n'avaient en rien affaibli son humeur guerrière.

Sifflement. Des éclaireurs s'étaient détachés et signalaient « voie libre ». Kaï entra dans la maison d'Oberdorff, trouva celui-ci juché sur son lit à un mètre soixante et quelque de haut — et vivant.

— Salut, Hermann, je m'attendais à te trouver mort.

— Et qui m'aurait tué ?

— Tu as vu Moho ?

— Ce n'est pas faute de l'avoir appelé. Je suis tout seul depuis hier, je n'ai rien mangé ni bu.

Des serpents un peu partout sur le plancher, et jusque dans les bottes du Bavarois. Du canon de son Purdey, Kaï en souleva deux qui approchaient un peu trop de ses pieds et les jeta dehors. Il ramassa les bottes avec précaution et les vida de la même façon.

— Tu peux descendre de ton lit.

— J'ai trop peur.

— Tu sais où Moho habite ?

— Au village.

— Il n'y est pas. Il n'y a aucun homme au village, aucun homme de moins de cent ans. Tu as une idée d'où ils ont pu aller ?

— Non.

Kaï puisa de l'eau dans une jarre, faillit être mordu par le serpent qui nageait en rond à la surface, donna à boire à l'Allemand. Qu'il approvisionna de même en boîtes de haricots et en bananes. Il ressortit. Les Ibans avaient relevé une piste qui une heure plus tard se perdit dans le lit d'un ruisseau. Fallait-il attendre le jour pour reprendre la chasse ou au contraire mettre à profit l'étonnante vision de nuit des chasseurs de têtes de Bornéo ? Kaï opta pour la deuxième possibilité. Il se sentait très calme, mais très en colère. Il constatait que depuis des années, depuis qu'il avait la grande bringue à son côté, il avait réfréné sa propre nature. Elle n'est plus avec moi et je fais le fou — peut-être justement parce qu'elle me manque, d'accord ; mais quelle jouissance, aussi, de faire la guerre avec des compagnons pareils, et dans la jungle.

Vers 1 heure du matin, une autre piste relevée. Nette. Un peu trop. Kaï rejoignit son éclaireur en chef sur ce point : il s'agissait d'un leurre. Si bien qu'au lieu de se jeter sur ces traces, on en chercha d'autres, que l'on trouva, et ces secondes étaient bien moins visibles, elles montaient. La colonne de chasse prit son dispositif classique, en triangle ; l'homme de pointe figurant le sommet de ce triangle, deux flanc-gardes le couvrant sur sa droite et sa gauche. Et quoique l'on progressât dans le plus grand silence, se voyant à peine les uns les autres, Kaï sentait l'exaltation féroce de ses Ibans, la partageait entièrement.

Les premiers morts tombèrent vers 4 heures du matin peut-être. On avait beaucoup gagné en altitude, sur les pentes du Popomanasiu, bien que la marche eût été surtout oblique, en sorte que l'on devait se trouver en fait au-dessus de la plantation Oberdorff, et sans doute pas très loin de celle-ci, à vol d'oiseau. Un vrai sentier était apparu, qui devait relier le village en contrebas à ce qui se trouvait plus haut, quoi que ce fût. Deux sentinelles étaient postées là, à l'orée d'une petite clairière. Les sarbacanes des Ibans les frappèrent sans le moindre bruit. Les cadavres furent dissimulés, on leur couperait la tête plus tard. Plus haut encore, une odeur de fumée annonça la proximité d'un campement. Deux éclaireurs partirent, avec des façons de fantômes, revinrent pour rendre compte : trente ou quarante hommes, à trois cents mètres au plus, et...

— Et une *quoi* ?

Une maison de Blanc. En bois. Avec une cheminée de pierre. *Une cheminée ?* Kaï fit avancer sa troupe, qui n'attendait que son signal. Derrière la première clairière, plus haut, il s'en trouvait une autre, en longueur, où, effectivement, s'élevait une maison entourée de ce qui semblait bien être un jardin, lui-même délimité par une clôture en bois blanchi, et flanquée d'une forte cheminée de pierre. Des torches fichées sur des poteaux illuminaient l'ensemble, presque *a giorno*, et révélaient la présence de deux cadavres, de part et d'autre du petit portillon d'accès au jardinet. Ils étaient, ces cadavres, anciens, pourrissants ; c'était à peine si l'on distinguait des lambeaux de chair et de vêtements sur les os presque partout mis à nu ; et l'un des deux morts avait été blond.

Les Ibans s'étaient déployés sur une seule ligne, avaient commencé à tirer traits et fléchettes. Kaï ne bougea pas, ne relevant même pas le canon de son fusil. Tu ne devrais pas laisser faire, à supposer bien sûr que tu puisses empêcher ce carnage, la grande bringue va te le reprocher jusqu'à la fin des temps.

Il y eut, de la part de la garnison, une riposte. Sans grande efficacité — les assaillants étaient embusqués dans l'ombre, les défenseurs se découpaient en pleine lumière. Kaï finit par se redresser de sa position accroupie, parcourut la vingtaine de mètres le séparant des deux cadavres exposés, entra dans le jardin, monta sur la petite véranda, pénétra dans la maison.

— Ne le tue pas.

Ka 8 s'apprêtait à achever Moho.

— J'ai dit : *arrête !*

Les yeux de l'Iban finirent par s'écarter du grand corps ensanglanté, son regard croisa celui de Kaï, exprimant une glaciale férocité, s'abaissa enfin — Kaï allait l'assommer.

— Tu m'entends, Moho ?

Large plaie au ventre, muscles de la cuisse droite tranchés net.

— C'est toi qui as fait construire cette maison, Moho.

Acquiescement.

— Et les deux cadavres à l'entrée, poursuivit Kaï, sont ceux des anciens propriétaires, avant Hermann Oberdorff. A Honiara, j'ai appris que personne n'avait jamais revu l'homme auquel monsieur Oberdorff a acheté la plantation. Quand monsieur Oberdorff est arrivé à Guadalcanal il y a six ans, tu es allé le chercher au bateau, tu l'as conduit à la plantation, tu as attendu que l'ancien propriétaire soit payé, puis tu l'as tué. Est-ce que tu avais fait pareil avec le propriétaire d'il y a quatorze ans, Moho ?

— Oui.

— Toujours à Honiara, dit encore Kaï, on m'a raconté que deux autres plantations tenues par des Allemands, pas très loin de la plantation Oberdorff, étaient dirigées par des hommes invisibles. Des hommes qui ne descendent plus au port depuis des années. Tu les as tués aussi, non ?

— Oui.

— Tu voulais devenir le roi de Guadalcanal, c'est ça ?

— Oui.

Une espèce de sourire se dessina sur les grosses lèvres de Moho.

— Tu as tué combien de Blancs, Moho ?

— Sais pas.

— Plus de trois ?

— Oui.

— Plus de cinq ?

— Peut-être.

— Et certains de ces hommes étaient mariés, ils avaient des femmes. Et des enfants. Tu as aussi tué les femmes et les enfants ?

— Oui.

— Et comme c'étaient des Allemands et que l'île est devenue anglaise, personne ne s'est soucié d'eux. Pourquoi tu n'as pas tué monsieur Oberdorff comme les autres ?

Pas de réponse. Moho venait de fermer les yeux mais il respirait encore.

— Remarque que je crois connaître la réponse, dit Kaï. Tu avais besoin d'un Blanc, d'un Allemand, pour passer les commandes. Et puis monsieur Oberdorff a tellement peur des serpents que tu pouvais le contrôler. C'est ça ?

— Oui.

— Moho, il y a d'autres Oberdorff, d'autres planteurs que tu gardes prisonniers ?

Il y en avait eu un, mais il était mort quelques mois plus tôt. Non, Moho ne l'avait pas tué, celui-là — il s'était pendu.

Et lui, Moho, avait bien plus de droits sur les terres de Guadalcanal, et sur les terres de toutes les îles de la région, que ces gens venus d'Europe.

— Je te l'accorde, dit Kaï. Mais ce n'était pas une raison pour les tuer tous. En plus, tu t'es construit une maison de Blanc et ça, ça gâche le paysage. Tu es très intelligent et très fou, Moho. Tu n'aurais pas essayé de nous tuer, mes deux amis ibans et moi, tu pouvais t'en tirer. Tu aurais fait quoi, ensuite ? Attaquer Honiara et y massacrer tous les Blancs ?

— Oui. Dans un an. Ou deux.

— En un sens, dit Kaï, je regrette d'être entré dans

ton histoire. Elle ne me regarde pas vraiment, au fond. Il y a quelque chose que tu veux que je fasse pour toi ?

— Non.

Kaï hocha la tête et sortit. Les Ibans lui demandèrent s'ils pouvaient aussi couper la tête du grand homme noir dont ils avaient déjà ouvert le ventre.

— Si ça vous fait plaisir, dit Kaï.

Il attendit le lever du jour, puis descendit tout droit vers la maison de Hermann, suivi des Ibans qui transportaient fort gaiement trois douzaines de têtes.

Hermann dormait très profondément, quatre bouteilles de schnaps, vides, auprès de lui sur la couchette en altitude, et une cinquième encore suspendue à la canne à pêche, dont le bonhomme se servait pour puiser dans les caisses sans avoir à descendre. Il sentait fort mauvais, ayant fait sous lui. Kaï lui déversa sur la tête le plein contenu d'une jarre d'eau.

— Le mieux serait que tu descendes à Honiara avec moi, Hermann.

— J'attends Moho.

— Il ne viendra plus.

— C'est mon contremaître et il m'est très fidèle.

Il n'y avait plus de serpents dans la maison du Bavarois, les Ibans avaient fait le vide. Une envie de fracasser ce lit si ridiculement juché vint à Kaï, mais non. Il se contenta de tirer le Bavarois à terre.

Qu'est-ce que je vais faire de cet abruti ? fut la première question que Kaï se posa. Immédiatement suivie d'une deuxième : pourquoi je me chargerais de lui ? Sauf que, si tu le laisses derrière toi, au mieux il mourra de faim sitôt qu'il aura épuisé ses réserves, au pis les copains de Moho survivants le tailleront en tranches.

— La ferme, Hermann. Un mot de plus et je t'assomme. Tu viens avec nous.

Trois heures de marche jusqu'à Honiara, le gros du bataillon iban prenant la tangente, avec les têtes coupées, pour n'avoir pas à défiler en ville avec ces trophées — qui allaient être embarqués dans la discrétion sur le *Nan*

Shan, comme autrefois, avant que vînt à bord la grande bringue qui avait interdit ces pratiques. A Honiara, Kaï put trouver deux Allemands arrivés dans l'île de Guadalcanal en 1885, au moment de la conquête des Salomon par leur pays, et qui étaient restés quand, en 1893, la Grande-Bretagne avait commencé d'imposer son protectorat.

— Expliquez-lui en allemand que son cher Moho est mort, et que lui-même a survécu par pur miracle. Et que le mieux pour lui serait qu'il rentre en Bavière.

La nouvelle de la bataille sur les hauteurs n'avait pas atteint Honiara et d'ailleurs ne l'atteindrait pas. Guadalcanal était un endroit perdu, une île comme des milliers d'autres, où, Kaï en était certain, rien n'arriverait jamais qui vaudrait d'entrer dans la grande Histoire. Personne n'avait vu les Ibans débarquer, personne ne les vit remonter sur la goélette. Kaï estima à une cinquantaine le chiffre total des morts. Sans être outre mesure affecté par ce carnage. Il n'en dirait rien à la grande bringue, évidemment, elle ne comprendrait pas. Il était un Kaï O'Hara, cela faisait des siècles que les Kaï O'Hara naviguaient dans les mers du Sud avec des Dayaks de la mer, et ils ne regardaient pas à quelques têtes coupées de plus ou de moins, la Mangouste folle lui avait bien raconté des massacres de ce genre, et lui-même en avait coupé pas mal, des têtes.

— Tu fais ce que tu veux, Hermann. Tu remontes à ta plantation ou tu n'y remets jamais les pieds, je n'ai pas à te dire ce que tu dois faire.

Et, oui, Moho était mort, nom d'un chien, il voulait voir sa tête ? D'accord, qu'il vienne...

Hermann monta à bord du *Nan Shan* qui se trouvait ancré à quelques milles du petit port d'Honiara, Kaï le fit descendre dans la cale avant où les Ibans avaient suspendu leurs trophées.

— Voilà Moho, tu le reconnais ? Il t'aurait tué tôt ou tard. Dans la maison qu'il s'est construite, il avait tous tes meubles, et ceux de ton prédécesseur. Rentre dans ton pays, les mers du Sud ne sont pas pour toi. Et fiche-moi le camp de mon bateau !

Il restait dans les autres cales de la goélette du fret pour un planteur de l'île de Bougainville, et également des marchandises pour des gens de Rabaul, en Nouvelle-Bretagne — des rails de chemin de fer, des wagonnets, des machines, enfin ce genre de chose. On commençait à exploiter des mines dans le coin, et cette exploitation irritait Kaï : on allait lui transformer ses îles de la pire des façons.

Il avait fallu débarquer Hermann de force et aller le déposer devant la maison de ses compatriotes (qui ne voulaient pas de lui non plus) et, comble de l'agacement, le bonhomme pleurait.

Il y avait tout cela, et encore le fait que Kaï avait très envie de remettre illico le cap sur Sydney. Elle me manque, sans elle je deviens sauvage et fou.

En sorte que, lorsque le *Nan Shan* appareilla de Guadalcanal, Kaï était de fort mauvaise humeur. Et son équipage ne valait guère mieux, enfiévré qu'il était par tout ce sang que l'on venait de faire couler.

Un bateau de chiens enragés, en somme, ne cherchant qu'une occasion de livrer bataille.

L'escale à Bougainville se déroula pourtant sans incident particulier. Elle eut lieu à Keita, sur la côte orientale. Des mines de cuivre se trouvaient non loin de là, les deux contremaîtres hollandais y travaillant regardèrent Kaï de travers — du moins en jugea-t-il ainsi, mais n'importe quel prétexte aurait été bon pourvu que l'adversaire fût de son gabarit, ce qui était le cas. Si bien qu'il put extérioriser un peu de cette agressivité qui l'habitait. Il les affronta, en battit un, fut battu par l'autre, ils se relevèrent tous les trois sans plus de mal que des arcades sourcilières ouvertes, des lèvres fendues et des côtes flottantes un peu brisées, ils burent ensemble, un peu beaucoup, les Ibans transportèrent dans sa cabine leur capitaine ivre mort, et l'on reprit la mer.

Rabaul fut autre chose. Parmi toutes les cartes qu'il avait à son bord, Kaï en possédait de très anciennes, réunies par les Kaï O'Hara précédents. Pour la zone géographique allant de la Nouvelle-Guinée aux îles de l'est, l'une des plus vieilles remontait à 1785 ; elle était française, montrait une Nouvelle-Bretagne partagée en deux (pour quelque raison inconnue) et, au sud, une terre qui n'existait pas dans la réalité ; les documents hollandais étaient déjà plus précis, ils indiquaient d'excellentes possibilités de mouillage à Rabaul.

Le *Nan Shan* s'amarra au long du seul quai existant alors. Le matériel de chemin de fer à décharger était lourd.

— Il me manque un wagonnet, dit l'homme venu réceptionner le chargement, qui était anglais et avait dit se nommer Clarke.

— Je l'aurais mangé en route, répliqua Kaï, évitant d'être trop acerbe — ce Clarke-là ne valait pas un coup de poing, je lui passe à travers si je le frappe d'un doigt.

Vérification faite sur le connaissement signé à Sydney, il ne manquait rien. Évidemment.

— N'empêche, dit Clarke, que vous ne devriez pas laisser votre goélette où elle est. A votre place, dès le déchargement terminé, j'irais prendre un autre mouillage.

— Ha ! Ce sera une propriété privée, je suppose.

Pas exactement. Mais le *Shark* avait là son poste ordinaire. Et le *Shark* était attendu d'une heure à l'autre. Et le capitaine du *Shark*, qui s'appelait Sharkley, était du genre irascible.

— Quel genre de bateau ?

Un baleinier. Américain.

— J'ai une grande sympathie pour les hommes qui massacrent les baleines, dit Kaï.

Pour le bateau lui-même, c'était un vapeur.

— Et j'adore les coques en fer, précisa Kaï.

Le *Nan Shan* s'était rangé le long du quai aux premières heures de la matinée. L'intention première de Kaï était de décharger au plus vite, puis de repartir. Après sept semaines de mer, il avait hâte de rentrer à Sydney.

Il repoussa au lendemain un appareillage qui aurait pu avoir lieu au début de la soirée.

— Je ne crois pas que ce soit une bonne idée, dit Oncle Ka.

Kaï ne prit même pas la peine de répondre. On avait besoin de légumes frais, à bord. Il descendit avec Selim, ils achetèrent des ignames et des tubercules de taro, des fruits, quatre moutons et six agneaux, des tortues, du café, de l'excellent poivre vert, du cacao dont les Dayaks de la mer raffolaient sauf Oncle Ka. Kaï négocia durement des papillons, malheureusement morts mais d'une stupéfiante beauté, qu'il destinait à Catherine ; il obtint le vingtième du prix demandé au départ par le vendeur et le multiplia par cinq au moment de payer. Tout cela à livrer à bord du *Nan Shan*.

— Sauf les papillons que j'emporte.

Il voulait également un oiseau, un paradisier, cette fois pour les jumelles ; en trouva deux qui convenaient, parés de couleurs admirables — jaune d'or, rose, rouge, bleu turquoise et noir de Chine ; en discuta le prix selon l'usage, apprit que le vendeur et sa famille allaient mourir de faim si ce prix baissait encore, rétorqua que lui-même serait ruiné pour vingt ans si ce même prix n'était pas pour le moins réduit de moitié, conclut la transaction dans la bonne humeur, les deux parties étant enchantées l'une de l'autre ; fit aussi l'acquisition d'une cage en fibres de casuarina qui ne mesurait pas moins de cinq mètres de haut...

C'est alors qu'il vit le papillon rouge sang que l'on venait de hisser à la drisse du *Nan Shan*.

Il se mit à courir, sur toute la longueur des neuf cents mètres le séparant de sa goélette. Somme toute presque satisfait, envahi d'une jubilation farouche : le signal lancé par Oncle Ka prévenait d'un danger imminent, donc d'une bataille.

Il descendit avec Oncle Ka, mais ni l'un ni l'autre ne

purent aller très loin : l'eau entrait à gros bouillons dans la cale avant. Le bordage extérieur avait été crevé sur environ un mètre, la brèche était à peine moins importante s'agissant de la râblure et du remplissage, la guirlande était fendue sur quarante centimètres et deux chevilles y avaient sauté ; le bau lui-même semblait faussé et fendu, il faudrait le remplacer. Les Dayaks de la mer faisaient la chaîne — la majorité pour écoper et tenter d'aveugler la voie d'eau, deux ou trois pour faire la chaîne et transporter ailleurs leur collection de têtes coupées.

Kaï remonta sur le pont. On avait porté atteinte, et fichtrement, à sa goélette. A part toucher à la grande bringue et à ses filles, ou leur manquer de respect, on ne pouvait faire mieux pour lui donner des envies d'hécatombe.

Il entama une papaye, puisant dans l'amoncellement de fruits que Selim venait d'embarquer, et considéra l'homme qui, à cinq brasses de lui et sur le pont du baleinier, le regardait aussi.

— Tu as touché mon bateau.

— Un petit coup de rien du tout.

— Un trou de trois pieds au plus. Tu es le capitaine de cette coque en fer ?

— Le bosco.

— Va me chercher ton capitaine.

— Le capitaine Sharkley est en train de déjeuner et il vaut mieux ne pas l'interrompre quand il mange. Ça le met de mauvaise humeur.

Kaï fixa le bosco droit dans les yeux et attendit.

— D'accord, je vais voir si le capitaine Sharkley a fini de manger, dit le bosco.

Plusieurs minutes passèrent. A l'avant du *Nan Shan*, Oncle Ka en personne plongeait pour la quatrième fois ; aidé de trois de ses Dayaks de la mer, il s'acharnait à fixer un prélart — tendu entre des chandeliers — pour aveugler la voie d'eau de l'extérieur. Kaï en était à sa cinquième papaye quand, sur le pont de la coque en fer, un petit rouquin carré apparut ; il était roux par sa chevelure bouclée, sa moustacle et sa barbe ; il était carré parce que aussi large que haut ; et s'il était plus petit que Kaï de quelques centimètres, il devait peser quinze ou vingt livres de plus ; un nerf de bœuf pendait dans sa main droite, un revolver était passé dans sa ceinture.

— C'est à quel sujet ? demanda-t-il.

— Amusant, dit Kaï. Tu es Sharkley ?

— Sharkley comme le *Shark*. Tu parles bien l'anglais, pour un négro.

— Ton prénom ?

— William Everett.

— Tu es d'où ?

— New Bedford. Dans le Massachusetts, si tu sais seulement où c'est. Tu veux peut-être aussi ma date de naissance ?

— J'accueillerai cette information avec une joie profonde, dit Kaï qui continuait d'absorber des papayes.

— Je suis né le 25 novembre 1870 et je ne vois pas en quoi ça peut t'intéresser.

— Il faudra bien que je te retrouve. Où que tu sois dans le monde, et quel que soit le temps que cela me prendra. Tu as fait un trou dans mon bateau, je vais en faire un dans le tien.

— Je ne t'ai pas vu. Et tu avais ton espèce d'épave en bois à mon poste ordinaire. On a dû te le dire.

— Il était environ midi quand tu as enfoncé ton étrave dans la mienne. A Rabaul, à midi, on y voit assez bien.

— J'aurai été ébloui par le soleil. Et les dommages te seront remboursés. Tu n'as qu'à écrire à mes armateurs. Messieurs Wainwright et Ross, à New Bedford. Mais tu ne sais sans doute pas écrire.

— L'eau n'entre presque plus, dit Oncle Ka.

— Tu écris à messieurs Wainwright et Ross, ta lettre met six mois à leur arriver, ils mettent six autres mois à te répondre qu'ils ne sont au courant de rien, ils m'écrivent, je suis en mer à chasser la baleine, je ne prends pas la peine de leur répondre puisque dans deux ans au plus je suis de retour à New Bedford. Alors ils envisagent de te rembourser. Compte quatre ans pour toucher tes sous. Si tu sais compter.

— Il faut nous échouer par l'avant, dit encore Oncle Ka. Je ne pourrai pas réparer autrement.

Kaï lui sourit, sourit aux Dayaks de la mer qui avaient sorti leurs arbalètes et sarbacanes et, à huit mètres de distance, faisaient face aux matelots du baleinier, eux-mêmes armés de fusils.

— On ne fait pas cette guerre-ci dans le port, Oncle Ka, dit Kaï, continuant à sourire.

— On ne pourra pas non plus la faire en mer, avec ce gros trou.

— Combien de temps d'arrêt ?

— Dix jours, ou quinze, répondit Oncle Ka. Nous ne sommes que deux charpentiers, à bord.

— Je peux aider.

— Tu n'es pas très bon comme charpentier.

— Je ne comprends pas votre baragouin de négros, dit Sharkley.

— Je vais te trouver des charpentiers à terre, dit Kaï à Oncle Ka.

— S'ils sont bons. Autrement, non.

— Dans trois semaines, dit Kaï en anglais au capitaine du *Shark*, dans trois semaines, je reprendrai la mer et je te chercherai.

— La dernière chose au monde qui puisse me faire peur, c'est un équipage de négros sur un bateau à voiles. Je pourrais te dire où je vais aller en partant d'ici, mais de t'imaginer en train de fouiller toutes les mers entre le pôle Sud et le détroit de Behring, ça me fait rire.

Kaï acquiesça, se retourna, vit que le quai était plein de monde, dont une douzaine d'Occidentaux, parmi lesquels Clarke, qui secouait la tête l'air de dire : « Je vous l'avais bien dit », et deux missionnaires barbus, plus des Chinois — dans les mers du Sud, on trouvait des Chinois partout.

Il alla déjeuner, les langoustes dans ce coin-ci étaient petites mais succulentes, surtout grillées et arrosées, notamment, de jus de citron vert et de piment ; Selim les préparait comme personne. Les trois premières eurent un peu de mal à passer.

Je vais prendre un retard fou, si ça se trouve, des semaines et des mois, la grande bringue va se demander s'il ne m'est pas arrivé quelque chose... Et puis qu'est-ce que j'ai envie de l'avoir avec et contre moi, nom d'un chien... Sans même parler de la grosse colère qui déferle, ça n'est vraiment pas facile de rester paisible en apparence et de manger sur le pont comme si de rien n'était, avec deux cents abrutis qui me regardent et s'attendent à me voir exploser.

Les trois premières langoustes passèrent mal, donc, mais il se força à en manger encore trois autres, quoique ce fût plutôt bourratif, surtout avant deux plats de poisson et un gigot d'agneau entier — précédant les bananes flambées du dessert.

Et à propos de bananes, le bosco du *Shark*, qui était allé à terre faire quelques courses, en rapporta tout un régime, qu'il jeta sur le pont du *Nan Shan*.

— Des bananes pour les négros.

D'accord.

Le baleinier était reparti, la goélette était échouée par l'avant. Oncle Ka, avec six charpentiers sélectionnés entre cinquante, avait commencé à travailler sur la brèche, non sans avoir très fermement déclaré à Kaï qu'à tout prendre il préférait pour le moment voir son capitaine de loin que de près. Kaï était allé voir les Chinois. Parmi lesquels, bien sûr, il s'en trouvait un qui était plus ou moins affilié au si vaste clan de Ching le Gros.

Le 16 novembre de cette même année 1909, Kaï confia une lettre, destinée à la grande bringue, au capitaine d'un trois-mâts barque hollandais qui allait à Brisbane ; il y parlait d'avaries légères survenues au *Nan Shan* et disait — le tout en trois lignes — son espoir d'être à Sydney, sinon pour Noël, du moins pour le nouvel an.

Le correspondant de Ching à Rabaul se nommait Hong, il avait la haute main sur les cocoteraies de la presqu'île de Gazelle — le seul secteur peu habité de la Nouvelle-Bretagne —, dans des endroits comme Gasmata ou Pomio, et faisait des affaires d'or avec des colons allemands récemment débarqués qui rêvaient de faire de Rabaul un Singapour teuton. Hong avait le même âge que Kaï, à trois jours près, étant né lui aussi en janvier de 1883. Les deux hommes allaient se revoir maintes et maintes fois, jusqu'à ce jour où l'un des deux se ferait tuer, trente-cinq ans environ après leur première rencontre, pour sauver l'autre. Hong était de Shaoguan, un peu au nord de Canton. Sa sœur aînée était mariée à un petit-cousin de Ching le Gros, lui n'était pas encore marié, bien qu'ayant six ou huit concubines locales. On lui avait choisi une femme au pays, mais il ne devait pas la voir arriver avant l'année suivante — ce n'était pas si facile de trouver un bateau allant de Canton à Rabaul, qui n'était alors qu'un village doté d'une rade magnifique, encerclée par des volcans.

— Sauf si tu passes par Canton, puis par ici, dans les mois qui viennent.

Kaï ne croyait guère à cette éventualité. Pour l'heure, il ne voyait pas plus loin que cette poursuite dans laquelle il allait se lancer, avant que de rallier Sydney. Ensuite, il verrait. Catherine aurait son mot à dire.

Six jours et sept heures, cent cinquante et une heures de travail ininterrompu, pendant lesquelles Oncle Ka ne ferma pratiquement pas l'œil.

— Va dormir, lui dit Kaï.

Dans les minutes suivantes, malgré la nuit venue, il fit mettre à la voile. Pas exactement au hasard : trois jours plus tôt, un coureur était arrivé d'une plantation de Pomio, sur la côte sud de la Nouvelle-Bretagne, répondant à la demande d'information lancée par Hong. Le baleinier, si caractéristique avec sa double cheminée rouge et jaune, avait été aperçu par des pêcheurs alors qu'il laissait par bâbord le cap Saint-George et entrait dans la mer des Salomon. Les pêcheurs de Pomio avaient tenté de suivre le navire, et constaté qu'il faisait plein sud, à petite allure.

Ce qui ne prouvait pas que le *Shark* taillait réellement sa route vers la Louisiade et, au-delà, la mer de Corail. Kaï n'avait même pas eu à consulter ses cartes, il savait que Sharkley avait la possibilité de changer de cap pour l'est, en sorte de passer entre la Nouvelle-Irlande et Bougainville, et gagner le Pacifique.

— On descend vers la Louisiade et on regarde dans le coin s'il s'y trouve des baleines. En attendant, va dormir, Oncle Ka.

— J'ai dormi.

— Une heure. Ne me fais pas rire.

Mais Oncle Ka voulait être certain que ses travaux de radoub tiendraient à la mer. Il alla s'installer, pour y finir son calfatage, dans la cale avant — où les têtes coupées avaient retrouvé leur place, toutes suspendues à des cordelettes de fibre végétale et, dans le halo jaunâtre de la lampe à huile, passablement fantomatiques.

Le 21 novembre, le *Nan Shan* entra dans la mer de Salomon, fit une courte escale à Pomio, dont les pêcheurs ne purent fournir aucune autre indication que celle déjà donnée par l'émissaire reçu à Rabaul. Cap au sud, sous une pluie battante et une mer assez grosse, les îles Trobriand par le travers tribord deux jours plus tard, au matin, et surtout, repérée par Kaï à deux bons milles de distance, ce qui se révéla être une baleine. Le *Nan Shan* changea de cap pour s'approcher : la bête flottait, déjà très sanglante, et en partie dévorée par une demi-douzaine de requins blancs.

La pointe d'un harpon était fichée dans sa tête.

— Il y a d'autres baleiniers que le *Shark* dans les parages. Elle a pu être tirée par n'importe qui.

— Je sais.

La fièvre de la chasse commençait à enflammer Kaï qui, pour naviguer dans cette zone, se servait d'une carte établie par la Mangouste folle en personne, et qu'il complétait à mesure de ses propres découvertes : tout le prolongement oriental de la Nouvelle-Guinée, et donc l'archipel de la Louisiade, surabondait en îlots et récifs, par milliers, certains d'une extraordinaire magnificence, éclaboussures de tous les bleus imaginables et sable blanc.

Route au sud-est à partir du 25 novembre à l'aube, l'archipel des Salomon quitté trois semaines plus tôt reparut. Guadalcanal à peine visible par bâbord arrière, on longea San Cristobal. Un passage vers le Pacifique, assez aisé, existait et était assez souvent emprunté par des navires ralliant la Californie ou la Chine au départ de l'Australie. Un bateau était d'ailleurs en train de le franchir, trop loin pour pouvoir être abordé mais assez net aux yeux de Kaï pour qu'il pût être certain que ce n'était pas le baleinier qu'il recherchait. Une carte de la Mangouste folle signalait un village sur la côte est de San Cristobal, le livre de bord mentionnait une escale de trois jours. Y aller impliquait une remontée au nord, mais Kaï estima que le détour valait d'être fait. Depuis son appareillage de Rabaul, il avait l'impression de suivre un long couloir, sur le côté gauche duquel de nombreuses portes s'ouvraient, chacune conduisant au Pacifique et toutes ayant pu être passées par Sharkley. Auquel cas, avec l'avance qu'il possédait, le baleinier pouvait être n'importe où et, sauf miracle, des années ne suffiraient pas à le retrouver.

Il fut tenté d'interrompre la poursuite, de rallier Sydney, d'y embarquer la grande bringue et les enfants, de repartir.

... Mais elle ne voudra pas que tu t'obstines à traquer Sharkley, et tu le sais. Elle serait bien capable de te contraindre à naviguer plein nord, vers Singapour ou Saigon.

Pas question.

Le village de San Cristobal s'appelait Kira Kira. Des anciens reconnurent la goélette qui leur avait rendu visite trente années plus tôt, et jurèrent que le Kaï O'Hara qu'ils avaient ce coup-ci devant eux ressemblait exactement à celui de la précédente escale.

Mais ils n'avaient vu aucun navire tel que le *Shark*.

Route au nord-nord-ouest les jours suivants, une pleine semaine. Silence total à bord, les Dayaks de la mer chuchotaient, il leur suffisait de voir le visage de leur capitaine pour comprendre qu'il était comme un volcan près d'entrer en éruption. Les Salomon par bâbord, à présent, et des escales un peu partout où se montraient des signes de vie humaine. Réponses négatives chaque fois : rien qui ressemblât au *Shark*. Mais Kaï s'obstinait : ce qu'il avait en tête était de contrôler un à un chacun des passages en direction du Pacifique. J'ai été un foutu crétin, j'aurais dû le faire en quittant Rabaul, chaque jour qui passe m'éloigne de la grande bringue (elle aura reçu ma lettre, maintenant, sauf que jamais je ne serai à Sydney pour le premier de l'an, au mieux vers le 15 janvier). Escale à Kieta pour vérifier les passages de navires entre Bougainville et Choiseul, escale à Sohano, plus au nord de la même Bougainville, et encore sur les îles Vertes, les Feni, les Nuguria et les Tanga. Pourquoi ne vas-tu pas jusqu'au Japon tant que tu y es, crétin ? Il y avait des nuits où il en était à rêver de tuer Sharkley pour l'avarie qu'il avait faite au *Nan Shan*, mais surtout pour être à ce point insaisissable.

Ce n'étaient pourtant pas les baleiniers, et américains, qui manquaient. On en vit trois. Dont un, justement, de New Bedford aussi — son capitaine, Josuah Laskin, connaissait Sharkley et n'en pensait rien de bon. « Un fou dangereux, il tue des baleines alors que ses cales sont bourrées de fûts d'huile, il tue pour le plaisir. Si vous voyez des baleines tuées et abandonnées moribondes sur la mer, c'est lui, il gâche le métier. Il vous a parlé d'armateurs ? Il vous a menti, le *Shark* est à lui et, s'il remettait les pieds à New Bedford, ou n'importe où sur la côte est des États-Unis, il se retrouverait en prison : il a arrosé deux nègres de pétrole et leur a mis le feu, ce qui encore ne serait pas trop grave, mais il est aussi recherché pour un vrai meurtre, celui d'un Blanc, à Charleston. »

— On revient, Oncle Ka. Droit sur Sydney.

— Tu penses que cette baleine morte, c'était lui ?

— Oui.

Un bon gros grain là-dessus. Trois jours à la cape, le *Nan Shan* arc-bouté pour n'être pas emporté sur l'un quelconque des atolls qui tapissaient la mer. Le Pacifique se déchaînait, des creux de quinze mètres. Se glisser une fois de plus dans la mer des Salomon prit deux pleines journées, à croire que ce détroit entre la Nouvelle-Irlande et le groupe des Feni était le Horn lui-même. Il fallut aller chercher un abri à Sohano, qui n'offrait pas le meilleur mouillage du monde, et même y repousser une attaque, venue de la terre, de naufrageurs indigènes en quête de rapine. Sur quoi le vent tomba stupidement et, passant d'un extrême à l'autre, on lut sous un soleil de feu — Kaï avait perdu son décompte des jours et pensait être la veille de Noël (on était en réalité le 26 décembre).

Neuf jours à se traîner sur une mer traversée en cinquante heures, la fois précédente. Le 2 janvier selon Kaï, le 4 selon le calendrier officiel, le *Nan Shan* fut en vue de l'île Rennel — la Mangouste folle, reprenant les indications de son propre père, l'appelait l'île au lac. Un peu plus au sud-est s'alignaient les Récifs Indispensables. Kaï les laissa sur sa gauche et entreprit la traversée de la mer de Corail, à peu près décidé à rallier Sydney. Un bateau apparut à l'horizon une heure après le lever du jour. Il fallait bien la vue si perçante de Kaï pour distinguer cette fumée lointaine.

— On y va, Oncle Ka.

Ce n'était pas le *Shark*, mais un paquebot d'environ cent soixante-dix mètres de long et de peut-être quatorze mille tonneaux, battant pavillon britannique. Il filait dans les treize nœuds, route au nord-ouest, manifestement pour passer entre les Salomon et les Santa Cruz. Le vent était toujours très faible et les chances du *Nan Shan* de l'approcher semblaient très minces, mais le vapeur réduisit soudain sa vitesse. Toutes voiles dehors, la goélette put venir bord à bord. Kaï usa du porte-voix, un officier vêtu de blanc fit de même. Le paquebot était le *Slad GL*, de Liverpool, reliant Sydney à San Francisco via Yokohama.

— Capitaine O'Hara ? Nous avons un message à vous transmettre, pour le cas où nous vous apercevrions.

— Quel message ?

— Vous êtes attendu à Sydney.

— Rien d'autre ?

— Sauf si vous avez besoin de quoi que ce soit.

Kaï demanda de qui était le message. D'un certain Ian

Hodgkins, de Sydney, qui était un ami personnel du directeur australien de la compagnie maritime. « Nous ne vous aurions pas attendu sans cela. »

— Monsieur Hodgkins a simplement dit que j'étais attendu à Sydney. Ce sont ses propres mots ?

— Oui.

Kaï jugea qu'en somme le message n'était pas d'une telle urgence. Il commença à remercier tandis que la goélette, si frêle à côté du monstre de fer, amorçait sa manœuvre. Mais il reprit le porte-voix.

— Je cherche un baleinier américain.

Il décrivit le *Shark.*

— Nous n'avons vu aucun bateau de ce type.

Trente brasses déjà entre les deux bâtiments.

— Et des baleines mortes ?

Des baleines massacrées, oui. La veille. A peu près à deux cents milles dans le sud-ouest. Une douzaine de baleines qu'une armée de requins déchiquetait. Mer rouge sang sur des centaines de brasses carrées. Les passagers avaient été très impressionnés.

La distance entre les deux navires s'accroissait et les mots hurlés par l'officier dans le porte-voix ne parvenaient plus à Kaï que par bribes. Bientôt le paquebot reprit de la vitesse, s'éloigna.

— Tu as entendu, Oncle Ka.

Le *Shark* fut en vue le 11 janvier, en fin d'après-midi. Kaï, à la barre, abattit aussitôt sur tribord. Il était à peu près certain de n'avoir pas été vu lui-même, dans la pénombre grandissante qui descendait sur la mer de Corail. Sauf si Sharkley avait précisément braqué des jumelles au bon moment dans la bonne direction, ce qui était peu vraisemblable. La position : environ trente-deux milles dans le nord-nord-ouest des récifs d'Entrecasteaux et de l'île Huon, soit la pointe septentrionale de l'archipel de la Nouvelle-Calédonie.

Le baleinier naviguait au nord-nord-ouest.

— Ce n'est peut-être pas lui.

Oncle Ka avait distingué un peu de fumée, mais rien

de plus. Il n'y avait à bord du *Nan Shan*, en tout et pour tout, comme instrument d'optique, qu'une antique longue-vue, vieille de peut-être deux cents ans et dont personne ne se servait.

— C'est lui, dit Kaï.

Qui demeura sur le pont les douze heures suivantes. Il était le seul à bord à apercevoir le si lointain feu de couronnement — la goélette quant à elle allant tous feux éteints. Il fit réduire sa voilure ; une jolie brise soufflait, à bonnes allures portantes, et dans de telles conditions le *Nan Shan* pouvait filer jusqu'à vingt nœuds, ce qui l'eût jeté sur son adversaire dès les premières heures de la matinée. La stratégie de Kaï était définie depuis des semaines : suivre le *Shark* à distance et attendre le moment propice — uniquement de nuit ou alors, à la rigueur, en toute circonstance lui donnant l'avantage de la surprise (mais il voyait mal comment cela pourrait se faire) — pour passer à l'attaque par abordage. A Rabaul, il avait compté vingt et un hommes sur le bateau ennemi, Sharkley compris ; tous sans doute plus ou moins armés de fusils et d'armes de poing, auxquels il fallait ajouter le canon lance-harpon.

Le ciel se couvrit dès le deuxième jour de la poursuite. De tous les Dayaks de la mer, Ka 5 et Ka 12 étaient ceux dont la vue était la plus perçante, quoiqu'elle n'atteignît pas l'acuité très exceptionnelle de celle de Kaï. Les deux hommes furent désignés comme vigies, avec pour seule mission de ne surtout pas perdre l'adversaire de vue.

Pluie — du crachin en vérité — le troisième jour, et durant toute la semaine suivante. Ce fut sans doute le 18 janvier que l'on croisa le *New Hampshire*, un gros trois-mâts carré, à grande guibre et donc très élancé d'étrave, arrière arrondi quoique effilé au niveau de la ligne de flottaison, le tout allongé sur plus de soixante-quinze mètres ; un beau marcheur, au point qu'à Sydney certains avaient proposé une course l'opposant au *Nan Shan*. Le capitaine du *New Hampshire* avait refusé, pour cette raison péremptoire qu'il savait la goélette noire à voiles rouges bien plus rapide — il la tenait pour le bateau à voiles le plus véloce de toutes les mers. Ce capitaine se nommait Burroughs ; à Sydney, il avait vidé quelques bouteilles avec Kaï — entre hommes de voile détestant également les coques en fer. Ce 18 janvier, Burroughs fit porter un peu sur tribord pour venir auprès de la goélette. Kaï ne dévia pas de sa route, trop occupé qu'il était à ne pas perdre le *Shark* de vue. On se contenta donc d'échanger des signaux : oui, tout allait bien pour l'un et pour l'autre, non, rien de spécial à signaler, oui, bonne route.

Le bâtiment de commerce ne tarda pas à disparaître et deux bonnes heures plus tard seulement il vint à l'esprit de Kaï qu'il aurait pu confier un message à Burroughs, pour la grande bringue. Mais bon, c'est trop tard.

Le foutu baleinier vagabondait sur la mer de Corail. Il chassait. Parfois les hommes du *Nan Shan* relevaient des traces de sang et des carcasses de baleines. Ce fils de chien massacre tout ce qu'il rencontre, il aura vidé son huile quelque part, ou l'aura déjà vendue et il sera reparti. Je n'aime déjà pas trop les tueurs de baleines, mais celui-là est le pire de tous. Attention, Kaï O'Hara, tu ne t'es lancé derrière lui qu'à cause de l'avarie volontaire qu'il a fait subir à ta goélette, rien de plus. Ne te laisse pas trop emporter ; ne va surtout pas le tuer.

29 janvier, et le détroit de Torres droit devant. Il va où, ce fils de chien ? Il n'y avait pas de baleines dans la mer d'Arafura.

— Presque plus rien à manger, annonça Selim.

— M'en fous.

Le cuistot malais était bien le seul, à bord, à n'être pas obsédé par la traque. Pas un Dayak de la mer qui ne fût tendu et Kaï en reconnaissait les signes. Quand je les jetterai à l'abordage, j'ai fichtrement intérêt à bien leur faire entrer dans le crâne qu'ils ne devront pas couper la moindre tête ; un équipage ordinaire aurait déjà grommelé, maugréé, m'aurait envoyé une délégation pour dire qu'un petit bol de riz, du poisson volant et de l'eau saumâtre, ce n'est pas un menu ; pas mes Dayaks de la mer, ils seraient scorbutiques à semer leurs dents sur le pont qu'ils continueraient de guetter, tout prêts pour l'hallali.

... Le cri éveilla Kaï vers 3 heures dans l'après-midi du 30 — il avait passé plus de trente heures sur le pont, en vigie numéro un.

— Il fait demi-tour, dit Oncle Ka.

— On se cache.

— Je sais.

Le *Nan Shan* manœuvrait déjà pour se glisser dans une crique, quille quelque peu raclante sur des coraux. Il y entra comme une lame dans un fourreau — on était non loin du cap York, la pointe nord de l'Australie. Les cartes indiquaient quelque chose comme un village, du nom de Bamava.

— Il nous faut de l'eau, dit Oncle Ka.

Kaï avait sauté par-dessus bord et nagé jusqu'à des rochers. Il regarda le *Shark* à un mille et demi de lui. Si j'envoie une corvée d'eau, ils mettront des heures à revenir...

— Non.

Il revint à bord. On avait ramassé des huîtres et six langoustes.

— Et l'eau ?

— Non. Déjà que ça va nous prendre un temps fou pour ressortir...

Et, de fait, il fallut haler la goélette pour revenir en mer profonde. Cinq heures durant.

Mer qui était vide. Juché sur la pointe du grand mât, même Kaï ne put rien voir. Et voilà, il l'avait perdu, nom d'un chien. Il s'en voulait à mort de n'avoir pas pensé à poster quelqu'un pour au moins suivre le *Shark* et vérifier la direction qu'il prenait. Sharkley d'ailleurs les avait peut-être vus eux-mêmes — les pointes des mâts dépassaient, il ne pouvait quand même pas les abattre ! Sharkley les aurait vus et rigolait, s'il savait depuis combien de temps Kaï était à ses trousses, il devait se tordre de rire... On se calme.

— Plein ouest, Oncle Ka.

— On pourrait monter sur Moresby.

— Non. Plein ouest.

Soit traverser de part en part la mer de Corail, quoi faire d'autre ? Kaï doutait que l'Américain fût en route pour Port-Moresby ; il n'y était pas passé à l'aller, pourquoi le ferait-il au retour ?

Il descendit dans sa cabine, refusant d'un farouche mouvement de tête le morceau de langouste qui lui était tendu. Six jours de mer ensuite, rations réduites à une tasse de riz par homme et, d'après Selim, la famine sous soixante heures ; on suivait, comme s'il l'eût tracé à la peinture blanche sur l'eau, le douzième degré de latitude sud.

— On n'en bouge plus, Oncle Ka. Tu le suis jusqu'aux Amériques, s'il le faut.

Le chef des Dayaks de la mer et second du *Nan Shan* ne répondit pas. Il avait toujours été mince, il était émacié. Il n'était pas le seul dans ce cas, Kaï lui-même avait perdu sept ou huit kilos, il lui venait des étourdissements, le pire étant la soif. Il avait un peu plu l'avant-veille ; l'équivalent d'un gallon anglais — quatre litres et demi — avait pu être recueilli par tous les prélarts déployés sur le pont, mais pour une vingtaine d'hommes et dans cette chaleur de fournaise, si accoutumés qu'ils y fussent tous, c'était dérisoire. Encore trois jours et il devrait faire terre ou ils allaient se transformer en vaisseau fantôme, et les petits-fils de son fils Kaï, treizième du nom, croiseraient un jour l'épave continuant de prendre le vent des mers du Sud.

Ce jour-là, qui pouvait être le 11 ou le 12 février 1910, Kaï commença une lettre à la grande bringue : *Je sais que je suis fou. Je...*

Il chercha ce qu'il pouvait écrire ensuite et ne trouva rien. D'accord. De toute manière, ce n'est pas demain la veille qu'il trouverait un bureau de poste. Il se força à grimper tout en haut du grand mât.

Par bâbord, très loin, des récifs. Presque imaginaires tant ils étaient lointains — ce sera Tagola, l'île de Tagola. Évidemment : on suit le douzième sans dévier d'un pouce et, partant du cap York australien, par la force des choses, on longe la Nouvelle-Guinée, puis la Louisiade. Il ferma les yeux, que la fatigue, le sel, le manque de sommeil avaient rougis. Les rouvrit. *C'est incroyable*, disait la grande bringue, *tu es réellement capable de lire un journal à quinze pas !*

D'accord.

Il referma les yeux, les rouvrit, les referma encore.

Il appuya sa joue à la pomme du grand mât.

Puis il redescendit, sans hâte.

Le regard d'Oncle Ka qui, bien sûr, avait compris.

— Oui, il est là, dit Kaï. Le fils de chien est là. Et à l'ancre, en plus.

Dix-huit hommes à la mer et nageant par une nuit sans lune. A bord du *Nan Shan* n'était resté que Selim. Même Oncle Ka était venu, rien n'aurait pu l'en empêcher.

Kaï avait interdit les sarbacanes et a fortiori les arbalètes, et veillé à ce que les Dayaks de la mer ne fussent munis que de gourdins, de quelques couteaux et de longueurs de fil de caret. Personne n'avait plongé, bien que le *Nan Shan* se trouvât à plus de huit cents mètres de l'objectif — le *Shark* n'était plus à l'endroit où Kaï l'avait aperçu ; à l'évidence, pour trouver un mouillage moins exposé, il avait doublé l'île de Tagola par le sud, peu avant le coucher du soleil. Kaï n'avait pas hésité et avait gouverné tout droit, laissant la même île sur sa droite et engageant son navire au travers des récifs — suivant point par point le passage découvert cent ans et quelque plus tôt par son arrière-grand-père, sur une goélette autre que le *Nan Shan* ; ce faisant, il avait bien entendu perdu de vue le baleinier, mais une certitude l'avait constamment tenu : désormais, il ne pouvait plus lui échapper. Et de fait, les feux étaient réapparus, vers 1 heure du matin, juste à l'entrée du goulet entre Tagola et Pana Tinani ; le *Nan Shan* avait glissé sans bruit.

Kaï nageait en tête, nu et ne portant rien d'autre que six longueurs de fil de caret, de trois mètres chacune, toutes enroulées autour de sa taille. L'eau était peu profonde, moins de trois mètres maintenant que l'on était à l'intérieur du lagon ; les risques d'une rencontre avec un requin était à peu près inexistants ; le danger le plus immédiat était celui présenté par les coraux : certains de ceux-ci brûlaient la peau comme le feu au moindre contact, et d'autres tranchaient comme des rasoirs.

Le *Shark* à cent mètres, à l'extérieur du lagon. La limite du périmètre de celui-ci était marquée par une barrière en formation, qui dépasserait de la surface dans une centaine d'années mais qui, pour l'instant, se trouvait encore trente centimètres en dessous. Kaï passa en prenant soin de rester bien à plat sur la surface. Quelques brasses plus loin il sentit, plus qu'il ne le vit, le fond qui s'abaissait — ses cartes indiquaient trente brasses de profondeur, autrement dit des requins pouvaient fort bien fréquenter les parages. Il attendit d'être rejoint par les Dayaks et leur fit signe : on plonge, on reste sous l'eau, on ne ressort que sous la coque, à mon signal. Acquiescements. Il jeta un dernier regard sur le baleinier : les feux réglementaires étaient allumés, il y avait un homme sur le pont, et qui fumait, *aussi bien ce sera un piège, et Sharkley nous attend...*

Il pointa l'index et aussitôt après s'immergea sans le moindre clapotis, il savait courir comme un caillou mais, sous l'eau, il ne craignait pas grand monde — il pouvait parcourir plus de cent soixante-dix mètres à cinq mètres sous la surface et descendait couramment à vingt-cinq mètres, s'alourdissant d'une grosse pierre.

Il arriva exactement à l'endroit prévu : sous la quille et tout près de l'hélice. Il attendit. Son équipage le rejoignit, certains s'étant écartés de quelques brasses de la ligne idéale, plusieurs complètement à bout de souffle et contraints de revenir très vite à la surface. Kaï fut le dernier à émerger. Oncle Ka à sa droite, le sac de toile cirée fixé à sa poitrine, et à sa gauche les trois hommes portant les trois longueurs de bambou. Qui furent fixées bout à bout. A l'extrémité de ce fin espar, on accrocha le grappin, lui-même attaché à un cordage. Dans un silence impressionnant, le grappin monta et alla crocher la lisse. Le filin se retrouva tendu. Kaï fit le premier l'escalade, à la seule force de ses bras. Si Sharkley lui tendait un piège, il n'allait pas tarder à le savoir. Mais il se hissa sur le pont sans surprise. Oncle Ka monta à son tour, bientôt ils furent tous là.

Odeur de tabac à pipe vers l'avant, vers le canon à harpon. Un homme était là, coiffé d'un bonnet de toile, dos tourné. Qui s'effondra en silence quand Ka 6 l'assomma, en retenant le corps pour éviter le bruit de la chute.

Cinq ou six marins tentèrent de combattre, à tout le moins de se dresser, deux coups de couteau furent échangés, sans influer sur le résultat final.

— Vingt hommes ligotés, dit Oncle Ka.

Kaï hocha la tête. Il était devant la porte de la cabine, de ce qui était sans nul doute la cabine de Sharkley, et cette porte était fermée à clé à l'intérieur. Et en plus, il ronfle, cet homme qui a tellement confiance en son équipage qu'il s'enferme la nuit pour n'être pas égorgé pendant son sommeil.

— Sharkley !

Un court silence puis le ronflement reprit de plus belle.

— SHARKLEY !

Dans le même temps qu'il criait, Kaï flanqua un coup de poing sur le battant. Lequel ne trembla même pas. Et la coursive était bien trop étroite pour qu'on pût s'y servir d'un madrier et enfoncer cette chose ridicule.

Mais les ronflements au moins s'étaient arrêtés.

— Je tiens ton bateau, Sharkley. Tous tes hommes sont ligotés.

Des secondes coururent puis :

— Et tu es qui ?

— L'homme de Rabaul, dit Kaï. L'homme qui mangeait des papayes alors que tu venais de lui crever son bateau à voiles. Sors de là.

Autres secondes de silence, suivies du bruit d'un fort raclement de gorge, d'un liquide glougloutant dans une bouteille, de pas, d'un verrou que l'on tirait. Kaï était prêt à frapper. Mais le même verrou fut tiré à nouveau, dans l'autre sens sans doute, et la porte resta close.

— Va crever, dit Sharkley.
— Une hache, dit Oncle Ka.
— Non.
La porte de la cabine s'ouvrait vers l'extérieur.
— De quoi la bloquer, Oncle Ka.
De la salle des machines en bas, on remonta deux ringards, de ces grosses barres de fer servant à attiser le feu et décrasser les fourneaux. Cela suffit, lorsqu'on les disposa en oblique dans la coursive.
— Je ne peux pas entrer, Sharkley, mais toi, tu ne peux plus sortir. A tout à l'heure.
Une vingtaine de minutes ensuite pour visiter le bateau. Les seules armes — fusils et revolvers — étaient enfermées dans une armoire métallique dont il fallut faire sauter les deux gros cadenas. Kaï fit tout jeter à la mer. L'équipage prisonnier avait été transporté sur le pont.
— Le mécanicien ? Celui qui fait marcher la machine de cette coque en fer ?
Ils furent plusieurs à lui dire ce qu'ils pensaient de lui, de sa mère et de ses aïeules. Les Ibans qui en avaient assez sortirent leurs couteaux et commencèrent à dessiner, directement à même la peau. Une coopération générale s'établit très vite. Les hommes de Sharkley, vingt en tout donc, étaient de huit nationalités différentes ; il y avait seulement quatre Américains, dont un qui était le chef mécanicien et s'appelait Dobbs.
A la demande de Kaï, Dobbs mit la machine en route.
— C'est de la piraterie, dit-il.
— Je n'ai rien volé et ne volerai rien. Et aucun de vous ne sera blessé. A part ce coup de couteau qui a été donné et reçu. Qu'est-ce qui se passe si je touche cette chose ?
— Le bateau avance.
— Excellent, dit Kaï.
Les bossoirs d'embarcation portaient deux baleinières, dont une grande, et un canot. Seul ce dernier était encore suspendu à son portemanteau, les deux autres étaient déjà descendues.

— Et tu vas faire quoi du capitaine ? demanda Oncle Ka.

— Je ne change rien. Il sortira de lui-même. Allez-y.

Les hommes ligotés furent descendus un à un, entassés dans la grande baleinière. Sauf Dobbs. Qui demanda :

— Et moi ?

— Je ne sais pas faire marcher les coques en fer, répondit Kaï.

— Et d'eux, qu'est-ce que vous allez faire ?

— Dans quelques jours, ils devraient être à Moresby. S'il y en a un dans le tas qui sait établir une voile. Sinon, ils pourront toujours ramer.

On déposa également dans l'embarcation de l'eau et des vivres, une boussole, une carte. De quoi tenir dix jours. Tous les Dayaks de la mer, sauf Oncle Ka, sautèrent à l'eau, se saisirent de la remorque et nagèrent en tirant. L'un d'eux laissa son couteau planté dans un banc de nage, il ne serait pas si difficile aux hommes attachés de se libérer.

La baleinière disparut. Ne restèrent plus sur le *Shark* qu'Oncle Ka, Dobbs le mécanicien, Kaï et Sharkley, enfermé dans sa cabine.

— On met cette coque en fer en route, dit Kaï à Dobbs. Vous et moi. Je vous présente Oncle Ka. S'il pense que vous faites quoi que ce soit de bizarre, il se fera une joie de vous couper la tête. Vous me croyez ?

— Oui, dit Dobbs. J'ai l'intention de rester bien tranquille. A Rabaul, j'ai entendu Sharkley vous raconter qu'il avait des armateurs à New Bedford. C'est faux. Le bateau est à lui.

— Je sais.

— Et en plus, si vous découpez Sharkley en morceaux, je me charge d'aiguiser les couteaux. A part Dominguez et peut-être Kramer, vous n'auriez pas trouvé un seul homme dans l'équipage prêt à se battre pour Sharkley. Nous détestons tous ce fils de pute. Il y a un an, il a jeté un type par-dessus bord, en plein Pacifique. Et il a essayé de le harponner comme une baleine. On va où ?

— Là où la mer est très profonde.

Une carte américaine indiquait plus de mille trois cents brasses sous la quille du baleinier. Par l'espace du tuyau bizarre qui permettait de communiquer avec la salle des machines, Kaï annonça à Dobbs que ça allait, l'endroit était aussi bon qu'un autre. Dans la minute suivante, les machines furent stoppées, le silence se fit sur la coque en fer, que balançait la houle molle de la mer de Corail.

Kaï jeta un coup d'œil vers l'arrière. Le *Nan Shan* était là-bas, à un mille et demi. Aucune terre en vue.

Les ringards n'avaient pas bougé et coinçaient toujours la porte de la cabine.

— Ça va, Sharkley ?

— Te faire foutre. Je te tuerai.

Oncle Ka et Dobbs arrivèrent.

— Décrivez-lui la situation, dit Kaï à Dobbs.

L'Américain s'exécuta, affirma qu'ils n'étaient plus que quatre à bord, Sharkley compris. Et que bientôt le même Sharkley serait seul avec le capitaine O'Hara. A preuve que, regardant par le hublot de sa cabine, le capitaine du *Shark* pourrait dans quelques instants apercevoir la petite baleinière s'éloigner, emportant Dobbs et le « second » du capitaine O'Hara.

— Tu as entendu et compris, Sharkley ?

— Pas confiance dans les négros. Tu es un négro.

— Nous allons être seuls toi et moi.

— Pas confiance.

— Allez, dit Kaï à Oncle Ka.

Il les raccompagna jusque sur le pont et les regarda embarquer dans la petite baleinière. Certain que Sharkley se trouvait derrière son hublot, à observer.

— Ce sera une sorte de duel, remarqua Dobbs.

— Voilà.

— Il a toujours deux revolvers. Celui dans sa ceinture, et un autre, tout petit, caché. Ça m'ennuierait beaucoup qu'il vous tue, pour être franc. D'abord parce que vos hommes pourraient bien avoir l'idée de me couper la tête, pour vous venger.

— Non. Ils ne vous toucheront pas.

— Et puis surtout j'aimerais beaucoup que quelqu'un lui règle enfin son compte.

— Quand vous serez à Sydney, faites cette déclaration à la police.

— Je la ferai.

Kaï fit signe à Oncle Ka qui hissa la petite voile au tiers, le bourcet. L'embarcation louvoya un peu, puis prit le vent et s'éloigna.

Le canot se trouvait toujours à l'arrière du baleinier, en remorque. Il avait longtemps dansé dans le remous mais était maintenant presque immobile. Oncle Ka et Dobbs étaient à deux cents brasses, à présent. Kaï descendit jusqu'à la salle des machines, écœuré par l'odeur d'huile et de charbon, un peu saisi aussi par l'étrangeté de ce silence, dans un bateau désert.

Les bâtons de dynamite étaient en place, Dobbs était allé jusqu'à conseiller les emplacements pour l'explosif, et avait exécuté pour eux un dessin de la coque. Selon lui, le *Shark* coulerait en trois ou quatre minutes, au plus, après l'explosion. Kaï alluma la mèche, ressortit, bloqua le système de fermeture de la porte de métal avec un troisième ringard qu'il enfonça à coups de masse.

— Sharkley ? On y est. Rien que toi et moi.

Pas de réponse.

— Tu peux sortir ou rester dans ta cabine, reprit Kaï. Mais je dois te prévenir que ton bateau va sauter et, je l'espère, couler. Je viens d'allumer la mèche dans la salle des machines. En principe, elle tiendra dix minutes. Si je ne me suis pas trompé. Je ne te garantis rien.

— Faire sauter mon bateau ? Tu vas faire sauter mon bateau ?

— J'ai reçu une lettre de tes armateurs de New Bedford. Ils sont d'accord. Ils pensent même que c'est une bonne idée.

Kaï retira la première des deux barres de fer qui bloquaient l'ouverture de la porte. Il la disposa comme il l'avait prévu.

— Tu sors et on s'explique entre hommes, Sharkley. Tu es armé d'un revolver et pas moi. Mais je n'ai pas l'intention de te tuer. Parole de Kaï O'Hara, je vais seulement te casser un peu la tête, te mettre tout nu, te peindre en rouge et te ramener à Sydney, sur mon bateau.

— En rouge ?

— En rouge. J'ai trouvé les pots de peinture dont tu te sers pour peindre ta cheminée.

Kaï retira la deuxième barre, prenant grand soin de ne pas la faire tinter.

— A Sidney, dit-il, où tu devras t'expliquer sur cet homme appelé Da Silva que tu as jeté à la mer à cent milles au nord de l'île de Pâques, pour cette seule raison qu'il était portugais et donc négro, selon toi.

— Dobbs t'a parlé.

— Et il parlera encore. Devant la police de Sydney. Sharkley, il te reste neuf minutes. Peut-être moins. Ma bombe est dans la salle des machines, dont j'ai bloqué la porte. Tu peux sortir quand tu veux, à partir de maintenant.

Kaï avait placé le deuxième ringard où il fallait et il s'éloignait dans la coursive.

— Il n'y a pas de bombe, dit Sharkley.

Mais le ton même de sa voix révélait son incertitude.

— Huit minutes, dit Kaï, qui n'avait pas de montre.

Et qui s'était déjà enfoncé dans l'écoutille et sur l'échelle conduisant à la salle des machines. A peine avait-il posé son pied nu sur le deuxième barreau qu'il entendit les deux bruits très enchaînés et ne faisant presque qu'un, d'abord le coup de feu puis le fracas de métaux divers, quand tout l'échafaudage des ringards et des casseroles prises à la cambuse s'écroula.

Sharkley était sorti.

— Je suis un tendre, dit Kaï. Tu aurais fait ce que tu m'as fait à mon grand-père, la Mangouste folle, il t'aurait tué, lui. Et quant aux dix autres Kaï O'Hara qui nous ont précédés, lui et moi, eux t'auraient pelé vivant...

Deuxième coup de feu — la balle frappa le fer au bas de l'écoutille.

— Et je pense même qu'ils auraient aussi exterminé

ton équipage en entier, tant qu'à faire. Il faut dire qu'ils étaient un peu plus sauvages que moi...

Une lueur jaunâtre dans la nuit profonde des entrailles métalliques du *Shark* — Kaï se demandait si Sharkley aurait une lampe dans sa cabine, eh bien, maintenant il était renseigné. Bon d'accord, ce serait embêtant s'il gardait cette lampe (toutes les autres sont hors de service, on y avait veillé) mais en principe...

Sharkley tomba dans le trou noir de l'écoutille, hurlant les obscénités ordinaires. *Et voilà, il vient de rencontrer le premier des pièges d'Oncle Ka. Il n'en a pas fini. Il va se méfier, désormais, et c'est tant mieux : plus il se méfiera et plus les pièges le piégeront.* Aux yeux de Kaï et non sans raison, il n'existait personne au monde comme un Iban de Bornéo pour poser des pièges. Et des contre-pièges. Et des contre-pièges de contre-pièges ; à force, à accumuler des pièges d'une extraordinaire complexité, un Iban de Bornéo en arrivait à la poésie pure, et Oncle Ka avait du génie pour ces choses.

— Je suis un tendre. Bien plus que la Mangouste folle qui, déjà, était bien plus tendre que les dix O'Hara précédents. Moi, je vais te ramener vivant à Sydney. Tout nu et peint en rouge, mais vivant. Les policiers de Sydney te mettront en prison ou bien ils préféreront te livrer aux Américains, à cause de cet autre homme que tu as tué à Charleston.

Hurlement dans le noir — la lampe s'était éteinte lors de la première chute de Sharkley. *Il aura trouvé l'autre piège, pas celui avec la cordelette tendue en travers de la coursive (celle-là il l'aura sentie et contournée) mais l'autre, ou les deux autres, je ne vous dis pas comment il faut se contorsionner (et savoir où) pour passer sans rien déclencher.* Les fléchettes disposées par Oncle Ka n'étaient pas empoisonnées, elles piquaient et rien de plus, mais Kaï était assuré que les fesses de Sharkley étaient en train de tourner à la pelote à épingles.

— Je dirai qu'il reste six minutes avant le grand boum de ton bateau, Sharkley. Je t'ai parlé de mon grand-père la Mangouste folle ? Cerpelaï Gila, en malais. Mais tu ne sais pas le malais, ni aucune autre langue des mers du Sud. Ce sont des langues de négro, pour toi.

Il approche.

— Je suis tout près de toi, Sharkley. Et la porte de la chaufferie, si c'est comme ça que ça s'appelle sur les coques en fer, cette porte aussi. Tu ne pourras pas l'ouvrir et empêcher que ma dynamite fasse sauter ton bateau.

Attention !

Mais tout alla fort bien. Les fléchettes partirent (Kaï lui-même en reçut une dans le bras) dans toutes les directions, le piège principal se déclencha, le lourd panneau se détacha et dans son mouvement de balancier très exactement calculé vint frapper avec un grand bruit sourd le tueur de baleines en plein visage. Kaï se laissa tomber du renfoncement très graisseux et puant où il s'était tapi. A tâtons, il toucha Sharkley.

Très bien. Il agrippa l'homme par une cheville et le tira, regagnant le pont — c'est vrai qu'il était fichtrement lourd, ce fils de chien. La lumière réapparut, et le ciel, et la mer. Et la baleinière qui tirait de petits bords à deux cents brasses de là, Dobbs debout dans l'embarcation et observant ce qui se passait dans les jumelles prises à bord du baleinier — Kaï avait tenu à ce que la scène eût un témoin.

Il adressa un signe à Oncle Ka et à son compagnon américain, examina Sharkley. Lequel avait certes des fléchettes plantées un peu partout, le nez cassé et une lèvre ouverte, mais qui, à part cela, était plutôt en bon état. D'ailleurs, il reprenait conscience et eut le temps de rouvrir un œil. Kaï le souleva de sa main gauche et frappa du poing droit.

Il doit me rester au moins trois minutes. Il repartit en courant et entra dans la cabine du capitaine du *Shark*, dont la porte comportait bel et bien deux verrous. Il y prit les papiers du bateau et une boîte métallique qui devait contenir la caisse du bord — il destinait l'argent à l'équipage et ce serait à Dobbs d'en faire la répartition. Toujours courant, il alla jeter le tout dans le canot en remorque du baleinier.

Rejoignit Sharkley, qui à nouveau revenait à la vie.

— Pour avoir la tête dure, tu l'as.

Kaï l'assomma une deuxième fois. Ensuite de quoi, très vite, il arracha chemise et pantalon — Sharkley portait un caleçon, au demeurant fort sale.

— Je te le laisse, je ne voudrais pas que tu offenses la pudeur des dames de Sydney. Mais tu pues, reconnais-le.

Le très gros pinceau à peindre les cheminées entra en action, passa sur le corps nu, qui sauf le visage était blanchâtre, quasi livide. Kaï peignit en rouge le torse, les cheveux, la moustache et la barbe. Il en était aux assises quand la mer de Corail sembla se soulever. Il se retrouva en l'air, pot de peinture dans une main, pinceau de l'autre, et eut tout le temps de penser : *Je me serai un peu trompé dans mon minutage, Oncle Ka avait bien raison, lui qui estimait qu'il manquait deux doigts à la mèche...*

Il retomba sur le pont, y roula (le pont était maintenant en pente), sa tête alla donner contre un machin en fer, il y eut quelques secondes pendant lesquelles, sans doute, il fut assommé et à peu près inconscient ; le sens de la réalité lui réapparut lorsqu'il sentit autour de sa gorge les doigts de Sharkley. Suivirent des secondes d'une lutte sauvage et Kaï, l'esprit embrumé par son coup sur la tête, put au plus se débattre, ramper, s'écarter. *Le temps que j'y voie plus clair et je le massacre...*

... Sauf qu'un coup d'une extrême violence l'atteignit à la hauteur du buste. Il put voir une chaîne, du type utilisé pour les ancres. Sharkley la faisait siffler, l'abattait, cinglait à grands coups de cette chose qui devait bien peser cent kilos. *Il va finir par me fracasser le crâne !*

Il put accrocher un maillon, puis un autre, constata que la chaîne le ceinturait et comme il tirait sur les maillons, il se rapprochait de Sharkley dont le bras droit était pris aussi. Ils se retrouvèrent face à face.

— Et maintenant, qu'est-ce qu'on fait ? dit Kaï.

Mais son regard s'était porté sur le bastingage, si dangereusement proche.

— Sharkley, on arrête. On tombe à la mer tous les

deux enroulés dans cette chaîne et on descend tout droit jusqu'au fond.

— Je ne veux pas autre chose.

— Tu es fou. On va crever tous les deux, ça ne tient pas debout.

Mais Kaï avait beau s'arc-bouter, rien à faire, le poids énorme l'entraînait. Il put voir Oncle Ka qui gesticulait, voulant le prévenir, puis ils basculèrent et tombèrent, Sharkley et lui, comme un rocher dégringolant d'une falaise. Suivirent une, deux, voire trois ou quatre minutes affolantes. Pendant lesquelles les deux corps descendirent dans les profondeurs bleu-vert. Et il fallut attendre que la mort prît le tueur de baleines. Alors seulement Kaï put desserrer l'étreinte des doigts, des mains, des bras autour de lui — ce malade voulait vraiment mourir, pourvu qu'il me tue aussi ! —, défaire donc les prises du corps qui s'accrochait au sien, puis écarter la chaîne si pesante. Un moment vint enfin, telle une autre explosion, où, pour lui, cette vertigineuse plongée cessa soudain, tandis que le corps de Sharkley s'enfonçait toujours. Levant la tête, Kaï ne pouvait même plus distinguer la surface, un monde bleu-noir l'entourait et il connut cette panique particulière aux plongeurs qui ne savent plus dans quel sens aller. Mais il poussait des bras, pas même assuré qu'il remontait. Il poussait, les poumons en feu, des spasmes lui secouant la poitrine, une douleur lancinante aux tempes, luttant désespérément contre son besoin d'ouvrir la bouche...

Il était sur un pont, sur le pont du *Nan Shan*, ne se souvenait de rien, ni de la petite baleinière, ni d'Oncle Ka qui avait plongé couteau en main pour mettre en fuite un requin.

— Il reprend conscience.

Une voix en anglais — qui peut bien parler anglais sur le *Nan Shan* (dont il reconnaissait dans ses narines les merveilleuses senteurs de bois et de calfatage) ? Puis les souvenirs lui vinrent, de ce fou de Sharkley les jetant à la mort tous les deux, de ses yeux bleus exorbités sous l'eau, de ces yeux dont la vie avait fini par disparaître, des dents jaunies rendues visibles par un rictus figé à jamais.

Il recracha encore un peu d'eau de mer et put s'asseoir. *Je ne le referais pas tous les jours.*

— On va à Sydney, Oncle Ka.

— Nous sommes déjà en route.

Kaï se mit debout. Mal à la tête, et fichtrement, un étau serré autour de ses tempes, et les poumons qui brûlaient.

— J'aurais juré que vous n'en ressortiriez pas, dit Dobbs.

— Il voulait me tuer.

— J'ai vu. J'en témoignerai.

— Où est le *Shark* ?

— Glou glou, dit Dobbs. Ce n'est pas une perte. Je dirai que c'est Sharkley qui l'a sabordé. Dans une crise de folie.

— Vous direz la vérité et rien de plus.

Kaï éprouvait une forte envie de vomir, qui ne devait pas grand-chose à sa quasi-noyade. Il n'avait pas voulu la mort de Sharkley.

— Je pouvais y faire quelque chose, Oncle Ka ?

— Non.

— Je n'aurais pas dû lui courir après comme je l'ai fait.

— Il n'aurait pas dû éperonner le *Nan Shan*. C'est lui qui a commencé.

— Ce n'était pas une raison.

Il partit s'enfermer dans sa cabine. Ne put dormir pour autant. L'idée qu'en somme un Sharkley était une sorte de Kaï O'Hara — pas lui, le O'Hara d'aujourd'hui, ni la Mangouste folle, mais plus avant dans le temps —, cette idée lui vint et ne lui plut guère. Même s'il se refusait à croire qu'aucun de ses ancêtres eût jamais pu jeter par-dessus bord un homme de son équipage.

Il but, trop, et seulement alors le sommeil finit par le prendre. Oncle Ka dut le secouer longuement.

— On est à Sydney. Il vaut mieux que tu montes.

Kaï voulut faire toilette, se raser. En sorte de ne pas

se présenter à la grande bringue comme un clochard des mers relevant de biture.

— Ce n'est vraiment pas la peine.

Le visage d'Oncle Ka, son regard, le ton sur lequel il avait dit ces mots.

Oh non !

La chaleur estivale dans les rues de Sydney, les gens qui se retournaient sur le tandem bizarre qu'ils formaient, Ian Hodgkins et lui, Hodgkins cintré dans son costume gris perle, sa chemise à faux-col, portant chapeau clair et chaussures bicolores, et lui, Kaï, pieds nus, une chemise passée à la hâte, n'importe comment, sur son sarong, les cheveux trop longs, une barbe de dix ou quinze jours, le bandeau vert autour de son front. Kaï marchant, ne sachant où il allait. Ses yeux qui enregistraient des choses, dont plus tard, ces moments-là passant et repassant sans fin dans sa mémoire, il se souviendrait et ferait alors resurgir chaque détail : ce kangourou tenu en laisse comme un chien par un excentrique en complet canari, ces choses à moteur, ces voitures sans cheval, nauséabondes et pétaradantes, grotesques ; cette sensation d'étouffement au sortir de tant de semaines en mer, cet écrasement enfin et surtout — je ne suis plus rien sans elle, je n'existe plus.

— L'enfant est mort le 12 novembre, disait Ian Hodgkins (et il répétait sans arrêt les mêmes choses, sans doute pensant que Kaï ne l'entendait pas, ou ne le comprenait pas). Votre fils est mort de cette maladie qu'il avait à sa naissance, les médecins — et Dieu sait que nous en avons vu —, les médecins ont dit que c'était lié à quelque chose dans le sang, ils ne savaient pas vraiment quoi.

Kaï marchait, bras ballants, droit devant lui, et l'on s'écartait sur son passage dans cette rue en pente de Sydney qui descend vers le port, enfin vers le quai où le *Nan Shan* n'avait pu accoster, contraint de laisser la place à des coques en fer, chassé en quelque sorte et tenu à l'écart — comme moi.

— Je vous ai fait tenir le message par un officier. A

bord du *Slad GL*. Je parle de celui-là parce qu'il a fait savoir qu'il vous avait vu. Mais j'avais demandé à peut-être quinze navires de vous contacter.

Vous êtes attendu à Sydney. Comment aurait-il pu comprendre ?

— Je ne pouvais quand même pas vous informer par porte-voix de la mort de votre fils. On n'annonce pas ces nouvelles ainsi. Je pensais que vous comprendriez que c'était grave.

J'aurais dû comprendre, j'aurais compris si je n'avais pas été pris par ma folie, ma chasse, ma traque de Sharkley. Tout est ma faute et cet homme à ma gauche n'a rien à se reprocher.

— Catherine nous a annoncé sa décision, ou son intention, vers le 15 janvier. Nous avons tout fait pour la dissuader. Elle ne croyait pas qu'il pouvait vous être arrivé quelque chose. Moi non plus, du reste. Mais au moins avons-nous pu la faire hésiter.

Jusqu'au 23 janvier. Le 23 janvier, le *New Hampshire* était arrivé à Sydney. Croyant bien faire, le capitaine Burroughs était venu rendre visite à Catherine, lui avait raconté sa rencontre avec le *Nan Shan* en plein milieu de la mer de Corail, il avait dit combien tout lui avait semblé en ordre à bord, Kaï O'Hara paisible au milieu de ses matelots, et la goélette faisant route au nord-nord-est.

Dans la direction opposée à celle de Sydney, donc.

— Elle a embarqué trois jours plus tard, avec vos deux filles.

A destination de Londres, sur un paquebot, cabine de troisième classe faute d'argent. Elle avait vendu le petit cheval chinois pour payer le voyage.

Et laissé à Kaï un court, vraiment très court message : NON. NE VIENS PAS.

— Le capitaine Sharkley et le capitaine O'Hara, dit Dobbs aux policiers de Sydney, avaient fait le pari que l'un surprendrait l'autre, un jour. Par manière de plaisanterie.

Et qu'entendait-il par surprendre ?

— A l'abordage, répondit le chef mécanicien du *Shark*. A l'abordage, mais sans blessés et bien sûr sans morts. C'était un jeu et rien de plus.

— Le reste de l'équipage du baleinier, qui vient d'arriver de Port-Moresby, n'a pas cru du tout à une plaisanterie.

— Les autres n'étaient pas au courant. Moi seul je l'étais. Alors, forcément, les autres ont cru que c'était un vrai abordage.

— Il y a tout de même eu un blessé.

— Un tout petit, une estafilade. Et dans les deux camps, d'ailleurs. Je pourrais vous citer quinze escales et autant de bagarres où les matelots du *Shark* ont été bien plus amochés.

Arthur Dobbs se lança alors dans le long récit d'une échauffourée qui, deux ans auparavant, à Valparaiso au Chili, avait opposé les marins du *Shark* et ceux d'un autre baleinier, et ce coup-là il y avait eu un mort et six blessés, et...

Les policiers lui firent remarquer qu'il s'écartait du

sujet, et dirent qu'ils n'étaient pas tellement convaincus par cette histoire de pari.

— C'est pourtant la vérité pure, dit Dobbs, je le jure sur la tête de ma chère femme, qu'elle meure à l'instant si je mens, elle qui m'attend à Folkestone.

Et pourquoi l'équipage du *Shark* avait-il été embarqué sur une baleinière à destination de Port-Moresby ?

— Parce que, selon les termes du pari, le vainqueur devait conduire le bateau prisonnier en remorque jusqu'à Port-Moresby et seulement alors y faire réembarquer l'équipage.

— Mais le *Shark* a coulé.

Suite à une explosion de machines, oui. Et les capitaines Sharkley et O'Hara qui se trouvaient à bord à l'instant de l'explosion, en compagnie de Dobbs lui-même, les deux capitaines avaient été projetés à l'eau et le capitaine O'Hara, très héroïquement, avait tout tenté pour sauver la vie du capitaine Sharkley, en vain.

Suivirent des explications extrêmement techniques des raisons de l'explosion des chaudières du baleinier. Chaudières qui n'étaient pas en bon état, lui, Dobbs en avait maintes fois prévenu le capitaine Sharkley, qui n'avait jamais voulu dépenser le moindre shilling pour rénover ses machines. Il fallait bien reconnaître que, Dieu ait son âme, le capitaine Sharkley était un peu grippe-sou. En plus de ses autres défauts...

Les policiers en étaient alors venus à cette affaire de matelot portugais jeté par-dessus bord en plein Pacifique — les autres déclarations de Dobbs avaient été confirmées par des hommes de l'équipage qui ne portaient pas leur capitaine dans leur cœur. Et Dobbs, non sans réticence dans la voix, avait reconnu qu'en effet le capitaine Sharkley était, de son vivant, parfois un peu espiègle, et qu'il avait bel et bien balancé un de ses hommes dans le Pacifique, pour cette seule raison qu'il ne parlait pas suffisamment l'anglais.

Cela, plus le meurtre de Charleston, plus d'autres incidents analogues, finit par conduire à cette conclusion unanime qu'en somme, la disparition accidentelle du capitaine Sharkley n'était pas une perte irréparable.

Kaï O'Hara fut à son tour interrogé mais il s'enferma dans un mutisme presque total, déclarant seulement qu'il se foutait complètement d'être ou non mis en prison. Ian Hodgkins intervint alors, disant que le capitaine O'Hara venait de perdre son fils, tandis qu'il était lui-même en mer, et que cela expliquait bien suffisamment son extrême désarroi.

— Vous êtes tout de même un menteur assez extraordinaire, dit le même Ian Hodgkins à Arthur Dobbs, quand ils furent sortis de chez les policiers.

— J'ai navigué sept ans avec Sharkley. Il avait été le seul à m'offrir du travail quand j'ai été chassé de la marine pour avoir cassé la tête d'un officier. J'ai navigué avec lui pendant sept ans à un salaire de misère et il n'y a pas eu une heure où je ne les ai pas haïs, son foutu bateau et lui. Et j'aime beaucoup le capitaine O'Hara.

— Nous sommes deux dans ce cas, dit Ian Hodgkins. Vous avez vraiment une femme en Angleterre ?

Dieu merci, non. C'est tout de même dommage que le capitaine O'Hara n'ait pas un vrai bateau avec des machines. Il n'aurait pas eu à chercher un chef mécanicien. Il ne va pas très fort, hein ? Il a l'air d'un homme qui ne tient plus à la vie.

Ian Hodgkins acquiesça. Lui aussi avait ce sentiment, qui lui faisait peur. Tout ce que l'on pouvait espérer était qu'une fois en mer, et en fait dès le lendemain, si les policiers de Sydney en étaient d'accord, le capitaine O'Hara se retrouverait.

Le 17 mars, le *Nan Shan* franchit le détroit de Torres, entra dans la mer d'Arafura, poursuivit tout droit plein ouest. C'était le seul ordre donné par Kaï à Oncle Ka. Kaï se taisait, passait le plus clair de son temps enfermé dans sa cabine. A lire. Il s'était attaqué à *Kim* de Rudyard Kipling et, depuis le départ de Sydney, en avait lu neuf pages et six lignes. Les jours suivants, la goélette tailla sa route dans une mer assez houleuse. Elle longea, les laissant par tribord et à peine visibles dans le lointain, les îles de Timor tenues par les Portugais, celles de Sumba et Sumbawa, de Lombok et Bali. Bientôt ce fut Java qui défila.

— Et maintenant ?

Oncle Ka était descendu à la cabine, avait frappé à la porte, était entré, avait jeté un coup d'œil sur les trois caisses de whisky embarquées en Australie et dont aucune n'avait été entamée, il avait considéré Kaï qui, étendu sur le large lit, lisait la dixième page de *Kim*.

— Maintenant quoi ?

— Nous sommes dans l'océan Indien.

— Et alors ?

— Rien. On peut continuer.

Oncle Ka dit qu'il ne connaissait à peu près pas l'océan Indien, qu'il ignorait ce que l'on rencontrerait à force de toujours aller plein ouest, sans doute finirait-on par faire le tour du monde.

— Tu as quelque chose contre, Oncle Ka ?

— Non.

— Tu crois que j'ai bu ?

— Je crois que tu n'as pas bu. Je crois aussi que tu n'as presque rien mangé. Je crois qu'on navigue pour naviguer, et qu'on ne va nulle part.

Kaï glissa son doigt entre les pages dix et onze, après avoir marqué soigneusement, d'un trait de crayon, la ligne et l'endroit où il avait interrompu sa lecture. Il posa le livre près de lui mais sans le lâcher.

— Dès que nous aurons dépassé Java...

— Nous avons dépassé Java, dit Oncle Ka.

Le regard de Kaï O'Hara était comme tourné vers l'intérieur, il était vide, et glacial.

— Voici ce qu'on va faire, Oncle Ka. S'il faut revenir en arrière, on revient en arrière, on passe le détroit de Sunda, on traverse la mer de Java, on remonte plein nord, par le détroit de Karimata, après quoi on tourne à droite et je vous dépose, tes hommes et toi, chez vous. Tu as une remarque à faire ?

— C'est vrai qu'il y a longtemps que nous n'avons pas vu nos familles et notre village, dit Oncle Ka d'une voix très calme. Est-ce que tu débarqueras avec nous ?

— Ça m'étonnerait.

— Tu repartiras tout seul ?

— Le *Nan Shan* est à moi.

— On ne peut pas manœuvrer le *Nan Shan* à un seul homme.

— Qu'est-ce qu'on parie ?

Il y eut ces quelques secondes où les deux hommes se fixèrent l'un l'autre. Puis le chef des Dayaks de la mer s'en alla, remonta sur le pont et, dans la minute suivante, la goélette changea de bord, remonta au nord-est. Elle passa le 2 avril le détroit de Sunda entre Sumatra au nord et Java au sud, reçut aussitôt par son travers bâbord l'assaut des vagues courtes et rageuses qui, dans cette mer de peu de fond, couraient avec une extrême rapidité — rien à voir avec la houle océane.

Si Kaï sentit le changement de cap le troisième jour, il n'en monta pas pour autant sur le pont. Il en était à sa vingt-sixième page. En fait, il n'apparut que le sixième jour et ce jour-là, pour la première fois, mangea sur le pont, servi par un Selim enchanté de ce changement, le premier depuis Sydney. Kaï ne jeta à aucun moment un regard ni sur sa droite ni sur sa gauche.

Le *Nan Shan* à ce moment-là achevait la traversée du détroit de Macassar, ayant donc Bornéo par bâbord et l'étrange appendice nord des Célèbes sur tribord. Contrairement aux ordres de son capitaine, la goélette n'était pas remontée droit vers le Sarawak.

Elle entra le 16 avril dans la mer des Célèbes, plus de mille deux cents kilomètres à l'est du pays des Ibans, et poursuivit vers l'archipel des Soulou.

— Les pirates, Oncle Ka ?

— Oui.

— Les pirates nous attaquent, vous vous défendez, toi

et les autres, et je suis obligé de m'en mêler. C'est ça, ton idée ?

— Oui.

— Il n'y aura pas de pirates.

Il n'y en eut pas. L'archipel des Soulou s'étend entre la pointe sud-ouest des Philippines et le nord-ouest de Bornéo. Dans les quatre mille mètres de fond de part et d'autre de cette très ancienne langue de terre qui avait des millions d'années plus tôt uni Malais et Philippins de la Préhistoire, et dont ne subsistait plus qu'un émiettement d'îles, d'îlots, d'atolls, souvent très beaux, paradisiaques, ordinairement hantés par les plus sanguinaires des marins des mers du Sud.

Pas cette fois-là. Les marins sanguinaires étaient occupés ailleurs, ou bien la réputation non moins grande de férocité de l'équipage du *Nan Shan* les tint à distance. A peine si l'on vit quelques pirogues dans les lointains, furtives.

— C'est raté, Oncle Ka.

— Je vais où je veux ?

— Tu vas où tu veux.

Oncle Ka mit le cap sur le golfe de Moro, laissant la petite ville et le port de Zamboanga par bâbord, droit sur Mindanao.

— Tu es déjà venu par ici ?

Acquiescement.

— Avec mon grand-père ?

— Oui.

— Il y a eu du sang ?

— Oui.

— C'est le pire endroit auquel tu aies pu penser, hein ?

— L'un des pires, dit Oncle Ka.

Mindanao en vue vers le 3 ou le 4 mai 1910. Une terre brumeuse, où il pleuvait à verse, sombre et d'apparence très déserte. Des montagnes dans le fond — Kaï alla chercher les cartes de la Mangouste folle : un sommet à près de trois mille mètres et quelque part un lac, immense, encerclé par des montagnes.

— Vous avez fait terre où, la première fois que tu es venu ?

— Un endroit appelé Cotobato, à l'embouchure d'une rivière.

— Et c'est là que vous vous êtes battus ?

— Non. Plus haut sur la rivière, que le *Nan Shan* avait essayé de remonter, mais il ne pleuvait pas autant alors, et les eaux étaient basses.

— Et il venait chercher quoi, ici ?

— La même chose que toi, dit Oncle Ka.

La Mangouste folle s'était aventurée dans ce coin perdu à l'époque où il venait d'apprendre qu'il était atteint par la lèpre. Des souvenirs revenaient à Kaï, avec une précision surprenante. Il entendait presque la voix, les mots, et les silences entre ces mots de son grand-père mourant lui disant tant et tant de choses, dans la grotte surplombant le village des Ibans.

— Nous allons embouquer et remonter cette rivière, Oncle Ka.

Acquiescement. Un heure plus tard, la côte se vit mieux. Sur la droite et la gauche, à perte de vue, des récifs de corail la protégeaient, dessinant des lagunes bleues. Mais sur la terre ferme, par-delà quelques plages blanches immaculées, une première ligne de cocotiers masquait mal une fort épaisse forêt primaire, hostile, développant ses ondulations montantes jusqu'à s'enfouir dans la brume des sommets au nord. A l'endroit où l'ocre de la rivière se mêlait au vert violet de la mer des Célèbes, une barre s'était formée qui, à marée montante, devait avoir des allures de mascaret. Les Dayaks de la mer étaient tous venus en silence sur le pont du *Nan Shan*, pour beaucoup hissés dans les vergues ; et ils se penchaient en avant — somme toute il y avait des lunes qu'ils ne s'étaient pas trouvés, ou retrouvés, face à une terre qui leur convînt autant, eux qui vouaient le même amour à la mer et à la forêt, partagés entre ces deux-là, et en cela très dissemblables de tous les autres peuples des mers du Sud. Ils sont uniques, avait dit la Mangouste folle, aime-les, petit Kaï, aime-les plus que toi-même, ils le valent, et ils te rendront ton amour au-delà de toute espérance.

Le *Nan Shan* franchit la barre. A même le pont de teck, Kaï avait étalé ses cartes. Quelques-unes espagnoles mais imprécises, une américaine, mais surtout destinée à la navigation hauturière. Si bien que les seuls relevés vraiment utiles se trouvaient être ceux des trois Kaï O'Hara déjà venus dans ces parages, l'avant-dernier étant donc la Mangouste folle. Je suis le troisième, pensa Kaï.

Douze brasses à l'avant, disait la sonde. L'eau que fendait maintenant l'étrave de la goélette était celle de la rivière. Paillotes par bâbord, à peut-être deux mille cinq cents mètres ; estompées, à peine vues, par la végétation qui commençait de garnir les rives.

— Jusqu'où le *Nan Shan* était-il remonté, autrefois ?

— Un jour et demi.

— Combien, en distance ?

— Vingt milles. On n'avançait presque pas. Le vent.

— Il y en a plus aujourd'hui ?

— Oui.

— Et les eaux sont plus hautes.

Acquiescement. Il pleuvait énormément. Les grosses et grasses gouttes des pluies tropicales, sous lesquelles il était si bon d'être nu. La grande bringue nue sous la pluie, l'eau lui ruisselant entre les seins, coulant dans la toison de son ventre, sa bouche ouverte pour boire, tête renversée en arrière...

Dix brasses, annonça la sonde. Et un bon vent venant de la mer, pas une forte brise, mais assez pour que le *Nan Shan* pût s'enfiler au long de ce boyau ouvert dans la forêt qui, maintenant, se refermait de plus en plus, digérait l'intrus. Kaï avait rangé ses cartes, que l'eau du ciel aurait fini par détériorer. Il avait vu ce qu'il souhaitait voir, savait à présent ce qu'il allait faire.

— Où l'attaque avait-elle eu lieu, autrefois ?

— Plus haut.

Dans les souvenirs d'Oncle Ka qui n'oubliait jamais rien de tous les endroits où il était passé, plus haut existait un élargissement de la rivière. Un marécage, pas vraiment une mangrove. Eau profonde — treize brasses à l'époque, sans doute davantage aujourd'hui. Après quoi la rivière reprenait son cours ordinaire et secret. Elle faisait une boucle, se partageait en deux bras, dont un inutile et ne menant nulle part ; il fallait prendre l'autre, celui à main droite, et alors débutait un cours d'eau quasiment rectiligne, navigable.

En ce temps-là du moins. L'affaire remontait à plus de vingt ans. Les conditions, le lit du fleuve pouvaient avoir changé. Des rivières qui déménagent et se mettent à couler ailleurs et différemment, cela se voit. Il y en a ainsi qui ne tiennent pas en place. Comme les hommes. Les Ibans-Dayaks de la mer sont d'avis que rivières et mers sont vivantes, avec des goûts, des fantaisies, des haines et des amitiés.

— On approche, dit Oncle Ka vers la fin de l'après-midi.

Il prédit une sorte d'estacade, sur la berge gauche — ou droite — en descendant. Cerpelaï Gila avait ordonné là une halte, pour que les Dayaks de la mer redevenus Ibans pussent aller chasser et rapporter de la viande fraîche.

— Ici.

Et de désigner un alignement de pieux de fort diamètre, justement trop alignés pour que ce fussent des souches. Deux heures plus tôt, la goélette avait traversé sans encombre l'élargissement, presque le lac, elle s'était engagée dans le bras de droite, sur les premières dizaines de mètres assez masqué, mais qui très vite s'était révélé comme un bon gros cours d'eau, bien large ; elle était en vue de l'estacade après seulement six heures de remontée depuis la mer, au lieu des trente-cinq que le bateau avait mises, au temps de la Mangouste folle.

On avait — ce *on* n'évoquait rien pour Kaï, des explorateurs espagnols peut-être —, on avait édifié cette estacade pour protéger un pont construit ou à construire et qui, soit n'avait jamais été jeté par-dessus la rivière, soit avait été emporté par celle-ci, en aval.

— Oui.

Kaï répondait à la question muette d'Oncle Ka, l'interrogeant du regard. Oui, Kaï voulait faire escale, lui aussi, et au même endroit.

Neuf brasses au centre du lit du fleuve. Soit trois ou quatre brasses de plus que jadis. Le *Nan Shan* fut amarré, à dix mètres d'une rive dont on ne voyait pas le sol : une muraille végétale se dressait, inclinée sur l'eau et haute de trente mètres.

— C'est ici que vous avez été attaqués ?

Oui. Il n'y avait pas eu de morts, seulement des blessés. Les flèches dont s'étaient servis les assaillants n'étaient pas empoisonnées. L'attaque avait eu lieu à l'aube, sans aucun avertissement. Du pont de la goélette, on n'avait que très peu vu les agresseurs, hormis trois que l'on avait tués et un ou deux autres entraperçus entre les feuilles. Des hommes de très petite taille, tout nus.

— Des Pygmées, dit Kaï.

La nuit tomba comme toujours très vite. Précédée du crescendo habituel des oiseaux de la forêt, suivie d'un écrasant silence au fil des minutes, rompu par les bruits de la jungle vivant sa deuxième vie, nocturne. Et n'importe qui pouvait se trouver à l'affût, dans cette végétation si dense où une armée se fût enfouie.

— Regarde.

La cabine de Kaï était le seul endroit du bord où une lampe était allumée. Kaï montrait la grande carte des côtes occidentales de Mindanao. Entre la masse principale de l'île de plus de cinq cents kilomètres de long et de large et la vaste presqu'île de Zamboanga qui lui était rattachée, la liaison ne se faisait que par un isthme, un étranglement de terre de même pas vingt kilomètres.

— La baie d'Illana au sud, celle d'Iligan au nord.

— Tu veux transporter le *Nan Shan* d'une baie à l'autre ?

— Bien sûr que non. Je veux que tu redescendes cette rivière dès demain. Tu contournes Zamboanga et tu vas m'attendre dans Ilagan Bay. Ici, par exemple.

L'endroit s'appelait Kauswagan. Kaï le choisit parce

qu'une autre rivière, coulant au nord celle-là, y avait son embouchure, en descendant des monts Butig.

— Tu veux traverser toute cette zone à pied ?

— Oui.

— Et seul ?

— Oui.

— Ça fait plus de cent kilomètres.

— Dans les cent trente, dit Kaï. Plus les détours.

— Avec de la forêt à traverser. Et des montagnes.

— Voilà.

— Tu veux mourir, c'est ça ?

— Non, dit Kaï. Je veux juste savoir si je veux mourir. Je crois que je n'en ai pas du tout envie.

Mais ainsi, il en serait sûr.

— Et je ne veux personne avec moi, Oncle Ka. Personne.

Dans le halo jaunâtre de la lampe à huile, le visage d'Oncle Ka, absolument impassible, prenait des reflets cuivrés. Kaï et lui étaient de la même taille. Il était donc de haute stature, pour un Iban. Il était mince, portait une ahurissante quantité de cicatrices sur tout le corps, en plus de ses tatouages. Mais sa résistance était phénoménale. Kaï ignorait son âge exact. Quarante-cinq ans peut-être.

— Personne, répéta Kaï.

— D'accord.

— Et tu seras au rendez-vous.

Acquiescement sans autre commentaire. Qu'est-ce que je peux aimer ce bonhomme, pensa Kaï. Et il lui vint à l'esprit que jamais Oncle Ka et lui n'avaient échangé le moindre mot d'amitié — mais les mots ne servent à rien, déjà heureux lorsqu'ils ne dénaturent pas les choses.

— Il est descendu du bateau, après l'attaque d'il y a vingt ans ?

— Oui.

— Et il a lui aussi marché dans la forêt, seul ?

Oui. La Mangouste folle était partie quatre jours durant, il était entré dans la forêt deux heures après l'attaque des Très Petits Hommes, il avait dit qu'il allait faire un tour.

— Comme je vais le faire, Oncle Ka.

— Tu lui ressembles beaucoup. Pas en tout, mais beaucoup.

— Pas en tout ? Il était différent de moi ?

— Ça ne sert à rien de parler, dit Oncle Ka après un court silence.

— Qu'est-ce que je n'ai pas qu'il avait ?

— Il était plus sauvage. Son cœur était moins tendre.

Il n'y eut pas d'attaque de Pygmées, ni de qui que ce fût, à l'aube suivante. Les Ibans notèrent bien des mouvements furtifs, chuchotèrent bien qu'ils sentaient des présences humaines dans ce couvert si épais, et Kaï ne douta pas une seconde qu'ils eussent raison, il les avait trop souvent vus à l'œuvre. Mais personne ne se montra.

— Je mettrai dans les quinze jours, Oncle Ka.

Acquiescement. De la poupe du *Nan Shan*, Kaï descendit sur l'un des pilotis de l'antique estacade. Puis il sauta sur le suivant et ainsi de suite — il y avait trop de crocodiles dans l'eau brune. Une branche inclinée à l'aplomb de la rivière le reçut. Il ne se retourna pas pour un dernier regard sur sa goélette. Et ce ne fut qu'après une vingtaine de mètres qu'il put enfin toucher le vrai sol. S'il se trouvait aux environs une piste, ou même une sente, il n'en vit rien. Il emportait un sabre d'abattis et un couteau, quinze boudins de riz suspendus à des cordelettes, dix livres de poisson séché, deux hameçons et trois longueurs de fil de pêche, un crayon pour marquer ses pages et son exemplaire de *Kim* (vingt-huitième page, dix-neuvième ligne un quart — il s'était arrêté sur un point-virgule, quoique d'habitude il allât jusqu'au point).

Six heures d'une pénétration très dure de cette jungle. Il se savait suivi. Plus une intuition d'autre chose. Bon, ils ne m'ont pas encore tué, c'est déjà ça. Première halte dans ce qu'avec optimisme on pouvait baptiser clairière. Il s'assit sur une souche plantée d'orchidées et mangea un tiers d'un boudin de riz gluant parfumé au nuoc mam.

Sentiment encore plus fort d'être observé. Je ne connais pas leur langue, dommage, on causerait. Il ne savait que fort peu de chose sur les gens de Mindanao, avait lu qu'on y parlait environ soixante idiomes et plus de cent cinquante dialectes différents ; et pour les indigènes eux-mêmes, il connaissait les noms des Tirurays, des Bagabos, Mandayas et autres Manobos ; plus les Negritos ou Pygmées ; plus les Subanuns de Zamboanga ; mais je n'en reconnaîtrais pas un seul si j'en rencontrais.

Quelqu'un juste derrière lui, à deux mètres au plus, il entendait la respiration. D'accord. Il reprit le boudin de riz entamé et sans même se retourner le tendit en arrière. Une bonne minute, il demeura ainsi le bras à l'horizontale.

— Je fatigue, bonhomme. Tu manges ou tu t'en vas.

Et une main sortit bel et bien du couvert, puisa du riz (entre trois doigts ou quatre, je ne vois rien, pas plus que je ne vois cette main ni le bras qui sûrement la prolonge).

— Prends-en encore.

Mais non. On ne toucha plus le riz. Que Kaï finit par ramener à lui, il en referma la feuille de bananier servant d'emballage, la remit dans sa résille, se leva, reprit sa route.

Marcha jusqu'à la nuit, ensuite. Même progression. Il dormit à deux mètres du sol cette nuit-là et, dans les toutes premières lueurs de l'aube, ils étaient là, une soixantaine, crépus, hauts comme trois bananes — des Pygmées le regardant d'autant plus de bas en haut qu'il était juché.

— Allons bon, on me cerne ? dit Kaï.

Ils portaient tous des arcs, des flèches, des lances ; ils auraient pu le tuer cent fois, la veille, invisibles, mais maintenant ils se montraient. Tous le considéraient d'un air de gravité, comme attendant de lui quelque chose dont il n'avait pas la moindre idée.

Réfléchis.

Une idée finit par se former, qui n'était pas plus sotte qu'une autre.

— Cerpelaï Gila, dit-il. Cerpelaï Gila, Cerpelaï Gila.

Il y en eut un qui hocha la tête. Plus grand que tous

les autres, il culminait (vu d'en haut) à un bon mètre quarante. Il chuchota quelque chose à ses voisins de droite, puis de gauche, et les secondes d'après un conciliabule se tint chez les Petits.

— Cerpelaï Gila, dit enfin le géant minuscule.

Et de donner l'exemple en déposant au pied de l'arbre des durians, des noix de coco et des mangoustans. Plusieurs de ses congénères firent de même et un tas de fruits s'éleva bientôt. Kaï descendit de sa branche en se suspendant à celle-ci. Il allait ouvrir un mangoustan. La main du chef se dressa.

— Cerpelaï Gila.

D'accord, pensait Kaï, il aura connu mon grand-père et par quelque sortilège en sera devenu l'ami d'enfance. Et la ressemblance aidant (plus le bateau qui était le même), me prendra pour lui. D'accord. Mais je fais quoi, maintenant ? Il attendit, n'osant pas toucher aux fruits et voyant qu'on attendait de lui un geste particulier, sans du tout deviner lequel. Un mouvement se produisit alors, à l'arrière de l'encerclement. Ils arrivèrent à huit et n'étaient pas trop de huit pour maintenir un bandes-bleues, que Kaï connaissait et dont il ne pensait aucun bien. C'était un serpent couleur de sable dont tout le corps jusqu'à la queue portait des annelures bleu-noir, et ce spécimen-là devait bien mesurer deux mètres cinquante. Kaï en avait vu pêcher, attrapant des poissons d'un fulgurant balancement de la tête, mais la morsure de la bestiole tuait aisément un buffle de deux tonnes.

Ils attendent que je le tue.

Il mit sa main sur la poignée du sabre d'abattis, mais comprit aussitôt que ce n'était pas ce qu'on voulait de lui.

Mets-toi dans la tête de Cerpelaï Gila, la Mangouste folle. La mangouste est le seul animal connu qui défie, attaque et tue un cobra en connaissance de cause.

Le bandes-bleues se débattait, sa queue, moins maintenue que sa tête, fouettait l'air. Au plus gros de son épaisseur, son corps caréné, un peu aplati, mesurait une quinzaine de centimètres. La tête et le cou, en revanche, qui lui servaient d'armes de jet, étaient bien plus minces.

— Je suppose qu'il faut que je tue cette chose, dit Kaï.

Soixante-dix paires d'yeux braqués sur lui.

— Mais pas avec un couteau ni un coupe-coupe.

Ils attendent. Tu es censé te souvenir de ce que tu as fait devant eux voici vingt ans, et qui les a tant impressionnés.

D'accord, il avait compris.

Il y mit les deux mains, en fait complètement terrorisé. Il les lia autour du cou du bandes-bleues, juste un peu au-dessous de la mâchoire qui s'ouvrait et se fermait convulsivement, cherchant furieusement à mordre, et à peine eut-il assuré sa prise que les Pygmées lâchèrent la leur et bondirent en retrait. Les deux mètres cinquante de corps ondoyant s'enroulèrent aussitôt tout autour de son buste et de ses jambes. Si bien qu'il n'eut plus le choix. Il écarta un peu ses doigts et planta ses dents dans la portion de cou délimitée par ses deux index. Il dut s'y reprendre à trois fois pour seulement entailler la peau qui semblait cirée. Puis un goût de sang lui vint dans la bouche. Il mordit de plus belle, tirant en sens contraire, de ses bras. Ses dents enfin s'enfoncèrent dans la chair très dure, rencontrèrent ce qui devait être une vertèbre ou deux. Les broyer prit aussi du temps.

Il grognait, à présent, sans trop s'en rendre compte, poussé par sa peur autant que par une rage meurtrière. Un moment vint où il ne trouva plus que des lambeaux de chair sanglante. Qu'il finit par trancher. Sa main gauche, qui se trouvait côté tête du bandes-bleues, s'écarta violemment, les doigts se desserrèrent et la tête du serpent vola sur une dizaine de mètres. Le reste du corps pourtant décapité n'en continuait pas moins sa terrible pression, enroulé comme il l'était. Kaï pensa de nouveau à son couteau mais choisit à nouveau ses mains. Il se dégagea, employant toute sa force. Deux mètres quarante de bandes-bleues sans tête tombèrent par terre et se nouèrent en toute une série de spasmes.

— Cerpelaï Gila.

Il cracha les morceaux de viande et d'os demeurés dans sa bouche, s'essuya les lèvres d'un revers de main.

— Ça vous va ?

Ça leur allait. Il put manger les fruits.

Ils le suivirent, l'encadrèrent, dans certains cas le précédèrent durant les quatre jours suivants. Ayant eu au début un peu de mal à comprendre qu'il ne voulait décidément pas revenir à la rivière — ils avaient dessiné ou tenté de dessiner sur le sol un bateau à voiles ; il dessina quant à lui des montagnes et leur indiqua la direction qu'il voulait prendre — plein nord.

Il apprit une vingtaine de mots de leur langue. Pas assez évidemment pour une conversation, suffisamment pour dire qu'il souhaitait leur faire partager ses repas, qu'il acceptait de partager les leurs, que, oui, il était grand mais qu'il existait des hommes bien plus grands que lui, et qu'eux aussi étaient grands, à leur façon, et qu'il les aimait beaucoup.

A compter du quatrième jour au matin, il sortit de l'exubérante forêt primaire, chaque arbre recouvert de plantes grimpantes dont les sortes de chevelures atteignaient plusieurs mètres. Une seule fois, il rencontra une zone qui avait été défrichée de main d'homme, on y voyait des traces nettes d'un brûlis qui pouvait avoir cinq ans.

— C'est vous qui avez brûlé la forêt ?

— Non.

— Où sont ceux qui l'ont brûlée ?

— Hommes très méchants mais partis.

— Les méchants vous ont chassés ?

— Oui.

— Et tués.

— Tout le monde nous tuer.

— Pas Cerpelaï Gila.

— Non. Pas Cerpelaï Gila.

Des espèces de prairies herbeuses prirent la suite des mangliers, pandanus, cocotiers et palmiers nipa, et de tous les grands arbres. Kaï recommença de voir la mer, derrière lui et sur sa gauche, mais même lui la distinguait à peine, et par ses seuls miroitements. Quand il ne pleuvait pas. Or il pleuvait, des heures durant, chaque nuit. Les Petits se construisaient et construisaient pour lui des abris de feuilles.

— Où habitez-vous, où est votre village ?

— Pas de village, village brûlé, peuple des Petits massacré partout, peuple des Petits s'enfuir.

— Il y a d'autres Petits ?

— Non, pas d'autres, tous tués sauf nous.

— Mais vous avez des femmes et des enfants ? (Inimaginable, le nombre de dessins et de mimiques qu'il a fallu faire, dans la boue ou par gestes, pour leur faire comprendre la question sur les femmes !)

— Oui, des femmes et des enfants, pas beaucoup. Cachés.

— Et quand Cerpelaï Gila est venu pour la première fois, vous étiez plus nombreux ?

— Quatre fois plus nombreux, oui.

— Tous les autres tués ?

— Oui, tous.

Ces Pygmées-là étaient des survivants, certainement traqués. Kaï marcha avec eux, n'arrivant pas à leur faire comprendre qu'il aurait mieux valu pour eux le laisser et revenir à leur campement, où qu'il se trouvât. La végétation changeait de façon spectaculaire à mesure qu'il prenait de l'altitude. Il traversa d'énormes bosquets d'hibiscus, d'anones, d'asiminiers, de poivriers et de sortes de pommiers-cannelle, mêlés à des herses gigantesques de bambous ou à des colonies de palmiers abaca. Qui, à leur tour, disparurent. Une autre forêt prit la place, les arbres — pour la plupart inconnus de Kaï, quoiqu'il y reconnût des robiniers et des mimosas — portaient des gousses ; voire, plus haut dans la pente, des pommes propres aux conifères.

Et les Petits s'arrêtèrent là. Ils ne pouvaient aller plus loin. La veille, Kaï leur avait dessiné la péninsule de Zamboanga, la rivière, les montagnes de Butig. Il avait tout essayé pour leur faire comprendre ses intentions : le

Nan Shan qui allait faire le tour et l'attendre, et lui traversant l'isthme à pied. Ils n'avaient rien compris, à l'évidence, ni le dessin ni l'idée ; sûrement n'avaient-ils aucune idée de la configuration de cette grande île où ils vivaient — survivaient ; le nom même de Mindanao leur était inconnu, la notion de carte leur était étrangère — aussi bien ils ne savent même pas faire du feu. J'en aurais bien fait, pour leur montrer, mais avec cette pluie...

Je reviendrai vous voir, leur signifia Kaï. Ils secouèrent la tête : non, ils savaient bien qu'ils allaient tous mourir, tués ; ils n'avaient presque plus de femmes, et donc très peu d'enfants, ils ne connaissaient aucune autre tribu de Petits avec qui se lier, ils étaient les derniers, s'il revenait, ils ne seraient plus là.

Tous tués.

Ce fut alors qu'un très étrange objet fit son apparition, passant de main en main, très soigneusement enveloppé dans des feuilles de pandanus. Les Petits et leur chef tinrent un ultime conciliabule. Au terme duquel l'objet fut tendu à Kaï. Cadeau. Prends-le et emporte-le sur les montagnes et plus loin.

— Je ne veux pas vous en priver, dit Kaï. Je n'ai pas la moindre idée de ce que ça peut être, mais c'est à vous, gardez-le.

Ils déposèrent le paquet sur le sol à ses pieds, chacun d'entre eux à son tour vint toucher l'une ou l'autre main de Kaï, sur quoi ils s'en allèrent. Il les rappela, voulant à son tour leur faire un cadeau, il leur offrit son sabre d'abattis et son couteau, et les sept boudins de riz qui lui restaient.

Non. Et de hocher la tête en disant des mots incompréhensibles mais qu'il estima très amicaux. Moins d'une demi-minute plus tard, ils avaient disparu.

Kaï alors ouvrit l'enveloppe de feuilles, prit le temps d'en défaire les nœuds de fibre végétale, nœuds dont la complexité était déjà surprenante. L'objet caché était une minuscule — dix ou douze centimètres au plus —, une minuscule reproduction du *Nan Shan*, la plupart des voiles et cordages reproduits à l'échelle. Sauf que la coque noire était coupée à l'endroit de la ligne de flottaison. Le ou les artistes des Petits qui avaient dû passer des dizaines d'heures à scruter la goélette depuis le couvert n'avaient évidemment pas pu voir ce qui se trouvait sous cette ligne de flottaison. Ni seulement l'imaginer.

Il reconnut l'endroit pour l'avoir vu sur ses cartes. La baie de Polloc avec, au large mais trop loin pour être visible, l'île Bongo. C'était au soir du cinquième jour et Kaï continuait de monter, franchissant la cordillère sud des monts Butig. La pluie avait enfin cessé, il progressait entre des conifères hérissant une végétation assez rabougrie, il estimait avoir atteint une altitude de douze à treize cents mètres. Ce qui te crève le cœur n'est pas seulement que la grande bringue t'ait quitté, tu te remets moins encore de la mort de ton fils, et pendant ton absence, alors que tu faisais l'imbécile à poursuivre un Sharkley. Ton fils mort, tu romps la chaîne, il n'y aura plus de Kaï O'Hara, pas de numéro treize.

Il trottinait en dépit de la pente, de son allure pesante, depuis une dizaine d'heures — depuis sa séparation d'avec les Petits. Il n'avait rien mangé ni bu, tous ses muscles lui faisaient mal, mais il aimait cette douleur de tout son corps. Tu ne l'as pas volée, c'est pour cette douleur qu'il te fallait des montagnes — ou un désert, mais l'Australie mise à part, tu ne connais aucun désert dans les mers du Sud. Ou alors il aurait dû descendre vers le pôle, il y avait pensé. Quelque chose d'extrême, ç'avait été son idée.

Il trottina, courut après la tombée de la nuit, finit par s'abattre quand sous ses pieds le terrain bascula — ce serait sur l'autre pente. Il dormit deux heures, l'aube l'éveilla, il repartit, après avoir un peu mangé et bu une eau qui dans un creux restait des pluies précédentes. Une dizaine d'heures plus tard, pente descendante dévalée non sans plusieurs chutes, il arriva en vue du lac Lanao. Des villages sur pilotis s'y montrèrent, il les évita, les dépassa d'autant plus aisément qu'à nouveau la pluie faisait rage, c'en était presque un typhon mais qui convenait tout à fait à son humeur. Un tremblement de terre l'aurait comblé.

Contourner le lac par l'ouest. La cordillère nord se dressa alors devant lui. Il s'imposa d'en atteindre le sommet sans marquer la moindre pause, cela lui prit plus de vingt-cinq heures, il acheva son ascension presque en rampant. Ce devait être le mont... Il rechercha le nom dans sa mémoire et ne l'y retrouva pas. Au diable, il s'en moquait. Plus d'arbres dans tous les cas sur ce cône volcanique, une herbe rase et rare. A chercher longuement, il finit par trouver une anfractuosité dans laquelle il put se glisser et se mettre à l'abri. Non pas tant pour lui-même, le vent soufflant en tempête et la pluie l'indifféraient complètement ; mais à cause de son livre qui, bien que protégé, avait été un peu trempé. Il lut seize pages d'une traite, un record, ne s'interrompant que pour manger et contempler le panorama qui eût été superbe s'il l'avait vu, mais dont le rideau de pluie cachait tout. Il grelotta presque, température descendue à des dix-huit degrés polaires — s'il avait oublié le nom de la montagne, il se rappelait qu'elle grimpait jusqu'à presque deux mille mètres.

Ça allait mieux ; la mort de Francis Kaï ne passait toujours pas et ne passerait jamais, mais la saloperie de douleur était maîtrisée.

Le typhon aussi était passé. Ciel clair, une bande de nuages fichant le camp vers l'ouest, la vue s'étendant sur trente ou quarante kilomètres et trois cent soixante degrés. Bel endroit, avec ces moutonnements de la forêt en contrebas, le lac Lanao à huit ou dix mille mètres, les villages de Ganassi et Balingdong sur la berge. Et vers le nord, la direction à suivre. Il devait être à deux kilomètres au-dessus du *Nan Shan*.

Huitième ou neuvième ou dixième jour de sa marche, il avait perdu le compte.

De nouveau la forêt dans l'après-midi du jour suivant. Il avait trouvé la rivière qui, selon lui, descendait jusqu'à Kauswagan et il la suivit. Sans autre incident qu'une rencontre avec tout un groupe de chasseurs tatoués armés de sarbacanes, qu'il laissa prudemment passer, bien que très fortement tenté de les héler, juste pour voir s'ils lui couperaient ou non la tête.

Mais tu n'as plus trop envie de courir ce genre de risques. Plus après ce que tu viens de décider. Ce serait vraiment bête.

Bon, une trentaine de kilomètres de jungle pour finir. Pas vraiment facile. Beaucoup de serpents et des myriades d'autres bestioles ; sur le sol, quand il y en avait un, un humus fétide et gluant, gras de feuilles pourrissantes, c'était, sous ce couvert-couvercle qui ne montrait jamais le ciel et qu'un rare rayon de soleil parvenait tout juste à percer, comme de déambuler sans trop pouvoir s'orienter dans le ventre palpitant d'un animal fabuleux. Plus une chaleur suffocante, gorgée d'humidité.

Il s'affala, pour finir, dans une cogone, une zone de grandes herbes qui présentaient ce petit inconvénient d'être fort coupantes et le lacérèrent un peu plus — il avait perdu quelque part ce qui restait de son sarong et était donc totalement nu.

Sortir de la cogone, traverser une cocoteraie, dormir et manger le derniers tiers du dernier boudin de riz, marcher encore et droit devant, senteur de la mer dans les narines. Il appuya presque inconsciemment sur sa droite, ayant également reniflé des feux, et donc des habitations.

Il marchait dans la mer depuis une vingtaine de pas quand il se rendit compte enfin que ça y était. J'y suis arrivé, je ne sais pas exactement où, mais Oncle Ka me trouvera. Il s'assit dans l'eau tiède. Il ne devait pas y avoir dix centimètres carrés de son corps qui ne fût entaillé, ensanglanté, couvert de piqûres par centaines, au moins sept ou huit chiques ayant établi leur campement dans ses pieds et ses mollets, et faisant, pour dire vrai, un mal de chien, entrées comme elles l'étaient de plusieurs centimètres sous la peau et dans la chair. Plante des pieds à vif, le sel marin creusant tout ça. Un vrai délice.

Il s'endormit allongé à plat dos, nuque posée sur un bout de rocher et quelques vagues lui parcourant de temps à autre le visage.

— J'espère que tu as de l'eau sur toi, j'ai un peu soif, dit-il.

Il avait entendu le sifflement familier. Rass Ka 3 se pencha, le tira sur la plage et le fit boire. Cela faisait cinq jours pleins que les Ibans battaient le rivage, et ils s'étaient aussi un peu battus en sorte que la route fût libre pour leur capitaine.

Le *Nan Shan* pointa son étrave à l'aube suivante. Kauswagan se trouvait à quinze milles dans l'ouest, je me serai trompé de rivière, ou bien ce seront ces détours que ces chasseurs m'ont obligé à faire.

— Rien de spécial à signaler, dit Oncle Ka. Et toi ?

— Non plus.

On mit à la voile au nord-ouest. Mers de Mindanao et de Soulou, et la suite.

— J'ai vingt-cinq petits-enfants depuis ce matin, dit Ching le Gros.

— En comptant les filles ?

— Sans les compter.

Le vingt-cinquième petit-fils du Gros était né à New York, aux États-Unis d'Amérique, il aurait la nationalité américaine.

— Il y a combien de nationalités entre tous vos petits-fils ? demanda Kaï.

Douze. Environ. Ou quinze. Ching n'avait pas fait le compte. De toute façon, ils étaient chinois et cela seul importait, un passeport n'était jamais qu'un morceau de papier. Et, de plus, avant même d'être chinois, ils faisaient partie du clan familial, pouvant tout en attendre et devant tout lui donner. Kaï et Ching le Gros étaient dans la boutique de Singapour qui n'avait pas changé depuis les origines, elle se trouvait à l'emplacement qui avait toujours été le sien depuis qu'elle avait été créée, vingt-trois ans avant qu'un certain Raffles ait eu l'idée de planter l'Union

Jack sur l'île qui ne comptait à cette époque que cent dix-sept habitants — dont quarante et un Chinois.

Kaï et Ching étaient accroupis, plantes des pieds bien à plat, et juchés sur des tabourets de trente centimètres de haut ; ils portaient la même culotte blanche, et bâillante, en sorte qu'en se mettant à quatre pattes on aurait pu comparer leurs parties intimes, largement exposées.

Ils buvaient du cognac-soda tout en croquant des petits piments rouges séchés. On était en décembre de 1910, il faisait dans les trente-huit degrés à l'ombre, un employé malais actionnait un panka au-dessus de leurs têtes et, les dix cognacs-soda déjà ingurgités commençant à produire leur effet, ils éprouvaient une très satisfaisante sensation de bien-être, quoique transpirant beaucoup.

Ching le Gros rota. C'était le signe qu'on allait parler sérieusement.

— Depuis que tu es rentré en mai, dit-il, tu as fait dix-sept voyages.

— C'est bien possible, dit Kaï qui ne les avait pas comptés.

— Tu voulais gagner de l'argent. Tu en as assez ?

— Presque.

— Je connais fort bien monsieur Ha.

— Ah, dit Kaï.

— Pas Ah, *Ha*. Je le connais et je sais qu'il te tient pour son associé.

— C'est son affaire.

— Une espèce de coïncidence bizarre a fait qu'ayant acheté récemment la banque Wang, Wang et Wang, je me suis retrouvé par hasard à jeter un regard innocent sur quelques comptes des clients de cette banque.

— Et un extraordinaire hasard vous a fait tomber en arrêt sur mon nom. Un vrai miracle. Combien ?

— Soixante et onze mille six cent vingt-deux dollars et quatorze cents. En gros. J'ai lu rapidement.

— Je ne veux pas de cet argent.

— Tu devrais aller voir Ha pour le lui dire.

— Je le lui ai dit.

— Une chose est sûre. Quand on sait que tu ne perçois qu'un et demi pour cent de ses bénéfices et que ce un et demi pour cent vaut à la date d'hier soixante et onze mille six cent vingt-deux dollars et quatorze cents, il est permis de penser que monsieur Ha est un homme fort riche, et sur le point de le devenir encore plus.

— Plus riche que vous.

— Je ne suis qu'un pauvre négociant dans une boutique obscure.

— Et ta sœur, dit Kaï en français.

— Je ne comprends pas du tout le français. Et en plus je n'ai pas une sœur mais quatorze. Tu veux encore du fret ?

— Oui.

— Pour quand ?

— Le plus tôt possible. Demain matin si c'est possible.

— Tu n'es à Singapour que depuis deux heures.

— J'ai remarqué. Vous avez ce fret ?

— Tu es nerveux, Kaï. J'aurais un fils qui te ressemblerait, que j'aimerais infiniment, dont je me soucierais, je lui dirais de se calmer, que toutes choses arrivent en leur temps.

— Merci.

— J'ai du fret mais il te faudra aller loin. C'est très bien payé. Tu devras être à Canton dans quatre semaines.

— Rien avant ?

— De petites choses. Il te faudrait multiplier les voyages et perdre encore plus de temps pour gagner ce que tu gagneras avec ce fret-là. L'aller et le retour te seront payés.

Kaï promena son regard sur l'intérieur de la boutique. Il pensait à New York, où jamais il n'irait, et où des fils et des neveux de Ching le Gros s'étaient installés, y faisant fortune. Il pensait à Londres et Paris, où il n'irait pas davantage, sauf cas de vie ou de mort. Il pensait à toutes ces mers sur lesquelles le *Nan Shan* ne naviguerait jamais. Voici que tout à coup ses mers du Sud lui semblaient minuscules. Mais ce serait le cafard, toute cette mélancolie si profonde qu'il traînait.

Ne te laisse pas aller.

— Pour où, ce fret ?

— San Francisco. De Canton à San Francisco et retour avec un chargement qui ne sera pas ordinaire.

— Je prends, dit Kaï.

— Mange, dit Madame Grand-Mère. Tu as maigri.

Elle était à une extrémité de la table, lui à l'autre. Six mètres de bois noir entre eux, et les deux servantes chinoises haïnanaises allant et venant sur leurs socques, silencieuses comme des ombres.

— Et ne parle pas tant, Kaï O'Hara. Tu m'assourdis.

— Excusez-moi.

— Ce Selim que tu avais comme cuisinier, où est-il ?

— Dans sa famille. Il a débarqué depuis le mois de mai.

— Il reviendra ?

— Il attend que je le prévienne.

— Tu pars quand pour San Francisco ?

Car bien sûr elle savait. Il devait exister, entre Ching le Gros et Madame Grand-Mère, et d'ailleurs entre la même Madame Grand-Mère et tous les hommes, femmes et enfants que Kaï connaissait de près ou de loin, quelque communication secrète et instantanée.

— D'abord Canton où je charge, puis San Francisco. J'appareille mardi.

Soit dans cinq jours. Le silence se fit à nouveau. Kaï mangeait, puisque l'ordre lui en avait été donné. Il piquait au hasard avec ses baguettes dans tous les plats étalés en demi-cercle autour de lui — Madame Grand-Mère se contentant d'une soupe qui n'eût pas rassasié un rossignol.

— Avec les années qui passent, tu lui ressembles de plus en plus. Tu as sa voix et jusqu'à sa façon de marcher. Je ferme les yeux et il est là.

Les yeux de Kaï s'emplirent de larmes et il baissa la tête, se bourrant de riz blanc, nez dans son bol.

— Il n'oubliait jamais aucun de mes anniversaires.

Comme je n'ai jamais su exactement quel jour j'étais née, il m'a proposé de choisir une date. Je lui ai dit : celle que tu veux. Et il m'a répondu : Noël.

— Joyeux Noël, dit Kaï la gorge serrée.

— Noël me convenait. Pour moi cela ne voulait rien dire, dès lors que j'étais chinoise, et peu soucieuse de religion. Mais pourquoi pas Noël ? Cela me permettait d'allumer des bougies, et pour lui et pour moi.

Il y avait une ribambelle de chandelles sur la longue table noire.

— Remarque bien, dit encore Madame Grand-Mère, que je ne te reproche d'aucune façon d'avoir oublié mon anniversaire. Tu as mille autres choses en tête. Je me suis même demandé un moment si tu viendrais dîner. C'est qu'il est près de minuit.

— Il est minuit, dit Kaï, tandis que sonnaient dans Singapour les cloches de plusieurs églises et temples.

On frappa à la porte et, quand la servante alla ouvrir, ils apparurent à six. Ils entrèrent, marchèrent tout droit sur Madame Grand-Mère, les soulevèrent elle et sa chaise-cathèdre droite (qui pesait deux fois plus qu'elle), et l'emportèrent.

— Et toi, tu ne fais rien ! dit-elle à Kaï.

— Et pourquoi donc ?

Il aligna ses baguettes, se rinça les doigts au citron vert, s'essuya la bouche d'une petite serviette chaude et parfumée, se leva, sortit à son tour. Madame Grand-Mère était déjà dans le palanquin qui, soulevé à main d'homme, était précédé de quatre porteurs de flambeaux. Ainsi descendit-on au port, au wharf dont le *Nan Shan* occupait le poste central, en l'absence de tout paquebot pour lui disputer la place. La goélette était illuminée, de la pomme du grand mât jusqu'aux drisses de huniers, de perroquets, de cacatois, aux braies, bossoirs et bastingage ; des centaines de lanternes évidemment chinoises, des lampions multiformes et multicolores. Le palanquin fit halte au pied de la passerelle.

— C'est mon anniversaire, dit Madame Grand-Mère à

Ching le Gros qui attendait au pied de la passerelle, en compagnie de deux cents autres.

— Je n'étais pas du tout au courant, répondit Ching (c'était lui qui avait prêté les lanternes ordinairement en usage pour le Nouvel An chinois).

— J'ai quatre-vingts ans.

— Joyeux Noël, dit le Gros.

— Et mon petit-fils a pensé à le célébrer.

— Il y a ainsi quelques rares moments où il n'est pas complètement ignoble.

Kaï prit Madame Grand-Mère dans ses bras et la porta à bord, la déposa sur le grand fauteuil paon en rotin de Manille, au centre d'une demi-lune faite d'hibiscus, de flamboyants et de bougainvillées — les orchidées ayant été réservées à la décoration de la table basse sur laquelle Selim et ses deux femmes alignaient les plats.

— Je comprends maintenant pourquoi tu mangeais si peu, chez moi.

Les Dayaks de la mer avaient mis leur sarong de fête, portaient leurs coiffures de plumes. Ils n'en hissèrent pas moins les voiles. L'appareillage se fit dans une douceur extrême ; il y avait peu de vent et la mer était lisse.

— Je crois que je vais manger un peu.

De fait, elle dévora, du moins à son échelle. Après quoi, elle accorda des audiences. A Selim, qu'elle complimenta pour sa cuisine, puis, tour à tour, à chacun des seize Dayaks de la mer, dont trois naviguaient déjà sur le *Nan Shan* au temps où elle-même et la Mangouste folle couraient encore les mers ensemble.

A Oncle Ka enfin, avec qui elle tint une conférence chuchotante et Kaï put assister à ce miracle d'un Oncle Ka qui riait, se dandinait, se trémoussait tel un gamin à l'école à qui on remettait un prix. Il faut dire qu'elle avait connu Oncle Ka quand il avait six ans, puis lorsqu'il en avait eu douze et pour la première fois avait été incorporé à l'équipage de Cerpelaï Gila.

— A toi maintenant, Kaï O'Hara, dit-elle. Fais-moi donc visiter ton bateau que je connais un peu.

Elle voulut tout voir, il lui fit tenir la barre (ce qu'elle savait parfaitement faire) tandis que le *Nan Shan*, ayant touché un peu de vent, contournait l'île de Singapour par le sud et remontait vers le détroit de Malacca, l'aube s'annonçant par quelques lueurs roses dans l'est mais n'étant pas encore venue.

Pas de têtes coupées et suspendues dans la cale avant.

— Il y en a toujours eu, dit-elle, qu'est-ce qui se passe ?

Kaï lui expliqua que les récents voyages n'avaient pas permis de renouveler la collection du bord. Ce n'était pas à Saigon, à Bangkok, à Hong Kong, à Surabaya et autres ports semblables que l'on pouvait couper des têtes. Le marché des têtes allait se rétrécissant, c'était la vérité pure. Et puis tous ces derniers mois le *Nan Shan* avait utilisé des équipages de réserve, il avait bien fallu opérer des roulements, Oncle Ka en personne avait pris ses vacances.

— Tu as beaucoup travaillé.

— Encore assez.

Elle scruta la cambuse, le carré, les cabines réservées à des passagers éventuels, passa son index dans les recoins les plus invraisemblables et, bien sûr, y trouva un peu de poussière.

— Il va falloir me nettoyer ça plus sérieusement.

— Juré.

— La cabine maintenant. Celle du capitaine.

Elle y entra la première et pendant un long moment, Kaï restant derrière elle, se tint immobile, et il vit bien qu'elle était envahie par les souvenirs, de toutes ces années qu'elle avait vécues dans cet endroit, avec Cerpelaï Gila.

— Elle est bien arrangée. Elle est mieux qu'autrefois, bien mieux.

Il n'arrivait pas à parler et croyait encore sentir, dans cet espace confiné, le parfum de la grande bringue. Ce qui aurait déjà suffi à le tourneboulér, même s'il n'y avait pas eu, en plus, l'émotion qu'il éprouvait à imaginer toutes les réminiscences de Madame Grand-Mère.

— Tu ne pouvais pas, tu ne pouvais simplement pas

me donner plus merveilleux anniversaire, dit-elle doucement.

— Je n'ai pensé à rien d'autre.

— Tu as le cœur tendre.

Les mots mêmes employés par Oncle Ka.

— Vous devriez vous allonger un peu.

— Sûrement pas ici. Dans une autre cabine, peut-être. Et encore. Décidément, non. J'ai tout le temps de dormir, à présent.

Elle ne bougeait toujours pas, si droite et si menue, sûrement qu'elle pleure ou a très envie de pleurer. Et à sa grande honte et infiniment de gêne, Kaï en était à l'imaginer jeune et ardente et nue, dans les bras colossaux de celui qu'elle s'était choisi pour mari, et qu'elle avait tant aimé.

Il se passa alors ceci que ses pensées à elle suivirent exactement le même cours que celles de son petit-fils.

— Il était et tu es la force même, ventre plat et cuisses puissantes. J'étais chinoise et jeune, je ne pouvais comprendre comment on pouvait dire d'un homme qu'il prend une femme, et qu'elle a très envie d'être prise, jusqu'à ce moment où j'ai été dans ses bras pour la première fois. Ici.

La minuscule main de Madame Grand-Mère monta, s'ouvrit dans un geste d'appel.

— Embrasse-moi, Kaï O'Hara.

Elle se tourna sitôt qu'il posa ses grosses mains autour de ses épaules, elle vint contre lui, s'y serra, y appuya son front, quelques secondes d'étreinte, après lesquelles elle se raidit.

— On remonte sur le pont. Je veux voir le soleil se lever sur le détroit de Malacca.

Ils naviguèrent jusqu'au matin suivant. Quand il la ramena à Singapour, elle n'avait pas dormi, ou alors vaguement somnolé dans le fauteuil de rotin, et avait fait tomber de rire les Dayaks de la mer en leur racontant des histoires d'une obscénité à faire rougir, ne riant pas elle-même mais avec une flamme incroyable dans ses yeux fendus.

A l'accostage, elle ne voulut pas être aidée et descendit seule.

— Je ne te dirai pas merci, ce serait ridicule.

— Je comprends.

— Pour le reste, dit-elle, je sais ce que tu fais et vas faire et je te donne entièrement raison. Bonne mer.

A Canton, sur la rivière des Perles, le *Nan Shan* embarqua une cargaison qui n'eût pas été confiée à beaucoup d'autres navires : des jades, des ivoires sculptés, des émaux cloisonnés d'une extraordinaire délicatesse. Tout cela destiné à des négociants des États-Unis ou à des collectionneurs. Le chargement eut lieu sous étroite surveillance.

— Il serait dommage que quelque chose soit cassé.

— Rien ne sera cassé.

Tout arriva intact. La goélette franchit la Porte d'Or de San Francisco (que ne survolait alors aucun pont) le 11 mars, s'amarra et dans les deux minutes suivantes reçut la visite de trois hommes, un de la police d'immigration et les deux autres du service des douanes.

— Pas de passeport, dit Kaï.

— Nous ne plaisantons pas.

— Moi non plus.

— Vous avez bien un document pour établir votre identité.

— Non.

Kaï précisa qu'il avait en horreur toute espèce de lien avec une quelconque administration. Quant à sa nationalité, il l'ignorait et ne voulait surtout pas la connaître. A son avis, il n'en possédait aucune.

— C'est impossible. Tout le monde a une nationalité.

— Pas moi.

Oui, le bateau était à lui. Non il n'avait aucun brevet de capitaine, il ne savait même pas à quoi ça pouvait bien ressembler et s'en fichait complètement. Non, son équipage non plus ne détenait aucun document d'aucune sorte ; c'étaient des Dayaks de la mer, ou des Ibans de Bornéo — cela dépendait s'ils étaient à terre ou en mer, ils changeaient de nom selon les cas ; et ils ne parlaient rien d'autre que leur propre langue, inutile de les interroger.

— D'ailleurs, même si vous saviez leur langue, je pense qu'ils ne vous répondraient pas. Vous leur diriez par exemple ceci (Kaï prononça quelques mots dans l'espèce de patois de malais employé par son équipage), ils ne tourneraient même pas la tête. C'est qu'ils ont leur caractère, ne vous fiez pas à leur physionomie rieuse.

Sur quoi, les Dayaks de la mer exécutèrent point par point les ordres que Kaï venait de leur lancer : ils soulevèrent délicatement les trois hommes, les laissèrent tomber dans l'eau ; on remit à la voile (les voiles n'étaient même pas encore affalées, au demeurant) et on prit le large. Il soufflait sur la baie de San Francisco une fort jolie brise et en vingt minutes la Porte d'Or fut de nouveau franchie, en sens inverse. Voici, pensa Kaï, la plus courte visite jamais rendue par un navire aux territoires des États-Unis d'Amérique.

— Toute la toile, Oncle Ka.

Il venait d'apercevoir une espèce de grosse vedette grise arborant la bannière étoilée avec à son bord sept ou huit hommes armés. Un garde-côte.

Sauf que la chose avait une cheminée grotesque, fort fumante, qui ne lui permettait pas de dépasser les vingt nœuds. Ridicule.

— On le garde en vue, je ne voudrais pas qu'il se perde.

On prit un ris ou deux quarante minutes plus tard, la vedette put s'approcher à vingt brasses. Un bonhomme avec des moustaches annonça qu'on allait procéder à un arraisonnement.

— Ça m'étonnerait, cria Kaï.

— Affalez vos voiles ou nous vous tirons dessus.

Kaï fit mine de se pencher par-dessus le bastingage et désigna une ligne invisible.

— Je suis en dehors des eaux territoriales.

On se promena de la sorte sept ou huit heures, la nuit vint, le *Nan Shan* s'en alla croiser plus au sud, tous feux éteints, après avoir longuement tiré des bords sans jamais franchir la ligne invisible. J'ai l'air de quelqu'un longeant la clôture d'une propriété gardée par un molosse, et qui me suit pas à pas. Le troisième jour seulement surgit une grosse chaloupe qui, pour signe de reconnaissance, portait un calicot blanc noirci par un idéogramme que Kaï ne put traduire mais qui était vraisemblablement chinois.

— Vous comprenez le chinois ?

Question d'un petit homme rond, et chinois.

— Plutôt bien.

— Nuit après nuit, à 2 heures, si vous ne pouvez pas faire terre la première nuit. A Half Moon Bay. Vous avez compris ?

La vedette garde-côte arrivait à toute vapeur et le *Nan Shan* abattait déjà sur tribord pour prendre ses distances.

— Vous avez compris ?

Kaï leva un bras pour signifier son accord. Il n'avait qu'une seule carte de la côte occidentale des États-Unis — qui n'était pas dans ses mers du Sud. Il ignorait totalement où se trouvait Half Moon Bay et ne releva le nom nulle part. Le geste qu'avait fait le petit Chinois de la chaloupe indiquait néanmoins le sud. La nuit suivante, le *Nan Shan* pénétra de nouveau dans les eaux territoriales et, cinq heures durant, longea la côte au-dessous de San Francisco. Sans rien voir. Il fallut reprendre le large avant le lever du jour.

Deuxième et troisième nuits trop claires. On y voyait presque comme en plein jour ou presque, à cause de la lune.

Nouvel essai pour rien les deux nuits suivantes. D'accord, j'aurais dû me munir d'une carte plus précise, cette saloperie que j'ai prise à Singapour et qui, pour un peu, me montrerait les deux pôles ne sert à rien, mais je ne m'attendais pas... Non, c'est ma faute, j'aurais dû penser au coup du passeport.

Un feu la huitième nuit. Kaï s'approcha avec prudence, craignant un piège. Mais un canot apparut dans la nuit maintenant très sombre. On le héla en chinois. Il répondit. Un homme monta à bord, vêtu d'un complet sombre, cravaté, coiffé d'un chapeau, mais chinois.

— Vous n'avez donc pas de carte ?

Le ton était sec. Kaï réprima une impatience qui montait. D'ailleurs, l'autre reprenait et lui demandait pourquoi diable il était allé se jeter dans le port de San Francisco.

— Comprends pas.

— Avec votre cargaison, c'était de la folie.

On s'expliqua. Il apparut que toutes les choses si délicates dont la cale de la goélette était pleine n'étaient pas de la marchandise ordinaire. Au sens où il valait mieux pour tout le monde qu'elle ne passât pas par les douanes américaines.

— De la contrebande, dit Kaï, qui ne savait pas trop s'il devait se mettre en rage ou rire. J'aurais eu cette saleté de passeport et les autres âneries qu'ils voulaient de moi, dans le port de San Francisco, je me retrouvais en prison, et mon bateau saisi.

Le Chinois si élégant hochait la tête. Lui non plus ne comprenait pas. Kaï aurait dû être prévenu.

— Pas à Singapour, coupa Kaï. Il se refusait à croire une seconde que le Gros eût pu délibérément le mettre dans une telle situation, ni même commettre une erreur. Au plus, Ching s'était bien gardé de lui apprendre la nature de la cargaison si bien payée — par crainte qu'il refusât le fret — et avait demandé aux affréteurs cantonais d'informer le capitaine du *Nan Shan* — ce qui n'avait pas été fait.

Restait que Kaï tenait à s'assurer que les caisses chargées sur la rivière des Perles contenaient bien des jades, des ivoires et des cloisonnés. Malgré les protestations du Sino-Américain, il fit tout ouvrir. Bon, il n'y eut pas de surprise, ni de double fond. Il autorisa le déchargement. Sauf que sa vérification avait pris du temps. On ne put transporter à terre que la moitié des caisses.

Si bien que ce fut seulement la neuvième nuit que les cales furent vidées. Puis remplies.

Tu reviendras de San Francisco avec un chargement qui ne sera pas ordinaire, avait prévenu le Gros. A juste titre, la chose étant parfaitement illégale, ou à tout le moins interdite par les lois américaines : la cargaison à transporter en Chine consistait en quatre-vingt-un cercueils, certains luxueux, contenant les restes de Chinois émigrés et morts en terre étrangère, et dont certains avaient économisé toute leur vie pour être certains que leur dépouille reposerait en vraie terre chinoise.

— Vous voulez faire d'autres voyages ?

Question du Sino-Américain, qui se faisait appeler John Wong. Kaï hésita. Jouer les contrebandiers, qu'il s'agît de cercueils clandestins ou de pièces d'art, ne le troublait pas outre mesure. Il refusait le principe même du passeport, et évidemment des frontières, alors...

Et puis, le Gros l'avait souligné, en le répétant même (ce qui aurait dû éveiller mes soupçons), c'était bien payé. Sept mille dollars par aller et retour. Jusqu'à quinze fois le prix d'un transport ordinaire, entre, par exemple, Bangkok et Shanghai, itinéraire pénible assez souvent, avec des vents difficiles à maîtriser.

Kaï demanda :

— On peut changer l'endroit des débarquements ?

— Vous le fixerez vous-même.

— Je veux dix mille dollars par voyage.

On négocia à huit mille sept cent cinquante. Et pour la première fois de sa vie, Kaï compta des billets, qu'en d'autres temps il aurait négligemment jetés dans le tiroir du seul meuble de sa cabine — en dehors de la penderie de la grande bringue.

Le *Nan Shan* effectua trois autres voyages identiques. Le dernier particulièrement périlleux : un vrai navire de guerre le prit en chasse et sans l'épais brouillard (mais Kaï avait compté sur lui) qui se répandit au bon moment sur la mer, la goélette eût bel et bien été arraisonnée.

Kaï se le tint pour dit. Et puis il estimait avoir amassé suffisamment.

Le moment était venu.

Singapour le 10 août 1911, et Ching le Gros sur le wharf moins de quelques minutes après l'accostage.

— Excuse-moi. Je suis désolé.

— Ta version ?

Celle-là même que Kaï avait supposée : le Gros avait évité de parler de contrebande mais cru qu'en insistant sur le prix élevé du fret, il avait été assez clair. Quant aux précautions à prendre à l'arrivée sur les côtes de Californie, il s'en était remis aux gens de Canton (qui n'étaient pas de son hui, il aurait dû se méfier et s'en voulait beaucoup) pour en informer Kaï.

— On n'en parle plus.

— Tu pars quand ?

Le 17 août. L'équipage soigneusement choisi pour ce voyage spécial se tenait déjà prêt, il suffirait d'aller le prendre en passant au Sarawak. Bien entendu, Oncle Ka serait de la partie. Et Arthur Dobbs. Il fallait bien quelqu'un qui eût un passeport. Et puis Dobbs, qui s'était chargé de collationner les cartes dont on allait se servir, connaissait bien la route.

Le 16 au soir, Kaï dîna chez Madame Grand-Mère. Sur l'insistance de celle-ci, il alla jeter un coup d'œil sur toutes les saloperies sculptées que cet abruti de Ha ne cessait d'envoyer, et que faute de savoir qu'en faire, on entassait dans ce qui avait été autrefois une écurie, sur les arrières de la maison construite par la Mangouste folle.

Un de ces jours, si j'en ai le temps, je casserai la tête de Boule de gomme, ou je l'enterrerai sous ses cadeaux imbéciles.

Appareillage le 17 avant l'aube. Oncle Ka à la barre. Kaï pour sa part allant dormir — il n'avait pas fermé l'œil durant les quatre dernières journées, occupé qu'il avait été à courir dans tout Singapour.

D'ailleurs, Oncle Ka n'avait besoin de personne pour piloter le *Nan Shan* jusqu'au Sarawak, puis du Sarawak dans le détroit de Malacca et le Grand Canal qui sépare la pointe nord de Sumatra et l'archipel des Nicobar.

Kaï prendrait la barre ensuite. Pour la traversée de l'océan Indien, le contournement de Ceylan, le dépassement des Maldives...

Et la suite.

Le 29 septembre en fin de matinée, une côte étrange se dessina à l'horizon. Kaï avait comme toujours été le premier à la voir, à en relever les contours, à en constater la nudité. De la rocaille et rien d'autre, lunaire. Chez Kaï s'accentua encore, jusqu'à devenir oppressante, cette sensation d'être parvenu à des confins, à un autre monde qui en aucun cas ne pouvait être le sien ; il retrouvait les appréhensions, et presque les terreurs, des marins des temps anciens, qui s'attendaient à ce que l'océan sur lequel ils s'aventuraient s'achevât en un monstrueux précipice.

Depuis le départ de Singapour, le *Nan Shan* avait filé comme le diable. Bon et gros vent dans le détroit de Malacca, meilleur encore dans l'océan Indien. Pas d'escale à Colombo mais une aiguade sur une île des Maldives, là même où Kaï O'Hara numéro 9, qui d'ailleurs n'était pas allé plus loin dans l'ouest, avait jadis fait une escale et s'était caché, poursuivi qu'il était par deux navires de la Compagnie des Indes. Kaï ensuite avait tiré tout droit. Gardant par bâbord, mais sans la reconnaître, la côte somalienne d'Afrique, et par tribord de même celle d'Arabie. Retardant ainsi autant qu'il le pouvait un contact qui ne lui plaisait guère.

— Tu viens sur la gauche, Oncle Ka. Comme ça.

La barre changea de main. Kaï alla marcher sur la longueur de la goélette. Au fil des minutes, le dessin de la côte se faisait plus net. La mousson de sud-ouest qui avait porté le *Nan Shan* était sur ses fins, l'allure était tombée. Même mon bateau, se dit Kaï, a du dégoût de venir jusqu'ici. Son regard détaillait des montagnes pelées et ocre, des coulées volcaniques noirâtres, ce qui avait sans doute été le lit d'une rivière quelques millions d'années plus tôt, et qui maintenant était sec, calciné.

— Je reconnais l'endroit, dit Dobbs. Je suis resté huit mois dans le coin, il y a vingt-trois ou vingt-quatre ans. Un four. Et la mer Rouge ne vaut pas mieux. Jamais eu aussi chaud de ma vie. Le port est là-bas.

Si ce n'avait tenu qu'à lui, Kaï n'aurait sûrement pas fait escale à Aden. Mais il y avait le foutu canal à franchir (un moment, Kaï avait réellement envisagé de faire le grand tour de l'Afrique, à seule fin d'éviter d'engager son bateau dans ce boyau qu'était le canal de Suez, il n'y avait renoncé qu'à contrecœur). Mais Dobbs avait affirmé qu'il valait mieux se mettre en règle avant même d'embouquer le Bab el-Mandeb ouvrant la mer Rouge ; parce que, après, ce serait comme d'être bloqué dans un couloir, et à la merci d'un contrôle qui serait certainement fait.

— Le Crater, dit encore Dobbs. C'est tout plein de volcans, ici. Pas beaucoup d'endroits plats. On peut mouiller dans Front Bay ou alors de l'autre côté de l'îlot de Sira, à Holkat.

— Holkat.

Glissant quasiment sur son erre, le *Nan Shan* dut éviter des dhows armés de matelots enturbannés et en guenilles. Holkat Bay était emplie d'une bonne douzaine de coques en fer.

— Mets ta casquette, dit Kaï à Dobbs.

— Tu es le vrai capitaine du *Nan Shan* et tu n'as jamais porté de casquette.

— Ta casquette.

A quai, la chaleur se révéla plus écrasante encore, dans un air totalement immobile. Et après l'amarrage, il fallut attendre près d'une heure avant qu'une présence se manifestât dans le poste de contrôle. Un Indien parsi apparut, fort gras, qui prétendit qu'il n'avait aucun pouvoir, n'étant que secrétaire, et qu'aucune formalité ne pourrait être accomplie avant l'arrivée du sahib Percival. Et où était le sahib Percival ? Il faisait la sieste. Il n'était jamais que 3 h 30 de l'après-midi, il faisait encore bien trop chaud pour qu'un sahib pût se risquer au-dehors.

Kaï savait à peine ce qu'était un Parsi, mais il pouvait ou pensait pouvoir reconnaître à coup sûr un Indien qui mentait.

— Il nous raconte des histoires, Dobbs.

— Ne vous retournez pas tout de suite, dit Oncle Ka, mais nous avons quelqu'un derrière nous.

C'était un bâtiment de guerre de la marine de Sa Majesté britannique. Avec des canons.

— C'est à nous qu'ils en ont, dit Dobbs.

Non que le destroyer, si c'en était un, pointât ses canons ou se montrât vraiment inquiétant. Mais il avait une façon d'occuper cette partie de la darse qui n'était pas vraiment naturelle. A croire qu'il voulait prévenir un retrait précipité, du type de celui exécuté par Kaï à San Francisco. Kaï descendit sur le quai, le traversa pieds nus et en sarong, bandeau autour de la tête, et entra dans les bureaux officiels. Le Parsi était assis sous un ventilateur et comptait les mouches.

— On joue à quoi ?

— J'ai l'honneur de vous informer respectueusement que je ne comprends pas votre question, dit le Parsi.

— Nous ne comptons pas rester à Aden plus d'une heure ou deux. Le temps de faire viser nos documents de bord.

— J'ai l'honneur de vous informer respectueusement que ces documents doivent être visés par le sahib Percival.

— Alors, allez le chercher.

— Puis-je très respectueusement vous demander si vous êtes le capitaine Arthur Andrew Dobbs, commandant la goélette *Nan Shan* ?

Kaï résista à son impulsion première, qui aurait été de projeter le Parsi par la fenêtre. Il tourna les talons et ressortit. Je le savais que cette idée de l'Hodgkins de Singapour — prendre Dobbs à bord et en faire officiellement le capitaine pour nous éviter des ennuis lors du passage du canal de Suez —, j'en étais sûr que cette idée était absolument idiote.

Il remonta à bord.

— Dobbs, tu vas lui demander où habite ce Percival et tu y vas. Je ne veux pas passer quinze jours dans cet endroit pourri.

— Ça sent mauvais, Kaï.

— Je sais. Vas-y.

Dobbs replaça sa casquette sur son crâne et s'éloigna. Et à peine était-il entré dans les bureaux que quatre policiers armés de mousquetons apparurent, sous la conduite d'un caporal qui, lui, était visiblement britannique, au contraire de ses hommes qui étaient fort basanés. Le détachement prit position à dix mètres de la passerelle du *Nan Shan*.

— C'est nous que tu surveilles, petit ? demanda Kaï au caporal.

Un regard bleu passa sur lui, s'écarta. Pas d'autre réponse.

— Est-ce que tes ordres sont de nous tirer dessus si nous appareillons ?

Pas de réponse.

— Est-ce que je peux descendre sur le quai ?

Même mouvement de tête : non.

Kaï alla chercher son livre et se mit à lire, jetant de temps à autre un coup d'œil sur les bureaux à cent mètres de là. Qu'est-ce que fichait cet abruti de Dobbs ?

Plus de trois heures s'écoulèrent sans le moindre changement dans la situation. Enfin, un homme apparut, venant de ces bureaux dont Dobbs n'était toujours pas ressorti. Il portait des culottes courtes, assez longues toutefois pour opérer la liaison avec les bas épais lui montant aux genoux, des chaussures noires remarquablement cirées, un casque colonial et un stick de bambou.

Et des lorgnons qu'il ôta pour considérer le *Nan Shan*.

— Beau bateau.

— Merci.

— Dix-huit nœuds ?

— Un peu plus.
— Vingt. Vingt-deux ?
— Il n'est pas à vendre, dit Kaï, dont cet interrogatoire éveillait les soupçons. Vous êtes Percival ?
— Votre capitaine Dobbs a quelques ennuis.
— Allons bon.
— Vous êtes son second ?
— En quelque sorte. Quels ennuis ?
— Il est accusé d'avoir dévalisé une banque, à Singapour.

Kaï fut sincèrement ahuri. D'abord parce qu'il n'y avait pas tellement de banques à attaquer à Singapour, ensuite parce qu'il n'avait jamais entendu parler de quelque attaque de banque singapourienne que ce fût, enfin parce que Dobbs était arrivé d'Australie exactement vingt heures avant le départ du *Nan Shan* pour le Sarawak et l'Europe.

— C'est une accusation assez peu crédible.

Peut-être, mais que la police de Sa Majesté devait vérifier. En attendant, le sieur Dobbs était, disons, retenu. Et son bateau de même.

— Combien de temps ?

Percival, si c'était lui, allait et venait le long de la goélette à quai — il avait l'air capable de faire la différence entre un bateau à voiles et un train.

— Réflexion faite, je dirai qu'il peut atteindre vingt-cinq nœuds, sinon davantage. La curiosité me dévore quant à cette façon dont vous avez conçu vos focs et autres clinfocs.
— Combien de temps ?
— Un jour ou deux. Ou plus.

A ce moment-là seulement, le regard de Percival et celui de Kaï se croisèrent pour la première fois, et Kaï ressentit une impression curieuse : l'homme semblait gêné.

Dès la tombée de la nuit, pourtant, outre que l'on releva le petit détachement de police par un autre, on installa bel et bien des fanaux, pour prévenir tout appareillage nocturne.

Deux jours.

Quand le Parsi passa le troisième matin, Kaï lui dit

qu'il voulait débarquer et parler à Percival ou à n'importe qui détenant une autorité quelconque...

— J'ai l'honneur de vous informer respectueusement que je ne peux vous informer sur rien, lui fut-il répondu.

Un paquebot entra dans le port d'Aden à l'aube du quatrième jour. C'était le deuxième en quatre jours, et Kaï ne lui accorda pas une attention particulière. Il lisait, couché sur le pont (trente-neuvième page, sixième ligne), s'étonnant lui-même de sa propre patience mais n'ayant pu imaginer le moindre plan pour se sortir de ce guêpier, et surtout envahi par une intuition inexplicable, très bizarre et très forte, qui le faisait presque trembler.

En sorte que, lorsqu'on monta à bord, il ne se retourna même pas, appuyé qu'il était sur un coude. Il y eut des bruits de pas sur le pont et il ne bougea pas davantage. Ce n'était pas si facile de continuer à paraître calme et loin de tout, mais il y réussit, bien que relisant la sixième ligne pour la sixième fois sans en comprendre un traître mot.

— Je descends, dit Catherine. Je ne voudrais pas me produire en public.

Il demeura immobile quelques secondes encore, puis enfin glissa son signet entre les pages trente-neuf et quarante, il referma le livre, se dressa, s'étira, sans pouvoir rencontrer le regard d'aucun des Dayaks de la mer, Oncle Ka le premier, qui tous contemplaient l'horizon le plus lointain avec une fixité et une concentration saisissantes.

Il gagna la cabine et y entra. Elle était assise sur le lit, jambes repliées sous elle, tournant le dos à la porte. Elle avait face à elle le petit cheval chinois qu'elle avait vendu à Sydney, que, bien sûr, il avait racheté, et qui avait retrouvé sa place sur l'étagère en tête de lit.

— Un an, Kaï. Un an.

— C'est vrai que ça m'a paru assez long, à moi aussi, dit-il.

— Tu savais que j'allais te rejoindre à Aden ?

Il ne le savait pas. Mais l'idée lui en était venue. A quelque chose dans les yeux des Hodgkins de Singapour.

Qui lui avaient bien annoncé, à elle, son départ pour l'Europe, non ?

— Ils m'ont prévenue, c'est vrai. Mais personne ne pensait que tu irais si vite, avec le *Nan Shan*.

... Il y avait donc eu cette lueur dans les yeux des Hodgkins de Singapour, puis cette accusation absurde contre Dobbs. Est-ce que la banque que Dobbs était censé avoir attaquée à Singapour n'était pas, par hasard, la banque Wang, Wang et Wang ?

— Oui. Je connaissais ton itinéraire. J'avais prévu de venir t'attendre ici. Tu avais vraiment envie d'aller me chercher jusqu'en Europe, si tu pouvais l'éviter ?

Pas vraiment. Pas du tout. Nom d'un chien, absolument pas du tout. N'importe quoi, sauf l'Europe. Déjà qu'il était allé quatre fois à San Francisco, qui n'est pas dans les mers du Sud !

— J'avais donc prévu de t'attendre, mais tu as voyagé si vite que j'ai vu que je te manquerais. Je ne voulais pas courir tout au long de la berge du canal de Suez en te faisant des signes.

De qui était l'idée de faire accuser Dobbs d'une attaque de banque ?

— Ton ami Ching.

Pas une surprise. D'autant que la banque Wang lui appartenait.

— Il fallait bien te retarder et t'obliger à attendre à Aden l'arrivée de mon paquebot qui n'avançait pas.

C'est nul, les coques en fer. Ce ne sont pas de vrais bateaux.

— Ce n'était pas si facile de trouver une bonne raison pour que tu sois retardé. Surtout en discutant uniquement par télégraphe avec les Hodgkins et Ching.

Kaï n'avait pas encore approché, moins encore touché la grande bringue. Il la regardait, éperdument. Depuis des mois, depuis Mindanao (et à la vérité depuis bien plus longtemps encore), il n'y avait pas eu un seul jour sans qu'il imaginât les retrouvailles, et chaque seconde de celles-ci, si elles avaient lieu. Il était passé par des périodes de désespérance — ou de rancune, ou de fureur, mais celles-là étaient très passagères ; de ces expériences vécues par anticipation, de ces préparatifs, rien ne lui servait maintenant. Il restait comme paralysé. Elle est là, sur le *Nan Shan* et dans notre cabine, et tout ce que je fais, c'est de ne rien faire ; nous parlons de choses sans importance, de Dobbs et des autres abrutis de Singapour ; je suis vraiment une brute, un crétin.

— Quant à ton ami Dobbs dont j'ignore où tu l'as trouvé, dit-elle, tranquillise-toi. Si j'ai bien compris, tu l'as pris à ton bord pour qu'il y fasse le capitaine le temps de passer les contrôles, et parce qu'il souhaitait rentrer dans son Angleterre. Eh bien, il va rentrer en Angleterre. Ching a tout prévu. Ton Dobbs prendra le prochain paquebot pour Londres, ou Liverpool, je ne sais plus ; on y lui a retenu une place et pour les quatre jours où il aura été bloqué à Aden, il recevra mille livres.

Je me fous complètement de Dobbs, pensa Kaï. Mais il ne prononça pas les mots. Il s'était appuyé au chambranle de la porte, mains entre le bois et lui. C'était plus fort que lui : de la rancœur lui venait, s'imposait. Il se fermait.

— Quant à Christine et Julie qui, je te le rappelle, sont nos filles jumelles, elles sont restées en France. Et y resteront. Ma famille s'en occupe. Elles vont bien.

C'est vrai que j'aurais dû demander de leurs nouvelles et que je ne l'ai pas fait. D'accord. Mais, nom d'un chien, elle m'a quitté à Sydney sous prétexte que j'étais un peu en retard, elle m'a forcé à faire mille choses que je ne voulais absolument pas faire (comme de la contrebande, et en Californie en plus, et comme de faire venir mon *Nan Shan* jusqu'ici, sur le seuil de la porte de la mer Rouge, comme qui dirait en Europe), elle débarque comme une fleur, et parce que je ne lui demande pas tout de suite comment vont les filles, elle m'engueule.

Il rouvrit la porte de la cabine et sortit. Remonta sur le pont. Dobbs justement y arrivait. Le quai était désert, en tout cas les policiers n'y étaient plus. Même le foutu destroyer se trouvait maintenant à l'autre bout de la darse.

— Je n'ai rien compris, dit Dobbs. Je n'y comprends

rien. Non, mais tu te rends compte ? Ils me disaient que j'aurais attaqué une banque à Singapour !

— La ferme, dit Kaï.

— Et ils me remettent en liberté, ils disent que c'était une erreur, je me retrouve avec un billet de bateau pour l'Angleterre et...

— Tu prends ta cantine et tu débarques. Tout de suite.

— C'est que j'aimerais autant aller jusqu'à Marseille avec vous. Après tout, je t'ai sacrément sauvé la mise, à Sydney. Sans mes mensonges, comme tu dis...

— Oncle Ka, il débarque.

Trois Dayaks de la mer prirent Dobbs par les pieds et les aisselles et le déposèrent sur le quai. Deux autres entassèrent près de lui sa cantine métallique et ses deux sacs de marin.

— On rentre, Kaï ?

Question d'Oncle Ka.

— On rentre.

Et nom d'un chien, quelle jouissance de remettre à la voile, de sortir de cette saleté d'Aden, de tourner le dos au Bab el-Mandeb et à tout le tremblement. Il soufflait un vent du sud-ouest qui, à tort ou à raison, semblait chargé des odeurs de l'Afrique — l'horreur. La hâte quasi fébrile éprouvée par Kaï était à l'évidence partagée par tout l'équipage. Qu'est-ce que je les aurais obligés à faire, tout de même ! J'avais en somme une espèce de contrat avec eux, jamais je ne devais les conduire en dehors des mers du Sud...

... Bon, c'est vrai aussi qu'ils doivent être plutôt contents qu'elle soit de nouveau à bord.

Moi aussi.

MOI AUSSI, NOM D'UN CHIEN ! J'AI ENVIE DE HURLER !

Le *Nan Shan* sortant du foutu golfe d'Aden. Le *Nan Shan* s'envolant. Et l'autre abruti de Percival, avec ses culottes courtes, s'essayant à deviner combien de nœuds nous pouvons filer !

— Qu'est-ce que tu fabriques ?

Selim avec sa coiffe malaise des dimanches, enfin des

jours de fête, en train de préparer sur le pont, à l'endroit habituel, l'un de ces repas dont il avait le secret.

— Je prépare le déjeuner, dit Selim.

— Sur ordre de qui ?

Selim rentra un peu la tête dans ses épaules, comme s'il s'attendait à être frappé, mais n'en continua pas moins ses préparatifs, aidé de ses deux femmes.

— Et d'abord, je n'ai pas faim, dit Kaï.

Mais elle vint à son tour sur le pont, une quinzaine de minutes plus tard. Elle s'était débarrassée de la robe, du chapeau, de ses chaussures et de ses bas. Elle n'avait plus sur elle que son paréo, était nu-pieds, avait tout de même coiffé sa tête d'un truc en feuilles de latanier. Elle s'assit à sa place ordinaire, adossée au rouf, à l'ombre notamment de la grand-voile et du grand hunier.

— Tu viens manger, O'Hara ?

Il hésita, feignant de n'avoir pas entendu. Mais elle dit :

— S'il te plaît.

Et d'une voix si douce. Sans compter que les Dayaks de la mer regardaient et entendaient, peu ou prou. Bon, il alla s'asseoir face à elle et mangea, de bon appétit.

— Merci pour le petit cheval.

— Ce type à qui tu l'avais vendu n'en voulait plus.

(C'est-à-dire qu'il n'en avait plus voulu lorsque Kaï avait été à deux doigts de le fracasser complètement.)

Elle avait perdu son hâle — en une année d'Europe, forcément. Elle gardait les yeux baissés, ou bien portait son regard n'importe où sauf sur lui. Si bien qu'il put l'examiner un peu mieux, lui qui ne s'était pas retourné lorsqu'elle était montée à bord et qui, dans la cabine, ne l'avait vue que de dos. Il lui sembla qu'elle avait maigri et faillit lui en faire la remarque.

Le repas s'acheva dans le silence. De fait, l'après-midi coula de même. Après être restée une heure sur le pont pour y prendre un peu de soleil, elle était redescendue dans la cabine. Il ne l'y avait pas rejointe. Quelque envie féroce qu'il en eût. Il lut, ou s'efforça de lire, incapable de se concentrer. Il rencontra dans sa lecture des mots qu'il ignorait, comme souvent, et son dictionnaire se trouvait justement en bas... Non, pas question d'aller le consulter.

Dîner fort semblable au déjeuner. Elle raconta pourtant que Christine et Julie allaient à l'école à Tours. Elle dit où se trouvait Tours, dans l'hypothèse où il l'aurait ignoré. Ce qui était le cas, il n'avait seulement jamais entendu ce nom de ville. Mais qu'avait-elle besoin de le lui faire remarquer ?

— Ma grand-mère et ma sœur Isabelle s'occupent d'elles. Et elles ont leurs cousins et cousines. J'ai pu trouver quelqu'un qui sait bien le chinois, à Paris. Il vient à Tours trois jours par semaine, pour qu'elles ne perdent pas. Pour le vietnamien, il y a une famille qui travaille chez des voisins. Ils sont de Touraine.

La question vint à ce moment-là sur les lèvres de Kaï, mais il réussit, cette fois-là, à la refouler.

— Je suis content qu'elles aillent bien, dit-il.

Et durant quelques secondes, il éprouva un très gros coup de chagrin, presque désespéré. Toutes ces nuits qu'il avait passées, au cours des derniers mois, avant de parvenir à dormir, enfin. Et quand il s'éveillait, quand il la cherchait près de lui dans la cabine, quand il croyait entendre les gamines courir sur le pont, dévaler les écoutilles comme des folles, baragouiner gaiement en douze langues. Elles ne lui avaient pas manqué autant que la grande bringue, c'était impossible, mais quand même...

Arrête ou tu vas pleurer.

— Je prends la barre, Oncle Ka, va dormir.

Simple prétexte. Ils étaient bien trois ou quatre, parmi les Dayaks de la mer, à être capables de relayer Oncle Ka. Surtout par ce temps trop mou, où l'on s'encalminait presque.

Il la vit marcher un peu sur le pont, touchant et caressant telle ou telle partie du *Nan Shan*. Il la vit descendre et dut se battre avec lui-même pour ne pas partir la rejoindre.

— Il nous faudra un ravitaillement, dit Selim. A Aden, je n'ai rien pu acheter.

— Fiche-moi la paix.

Il passa la nuit à la barre, tirant des bords languissants pour trouver la moindre brise. Il s'attendit vaguement à ce qu'elle montât — elle savait bien qu'ils seraient seuls, alors. Mais non. Et il se buta davantage. Après tout, c'était elle qui était partie, elle aurait au moins pu en parler. Bon, peut-être pas demander pardon. Mais elle croit peut-être que ça ne m'a rien fait de perdre mon fils ?

Il choisit de s'arrêter aux Maldives. A ses yeux, c'était la frontière des mers du Sud, enfin de ses mers du Sud à lui. L'Inde entière n'en faisant pas partie. Pas une question de climat ni de latitude mais, à ses yeux, les Indiens étaient des Européens un peu bronzés. Ses mers du Sud commençaient en Birmanie, pas avant. Point final.

— Je peux descendre à terre ? J'ai le temps ?

A l'aller, le *Nan Shan* avait fait escale à Malé. Kaï avait voulu changer et au retour était descendu au sud. Les Maldives comptaient des milliers d'îles et d'îlots, tous coralliens, chaque atoll protégé par son récif-barrière. Malé se situait à peu près au centre de l'archipel, Addu à son extrémité sud. Dans les deux cas, les cocotiers dominaient une végétation étonnamment fournie.

— Je peux descendre, Kaï ?

Il acquiesça. Elle allait s'engager sur la passerelle lorsqu'elle se retourna à demi.

— J'aimerais beaucoup que tu viennes aussi.

Ils marchèrent côte à côte dans le minuscule village. L'unique boutique était tenue par l'inévitable Malabar et, non moins inévitablement, son regard suivit la grande bringue dans tous ses déplacements, en gros et en détail, avec une lubricité qui ne tarda pas à hérisser le poil de Kaï.

Mais elle s'en alla sans avoir rien acheté. Et sûrement ayant deviné que Kaï s'énervait. Elle marchait bien sûr au hasard, ils s'éloignèrent des paillotes, suivirent une sente. La plage qu'ils trouvèrent valait des centaines d'autres qu'ils avaient vues, elle était donc superbe. Et déserte. Elle entra dans l'eau jusqu'à mi-cuisses, paréo trempé.

— Tu te souviens de mon nom, O'Hara ?

Il préféra ne pas répondre.

Tu ne vas pas pouvoir tenir bien longtemps, crétin, tu as vu dans quel état tu es ?

— Catherine, dit-elle. Catherine O'Hara. J'ai été mariée à un fou qui n'arrêtait pas de courir les mers et n'imaginait même pas qu'on puisse vivre autrement.

— D'accord.

— Tais-toi. Ne dis rien. A aucun moment. Je sais que je t'ai rendu très malheureux, je sais que la mort de notre fils a peut-être été plus terrible encore pour toi que pour moi. Moi, j'ai perdu mon enfant. Toi aussi, mais tu as également perdu Kaï O'Hara numéro 13. Je ne me moque pas de toi. Pas du tout.

— Tu vas rester ?

— Je t'en prie, laisse-moi parler. Ne m'interromps pas.

Elle entra un peu plus dans l'eau du lagon et s'y enfonça jusqu'à la taille. Relevant les bras au-dessus de sa tête. Comme elle l'avait toujours fait. Si chaude que pût être l'eau (et celle-ci dépassait sûrement les trente-cinq, voire les quarante degrés), elle avait toujours hésité à mouiller ses épaules. Et Kaï adorait ce mouvement qu'elle faisait, cette posture qu'elle prenait, reins cambrés et mains en coupe, nouant ses longs cheveux noirs.

— Le moment de vérité, Kaï. Mon amour. Je ne suis pas seulement partie parce j'étais dans le trente-sixième dessous, d'avoir laissé mourir ce fils que tu voulais tant. Je n'allais pas bien.

Il ne bougeait plus, pétrifié. Glacé.

— J'ai vu deux médecins à Sydney et un autre à Melbourne. Tous trois m'ont conseillé d'aller en Europe.

D'ordinaire, entrant dans l'eau, elle arrangeait ses cheveux en une espèce de chignon. Cette fois, elle les défit, au contraire. Et pliant les jambes elle s'immergea jusqu'au cou d'un seul mouvement. La chevelure s'étala sur l'eau lisse.

— Ils ne savent pas au juste ce que j'ai, Kaï. Ils ont prononcé des noms savants. C'est sans importance. Les plus pessimistes des médecins me donnent six mois, ou un an.

— Et les autres ?

— Un peu plus. Ils ne savent pas.

Il s'assit, remonta ses genoux, courba sa tête, posa son front sur ses mains liées.

— Je leur ai parié que je vivrai bien plus longtemps qu'ils ne le croient. Je suis sûre que nous avons des années et des années devant nous. Et tu m'aideras. Mais je ne veux pas, je ne veux plus perdre de temps.

Après un moment, Kaï la sentit près de lui. Elle le força à relever la tête, lui prit le visage entre ses paumes, l'embrassa.

— Je suis tellement triste pour toi, dit-elle.

Et elle tirait, essayant de mieux dégager son visage.

— Kaï, mon chéri. Oh, mon amour...

Elle s'assit près de lui, l'attira contre elle, nicha sa tête contre ses seins.

— Des années. Je te le jure.

Ils nagèrent sur toute la longueur du lagon. Jusqu'à cet endroit où le récif de corail affleurait la surface et brisait la houle océane, au demeurant nonchalante.

— Tu vas prendre un coup de soleil.

— Tant pis. J'aurai le nez rouge.

Il arriva à sourire. Ça allait mieux... Ce n'est pas terrible mais ça va mieux. Il voyait l'aileron d'un requin à une dizaine de brasses, mais de l'autre côté de la barrière corallienne.

— Revenons à la plage. Je suis un peu fatiguée.

Elle précisa aussitôt : fatiguée parce qu'elle avait perdu l'habitude de nager, et aucune autre raison.

— Sans mentir, Kaï.

— Appuie-toi sur mon épaule.

Mais ce fut elle qui les dirigea vers une crique minuscule, cachée et hermétiquement close côté terre. Quelques mètres carrés de sable blanc, et un peu d'ombre.

— J'ai bel et bien pris un coup de soleil. Je vais peler, quelle honte !

— Qui est au courant ?

La question de Kaï avait jailli avant même qu'il ait eu conscience de l'avoir formulée.

— Les médecins.

— Ta famille en France ?

— Non.

— Et à Sydney ?

— Je n'ai rien dit aux Hodgkins. Ni à personne. Tu es le seul, Kaï.

Elle ôta son paréo et l'étendit sur le sable. Elle avait toujours détesté avoir du sable dans les cheveux.

— Kaï ?

Il s'était assis à deux mètres.

— Fais-moi l'amour.

Il vint vers elle et la caressa très doucement. Elle le mordit, un peu. Il l'embrassa, mais toujours avec la même douceur, qui était presque de la timidité. Elle l'écarta, souriante :

— Je ne suis pas fragile, O'Hara. Pas du tout.

Elle joua alors à lui résister, se retrouva étalée, écartelée.

— J'aime, O'Hara.

Maintenant, il l'embrassait à pleine bouche.

— J'adore, dit-elle.

— Je peux, vraiment ?

— Mais oui, crétin. J'attends depuis des mois. Et toi...

Elle dut se taire un moment.

— ... Et toi aussi, j'espère. Dis donc, O'Hara, ce n'est pas mal, mais tu peux faire mieux.

— D'accord.

— D'accord.

— Un typhon, dit-elle, dix minutes plus tard. Qu'est-ce que c'était bon, nom d'un chien !

— On n'en parle plus. Plus jamais. Entendu ?

— Juré, dit Kaï.

Ils revenaient vers le village de Gan et le *Nan Shan*.

Selim était en train d'embarquer ses achats de fruits, de poissons, de légumes.

— Et autre chose encore, dit la grande bringue. Je ne sais pas quand, je ne sais pas où — je sais comment, quand même —, mais on va se faire un fils, tous les deux. Rien que toi et moi. Un très beau.

Kaï Henri O'Hara naquit le 18 septembre 1912, à Singapour. Dans la maison de ses parents. Une maison que Kaï n'avait pas fait construire : il l'avait rachetée puis aménagée, pendant les mois ayant précédé son voyage en Europe, qui s'était interrompu à Aden. L'habitation était relativement récente ; elle datait de 1847, avait été édifiée pour le fils d'un négociant écossais, sous le règne de Pot-de-Beurre le Grand (de son vrai nom William John Butterworth, gouverneur des Détroits de 1842 à 1855) ; les murs en étaient de pierres tout spécialement transportées des Hautes Terres écossaises, complètement grotesques sous un tel climat ; on y avait même installé une cheminée ; elle ne comportait que quatre pièces principales, dont deux chambres. L'extension du quartier chinois l'ayant noyée dans une mer de Célestes, les Européens n'en avaient plus voulu ; les Chinois, eux, la refusaient parce qu'elle évoquait décidément trop une barbacane percée de meurtrières. Les propriétaires avaient dû encore baisser leur prix en apprenant qu'un entrepreneur chinois venait de commencer, à moins de dix yards du bâtiment, la construction d'un lupanar, et ils avaient presque remercié Kaï de les en débarrasser. L'entrepreneur (Ching le Gros) avait dans le même temps renoncé à son projet.

Kaï avait fait agrandir les fenêtres, ajouté trois autres pièces, une varangue et une salle de bains :

— En plus, on peut voir la mer et le port de Keppel.

— En aéroplane ?

— Non. En montant sur une table, ou sur la balustrade de la véranda.

— Ce n'est pas une véranda, c'est une varangue.

— Et il y a une différence ?

— Aucune. Mais je suis française, moi.

— Ça te plaît ?

Elle faisait irrésistiblement penser à un Pygmée affublé d'une robe à crinoline et d'un suivez-moi-jeune-homme.

— Elle ne te plaît pas...

— Ne dis pas n'importe quoi, O'Hara : je l'adore. Il est statistiquement impossible qu'il en existe une autre pareille dans un rayon de vingt mille kilomètres. Et c'était l'une des raisons qui conduisaient la grande bringue à en être enchantée. Malgré les fous rires qui la prenaient, les premiers jours, chaque fois qu'elle sortait et considérait la chose de l'extérieur — elle riait tellement qu'elle en était obligée de s'asseoir par terre. Mais bon, Kaï s'était convaincu qu'il ne s'était pas trompé. A cause d'une deuxième raison que la grande bringue lui avait donnée : elle savait à quel point l'idée même d'avoir une maison à terre était ou avait été insupportable à Kaï, combien il avait dû forcer sa nature.

— Kaï, je suis extraordinairement fière de cette maison. Je l'aime. Je n'en voudrais pas d'autre. Cela dit...

Cela dit, elle n'avait pas l'intention de rester à Singapour, même dans cette maison-ci, tandis qu'il courait les mers. Elle n'ignorait pas que c'était son métier, et pour lui la seule façon de gagner sa vie. Mais elle tenait à embarquer.

— Kaï, ne me demande jamais si je peux le faire. Je me sens très bien. J'ai même grossi. D'accord, pas beaucoup, mais j'ai grossi.

Et ils s'étaient promis de ne pas, de ne jamais évoquer ce qu'elle lui avait appris sur cet atoll de l'archipel des Maldives.

De fait, elle avait été de tous les appareillages, durant les dernières semaines de 1911, et les quatre premiers mois de l'année suivante. Sauf un court aller et retour que le *Nan Shan* avait effectué entre Bangkok et Singapour — où sa sœur Isabelle avait séjourné quelques jours, arrivant de Marseille et en route pour Saigon.

Et elle avait en riant accusé Kaï d'avoir tout fait pour ne pas se trouver à Singapour à l'occasion. Ce qui n'était pas tout à fait faux.

Ainsi fut-elle du voyage de mars. Elle ne se savait pas enceinte quand le *Nan Shan* appareilla. Ou elle n'en dit rien.

La destination de la goélette était Macassar, tout au sud des Célèbes, avec un chargement de riz et de matériel agricole réclamé depuis des mois par des planteurs hollandais qui avaient eu l'idée audacieuse de s'installer dans le centre des Célèbes, malgré la réputation bien établie des Toradjas d'être aussi bons coupeurs de têtes que les Dayaks. Ensuite, la goélette allait devoir remonter au nord, toujours aux Célèbes, pour embarquer plusieurs familles de colons souhaitant quitter l'endroit où ils s'étaient établis deux ans et quelque plus tôt.

— J'espère qu'ils seront toujours vivants à ton arrivée, avait dit Ching le Gros. D'après ce que j'en sais, ils seraient assiégés et il n'y a pas beaucoup de volontaires pour aller les chercher. Leur dernier message est arrivé voici deux mois à mon petit-neveu de Macassar.

Du coup, Kaï modifia ses plans. Puisqu'il y avait urgence, au lieu d'aborder les Célèbes par le sud, il viendrait du nord. Soit l'aller par la mer de Chine du Sud, plutôt que l'aller et le retour par la mer de Java, laquelle n'était le plus souvent qu'un lac bien paisible, où les typhons étaient inconnus.

La veille, on avait vu une flottille de Bugis (ou Macassars), peuple de la mer qui pratiquait volontiers la piraterie. Mais le *Nan Shan* était un peu trop connu dans le coin, ou bien ces Bugis-là avaient d'autres préoccupations : ils ne tentèrent aucune attaque et il y en eut même quelques-uns pour saluer à distance.

Cette partie de la côte de Sulawesi ressemblait à tout ce que Kaï en connaissait : des chaînes de montagnes pressées, comme entrechoquées ; partout des failles, des précipices, des fractures. De rares vallées, restes de lacs anciens et asséchés. Les cartes indiquaient des sommets à deux mille cinq cents mètres et, dans la mer, des profondeurs de près de cinq mille.

L'endroit semblait être le bon ; quatre cents kilomètres environ plein ouest de Manado, la seconde ville sulawésienne après Macassar. Le *Nan Shan* croisa près d'une heure à une demi-mille. Plusieurs passes se dessinèrent dans la barrière de corail mais Kaï ne voulait pas s'engager. Il cherchait un signal. La grande bringue près de lui scrutant le rivage avec ses jumelles neuves.

Ce fut pourtant lui qui repéra le premier le cairn — une pyramide de pierres de trois à quatre mètres de haut.

— On y va.

On franchit la barrière de corail et le fond remonta aussitôt, de façon spectaculaire.

— Ancre.

Le brion de l'étrave venait de heurter très faiblement un fond de sable. On descendit le canot, que l'on chargea des armes et de provisions de route pour dix jours. Dix Ibans seraient de l'expédition, dont Oncle Ka.

— Je viens aussi, dit Catherine avec détermination.

Et s'attendant à un refus, qu'elle eût combattu, elle en fut pour ses frais. Kaï acquiesça. Il ne voulait pas laisser le *Nan Shan* à l'ancre, trop exposé ; les sept hommes (huit en comptant Selim qui ne comptait pas) restants, sous le commandement de Rass Ka 3, allaient reprendre le large — où ils seraient en principe à l'abri des Bugis, dont les embarcations ne pouvaient rivaliser en vitesse avec la goélette ; mais on ne savait jamais et dans de telles conditions, emmener la grande bringue était logique.

Outre qu'il ne voulait pas la perdre de vue une minute.

La plupart des hommes nagèrent jusqu'à la plage, Kaï en tête, les autres suivant à bord du canot. Ce fut cette fois Catherine qui aperçut l'appontement, à une centaine de mètres sur la gauche — elle était debout dans le canot et se coiffait, des épingles à cheveux entre les dents (ce geste de femme qui faisait fondre le cœur de Kaï) ; elle ne cria pas, mais fit mmm-mmm, tout en trouvant le moyen de rire ; elle était très gaie, et constamment, jamais on n'aurait pu deviner que...

Ne pense pas à ça, elle t'a fait jurer.

Partie par la plage, partie marchant dans l'eau ou arrivant dans le canot, ils parvinrent à l'appontement. Un bel appontement, bien construit et solide ; sauf qu'il ne servait strictement à rien puisque aucun bâtiment de tonnage seulement médiocre ne pouvait y accoster à cause du manque de fond.

Quelqu'un avait écrit, en lettres de trois pieds de haut et à la peinture blanche, le mot HELP sur un panneau de planches.

— Éclaireurs, dit Kaï.

Trois Ibans s'étaient déjà détachés. Un en pointe et deux en flanc-gardes. On traversa la sempiternelle herse de cocotiers et, ensuite, on trouva de la belle broussaille. En pente raide. Mais une piste se dessina qui, douze cents mètres plus loin, s'acheva sur un défilé diablement rocheux et étroit. Les Ibans de tête sifflaient, de temps à autre, pour annoncer que tout allait bien. Chaleur et touffeur. Et silence.

— Ça va ?

— Je vais très bien, dit-elle. Ce n'est peut-être pas la peine de me le demander toutes les cinq minutes. Tu adores ça, hein, O'Hara ?

— Quoi ?

— La guerre. Il faut quand même être bien cinglé pour être allé émigrer dans un endroit pareil. Tu m'as dit qu'ils étaient combien ?

— Six hommes, cinq femmes, huit enfants.

— S'ils sont encore vivants. Le message du petit-neveu de Ching remonte à des semaines et Dieu sait depuis combien de temps il lui avait été envoyé, à lui. Il n'y a décidément que toi, Kaï O'Hara, pour accepter des missions pareilles. Ils ont bien dit qu'ils étaient assiégés ?

Oui. Kaï considérait les crêtes gauche et droite du défilé et n'en pensait pas beaucoup de bien. Il allait falloir repasser par là, au retour, et pour peu que les types qui assiègent les types que je suis venu chercher, pour peu que ces premiers types soient un tantinet désagréables, nous serons coincés comme des rats. Encore heureux si on ne nous attaque pas avant.

Mais le défilé s'acheva sur une vallée à pentes fortes. Où s'apercevaient des traces nettes de cultures ; on avait planté là des caféiers, et d'autres choses, du blé peut-être. Du blé à Sulawesi, je vous demande un peu !

Deuxième pancarte HELP. L'appel au secours cette fois accompagné d'une flèche indiquant le sud-est.

— Reconnaissance, dit Kaï.

Oncle Ka en personne prit le commandement de quatre hommes et partit. On se trouvait déjà à deux heures de marche de la mer.

— Raconte-moi encore l'histoire des Pygmées de Mindanao.

— Je te l'ai déjà racontée.

Mais bon, il la lui dit encore. La grande bringue riait, elle aurait bien voulu voir ça, quand il décapitait avec ses dents le bandes-bleues.

— C'est vrai que tu as de belles et grosses dents bien blanches, mon bonhomme. Remarque que tu as eu de la chance : ils t'auraient apporté un buffle, tes Pygmées, tu aurais eu l'air malin.

Retour de la patrouille d'Oncle Ka après trente minutes. Mouvement de tête, signifiant que l'on pouvait poursuivre.

— Je ne voudrais surtout pas être indiscrète, dit Catherine, mais vous deux, Oncle Ka et toi, vous ne causez qu'en silence. Quelqu'un pourrait me traduire ?

— Oncle Ka a trouvé les gens que nous sommes venus chercher, ils sont vivants mais dans une position bizarre, dit Kaï.

— Qu'est-ce que tu es bavard, Oncle Ka.

Et Oncle Ka de sourire. Lui aussi avait une fort jolie mâchoire très carnassière. Dans ces moments-là, on se souvenait qu'il avait bien dû couper quelques douzaines de têtes, dans sa vie. Manger un peu de chair humaine ? Non. Enfin, au bénéfice du doute.

On montait, on déboucha sur — tout de même — un espace plan, plat comme une galette. Des champs, et ici mieux entretenus, fichtrement bien entretenus même, plantations rectilignes, écartements rigoureusement parallèles ; à ceci près qu'il était visible que le travail avait été arrêté depuis pas mal de temps. Et pas âme qui vive. Une charrue abandonnée, des outils de même. Dans les deux cas, de l'herbe commençait à les recouvrir, cela devait faire des semaines qu'ils se trouvaient là. Image d'une fuite précipitée, d'un repli.

La main d'Oncle Ka indiquait quelque chose — la main, pas l'index, les Ibans ne se servaient pas de l'index en pareil cas, mais de tous leurs doigts unis. Kaï vit la ferme-forteresse. Juchée sur un monticule et ceinturée par un mur. Carrément une poterne, comme entrée, et voûtée, l'épaisse porte à double battant en retrait d'un mètre, ce qui donnait une idée de l'épaisseur du mur d'enceinte.

— Tu crois qu'ils sont encore en vie, dedans ?

Oui. Le drapeau orange. Et la fumée sortant de deux des cheminées. Et le fait que la porte fût fermée.

Le flanc-droit iban sur la gauche siffla et, quelques secondes plus tard, son homologue de droite fit de même. Alerte : ennemi en vue.

— Ils sont toujours assiégés, dit Kaï. Et ils sont quelques-uns à nous observer. Des assiégeants, je veux dire.

On avança mais en prenant soin de demeurer dans l'allée médiane des champs, conservant à égale distance et le plus loin possible les deux berges de l'ancien lac asséché — ces berges très boisées ou rocheuses, et où l'œil de Kaï repéra des silhouettes.

La poterne à vingt mètres. Kaï s'immobilisa. Un piège était toujours possible. Mais une voix monta et, derrière le judas ouvert dans l'un des battants, Kaï vit une mèche blonde.

— Qui êtes-vous ?

La voix s'exprimait en anglais mais avec un accent.

— Je suis le facteur, dit Kaï agacé. Vous m'ouvrez cette foutue porte ou je l'enfonce ?

Toute la troupe était entrée, Kaï en dernier et ayant attendu que ses éclaireurs rallient, ce qu'ils avaient fait en marchant à reculons, arbalètes braquées. Oui, ils avaient vu sept ennemis pour l'un et douze pour l'autre, mais d'évidence l'irruption de l'expédition du *Nan Shan* les avait pris par surprise, ces ennemis, et personne n'avait tiré. La porte s'était refermée ; nous voici assiégés aussi, pensa Kaï.

Il se retourna et compta : cinq hommes, quatre femmes, neuf enfants. Un homme et une femme manquaient, il y avait un enfant en plus (mais à en juger par sa taille et ses braillements, il avait dû naître après l'appel de détresse).

— Je m'appelle Van Eyck.

Un colosse blond de près de deux mètres de haut, mais les autres étaient à peine moins grands. Jusqu'aux femmes qui atteignaient les six pieds. Le plus âgé des enfants pouvait avoir douze ans.

Kaï dit qu'il se nommait Kaï, il présenta Catherine, demanda si la garnison avait perdu du monde.

— Deux des nôtres ont été tués et décapités par Kobi.

Kaï constata que les dix-huit assiégés n'étaient pas seuls ; une douzaine d'hommes, femmes et enfants, aux têtes de Malais, se trouvaient là aussi, accoutrés de pantalons et de chemises pour les hommes, de robes blanches à ras du cou et descendant jusqu'aux chevilles pour les femmes.

— Et eux ?

Des Manadais, expliqua Van Eyck. Et chrétiens, bons chrétiens, respectueux du Seigneur. C'était l'un des Manadais qui, cinq mois plus tôt, avait réussi une sortie pour aller chercher du secours.

— Et Kobi, c'est qui ? demanda Kaï.

Un Alfour. Une autre tribu. Rien de moins que très païenne ; et qui, comble d'horreur, coupait des têtes, comment croire qu'une engeance pareille pût exister sur la terre du Seigneur !

— Certes, dit Kaï. A moi aussi, les coupeurs de têtes me font horreur, et comment ça peut exister, je me le demande aussi. J'en rencontrerais, je serais pétrifié.

La grande bringue allait et venait parmi les femmes hollandaises et leur progéniture, déjà elle en était à discuter mouflets. Mais elle avait l'ouïe fine.

— N'en fais pas trop, O'Hara, dit-elle en français. Pense plutôt à nous sortir de là. Et vivants, si possible.

— Où est le problème ?

Kaï grimpa sur une sorte d'échafaudage de planches que l'on avait dressé tout au long du mur d'enceinte de trois mètres de haut. Il eut dès lors la meilleure vue possible sur les environs. C'était plein d'Alfours. Les éclaireurs ibans en avaient compté une vingtaine, ils étaient maintenant plus de cent.

— Ce sont des Alfours, ça ?

Question à Van Eyck qui l'avait rejoint.

Oui.

Ils sont tous là ou il y en a d'autres ?

Il y en avait d'autres.

— Ils vous ont attaqués ?

Le premier jour, cinq mois plus tôt. Quand Dirk Pieters et Anna Grobelaar avaient été assassinés. Ensuite, Kobi avait lancé sept attaques. Mais la garnison avait pu repousser les sept assauts. En fait, le Seigneur en fût loué, tout allait fort bien dans la Nouvelle-Haarlem. A part évidemment qu'il n'était pas possible de sortir ; et que l'on n'allait pas tarder à manquer de vivres et d'eau — le puits était presque à sec. Mais le Seigneur protégeait la colonie.

Il commence vraiment à me gonfler, avec son Seigneur, pensa Kaï. Ça m'étonnerait bien que je sois un envoyé de Dieu. Ou alors Ching le Gros a récemment reçu une promotion. Kaï contemplait l'armée alfour au pied de la muraille.

— Kobi est parmi eux ?

Non. Cela faisait déjà deux semaines, au moins, que l'on n'avait pas vu Kobi. Qui était facile à reconnaître : il portait des plumes rouges sur la tête et des feuilles vertes en gros bouquet sur le derrière. La vérité, affirma Van Eyck, était que ces gens vivaient tout nus, quelle abomination. Et à propos, lui, Van Eyck, pouvait-il poser une question ?

— Mais comment donc, dit Kaï.

Ces hommes qui les accompagnaient, eux, le capitaine et madame O'Hara, ils étaient à peu près nus aussi, ils ne seraient pas un peu sauvages et ignorants de Dieu ?

— Mes Dayaks ? dit Kaï. Vous plaisantez. Ils vont au temple tous les dimanches. Non, ils se sont déguisés pour passer inaperçus dans votre région. Ils sauraient votre langue ou l'anglais, leur piété vous sidérerait.

Bon, ce n'était pas tout ça, il fallait passer aux choses sérieuses. Kaï redescendit et alla conférer avec les Manadais. Leur dialecte était proche du malais, on put s'entendre, avec un zeste de pidgin english. Les Manadais confirmèrent que les Alfours étaient du genre agressif et antipathique ; ils étaient arrivés (les Alfours) six mois plus tôt et avaient commencé à couper des têtes, au début hésitant à s'en prendre aux Blancs, mais, sous l'impulsion de Kobi, finissant par s'y résoudre. Kobi était le chef incontesté, et très déplaisant.

— Je te préviens que je comprends ce qu'ils te racontent, dit la grande bringue. Dis donc, on est plutôt mal partis, non ?

Oncle Ka et ses Ibans attendaient, regard dans le vide. Dix corps minces et musclés, sans une once de graisse, tatouages rouge sang sur la peau cuivrée. Kaï O'Hara, tu crois vraiment que tu as le droit de les entraîner dans ces batailles, où peut-être ils mourront tous ?

Oui. Ils se battraient de toute façon, ils sont nés pour ça. Comme c'est dans ta nature de te fourrer dans des situations impossibles.

Kaï remonta sur l'échafaudage, se hissa sur le faîte du mur, laissa pendre ses jambes. Les premiers rangs alfours étaient à une soixantaine de mètres. Il força sa voix pour qu'on pût bien l'entendre.

Il hurla que les Alfours étaient des chiens, des porcs, des sous-hommes.

— Tu crois qu'ils te comprennent ?

Question de la grande bringue venue s'asseoir près de lui et qui mangeait des kumquats, sortes de minuscules mandarines confites, dont on avait apporté dix kilos depuis le *Nan Shan*, et dont elle raffolait.

— J'espère, dit Kaï.

Il se remit à vociférer. Il annonça qu'après mûre réflexion, il pensait avoir insulté les chiens et les porcs en les comparant à des Alfours. Il précisa ce qu'il faisait dans le lait de la mère d'un Alfour et mit nettement en doute les vertus viriles des Alfours susdits, ainsi que leurs relations très personnelles avec les truies.

— Et allez donc, dit la grande bringue, la bouche pleine. Ça, c'est des relations publiques, ou je ne m'y connais pas.

Il allongea un bras, la culbuta, l'expédia un mètre cinquante plus bas à l'abri du rempart et l'y maintint. Des flèches volaient.

— A mon avis, ils m'ont compris.

Kaï entama alors la deuxième phase de son offensive diplomatique. Il évoqua la figure ridicule, risible, honteuse, pitoyable, de Kobi, le chef des Alfours. Il expliqua comment Kobi avait été conçu.

— Nom d'un chien, O'Hara, quelle imagination ! Tu veux un kumquat ?

Elle lui en mit trois dans la main. Il les plaça dans sa bouche et les mâchonna plus longuement que nécessaire, tandis que les flèches filaient un peu partout. L'une d'elles frappant le mur entre ses cuisses. A quelques centimètres près il parlait haut perché comme Ian Hodgkins.

Il prononça sa péroraison. Il allait rester dans cet endroit aussi longtemps qu'il le faudrait. Jusqu'à ce que cette vomissure de porc puant, galeux et impuissant de

Kobi se montrât, si seulement il l'osait, cc qui le surprendrait beaucoup, lui Kaï O'Hara, petit-fils de Cerpelaï Gila, la Mangouste folle.

Il se mit debout sur le faîte du mur, s'étira en bâillant de façon très ostensible, hésita à leur montrer son derrière mais n'en fit rien à cause des dames et redescendit.

— Que leur avez-vous dit ? s'enquit Van Eyck.

— J'ai cité des passages de la Sainte Bible. Et maintenant on attend.

Il s'éveilla au milieu de la deuxième nuit d'attente. La grande bringue vomissait, secouée par des spasmes. Il s'affola, la voyant déjà morte.

— Espèce de crétin d'O'Hara, arrête.

Elle était seulement enceinte et rien de plus.

Kobi debout à soixante mètres du mur. Tatouages, plumes de calao, pagne de feuilles surmonté en effet d'un toupet sur le haut des fesses. Et témoignant du plus parfait mépris pour le fait que l'un des fusils de la garnison pouvait sûrement l'abattre. Il était de taille moyenne, maigre et noueux, âgé de peut-être quarante ans.

Kaï ne le trouvait pas du tout ridicule, en d'autres circonstances il aurait essayé de se lier d'amitié avec lui, il avait l'air intelligent et doté d'une sacrée personnalité.

Mais pas ce coup-ci, désolé. Pas avec ces gens qui, autrement, finiraient par être massacrés.

Et surtout pas, mais alors surtout pas — et c'était la première raison — pas avec la grande bringue qui attend un bébé.

— Oui, je suis Kaï O'Hara, le petit-fils de Cerpelaï Gila, répondit Kaï à la question qui venait de lui être posée. Tu as entendu parler de Cerpelaï Gila ?

— Non. Tu as insulté mon honneur et celui de tous les Alfours.

— J'ai dit ce que je pense.

Il s'était écoulé quatre jours depuis que Kaï s'était adressé à l'armée assiégeante. Le puits était à sec depuis la veille, les enfants commençaient à souffrir de la soif. Le jour venait de se lever. Une chape de brume couvrait tous les sommets à l'entour, des écharpes de cette même brume traînaient sur les alignements de cultures hollandaises ; de nombre de guerriers en attente en contrebas, on ne voyait parfois que les jambes, ou la tête ; c'était passablement fantomatique.

— Je te propose une guerre, reprit Kaï. Une guerre entre hommes. Si tu en es un.

— Quelle guerre ?

— J'ai dix Dayaks. Avec moi, ça fait onze. Un Dayak vaut quatre Alfours. Tu fais la guerre contre nous avec cinquante hommes.

— Un Alfour vaut au moins trois de tes hommes.

— Tu parles d'une arithmétique imbécile, remarqua la grande bringue dont le menton et les avant-bras reposaient sur le couronnement du mur d'enceinte.

— Et puis vous avez des fusils, dit Kobi.

— Non. Tes hommes nous ont vus arriver. Nous n'avions pas de fusils. Lorsque nous sortirons pour te faire la guerre, si vous êtes encore là quand nous sortirons, si vous ne vous êtes pas enfuis comme des femmes, nous n'aurons pas de fusils. Prends quarante hommes, puisque tu crois qu'avec quarante hommes tu pourras tuer dix Dayaks et Kaï O'Hara. Quarante et un contre onze, ça me paraît équilibré.

— Tu es rusé, Kaï O'Hara. Tu crois qu'avec mon orgueil d'Alfour, je vais te dire que cinq Alfours et moi ça suffira bien pour te tuer avec tes dix hommes.

Je savais bien qu'il était intelligent.

— C'est une idée qui m'est venue, reconnut Kaï. J'aurais dû penser que Kobi n'était pas pour rien le chef des Alfours, j'aurais dû penser que Kobi est rusé comme tous les démons de la terre et des mers.

— Et tu essaies encore de me flatter.

Il est même un peu trop intelligent, le bougre.

— Ce qui nous entoure, dit Kaï, est ta forêt. Tu la connais mieux que nous. Nous ne la connaissons pas du tout. Je te propose une guerre dans ta forêt. Tu choisis l'endroit. Tu nous verras sortir. Si nous sortons avec des fusils, il n'y a pas de guerre. Mais nous ne sortirons pas avec des fusils, nous sortirons avec nos armes de la forêt de Kalimantan, comme des hommes, et nous tuerons les vingt Alfours qui auront le courage de nous affronter, si seulement il existe vingt Alfours qui ne soient pas des femmes...

Un sourd grondement monta. A l'évidence, l'armée des Alfours suivait le dialogue et s'indignait des propos de Kaï.

— Tu es en train de te faire des copains, O'Hara, dit la grande bringue. Il faudra quand même qu'un jour tu m'expliques comment tu peux être aussi éloquent avec des types du fin fond de Sulawesi, et si peu bavard avec moi.

— Tu es très rusé, Kaï O'Hara. Tout à l'heure, c'étaient cinquante Alfours. Puis tu as dit quarante. Et maintenant vingt.

— On peut toujours faire la guerre à onze contre onze. Je ne suis pas contre, personnellement. Mais onze Alfours contre dix Dayaks et Kaï O'Hara, ce sera un massacre. Ce sera pour nous comme de tuer des enfants en bas âge.

Le grondement de l'armée alfour se fit clameur, on hurlait de fureur, on piétinait le sol, passant d'un pied sur un autre, en brandissant les arcs et les lances.

— Le parlement alfour délibère, dit Catherine. Ton copain Kobi est coincé.

— J'ai, dit Kobi après avoir obtenu un brusque silence par un simple et négligent mouvement de sa main (sans même se retourner), j'ai deux cents guerriers avec moi. N'importe lequel d'entre eux est deux fois meilleur...

— Les prix baissent, remarqua Catherine. Un vrai krach.

— ... est meilleur qu'un seul de tes hommes. Je pourrais les envoyer à l'assaut, et de nuit.

— Bonne idée, dit Kaï, nous aimons beaucoup nous battre la nuit. Notre vue est bien meilleure que la vôtre. Je peux voir les doigts d'un homme à une distance incroyable. Je peux voir ce guetteur que tu as posté tout en haut des arbres là-bas...

Distance : dans les huit cents mètres.

— ... Je peux voir les tatouages sur sa gorge, et la cicatrice qu'il a sur la main du côté du cœur. Envoie quelqu'un pour vérifier qu'il a bien cette cicatrice et tu verras que je ne mens pas.

— Il a vraiment une cicatrice ? chuchota la grande bringue, baissant la voix sans en avoir conscience.

— Comment veux-tu que je le sache ? répondit Kaï.

Ils sortirent de la forteresse vers 8 heures, tous les onze.

— Vous avez l'air d'une équipe de football-association. Sauf qu'il n'y aura pas d'arbitre. Kaï....

— Non.

Non, ne dis rien, ce n'est pas la peine, je me doute bien que tu as peur, toi aussi, et plus peur pour moi que pour toi. Moi, je crève de trouille. Pas parce que je risque d'être tué. Mais parce que, étant tué, je ne pourrai plus vous défendre, toi et notre enfant.

— Tout va bien se passer, dit Kaï. On fait comme on a dit.

Les Hollandais étaient prêts au départ, sacs en bandoulière. Incroyablement, ils avaient discutaillé pour emporter deux de leurs buffets, et d'autres meubles. Et pourquoi pas la ferme pierre par pierre, pendant qu'ils y étaient ? Les Manadais partaient aussi, ils se savaient condamnés, de toute façon, s'ils restaient.

Le champ de bataille avait été choisi par Kobi sur la gauche. Comme prévu par Kaï, c'était là que la forêt était le plus dense, et semblait le plus étendue. Le groupe avec Catherine et les Hollandais sortirait par l'arrière, ne se montrerait pas en terrain découvert, progresserait sous le couvert, sur le côté droit des cultures.

En espérant que tous les Alfours seraient suffisamment passionnés par l'affrontement pour déserter cette zone.

Le groupe emprunterait le défilé et, arrivé à la côte, y allumerait le feu convenu, pour que le *Nan Shan* vînt embarquer tout le monde.

— Bonne chance et que le Seigneur soit avec vous, dit Van Eyck.

— C'est ça.

Depuis plus d'une heure, Kaï était rigoureusement immobile. Malgré le bataillon de fourmis en train de baguenauder sur sa poitrine et sous son sarong. Une heure et demie plus tôt, le premier éclaireur iban avait pénétré sous le couvert, avait disparu pendant d'interminables et inquiétantes minutes, avait enfin produit un sifflement léger. Deux autres éclaireurs s'étaient engagés à leur tour, puis le reste du détachement. Ensuite tout droit dans une pente raide, à se couler sans le moindre bruit. Toujours selon le même dispositif depuis si longtemps rodé : trois hommes en triangle à l'avant, une ligne de cinq hommes avec Oncle Ka au centre, trois serre-files en triangle inversé, Kaï étant de ces trois-là. Non pas en vertu d'une quelconque hiérarchie, mais simplement parce qu'il était bien incapable de se glisser dans un fourré sans en faire frissonner une feuille, ses années d'entraînement au Sarawak ou ailleurs l'avaient vaguement amélioré, mais il tenait toujours un peu du sanglier, rien à faire.

Il y avait eu un premier sifflement d'alerte, aussitôt suivi d'un deuxième, flanc droit cette fois. Des flèches dans les secondes suivantes, jaillies d'on ne savait où. Un geste d'Oncle Ka qui commandait en chef avait jeté tout le monde à terre. Pas de riposte. Il ne servait à rien de gaspiller les traits et les fléchettes sur un ennemi invisible.

Attente.

Les doigts d'Oncle Ka s'étaient agités pour une série de messages : *On reste en place. On attend. Moi seul bouge. Vers la gauche. Deux hommes pour me couvrir.*

Nouvelle attente et, dix à douze minutes plus tard, un très furtif mouvement de feuilles et ce son caractéristique, toujours aussi déplaisant, d'un homme égorgé sans avoir pu crier. Le nez dans l'humus où il avait tenté de s'enfoncer de son mieux, un peu de sang coulant de son dos qu'une flèche avait labouré, Kaï avait soudain sursauté : Oncle Ka à un mètre de lui, sans qu'il eût rien entendu.

Ne me tue pas. Mots seulement formés par les lèvres, suivis d'un sourire.

Oncle Ka l'avait rejoint, l'arbalète sur ses épaules, la sarbacane hanche gauche, le sac de fléchettes hanche droite. Et dans sa main le large couteau légèrement courbe, à la lame ensanglantée. La bouche d'Oncle Ka contre l'oreille de Kaï : *Ils nous ont contournés. Sont derrière nous. Attendent eux aussi. Pas vu Kobi.*

Le reste par signes uniquement, et destiné également à plusieurs Ibans : *Vous allez vers le haut. Cent pas. Montez dans les arbres. Embuscade.* (Le signe pour *embuscade* était un simple mouvement de la main, paume vers le sol, quatre doigts en oblique, le pouce en opposition se baissant et se relevant, figurant une tenaille.) Kaï avait exécuté l'ordre, flanqué de cinq hommes. L'ascension achevée, ses cinq compagnons s'étaient infiltrés, dissous dans la végétation avec une adresse inconcevable ; le temps de tourner la tête et ils avaient disparu, ne faisant qu'un avec les fûts, les branches et le feuillage. Lui-même s'était hissé sur un géant, l'un de ceux appelés « arbres de lumière », envahi à sa base et jusqu'à une trentaine de pieds par les lianes et les épiphytes, un peu moins touffu vers le haut. Kaï était monté. Cinquante mètres au-dessus du sol ; et la cime encore plus haut ; mais il ne s'y était pas aventuré, craignant d'être aperçu. Quant à lui, il y voyait, et bien, c'est à juste titre que la grande bringue avait évoqué une rencontre de football-association. Il se trouvait sur l'une des pentes qui bordaient l'ancien lac asséché transformé en champs cultivés par les Hollandais, et dans ces champs, une cinquantaine d'Alfours semblaient pique-niquer, pour la plupart assis ou mollement couchés, comme au spectacle (le groupe de la grande bringue est déjà passé ou passe en ce moment même dans leur dos, je n'ai pas entendu de coups de feu, nom d'un chien, j'espère que tout va bien !). Et pareil sur la crête, de l'autre côté ; là aussi un attroupement de guerriers, apparemment décidés à ne pas prendre part à la bataille, on aurait dit les petites gens de Singapour venus assister à un match de ballon. Le Kobi aura tenu sa parole, n'aura engagé contre nous que lui-même et quelques-uns de ses hommes, mais quant à savoir s'il en a déployé dix ou cinquante, bernique.

Kaï était redescendu jusqu'à trois mètres du sol, avait sifflé de la manière convenue, demandant si tout allait bien. Réponse sifflée de même : oui, pas bouger. Il s'était allongé sur le ventre, ayant sous lui, au travers d'un rideau de feuillage, ce qui n'était vraiment pas une piste mais tout au plus un passage. Si Oncle Ka réussissait dans sa tentative de rabattre le corps ennemi vers l'endroit de l'embuscade, c'était par là que l'on viendrait.

Il attendait. Atteint par d'assez horribles crampes, luttant contre son impatience naturelle, convulsé surtout par son envie féroce de courir pour rejoindre la grande bringue, vers qui toutes ses pensées allaient. Mais il était l'appât ; à insulter comme il l'avait fait Kobi, il escomptait avoir attiré sur lui toute la foudre ; c'était le seul moyen.

Silence total dans la forêt. Les oiseaux se taisaient et aucun bruit ne parvenait, de ce combat muet et presque en aveugle en train de se dérouler.

La grande bringue enceinte. Nom de Dieu. Je ne sais pas ce que je veux, ce que je ressens. Du bonheur ou de la peur. Elle est bien capable de se faire mourir rien que pour me donner un fils. Elle ne comprend donc pas...

Sifflement, à peine perceptible. On venait, quelqu'un s'approchait. Kaï n'avait rien entendu mais vit soudain ce qu'il prenait pour une liane se transformer en main d'homme. Dans la minute suivante, ce fut presque un grouillement : pas un homme seul, mais cinq. Et des Alfours. Sans l'avertissement qu'il venait de recevoir, Kaï ne les aurait peut-être pas repérés, ou trop tard.

Un qui grimpait comme un lézard, se confondant avec le tronc, à l'arbre de Kaï. *Viens donc me rendre visite, mon bon.*

D'en bas, le son doux et somme toute mélodieux de deux traits d'arbalète que l'on venait de tirer. Et le soufflement d'une sarbacane. Puis des bruits très étouffés de corps à corps reptiliens. Mais Kaï cessa de s'intéresser à ce qui se passait ailleurs. Le bonhomme qui grimpait arrivait à sa hauteur et il y eut cette seconde d'éternité où l'autre et lui se trouvèrent face à face. La main de Kaï partit la première, écarta le bras qui tenait une lame, se referma sur la gorge, broyant les cartilages. *Ne crie pas, meurs en silence, s'il te plaît.*

Il dut employer son autre main et cette fois les vertèbres du cou craquèrent, le corps s'amollit d'un coup. *Et d'un.* Sauf que, déséquilibré, Kaï partit lui aussi dans le vide. Il tomba et à peine se fut-il reçu sur l'humus qu'il perçut le mouvement sur sa gauche. Il put parer le premier coup de couteau, au prix d'une estafilade, ne réussit pas à bloquer le poignet adverse, vit la lame se relever et entamer son mouvement de descente. Sur quoi, il fut inondé d'un gros flot de sang tiède, son agresseur la gorge ouverte s'affala sur lui.

Ka 4 debout et riant.

Ka 4 qui prit même le temps de détacher complètement la tête du corps. Et qui fit signe à Kaï : *On file. Par là. Autres ennemis arrivent.*

Les Ibans et lui se mirent à courir, sans précautions. Kaï nota qu'il manquait un Iban et faillit revenir en arrière. Mais Ka 4, derrière lui, le pressait. Trois ou quatre cents mètres de cavalcade proprement éperdue et Kaï n'y comprenait rien : ses Ibans en train de détaler, il n'avait encore jamais vu. Un petit ravin se présenta, dans lequel il fallut sauter, puis remonter sur l'autre versant. Avec, sans le moindre doute, des Alfours sur les talons. Encore une fois, Kaï pensa à se retourner et faire face mais le même Ka 4, et un autre, le tirèrent, lui criant de ne pas s'arrêter, de continuer à courir. Au sommet du gros talus qui faisait bien quinze mètres de haut, une muraille de buissons fleuris. On s'y engouffra, dans un éclair Kaï découvrit Oncle Ka en ligne avec quatre de ses hommes, sarbacanes pointées, et tirant. *Je vois : notre fuite après notre embuscade n'avait pas d'autre but que de jeter nos poursuivants dans une deuxième embuscade. Nom d'un chien, ces Ibans sont des diables !*

Un cri étranglé puis le silence retomba. Kaï revint un peu sur ses pas. Six corps dans le ravin et deux Ibans déjà en train de leur couper la tête.

— Kobi ?

Question de Kaï à Oncle Ka. Réponse par un mouvement latéral de la tête : *Sais pas.*

— *Nan Shan*, articula en silence Kaï.

Autrement dit : on rentre. Kaï devenait fébrile à l'idée de Catherine sans autre protection que les Hollandais — s'ils me l'ont laissé tuer, je les tue. On se replia vers l'ouest, en direction du défilé, Oncle Ka imposant l'ordre de marche. Mais on avançait vite. Sans rencontrer personne et c'était justement cette absence qui angoissait Kaï. Où était Kobi ? Ce fils de chien était bien assez malin pour avoir contré la manœuvre de Kaï par une manœuvre inverse : opposer une troupe aux Ibans et, dans le même temps, guetter une sortie des hommes, femmes et enfants de la ferme-forteresse.

On déboucha brusquement sur de la forêt clairière. Des brûlis y avaient été pratiqués, des champs dessinés mais non encore exploités. Ici, les carcasses de trois ou quatre buffles encore attelés à des charrues, et que l'on avait massacrés et dépouillés de leur viande. Un peu plus bas, une tourbière. Oncle Ka le premier vit les traces, peu perceptibles pourtant — une empreinte ou deux du rebord de la plante d'un pied nu.

— Kobi ?

Le défilé était sur la droite, en contrebas, commençant à six ou sept cents mètres. A en croire la trace, les Alfours — ou un Alfour — était parti dans cette direction. Mais Oncle Ka secouait la tête.

— Piège. Trop visible.

Et les coups de feu partirent juste à ce moment-là. Distance : mille mètres ou un peu plus. Deux détonations presque simultanées puis quatre autres, espacées. Et le silence.

— Ne te trompe pas, Oncle Ka, s'il te plaît.

Mais le chef des Ibans en tenait pour son idée. Il croyait fermement que ces embryons d'empreintes étaient des leurres, destinés à faire croire que Kobi, si c'était lui, s'était engagé dans le défilé sur les pas des Hollandais.

Trois autres détonations.

— Kobi veut que nous entrions dans le défilé, Kaï.

D'accord. On prit à gauche et il fallut escalader des rochers, gagner près de cent mètres en hauteur. On déboucha sur un étroit plateau herbu, vallonné.

La main d'un Iban pointée vers le sol. Empreinte de doigts de pieds spatulés.

On surgit derrière les Alfours penchés sur le défilé. Quatre furent tués avant de comprendre et les six autres eurent à peine le temps de brandir leurs lances ou leurs arcs. Un carnage. Au travers duquel Kaï et Oncle Ka passèrent en courant : un autre groupe d'hommes se tenait une centaine de mètres plus loin, occupé à déchausser des roches — ils auront coincé le groupe des Hollandais dans le défilé et Oncle Ka avait raison.

Kobi en vue, flanqué d'une demi-douzaine de ses guerriers. Et dos tourné. Mais les cris de la vingtaine d'Alfours postés sur l'autre bord du défilé l'alertèrent.

— Je te le laisse, Kaï.

Armé de son seul coupe-coupe, Kaï ne prit aucune part au duel qui suivit, flèches d'un côté, traits d'arbalète (surtout) et fléchettes de sarbacane de l'autre. Il se dressa enfin, abandonnant l'abri d'un petit tumulus où il avait compté ses blessures — pas moins de quatre, dont une simple éraflure et une, nettement plus douloureuse, provoquée par une flèche qui lui avait traversé la chair au-dessus de la hanche.

— Kobi ?

— Tes hommes sont de grands guerriers.

— Les meilleurs. Et ils sont dirigés par le meilleur chef possible. Cet homme à ma droite. Mon Oncle Ka.

— Tue-le, dit Oncle Ka. Les autres Alfours vont arriver. Et puis ceux-là trouveront bien un moyen de traverser le défilé et de nous rejoindre.

C'était un fichtrement long discours pour Oncle Ka. Et *ceux-là* désignait les hommes à une soixantaine de mètres, qui vociféraient.

— Tu le tues ou c'est moi, dit encore Oncle Ka agenouillé, du sang ruisselant de la principale de ses blessures, celle qu'il avait au cou.

Kaï marchait vers Kobi.

— Va-t'en, dit-il. Je vais mettre les Hollandais sur mon bateau et ils ne reviendront plus. La terre te reste.

Dix mètres entre les deux hommes. Kaï devina la ruée avant même qu'elle fût esquissée. Il put esquiver la lance et frapper lui-même, du plat du sabre d'abattis. Mais la vivacité de Kobi faillit le surprendre. Le chef alfour revenait à la charge. Il toucha Kaï de son couteau mais la large lame courbée du coupe-coupe lui entra de vingt centimètres dans l'abdomen. Il tomba à genoux, Kaï tenant toujours l'arme.

— Kaï O'Hara.

Il répéta le nom à deux reprises. Kaï fit tourner le sabre et remonta d'un coup sec, touchant le cœur au prix d'une éventration écœurante.

Elle était indemne. Au plus recouverte de poussière. Elle appuya sa hanche contre celle de Kaï, sans un mot. Un des Hollandais avait été transpercé par une flèche mais avait de bonnes chances de survivre. Deux enfants avaient été atteints par des fragments de rocher tombant de toute la hauteur du défilé. Celui-ci presque entièrement bloqué par un éboulement. Aucun Alfour en vue.

Le *Nan Shan* arriva une demi-heure après l'allumage du feu sur la plage.

— Je voudrais, dit Van Eyck, je voudrais vous parler de ces choses épouvantables que vos marins transportent. On pourrait croire qu'ils vont les embarquer.

— Ces choses sont les têtes coupées de nos ennemis. Et s'il ne vous plaît pas d'être à mon bord avec elles, vous pouvez toujours rester à terre.

Kaï était sombre. Je ne veux plus de ces massacres, plus jamais ; aujourd'hui encore, deux d'entre nous sont morts, deux Ibans dont Ka 4 qui était avec moi depuis le tout début et qui avait bien failli ne pas partir, cette fois, à cause de ses enfants ; et qui m'a sauvé la vie.

Il ne s'appelait pas Ka 4, en plus. J'ai oublié son vrai nom, je leur avais donné des numéros parce que c'était drôle, ça me semblait très drôle de les nommer tous Ka quelque chose, à partir d'Oncle Ka qui était Ka 1. Je leur ai enlevé jusqu'à leur nom. Tu peux être fier de toi.

— Tu es vraiment sûre d'attendre un autre bébé ?

— Évidemment que j'en suis sûre. Fais-moi voir toutes ces plaies. C'est du joli.

— Je ne ferai plus combattre les Dayaks.

— Parce que deux ont été tués ? Ils seraient restés au Sarawak, ils seraient peut-être tous morts depuis longtemps, sur terre ou sur mer, avec leur façon de vivre. Ne te prends pas pour leur dieu, O'Hara. Tourne-toi, tu as aussi un gros trou dans la fesse gauche, essaie de ne pas t'asseoir sur une lance, le prochain coup.

Mais bon, elle craqua un petit peu, après l'avoir soigné, et être allée soigner les enfants hollandais, et le Hollandais fléché, et les Ibans (qui ne voulurent pas de ses soins, leurs blessures n'étaient rien, au besoin Oncle Ka y jetterait un œil).

— Et toi, Oncle Ka, ton cou ?

— Mon cou va très bien.

— Oncle Ka, je voulais t'en toucher deux mots. Kaï est triste, comme toujours il se croit responsable de tout.

— Il a le cœur trop tendre.

Elle craqua quand enfin il consentit à s'allonger, lorsqu'elle le crut endormi.

Pas de gros sanglots mais des larmes en silence, ce qui ne l'empêcha pas d'aller et venir dans la cabine, à faire ces millions de choses que font les femmes une fois dans leur maison.

— Catherine.

— Ce n'est rien, ça va.

Mais elle vint près de lui, puis contre lui. Il la prit dans ses bras, pour autant que le lui permettaient ses blessures.

— Ce n'est rien, je t'assure.

Sauf qu'à la voir pleurer, à penser seulement qu'elle pouvait pleurer, il devenait comme fou.

— Je pleure un peu parce que j'ai eu peur pour toi, O'Hara. C'est la seule raison.

Il plongea son regard dans celui de la grande bringue, ne croyant pas un mot de ce qu'elle lui disait.

— La seule raison, Kaï. Pour le reste, il n'y a pas de quoi pleurer, ça ne nous avancerait pas à grand-chose.

Et une chose était sûre et certaine, dit-elle : elle allait conduire sa grossesse à son terme, mettre cet enfant au monde, parole d'homme.

Les Hollandais ne voulurent pas descendre à Macassar, ils avaient assez vu les Célèbes, préféraient aller rechercher des terres plus hospitalières à Java. On les laissa à Surabaya. Un médecin hollandais vit Catherine, s'enferma avec elle, ressortit après une bonne heure, dit à Kaï que tout allait bien, à son avis.

Il mentait mal, pour un médecin.

A Surabaya, Kaï prit un peu de fret pour Batavia, capitale des Indes néerlandaises, et dans cette dernière ville en obtint davantage. La colonie chinoise y était importante, tenait l'essentiel du commerce, et l'un des frères de Ching le Gros y avait un établissement occupant plusieurs centaines de personnes. L'homme s'appelait Li, ce qui n'était pas original ; il avait la corpulence de son frère aîné de Singapour, se déclara enchanté de connaître enfin le petit-fils de Cerpelaï Gila — c'était de fait la première vraie escale du *Nan Shan* dans la ville des Bataves. Escale assez plaisante : outre l'accueil très chaleureux que fit Li, ce dernier trouva suffisamment de chargements, sur toute la côte de Java, pour occuper la goélette pendant des mois. On resta à Batavia plusieurs semaines, occupant l'un des charmants bungalows à la toiture de tuile abrités au fond d'un jardin superbe, et construits quelques décennies plus tôt. Kaï effectua plusieurs voyages, tous courts, au plus de quatre jours, en laissant la grande bringue à terre. On était à la fin avril et, d'après elle et les médecins, l'accouchement serait pour la fin de septembre. Elle était encore plate comme une natte usée.

— Ça, c'est poétique, comme comparaison, O'Hara.

Un incident précipita un départ de toute façon prévu par Kaï : tout un groupe de Javanais de Madura, grands bonshommes efflanqués aux visages anguleux, avait pris à partie les Dayaks, ou avait été pris à partie par eux. Avec ce résultat d'une bataille rangée qui avait fait deux blessés graves chez les Madurais. Kaï s'était vu contraint d'aller chercher deux de ses hommes en prison ; avait pu les en sortir grâce à l'intervention de Li et de quelques fonctionnaires hollandais qui, comme beaucoup de leurs compatriotes, vouaient au capitaine du *Nan Shan* et à son équipage de la reconnaissance pour l'affaire des Célèbes, mais à la condition que le bateau reprît la mer et quittât Batavia quelque temps. « Vos hommes sont des fauves, capitaine. »

On rentra à Singapour. La grande bringue commença à s'arrondir. Elle était de ces femmes qui, à part quelques nausées comme celles de Sulawesi, vivent sans problème leur grossesse.

— Je ne reste pas à terre, O'Hara.

Elle n'en dit pas davantage, ce n'était pas un sujet à aborder. Mais elle tenait à éviter les séparations.

Elle fut donc du voyage, en mai-juin, qui conduisit le *Nan Shan* à Madras. Retour en remontant le golfe du Bengale, par Calcutta, Sittwe et Rangoon en Birmanie.

— Tu veux aller à Mandalay ?

Elle avait été assez déçue par Rangoon, si peu birmane, et où Chinois et Indiens tenaient le haut du pavé.

— On peut ?

Rien ne les en empêchait. L'Irrawady était navigable sur plus de quinze cents kilomètres à l'intérieur des terres. Et puis Kaï avait toujours eu envie d'aller y faire un tour.

Que cette pérégrination qui, des Célèbes, les avait emmenés à Madras et maintenant en plein cœur des terres birmanes, que ce voyage eût quelque chose de sinistre — je lui montre un maximum de choses avant qu'elle ne me quitte, oh mon Dieu ! —, aucun d'eux n'en fit la remarque. Ils y pensèrent sans doute l'un et l'autre.

On alla donc à Mandalay. Elle aima. Beaucoup. Les pagodes, l'Incomparable Monastère, l'énorme bazar de Zegyo, les lentes flâneries le long du fleuve entre les appontements de Mingun et de Pagan, les villages encerclés de cactus, les marchandes de fleurs aux extravagantes coiffures.

— On est toujours dans tes mers du Sud, O'Hara ?

— Oui.

— Tu as vraiment la vue perçante pour distinguer la mer de là où nous sommes.

Question d'odeur, expliqua Kaï. Les mers du Sud, cela se reconnaissait à l'odeur, tu fermes les yeux, tu sais que tu y es ou que tu en es parti.

— N'en partons jamais.

— Pas de danger, dit-il.

Oh, que c'était dur, à ces moments-là, de ne pas penser à...

N'y pense pas. Ou le moins possible. Fais comme si.

Et d'ailleurs, chaque jour qui passait, à la regarder vivre, manger si gaiement et avec une telle voracité, rire, marcher, nager (pas dans l'Irrawady), faire l'amour dans des emportements tantôt presque violents et tantôt au contraire d'une extraordinaire tendresse, il doutait. Les médecins se seront trompés, ou alors elle aura guéri d'elle-même.

On redescendit le fleuve. A nouveau la mer, celle d'Andaman. Il commença à lui raconter l'histoire de Boule de gomme, s'interrompit :

— Tu la connais déjà.

— Jamais de la vie.

Il n'en revenait pas. Elle plaisantait, sûrement qu'il lui avait parlé de Boule de gomme.

— O'Hara : non.

D'accord. Il raconta. Elle se tordit de rire.

— Et il te paie ta part ?

A contrecœur, il concéda que oui. Cet abruti devait bien lui avoir versé dans les soixante-dix ou quatre-vingt mille dollars, par les temps qui couraient.

— Et tu n'as jamais touché à cet argent ?

Il la regarda, stupéfait : bien sûr que non. Il n'avait rien à foutre, enfin à faire, de cette saloperie de baume.

— Et tout le bataclan chez Madame Grand-Mère, ça vient de Boule de gomme ?

Oui.

Nouveau fou rire. Et comme toujours...

— Ce n'est pas drôle, dit Kaï.

... Et comme toujours les Dayaks de la mer riant de confiance, quoique n'ayant strictement rien compris.

Détroit de Malacca, Singapour le 16 juin dans l'après-midi. Kaï se devait absolument de faire un aller et retour au Sarawak. Pour y annoncer la mort des deux tués à Sulawesi, pour y reformer son équipage.

Elle voulut venir. A force de persuasion, il crut être parvenu à la convaincre de l'attendre. C'était l'affaire de vingt jours, au plus.

— C'est long, vingt jours.

Il céda. Évidemment. Mais l'avant-veille de son départ, entre une douzaine de lettres venues de France, deux ou trois de Saigon, une des colons hollandais des Célèbes maintenant installés à Java, et deux autres expédiées de Shanghai et de Hong Kong — dans ce cas-là, simple courrier d'affaires — il y en avait une postée à Phnom Penh.

Ouk. Il l'avait presque oublié.

Le Khmer proposait des rendez-vous. Le 20 de chaque mois à compter de juillet.

— Tu aimerais visiter les temples d'Angkor ?

Question de pure forme. Mis les premiers au courant du projet, les Hodgkins de Singapour avaient parlé de folie : Catherine entamait son sixième mois de grossesse, c'était à leurs yeux de la démence que de vouloir la faire voyager sur mer ; d'autres amis européens s'étaient pareillement récriés. Kaï avait reçu sans broncher toutes ces critiques. Si ce n'avait tenu qu'à lui, il n'aurait plus bougé de Singapour. Ou de Batavia ou de quelque endroit plaisant à la grande bringue. Il l'eût même transportée en Amérique, en Europe, n'importe où.

Elle ne voulait pas. Une sorte d'accélération s'était produite, depuis leur séjour à Java.

— Je suis bien sur le *Nan Shan*, disait-elle, mieux que dans n'importe quelle maison. Tu veux que je te l'écrive ? Je veux être sur le *Nan Shan* et voyager, voir des choses. Mon gros ventre ne change rien. On n'en parle plus, O'Hara.

Kaï avait donc subi les reproches sans y répondre, avec une patience, une impassibilité pour tous inexplicables. Même lorsque Sarah Hodgkins, en tête à tête, l'avait taxé d'égoïsme monstrueux. Ne lui réponds pas, tu lui dirais quoi ? Que la grande bringue veut mourir comme nous avons toujours vécu elle et moi, sur notre goélette, à parcourir les mers ? Ça regarde qui, à part elle et moi ?

Monsieur Margerit à Saigon.

Monsieur Margerit avait été le sujet d'une âpre discussion entre la grande bringue et Kaï, des semaines plus tôt (alors même que l'on en était à naviguer dans le golfe du Bengale) :

— Tu m'as dit que ta famille ne savait rien ?

— Je te l'ai dit, et c'est vrai.

— Et ton père ?

— Mon père non plus.

— Dis-le-lui.

— Non.

— Il t'aime, Catherine.

— Nous étions d'accord pour ne jamais parler de ma santé, tu ne tiens pas parole.

— Dis-le-lui. Écris-lui au moins une lettre.

— Non. Rien que toi et moi.

— Je t'en prie.

C'était peut-être le ton de ce *je t'en prie*. Ou une autre raison. Sûrement une autre, elle est bien plus intelligente que moi, tu ne crois tout de même pas que c'est toi qui pourrais l'influencer. Mais bon, elle avait écrit.

— Lis ma lettre, O'Hara.

— Elle n'est pas pour moi.

— Lis. C'est un ordre, capitaine.

Il avait lu, lentement, en bougeant les lèvres comme il le faisait, ayant honte de sa lenteur. Il s'était émerveillé ce qu'elle écrivait bien ! Aussi bien que Rudyard Kipling. Il s'était émerveillé mais ensuite, ce que disait la lettre, ces choses épouvantables qu'elle annonçait (et sans se plaindre, claire et nette, en peu de mots, pas l'ombre d'une pleurnicherie) l'avaient jeté dans un vrai désespoir, à lui donner envie de brûler le *Nan Shan.* C'était elle qui l'avait consolé.

Monsieur Margerit, avec comme de la timidité, avait serré sa grande bringue de fille dans ses bras. Pas un mot, sinon :

— Tu as un teint splendide, bronzée, ce sera l'air de la mer.

Pas un mot de la maladie, mais la lettre recommandait qu'on n'en parlât surtout pas, disait aussi la volonté de Catherine de continuer à naviguer sur le *Nan Shan* — « pas seulement aussi longtemps que possible mais jusqu'au bout. J'aime Kaï O'Hara au-delà de tout ».

Ils avaient déjeuné dans la villa que monsieur Margerit avait fait reconstruire. Quelle maison, comparée à ce que je lui ai donné à Singapour ! C'est ma faute si elle n'habite pas une maison pareille. Ils avaient dîné au restaurant de l'hôtel Continental.

— Inutile de mettre une cravate, Kaï. Je n'en mettrai pas non plus. S'ils ne sont pas contents, c'est pareil. Je suis très fier de mon gendre, le capitaine O'Hara.

Et la grande bringue gaie comme un oiseau de paradis, à ce dîner devant tout Saigon ; s'exclamant chaque fois que des amies d'autrefois s'approchaient de leur table ; racontant des histoires, les massacres de « nos Dayaks de la mer » qui, bien qu'ils coupent quelques têtes de-ci de-là, pour rire, « sont tout à fait délicieux ».

« Oui ils vivent tout nus, mais moi aussi, et mon mari de même, tu devrais essayer, Marie-Thérèse ; c'est si bon, d'avoir les fesses à l'air. »

« Non, Kaï et moi n'avons aucune intention d'aller en Europe ; j'ai eu un peu de mal à le convaincre, mais je veux passer les cinquante prochaines années à vagabonder dans les mers du Sud », « Léopoldine, j'ai bien failli ne pas te reconnaître ! C'est ton mari, le type là-bas avec cette bedaine ? Eh bien, tant pis, qu'est-ce que tu veux. Je ne te prêterai pas Kaï, mais c'est dommage, tu verrais ce qu'est un homme dans un lit — ou sur le sable d'une plage ou même dans un hamac. Tu as essayé, debout dans un hamac ? »

— Un cigare, Kaï ?

Après le restaurant, ils étaient allés boire un verre à Cholon, ils étaient rentrés à la villa sur le coup de 3 heures du matin, Catherine venait de monter se coucher, laissant les hommes entre eux.

— Oui, dit Kaï.

Il ne fumait pas, au demeurant. Il accepta un cognac-soda. Qu'ils burent dans le jardin, indifférents l'un et l'autre aux moustiques, des nuées de phalènes tournoyant autour des lampes, une vraie nuit d'Asie, autrement dit incomparable.

— Je pense que c'est vous qui l'avez obligée à m'écrire.

Monsieur Margerit parlait bas, par crainte d'être entendu de la chambre au premier étage.

— Personne ne peut l'obliger quand elle ne veut pas.

Monsieur Margerit allumait son cigare.

— Je ne me laisse pas abuser par votre apparente placidité, Kaï. Je sais que vous souffrez comme un damné.

— On n'en parle pas.

— Sa décision à elle, n'est-ce pas ?

— Oui.

— Est-ce que les médecins ont dit si le fait d'avoir cet enfant aggravera son état ?

— D'après elle, non.

— Moi je crois que cela l'aide un peu plus à survivre. Si l'amour qu'elle a pour vous n'y suffisait pas. Et il y suffit. Vous vous sous-estimez trop. Je vous serai à jamais reconnaissant d'exister. De seulement exister. Est-ce qu'elle vous a demandé de choisir entre votre bateau et elle ?

— Non.

— Parce qu'elle connaissait la réponse, dit monsieur Margerit. Comme je la connais.

Les mains et les pieds de Kaï bougeaient malgré lui. Son embarras était extrême. Il aimait beaucoup monsieur Margerit, tout ce qu'elle était, c'était à lui qu'elle le devait.

— Kaï, il y a en vous des trésors d'intelligence et de tendresse...

Et la situation devint plus gênante encore, car monsieur Margerit dut s'interrompre, la gorge nouée, sûrement qu'il avait des larmes dans les yeux, en tout cas dans la poitrine. Un silence s'installa. Un domestique revint et remplit les verres, quoique aucun des deux hommes n'eût vraiment bu. Après un moment, monsieur Margerit se remit à parler. De la grande bringue quand elle était petite. De l'horrible petite peste infernale qu'elle était, indomptable, que personne ne pouvait faire taire, qui avait une langue extraordinairement pointue. Intelligente comme trente-six diables, et d'autant plus infernale. Au point que son avenir avait suscité des inquiétudes : qui, quel homme aurait la plus petite chance de mater...

— Je vous en prie, monsieur.

— C'est dur, Kaï.

— Oui, monsieur.

— Et plus dur encore pour vous que pour moi. Je serai toujours là.

— Je sais, monsieur.

— Ne m'appelez pas monsieur. Pas vous.

Kaï acquiesça. Même monsieur Margerit, qui était pourtant si intelligent, même lui éprouvait le besoin de dire toutes ces choses qui n'ont nul besoin d'être dites, qui font du mal un peu plus et c'est tout. Lui, Kaï, n'avait pas envie de pleurer, tout ce qu'il avait en lui, c'était de la rage, comme une folie. Et pour être dur, c'était dur d'être placide, comme disait monsieur Margerit.

— Kaï ? J'espère que ce sera un garçon. Ce sera un garçon. Je sais ce que cela représente pour vous.

— Ce n'est pas important. C'est vraiment sans importance. Bonne nuit, monsieur Margerit.

Il ôta chemise et pantalon, et les foutues chaussures

qui lui faisaient un mal de chien, ôta son caleçon, se glissa sous la haute moustiquaire. Il s'allongea près d'elle, ses yeux le brûlant et du feu dans toutes ses veines. Il la croyait endormie. Elle ne l'était pas.

Elle allongea sa main et ses doigts et sa paume passèrent doucement sur la poitrine, le ventre, les cuisses de Kaï.

— Hé, hé, O'Hara. Toujours prêt comme les boy-scouts de ce monsieur Baden-Powell, hein ?

Et puis elle dit encore, après, alors que déjà elle était somnolente et très alanguie, elle dit qu'elle se faisait une joie d'aller à Angkor Vat.

— Et plus grande, il n'y avait pas ? demanda Ouk.

— On m'a fait une ristourne, quand je l'ai achetée. Personne d'autre n'en voulait, dit Kaï.

Ils parlaient de la grande bringue. Qui ricanait derrière son gros ventre. Au premier regard, l'amitié était née entre elle et le grand Khmer, ces choses-là ne s'expliquent pas. Le *Nan Shan* avait remonté le Mékong, qui n'avait pas encore atteint sa cote maximale — douze mètres au-dessus de l'étiage — mais était bien assez profond, les deux chaloupes fournies par monsieur Margerit aidant à cette remontée. Ouk attendait à Phnom Penh. La goélette était restée là, le voyage s'était poursuivi à bord d'une des chaloupes. Jusqu'au Tonlé Sap et sous la pluie de mousson. En pirogue ensuite pour Siem Reap...

— Et quels pieds, disait Ouk. Elle n'aurait pratiquement pas besoin de pirogue.

Il pleuvait toujours. A Phnom Penh, la deuxième nuit qu'ils y avaient passée, la grande bringue avait inondé le bat-flanc, le coffre, tous les vêtements d'Ouk avec vingt-cinq litres de *prahoc* — une espèce de nuoc-mam cambodgien qui était délicieux mais puait effroyablement.

« Il pleut, il pleut, bergère », chantait la grande bringue imperturbable et debout à l'avant de la pirogue ; insensible au balancement de celle-ci, elle pointait son ventre vers les tours d'Angkor qu'on apercevait par-dessus la cime des arbres.

La grande chaussée d'Angkor Vat sous une pluie battante. Ils s'en fichèrent complètement, vêtus qu'ils étaient, eux de sarongs, elle d'un *sampot* noué au-dessus des seins. Ouk s'était construit une paillote superbe, nattes rigoureusement alignées sur le toit, armature de teck d'une architecture extraordinairement aérienne. Y vivaient les trois femmes d'Ouk, ses onze enfants, trois buffles, des cochons petits et noirs et rusés.

— Dans les mers du Sud, disait Kaï, il y a d'abord le père, puis les fils par ordre de naissance, puis les buffles, puis les cochons, puis les filles à marier parce qu'elles rapportent des dots, et enfin les femmes.

— Quelle sagesse, répondait Ouk.

— Dites toujours, braves gens. N'empêche qu'il nous suffit d'agiter un tant soit peu le derrière pour que vous ayez la langue qui traîne sur le sol. Et puis d'ailleurs, j'ai faim.

Ils mangeaient du chevreuil à la broche, du canard, du poisson, des sortes d'ortolans laqués au soja accompagnés de prahoc, de citron vert et de piment, ils se gorgeaient d'oranges vertes, des minuscules bananes de la reine, des meilleurs ananas du monde, de mangues, de mangoustans, de sapotilles et de papayes relevées de quelques grains de poivre de Kampot tout frais. Elle réclama et eut du cochon de lait (comme elle l'aimait : quasi carbonisé sur le dessus) ; elle buvait de la limonade et eux du cognac-soda, dans lequel parfois elle trempait ses lèvres.

Elle voulut voir Angkor Vat de fond en comble, et Angkor Thom, le Bayon, le Baphûon, la terrasse des Éléphants, le Phiméanakas, tous les Klangs et tous les Prasats, le Prah Palilay et le Prah Khan, le Ta Prom et Banteay Sreï, dont Ouk gardait le secret et qui ne serait découvert officiellement que deux ans plus tard. Et comme il n'était pas question qu'elle marchât trop, déjà qu'elle marchait beaucoup, ils la transportèrent en palanquin et elle s'était fabriqué un fouet, dont elle les cinglait...

— Les femmes après les cochons, hein ?

Son fouet n'aurait pas suffi à pulvériser une mouche.

— Tu es fatiguée.

— Mon œil.

Justement, ses yeux. Ils étaient cernés de bleu et de mauve.

— Ça a été dix jours extraordinaires. Dis-le à cet Ouk.

— L'Ouk est à côté de toi.

— Dis aussi à ce même Ouk que je ne le hais pas trop. Parfois, on croirait même apercevoir une lueur d'intelligence dans son œil torve.

Ouk faisait l'œil torve.

— Dis-lui aussi que je voudrais qu'il m'embrasse. Au besoin en faisant le tour par-derrière moi, ça lui prendra moins de temps.

Ouk la prit dans ses bras et l'étreignit.

— Dis-lui aussi que si j'avais un frère, il lui ressemblerait assez. N'oublie pas de lui dire tout ça.

— Juré, dit Kaï.

— Dis-lui encore que peut-être nous ne nous rever... Non, ne lui dis plus rien. Il finirait par croire qu'on l'aime.

Et puis quoi encore.

Sur quoi ils étaient redescendus jusqu'au Tonlé Sap et il pleuvait toujours, pas vingt-quatre heures sur vingt-quatre mais deux ou trois heures de rang et alors, là, un déluge. Le Tonlé Sap avait fichtrement monté, les cobras y nageaient comme d'habitude, on aurait pu marcher dessus comme sur un gué tant il y en avait. Des Khmers en pirogue fort instable les capturaient à main nue, leur saisissant prestement le cou juste sous les mâchoires mortelles, les enfournaient dans des sacs, à moins qu'ils ne les cueillissent dans les arbres, où certains cobras s'étaient réfugiés parce qu'ils en avaient assez de pratiquer la brasse.

— Je suis un tout petit peu fatiguée, c'est vrai.

La chaloupe était en partie pleine de sacs eux-mêmes pleins de cobras, ceux-ci destinés à un institut, pour faire du contrepoison.

— Même en chaloupe, tu prends du fret.

Ils avaient retrouvé le *Nan Shan*, aux alentours duquel, miraculeusement, les Dayaks de la mer n'avaient tué ni blessé personne, et s'étaient contentés de faire consommation de belles Cambodgiennes à la poitrine bien plus opulente, aux hanches bien plus rondes que leurs consœurs vietnamiennes ou chinoises. Le *Nan Shan* avait descendu le Mékong, retrouvé la mer de Chine du Sud, atteint Singapour.

Elle avait accouché avant terme, de dix ou quinze jours.

— Un fils, quelle surprise. On est un peu content, O'Hara ?

Oui.

Sauf qu'elle avait la voix faible et haletante, son amaigrissement constant des dernières semaines s'était accentué, et le cinquième jour, quand elle réussit enfin à se lever, il dut la soutenir, elle se traînait.

— Sors-moi de cet hôpital, O'Hara.

Il avait refusé avec la dernière énergie, bien que les médecins eussent affirmé qu'au point où en étaient les choses. Je vais les tuer...

Mais elle titubait vers la porte, avec une obstination féroce. C'était l'assommer ou la laisser faire.

Surtout qu'elle s'affala contre la poitrine de Kaï, blême, le visage effroyablement creusé, ne pouvant même pas ouvrir les yeux :

— Oh, mon Dieu, Kaï mon amour, je veux mourir sur le *Nan Shan*, tu ne le comprends donc pas ?

En sorte que bien sûr il l'emmena. Il la souleva dans ses bras et comme l'on voulait s'interposer, les Hodgkins en tête, Oncle Ka et six Ibans surgirent, avec leurs visages de mort, du moins d'hommes prêts à tuer. Ce fut ainsi que l'on alla jusqu'au wharf et jusqu'à la goélette, les femmes de Selim emportant le nouveau-né de cinq jours, l'une d'entre elles était bonne pour allaiter.

— Tu veux aller où ?

— N'importe.

Et elle tint encore neuf jours. Avec un regain la troisième matinée. Où elle voulut se lever et monter sur le pont. On l'installa à sa place, elle mangea un peu.

— Fais-moi voir mon bébé.

Un regain qui trompa presque Kaï, malgré tous les avertissements des médecins.

— On est où, O'Hara ?

— Mer de Chine du Sud, dans le nord-ouest de Boungouran.

Bungaran en malais : la première récolte, traduisit-elle.

— Pas de Francis Kaï. Ni de Kaï n'importe quoi. Ce sera Kaï, et rien d'autre.

— D'accord.

Elle recommença à décliner le cinquième jour, tomba dans un premier coma, en sortit, rouvrant les yeux, chacune de ses respirations étant une torture :

— Profité... de ce que je dormais... pour m'enfermer dans la cabine... Je vais sur le pont, Kaï...

D'accord.

— Ne brûle pas le *Nan Shan*. Jamais.

D'accord.

La mer de Chine du Sud était très douce, la goélette sous vent léger.

Deuxième coma dont elle sortit encore, mais ce fut pour entrer dans un délire calme, où elle ne reconnaissait plus Kaï si elle ne cessait de prononcer son nom, d'évoquer sans ordre telle île ou tel atoll, tel voyage, Tahiti, les Moluques ou Sulawesi, Surabaya et Shanghai, le détroit de Malacca aux eaux quasi dormantes, des instantanés de ces milliers de jours et de nuits qu'ils avaient vécus ensemble, parfums de calfatages frais et d'épices, sel marin sur les lèvres, soleil et sable blanc. « Il faut un fils à Kaï, il lui en faut un... »

Le silence vint, sa respiration hoquetante s'interrompit, les Dayaks de la mer entonnèrent leurs mélopées funèbres.

Monsieur Margerit marchait à la droite de Kaï. Les deux hommes gravissaient une pente, depuis déjà une demi-heure. Monsieur Margerit était vêtu d'une chemise sans col, il avait ôté son veston, il était tête nue ; Kaï ne portait qu'un sarong. Il avait plu mais ne pleuvait plus, des nuages gris-bleu fermaient encore le ciel sur la droite mais ils s'éloignaient, laissant derrière eux un ciel miraculeusement pur. La touffeur de l'air était extrême. Pas le moindre souffle de vent.

Ils débouchèrent sur un entablement qui avait à peu près la forme d'un losange, une des pointes les plus aiguës face au vide. La tombe était là, couverte par une dalle non taillée, naturelle, si épaisse et si lourde que dix hommes n'auraient pu la déplacer. Il avait fallu que douze Ibans se joignissent à Kaï pour la mettre en place.

— Ici ?

— Oui, dit Kaï.

Ils se retournèrent tous deux presque en même temps. La mer de Chine du Sud leur apparut en contrebas, cinq cents mètres au-dessous d'eux, violette et sombre à main gauche, vert émeraude ailleurs, où le soleil la touchait. L'endroit était au Sarawak, non loin du cap Datu ; à une douzaine de kilomètres dans l'est-sud-est se trouvait un petit port du nom de Sematan ; Kuching était plus loin encore, dans la même direction.

— Elle ne m'a pas dit où elle voulait être, dit Kaï. J'ai choisi pour elle, du mieux que je pouvais.

— J'approuve entièrement votre choix.

Monsieur Margerit s'avança de quelques pas et put lire l'inscription gravée dans la pierre : CATHERINE O'HARA — 1883-1912.

Kaï se détourna pour la deuxième fois et contempla la mer, tandis que de derrière lui venaient des sanglots. Il laissa à monsieur Margerit le temps de se reprendre. A l'ouest, il arrivait à distinguer le détroit de Serasan et l'île du même nom, bien qu'elle fût à plus de trente kilomètres. Il s'accroupit, mains ballantes.

Monsieur Margerit revint près de lui et s'assit.

— L'enfant, dit Kaï. Je voudrais que vous le preniez.

— Non.

— Vous le prenez. Appelez-le Henri.

Et, après un silence qui n'en finissait pas, monsieur Margerit dit toutes ces choses, que peut-être même il pensait, qu'en tous les cas il croyait devoir dire, que l'enfant était celui de Catherine et Kaï, que bien sûr rien au monde ne pouvait lui donner plus de joie que de l'accueillir, aussi longtemps que lui, Kaï, en déciderait, que s'il devait l'élever, il ferait tout pour qu'il soit fier de son père.

Toutes ces choses donc que Kaï s'était attendu à entendre, et qu'il écouta sans un mot.

Quand enfin monsieur Margerit se tut, Kaï annonça qu'il avait tout préparé à Singapour pour que l'enfant pût désormais vivre avec son grand-père. Tous les papiers étaient signés.

Rien d'autre à dire, non.

— Il va falloir que tu me tues, dit Oncle Ka.

— Va-t'en.

— Tu devras me tuer, Kaï. Tu n'as pas d'autre moyen.

— Je te prends en poids et je te jette par-dessus bord.

— Alors je me tuerai.

Les autres Dayaks de la mer avaient quitté le bateau. Ils se tenaient groupés, debout et immobiles, accablés, sur une pointe rocheuse, pas très loin de cette plage et de cette mangrove où, quinze ans plus tôt, le jeune Kaï venu de Saigon à la recherche de Cerpelaï Gila son grand-père avait joué à la marelle. Les Dayaks de la mer redevenus Ibans avaient quitté le bord sur ordre de Kaï. Il leur avait annoncé que c'en était fini, que jamais plus le *Nan Shan* n'aurait d'équipage, ni eux, ni évidemment personne d'autre.

— Je me tuerai. Sous tes yeux. Tu me verras mourir.

Kaï fit deux pas vers Oncle Ka mais n'alla pas plus loin. Le *Nan Shan* tirait sur son ancre, un bon vent gonflait la grand-voile, le clinfoc et le foc qui seuls étaient hissés.

— Tu ne me rends pas les choses faciles, Oncle Ka.

Le chef des Dayaks de la mer tenait son couteau. Kaï ne doutait pas une seconde qu'il fût prêt à se trancher la gorge.

— Tu ne toucheras à rien.

— Je ne toucherai à rien.

— Tu ne m'aideras pas à la manœuvre.

Acquiescement.

— D'aucune façon.

— D'aucune façon.

Kaï hocha la tête et alla remonter l'ancre, qui n'était qu'un grappin ; lors du mouillage, il avait ordonné de ne pas employer l'ancre à jas, bien plus lourde. Le temps de revenir à la barre et le *Nan Shan* avait bougé, sa coque racla un peu par tribord, puis le bateau se dégagea, prit le large. Vent de nord-ouest, ce qu'il fallait. Oncle Ka était allé s'accroupir à l'arrière, arbalète et sarbacane posées près de lui, avec ses deux sacs. Vingt-sept têtes tatouées sur ses deux mains et ses avant-bras.

Impassible.

Le grappin sur fond de sable, par une dizaine de mètres de fond, dans le nord-est de l'île de Bangka, au large de Sumatra. Kaï était sans sommeil depuis soixante-quinze heures environ et n'avait pour ainsi dire rien avalé. Mer calme, comme toujours dans ces parages. Il descendit à la cambuse pour y prendre un peu de la nourriture qu'un Selim en larmes lui avait préparée avant de débarquer à Singapour. Il se força à manger, remonta sur le pont, s'allongea sur la natte au pied de la roue du gouvernail, s'endormit pour cinq heures, se réveilla comme il l'avait prévu, avec l'aube.

Remonter le grappin, repartir.

Sa halte suivante fut en vue du détroit de la Sonde. La mer y était un peu plus dure, sous les effets de l'océan Indien. Il plongea par vingt-deux mètres de fond pour s'assurer que son ancre tenait bon, puis mit aussi à l'eau le petit fer qu'on utilisait d'ordinaire pour le canot. Il n'escomptait pas qu'il retiendrait le *Nan Shan* si le grappin venait à riper, mais il lui avait fixé une retenue, un petit cordage de guidage dont il fixa à son poignet l'autre extrémité — ainsi serait-il alerté en cas de déplacement important du navire.

Manger, se forcer à manger, dormir cinq heures.

Oncle Ka, qui avait dormi aussi, mais pas aux mêmes heures, mangeait à son tour, à présent installé contre le mât de misaine. Son regard et celui de Kaï ne se croisaient jamais.

Le franchissement du détroit de la Sonde fut plus aisé qu'il ne s'y était attendu, question de vent. L'océan s'ouvrit alors dans son immensité.

Fixer la barre plein sud. Il monta prendre un ris à la grand-voile, réussit tant bien que mal — seul, c'était à la limite du possible, avec ce poids énorme, et cette toile qui battait furieusement —, y passa près d'une heure, redescendit haletant, avec des douleurs dans les bras. Se dirigea ensuite vers l'avant pour aller vérifier l'état des deux voiles triangulaires. Le clinfoc allait bien, mais le foc montrait des signes d'usure. Ce n'était pas une surprise, il s'y attendait, aurait dû le faire changer, et à présent il fallait le faire seul. Un temps fou pour l'échange, puis pour rafistoler tant bien que mal le foc qu'il venait de défaire, les mains pleines d'aiguilles de fil à voile, de corne de suif, d'aiguillettes, d'épissoirs à merliner, d'une paumelle, de gros épissoirs, d'un minahouet, d'une mailloche dont il ne savait pas trop où mettre l'engoujure — tous outils dont il avait oublié l'usage, il y avait si longtemps qu'il n'avait pas fait le gabier, pour autant qu'il l'eût jamais vraiment fait. Il y avait un monde entre noter l'usure d'une poulie en bois sans estrope ou d'une cadène et en ordonner le remplacement, et le faire soi-même.

Il eut connaissance de l'île Christmas deux jours — ou trois ? — après son passage par le détroit de la Sonde.

Plus à l'ouest, sinon tu finirais sur les côtes australiennes.

Des jours de mer ensuite, il en perdit le compte. On était peut-être déjà en décembre, mais quelle importance ?

Il ne faisait pas le point. Marcher plein sud et rien d'autre.

Oncle Ka toujours silencieux, tantôt invisible (sans doute descendu), tantôt accroupi ou couché au pied du mât de misaine.

Je ne voulais pas que tu viennes, tu m'as forcé la main.

Une sorte de modus vivendi s'était pourtant instauré : Oncle Ka dormait quand Kaï était bien éveillé, se réveillait lorsque Kaï s'engloutissait enfin dans le sommeil, après des trente ou quarante heures de veille. Pourtant il ne touchait à rien, ne participait en rien à la manœuvre.

— Tu vas au sud ?

Premiers mots d'Oncle Ka après trois ou quatre semaines de silence.

— Oui.

Ils se parlaient à vingt mètres de distance.

— Toujours au sud ?

— Oui.

Oncle Ka, jambes allongées, dos et tête appuyés contre le mât, yeux clos.

— Au sud, il y a des tempêtes et des îles de glace.

— Tu y es allé avec Cerpelaï Gila ?

— Non.

— Cerpelaï Gila a essayé de manœuvrer le *Nan Shan* seul ?

— Non.

Une première bourrasque, deux jours plus tard. Kaï resta cinquante heures ou plus à la barre. Le *Nan Shan* dérivait vers l'ouest. Avec plus de toile, il aurait pu lutter, monter davantage au vent. Pas dans ces conditions.

Une compagnie de baleines les suivit pendant plusieurs jours, la mer devenait violet très sombre, une grande et lente houle commençait, la température baissa. Kaï se souvint d'avoir vu en bas une espèce de caban en cadis bleu noir, il dut fouiller trois cabines avant de l'extirper de sous une couchette. Le vêtement sentait le moisi. Revenu sur le pont, il le jeta devant lui.

— Pour toi.

Oncle Ka ne tourna même pas la tête.

Chaque soir, le soleil disparaissait plus tard. Mer de plus en plus forte, creux de cinq mètres. Kaï changea une nouvelle fois son foc ; celui qu'il avait à peu près réparé était plus petit et risquait moins d'être déchiré.

Une accalmie, puis immédiatement après, alors que Kaï venait tout juste de s'endormir, une tempête. En quelques minutes la mer changea, une énorme accumulation d'eau déferla, noyant le navire sous une trombe effrayante. Kaï s'accrocha comme il le put à sa barre. La nuit qui suivit fut pire encore, le *Nan Shan* fut couché sur le côté, demeura ainsi durant de mortelles minutes, se redressa enfin. Kaï ne cessait de courir à la lame, mais celle-ci était monstrueuse ; par sans doute cinquante degrés de latitude, la mer pouvait prendre son élan sur des milliers et des milliers de kilomètres (quelques jours plus tôt, il avait semblé à Kaï distinguer par tribord ce qui devait être les îles Amsterdam et Saint-Paul).

Il y eut ce jour où la grand-voile se déchira.

Puis le clinfoc, deux nuits plus tard. Des nuits qui avaient les apparences de brouillards teintés de cendre, l'Antarctique n'était plus loin.

— Je suis là.

Oncle Ka enveloppé dans un prélart, et claquant des dents — le thermomètre indiquait trois degrés.

— Je t'ai vu.

Kaï s'était attaché à la barre, l'Iban avait tendu un

cordage dans la longueur du pont et, avec une retenue doublée, avait noué un anneau qui passait à la fois autour de sa taille et du cordage.

— Toujours au sud, Kaï ?

— Toujours.

Échange entre deux lames balayant le pont, et les deux hommes à l'agonie, également transis de froid.

— Tu vas laisser le *Nan Shan* mourir ?

— Oui.

Acquiescement. Oncle Ka repartit vers l'avant. Kaï ne luttait plus. Ne luttait pas et, depuis des jours, faisait juste acte de présence.

Mais cela montait en lui, l'envahissait, si férocement qu'il repoussât la chose : une envie de se battre.

Première île de glace flottante deux jours plus tard. Kaï laissa le *Nan Shan* marcher droit dessus, ce fut en fin de compte l'océan qui fit manquer la collision.

Le vent tomba un peu. Cent milles de plus vers le sud, toute la journée et la nuit qui suivirent. Creux de douze à quinze mètres, tout de même. Toutes les charpentes qui craquaient. Une ligne d'icebergs à l'horizon, courant sur des milles. Et ça arriva. Un basculement de tout l'être de Kaï.

Tu ne peux pas, tu ne peux tout simplement pas ! ELLE te le reprocherait jusqu'à ta mort. Rappelle-toi, « ne brûle pas le Nan Shan, *jamais* ».

— ONCLE KA !

Il le chercha dans l'eau et l'écume, fut sur le point de hurler encore, d'appeler à nouveau au secours, mais n'en eut pas besoin. Le Dayak de la mer courait, escaladait, tranchait les garcettes qui ferlaient les voiles de l'artimon.

Même chose pour la misaine.

Le *Nan Shan* bondit, sous toute cette toile, il courut à une vitesse prodigieuse, plus de trente nœuds sûrement, droit vers les montagnes de glace. Mais Kaï put venir au lof, poussant sa barre sous ce vent du diable, Oncle Ka reprenant les écoutes des voiles mises en œuvre. A six ou sept reprises, les glaces se rapprochèrent, on n'en fut à un moment qu'à quelques centaines de brasses, chaque fois la goélette tira des bords et remonta au vent.

Quarante heures d'un combat fou. Barre bloquée au mieux, ils envoyèrent toutes les voiles qui leur restaient, à mesure que les autres se déchiraient. Bon, la chance joua aussi son rôle : le foutu vent cessa de forcer, faiblit un peu et surtout tourna.

Vent de travers bâbord. Le *Nan Shan* marchant au nord, plein nord, couché parfois et se redressant toujours, embarquant des trombes d'eau qui glissaient, mais les panneaux tinrent tous, naviguant sous grand-flèche, trinquette et foc, montant et descendant dans des creux aux allures d'abysses.

— On mange, dit Oncle Ka.

Dont probablement la clavicule gauche était cassée, à en croire la bosse bizarre qui tendait sa peau, tandis que Kaï saignait abondamment de la tête — il ne se rappelait même plus pourquoi, quand et comment.

Il était hagard.

Deux jours encore et puis la houle, la houle et rien de plus.

— Oncle Ka, tu serais venu à mon aide si je ne t'avais pas appelé ?

— Non.

— J'étais vraiment décidé à courir plein sud jusqu'à la fin.

— Oui.

— Je n'ai pas pu. Envie de me battre.

— Oui.

Incroyablement, Kaï éprouvait le besoin de parler, d'expliquer, de surtout s'expliquer à lui par quel sortilège il avait conduit le *Nan Shan* jusqu'au sud du sud, sans intention de retour, il voulait bel et bien mourir, et sans la tempête, sans cet océan qui l'avait forcé à livrer bataille... Bon, il s'était retrouvé.

Et ne t'en va pas raconter tout ça à Oncle Ka. Il le sait, crétin.

— On mange.

Appétit d'ogre. La nuit antarctique, qui n'est pas une nuit, maintenant loin derrière dans le sillage. Et peu à peu la température qui remontait.

Le point : dans les 95 et 42, et des poussières.

Ils se prirent encore deux fichus gros coups de vent sur la tête mais il ne pouvait plus rien leur arriver, à présent. Et sur la mer rougie par le soleil couchant, un soir, par bâbord, les deux atolls des Cocos. Kaï se contenta de les reconnaître et les laissa. C'était fini, il était revenu dans ses mers du Sud. Mais dans quel état, surtout la goélette.

Ils recrutèrent tout de même quatre hommes dans un village, Labuhan, juste en face du Krakatoa, le volcan qui avait sauté trente ans plus tôt en provoquant un raz de marée qui n'avait pas fait moins que le tour de la terre. Pas grand monde à Labuhan, à cause de l'éruption précisément, et pas non plus de gabiers vraiment experts, mais il fallut s'en contenter.

D'autant qu'Oncle Ka n'avait pas qu'une clavicule cassée, quoiqu'il n'en eût rien dit : il souffrait aussi de plusieurs autres fractures, bras et main gauches, et côtes, lorsqu'il était tombé d'une vergue de hunier. Plus cette boiterie partant de la hanche qu'il allait garder jusqu'à sa mort.

Kaï n'avait rien. Son trou dans la tête se cicatrisait et de surcroît ne se voyait plus sous les cheveux trop longs et le bandeau.

Le *Nan Shan* mouilla devant Bintulu au Sarawak. Ce qui se révéla par la suite être le 29 janvier 1913.

— Un autre équipage, Kaï ?

— Il faut bien ramener ces quatre abrutis chez eux.

Acquiescement.

Le *Nan Shan* reparut à Singapour vers la fin d'avril de cette même année, sans doute le 25. Il n'y resta que deux jours. Kaï O'Hara seul descendit à terre et seuls purent lui parler Ching le Gros et Madame Grand-Mère. Il ne répondit pas aux autres.

— Tu iras à Saigon ?

Question du Gros.

— Non.

— Tu veux du fret ?

— Non. Plus tard, peut-être.

Les deux hommes ne burent qu'un unique cognac-soda, et encore Kaï ne fit-il qu'y tremper ses lèvres. Il avait maigri, il portait une barbe et ses cheveux longs lui venaient plus bas que les épaules. Regard tourné vers l'intérieur, ne s'arrêtant sur rien ni personne. Un peu de blanc sur les tempes, et surtout une mèche blanche au-dessus du front. Il resta une cinquantaine de minutes dans la boutique de Ching le Gros, ne s'asseyant pas, immobile et silencieux. S'il reprend la mer comme c'est plus que probable, je plains ceux qui leur chercheront noise, à ses Dayaks et lui, pensa (et répéta par la suite à qui de droit) Ching le Gros ; maintenant qu'*Elle* n'est plus là pour le calmer.

Kaï O'Hara numéro 12 reprit bel et bien la mer. En fait, la goélette encore amarrée la veille à cent brasses du wharf dans la rade de Keppel ne fut plus là le matin suivant.

Il allait s'écouler dix-sept ans.

Au début de l'été 1930, Kaï O'Hara passa son baccalauréat avec mention très bien et la nuit suivante en prison. Le Général vint l'y chercher. Le Général était de bonne taille et bien dodu, mais à côté de son neveu, il faisait fillette — le costume mis à part. A bientôt dix-sept ans, qu'il aurait deux mois plus tard, Kaï mesurait un mètre quatre vingt-douze (mais il avait achevé sa croissance) et, bien que n'ayant pas pris son poids définitif, il accusait déjà sur la balance dans les quatre-vingt-douze kilos.

Il reconnaissait que, s'il avait un peu fracassé ces hommes, dans ce café du boulevard Barbès, puis mis ledit café en pièces, puis suspendu les deux hirondelles (policiers à vélocipède) à deux réverbères différents, ç'avait été par fantaisie pure.

— Je suis trop impulsif.

— Votre mention très bien mise à part, vous êtes le déshonneur de notre famille.

— Oui, mon oncle.

— Vous n'irez pas à Tours passer vos vacances avec vos cousines.

— Bien, mon oncle.

— Vous irez passer deux mois en Irlande. Votre grand-père y a tenu personnellement.

Le Général, qui une trentaine d'années plus tôt avait épousé Isabelle Margerit, fit sortir Kaï de prison. Le garçon prit le lendemain la malle de Londres. Du moins on l'y accompagna et on l'y vit monter.

Sauf qu'il descendit à contre-voie, sitôt que le train se fut mis en marche. Il gagna une autre gare, y arriva juste à temps pour sauter dans le Paris-Lyon-Méditerranée, débarqua à Marseille, s'y acheta une casquette de capitaine, fit un tour dans le quartier du Panier. Des femmes aux fenêtres des rues étroites lui prirent cette casquette, il alla la chercher, donna dix francs aux dames qui avaient été si gentilles — et qui pour un peu lui eussent fait la chose pour rien du tout —, retrouva Chez Basso, à l'angle de la Canebière et du quai des Belges, l'homme qu'il avait payé pour jouer le rôle de son père et lui fournir un faux passeport, embarqua sur le paquebot des Messageries Maritimes. Il arriva à Saigon, s'orienta sans le moindre problème dans la ville où il avait passé les douze premières années de sa jeune existence et fugué plusieurs fois (dont une pendant pas moins de sept mois, avant d'être récupéré par une expédition de secours — secours dont il n'avait nul besoin au demeurant —, alors qu'il voyageait dans le massif des Cardamomes au Cambodge en compagnie d'un Khmer de très haute taille qui disait se nommer Ouk). A Saigon, il alla saluer successivement et dans cet ordre un certain Corse du nom de Giustiniani qui allait sur ses soixante-dix ans, puis des prostituées de Cholon, puis un Vietnamien qui dans le temps jadis avait été bep au service de la famille Margerit, puis d'autres prostituées (il avait de gros besoins et prenait toujours deux ou trois filles en même temps), puis un Chinois largement quadragénaire dont le père habitait à Singapour. Ensuite il retint dans une agence un passage pour un appareillage sous trois jours, puis un chauffeur de voiture le fit monter à l'arrière d'une huit-cylindres Reinastella Renault de 7 100 centimètres cubes qui ne pouvait pas grimper aux arbres mais presque.

— Bonjour, Grand-Père. Officiellement, je suis en Irlande.

Monsieur Margerit avait le cheveu blanc et se tenait toujours aussi droit.

— Tu as grandi. Félicitations pour tes examens.

— Merci.

— Tu t'es arrêté à Singapour cette fois aussi ?

Pas cette fois.

Monsieur Margerit et son petit-fils à cheval... Je sais que mon père est venu une fois à la plantation, pensait Kaï ; je sais qu'il est parti à cheval comme je viens de le faire, je me demande bien ce qu'ils ont pu se dire, Grand-Père et lui, et s'ils avaient tant de choses en commun — à part Maman. Il y a eu de l'amitié entre eux, enfin je pense. Même s'ils n'ont pas eu tant d'occasions de l'exprimer ; ils se seront vus trois ou quatre fois, et encore.

— Ils te croient vraiment en Irlande ?

— Ils reçoivent mes lettres. Une par semaine, dix en tout. Ils en auront déjà reçu cinq, la sixième leur arrivera demain. De Galway, si j'ai bonne mémoire.

Un temps.

— Vous m'aviez promis.

— Je t'ai promis que, si tu réussissais ton examen, je te permettrais d'aller à Singapour et au Sarawak. Mais tu ne devais te présenter à cet examen que l'année prochaine.

— Hé, hé, dit Kaï, je suis en avance d'un an.

— Tu n'as même pas dix-sept ans.

Et lui, pensait toujours Kaï, lui qui est parti à pied à travers la Cochinchine, le Siam et la Malaisie, lui qui a affronté des pirates et celui qu'il appelait l'Archibald, il avait alors presque deux ans de moins que moi.

— Je te trouve vraiment jeune, dit monsieur Margerit.

— Je peux soulever ce cheval, si vous voulez. Ou essayer.

(Ça pèse combien, un cheval ? Et celui-là est petit, on dirait un poney.)

— Supposons, reprit monsieur Margerit, que je ne te donne pas la permission d'aller au Sarawak. Tu iras quand même ?

— Oui, monsieur.

— Grand-Père.

— Oui, Grand-Père.

— Au moins tu ne mens pas. Tu as vu Marc-Aurèle Giustiniani ? Et Liu ? Évidemment. Je suppose que tu sais toujours le chinois.

Oui. Et le vietnamien, le malais un peu moins bien. Pour le malais, Kaï faisait de gros efforts, ce n'avait pas été si facile de trouver quelqu'un parlant bien la langue malaise, à Paris, durant ces trois dernières années qu'il avait passées dans la capitale française où monsieur Margerit l'avait envoyé pour qu'il pût y faire ses humanités. Mais bon, il y était parvenu ; en réalité, apprenant bien plus des domestiques de l'espèce de prince auquel on l'avait adressé.

Ils étaient arrivés à cet endroit de la plantation que monsieur Margerit préférait entre tous : un vaste monticule, une molle ondulation des terres rouges, d'où l'on voyait à de très grandes distances, de quelque côté qu'on se tournât. Hévéas à perte de vue mais en contrebas ; la mer de leurs feuillages moutonnant sur des kilomètres et des kilomètres carrés ; et tout au fond, après les rizières, le Cambodge.

Ils arrêtèrent leurs chevaux.

— Tu vas faire ces études d'ingénieur ?

— Oui, mons... oui, Grand-Père.

Il va encore me parler de sa succession à la tête de toutes ses affaires. Me dire combien, combien désespérément il attend de moi que je le relaie, un jour, et que je suis, selon lui, le seul de toute sa descendance à pouvoir prendre sa suite.

Mais non. Margerit se taisait. A tout le moins garda-t-il un très long moment le silence. Et lorsque sa voix se fit de nouveau entendre, elle était douce, comme quand on se parle à soi-même. Il dit que sept à huit mois auparavant, il s'était rendu au Sarawak, « sur la tombe de ta mère », et que tout autour de cette tombe, quelqu'un avait planté beaucoup de fleurs, et des plus belles, qu'elles étaient entretenues — d'évidence quelqu'un venait souvent en prendre soin. L'endroit était extraordinairement beau.

Et sur le chemin du retour, monsieur Margerit s'était arrêté à Singapour, il y avait vu notamment monsieur Ching.

— Kaï...

De tous les membres de sa famille, tantes et oncles, grands-oncles et grands-tantes, cousins et cousines de tous degrés, monsieur Margerit était le seul à le prénommer Kaï. Tous les autres disaient : Henri.

— Kaï, je te donne ma permission d'aller à Singapour et au Sarawak. Pas seulement parce que tu irais de toute façon, avec ou sans mon accord. Vouloir t'en empêcher serait comme barrer la route à un typhon. Je t'aiderai. En espérant que tu me reviendras.

Les chevaux à nouveau au pas. On revenait.

— Je ne sais pas où est ton père. Monsieur Ching m'a dit l'ignorer aussi. On n'est même pas sûr qu'il soit encore vivant. J'ai fait rechercher le *Nan Shan*, en écrivant ou en câblant de tous côtés, dans toutes les mers du Sud. Pour rien.

Mers du Sud. Ces seuls mots faisaient frissonner Kaï.

— Mais toi, bien sûr, tu es certain de le retrouver...

— Oui. Je suis un Kaï O'Hara.

— Oui, bien sûr que oui.

Enfin il était à Singapour. Le cotre loué par monsieur Margerit et mis ainsi à sa disposition venait de l'y débarquer. Il marchait dans la ville, passa devant le Raffles sans s'y arrêter — ce n'était pas un endroit pour un O'Hara — et entra dans le quartier chinois.

Il n'alla pas directement chez son arrière-grand-mère. On ne fait pas de la sorte irruption chez une arrière-grand-mère chinoise, il y a des formes à respecter.

Mais il baguenauda dans les ruelles si fortes en senteurs enivrantes, alla et vint, écouta des conversations dont nul ne pensait qu'il pouvait les suivre, que pourtant il suivait, même si, parfois, un accent ou des mots de dialecte le déconcertaient un peu.

Il pénétra enfin dans la boutique. Qui n'avait pas changé en quatre ans. Longue, toute en longueur, et assez pénombreuse. Où l'on vendait de tout, des milliers de choses, à commencer par de la nourriture dont, encore, de délicieux serpents vivants, mais aussi de la poudre de rhinocéros d'Afrique pour ranimer les virilités défaillantes. Kaï s'immobilisa, attendit, faisant celui qui est entré par hasard. Ne sois pas impulsif, marcher jusqu'au fin fond de la boutique et imposer sa présence eût été discourtois. Employés qui allaient et venaient, clients et clientes uniquement aux yeux bridés.

— Joli cotre que tu as, m'a-t-on dit.

— Qui ne vaut pas le centième du *Nan Shan.*

— Approche.

Dix pas pour s'enfoncer dans le plus sombre de la pénombre. Vers cet homme aux allures de bouddha qui, désormais, ne faisait plus l'acrobate sur un tabouret mais se tenait dans un fauteuil, et dont la respiration était sifflante.

Silence. Examen en silence.

— Plus de trente ans, dit Ching le Gros. Il est entré comme toi. Il était bien plus maigre, mais lui avait marché sur des milliers de lis, une force en marche.

Ne réponds pas, Kaï O'Hara. Ne lui réplique pas que ce n'est quand même pas ta faute si tu es venu d'Europe en paquebot et de Saigon en cotre. Tu serais venu à Singapour à pied depuis Enghien, tu arrivais vieillard. Comme le préconisait Disraeli, *never complain, never explain.* Si tu vaux quelque chose, si tu as seulement le centième de la valeur de ton père et de ton arrière-grand-père la Mangouste folle — ce que tu n'as pas encore prouvé —, Ching le Gros le verra bien tout seul.

— Viens plus près.

Deux autres pas.

— Tu lui ressembles. En bien plus grand. Tu lui ressembles et je me demande si mon grand âge ne m'a pas troublé l'esprit. Je le revois.

Le regard de Kaï passait sur ces choses à vendre. Il y avait du placenta de femme quand il est arrivé chez Ching le Gros, en 1898. Tu crois que tu y goûterais s'il t'était offert d'en prendre, à seule fin de déterminer si tu es encore un peu chinois ?

— Réponse à la question que tu ne m'as pas posée, reprit le Gros. Il est vivant.

Les mains de Kaï faillirent trembler. Sans qu'il eût honte de ce mouvement d'émotion. Ce n'est pas tous les jours qu'on apprend que son père n'est pas mort, alors même que depuis des années on vit dans la hantise d'apprendre le contraire.

— Il est toujours vivant, ou l'était voici encore quatre mois, mais je ne peux pas te dire où il se trouve.

— Parce que vous ne le savez pas.

— Ne me donne pas à penser que tu es aussi stupide qu'un Long Nez ordinaire.

— Parce que vous le savez et ne voulez pas me l'apprendre. Pas vous.

— C'est mieux.

— Parce qu'elle vous a demandé de ne rien me dire, Madame Grand-Mère.

Madame Tsong Tso O'Hara, oui.

— Et il va falloir que tu fasses un peu de toilette. Te raser et faire cirer tes chaussures, et repasser ton pantalon, changer de chemise. Monte chez moi, on t'y attend.

Ce fut donc la seconde étape singapourienne. Il était là, dans cette maison construite au siècle précédent par cet ancêtre surnommé la Mangouste folle, dans le salon principal où une domestique l'avait introduit. Il y était venu auparavant une fois seulement, et avec monsieur Margerit. Il retrouvait un peu les sentiments de cette visite-là : les parfums des bois exotiques — teck et meranti, et lauan, plus du santal quelque part — et par suite un extraordinaire dépaysement. Il n'y avait pas deux maisons comme celle-ci, nulle part la même qualité de silence, de monde refermé sur lui-même, presque de tombeau, mais avec une sorte de sérénité. Il avait éprouvé non de la peur, mais une appréhension confuse, se souvenait que son grand-père lui avait serré l'épaule pour le rassurer. Se souvenait surtout, et avec quelle netteté, de la dame chinoise, la très vieille et si prodigieusement fine et menue dame chinoise au regard quasi insoutenable à force d'être lourd. Se souvenait aussi d'avoir été quelque peu glacé sous ce regard, déjà plus bas que le sien. Quel âge pouvait-elle avoir aujourd'hui ? Peut-être pas cent ans, mais à quelques années près...

Sur les boiseries des murs, de ces peintures chinoises, représentant il ne savait quelle montagne bleue enveloppée d'une brume légère comme une pensée peu consciente, un lac, un fleuve entre deux rives fort escarpées.

Et sur un guéridon laqué de noir, la reproduction d'une goélette franche, grosse comme le poing.

— Le *Nan Shan*, dit-elle. Ce sont des Pygmées de Mindanao qui ont fabriqué la maquette. Pour lui. En cadeau. Quel âge as-tu ?

— J'aurai dix-sept ans dans six semaines.

— Ton chinois n'est pas si mauvais. Tu as l'accent qu'elle avait. Mais sa voix à lui.

Un spasme d'émotion secoua Kaï.

— Et tu es plus grand qu'aucun O'Hara ne l'a jamais été. Nous allons dîner. Tu me parleras de ta vie en Europe. Tous les détails.

Ils dînèrent en effet, trois jeunes Chinoises pour faire le service, quatorze plats au menu...

— Tu bois de la bière ?

— Oui, madame.

— Un O'Hara boit de la bière. Et du cognac-soda ensuite, quand il a pris de l'âge.

Elle l'avait interrompu, pour la première fois depuis une bonne dizaine de minutes. Il se remit à raconter sa vie d'élève au lycée Louis-le-Grand ; il y avait eu aussi cette fois où...

— Tu as eu des femmes ?

La question, et venant d'une si vieille dame, le laissa quelques secondes bouche bée.

— Quelques-unes.

— A quel âge, la première ?

Environ quatorze ans. Mais il n'y était pas pour grand-chose. Enfin, pour le premier mouvement. Le premier mouvement, c'était la dame qui l'avait fait... Il avait pris à son compte le reste de la bataille.

— Elle était vieille ?

Oui. Au moins trente-deux ans.

— J'en ai plus de quatre-vingt-quinze, dit Madame Grand-Mère.

Il ne vit pas le rapport.

— Il n'y a aucun rapport, bien entendu, précisa Madame Grand-Mère.

Et il constata qu'elle souriait. Pas de la bouche, mais des yeux. Ce qui n'était déjà pas si mal.

— Et depuis, tu en as eu combien ? Vingt ?

Peut-être un peu plus.

— Cent cinquante ?

Pas tant que ça. (Du diable si je savais que les vieilles dames chinoises fussent à ce point affriandées par les gambades amoureuses des jeunes garçons ; je me demande si, à *lui*, elle a posé un jour les mêmes questions. Nom d'un chien, dire que c'est mon arrière-grand-mère, je n'arrive pas à y croire !)

— Et des livres, tu en as lu ? Moins que tu n'as eu de femmes, ou plus ?

— Plus. Bien plus.

Un silence. Elle fermait les yeux. Elle se sera endormie. Les trois servantes ne bougeaient pas davantage, à croire que le temps soudain s'était arrêté, dans cette maison d'un temps quasi révolu. A peine osait-il manipuler ses baguettes — il avait déjà (elle ne touchant rien) vidé neuf des quatorze plats et se sentait bien de taille à faire un sort aux cinq autres.

— Lui aussi a lu, dit-elle soudain — et ses yeux étaient toujours fermés. Il a lu *Le Livre de la jungle* de monsieur Rudyard Kipling. En neuf ou dix ans, il en est venu à bout. Puis il a commencé *Kim*, du même auteur. Tu le connais ?

— Oui, madame.

— Tu connais les deux livres ?

— Oui, madame.

— Je ne crois pas qu'il ait fini *Kim*. Petit, la dernière

fois que j'ai eu de ses nouvelles, il y a quatre mois, il se trouvait à Halmahera. Tu ne sais pas où c'est.

— Dans les îles Moluques.

— Dis-moi ce que tu connais des Moluques.

— Quatre-vingt-neuf îles ou groupes d'îles. Halmahera est au nord, avec Morotaï et Bacan, mais Halmahera est la plus grande. Au centre, Obi, et les Sula à l'ouest. Buru, Céram et Amboyne au sud. C'est à Amboyne que le premier des O'Hara a aidé les Hollandais, avec son bateau, à chasser les Anglais.

— Tu sais le malais ?

— Assez bien, sans plus.

— Tu as appris tes dynasties, comme je t'avais demandé de le faire à ta dernière visite ?

— Oui, madame.

— Dans la dynastie Tang, qui vient après Hiuan-tsong ?

— Sou-tsong. En 756.

Elle ouvrit les yeux et son terrible regard se fixa sur celui de Kaï.

— Ramène-le moi, petit. Ramène-le moi. Dis-lui... Dis-lui que je suis vieille. Trop vieille pour attendre encore longtemps.

Pour la deuxième fois, de l'émotion prit Kaï. Une vague, cette fois, et grosse. Pendant quelques secondes, il en fut saisi, presque englouti.

— Je vais essayer, dit-il enfin.

— Un Kaï O'Hara n'essaie pas. Et je crois que tu es un Kaï O'Hara.

Il eut alors extraordinairement envie de se lever, quitter sa chaise droite en bout de table, aller à la très vieille dame, la soulever, la prendre dans ses bras. Jamais je n'ai ressenti cela, pour aucune femme ; il y a eu toutes celles avec qui j'ai fait des galipettes, mais cela n'a rien à voir ; personne, d'aussi loin que je me souvienne, à qui j'ai eu besoin, un tel besoin, de témoigner de la tendresse. Mais je n'ai pas connu ma mère.

L'idée lui vint ensuite, des jours et des semaines plus

tard, que justement c'était ce qu'elle avait attendu de lui — qu'il allât à elle.

Trop tard.

Le cotre l'avait déposé sur la côte du Sarawak, entre le cap Dahu et Sematan. Le capitaine du petit navire affrété par monsieur Margerit avait marqué de la réticence à le voir débarquer seul. Il serait bon que deux de mes marins vous accompagnent, mon garçon, avait-il dit. Et puis quoi encore ! Il était parti seul. Deux bonnes heures de marche et de montée. Et la tombe. La tombe incroyablement fleurie, des centaines de fleurs et même des arbres, plantés là depuis seize ans, au prix de tonnes de terreau rapporté. Tous les signes d'un entretien constant, régulier. Et dans ce jardin extraordinaire, l'impression qu'il se trouvait quelqu'un, une ou plusieurs personnes — des femmes à en juger par les empreintes fraîches — qui s'étaient cachées à son arrivée ; et refusaient de se montrer, en dépit de ses invitations. *Lui-même doit venir souvent ici, en quelque sorte, il me suffirait de l'attendre.*

Sauf que cela pourrait durer des mois.

Et rien ne prouvait que le Capitaine tenait à le rencontrer. En somme, durant les douze premières années de la vie de Kaï à Saigon, *il* ne s'était jamais montré.

Le cotre continua à croiser les jours suivants plus à l'est sur la même côte du Sarawak. Les environs de Bintulu.

— Vous cherchez quoi au juste, mon garçon ?

— Un endroit sûr pour le mouillage d'une goélette franche à trois mâts. Il y en a nécessairement un.

Et enfin le troisième jour, la vue exceptionnellement perçante de Kaï repéra comme une faille, au cœur d'un entassement rocheux. Le capitaine du cotre n'avait pas montré beaucoup d'enthousiasme à faire terre, en raison de tous ces récifs entre lesquels il se trouvait peut-être une passe, mais encore fallait-il la connaître et il n'allait pas risquer son bateau...

Kaï avait plongé depuis le pont. Un sarong pour tout vêtement — et un fort joli coup de soleil sur la crête des épaules pris le premier jour de leur appareillage de Singapour, quand il avait commencé de cultiver son hâle. Parce que Louis-le-Grand, pour ce qui était de bronzer...

C'était bien cela : partie grotte à demi immergée, partie bassin en plein air mais étroitement fermé par de petites falaises, une espèce de fourreau, dans quoi une goélette à trois mâts pouvait effectivement se glisser et demeurer des lunes, sans être vue de quiconque. Et pour confirmation, fixés dans les parois de pierre, des fers, qui devaient servir à bien amarrer le *Nan Shan.*

Ces villages des Dayaks de la mer, enfin des Ibans, où il formait ses équipages, ne pouvaient être très loin.

Le capitaine du cotre s'était fermement opposé à un débarquement. A la rigueur à Bintulu, où l'on aurait pu recruter une escorte. Les Ibans étaient des gens dangereux, des coupeurs de têtes.

— Rien ne prouve que vous pourrez retrouver justement la tribu avec laquelle votre père a passé alliance ; entre une tribu iban et une autre, on se fait souvent la guerre ; qui vous dit que vous tomberez sur la bonne ?

Du niveau de la mer et de ce qu'il appelait le fourreau du *Nan Shan*, Kaï était monté, par escalade. Malgré les signaux qui lui étaient adressés depuis le cotre.

En haut, il partit vers l'est — c'était pile ou face —, marcha à peu près trois heures. Il trouva une maison, ce qui avait été une maison vingt et quelques années plus tôt, *c'est lui qui l'aura construite, et pour elle.* La vue sur la mer de Chine du Sud était superbe ; un petit ruisseau y coulait, partant d'une cascade, l'endroit avait été habité : traces de feux multiples dans un foyer et, dans la plus vaste des pièces, un très grand bat-flanc était encore garni de matelas de mousse de caoutchouc maintenant rongée par les moisissures ; sans parler de la moustiquaire dont il ne restait plus que des lambeaux et que des habitants ordinaires de Bornéo n'auraient pas utilisée.

Il alluma un feu. Pour signaler sa présence au cotre...

... Et la signaler à d'autres.

Bien assez de bois, d'une réserve constituée un quart de siècle plus tôt, pour entretenir le feu pendant trente ou quarante heures, sinon davantage. Il attendit, la nuit tomba. Le cotre était à huit cents mètres, quelqu'un y balançait un fanal à intervalles réguliers, mais Kaï ne répondit pas.

Il pouvait être 10 heures de la nuit quand ils vinrent. Il n'entendit rien, mais soudain ils se matérialisèrent. Trois hommes, à la limite de la très faible lumière prodiguée par le feu de bois. Dix minutes d'immobilité totale, quelle patience ils ont ! L'un d'entre eux enfin bougea. Bonnet de rotin et plumes de calao, tatouages ; dans la main droite une lance, dans la gauche une sarbacane. Il en avait assez rêvé, de ses Ibans, dans le septième arrondissement de Paris. L'homme franchit le seuil et entra dans la maison. Un deuxième suivit, puis le dernier. Ce fut celui-là que Kaï captura, depuis le toit plat sur lequel il était allongé. Il le crocha à la nuque, le souleva — ce sera un gamin de mon âge, et s'il pèse quarante-cinq kilos, c'est le bout du monde. Il assura sa prise et serra. Non pour tuer mais pour étourdir. Il hissa le corps près de lui, l'allongea, s'empara de la sarbacane et du sac de fléchettes mais pas de la lance, qui venait de tomber, fila sur les planches du toit et sauta à pieds joints sur le deuxième qui, alerté par le bruit, ressortait très vite de la maison. Et de deux. Il courait déjà. Il put atteindre la cascade. Juste à temps : une lance se planta à quelques centimètres de son talon gauche. Il se glissa derrière le rideau d'eau, entre les rochers, ressortit quinze mètres plus loin, trouva la cordelette végétale qu'il avait placée des heures plus tôt — avant d'allumer le feu —, la tira, le mannequin fait d'un arbuste plié se redressa d'un coup et dans l'ombre ressembla à s'y méprendre à une silhouette humaine...

Sur laquelle le troisième Iban lâcha sa fléchette.

... Avant d'être assommé par Kaï derrière lui.

Et de trois.

Il leur lia les poignets à tous les trois en se servant de leurs propres ceintures.

Appelez-moi Jim la Jungle, je suis positivement enchanté, j'ai rejoué exactement la scène de ce film idiot que j'ai vu sur les Champs-Élysées avant de partir, et le plus ahurissant de tout, c'est que ça a marché.

Hé, hé.

Il patrouilla aux environs pour voir s'il y avait quelqu'un d'autre, puis revint à ses prisonniers de guerre, s'accroupit devant eux, nom d'un chien, comment dit-on ami en malais, j'ai oublié. Ah oui...

— *Sahabat handaï ? Kawan ? Rakan ?*

Ce sera l'un de ces trois mots, mais lequel ? Ou les trois ?

— Moi, dit-il, moi fils du petit-fils de Cerpelaï Gila. Moi, Kaï O'Hara numéro 13. Moi ami. Si vous amis des Kaï O'Hara...

Son exaltation si joyeuse tomba. D'un coup. Les yeux des Ibans étaient ouverts, les trois regards étaient d'une froideur mortelle. Ils ne seront pas de la bonne tribu, aussi bien ceux-ci sont les ennemis de ses amis, monsieur Ching, à Singapour, t'avait bien recommandé d'aller d'abord à Bintulu pour y parler à son correspondant chinois, qui t'aurait guidé ; mais non, il a fallu que tu fasses le zouave et débarques au hasard, dans un pays dont tu ne sais rien, sinon ce que tu as lu dans les livres. Tu n'es qu'un lycéen arrivé tout droit de Paris, autant dire un crétin intégral, dans ces contrées...

Arrête de pleurnicher.

Il reprit son interrogatoire et son malais lui revint, ou lui vint — il ne l'avait jamais tellement parlé et l'avait pour l'essentiel appris dans un guide de conversation rédigé par des missionnaires anglais.

— Je ne vous ai pas tués. J'aurais pu le faire et je pourrais encore le faire. Mais je ne veux pas. Je m'appelle Kaï O'Hara, mon père est un ami des Ibans du Sarawak...

... Te couper la tête.

La phrase prononcée par le plus âgé des prisonniers fut bien plus longue mais Kaï ne comprit que ces mots-là.

— Tu dis que tu vas couper MA tête ?

— Oui.

— Tu n'es pas un ami du *nakhoda*, du capitaine, O'Hara ?

— Non.

Suivit une nouvelle phrase, en ce qui était à peine du malais, et à laquelle il ne comprit que peu de chose.

— Je dois vous tuer, c'est ça ?

— Oui.

La phrase fut plus ou moins répétée.

— Je dois vous tuer ou bien vous me tuerez, c'est ça ?

— Oui.

Les événements prenaient une tournure désagréable. Il se redressa. Il avait le choix entre gagner la mer et nager jusqu'au cotre, dont le fanal continuait d'être visible, ou bien aller faire un tour vers l'ouest, la deuxième option étant tout à fait déraisonnable.

Et cesse de te demander ce que *lui* aurait fait à ta place ! Tu n'es pas lui.

Il escalada les rochers sur le côté droit de la cascade, parvint au sommet d'un plateau. Sous la lune, le pays iban s'étendit devant lui et Kaï en trembla d'une vraie convoitise : partir droit devant, en sarong et pieds nus comme il l'était, marcher des jours et des semaines, traverser toute l'île en allant au sud-sud-est, en gravissant des montagnes, atteindre Tarakan sur la mer des Célèbes, et là, trouver une pirogue et naviguer jusqu'aux Moluques. Il était certain de pouvoir le faire. Presque certain — il pouvait bien sûr être tué en cours de route, mordu par un serpent ou massacré par une tribu de l'âge de pierre. D'accord, on était en 1929 et non plus à la grande époque des terres inconnues, mais tous les livres affirmaient que Bornéo-Kalimantan était en bien des endroits du dernier sauvage.

Il fut sidéré par la puissance de son propre désir. Il y aura quelque chose dans mon sang d'O'Hara qui me rend fou. Durant plusieurs minutes, il oscilla, véritablement enflammé par cet appel des grands espaces et des entreprises démesurées.

Et quand il redescendit, il eut conscience d'avoir remporté une victoire sur lui-même. Je mûris, se dit-il.

Il ne fut pas dupe : malgré leur immobilité apparente, les trois Ibans sur le sol avaient commencé à se libérer. Il se planta devant eux, proprement colossal.

— D'accord, levez-vous. Je vous attends. Essayez donc de me couper la tête. Allez, debout !

Il jeta la sarbacane sur le sol.

— Allez-y.

Ils ne bougèrent pas.

Même pas un foutu requin dans l'eau. Couteau iban entre les dents, il nagea sur huit cents mètres.

Le capitaine du cotre s'appelait Sivebaeck — il avait des origines danoises. Un homme massif et lent, né à Batavia, qui parlait un anglais plutôt guttural. Il dévisagea Kaï avec sûrement du soulagement, mais aussi de la curiosité. D'évidence, il trouvait étrangement changé le garçon qu'il avait vu plonger stupidement et non moins stupidement nager vers la côte ; il avait vu partir un gamin à ses yeux hâbleur ou du moins trop excité ; le Kaï qui se hissa à bord était différent.

— Vous avez rencontré quelqu'un ?

— Oui.

— Des Ibans amis de votre père ?

— Non.

— Et alors ?

— Alors, rien.

Sivebaeck commença par dire non, s'agissant de la mer des Sulu. Oui, il connaissait les parages, et justement. Ses ordres, reçus de monsieur Margerit, étaient certes de se tenir à la disposition de Kaï, et il acceptait à la rigueur de faire route vers les Moluques. Mais par l'ouest, certainement pas en contournant Bornéo par le nord-est. Quatre mois plus tôt, entre autres, un cargo qui avait des avaries de machines avait été attaqué par les pirates des Sulu, et lui-même, la seule fois où il s'y était aventuré...

Kaï alla prendre dans sa cantine métallique fermée par deux cadenas une partie de ses économies des sept dernières années — prélevées sur un argent de poche fort généreusement alloué par son grand-père.

Sivebaeck dit oui à sept cent cinquante livres sterling — Kaï était prêt à monter jusqu'à mille mais avait négocié avec acharnement.

— Et pour ce prix, en plus, vous m'apprenez à naviguer.

Kaï avait déjà fait de la voile et tenu une barre — dans l'estuaire de la Seine et deux étés plus tôt à Cowes, dans l'île de Wight. Mais ce n'était évidemment pas comparable.

Le 2 septembre, le cotre entra dans le port de Sandakan, capitale de Sabah et fief incontesté de la British North Borneo Company. Au capitaine d'un vapeur qui allait appareiller pour Singapour, Kaï remit une lettre destinée à monsieur Margerit, annonçant son intention de poursuivre jusqu'aux Moluques — « ou plus loin encore ». Des questions ensuite, dans ce port très animé d'où partaient de très nombreuses cargaisons de coprah, de tabac, de gomme et de bois. Oui, le *Nan Shan* avait fait escale à Sandakan, trois ou quatre fois. Mais son dernier passage remontait à six ans. « Tu ressembles à ce fou d'O'Hara », et boum, cela avait fini en rixe. Finis les enfantillages européens dans lesquels Kaï n'avait guère d'adversaire à sa mesure, ici au moins il put s'en donner à cœur joie.

Des pirates en vue le 9 septembre, dans le nord-ouest des Pangutaran, mais un navire de la Compagnie du Nord-Bornéo, omnipotente dans la région, croisait et les longues pirogues ne s'approchèrent pas. Et d'ailleurs le prudent Sivebaeck cabotait, marchant au sud sans jamais s'éloigner de la côte et toujours prêt à y chercher un refuge. « Vous vous en tirez très bien, Kaï. A croire que vous avez tenu une barre toute votre vie. » Ces nombreuses escales que l'on fit servaient au demeurant les desseins de Kaï qui partout s'enquérait de la goélette à coque noire et voiles rouges. Des réponses affirmatives çà et là, mais toujours des dates anciennes.

A l'entrée du détroit de Macassar, le cotre changea de cap et cingla plein ouest, continuant pourtant à rester en vue des côtes de Sulawesi. J'ai décidément toujours vécu ici, pensait Kaï, dans ces mers du Sud dont, pour un peu, je croirais reconnaître chaque île et chaque atoll. Son teint était à présent uniformément hâlé. Partout : cela rendait Sivebaeck maussade et faisait sourire les marins, mais il se mettait nu le plus souvent. Et son malais était devenu tout à fait convenable.

Il lisait. Il avait emporté une quarantaine de livres. Ou relisait — *Le Livre de la jungle* et *Kim*, pour la sixième ou la septième fois. Il y avait eu un temps — dans le solennel appartement de l'oncle Général, avenue de la Tour-Maubourg — où il s'était extraordinairement identifié au jeune Kim de Kipling. Plus maintenant. De la gravité lui était venue, et du recul. Ce voyage était une initiation, il le voyait bien. Juste avant de quitter Paris, il avait fait la connaissance du navigateur solitaire Alain Gerbault, de retour d'un tour du monde à la voile ; en avait été pétrifié d'admiration. Bon, Gerbault comme Kipling et ses héros imaginaires s'éloignaient de lui. Ou le contraire.

Halmahera, le 4 octobre. Montagnes et forêts, celles-ci rongées par les rizières. Le meilleur mouillage était à Djilolo, dont le nom prêtait à sourire alors que celui d'Halmahera faisait rêver.

Oui, le *Nan Shan* était venu. Six mois auparavant. Le *Nan Shan* avait à son bord des espèces de fous furieux, des Dayaks de Bornéo, dont tout le monde savait qu'ils emplissaient leur cale de têtes coupées. Mais le plus sauvage d'entre tous était encore leur capitaine. Pour celui-là, si vous le croisez, évitez-le ; il était à peu près normal voici quinze ou vingt ans, mais avec les années, il avait tourné amok. On avait entendu raconter que la police australienne le réclamait, il aurait massacré des gens à Darwin — enfin, peut-être pas vraiment massacré, mais tout comme. On avait voulu l'obliger à repartir, comme partout, d'ailleurs. Il n'y avait pas un port digne de ce nom qui tînt à le voir arriver à bord de sa saloperie de goélette, on avait voulu le chasser, et ses Dayaks et lui avaient lancé une expédition punitive. Des fous furieux...

Comme interlocuteur à Djilolo, un Hollandais ne sachant que sa langue, et le pidgin english que Kaï ne maîtrisait qu'avec peine. Sivebaeck avait servi d'interprète, en néerlandais.

— Je m'attendais à ce que vous le frappiez, Kaï.

Kaï sourit — et cela aussi était nouveau, lui était venu fort naturellement, sans qu'il en eût vraiment conscience : une façon de sourire qui pouvait tout aussi bien préluder à un bombardement de coups de poing, d'autant plus écrasants qu'il avait pris du muscle durant les dernières semaines et qu'il approchait des cent kilos.

Kaï sourit pour toute réponse. Sivebaeck fit le point : on était bel et bien arrivé aux Moluques et le *Nan Shan* ne s'y trouvait plus, et personne n'avait pu indiquer dans quelle direction il avait appareillé, si bien que lui, Sivebaeck, pensait qu'il était grand temps de rentrer, son intention était de mettre le cap sur Batavia, son propre port d'attache, d'où un paquebot transporterait Kaï à Singapour.

Non.

Réponse à la demande de pousser, allez, juste un petit crochet, jusqu'à la mer de Corail.

Non.

De même pour le détroit de Torres.

Non.

De même — la mer d'Arafura.

Alors, au moins contourner Timor par le sud ? Ce n'était pas un si grand détour.

Non. Sivebaeck ne s'était hasardé qu'une seule fois dans la mer de Timor et n'en avait pas gardé le meilleur souvenir.

— Je suis sûr qu'il est dans la mer de Timor.

— Vous n'en savez rien du tout, Kaï. Et le *Nan Shan* est réputé dans toutes les mers du Sud pour sa vitesse et sa capacité à couvrir en un temps record des distances invraisemblables. Si ça se trouve, il est aux Touamotou ou mouillé devant l'île de Pâques. A moins qu'il ne soit déjà remonté jusqu'en Chine.

Non, pas de contournement de Timor pour trois cents pounds de plus.

... Pour quatre cents vingt-huit ? Oui.

C'était tout ce qu'il restait à Kaï.

— Gardez les vingt-huit livres, dit généreusement Sivebaeck. Cela vous paiera un billet de Batavia à Singapour.

L'idée qu'il pourrait ne jamais réussir à retrouver le *Nan Shan* était venue à Kaï. Les mers du Sud étaient immenses, il s'y trouvait des dizaines de millions d'endroits, des centaines de millions peut-être, où la goélette pouvait aller.

Le Vaisseau fantôme. Difficile de n'y pas penser.

Le 8 novembre, l'été austral aidant, le cotre se trouva encalminé. On était par le travers de l'île Selaru, reconnue la veille à la tombée de la nuit. Sivebaeck avait choisi en grommelant de traverser par l'est la mer de Banda : à chacun de ses passages précédents, trois en tout, il avait eu des ennuis.

— Le gouvernail une fois, puis une épave et le dernier coup une baleine. Il y a du fond, sous nous, dans les sept mille cinq cents mètres.

Plus de vent depuis l'aube, la renverse n'avait pas eu lieu. Une mer plate, rien en vue. L'Australie était à environ deux cents milles par-devant.

— Je savais bien que je ne devais pas contourner Timor.

Kaï s'était mis à lire, allongé à plat ventre, jetant de temps à autre un coup d'œil à la grand-voile ridiculement pendante et flasque. Il relisait le *Pym* d'Edgar Allan Poe, pour la troisième fois. Faute de mieux : il avait épuisé toutes les ressources de sa petite bibliothèque.

— Il ne manquait plus que ça.

Sivebaeck était de fort mauvaise humeur. De la brume venait. Comme si de la vapeur sortait de la mer. Des nappes qui naissaient, d'à peine quelques pieds carrés, puis s'étalaient, gagnaient en consistance et en hauteur. En une heure, le cotre fut totalement enveloppé, la visibilité tomba à deux brasses au plus. Les Malais ne parlaient plus, ou alors ils chuchotaient, impressionnés par cette atmosphère étrange. Plus d'autre bruit qu'un clapotis à peine perceptible et, par moments, le grincement d'un tambour de drisse. La chaleur ne cessait d'augmenter, Sivebaeck ruisselait et Kaï ne touchait son livre que pour en tourner les pages, et seulement de la pointe de l'index, de crainte de maculer les pages par sa sueur.

Les cinquante heures suivantes, il relut, après les aventures d'Arthur Gordon Pym, *Le Voyage du Centurion* de Psichari, qui l'ennuya énormément, c'était Pieyre de Mandiargues qui le lui avait recommandé. J'aurais dû me méfier, pensa-t-il. Il relut aussi trois des dix-huit tomes de *Tom Jones*, de Fielding — il n'en avait que trois tomes —, et le *Docteur Cornélius*, de Gustave Lerouge. Il venait de reprendre, car il les aimait beaucoup, les *Nouvelles asiatiques* de Gobineau...

— Pas trop tôt.

Il releva le nez. La grand-voile frissonnait et reprenait un peu de vie.

— Nous avons dérivé et du diable si je sais de combien. Malgré l'ancre flottante, dit encore Sivebaeck.

Et cela arriva alors. Il y eut, pendant une vingtaine de secondes peut-être, l'incompréhensible sensation de n'être plus seuls sur la mer de Timor. Puis l'impression très forte d'une présence, de quelque chose qui venait. La haute et noire silhouette surgit enfin, avec une lenteur puissante et hiératique.

Une étrave d'une inconcevable finesse. Noire comme la nuit. Clinfoc, foc et trinquette à la teinte de plaquemine, plutôt que rouge. La goélette entière se montra, sous toutes ses voiles et, vue du cotre, géante. Kaï bondit, le cœur entre les dents. *Oh, mon Dieu !*

Même pas dix brasses d'une coque à l'autre. Et trente-quatre mètres de *Nan Shan* qui défilaient, glissant avec une sorte de chuintement soyeux.

— JE SUIS KAÏ O'HARA ! JE SUIS KAÏ O'HARA ! LE TREIZIÈME !

Une seconde, il aperçut un visage penché vers lui. Un Dayak, impassible, traits absolument figés.

Le *Nan Shan* passa et disparut dans la brume.

Et revint.

Par tribord cette fois.

— Répète, dit le Dayak de la mer.

— Je suis Kaï O'Hara le treizième. Je suis le fils du Capitaine.

Les yeux noirs, un peu fendus et sans la moindre expression du Dayak le fixaient. Une main apparut, qui lança une amarre.

— Tu lui ressembles. Monte.

Kaï se rua, descendit dans le rouf, en ressortit avec sa cantine, prit bêtement le temps de ramasser le Gobineau sur le pont. Il jeta la cantine en l'air, on la saisit, lui-même plaça le livre entre ses dents et se hissa le long du cordage.

— Et moi ? demanda Sivebaeck.

— Bon retour à Batavia.

Kaï était sur le pont. Trois Dayaks de la mer le contemplaient. Plus un quatrième qui était celui-là même qui s'était penché vers lui quand il avait crié et qui, à présent, avait repris sa place à la roue du gouvernail.

— Tu peux prouver ce que tu dis ?

Il y avait des années qu'il attendait ce moment, des années, nom d'un chien ! Il alla à la cantine et, malgré le tremblement de ses mains, put en ouvrir le cadenas. Il retira la maquette de la goélette franche.

— Elle me l'a donnée à Singapour. Madame Grand-Mère. Et vous, vous devez être Oncle Ka.

— Je suis Oncle Ka. Le Capitaine dort. Tu as faim ?

— Et si je n'avais pas été moi ?

— A la mer, répondit Oncle Ka.

Dont Kaï fixait les mains et les avant-bras, quasi hypnotisé. Il comptait quarante-huit petits dessins de têtes, ou mieux de crânes, tatoués en rouge sombre, orbites blanches. Oncle Ka était de bonne taille, très maigre, visage émacié, couturé à la limite du possible : il fallait chercher les endroits de son corps qui ne portaient pas de cicatrices. Il devait avoir dans les soixante ans.

— Je vais voir le Capitaine ?

— Il n'aime pas qu'on le réveille.

— Il va bien ?

— Oui.

— Vous êtes en mer depuis longtemps ?

— Oui.

— Vous allez où ?

— Il te le dira s'il le sait.

Au cours des deux dernières heures, la brume s'était dissipée. Le *Nan Shan* faisait route à l'est. Marchant à une allure inconcevable, sous cette belle brise de sud-ouest. Des dizaines de questions se pressaient aux lèvres de Kaï. Par exemple : D'où venez-vous ? (Mais Oncle Ka va me répondre : D'ailleurs.) Ou bien encore : Où êtes-vous allés, après Halmahera ?

Ou bien, plus important encore, ô combien : Est-ce que le Capitaine voudra de moi à son bord ? Je ne suis jamais que son fils et, après tout, je ne l'ai jamais vu.

Il ne posa aucune de ces questions, alla s'asseoir à la première place venue — adossé au rouf, visage tourné vers l'étrave.

Sans la moindre idée qu'*Elle* s'asseyait toujours là, précisément.

Un Dayak de la mer lui apporta du riz gluant et un peu de poisson séché ; et du nuoc mam, dans le fond d'une vieille bouteille de bière Tsing Tao. Il mangea, but une bière qui lui fut également apportée, appuya sa nuque contre le rebord du panneau, ferma les yeux. Je ne t'ai jamais connue non plus, Maman ; je n'ai jamais eu de toi que ces photos faites rue Catinat, et à la plantation, au pensionnat, à la villa — l'ancienne, celle que celui appelé l'Archibald a fait une nuit exploser en chaleur et lumière. Comme tu étais belle, à côté de ce boudin de Tante Isabelle !

... Maman, j'espère ardemment que tu m'as fait un tout petit peu ressemblant. Ressemblant à toi, je veux dire. Quoique je m'interroge : aussi bien, à te retrouver en moi, il deviendra fou de rage.

... Parce que, à être franc, j'ai une frousse de tous les diables.

— Ne te retourne pas.

La voix, en français. Une voix rauque, et comme déshabituée de parler.

— Lève-toi sans te retourner.

Kaï se dressa, se tint immobile. Les côtes de Nouvelle-Guinée, dans le lointain.

— Tu vois la côte, là-bas ?

— Oui, dit Kaï.

— Tu vois les deux pirogues ?

— Il y en a trois.

— Tu as bonne vue.

C'est de famille, pensa Kaï. A Paris, je pouvais lire les gros titres du *Temps* d'un trottoir à l'autre de l'avenue de la Tour-Maubourg, qui est pourtant large.

— Retourne-toi.

Il obéit et eut du mal à relever son regard qui semblait collé au pont. Il eut un choc. Il s'était attendu à, comment dire ? un vieil homme. Un père. Pas avec le gilet et la chaîne de montre et un gros ventre comme dans le septième arrondissement, mais, bon, un père.

Le Capitaine avait l'air d'avoir un peu plus de trente ans. Quarante, mais pas plus. Ses épaules étaient extraordinairement puissantes, les muscles ciselés sur l'abdomen bruni. Les cheveux étaient longs mais propres, tenus par un bandeau malais, à dominantes rouge et verte. La barbe était taillée. Un peu de blanc sur les tempes et rien de plus. Un athlète hors du commun.

— Tu es venu de Singapour ?

— Oui.

— Avec l'accord de ton grand-père ?

— Plus ou moins.

— Ce qui veut dire ?

— Il était d'accord pour me laisser aller jusqu'à Bintulu, mais pas plus loin.

Ce regard qu'il a, nom d'un chien !

Le Capitaine s'accroupit, ses avant-bras posés légèrement sur ses cuisses, poignets et mains dans le vide. De grandes mains, très belles.

— Et si je te disais que je vais dérouter le *Nan Shan* pour, sans doute, l'Australie ? Pas à Darwin, mais disons Cairns. Afin que tu puisses prendre quelque part un paquebot et rentrer en Europe pour y continuer tes études ?

— Dans ce cas, dit Kaï avec une détermination si féroce et si sincère que, pour un peu, elle l'eût fait grincer des dents, dans ce cas, j'enjambe le bastingage et je suis le *Nan Shan* en nageant. Même si vous allez aux Touamotou.

— Tu crois que tu pourrais me casser la gueule ?

— Je crois que je pourrais casser la gueule de n'importe qui sauf la vôtre.

— Oncle Ka, dit le Capitaine, s'adressant sans se retourner au chef des Dayaks de la mer qui se tenait à la barre et donc derrière, Oncle Ka, ce morveux croit vraiment qu'il aurait une chance de me casser la tête, si je n'étais pas son père.

— J'ai vu des arbres plus petits et moins larges que ce morveux, dit Oncle Ka qui contemplait les vergues, de l'air d'y chercher un défaut.

— Il *Lui* ressemble, Oncle Ka ?

— Il ressemble à sa mère et à son père.

— Il te paraît assez sauvage pour naviguer sur le *Nan Shan* ?

— Il me paraît ni plus ni moins sauvage qu'un autre morveux que j'ai vu, il y a à peu près trente ans.

— Ce sont de foutument longs discours pour Oncle Ka, dit le Capitaine à Kaï. Profites-en, tu n'en entendras plus d'aussi longs pendant les cinquante prochaines années.

— Je note, dit Kaï.

Mais il en était presque à haleter, tempes battantes et

la chamade au cœur. Tu fais n'importe quoi sauf pleurer. Si tu pleures, je te tue.

Dieu merci, tu arrives au moins à soutenir son regard, à présent.

Et voici qu'il arriva l'incroyable. Ce fut dans les yeux du Capitaine qu'une formidable émotion passa, un voile se déposa sur les prunelles.

Au point que le Capitaine se redressa soudain et marcha sur le pont. Il passa tout à côté de Kaï et, juste au passage, sa main monta et effleura le bras du garçon.

Comme une embrassade, si tu veux. Comme s'il t'avait pris dans ses bras et t'avait serré à t'étouffer.

Comme s'il s'était un instant laissé aller à son chagrin, à sa tendresse, à son bonheur.

— Oncle Ka, dit le Capitaine, donne-lui la barre.

Cet ouvrage a été réalisé par
C.M.L., Montrouge

Impression réalisée sur CAMERON par
BRODARD ET TAUPIN
La Flèche

pour le compte des Éditions Stock
en mars 1993

Imprimé en France
Dépôt légal : avril 1993

N° d'édition : 3471 - N° d'impression : 1300H-5
54-02-4212-91/4
ISBN : 2-234-02571-0